珠玑巷

温燕霞◎著

作家出版社

中国作家·江西原创

总　策　划／何建明

总　协　调／汪天行　刘　华

　　　　　　叶　青　黄宾堂

评委会委员／张　陵　张水舟

　　　　　　包明德　张亚丽

统　　　筹／江　子　秦　悦

温 燕 霞

江西安远人。正宗客家人。毕业于江西师范大学历史系，现任江西广播电视台江西交通广播总监，高级编辑。兼任江西省作家协会副主席、江西省文联副主席。出版了长篇小说《此恨无关风和月》《夜如年》（即《围屋里的女人》）《黑色浪漫》《寂寞红》《斜阳外》《红翻天》《我的1968》《半天云》《磷火》，中短篇小说集《乡俗画》报告文学《大山作证》，散文集《嫁给一盏灯》《越走越远》《客家我家》，长篇散文《我的客家》等作品。长篇小说《红翻天》获得第十一届全国五个一工程优秀图书奖、第七届解放军文艺图书奖、入选中国新闻出版总署第二届三个原创一百工程目录，长篇报告文学《大山作证》荣获江西省五个一工程奖。

向南向北：从珠玑出发

王干

一百五十个姓氏
叠加成岁月的珠玑
零零散散
遍布小镇的青石板路上
坑坑洼洼

先民披着大雾和月光
来到南雄的客栈落脚
脚印就此生根发芽
一路向南，直至海角
一路向北，回到故园

梅岭的花开了一年，又开一年
年年花形相似，花香各异
每一朵都有着自己不同的气息
我将手放在青石板上
车轮就在掌心滚动

走出巷子就走向了四面八方
当所有人都离开后
留下来的眼睛仰望星星
星星数着大地
南关北疆一半风声一半雨花
有谁吟起那古道西风瘦马

一

2015年秋

胡书雅在井里看见了常在梦中出现的古装女子。

胡书雅刚低下头，就看见井面上漂着的那束桂花，枝叶中星星点点的金黄在斜射过来的阳光中泛出茉莉花似的白。接着，一股夹杂着桂子清香的冷气扑了她一脸，竟有些刺骨的冰寒。她心中一凛，不由后退几步。这时，被她身子挡住的阳光水银般全泼进了古井。倏地，从井内袅出几缕白烟，仿佛风吹起来的一角裙袂，又似片白雾，可胡书雅还没看清，白烟就消失了。胡书雅定睛望着白烟消失后的天空，心想不愧是千年古井，大白天都能显出几分灵异，莫非八百多年前的胡妃当真葬身于这口水井，而那缕白烟是她的冤魂？

胡书雅摘去墨镜，捋捋头发和脑中的怪想，用力夹紧腋下那沓下午刚刚宣读完的《关于珠玑巷在广府人南迁历史中的地位与意义》的论文，斜倚在井栏边，垂眸细细地端详着古井那已磨损成波浪形的井栏，心中暗笑自己的唯心。然后，她的目光一寸寸地往下挪去，倏地，双瞳被砖隙那几抹翠绿刺激得疾速放大。定睛细瞧，原是几蓬形态优美、长势茁壮的凤尾蕨。它们倔强地撑起小绿伞，仿佛在宣告什么。凤尾蕨下，是茸茸的青苔，它们细致、完整地把井壁上的鹅卵石包裹成在阳光下散发出珠玉光泽的宝物，圆润而又内敛。她的目光毫无阻碍地跌落到井中，井水受惊地颤起一阵微漪，随即迅速平复，变成了亮闪闪的明镜，映照出她优雅的面容和那角蓝天。

1

胡书雅看着井中自己不甚真切的面容，突然觉得这个世界有些吊诡：学历史的弟弟胡明成了不问政治、不肯生孩子的前卫画家，而学艺术体操的她却成了N市大学地方文化研究室专门研究姓氏文化的研究员，且著述甚丰，这次应邀到南雄市举办的姓氏文化节做演讲，由此可见她在业内的口碑与影响。可是，固执的父亲却对此不满意，他始终认为胡明和胡书雅的个性与职业应该掉个个儿，最好胡书雅十五岁的儿子能变成胡明的儿子——他的孙子，这样他就没有"绝代"之忧了。胡书雅对于胡氏文化研究的热爱也应该给弟弟胡明——原因很简单，胡书雅的祖先宋时由珠玑巷迁到珠江三角洲，父亲这一支清朝顺治年间又从珠江三角洲返迁回了赣南，是客家人中所谓的"后客"，因此父亲有着典型的客家男人重男轻女的思维。再者，他对珠玑巷单纯变成广府人的发祥地有着强烈不满，指示道：珠玑巷也是客家人的集散地，你在论文里一定要说清楚！

　　根据相关史料记载和田野考察的结果，胡书雅在论文中采纳了父亲的意见，认为珠玑巷是广府人和客家人姓氏的追根溯源地。在刚才的"珠玑巷与广府人之发祥"的高峰论坛上，胡书雅的这个观点既有人赞成也有人反对。按现行标准来看，一篇能够引起争议的论文就是好论文了，所以她挺高兴。更高兴的是散会后不少胡氏宗亲找到她合影，市电视台还特意就她论文中有关珠玑巷是广府人发祥地和客家人集散地之一的观点进行了采访。之后，她和记者互留了微信和邮箱，并请记者到时把这次采访的视频发给她，她好向老父亲交差，以弥补弟弟胡明缺乏男人责任感的缺憾。

　　弟弟本来是要随车来珠玑巷参加胡氏宗亲会的，可他居然借口办画展一推了之。最可气的是他把父亲一年前病重时给他的那本传家宝级的、南宋咸淳年间刊刻的胡氏族谱给弄丢了，父亲为此险些晕厥，几个月不和他讲话，把老母亲和胡书雅给急得跳脚。好在经过她的劝说，胡明答应给胡氏宗祠画一组胡氏先祖南迁的油画，父亲这才略略消了气。但从此对弟弟胡明不甚看好，总觉得他肩软，挑不起光耀门庭的重担。

胡明倒是超脱，从不计较父亲对自己的态度，不过他很看重姐姐胡书雅对他的评价，为画好胡氏祠堂的油画，他多次向胡书雅讨教。在胡书雅的建议下，他决定画传说中的胡贵妃，这次他请胡书雅到珠玑巷拍些跟胡贵妃南逃的传说相关的图片给他作参考。于是，散会后胡书雅先是去拍了胡妃塔，然后去看古井。她斜拍了几张井栏的照片后，打算再俯拍两张井口的照片给弟弟。她举起相机对着井口，发现井口割下的圆形天空和自己的投影相映成趣，于是放下相机，再次凑到井口仔细地端详，期待有新的发现。

突然间，她尖叫着后退了两步，心狂跳不已：刚才她在井里看见了一个梳着朝天髻、髻边侧插着五色璎珞、穿着红樱桃织锦短衫的秀丽女子的倒影！

胡书雅探头看着井底。这时那捆不知何时落在井中的桂花已经沉底了，如镜的水面折射出她模糊的面容。水波潋滟中，那面容倏地幻化成一张古典美女的脸，让她深感迷惑：

难道是胡明画的胡贵妃的油画草图让自己迷糊了？又或者，那个时不时入梦的古代女子在白天也开始困扰自己了？

胡书雅狐疑而又自嘲地一笑，眼见暮色四合，晚间又还有个座谈会，她便收起相机，岔入旁边的小巷，往宾馆走去。

小巷位于两爿老住宅区之间，细窄、曲折，地上铺的是如今城市中罕见的鹅卵石，显见得有些年头了。她记得儿时的老家全是这种街道，大人、小孩穿着木屐走在上面，铿然有致。雨后那些鹅卵石则在水里泛着青光，仿佛一条条凸起的鱼脊。可惜，现在的水泥路面不但阻隔了雨水对泥土的滋养，也残酷地覆盖了过往的痕迹，让人无从凭吊祖先的足迹，这使喜欢在故纸堆中寻找灵感、热衷于在古迹中缅怀的胡书雅沮丧。她惋惜着勉强自己放下这份思古之幽情，去欣赏路边的景致。

平心而论，这条小巷并无江南古镇粉墙黛瓦的清秀，两边的居民自建房子也大多为形制有些粗糙的水泥小洋楼。可正因了缺乏统一规划，反倒在乱中显出高低错落的个性之美来。加上南雄气候温暖、湿润，丢根筷子都能长成竹子，房主又细心打理，那些艳丽的九重葛、丛丛簇簇的菊花、茂盛的木槿花、夹竹桃从各家院墙探出头来，让从小巷走过的胡书雅有种错入花丛之感。当她拐过一道嵌着"泰山石敢当"的老砖墙时，突然从旁边的小巷里闪出个身材高大的青年男子，他拎着一个鼓鼓囊囊的塑料袋，气喘吁吁地拦住了她的去路。

胡教授，麻烦您留步，我刚才听了您的讲座，非常好！

青年男子穿着米色的休闲裤和黑色长袖T恤，左臂上挂着个黑袖章，上面缀着朵小白花，他身材高大、五官端正、眼神深邃，笑起来一口白牙非常迷人，正是胡书雅喜欢的男人类型。她一怔，总觉得似曾相识，可一时间又想不出究竟在哪里见过，只好尴尬地一笑：请问您是？

青年男子大方地道：胡教授，我认识您，您可不认识我。我叫罗伟成，和我姐姐一样，一直很喜欢你写的论文和随笔，是您的粉丝。我姐也是个作家，上个月她从政府网站上发布的本届姓氏文化节的应邀嘉宾名单上看到了您的名字，特别高兴。当时她说一定要亲自来拜访您，跟您探讨一下珠玑巷人因胡贵妃南逃之事，还要请您吃饭。只可惜……

罗伟成垂下眼皮，声音变得低沉和嘶哑：我姐姐七天前过世了，今天是她的头七。

胡书雅叹口气：她多大年龄走的？

罗伟成伤感地：三十八岁。

胡书雅看了看他黑袖章上的白花：三十八岁，太年轻了，什么病走得这么早？

罗伟成脸上暗下来，指了指自己的脑袋：我姐得了脑癌。嗯，怎么说呢，也许是因为这个病，她的思维跟别人不一样。哦，您别误会，她不是神经有问题，只是她记得很多别人记不住的东西。

看到胡书雅一脸茫然，他咳了声：我姐姐的文章里应该写了这些。

他说着把文件袋递给胡书雅，说他姐姐罗伟琳是县剧团的编剧，兼任过罗氏宗亲会秘书长，对姓氏文化很有研究。前年他们家乡的老房子倒了，他姐姐从房梁的暗格里找到了一本资料，然后她一直在研究这本资料，并开始写作。半年前单位体检，发现她已经是脑癌晚期，她就住到医院里去写。

胡教授，我姐那个时候就吩咐过我，要我无论如何得把她写的资料送给您，她说您一定会感兴趣的。

谢谢！

胡书雅说着接过沉甸甸的塑料袋，只见里头用彩纸严实地包着三本厚厚的材料。她正想打开看，罗伟成却按住了袋口：我姐说您最好晚上回宾馆去看，那样才明白她写的东西。

胡书雅礼貌地合上塑料袋口，微笑地看着罗伟成。罗伟成似乎不善多言，他有些尴尬地挠挠头：胡教授，不好意思，这材料我本来想在会场给您的，可是有那么多人和您合影，电视台又等着采访您，我怕影响您，所以才在半路上拦您，请您原谅我的失礼！

胡书雅晃了晃塑料袋：说哪里话，感谢还来不及呢！欢迎您以后有机会到赣州来，从南雄到赣州也就三个多小时，很近的。

罗伟成掏出手机，要和胡书雅"微"一下。胡书雅从到南雄至今，已经被十几个人"微"过了，心想这马化腾太了不起了，扫一下二维码就打开了一扇了解别人和别人了解自己的窗，但愿罗伟成的姐姐罗伟琳的材料也有这种窗口效果。

胡书雅回到宾馆，从旅行包里掏出弟弟送给她的那套手绘茶具和乌龙茶，正准备泡上一壶茶静静地看材料时，会议工作人员敲门请她下楼吃饭。胡书雅怕喝酒，再说前天称了体重，比预设的标准重了一公斤，所以想也没想就对工作人员撒了个谎，说自己胃不舒服，不去吃晚饭了。

工作人员为难地说，胡教授，您坐主桌呢！

胡书雅叹口气，重申了一下身体有恙，让服务员转告领导，她不吃晚饭了。

说这话时她耳边有个声音一直在提醒她，让她注意下礼节，可不知何故，那些砖头般厚实的材料强烈地吸引了她。服务员关上门后，胡书雅端坐桌前，在沁人心脾的茶香中打开塑料袋，从里头拿出三大本用彩纸包裹得严严实实的材料，她的目光刚落到第一本材料的封面上，眼前便遽然一暗，手一抖，材料重重地砸在脚上，痛得她直嘶冷气：材料的封面上，一个梳着朝天髻、髻边饰有五色璎珞，上穿着浅紫绣深紫樱桃的短襦、下穿深紫色长裙的美丽女子正星目含愁地凝视着她！让她心颤手抖的是这女子的面容与她下午在古井中睬见的那张脸一模一样！

胡书雅捡起材料，小心翼翼地拆开包装，把封面彩纸平摊在书桌上。这才发现彩纸原是一幅融合了西画手法的国画，人物线条流畅、塑形准确、明暗得当、设色淡雅、笔触细腻、准确传神，俨然大家手笔。可是，画的作者题款却是罗伟琳！

千真万确，这是罗伟成的姐姐罗伟琳的画作！自己是断然没见过的。可为什么会有这等熟稔的感觉？又或者，今人已经把古代美女都模式化了，连自己的胡思乱想及一瞬的幻觉形象都暗合了这种脸谱？

胡书雅一边在心中谴责脸谱化的贻害，一边把另外两本材料的包装也拆了，越看越惊奇，因为第二本材料的包装纸是一幅南宋帝王画像，第三幅则是第一幅图中的仕女与一个身材修长、眉目俊朗的翩翩男子的双人画像。只见画中的女子微扬下巴、半侧着脸凝睬着男子，男子俯首深情地看着女子，虽然他的脸也微微侧着，且画幅较小，罗伟琳也没有对他和女子的双目进行特写，可胡书雅却分明在画面的某处看见了男子和女子目光交会时绽放出的星点火花。

他俩肯定是对恋人！嗯，这罗伟琳画技不错，看样子除了编剧还能兼任剧团的舞美设计。

胡书雅漫无边际地联想着，然后啜了口酽茶，顺手翻开了第一本材料的第一页。本来她端着杯子就要往唇边凑，这时却吃惊地放下了，几滴茶水落在纸页上，纸页上沁出了淡淡的墨痕：这三本材料居然是用印刷体般工整秀丽的蝇头小楷写就的！

我的天，这罗伟琳什么人哪？会编剧、擅绘画、工于书法，是不折不扣的大才女，难怪英年早逝，看来是天妒英才啊！

胡书雅放下茶杯，静了静心神，开始看材料的引子部分。

尊敬的胡教授：

　　您好！

　　当您看到我这封信时，我肯定已经去了另一个世界。我想您会奇怪，我为什么要给您写这封信并让我弟弟伟成把这些材料给您。其实我弟弟也问过我这个问题，我告诉他说，我对姓氏文化感兴趣，而且一直喜欢您写的论文，我希望我这三本材料对您关于胡氏迁徙及珠玑巷南迁移民的历史研究有所帮助。当时我弟弟不以为然，他觉得我虽然当过罗姓宗亲会的秘书长，平素也喜欢收集相关的资料，却终究是个门外汉，他不相信我写的东西对您的事业会有帮助。也许与我经常向他展示我从网上收集到的有关您的报道和照片有关，有一次他居然讥讽我是个"女同"，看他的嘴有多损！但我并不怪他，因为我对素昧平生的您的确有着非同寻常的兴趣和感情！您可能不会相信，当我从祖宅得到两本小册子后曾连夜驱车到赣州去看您，那种兴奋就像去看一个恋人。可惜您出差了，我扑了一个空。不过，我没有立即回来，而是在赣州住了两天等您回来。

　　那是一个初夏的傍晚，您穿着条浅紫底绣深蓝色连枝花的连衣裙，拎着行李匆匆地走在夹竹桃盛开的林荫道上，身材苗条、脚步轻盈，您的神态还是那样和婉，目光仍是那样的温良，与我记忆中的形象非常吻合。我知道，您就是她——我永远无法忘记的生死姐妹——黄佛面。

　　看到这儿，您一定会说我在胡言乱语。我已经做好了不辩解的准备。这些年，但凡我说到那些让我拂之不去的前尘旧事，所有人都认为我是个疯子，包括我的父母、丈夫、弟弟和女儿，他们都因为我的奇诡记忆而把我打入了另册，所以，后来我学乖了，再也不跟他们说自己的秘密，我这才得以以正常人的面目过着表面正常的生活。

其实，我真的不是一个正常人。

因为，我知道自己的前前前……前世的每一个细节。这是不是很荒谬？甚或很……俗？俗得就像现在流行的穿越类网络小说？

我承认，发生在我身上的事情现代科学还无从解释，但并不是孤例。从已知的情况来看，我还有不少同类。如果您相信我，麻烦您百度一下"再生人"，您会看到许多令您惊讶的事例。当然，那些事例也可能是别有用心的作者夸大其词写的赚眼球文章，可我相信其中有真实的成分。结合我的个人经历，我觉得"再生人"之所以被人归为"八卦"类的未解之谜，是因为它的原理科学还无从解释，所以才显得神秘和怪诞。在此我斗胆妄言一句，您肯定也有过某种对前世的记忆，只是不像我的记忆这么分明和强烈，对不对？又或许，您的前世记忆是以某种梦境的形式出现的？

看到这儿，胡书雅揉了揉眼睛，感觉脊背上有股冷风飕飕吹过。从初中起，她的确经常做怪梦，在梦里，有一条曲折的朱红回廊，廊侧开满了娇艳欲滴的各色鲜花，一阵风来，吹起廊檐下雪青和茜红的纱幔。接着，从纱幔里传来一阵衣裙的窸窣声、细碎的脚步声和环佩的叮咚声。当风再度吹起纱幔时，一个身材细瘦单薄、戴着软翅头帽、穿着大红衫袍、瘦削的脸上有着双大眼睛的青年男子走了出来，身后跟着群服色淡雅、头饰却俏丽无比的美貌女子。最出众的是走在旁边的那位高挑女子，她云髻高挽、一袭淡金短衫、黄罗银泥长裙衬得她风姿秀逸，最奇的是她裙袂里露出的凤头鞋比之后那帮碎步妇人足足大了一倍。妇人们指着她的鞋取笑着，女子也不恼，陪着男子快步往前走去。

这时，似乎有人偷换了梦中的场景，转瞬间青年男人和那帮美貌女子都不见了，只剩下高挑女子站在一个高高的亭子上，风把她的裙子吹成一朵巨大的黄云。女子在美人靠上缓缓坐下，伸手解开乌黑的长发，一边柔声叫道：佛面，且把这些翠钿收起，到园中给我剪几朵花来，给我和冠儿戴上。

清蕙姐姐，我这就去。一个清脆甜美的声音从画外飘来。

然后，胡书雅就醒了。

这个梦境困扰了她十多年。小时候她曾跟父母说过，父母说她看多了电视剧，做的是记心梦。等她再说时，父母放在了心上，带她去看过好几次医生，医生也没弄明白原因，最后不了了之，而她也以为这是由某些狗血电视剧引发的漫长梦魇，到后来，她已习惯自己的梦境，并将其视为心中的一个秘密，再也没在人前说起过了。

可是，她现在居然在一个陌生人的来信中看到了梦中属于她的名字：佛面！

难道那个梦是她的前世记忆？

她既不相信前世，也不相信有什么"再生人"，她只相信科学。问题是医生一直没对她的梦作出什么有说服力的结论，甚至连解释都没有，这就难怪现在胡书雅会在这种情况下将自己的梦境归结于前世记忆了。

想到这儿，胡书雅连忙换了杯热茶，定定心神，并依罗伟琳的建议，百度了一下"再生人"。百度结果显示，这是一个多义词：1、作为灵魂转世现象。2、作为一部电影的名称。3、网络游戏《热血英豪》中的职业。适用于罗伟琳"再生人"的解释无疑是第一种。

据网络报道，在湖南省通道侗族自治县的坪阳乡，生活着一百多位对前世具有清晰记忆的"再生人"，有人将"再生人"称作"世界第八大未解之谜"。

在看到"黄佛面"之前，胡书雅对这类报道、包括罗伟琳的信中所言是绝不相信的。可是，"佛面"这两个字却如同千钧风暴，瞬间粉碎了她的某些认知体系，让她陷入迷雾中：也许人类对世界和人类本身的认知的确才只有冰山一角？大量的未解之谜还沉在水底？看来自己现在是碰触到了水中的"冰山"了！

她用手掌压住了"佛面"以下的文字，闭上眼睛平复了一下心情，同时祈祷着后面的文字中千万不要出现梦中的第二个名字"清蕙"。可是，这回上帝聋了，没听见她的祈祷，她刚移开手掌，就看见了如下的文字：

　　我在前前前……前世叫胡清蕙，也即后人传说中的胡贵妃。胡教授，我的话越发"疯"了，但我相信这会儿您已经不会把我当成疯子了？因为在我的梦里，一直有个声音在叫"清蕙姐姐"，而在你的梦中一直有人在喊："佛面，去帮我采几朵花回来！"如果我没猜错，那我可以百分之九十九点九地肯定你和我拥有前前前……前世某段共同的记忆。

　　现在，容我告诉您这三本材料的构成和缘起：第一本的前几页，是我写给您的这封信，也就是所谓的"引子"，引子之后才是正文，是我对于前世的回忆。确切地说，那不能叫前世，而是前前前……前世，毕竟宋朝距今八百多年了，就算每次活到一百岁，也有八个轮回了。我不知我该不该相信六道轮回，但从我对宋朝前世的回忆来看，"轮回"同"再生人"一样，属于人们目前尚不可认知和解释的神秘领域，在此暂不冗叙。我想告诉您的是，我对前前前……前世的追忆并非完全靠缥缈的回忆，而是有确凿的文字根据——我和我如今的先祖、当时的恋人罗槐在宋朝时各写了一本日记。那两本日记使我对前前前……前世的片断式记忆变得完整和鲜活。

　　看到这儿，您是否想起了我弟弟罗伟成初见您时说的话？他说前年我们家在乡下的老宅倒了，我从梁柱的暗格间找到了两本小册子，我向您保证，这事儿是真的！当时我正好在家休假。这天从县城来了几个收购旧物的商人，他们找到我，说是想买我家老宅里的木头横梁和朽坏的门窗。我家老宅在这一带颇有名气，只是建筑年代不可考，看建筑风格当在明末清初。对于这样一栋老宅，我是有几分不舍的，我毫不犹豫地拒绝了那几个商人。夜晚我睡不着，便拿着应急灯，来到已然颓倒的老宅，用棍子敲击着那些石头和木头，希望有意外的发现。

结果当我敲击主梁时，发现声音空洞。经过仔细的寻找，居然让我找到了一条四方形的暗缝，用刀子戳开后现出个暗格。在暗格里我找到了一个包裹在松脂里、闪着琥珀光亮的方盒子。当我用火烘软松脂，打开里头的樟木盒时，一股混合着樟脑和苏合香的熟悉气息扑面而来。只见盒内放着一个四四方方、青白相间的药斑布包，边上塞着些装着樟脑和香药的炭末小布包，想是用来防尘和防湿的。中间的大布包拆开后，露出厚厚两本金黄色的冷金笺。

那一刻，我脑中响起阵呼啸，接着头晕目眩，倏地记起那个遥远的午夜，摇曳的火把光从窗户飘进来，同时也送来了官兵的喊杀声、街坊邻居的惨叫声，我——当时已经改名卜玉树。为了不让心爱的罗槐和珠玑巷的百姓受我连累，决心赴死，于头天半夜就把这几年闲暇时我和罗槐所记的手稿装订成册，叮嘱相公罗槐无论如何得把这两本小册子传给后人。这样后代在凭吊祖先时才有所依凭，他们所有的追溯才有根本与源头。

那天深夜，我站在老宅里，抱着樟木盒失声痛哭。小时候奶奶曾警告过我，说夜晚不能放声哭，否则哭声会惹"犯"。"犯"是方言，究竟他老人家是神仙还是鬼魅至今还没个定论，但无疑具有某种神秘的制裁力量，会让深夜或者在山中痛哭的人生病、妄语。我想，那天深夜我肯定惹了"犯"，因为我彻夜高烧、谵语不断，住了两天院回来，我才能冷静地阅读那两册用珍贵的冷金笺写下的杂记。

说也奇怪，花了一整夜时间读完我和罗槐的杂记，并在晨曦初露之际合上最后一页时，原本好端端的冷金笺瞬间化成了碎片。一阵风来，它们如同千万只蝴蝶从窗口扑向了大地的怀抱，就这样以一种凄美而壮烈的方式，回到了时光深处。

所以，胡教授，您接下来看到的是我根据那两本杂记创作的……材料——我实在不敢妄称这是我的作品！至于我写的是纪实文学还是小说，我自己也觉得不好定论。我想，您要是认为隔了八百多年无法"纪实"的话，就把它单纯地看成文学描述吧！在材料中，"我"用第一人称，罗槐用第三人称，只是不知如此会否增加您阅读的难度？而我，则始终将其视为这是由我根据杂记糅合了我的前前前世之回忆创作的"材料"。

好了，闲话少说，下面我们言归正传吧！

还有，请原谅，我之所以能够与珠玑巷结缘，皆因了罗槐和曾守琴先生，故而尊重起见，本文的叙述从他们开始。再者，我知识有限，写作时我尽量用一种当今世人熟悉的语言来表现他们，可能缺乏您所需要的历史感、时代感，不到之处，敬请您海涵和谅解！

您今世的忠实拥趸、您八百多年前
的刎颈之交：罗伟琳（胡清蕙）
2015年10月10日子夜

二

昨晚豪雨，不但浇酥了层层屋瓦、敲痛了檐下的铁马，也让罗槐
难以入眠。天刚放亮，他即来到院中，查看竹棚下堆放的木炭、柴火
和新砌的砖墙有无受潮。作为珠玑巷最大的罗记铁匠铺，罗记从建筑
到生产的铁器都让人赞叹，便连它所处的地段，现下也颇有说道：虽
说罗记所在的铁炉巷并非珠玑巷的闹市，可它的对面有闻名遐迩的王
氏钻缸酒铺，想喝酒的人少不得要到此勾留；罗记的右边是间气质与
铁匠铺迥异的头花水粉店，不但是珠玑巷女子必定光顾之处，还有四
方客商云集。罗记铁匠铺因此也沾了些"水色"，显得越发出众了。

罗记的店铺阔大，靠墙的木架上摆满了各式农具、车马配件，内
间则摆满了麻扎大刀、重型大斧和箭镞等。按制，刀枪箭剑等武器皆
由州作坊造作，南雄州作院之军匠役兵在高宗时有三百多名，但因作
院造作任务繁重，军匠每月只得粮二石五斗，每日食钱一百二十文，
难以养家，且产品检测严格，工匠所制兵器皆以朱漆写记，视其精粗
利钝以为赏罚，故逃病死亡者日众。到了咸淳年间，南雄作院只剩下
工匠四十六人，所造兵器难以达到州府对兵器的需求，故转而动用民
间工匠。有段时间，像罗槐这等技艺精湛的民匠要到州郡作院轮差，
每次四十天，次数视任务繁轻而定。后又转为和雇，多少给点工钱。

罗槐以前多到作院去锻制，后来作院杨都头发现作院的铁不如罗

记的铁，且罗记一门技艺精湛，所制刀、剑、弓、弩、矛、枪、斧皆精良，便特许罗槐在罗记铁匠铺造作作院的部分兵器，作院再与他结账。一来杨都头可省心省力，占点罗记的便宜，二来杨都头有机会经常往珠玑巷跑，在那儿众人惧他权柄，常请他吃饭。关键一点，杨都头是个酒徒，最好杯中之物，原本想当个酒务，只管收酒税、销售便好。老天偏让他当了都头，他只好走这一步棋，以此为借口，隔三岔五地坐在王氏钻缸酒铺监督罗记的兵器造作。

这一来，苦了王氏的王掌柜，罗记倒因祸得福，因每年有固定的订单，这几年规模日大，原先低矮的茅屋翻修成了三纵两横的大瓦房，还有前院、中院和后院。前院临街处造了高大的门楼，与珠玑巷中的望火楼遥相对应，显出了几分伟岸与气派。

罗槐祖上曾在朝中为官，靖康之难时自开封珠玑巷迁至南雄。到他这一辈，父母早亡，只余得罗槐与兄长罗松二人相依为命。罗松人长得斯文清秀、性格也沉稳，酷爱疾走，被招入军中，在大庾岭的铺兵站当节级。罗槐自小好舞刀弄枪，虽然当铁匠的父亲在他十三岁时就过世了，他却秉承了父亲打铁的好手艺，且为人急公好义、乐于助人，哥哥又悉心调教、鼎力相助，这几年罗记铁匠铺已是南雄州数一数二的铁匠铺了，在珠玑巷更是无人不知、无人不晓。

罗记有六个长相奇特、武艺高强的昆仑奴，至于他们是否真的是唐朝时常见的昆仑奴，没人去深究，只是以此统称他们罢了。他们和罗记门下六个身强力壮的同宗徒弟在罗槐的带领下，天天在后院练武。前年横行南雄州与赣州的盐寇萧破洞、谭鬼七部偷袭珠玑巷，罗槐领着他们与盐寇厮杀了大半天，盐寇不敌，扔下两具尸首逃之夭夭，这两年没敢再打珠玑巷的主意了。罗记一战成名，罗槐也因此在珠玑巷人心中享有特殊的威望。由于他尚未娶亲，近来上门提亲的媒人络绎不绝，弄得罗槐五心烦躁。

今日虽然无人来提亲，但早起后罗槐还是心绪不宁。为了给阿甲、小乙这六个昆仑奴改为罗姓，他今天得去见九巴公等族老，估计到时少不了一番舌战。再者，他近日就要启程去临安修族谱，这铺中的大小事情好比那密匝匝的雨丝，在他心中编出了一道网，勒得他气急。还好他虽然性子急，却不乏从容细心的一面，自有其轻重缓急。只见他伸展了下胳膊和腿脚，从墙角抓了把竹柄黑漆布伞，冒雨来到中院。

中院有半亩地大，原本种了蔬菜、打了晒坪，还挖了口小小的鱼塘，塘边种了些茭白，搭了养猪栏，塘里养了鱼。后因作院常有订单，急需扩大生产场地，罗槐把鱼塘填了，在院中新垒了十二口大炉，每座炉之间砌了两扇比人高的砖墙，这样十二座炉子就变成了十二间工坊，安全又美观。只是新建的砖墙最怕受潮，偏偏又连夜大雨，加上明日那批刀剑州府要得急，虽然十之八九已经完成，可余下部分也至关重要。

昨晚他已向管家二伯和大徒弟、远房侄儿罗平交代了相关事项，可到底放心不下，转身来到书房兼账房写了一张纸条，卷好后塞进小苇管中，而后穿过院场，绕过一栋平房，来到后院。这是一个打理得很好的菜园，旁边有茅厕、池塘、鸡舍、猪舍、鸽舍，虽然气味不好闻，却能供给罗府上下近二十号人的菜蔬鱼肉，是罗槐的珍爱之地。尤其这排鸽舍，是他打铁、做买卖、读书之余最爱的去处。用二伯的话说，这是罗槐和哥哥罗松的心尖尖、命根子。

其实，二伯的话只说对了一半。罗槐和哥哥罗松最喜爱的不是鸽舍，而是鸽舍中几十羽健壮可爱的鸽子，俗称飞奴。这些飞奴经过罗松和罗槐的训练后能够传递书信。以前罗槐和罗松只将此当作玩耍，可自从前年飞奴帮州府送过两封急信后，居然有了不少生意。尤其是罗松，他在大庾岭的递铺当节级最是用得着飞奴。

原先罗松所在的递铺有专舍，他建了两排鸽舍，几十羽飞奴是他们铺兵的好帮手。前年盛夏，罗松的递铺被雷火所毁，州府无钱重建，就让他们暂借驿馆的两间厢房办公。罗松在那儿也养了十几羽信鸽。由于他事情繁杂，虽然驿站距珠玑巷不过十几里路途，每月通常只在旬假时归家一次，平日与家中联系，全赖飞奴传书。罗槐想兄长了，或有家事相告，也一样依仗那飞奴传信。

只见罗槐收了伞，又在衣襟上揩去手上的水渍，这才小心地捉住一羽飞奴，将苇管套在飞奴脚上，双手一托，鸽子飞入了云天。只消半袋烟工夫，十几公里外的罗松就能看到他的纸条了。罗槐在条中只是要哥哥请两天假，帮他检验那批交付的弓箭和车马配件。

见飞奴无事，罗槐出门绕了几条巷子，来到罗氏公祠门口，敲响了罗氏宗祠门口申请议事的大钟。当七位罗氏族老捋着胡须坐在神案前，听罗槐说要为那六个昆仑奴改姓时，族老们坚决反对。

族长九巴公尤为激动，他颤颤巍巍地说：浩风族侄，想当年，这些昆仑奴在梅岭驿道上奄奄一息，被主家遗弃，是你和浩山不怕传染，把他们带回家救活了。你们兄弟对他们已是恩重如山了，又何苦恩上加恩？按惯例，这家奴要变成良人，怎么着也得有典资作保才行。现在你们兄弟平白地就给了他们身份，他们要是懂得知足，还念你份心意；他们要是人心不足蛇吞象，到时反伸手向罗姓宗祠要田要地，那你怎么办？我看至此为止，莫生是非了！这也是为你们好。

九巴公一开口就作了结论，其他族老只有点头的份。罗槐跪下"咚咚咚"磕了三个响头，恳请道：九巴公，各位前辈，浩风当年救昆仑奴后并没言明他们是小的家奴，想他们到晚生家中七年，温厚忠恳，能干耐劳，常忧晚生之所忧，急晚生之所急，视晚生如兄长，晚生也待他们如家人。晚生不想把罗记变成牙侩之所，也不愿与他们有尊卑之别，故恳请各位族老前辈开恩，同意晚生的请求。

九巴公端起茶碗，轻轻地啜了口茶沫，不紧不慢地道：浩风，古人云，若尚贤使能，则主尊下安；贵贱有等，则令行而不流；亲疏有分，则施行而不悖；长幼有序，则事业捷成而有所休。浩风是熟读经史之人，岂能不明白此中深意？

罗槐读了七年义塾，熟读诸子百家、《论语》《春秋》《左传》。九巴公所言，当引自《荀子·君子篇》，并无多高深，可他搜寻了一遍，竟找不到足以反驳的圣人词句，当即低下头强辞道：九巴公，尊卑有序固然上下和，可颜回不也说过"四海之内，皆兄弟也"吗？晚生如今把昆仑奴当兄弟，教他们出孝入悌，如此携手同行，其利方可断金，岂不胜过主仆之分的生疏与隔膜？

　　九巴公捋着长须没作声，混浊的双目紧紧盯着他。其他族老唯九巴公的马首是瞻，也没吭声。罗槐趁热打铁，动情地说：九巴公，各位大伯公、叔公，你们别忘了，前年年关珠玑巷遭萧破洞他们攻击，是阿甲、小乙他们这些昆仑奴冒死抵抗，还从土匪手中抢回了七伯公的小孙子和六公公家的牛，他们可是有功于我们珠玑巷的。单凭这一点，我想他们足可以姓罗了！

　　此言一出，七伯公和六公公不好意思了，他们摇头晃脑地附和着，请求九巴公高抬贵手。经过两炷香工夫的商议，九巴公终于松了口，条件是罗槐得给罗氏公祠送十二大缸闻名遐迩的王氏钻缸酒，高兴得罗槐那天从祠堂出来转身就去了王氏酒铺，向店东王掌柜订酒。

　　王氏酒铺的生意本就好，前不久梅关驿站的沈驿丞又向王氏订了二百五十缸酒，说是主管驿站的兵部侍郎可能会到梅关驿道巡视，他得备些好酒待用。王掌柜忙不过来，一时便没答应罗槐的要求。这下罗槐急了，请王掌柜无论如何给他留十二缸酒，不料王掌柜却脸一拉，乌眉黑眼地就把他赶走了。

　　罗槐走到门外，返身看着风中飘扬的酒旗和立在门口对他横眉以对的王掌柜，觉得这位邻舍挺有意思。王掌柜祖上曾是内酒坊的酒匠，靖康之变时和罗槐的先祖一道从开封逃来，并在珠玑巷重操旧业。宋时实行榷酒，绝大多数地方酒务为官营。行在临安的官营酒坊数不胜数，仅以皇室而言，禁中便有内酒坊、御前甲库、御前酒坊等等。坊中小报曾登过一则短文，说高宗帝时，御用酒坊一年用掉糯米五千石，酿酒五万斗，数量着实惊人。但更惊人的是州、府、军、县都设有酿卖酒曲、征收酒课的机关，称作"都酒务"，县一级则称为"酒务"，正是前文提及的杨都头最想去的地方。除此之外，各地州、府、军还设公使库造酒，作为官府送往迎来和宴请官员使臣等的公用酒。酒坊中造酒的酒工和酒匠多以和雇为主，酒匠每日支食钱三百文，酒工为二百五十文。

　　王掌柜的先祖曾担任过内酒坊的酒务，逃到珠玑巷后，既无都酒坊，更无资本参加买扑酒坊的实封投状，这事儿说来绕口，其实即今世之投标，由申请承包官办酒坊之户自报愿意上交的酒课数目，密封后投交官府，由官府择日当众开封，将酒坊承包给开价最高之人，而承包人则要用家产当抵押。

王掌柜的先祖本想重操旧业，到南雄的都酒务去当名酒匠。到南雄后他发现，在开封等地严格实行的榷酒法在此竟难觅踪影，不由心花怒放。对于他这样有手艺之人，榷酒法是道桎梏。如宋律规定，在禁地内酿私酒是大罪。如去京城二十五里、州二十里、县镇寨十里内酿私酒者，私造酒一升，笞四十，五升加一等，五斗徒一年，五斗加一等，五石不刺面配本城。但对于偏远的广南西路、荆湖一带的辰州、福建的福州、泉城、汀、漳州、兴化军，以及四川一带、广东东路，朝廷则法外开禁，不行榷酒，这样王掌柜祖先的酿酒手艺终于有了用武之地。

自高宗起至理宗时期的一百多年间，王氏钻缸酒的销量始终雄居珠玑巷十余家酒铺之首，家业越来越大。到了王掌柜这一代，家财雄厚，起了三横四纵的青砖大瓦房，建了后花园，美中不足的是王掌柜的娘子只生得一个女儿月梅，人丁单薄。月梅娘倒也开通，一直张罗着为王掌柜讨小。王掌柜却一直不肯，坊间传言他得了不举之症，哪怕后宫三千也无济于事，干脆和月梅娘白头到老，也赢得了个好名声。

罗槐正打量着王氏酒铺崭新的楼房时，二楼有扇窗户开了。从里头探出张可爱的圆脸来，那是王掌柜的独生女儿月梅。她朝罗槐挥了挥手中的白手帕，罗槐也朝她挥了挥手，不想被注意他的王掌柜看见。王掌柜抄起桌上的一杯残茶就朝罗槐站的地方泼去，一边仰头呵叱女儿：

月梅，你开窗干什么？快关上！关上！小心有狼叼你！

对他这种指桑骂槐，罗槐并不在意，他只在意月梅。按说月梅上回给哥哥做的鞋今天应该给他，怎的不见动静？他叹口气，朝那扇刚刚关上的窗户徒劳地挥了下手以示再见，然后怏怏地往斜对过的罗记铁匠铺走去。

说来王掌柜是看着他长大的，也喜欢这罗家两兄弟，没想到现在王掌柜对自己这等反感，罗槐想来有些气憋和失落。罗槐比月梅大四岁，哥哥比月梅大八岁。罗槐父亲在世时与王掌柜交好，有一次两人酒后为罗槐和月梅定了娃娃亲，那时月梅才刚会走路。不曾想几年后罗家父母坐马车去南雄府遭遇车祸，夫妻二人同时身亡，罗记的经营状况一落千丈。罗松担起了家长的责任，早早投军当了铺兵，挣口粮养弟弟。

　　王掌柜倒没有嫌贫爱富，还是记着那桩娃娃亲，对罗松、罗槐时有关照和接济。不料月梅渐长后居然倾情于罗松，把罗槐当成一个亲哥哥和玩伴，两人常没大没小地抬杠。由于罗槐胆子大，又无父母管事，常干些上房揭瓦、下河拽船之事。王掌柜渐渐有些不喜他，眼仁儿跟着月梅的心眼儿转，父女俩把个罗松放进了心里。

　　罗槐气不过，和王掌柜吵过几次嘴，有一回趁大哥罗松去山上砍柴之际，他竟然领着七八岁的月梅和另外两个邻居的小屁孩钻进了酒窖，几个人在里头捉迷藏、射弹弓，结果打破了王掌柜的两缸酒，自此后王掌柜是见了罗槐就头痛。

　　没料到的是这罗槐成年后大有出息，王掌柜想到以前的娃娃亲之约，年前他主动提醒罗槐要请媒人来说亲。此时罗槐早已将月梅当成了自己未来的嫂子，居然没做任何解释就一口回绝了，气得王掌柜恨不得揍罗槐一顿。如今罗槐上门求他订十二大缸钻缸酒，他打定主意有钱也不挣，非得给罗槐一个下马威不可！于是有了方才令罗槐气结的这一出戏。

　　只是王掌柜怎么也没想到，罗槐一转身就想到了破解的办法——等哥哥回家休旬假，他让哥哥跟月梅说去！别看王掌柜在罗槐面前横，在月梅面前他就是一个糯米团，月梅要他圆就圆，月梅要他扁就扁！哪怕王掌柜是块钢，王月梅也能把他化了去！这就叫卤水点豆腐，一物降一物！

　　想到王掌柜面对月梅无可奈何的样子，罗槐唇边荡起几缕淘气的笑意。

这时，一只飞奴落到他肩上，他从脚环的小苇管里抽出张纸条，那是哥哥写给他的临别赠言，叮嘱他路上千万小心，出去不要挂心，在临安罗氏宗祠做事要细心，去见宗祠主事的德元公时还要表份孝心，最后说家里一切有他，让罗槐尽管放心。罗槐收起纸条，心想哥哥只比自己年长四岁，却一直把自己当孩子，有时他的那份呵护虽然可笑并显得多余，却让罗槐温暖无比。此刻他看着檐下那个昆仑奴阿甲做的大沙漏，惊讶地发现哥哥和自己应是同时放飞奴上天的，也许世上只有兄弟之间才有此等默契吧？

罗槐尚沉浸在对哥哥的牵挂中，耳边传来阵轻悄的脚步声和暖暖的喉音：家主，您昨晚半夜才睡，这天没亮就起床，明天还要赶远路，身体吃不消啊！

中等个子、身材匀称、肤色黢黑的阿甲从半掩着的货仓走出，黑曜石般的眼睛露出些许疲态。阿甲是六个昆仑奴中最年长的，约摸四十出头，性格周到、细致、机警、寡言，双手灵巧，会弄虫蚁，会纺织花带，会击剑弄棒舞枪，他打造兵器的技术不在罗槐之下。最最关键的是，对于救命恩人罗槐，他有着无比的忠诚。

没事，我们走水路，船上尽可补觉。

看着精力充沛的阿甲，罗槐不由想起自己当初在大庾岭初见他们时的样子。当时阿甲、小乙六人躺在路边奄奄一息，如果不是罗槐和罗松相救，他们早成了山涧里的一堆白骨。也正因如此，这些年阿甲六人把罗氏二兄弟视为至亲，用心学艺、尽心服侍，比之那些同宗徒弟他们用心多了。有时二伯和罗平会吃他们的醋，说罗槐猪油蒙心，分不清亲疏。罗槐和罗松也不恼，笑着让他们扪心自问，这一来二伯和罗平再不敢说话了。

阿甲，你这几天从三更到五更都在守仓库，换下人手吧。再说了，那天来探听虚实的未必是峒僚人，未必是盘太古的手下，不用太担心。

罗槐心疼地说。上个墟日他去表哥曾守琴的义塾商量此次去临安修谱事宜，那天二伯正好去码头接货了，罗平则给他大舅舅做寿，铁匠铺里只有阿甲、小乙等人。那天来了两个峒僚人，说是要打一百五十把大刀和二百把长枪，说话时他们的目光一个劲地往仓库方向扫，其中一人还假借上茅房之机拐进了仓库，被机警的阿甲发现后赶了出来。阿甲左思右想觉得不对，这边火速派人禀报罗槐，然后不管罗槐吩不吩咐，他开始安排人守夜值更。由于最近在赶工，铁匠铺的每个人都累得屎出屁射。阿甲自告奋勇地揽下了所有下半夜的班，罗槐劝他他也不听，坚持说他从那两个峒僚人眼中看见了贼心。

家主，他们肯定在打那批刀剑的主意，要不铁匠铺哪有什么可抢的？想抢刀剑的只能是土匪。

阿甲的分析不无道理，而且罗松也在飞鸽传书中告诉过他上月盐寇萧破洞、谭鬼七伙同虔寇柳眉姐、赖大花部进犯梅岭，虽说广东制置使王金祥遣陈玉书率兵往大庚岭御之，盐寇兵退韶关，但仍有部分寇匪滞留南雄、梅关一带，而且可能与盘踞清水寨的峒寇盘太古的盘家军里应外合。那二人或许是来探路的，若如此，倒值得担忧了。经过阿甲的分析，罗槐也觉得不能掉以轻心，转身又写了张条让飞奴送给哥哥。

身为铺兵节级，罗松不但以疾走闻名，他的骁勇也是有口皆碑。三年前土匪抢劫驿道上的客商，驻守的厢兵尚在路上，罗松带着几个铺卒就将土匪制服了，罗松因此受到南雄知州的褒奖，并一战成名。

家主，我们明天几时启程？

阿甲的声音将罗槐从遥远的回忆中搜出，他一抬眼看见阿甲期盼的目光，有些为难地对阿甲说，他想让阿甲守家，带罗平去临安。

阿甲一听连忙摇头：家主，罗平太年轻、太毛躁，还有，他爱睡懒觉，有事只怕帮不上你的忙。这里到临安千里迢迢，不知道会遇到什么事，你还是带我去吧！家里这边有二伯、罗平和小乙他们没问题。

罗槐没吭气。阿甲团了团拳手说，家主，我头脑不如罗平，力气比他多两把，带我比带他好！

阿甲冰雪聪明，奇怪的是六个昆仑奴中，只有他讲本地话最蹩脚，大概是年纪太大、舌头拐不过弯来的缘故吧！

罗槐犹豫了一阵，终于颔首道：好，阿甲，明天寅时我们出发。你们改姓之事，等我们回来办便是了！

阿甲不敢置信地望着他：家主，您是说九巴公同意赐姓给我们了？那您是不是要收我们当徒弟了？

罗槐强调：是改姓，不是赐姓！

阿甲没理他，一转身跑进了房间。罗槐还没回过神来，阿甲便领着小乙几个推金山倒玉柱地拜倒在地，异口同声地道：谢家主隆恩！

罗槐一一扶起他们，眼睛微润：谢什么呀？今后你们就是我的徒弟了！

快给师傅磕头呀！机灵的小乙一叫唤，众人又磕了几个响头，等他们起来时，额上沁出的血迹刺痛了罗槐的心：别这样，我们是一家人。

阿甲接过他的话头，大声说：大家听着，虽然家主收我们当徒弟了，九巴公也赐姓给我们，可我们永远都是家主的仆人，如有不敬和异心，天诛地灭！

说着，阿甲咬破了手指头，接着小乙等人也咬破指头，他们撩起衣衫，把血揩在彼此的胸膛上，然后双手合十地对着初升的太阳虔诚地低声呢喃，那一瞬，罗槐似乎听到了他们心脏的跳动声。

半个时辰后，罗槐出现在浈江义塾狭小的院子里，想问问表哥、义塾的山长、珠玑巷有名的布庄老板曾守琴明日去临安一事。不料这时三个学生和两位穿着粗布衲袍的小哥正围着曾守琴叽叽喳喳地说话，罗槐摇手站在旁边听了几句学生的话后，心中生起股闷气来：那个小儿，名叫徐速的学生偷懒，课业总在四等以下，无法吃义塾的行食，心下气恼，竟叫了两个同宗兄弟来无理取闹，引得在教室里温书的学生出来围观。不等曾守琴示意，罗槐便起身朝那些学生挥挥手，赶他们进教室了。

只听曾守琴不紧不慢地道：两位官人，非是我有意轻忽徐速，实乃他的课业总在四等以下，徐速来义塾时我是给了他单子的，单子上面写明只有父母双亡、家穷无力者方可不问学业好坏，一律向义塾行食，其余学生自备粮米杂费，如每日得试上了二等，义塾自会供给一日二膳，如果得了三等，先生赏一分，有精进处，再赏一分才能行食。二位官人，方才我说的可是衙门备过案的义塾条规，当初徐速的家翁也是签了字画了押的，不信你们问徐速便是。

两位小哥看着徐速，徐速垂头默认了，两位失了面子的小哥却不肯罢休，其中个儿高的质问道：山长，终归你这是义塾，多少要供些日用之便，否则哪来"义"字？

曾守琴微微一笑：小哥问得好，这义字乃与礼、仁、智、信比肩方可。

曾守琴话没落地，个儿矮的小哥上前一步，抱拳作了个揖：山长，实不相瞒，我们只是想替徐速家省下两顿饭钱，您是不知道，徐速的家翁做生意蚀了本，现在全家吃了上顿没有下顿。

曾守琴一惊，看着徐速：可是实情？

徐速瞥了同宗小哥一眼，点点头，曾守琴歉疚地抱抱拳：抱歉，老朽不知。

旁边的罗槐扑哧一笑，上前对两位小哥说：好了，你们也就骗骗山长这样的仁厚之人，要不要我告诉你们日同堂南货店这两天批发了多少船的货走？还有徐大店东挣了多少贯钱？

两位小哥还要嘴硬，罗槐抓住高个儿小哥的胳膊严厉地说：我日前看见你们斗蟋蟀、斗鸡，是输了吧？上次你们讹了园山精舍温家的小乙，你们这次又讹徐速，再这样下去，我告诉你们家翁，让他们家法处置！家法处置不了，再送你们去见官！

两位小哥面面相觑了一会儿，终于还是嘟哝着走了。又惊又怕的徐速这时才抹脸哭起来。原来他带的钱米在道上被这两位小哥抢走了，这才不得到义塾行食。罗槐听到这儿，忙掏出一串铁钱递给他，又和曾守琴安慰了他几句，徐速这才抹干脸进了教室。

唉，靖康之乱后纲常已失，真是世风日下、人心不古啊。

罗槐说乱归乱，营生还得做，日子还得过。

曾守琴点头称是。他中等身材，长相平整，五官就像标准件，没毛病也没特色，个性也四平八稳的，是个老好人。身为禀生，他肚子里颇有文墨。加上会做地理，在这一代名气很大。他是罗槐大舅的独生子，比罗槐大十二岁。以前两人交道打得不多，但罗槐长大后两人反成了忘年交，罗槐有事没事总爱找他。只是他很不幸，及笄之年父母先后去世，娶了个妻子，人长得好不说，还非常善良和能干。不料生下儿子后不久妻子就撒手人寰，曾守琴只好将儿子千郎寄放在岳母家。如今被罗槐叫了声"表哥"，顿时想起以前罗槐问候时必在后面加"表嫂"二字，细长的双目不由沁出层泪花来。

唉，逝水如年，不知不觉间，千郎已经三岁了。

千郎虽然是被米糊喂养大的，却长得壮实，圆头虎脑的特别惹人喜爱。有几次到义塾，罗槐看到表哥背着千郎，那满脸的慈爱仿佛朝阳，照得义塾的景物熠熠闪光。

表哥，我们去临安这么久，千郎怎么办？

罗槐问完这话后有些后悔，怕又触动他的敏感神经，惹出他的满腹伤感来。谁知曾守琴却开心地笑了：无妨！现在千郎能和我讲西天了，我跟他讲爹爹要去临安，让他好好跟着公公和婆婆，他说好，还要我帮他带桂花糕回来。

曾守琴这一笑，罗槐顿时轻松起来。这位表哥什么都好，就是太重情，心思还特别细腻，动不动就伤感悲秋，用王掌柜的话说，是有些穷酸。罗槐虽然觉得这话有点损，但依他的性子，还是希望守琴表哥能更加血性些方好。人以类聚嘛，他怕表哥太糯，两人一路去临安，只怕有些事不太好办。

浩风，你放心，在路上凡事我只参谋，主意你来拿！

姜到底还是老的辣，曾守琴一眼就看穿了他的思虑，笑着道。罗槐正想解释，曾守琴却把他请到了学监室。

学监室房间不大，收拾得纤尘不染，墙上挂着曾守琴绘的梅竹图。木窗下方是罗槐打造的两道铁栏杆，上面挂着两只陶钵，种着几株兰草。尽管叶茂花稀，散发出的香气却足以醉人。樟木几上，放了一对建州窑烧造的油滴鹧鸪盏，上头盖着白色夏布，非贵客不动用。现在罗槐来了，曾守琴让小厮洗盏、温盏、点茶，两人在酽酽的茶香中把行程、盘缠、行李等再议了一回，罗槐顺便还告知曾守琴那两个峒僚人要打造刀和矛枪之事，性格谨慎的曾守琴听闻后，非常赞同他飞鸽传书给罗松，认为这种事，有备无患最好。

不过，当罗槐提出要带四羽鸽子去临安时，曾守琴皱眉以一种先生对学生的口吻道：浩风哪，我们这次去，光是两姓的鸿丁名目、几大房的族谱就有几大书箱，还有盘缠、衣被、烙好的胡饼，岂不是要推几辆车才行？

罗槐笑道：表哥这个不用愁，此去临安，我有阿甲陪同，你这边曾兵不也会去吗？不瞒表哥，这次除了带飞奴，我还带了铁锤和砧子呢，万一盘缠不够，可沿途打铁挣钱。对了，你也把罗盘带上，倘若没铁打，你就给人家瞧地理，总之我们得带上能挣盘缠的家伙什！

那怎么行？我看风水只是闹着玩，不能糊弄别人。

曾守琴的头摇得像货郎手中的拨浪鼓。罗槐瞪他一眼：表哥，曾山长，我这可是真心话！明儿个我来接你，省得你忘了。

曾守琴马上抱拳一揖：浩风，千万别来接，从你的铁炉巷到码头更近，千万别走那个冤枉路。明天寅时，我们码头上见。

从曾守琴家出来，罗槐想起了早逝的父母和大舅夫妇、表嫂，心情有些沉闷。生命如朝露，谁又见过明天呢？伤感的罗槐沿着街道信步走去，感觉珠玑巷的人越来越多，也难怪，自靖康之难后，从开封和北方迁来的百姓少说也有上万人，有人把珠玑巷当成驿站，休养生息一番后迁走了；有的则把这儿看作自己的归宿。他们垦荒起屋，做生意，把个原先冷清的珠玑巷变成了五光十色的"小开封""小临安"。走在珠玑巷的街道上，天南海北的人都能见着。时不时的，还有外番客商过来。他们高鼻碧眼，颇有威仪，就是身上那股羊膻味儿让人受不了。

这么一路走一路想，罗槐不知不觉走到了位于驸马桥路口的牌坊那儿。再往前走，就是沙角巡检司。他原本想去看下巡检使蔡大郎，那是罗松自小玩到大的朋友，小时候不知在罗家吃了多少回饭，和罗槐也是极熟的。可一看天色，他怕到时被蔡大郎留下用午饭，马上掉头走到巷口，仰首打量起牌坊上那三个据说是唐敬宗御书的大字"珠玑巷"来。这三个字笔触圆润，似是暗合了"珠玑"的字意。听老人说，这巷子原名敬宗巷，唐朝时敬宗巷里有个叫张昌的人七世同堂，几百口人和睦相处，无鸡毛蒜皮之扰，美名远播遐迩。唐敬宗宝历元年，地方官将此事奏报于皇上，唐敬宗闻张氏孝义，特赐珠玑绦环以旌之，因避敬宗名讳，改敬宗巷为珠玑巷。另有一说，是因为这些珠玑巷的人皆来自开封珠玑巷，故以旧地名之。但不管怎么说，这珠玑巷如今是个热闹的所在。

想到明日就要离家前往千里之外的临安，罗槐决定还是向王掌柜一家辞个行，特别是月梅，他视其为亲妹妹，几日不见就惦着。这时恰巧有个着白虡布衫、腰系青花手巾的小儿郎走来，他一手挟着白瓷缸子卖辣菜，胸前吊着个木托盘，盘呈十星格，格里放着胶枣、梨圈、桃圈、狮子糖、霜蜂儿、棉膏儿、龙眼干、荔枝干等干果。罗槐买了包辣菜和各式干果，满脸笑容地来到王氏钻缸酒铺的后院墙外。他从怀中掏出把铁哨，吹了长长短短六下。不一会儿，一个梳着可爱双髻的圆脸使女从楼上跑下来，从墙内抛出个布袋，罗槐捡起后正想凑到门缝那儿和她说几句话，使女转身跑上了二楼。

难道月梅知道我明日启程，舍不得我走？故而以礼明心？

罗槐掂着布包，心内有些忐忑，怕月梅在自己和哥哥之间摇摆。而他知道哥哥已经爱月梅入骨，他可不愿意长大后的月梅突然又将感情的秤砣压向自己的秤杆。还好包内是两只刚刚做好的棉护膝，他立即明白这是月梅给经常走路和骑马的哥哥做的，内心一松，唇边不由露出几缕微笑。

嫂嫂！将来我要唤这调皮的妹子作嫂嫂！这可如何是好？

罗槐一抬眼，看见穿着淡青短衫深蓝裙子、浅蓝背子的月梅斜倚在眺楼的美人靠上，正笑盈盈地望着他。罗槐朝她挥了挥手，月梅比划了几个表示苦闷的动作，罗槐告诉她自己要去临安了，却怎么也比划不明白。没奈何，小使女又下来了一趟，罗槐这才隔着门缝告诉了她。

小使女上楼告诉了月梅，月梅立即手舞足蹈起来，接着拿起衣服、零食果子的纸包给他看。罗槐这才想起自己刚才买的东西还没给使女，便吹了声铁哨。小使女捣顿着两只天足跑下来，罗槐隔着院墙把两个纸包抛进了院中。

因为是临行前一日，罗槐事情打堆，这天一直忙到子时才睡。迷迷糊糊间，突然从院中传来剑戈相碰之声，他忙穿着短衫短裤跑到了中院。月光如水，院中新垒的炉灶与砖墙仿佛一排巨人，但是却杳无人迹。他以为自己听错了，正犹豫着是否回房休息时，又有几丝剑吟传入他的耳轮。这次他听清声音来自后院，忙蹑手蹑脚地叫醒了熟睡的徒弟，接着他去推阿甲他们的房门，发现门是虚掩着的。透过窗户射进的月光，他看见那几张床上空无一人，凌乱的被褥却尚有余温，知道他们已经去了后院。

果不其然，当他带着徒弟跑到后院时，四个昆仑奴手提大刀和重斧站在那儿，他们黝黑的面孔在月辉下显得格外严肃。但除此之外并无他人。见到罗槐，他们齐齐施礼：见过家主。

怎么回事？阿甲和小乙呢？罗槐扫视着那堵两人高的院墙，心想他们不会告诉自己阿甲和小乙去追贼人了吧？不成想他这念头刚冒出来，小五就说阿甲和小乙翻墙去追贼人了，吓了罗槐一大跳：这么高的墙，难道他们都会飞檐走壁？

小五、小三、小四、小六低下头，不再说话。相处七年间，罗槐已知他们的脾性，只要他们不想说的事，你就是撬开嘴也听不见一个字。

你们也累了，让罗永他们值班，你们歇息去吧！

罗槐安排好徒弟守夜后，回到大厅等阿甲和小乙回来。可能是这次遇到的贼人武艺太过高强，阿甲和小乙四更时分才回来，两人身上俱是血迹。见了罗槐，小乙有些惊慌，阿甲却从容地抱拳施礼。罗槐看见他的刀尖上沾有血渍，心下不由一惊：怎的，你们杀了贼人？

阿甲头一低：秉过家主，方才有两个贼人正在撬账房的门锁，被值更的小乙看见，速唤起我等，与贼厮杀了一番，贼人飘然出院，看来身上有些功夫。我等怕他们再来滋扰，故而追出。

罗槐手握木椅扶手，深恐听见"杀人"二字。好在阿甲说他们只是伤了贼人的胳膊，然后把贼人逼入了浈江。

那贼人若是不会游泳，你们又伤了他胳膊，定然葬身鱼腹耳。

自昆仑奴到罗记后，罗记共遭过三次贼，每次都是阿甲他们把贼人给打发了。前两次罗槐以为是自己的家资吸引了贼人，但这次贼人又来，罗槐便觉此事似与阿甲他们有关。他沉下脸说，很是为那两个贼人的性命担忧。阿甲和小乙一同跪下，砰砰砰磕了三个头，阿甲这才拍着胸脯说，他们绝不会滥杀无辜，但他们终究还是没有回答贼人是否会淹死一事。罗槐让小乙先出去，留下阿甲想问个究竟。阿甲却按他们的习惯，将右手放在左胸口发起了毒誓：家主，我等若是干了什么对不住您的事，就让雷火劈死我们，让河水淹死我们！

阿甲话说到这份儿上，罗槐情知再问不出什么。转念一想，又觉得可能是自己多心，他们不过御贼而已，哪有什么其他秘密？于是放下一条心，回屋睡了个回笼觉。

三

咸淳六年
胡清蕙回忆自己从尚宫升为修仪的传奇，令人惊叹的是，她
靠的不是姿色，而是她的大脚和蹴鞠技术！

　　胡教授，看到这儿您是不是累了？甚至心下会嘀咕我这人啰嗦，写个罗槐和曾守琴出场就花了这么多笔墨？唉，没办法，我以前当了十年教师，爱说话、说长话是我的职业病，您就见谅吧！

　　接下来，该告诉您宋咸淳六年，前前前……世的我在干什么了。

　　罗槐出发的那天早上，我正在为自己的大脚苦恼。官家昨晚有旨要我到大龙池边上新建的暖香阁泡澡，这是百无聊赖的官家发明的玩乐新法：每次让一帮只穿亵衣的妃子陪他在温度正宜的汤池里泡澡、嬉玩，同时还别出心裁地将插架食盘立于水中，一层摆放着美醋姜虾、蕹花茄儿、甜瀣海蜇、椒醋犯子等吃食；另一层放着漉梨浆、椰子酒、木瓜汁、绿豆水等饮料，下头一层摆着诸色干果和几盏羊羔酒、蔷薇露、十洲春、葡萄酒、五溪蛮进献的钓藤酒等佳酿。

　　泡得饿时，官家一声招呼，众妃湿漉漉地各自取食、饮酒或喝水，吃罢再打水仗，胜者可得官家放在插食盘架顶上的宝物。这些宝物或为金银发饰、或为珍珠耳坠，总之价值不菲。上次陪官家泡澡打水仗，我赢得了一对七宝冠花箧环，把个邬秋儿她们眼红死了。她和一众嫔妃无从出气，便变着法子讥笑我那双与她们三寸金莲迥异的大脚。想到那次的羞辱，我不想再去泡澡，就佯装头痛推卸了官家的旨意。

29

官家也不恼，这些日子新进了一批宫人，兴奋莫名的他之所以要我去暖香阁，其实只是希望我给他的那些新妇做个评判，告诉他哪个好哪个坏。说来有趣，也许因为我是他的嫔妃中唯一的大脚女子吧，要么，就是与我凡事利落的个性有关，他跟我相处时常将我当成男子。也就是说，官家对我还是有某种信赖和欣赏的！

对不起，言归正传吧！话说那晚我佯装头痛"抗"了和官家及众嫔妃一起泡澡的御旨，可我却推不掉他的第二道御旨。官家似是知道我佯病，点名要我次日一早到阁门去看昨晚被他宠幸的宫女的答谢之礼，然后让我赞美他多么勇猛，居然一晚上宠幸了三十名新来的宫人，以显他身为天子伟力的奇能。说来悲哀，近来国势衰弱，元兵进逼，官家并不在意，他和大臣们照样吃喝玩乐，照样大选秀女。那晚受宠的宫女中有几位容颜娇美出众，入宫次日即封了红霞帔。我真心地为她们高兴，因为官家这一宠幸，她们的生活有了莫大的转机和希望。否则等官家兴致一过，或者又有新的秀女入宫，官家早把她们忘到九霄云外去了，到那时，她们只有闲坐说玄宗的份儿了。

胡教授，写到这儿我想以今人之口吻说几句题外话。近几年无论是网络小说还是电视剧、网络剧、宫斗戏都是粉丝收割机和收视率的保障。除了高颜值演员、精美的服装道具抓眼球外，那虐心的剧情、狗血的故事也营造了看点。我也看了不少宫斗戏，看完之后我既有感同身受的一面，又有自叹弗如的一面。说到底，历史就是个任人打扮的小姑娘，尤其在以"无中生有"为职业的作家笔下，"宫廷"成了一个钉子，无论什么款式、什么颜色的衣服都能往上挂，爱挂什么、不挂什么全凭收视率、票房来取舍。有时我想，如果我不是目下得了病，我肯定当北漂写宫廷剧去。因为我有切身体会，我的戏绝对有意想不到的情节和独到的魅力。所以，在此拜托一句，如您觉得我写的这几本"材料"有看点，可向影视公司推荐，到时的版权收益我全部捐给南雄姓氏文化节的主办方，以感谢姓氏研究带给我的喜悦与满足。

就像每棵大树都是从小苗长起一样，宫中的后、妃在入宫之前，大多也是心思纯良的小娘子。那时她们展现的更多是人性之善、之美，只是入了深宫之后，她们成了缺乏阳光与空气的植物，开始为生存而拼命攀附、绞杀她人。在宫中待久了，每个女人都成了一株有毒的曼陀罗花，抑或像朵毒蘑菇，外表鲜丽、内心狠毒。我？我不是褒扬自己，我比她们好。因为我入宫前就不是个大门不出、二门不迈、一心只想嫁得乘龙快婿的小娘子，而是个会蹴鞠、会打马球、敢爬墙上树、敢抓毒蛇、敢取蛇毒的假小子。我入宫后的得宠也非靠色而是靠我的上述技能和那双在宫中无人不知、无人不晓的大脚。

胡教授，您是不是很好奇我怎么会有双大脚，而且怎么变成假小子的？现在我就细说下从前。

我入宫前住在临安城钱塘门外九曲城边，当时那一带住过不少前朝闻达之人，如朱熹朱文公曾住西湖灵芝寺；我喜欢的姜白石卜居在西湖边的水磨头；写出"应怜屐齿印苍苔，小扣柴扉久不开。春色满园关不住，一枝红杏出墙来"的叶绍翁就是住在距我家不远的地方与葛天民互相酬唱，写出了诸多脍炙人口的诗来的。葛天民的诗我少时常读，最喜欢他的"迎燕：咫尺春三月，寻常百姓家。为迎新燕入，不下旧穴遮。翅湿沾微雨，泥香带落花。巢成雏长大，相伴过年华"。——其实，是家严和外祖最喜欢他的这首诗。他们常常对景吟诵，故此烙在我心中，八百多年后仍能记起。而姜夔的《暗香·旧时月色》是我认为写西湖写得最好、最有韵味的一首词：旧时月色，算几番照我，梅边吹笛……长忆曾携手处，千树压，西湖寒碧，又片片，吹尽也，几时见得。

是的，时光正如那片片吹尽的秋叶、春絮，再也难以寻觅，就像我们的童年，一眨眼就过了。及至齿落发白再忆时，也是这般的缥缈与惆怅。

我的童年在方才说的钱塘门外的九曲城边度过。我先祖世代为医，祖父曾是宫中翰林医官院的保安大夫，为正七品。他擅长大方脉与小方脉，医术精湛，颇得官家及后宫娘娘的信赖，可他的命运在一次诊治之后彻底改变了。一次理宗帝的宠妃阎贵妃因湿热之故面颊上生了疮，久治不愈后，理宗帝命祖父秘制几服外敷药给阎贵妃贴敷。

半月后阎贵妃的面疮好了，结痂时她因受不了痒，在脸上抓挠不已，颊上留下了两粒麻坑。阎贵妃此时与礼部侍郎马天骥、左丞相兼枢密使丁大全、贴身内侍董宋臣沆瀣一气，与临海郡开国公、知枢密院事、开庆初年拜为右丞相兼枢密使的贾似道明争暗斗，打击谗陷百官，朝政大乱。在这种形势下，阎贵妃脸上那两粒并不明显的麻粒就成了他们两派之间明争暗斗的武器。阎、马、丁、董指责祖父受贾似道指使，设计陷害阎贵妃，贾似道则说祖父为马、丁、董三人所使，以此来给他栽赃。两派告到理宗皇帝那儿，理宗帝明知祖父冤枉，但实在难以摆平，就将祖父削官为民，驱逐出翰林医官院。祖父带着祖母、母亲和哥哥、我回到九曲城外的老宅重操旧业，开了间熟药局兼医馆。刚考入太医局的家父受到牵连，被派往江州的军中任驻泊医官。本来轮值两年后可回京城，不幸的是阎贵妃竟指使人将家父派往遥远的荆湖边地。一次去山区出诊，家父从马上摔下，坠入河中溺亡。噩耗传来，祖父搂着十二岁的哥哥和六岁的我痛哭流涕。

哥哥胡显祖从小体弱，个性类母，非常内向和害羞，走路都怕踩死蚂蚁，出门在外总是受人欺负。而我之个性则像祖父和父亲，不惹事儿也不怕事儿，且略有谋略，每临大事有份静气。祖父时常感叹老天爷看走了眼，将我赐为女儿身，所以他给我取了个"赛男"的小名，坚决不给我裹脚。家父去世后，他把振兴门楣的希望寄托在我身上，教我读书、习字、绘画，将他行医毕生所得传授于我，而我也学得津津有味。

祖父除了擅长大方脉、小方脉外，还擅长治疮痈，并因此将菜园变成蛇园，哥哥畏之如虎，我则成了祖父的帮手，经常替他捉蛇取蛇毒。为了找蝉蜕，我还学会了爬墙上树。七八岁时，祖父常带着男儿打扮的我出诊，一来给他做伴，二来让我见世面。以祖父之见，尽管我是女子，今后家中一旦有事，哥哥还得依仗于我，故而他从不限制我的行动和自由。街坊邻居习以为常，赠我一个"二小子"的外号。

不久，二小子我又爱上了蹴鞠和打马球。当时九曲城一带住了不少豪强之家，他们的女眷生病了常请祖父延治，这时祖父便让我把脉。有时他用不着我，我便一个人玩随身带去的鞠球。

那次我随祖父到一盐商家中出诊，那盐商有十多个小妾，为了打发时间，减少她们争风吃醋的机会，爱好蹴鞠的盐商居然效仿吴王阖闾，将小妾分成两个队学习蹴鞠。只不过他未能请孙武这样的名将来训练这两个红粉战队，高薪请了几个教头来，他们也不敢像孙武一样为明军法刀斩吴王美姬，盐商只有望着姬妾的红粉战队兴叹。当他听说我善蹴鞠后，立即聘我为教头，教他的姬妾们蹴鞠。我见报酬丰厚，便满口答应了。祖父见我高兴，加上那家太夫人的病是富足的慢性病，需祖父在边上指导调养，盐商便拣了个偏院安顿我和祖父住下。

这日我正在训练女眷们蹴鞠，盐商急匆匆地过来，说是贾太师要过来看蹴鞠，让我们好生伺候着。哪知那些小妾们没见过世面，阵脚大乱，我实在过意不去，一个飞身冲入场中，救起了一个危球。就这一下，贾太师看中了我。半个月后，他找到祖父，要让我入宫。祖父宁死不肯，他在翰林医官院多年，知道宫中等级森严，后宫的女子若要爬到妃级，须越过待御、红霞帔、夫人、国夫人、才人、美人、婕好、贵仪、顺容、婉仪、婉容、充媛、修容、修仪、修媛、昭容、昭仪这些级数，即便到了妃一级，还有宸妃、贤妃、德妃、淑妃、贵妃之等级，可以说，这是一条阴谋丛生、刀剑铄然、尸骨枕藉的漫长之路，而能决定后宫女子等级的，只有那个也许三年五载见不到的皇帝——所有宫人心心念念的官家！在官家眼中，宫人只是风味各异的美食，问题是谁也不知道官家是喜咸辣还是嗜甜糯？宫人只有被动的等待！祖父不想让我过这种没有尽头的苦日子。

可贾似道是一个绝不容许他人拒绝的霸道太师，他或许还记恨着祖父在阎贵妃一事上没有偏向他，又一说他是觉得有愧于祖父，想给我一个光耀门楣的机会，总之，在我十二岁那年他将我送进了宫。换作他人，也许会为这样的机会而高兴，然对于饱受宫廷阴谋摧残的祖父而言，这等于摘了他的心肝尖尖，气急交加的祖父不到一年就驾鹤西归了。而我也只有无奈地忍受着宫中的各种繁文冗规，于景定元年（1260年）入内廷尚食局当女官，服侍谢皇后。

谢皇后为人仁厚，很喜欢我爽朗的个性。此时，忠王赵禥刚被立为太子。他是理宗帝的侄子，荣王赵与芮之子。初名孟启，又名牧、长源，被无子的理宗收为养子，先后封为建安王、永嘉王、定王。忠王的母亲是荣王府中地位卑微的一名小妾，经常受正房夫人的欺负。她怀孕后，正房夫人给她喝了打胎药，但是没打下来，所以忠王生下发育不良，五岁才会走路，七岁才会说话。理宗认其为子后，内廷遍请名师来教化他，他却榆木脑袋死不开窍。左丞相吴潜认为他无法继承大统，请求另选宗室子弟。按说这要求不过分，却无意间戳中了宋理宗内心的痛点：

理宗帝是太祖赵匡胤之子赵德昭的九世孙，原名赵与莒，嘉定十五年被立为宁宗弟沂王嗣子，赐名贵诚。嘉定十七年立为宁宗皇子，时年八月，宁宗崩后，右丞相兼枢密使史弥远矫诏拥立贵诚为帝，改名昀。可以说，理宗帝是在民间长大的，对宗室没什么好感，所以坚持以赵禥为太子。

太子脑袋不怎么灵光，对谢皇后倒是礼数有加，每日早晚准时来请安。此时谢皇后常唤我出来端茶倒水，想是希望太子能看中我，万一太子日后成了官家，我也圣眷日隆，彼时成了皇太后的谢皇后在皇帝身边也好有个耳目。深宫中的女子虽贵为皇后，有这种算盘也很正常。天有不测风云，多条路总是好的，关键是她知道我会领她的情，所以常给我和太子单独相处的机会。怎奈太子殿下非常人，待人接物及对女子的喜好也不以常理来论。我那时年幼顽皮，见了孱弱的皇太子非但没丝毫的敬畏，反而经常捉弄他。有次他来请安，谢皇后为了亲蚕，在殿侧辟了间蚕室，养了几扇蚕。我见四下无人，就取了十几条蚕要放他手上，吓得他到处逃窜，还被门槛绊得摔了一跤。自此后他牢牢地记住了我，以后再来请安，总要和我玩上一会儿，哪怕拌几句嘴也是好的。

也许是我天癸未至，看着像个小儿郎，也许是太子殿下只是把我当玩伴，一直到四年后他登基时，那时我已出落得花容月貌了，他却始终未宠幸我。谢皇后多少有些失望，觉得我这人没心没肺，攀不上高枝，属于不可雕的朽木。不过，她反倒因此更真心待我了。大约所有的女子都喜欢我这种没有威胁的女人吧！

胡教授，写到这儿，想必您已经知道，我文中所言的"太子"略微有些智障，不过他外表看上去很正常，而且他长得还不赖。只是他先天不足，无论官家请来的名师怎样教导与鞭策，他仍是七窍通了六窍——还有一窍不通。有一次，后来的理宗帝到谢皇后的寝宫，说起此事又急又气，居然咳出了半盏鲜血，气愤难平地说左丞相吴潜居然反对立忠王为太子，还奏本建议另从宗室子弟选储，这是万万不可的！

谢皇后柔声地劝他不要烦恼，不管大臣们说什么，最后还不是得官家您定夺？您是天子，您定下谁，谁就是太子！

谢皇后平日话不多，又长得慈眉善目，平日里见人未语先笑，加上声音柔婉，就算是骂人，也常常让人如沐春风。总之，她是个知书达理、端庄婉约、为人和善的女子。我那时虽然不太懂事，却晓得谢皇后郁闷：官家立她为后，给了她天下女人梦寐以求的荣耀，但并没有宠爱她。官家先是专宠贾太师的姐姐贾贵妃。听说当年官家原本想立贾贵妃为后的，杨太后却坚持立谢道清为后，认为她端重有福，宜正中宫。官家犹豫不决时，宫中有人议论了，说官家不立真皇后，难道还立假（贾）皇后啊？就这样，官家最终封了谢道清为后。

贾贵妃专宠之后对谢皇后不怎么样，她弟弟贾似道官职一路飙升，对谢皇后貌似尊重其实暗中含恨。贾贵妃死后，谢皇后一心希望官家放些心思在自己身上，不意淳佑九年，官家又封了个姿色妖媚的阎贵妃，还将贾贵妃所生的瑞国公主交与阎贵妃收养。阎贵妃工于心计，自此专宠后宫，将谢皇后气得够呛。好在她心宽，没多久便将阎贵妃当成贾贵妃，任其兴风作浪。她则天天茹素念佛，还发明了一种八段锦的脸部按摩操，有时还会教我们做些女红，日子还过得平稳。

不过，好人谢皇后有时也会生闷气。我知道那次阎贵妃为修寺一事，经常向官家讨赏，谢皇后听了很不高兴。可她又能怎样呢？阎贵妃依然故我地嚣张，而官家也无条件地溺宠。阎贵妃想修建一座功德寺，官家便不惜动用国库地耗费巨资，还破天荒派遣吏卒到各地搜集奇木。

谢皇后劝谏理宗帝体恤民情，理宗帝嗤之以鼻，说我不过砍几棵奇树而已，还没像当年的徽宗帝那般弄花石纲呢！

谢皇后淡淡一笑：官家也可整花石纲，到时……

谢皇后没说下去。理宗帝知道自己不该以徽宗帝自比，那是亡国之君，所以收敛了几分。但他又不想让阎贵妃伤心，便想砍取灵隐寺前的晋代古松给阎贵妃的功德寺当梁柱。

幸亏灵隐寺住持僧元肇机灵，写了首诗：不为栽松种伏苓，只缘山色四时青。老僧不许移松去，留与西湖作画屏。此诗广为传诵，官家怕有违清名，这才作罢。由此可见阎贵妃的熏天权势。

写到这儿，我庆幸自己后来终于从宫中逃出来了，否则近墨者黑，我怕在宫里待久了，我也会沾染了坏习气，成为一名以"谋杀他人"为职业的特殊战士，抑或，我转瞬便成了宫廷这个战场上的累累白骨之一。

哎呀，不好意思，又用现代的语言去形容八百多年前的宫廷了。没办法，我文史基础不扎实，咬文嚼字有些困难，加上我身患绝症、时日无多，请允许我用最顺手的表达方式把故事讲完吧！

刚才我说到谢皇后用寥寥数语迅速平复了官家的心情，然后谢皇后让我端上御厨刚烧好的契丹羊肉，在桌上摆好玉盏，再堆上色彩鲜艳的真柑、石榴、橙子、鸭梨、花木瓜等蜜雕果子，周边放了几盒用甘草花儿、宫桂花儿、白术人参、橄榄花儿、水龙脑、史君子等香料做成的缕金香药。这本是御宴用的看果儿和看菜，现在则成了后妃在官家跟前邀宠的时髦玩意儿。谢皇后素来节俭，平素她是不摆这些看菜、看果的，但官家实在难得夜晚上她这儿来，她怎么也得舍些血本，所以契丹羊肉之后又上了一道时鲜烧河豚，还特意取出官家早些时日赐给她的名酒玉练槌。

我是掌管皇后膳食的尚食，皇后圣人进食前试尝每样菜品是我的职责。那天尽管只是谢皇后和官家对酌，可我也不能失职，早早就尝了羊肉和河豚，感觉膏嫩肥美、颊齿留香，实属世上难得的美味。说实话，宫中规矩多，又离了亲人，我非常苦闷。只有在品尝美味之时，我才舒心惬意。尤让我兴奋的是，我还常常为皇后尝喝各类美酒。这玉练槌我喝过，那是临安城内与雪腴、珍珠泉、浮玉春、第一江山、北府兵厨齐名的美酒。初酿为淡黄，两年以后呈美丽的琥珀色，注入白玉瑶光盏中，如道道流霞，激滟生光、香浓袭人，入口后绵软醇纯，清香入脾却不上脑，实在令人怀想。

我为能够再次尝到玉练槌而兴奋。不料，那是坛陈酒，劲道厉害，一小盏下肚后我居然醉了。后来才知，我那日天癸初至，身体不适，是以连盘带酒摔倒在地，官家被我这一跌弄得毫无兴致。恰巧右丞相卫国公贾似道有要事求见，官家匆匆离去。从来没有打骂过我的谢皇后破例饿了我一天的饭，次日早膳没让我参加。不久，尚食局的鲁公公即把我带到了香药局，让我专管香炉、香案、手炉、薰球、插香箸、香囊和香瓶、香盆、香盒的清洗与管理——我被贬了！

难过之余，我又觉得万幸：我犯了大错，皇后没罚我去浣衣局为奴就是大恩大德了。何况，我去的还是御药局下的香药局！于我而言，这可比待在皇后身边惬意、随意多了！人们常说伴君如伴虎，伴皇后其实就是伴着一只母老虎。哪怕像谢皇后这种心性的人，内心也是有杀气的！更何况我还是尚食——万一有人想投毒害死娘娘，第一个死的就是我！而在香药局就没这个担心了。管事的曹公公认得祖父和家父，而且他亲外甥得了急症还是祖父医好的，所以对我照顾有加，让我跟着学制香药。

由于我自小与祖父在一起，多识草药，家中药房也售香药，故而对香药有研究。想到宫廷内为购沉香、檀香、龙脑、麝香所费的巨资，我便想将功折罪，研制出一款便宜的香为宫中节省费用，是以让曹公公到市井中购了些便宜的香料，我再通过蒸、晒、加料加研，将其精细化，最后制出了比龙脑香等名香别具清雅的合香产品。曹公公把香送给谢皇后时大大地夸了我一顿，说我位卑未敢忘忧，在以实际行动为朝廷节俭支出。生性节俭的谢皇后很高兴，特意取我名字中的

"蕙"字命名此香，而且专供内廷使用，省却了不少银两。

谢皇后也许对当初贬我去香药局有些内疚，特意把我叫到她身边，叮嘱我今后不要光长个子，还要长脑子，一定要好好听曹公公的话，把香药做精，并多想花样，免得其他嫔妃动不动就向官家讨赏香钱！我明白她的意思，开始翻找资料，又让家兄从宫外送来些原料，同时开动脑子琢磨。

这时恰值秋天，禁中后苑桂花、黄菊、月季、双荚槐盛开，香飘十里。花开至三四分时，我请示皇后娘娘说，这些花尤其是桂花可做成香药，只是得限时摘下。皇后娘娘说黄菊、月季等花大而艳，留着养眼，桂花怯怯的，摘了就摘了吧。于是，曹公公找人摘了几箩筐的桂花洗净晾干，然后我用备好的熟蜜拌油，将桂花装入瓷罐深埋地下月余后取出，这时的桂花已变成了湿乎乎的窨香。焚香时把一朵朵窨过的桂花放在鸭嘴香兽腹中的银隔板上，炭火一熏，桂花受热干燥，原先湿垂的花瓣慢慢伸展开来，散发出甜而清远的芬芳。这就是我发明的另一种香"三生香"——桂花盛开之时，也将是香尽之时。如将其做成香药，则香得久些，但最终仍逃不脱香消玉殒的日子，这是否像某些女子的命运？唉，对不起，说到香和花，我就不可避免地变成了饶舌妇。现在且让我把舌头扯回来，接着说我和赵禥的事儿吧！

景定六年六月初六，忠王立为皇太子，七月初一，入居东宫，十七日，举行册封礼。太子入宿东宫，每日鸡初鸣即往父皇母后寝宫问安，再鸣回宫。三更前往会议所参加处理国家政事，然后退回讲堂，听讲官讲经讲史，天将晚时，又到父皇和母后榻前问候起居。官家查他作业，问他今日所讲何经，答对了赐座赐茶，若反复讲解仍不明白，官家一怒，常骂他个狗血淋头，有时甚至不给饭吃。他这个皇太子的日子过得诚惶诚恐。十二月十五日，册立永嘉郡夫人全氏为皇太子妃！那一天是全氏的喜日，却是宫中其他女子的"祭日"——她们的太子妃梦死了！

由于那时我从没想过要得到太子的宠幸，所以对全氏成为太子妃的反应很平淡。我之所以如此超然，不是我不美，是因为我有双尽人皆知的大脚，这在宫中是不合礼制的。其实平心而论，我身材颀长、纤秾合度、五官精致、肤如凝脂，笑起来还有两朵小小的米窝，而且我的头发眉目黑亮异常，让人过目不忘。我知道官家曾打过我的主意，不，不是赵禥，是他的父皇，即后来的理宗帝。有一次我给谢皇后送新做的香药，官家正好在那儿。我送香药时他直直地盯着我，赞我肤如凝脂，吓得我当天就用锅底烟涂黑了脸颊和双手——光宗绍熙年间，光宗在宫中夸一位捧着水盆的宫女指若春葱，结果悍泼的皇后李凤娘把宫女的双手砍下放在盒子里，当礼物送给光宗帝，吓得光宗帝忧惧成疾，大病一场，多日不能上朝。虽然此为宫闱秘史，却早已通过小报流布天下。

所谓的小报是相对于朝廷的邸报而言，是由那些游手、闲汉勾结书肆人家，将道听途说的边防军机、大臣的尔虞我诈、殿上议事及宫廷秘闻镂版鬻卖。徽宗年间曾多次下令禁止流传，大观元年十一月还发了诏书，令开封府立赏百贯，许人告捕。然而，小报非但没有绝迹，反而愈演愈烈。我入宫前，市面上的小报多达几十种，所以宫中事体大多有所耳闻，且入宫前祖父和兄长劝我宁处冷宫也要保身为上，祖父还拿李凤娘砍断宫女双手的故事告诫过我。所以，受了官家赞扬的我首先感到的不是被青睐的喜悦，而是深深的恐惧，是以立马涂黑肌肤向谢皇后表心志，谢皇后果真因此释然了。我听闻她后来多次在官家面前讥讽我有双不合礼制的大脚，她知道偏爱宦娘式三寸金莲的官家对大脚女子有偏见。果然，她这话如同一捧雪水，浇灭了官家对我的热情，我这才安然地在尚药局当了四年的尚药。

景定五年十月二十六日，官家驾崩。皇太子赵禥接受遗诏，即皇帝位。二十七日，尊皇后谢氏为皇太后，生日为寿宗节。二十九日，宰执文武百官到祥曦殿上表请求听政，不准。三十日，新皇大赦天下。

理宗皇帝这一驾崩，谢皇后变成了谢太后，移居慈宁宫。我仍在香药局，这地方是无关紧要的一处闲地，官家和朝廷大臣难得光顾。曹公公和我们这帮手下过着偷安的小日子。曹公公身材高大、长相端正，喜欢（步击）蹴鞠。知道我也会蹴鞠后大为兴起，说要看看我的球技。那时的步击（蹴鞠）有白打和筑球两种，白打无需球门，由一到十人用肩、背、拐、搭、控、撩、拽、膝、拍、臁中踢球，在丝围子圈起来的场地上比赛，出界则输，就像如今明星队比赛之前玩的热身技艺表演，比如乔丹单手运球、投篮，贝克汉姆跳橡皮筋似的玩着足球，图的是技术展现和眼花缭乱。等大家看饱了，这才清场来正式的筑球比赛。

香药局前头有一草坪，曹公公找来两根竹竿竖在坪中，上部挂了张直径约一尺的网门，名叫"风流眼"，左右两军分列两边，每队十三人。我和曹公公是球头，依次为骁球、正挟、头挟、左竿网、右竿网、散立等。本来蹴鞠时两军要穿不同颜色的衣服，但我们只是偷着玩，所以没花钱在衣服上，两队以不同颜色的丝带扎头为标记，女官队为红丝带，公公队为蓝丝带。我和曹公公作为球头戴了顶别致的软帽。鼓声一响，身为左军的女官队先开球，互相颠球数次以后传给副队长，副队长颠球再传给队长，队长则踢向风流眼，过球数量多者为胜。胜者有赏，负方受罚。队长要吃鞭子，脸上涂白粉。

什么？我们蹴鞠官家不怪罪我们？官家被贾太师哄着，比谁都爱玩。他知道我们的蹴鞠队，还来看过比赛，也给过我们赏赐。比之理宗皇帝，大家倒觉着这位小哥官家更好玩、更有趣呢！怎么样？有意思吧？我们的蹴鞠可是现代足球的源头呢！

记得2004年国际足联经过多方论证，正式认定"蹴鞠是足球的起源，临淄是世界足球的起源地。足球作为一种文化、一种艺术从中国的淄博起源，并从那里发展成为世界最具魅力的运动"。当时我们国内为之欢呼，好像由此认定我们的足球队就能胜利一般。且不论十年后一帮英国专家跳出来质疑中国古代的蹴鞠与足球这一现代运动之间的联系是"站不住脚的"，并称中国古人与如今的足球迷有类似的心态是荒谬的。我非球迷，但我也不赞同外国专家的这种说法。以我之经验来看，蹴鞠与足球之间绝对有很深的渊源。也许淄博足球博物馆里的足球地图线路是对的：一条细线从中国淄博延伸到埃及、希腊、罗马和法国，终止于英格兰。这表示足球这项运动最早是从当时的齐国传播到英格兰，并在英格兰发扬光大的。所以，作为中国人，我们有责任将老祖宗发明的足球踢好、踢强，我想这就是习大大重视足球，要在全国办四万所足球学校的根本原因吧？也许再过八百多年，中国足球队成了奖杯收割机，一如乒乓球队似的狂揽所有的足球奖杯呢！

是啊，我刚才说到了八百年！从宋至今八百多年的光阴，有些石头都风化了，可我的记忆为何还如此清晰？接前叙述，很快的，八百多年前的我命运就要被一场步击改变了！

那是咸淳元年春季，赵禥当上皇帝之后的第一个春天，雨水多得出奇，花木疯长，整个皇宫内苑仿佛要被葳蕤的树木给吞噬了。我站在香药局后院，看着那片盛开的栀子花和粉红色、粉白色的野蔷薇，双目微泪。每到春季，祖父家附近的山丘便开满了雪白的栀子花和粉红、粉白的野蔷薇。风被花香染得透透的，吸一口神清气爽。每逢此时，祖父就带我上山采药，回来时我头上插满花，衣服上沾着苍耳子，脸上手上偶有茅草划破的血痕，可那种轻微的疼痛却让我更加清晰地记住了那些青山绿树、满目姹紫的美景和栀子花的芬芳。

说来奇怪，栀子花远无野蔷薇艳丽，我却极为爱之。有时我想多采一些回家当案头清供，可祖父总是不让，每次只采那么几篮栀子花做栀子花茶，给口舌生疮的人凉血解毒，其余的他要留着结果。栀子果入药后能治热病高烧、心烦不眠、实火牙痛、疮疡肿毒、外伤出血、肝炎尿血等诸多病症。祖父常赠药于贫病的乡民，故每年栀子果结实时，家门口总会放着乡民送来的一堆堆栀子果。栀子花与栀子果于我，实是有一份牵挂与乡情在内的。所以，我对栀子花喜爱之极。

然而，进宫后我发现，被我等草民视为宝物的栀子花在内苑中竟被视为贱草俗花，不许种植。后苑偶长两枝，也尽被挖去。为此，我央求曹公公带我去见了谢太后，请她恩准我在香药局种植栀子花。谢太后起初是不肯的，后来旁边的曹公公抢过话头说，我们要种的是玉荷花，此花有殊香，可入药，也可做香药，谢太后这才恩准了我的请求。从慈宁宫回香药局的路上，曹公公小声告诉我，谢太后小名"青枝"，"栀子"犯了名讳，所以改叫玉荷花她就不忌讳啦！

就这样，我在香药局专门用来种花的后园中，有了一片属于自己的天地。玉荷花生命力顽强，上年秋天插枝下去的，今春居然就开花了。也许花仙有灵，知我心意，故意以花相慰？反正不管怎么样，我有了这片可以睹花思念祖父、父母、兄长和家乡的私密花园，心情端的快活。

这天，我正在给玉荷花剪枝、浇水，曹公公拿着软帽火急火燎地跑过来，说你别在这儿磨蹭了，贾太师陪官家来了香药局，指名要跟我们蹴鞠，你得上阵！快，戴上球头的帽子。

我手忙脚乱地把帽子扣在头上，情急之下，发髻被花枝扯乱，绢花歪在鬓边，曹公公呆呆地看了我一眼，突然伸手摘了两枝花插在我的耳边，又扯下几缕头发让我绕至胸前，小声道：憨儿，你是女子，不能一辈子做香药，想想我的鹏飞年兄吧，他九泉之下还指着你这孙女给他长脸呢！你不想得宠，还得帮你那老实巴交的哥哥谋个好差事啊！还有，你祖父去世前曾找过我，拜托洒家要照顾好你，洒家也开口求过谢太后，可洒家人微言轻，你又心实，不会媚人，我帮不上忙。现在你长开了，官家又是个好色的，就看你的本事了！

从后园到前院的蹴鞠场路程不长不短，正好足够曹公公把上述这番话说完，只是我刚琢磨出点意思就见到了贾太师。他五十出头年纪，个儿不高，身体却庞大得很，奇的是一张脸倒精致如妇人，难怪他姐姐贾贵妃能以色专宠多年呢！只是这贾太师下巴上那缕灰白的山羊胡，使他精致柔媚如女子的脸显得滑稽。他喜欢笑，笑起来眼睛微弯，有一种夹杂着戏谑的可爱。还有，他的声音非常浑厚，与他精致的五官不怎么协调。曹公公把我介绍给他，我施过礼后，贾太师打量我一番后，夸道：鹏飞兄的孙女？进宫时见过，没想到这几年出落得如此动人了。嗯，你制的蕙香很好，三生香别出心裁，听说你还种了玉荷花？

我点点头。

这时，一阵风来，他抽抽鼻子：想来这就是玉荷花的清香了。

嗯，不错，曹公公，改日你让胡氏给我的后乐园也种些玉荷花，郎中说能醒脑提神呢！我园中有一株白玉兰，清朗得很，和你倒是相配。这后一句，贾似道是看着我说的。

由于祖父是他与阎贵妃相斗才削官为民的，然后又是他让我进宫将祖父气死的，我对他全无好感，但对他的后乐园我还是有几分好奇。冲着后乐园，我朝他微微一笑。曹公公肯定看出了他的用心，附在他耳边说了几句什么，贾似道的眼眸一暗，不太高兴地走到旁边去了。

这人你理不得。你要理只能理官家。

曹公公提醒我道。我恍然大悟，心想后乐园不看也罢，省得自己又成了一枚棋子。

胡教授，作为一个拥有前前前世记忆之人，我在这儿一定得说说后乐园。这后乐园在当年那可是名闻遐迩。后乐园位于西湖边的葛岭，是先帝理宗赏赐给贾太师的庄园，内有奇花异草、玉宇琼楼，且与皇宫隔湖相对。说到贾似道，不但在当朝赫赫有名，便是在八百多年后的今世，他也以奸臣著称。只是不知他是否有幸成为再生人？如他成了我等这般的再生人，他得知后世对当年自己的评价后会作何感想？作为理宗帝的"师臣"，百官口中的"周公"，到赵禥登基后，他愈发骄狂。官家怕他辞官回乡，自此无人再与元军对抗，下旨特许他六日上朝一次，且不用如百官般行礼。

住在后乐园的贾似道上朝方式特别，每日早上听到朝钟钟声时方才出门登船。因他的船缆一端连着个巨大的木绞盘，他上船后无须艄公划桨，而是由二十位壮夫推动绞盘，由绞盘拉动缆绳，船便箭似的瞬间到了宫前。有些市井小民为了一窥贾太师的"箭船"，不惜以身犯险，潜入湖边，结果有人为此下狱，也有人为此丧命。

这贾太师酷爱斗蟋蟀，著有《促织经》，小报上称之为"贾虫"，后来这外号不胫而走。贾似道对蟋蟀已爱到疯狂。曹公公告诉我，贾太师经常带着蟋蟀上朝议政，廷上不时传出虫鸣声。有一次，蟋蟀从他的水袖里跳出，飞落到官家的胡须上。官家不怒反喜，这君臣二人当真是哼哈二将。贾太师酷爱斗蟋蟀，常在葛岭的后乐园招一班赌徒纵博。有一次他某位小妾的兄长来了，立在府门前像是想走进去。贾太师正好看见了他，当即将小妾之兄捆起投入火中。又有一次他和爱妾们趴在地上斗蟋蟀，正好有赌友进来，看见贾平章贾太师趴在地上斗蟋蟀，便开他的玩笑道：这就是平章所言的军国大事？

对于这样一位太师，曹公公私下里很是不屑。这也是他那日奋起保护我，不让贾太师染指我的原因。

然而，当贾太师扭头不再理我时，我却感到了几丝沮丧与悲凉。为了打消贾太师对我的不轨之念，曹公公肯定又跟他讲了我的大脚。因为我发现贾太师再次走到我边上时脸露厌恶之色，而且还以袖掩鼻。我倏地想起楚怀王的宠妃郑袖，她为了除掉魏国美人设下毒计，终于让梦怀王割掉了魏国美人的鼻子，从此专宠皇宫。难道曹公公告诉贾太师我身上有异味？我忙把曹公公拉到一旁，曹公公被逼不过，终于承认他告诉贾太师我有脚臭！

我的天哪！我捶了曹公公两拳，扔下球帽，赌气要走。曹公公赶忙拉住我，说官家方才到杨妃住的春华堂去了，马上就过来看我们蹴鞠，要我耐心等一下。想到自己的大脚备受人诟病，我禁不住流下了几行眼泪。我倒不是完全因脚而哭，实在是在为自己的绝望而哭。不瞒大家，我虽知贾太师非良人，我对他也没好感，但我还是希望他的出现能够改变我老死宫中的命运，谁知却被曹公公一句话给搞黄了。最最关键的是以后邬秋儿她们又多了一条耻笑、攻击我的理由，这多可怕！更可怕的是，我可能因为错失机会而在阴冷、寂寞的宫中慢慢老死！

当然，我也有可能运气好，遇上官家发善心，外放宫女，可到那时，我起码五十出头了，而且出宫后不许婚嫁，更不能做妾。娘家那时也没什么至亲了，外放的宫女最后大多终老尼庵，与死在宫中差不多，这是何等凄凉的人生啊！

就在我胡思乱想时，突然一道阴影朝我袭来，我躲避不及，情急之下本能地伸手抓住了那物。定睛一看，原是只用金丝缝边、绣了双龙的羔羊皮鞠!

哇,胡氏果然身手敏捷,不愧女中豪杰啊!

身穿白罗方心曲领大红团龙常服、头戴展角幞头帽的官家边说边拍着巴掌从花丛中钻,为自己刚才的成功偷袭开心得笑出了两排齐白耀眼的糯米牙!

平心而论,官家遗传了他那位小妾母亲的美貌,五官端正英武,只可惜个儿不高,身板太过单薄,这使他的帽子显得有些沉重。自从他登基后我这是第一次见他,发现他越发瘦了,而且那双乌亮的大眼睛老是流露出惊疑、茫然的神色,像一只被猎狗围住的兔子,让人生出几分同情来。外人传他愚钝,其实他只是对某些不感兴趣的事情迟钝,换言之,他只对感兴趣的事贡献他的智力和注意力,所以,只要和玩、和女人沾边的事,他一定会有足够的智慧和花样。

这不,刚才他躲在花丛里朝我扔鞠,就是为了试我的身手。问题是他扔的鞠里头装的不是米糠,而是沉甸甸的沙石和金块,是他为我们这次即将进行的比赛准备的奖品!倘若方才我身手慢些,这会儿肯定已成了一具死尸!

看着他灿烂得近乎明媚的笑脸,我大咧咧地推了他一把,笑道:嘚,官家!几月不见,你怎么变成根藤条了?

原本乱糟糟的蹴鞠场顿时雪静,所有的目光都集中在官家脸上。官家愣了愣,原本就没合拢的嘴咧得更大了:朕晓得不能叫你胡氏,一叫就要打人。好了,清蕙弟,朕闻你力大如男。刚才一见,确实不虚。只是你那天足,不知能骑马乎?

以前他任东宫太子时,每到谢皇后处请安,总要和我嬉闹。那时我特讨厌别人叫我胡氏,他偏偏要叫,我俩为此还险些打了一架。如今他提起这些,我立马笑着施礼:官家在上,奴婢脚大费鞋,恳请官家多赐两双鞋。

我言罢生气地瞪着自己的脚:我这大脚自进宫起就一直被人讥讽和诟病,没想到官家如今竟当着众人的面羞辱我!我的眼圈不由红了。

本以为官家会就此作罢,哪知他的傻劲上来了,竟过来牵着我就往偏殿里走：朕今日不但要看你蹴鞠，还要和你比谁跑得快！朕数到三，你即跑，看谁先到殿门那儿！

我回身望了望身后那面面相觑的几十号人马，心想这成何体统？谁知官家并不考虑这些，他抢先跑了两步，然后向我招手：快跑！快跑！

我忙伸手拽住了他的衣襟：你耍赖，才数到二就跑了！

此言一出，身后的叽喳声再次化为死般的寂静，我的身体也僵了，只有脑子还像一扇被风吹动的铁门，发出"咔嚓咔嚓"的响声：你死定了！你死定了！

然而，谁也没想到，官家不怒反喜：嗬，你力气不小啊，可以当我的御前侍卫了。好，我们重来，这次你数数！

这时贾太师来劲了，一个劲地煽风点火，曹公公却朝我使眼色，示意我别答应。官家那两只黑亮得过分的大眼睛紧紧地盯住我，我浑身一紧。官家貌似温雅，性子其实颇为暴躁。上次有个妃子不吃他从树上捉下的青虫，他愣是把青虫塞进了她的鼻孔。不想那青虫一下子钻进了她的气管，把那妃子给憋死了。我才不想死得那样冤枉呢！

主意打定，我轻启朱唇，吐出了几个数字"一、二、三"，我话音未落，官家已经孩子一样地抢先跑了，边跑还边得意地笑。我让了他三步，才奋起直追，途中我还故意趔趄了几步，最后他以微弱的"优势"险胜。官家抹着头上的汗，淘气地说要看我的天足。

那么多人在后头看，绝对不行！

我牛脾气上来了，一拧身就要走。以前我老用这招对付他，每每他总是服软。然而这次不灵了，他不由分说地将我拉进大殿旁边的厢房，这是曹公公为官家小憩准备的一间卧房，布置得精美华贵，那张崭新的木雕嵌云母的卧榻在殿内昏暗的光线中闪耀出明珠般的光芒。

我犹豫了一下，坐在床沿上用汗巾擦汗，接着开始解鞋袢。这期间官家一直目不转睛地盯着我，口中叹道：女大十八变，变来变去变成个观音面。你出落得越发好了！

我乜了他一眼，弯腰去解鞋，不小心捋起了一截衣袖，露出白藕节似的手腕。官家看了会儿，突然急吼吼地把我按倒在卧榻上替我除去布袜，然后低下头，好奇地端详着我的脚，口里发出阵阵惊叹。

说句不自量的话，我的手脚和五官一样清奇秀美，昨日我又恰好在脚指甲上染了凤仙花汁，十个趾甲盖儿在那片莹白的脚背上着粉嫩初生菱角的水色，煞是美丽。

课业不好的官家居然背起诗来：

硕人其颀，手如柔荑，肤如凝脂，领如蝤蛴，齿如瓠犀，螓首蛾眉，巧笑倩兮，美目盼兮，这说的就是你呀！

官家赞了会儿我的美貌，然后低头在我脚上亲了一口，我还没回过神来，他皱眉恨恨地道：清蕙弟，怎的秋儿她们都说你的天足丑陋不堪，嘱我离你远些，省得你的大脚吓坏人呢？朕这回是真的见识了，你的脚大是大了些，不但不丑，反倒比她们的三寸金莲可爱呢！你看，你能奔跑、能蹴鞠、能骑马，她们呢？走一步，歇三歇，上个坎还得人抱，真是烦死了。还是你能陪我玩儿。

我刚想应答，忽然脚心奇痒，原来他早就预谋着今天来看我的脚，所以事先备好了两根鹅毛来挠我的脚心。他一边挠，一边大笑。我先前还忍着不敢动，后来实在吃痒不过，一把将他扳倒，两人搂着像个顽童似的在地上打滚。官家开心得要命，我则气恼他事先备好了鹅毛，也想给他点"苦头"吃，便强按着他的手，脱了他的鞋，用鹅毛挠他的脚心，一直挠到他求饶为止。

胡教授，看到这儿，您是不是为我担心，怕我受到他的惩罚？不瞒您说，那天我的确有些过了，在他求饶时我还捶了他的屁股两拳，疼得他哇哇叫呢！

清蕙弟，求你了，你现在放手，我赏你金腰带一条！

他气喘吁吁地求饶，我跟他讨价还价，要他外加两坛玉练槌的酒。

好，你放手呀，痒死我了！

说着他咳起来，我忙松开手。当我看着衣冠凌乱、咳得满脸是泪的官家时，非常非常的后悔，我恨自己图一时痛快，忘了家人"不能生祸，保身为上"的叮嘱。我正打算向官家解释兼求饶，不料官家却突然从地上爬起来，拍拍手掌和身上的泥，在我脸上揪了一把：从今日起，清蕙弟即是吾的修仪了！

我揉揉耳朵疑虑地问道：官家，您是说让我给哪位修仪娘娘当女官吗？

官家蹲下身子在地上捣鼓了一会儿，起身微笑着说：不是，朕封你为修仪了！

什么？什么？

我惊讶得眼珠子险些从眼眶里挤了出来。

怎么？不相信？看来你挺吃惊的！嗯，嘴巴张得还不够大，再大点儿，再大点儿！

头脑一锅粥的我傻傻地张大嘴巴，他飞快地放了把土到我口中，我吞不敢吞，吐不敢吐。正尴尬间，官家走到案桌旁，拿起毛笔，在冷金笺上写了一道圣旨加封诏书，然后他慢慢踱到门口，背着一双沾满泥土的手，大声说：太师，朕今日特封胡清蕙为修仪，拿朕的手诏盖印去吧！

在门口等得双脚长须的贾似道虽然对官家的荒唐行为习以为常，这时却以为自己听错了。等官家又吩咐了一遍，他才急奔过来，伸手接过圣旨，脸上的表情阴晴不定。见我还愣愣地杵在那儿，他不客气地呵斥道：还不赶快跪谢圣恩！

我脑子没转过弯来，心想这官家最爱捉弄人，万一我跪下谢恩了，他却说这是玩笑，到时我该如何自处？

正犹豫间，曹公公飞步过来，伸脚踢在我后膝盖窝上，我咕咚一声跪倒在地。跪下之前我扫了眼头上系好了红丝带、正等我去蹴鞠的宫女们，发现她们个个眼中都长出了刀子，一副恨不能剥我的皮抽我的筋的架势！

谢主隆恩！官家万岁、万万岁！

我伏地叩谢！

就这样，我由一个尚宫突然擢升到修仪！这就如同一个科员转眼间变成了副部级干部一样，中间的距离用天堑来形容也不为过。

这种一步登天的事在我作为"再生人"生活的今世已经很难发生了。也许只有那些中了几亿元大奖的幸运彩民才能与此相提并论，再就是被称为"日本的杰奎琳"的根本七保子的奇遇可以和我前前前……前世的飞升相比肩。根本七保子是个土生土长的日本人，家境清贫。为了补贴家用，根本七保子去东京帝国饭店俱乐部做艺伎，为读书的弟弟赚学费。十九岁那年，印尼总统苏加诺访问日本时，在日本商人久保正雄的牵线下，两人在东京帝国饭店"邂逅"。三个月后，苏加诺召见根本七保子，两人私订终身。1962年6月6日，五十九岁的苏加诺和二十二岁的根本七保子举行了秘密婚礼，被赐名拉托娜·莎利·黛薇·苏加诺的根本七保子，成为苏加诺的第四位妻子，被苏加诺誉为"夜明珠"。只是她命不太好，1965年9月3日，印尼爆发军事政变，苏加诺一直被软禁。以前的根本七保子，后来的黛薇夫人流亡法国。黛薇夫人三十岁时苏加诺撒手西去，她重归演艺圈，五十三岁时还出了一本写真集。我的一生与她相比，其曲折与跌宕有过之而无不及。但无论如何，她和我的命运都是一次奇迹。

那天，从来自认为有胆有识的我，在猝不及防的幸运"袭击"下突然摇晃着朝地上倒去。这时，大殿门口出现了一红一紫两条人影，那是闻讯而来的全皇后和宠冠皇宫、替官家批答公文的会宁郡夫人昭仪邬秋儿！全皇后表情淡漠，邬秋儿的眼中射出两道寒光。

我浑身一凛，然后昏了过去！

四

咸淳六年
临安。罗槐、曾守琴、曾兵去棚屋看斗蟋蟀，突遇大祸，曾
守琴、曾兵被抓入狱。

罗槐坐在临安城的罗氏宗祠厢房里，毕恭毕敬地聆听这次主修族
谱的德元公说话：列位宗亲，山不导，不知起自昆仑；水不导，不知
来自碌石，故隋唐以上，官有簿状，家有谱系，然自靖康罹难，二圣
北狩，北国故土为寇所据，生民涂炭，谱牒散失，致使亲疏难辨，血
脉不清。本朝大儒欧阳氏、苏氏为此特创谱牒制，之后群相倡导，举
国上下，无族无谱。欧阳修的谱图之法，凡远者疏者略之，近者亲者
详之。苏洵的谱图之法则为卜宗之法，只记五世。然则不管欧法苏
法，目的皆在纂明世次、敬宗收族。此次广联同族，召集列位前来编
纂开封南迁罗氏总谱，正是欲昭示族人正长幼、明尊卑的人伦之本。
此乃某等写的罗氏谱序，请列位过目、审核！

德元公起身亲自发放刊刻的罗姓谱序，罗槐接过后草草看了一
眼，心思不免飘忽。说实话，他对修谱一事并无太大兴趣，无奈除了
九巴公和兄长罗松，他是珠玑巷罗姓宗亲中最有资财威望者。兄长在
军籍，无法脱身，只有他来方能代表珠玑巷的罗氏宗亲。可眼下他坐
在此处，心里却记挂着家中那批刀剑有无制好，还有阿甲发现的两个
峒僚人是否萧、谭匪贼的细作。兄长公务繁忙，他能顾及铁匠铺和家
中事务吗？还有，曾守琴、阿甲、曾兵都安顿好了没有？早上他们一

行刚到临安城码头，罗槐就被德元公拉到罗氏会馆来了，曾守琴和曾兵则坐另一辆驴车去曾氏会馆。阿甲因替他们送行李，也跟着去了。从南雄到临安的一个多月行程中，他们四人朝夕相处、甘苦与共，猛然间分开，竟让罗槐生出几分忐忑来：这临安城太大、太繁华，游手闲汉众多、骗局繁纷，万一他们被人拐了去，自己上哪儿找他们去？

浩风，你说说看。

罗槐正在胡思乱想，德元公须眉皆白的脸瓢似的浮在眼前。他挨得太近了，罗槐闻到了他身上的那股属于老年人的体味，酸酸的仿佛陈酒。但他的皮肤却细腻红润如婴儿，鹤发童颜的德元在罗槐心中的印象一如坊间对他的评价，充满矛盾：能干过人、趋炎附势、热心助人、长袖善舞。

身为秘书省著作郎的罗德元虽然官居从七品，但他才思敏捷、文字简洁，掌管开修了《时政记》《起居记》，是个说来不大，却能经常见到大人物的官。加上他为人活络，善于结交，把一家人安排得妥妥帖帖。他家二郎进了兵苑营造所，三郎则开了木器行，内弟则开酒行，专供御酒库的御酒，所以从七品的德元公在临安城内建了一所二十多间房子的宅院，乡下有上百亩良田，娶了三房娘子，有两个儿子两个女儿，日子过得优裕。只是三房娘子各不相让，尤其是大房孔氏和生了两个儿子的二娘经常针锋相对地吵闹，弄得他疲惫不堪。做得一手好裁缝的三娘倒是安静地潜心于裁缝手艺，很少给他添麻烦。而且还在罗德元的张罗下，招了几个女眷打下手，在临街处开了间缝衣铺，生意还不错。

说到做生意，罗德元是一把好手。借着建罗氏宗祠和会馆的机会，他多买了十几顷地，在临街处建了二十间店面出租，店租一半归会馆，一半归他。原因不言自明：这地可是他出面找人疏通才盘下来的！没有他，那些钱能建宗祠和会馆，但绝建不了店铺！罗氏宗祠的五名执事都是明白人，不但没有怨言，反而开心异常——有了这些租金，罗氏宗祠的公产将越来越多，身为执事的他们每月都有份子钱，相当于衙门的"祠俸"，何乐而不为？

临安城百业兴旺，临街旺铺供不应求。罗氏会馆建在御街北段的商业繁华之处，二十间铺面租金一年高似一年，罗氏这才有了修总谱的财力。如罗槐这样从各地赶往临安的宗亲，不但来往路费、在临安期间食宿一应由宗祠公堂负担，来者刚签到入住，德元公便另给了他们每人二贯见钱关子，每贯折合铜钱七百七十文，把罗槐吓了一跳：市井生意做得好的草民不过日入百钱，这二贯见钱关子即是一千五百四十文钱，这次罗氏修谱来了六人，这六人光日用钱就用了九千二百四十文钱！这是笔大数目！看来这德元公的确如坊间所言，著作郎只是他的泥饭碗，那些藏在身后的店铺、木器行、酒行等营造所里看不见的买卖才是他的金饭碗。

　　接待罗槐他们的二执事罗强是德元公的养子，他为人机灵、圆熟、殷勤，缺点是太过自来熟，还很爱打听和说东道西。罗槐刚住下，就已经知道德元公的二弟品元公利用后苑营造所之便，为贾太师的葛岭集芳园新建了好几座房子；德元公为了讨好贾太师，每年都要托人去找各类蟋蟀……

　　罗槐听后对德元公便少了几分崇敬。其实他并不了解贾太师，但仅凭他把斗蟋蟀看得比军国大事还重要，他就觉得这样的太师很糟糕。古人说玩物丧志，这贾太师可不仅仅玩物丧志，还玩丧了良心。小报上登了不少贾太师不上朝奏事，躲在集芳园与姬妾斗蟋蟀的传闻。坊间对这位"贾虫"没有好印象，罗槐对与他交好的人也没好印象。在罗槐看来，仅凭这一点贾太师就对不住官家给的俸禄和赏赐。

　　殊为可笑的是，贾太师天天在集芳园享乐，他却给这园子取名为"后乐园"，想当年范仲淹"先天下之忧而忧，后天下之乐而乐"让多少男儿心潮激荡，不料如今却被一个骄奢淫逸、只会享乐的奸相用在自己的销金窟上，实在是亵渎了"后乐"这两个字！

　　罗槐看德元公的眼光由是多了几丝审思与冷峻。德元公肯定觉察到了什么，他皱眉打量着罗槐，语气有些不悦：浩风世侄想必是累了吧？要不，你回去歇息歇息？

　　他这一称呼，其余几位宗亲立马站起身向罗槐抱拳施礼：世叔在上，伯伯在上。

罗槐看着那几位须发花白、辈分却晚他几辈的老者，尴尬地作了一揖：各位……前辈请受晚生一拜！

他此言一出，那几位老者忙摇头晃脑地说不对，德元公捋着长须笑道：浩风世侄，此间你的辈分仅次于我。不过论年纪，你着实小。我看就这样吧，各位宗亲在世侄的辈分前加个小字吧！

于是，又响起了一片"小世叔""小伯伯""小叔公"的声音。罗槐笑着还了礼，这才明白为什么这些宗亲中，德元公只将他和阿甲安排在罗宅，其余五人住会馆的客舍呢！

寒暄过后，众人开始认真地审看谱序。罗槐想到自己的辈分，不敢怠慢，跑到外头用冷水洗了把脸，坐在桌前认认真真地看了一整天，晚间他们又议了一程，总算定下了罗氏的谱序文字。他算了一下，照此速度，要把全国各房的分谱汇成总谱，绝对需要几个月时间。

深感郁闷的他想趁与德元公同车回宅的机会说说他对进度的想法，不料德元公却走到驴车跟前对他说，今晚他要陪客，让二执事罗强送他回宅子。

你先好好休息，等这谱理顺一些，我再陪你和列位宗亲到临安城内的御街、南瓦、北瓦、勾栏开开眼界。拣个好日子再到西湖走走，那是个柳绿花红、山环水绕的好去处。

德元公言罢登车而去，消失在灯火璀璨的街道深处。

二执事罗强陪着罗槐往回走。罗强自幼父母双亡，七岁起被罗德元收养。他聪明、机灵、殷勤、能干，德元公让他陪大儿子罗长志读书，实际上是个小书童。罗长志淘气捣蛋，犯下的错全由罗强顶包。加上罗长志的生母二娘最得宠，他越发骄纵，经常和弟弟罗远志一起捉弄罗强，把罗强打得鼻青脸肿，却让罗强谎称是自己摔的。德元公忙于公事和应酬，难得有机会听罗强的哭诉。罗强也不敢哭诉，他怕哭诉后二娘给他穿小鞋，不让他吃饭。还好三娘和老仆阿叔对罗强比较关照，罗强总算长大成人了。

罗强原想参加科举去考功名，德元公没答应。一则怕罗强一举夺魁，将看到书本就头痛的儿子长志比下去，他没面子；二来他这罗氏公祠管辖的二十间店面要人打理，长志无心于此，远志又还小，精明能干的罗强最为合适。

所以，当罗强提出要去参加乡试时，德元公把一串黄澄澄的钥匙放在他面前。罗强明白德元公的意思，此时他已尝到当管事挣钱的甜头，哭了一晚后即老老实实地当起了宗祠的二执事，帮忙打理宗祠公产，赢得了不少口碑。同年，德元公的大儿子长志开始生病，至今身体孱弱，没去参加科考，整日在家读书、弹琴、玩蟋蟀。

罗槐觉得长志挺安静，完全不像罗强口中那位自小欺负他的罗大相公，心下不免对罗强的话打了些折扣。

说来也奇怪，这人跟人能不能说上话，有时还真得看眼缘，也就是说彼此能否看得顺眼。尽管罗强照顾周到，也知礼数，但罗槐第一眼看到罗强，就不怎么喜欢他。

德元公走后，罗强悄悄地告诉罗槐，德元公体胖，他蹴鞠的技术算不得一流，但绝对能算二流。由于经常钻研《促织经》，对蟋蟀也深有研究，这两年贾太师时常喊他到后乐园去作陪，其实就是要他去送礼。

德元公是不怕夜半鬼敲门，就怕贾太师叫他去陪客。方才德元公让我备了两袋金叶子打赏罗府的下人。还有啊，昨天我从市场买了两对山东宁津的斗蟀，德元公今儿个就捎去给贾太师当见面礼了！

罗强比罗槐大两岁，言辞流利，未语先笑，看上去很谦和。他个子瘦高，五官倒是清秀，怎奈双目精光太盛，显得不太安分。罗槐不知德元公为何如此倚重他，现如今听他这样说起德元公，似有不服之意。当下只是一笑，并未接话，跟着他走过两条小巷，往罗宅走去。

小巷两边皆为庶民所住的五架三间的瓦屋，家境好些的，在门口挂了盏灯笼给晚归的家人照明。大街上有红杈子挑起的红灯笼，类似于今天的路灯，只是光线较为昏暗，但这并不影响罗槐的观察。他发现天子脚下不比珠玑巷有钱人家飞檐彩拱的，这里的市井民居全都严格按照朝廷制度建造，没有施重拱藻井，也没有饰以五色文采，多为长方形的白墙黑瓦建筑，杂以绿树，倒也另有一番清爽、素雅、秀逸之美。

走了一程，到了德元公前堂后寝的五进宅院。罗宅最外面是铺面，既能生钱，又避免了"越制"之嫌，这是德元公的机敏处。按制本朝六品以上官员的宅第外部才能建乌头门或门房，德元公官位不够建门房，他便在门房的位置上建了铺面，既美观，又能以此牟利，钻了个朝廷制度的空子。

为了避免被人弹劾，德元公在店铺与第二进院落之间隔了条走廊，夜晚二进的院门一闭，就切断了与店铺的联系，他的房子也便成了四进，二进的正厅和前堂照样能会客和办理婚丧嫁娶大事。第三、四进是家人的寝室，德元公和二娘住在第三进，大娘和三娘因各生了一个女儿，两人各分了第四进的一半住房。为此大娘和老仆阿叔还找德元公理论，说他这样做不合祖宗规矩，得让大娘往三进，二娘住四进。德元公也知这不合规矩，但他又奈何不了二娘，只好打哈哈。大娘气得几天吃不下饭，阿叔也唉声叹气了许久。第五是罗宅的后花园兼东、西偏院，偏院与花园之间也有门，关上即互不干扰。

罗强絮叨着德元公的家事，把罗槐领到右首的偏院，院子规模不小，内有天井和花圃，种着桂花树及时鲜花草，墙角壁上挂着灯笼，转角处放着梅子青色的龙泉窑三足镂空香炉，袅袅的白烟在夜色中散发出奇特的清香。

这是宫内新制的蕙香，是贾太师赏给德元公的香。听说市面上要两贯才买得到一盒呢！

罗强说着从五斗橱上取下只精致的木刻香盒，打开后果真清香袭人，让人头脑清醒。罗强见罗槐陶醉的样子，兴奋地问他听没听过胡贵妃的传奇。

罗槐说以前在小报上看过她从尚宫直接封修仪一事，但他对此并无兴趣。罗强却正好相反，他兴致盎然地道：你还不错，在珠玑巷也晓得了她的故事。这胡贵妃原先是香药局的一位尚宫，后来一下子就封了修仪，真正的一步登天哪！她兄长原先就在隔壁卖熟药，以前是小本生意，这几年发了大财。昨天胡掌柜过生日，德元公还给胡掌柜送了礼，人家的妹子现在是官家跟前的红人，得罪不起啊。

这罗强不知是见人打卦呢，还是因为罗槐辈分高，总之对他另眼相看，恨不得把肚里的事都告诉他。虽然罗槐一个劲地打哈欠，他仍絮絮叨叨地说着。罗槐为人正直，平日最恼这种长舌之人，渐渐地神色便有些不耐烦。话痨病发的罗强竟收不住话头。

罗槐正苦楚时，阿甲从屋外走进来，说有只飞奴病了，让罗槐去看看。

是赤眉吗？对不起，二执事，我得去看看，明儿见！

罗槐着急地朝罗强一抱拳，罗强笑着指了指他隔壁的房门：我就住这儿！有事尽管吩咐！

罗强闪身隐入房间。阿甲瞥了眼罗强关拢的房门，叹道：这二执事气血旺盛，说那么多话也不乏累。

唉，你该早些来救我才是。罗槐叹罢问阿甲曾守琴和曾兵怎样，阿甲说都已安顿好了。只是曾氏公馆不如罗氏会馆建得气派，会馆只管曾守琴他们的住宿，修谱之人还得自掏饭钱。

罗槐哈哈一笑：改天你拿两贯钱给表哥用去！

两人说着，来到了靠角门的杂物间檐下，那儿挂着两只木笼。罗槐抓出那只病鸽，用手一摸，发现原本健壮的赤眉嗉囊胀大，用手轻轻一挤，鸽子口中便淌出了酸臭的黏液。

罗槐小心地将飞奴嗉囊中的食物和液体挤出，用冷开水洗净嗉囊，又从挂在墙上的布袋里取出一把加了红土的大米，蘸水捏成小球喂给飞奴吃下，这才小心翼翼地放回笼中。

阿甲，这两天千万不能给飞奴喝脏水，要确保饲料的新鲜和干净。

阿甲点点头，罗槐转身进屋，写了几句话，把纸卷塞到飞天脚环的苇管中，打开鸽笼门，将飞天放入空中。飞天在庭院上空盘旋了几下，而后振翅消失在茫茫夜空。过了一会儿，罗槐把其余飞奴也放了出来。此时玉兔东升，月辉如水，雪白的飞奴在暗蓝的天幕上如同闪烁的星辰，罗槐脸上露出了由衷的笑意。

这些飞奴都是三岁以上的"老将"，巢性非常好。尤其是飞天和赤眉，去岁曾两次传书临安，是他和哥哥最为珍爱的飞奴。此刻街上传来梆夫软绵绵的喝更声，罗槐的心神不由一凝：这茫茫天际，风雨不定，飞奴能按时把书捎给哥哥吗？又或许，哥哥的飞奴也正朝临安飞来？

由于记挂着家中，疲惫的罗槐这一宿没怎么睡好，不是梦见大雨冲走了行李，就是梦见自己在寻找突然消失的铁匠铺，快醒的时候还梦见两条蛇盘在挑行李的扁担上。梦中的他大喝一声，那两条蛇化成光柱直扑脑门，将他灼醒了。他倏然惊起，睁眼一看，那两根光柱原是从窗户射进来的日光。

糟糕，起晚了！阿甲，你怎么不叫我？

罗槐跳下床，险些撞倒了床头的屏风。他一边穿衣，一边喊阿甲。阿甲端着洗脸水，挟带着一股花香走进屋，小声道：家主，二执事说这两天德元公很忙，不回家住。这几日您只须在此校对南雄州的罗氏族谱，五日后再到会馆开执事会。

那太好了，我们正好可以抽空到临安街上开开眼界！

罗槐来了精神，一抬头，看见茶几上的千层炊饼、糖蜜酥皮烧饼、松瓤鹅油卷和白绿相间的荠菜羹，心想这德元公对自己确实高看一眼，连早餐都这么丰盛，而自己送给他的只是十几斤笋干、十几斤野菇而已，受之有愧啊！

阿甲，你让二执事早餐随便点儿，别把我们当客人待。

罗槐说着，风卷残云地把茶几上的糕点都装进了肚，然后取出几串铁钱，带着阿甲去找曾守琴。曾守琴是表哥，怎么着也得他先去看兄长，否则就失礼了。不过，出门之前还得到厅堂向女主人辞个行。在礼数上头，罗槐还是非常讲究的。

厅堂里很安静，只有一身淡青衣裳、长相与衣服一样素净的大娘在做女红。大娘招呼罗槐进厅一叙，罗槐连忙抱拳见礼。这时阿叔端来茶水，引他进厅落座。

哎哟哟，大娘见客也不告诉妹妹一声。

随着一声娇呼，衣着明丽的二娘带着长志和远志匆匆进来。二娘长得妖艳，虽然长志都快娶媳妇了，她依然腰身如柳、眉目含春。见到罗槐，她眼中一亮，笑声和腰肢跟着柔软起来。

妖精！

站在大娘身边的罗槐听见她厌恶地骂道。罗槐和大娘、二娘寒暄了几句后，开始和长志、远志聊天。

大侄子来啦？路上累坏了吧？来，这是我昨天特为你做的蜂糖糕和乳糕，刚刚蒸热了，大侄子尝尝。

一身精干打扮的三娘人未至、语先到。罗槐已从罗强口中得知，这三娘为人大方、爽快，备受下人尊敬。只是她不善于争宠，又生的是个女儿，加上性子耿直，不会二娘那套媚术，德元公一年难得到她院中住几回。三娘似也不在意，一腔心思全放在裁缝铺子上。因她衣裳做得好，声名远播，常被宫中、贾府和各王府的女眷们请去裁衣，德元公因此对她多了几分敬重，大小事体有时还会和她商量商量。二娘因此视她为眼中钉，常鸡蛋里头挑骨头，要么就给德元公狠狠地吹耳边风，又煽动两个儿子找三娘和她女儿的茬。任三娘怎样的大方爽快，也受不了这种挤对和编排，渐渐地两人就不说话了。现今在罗槐这客人面前，她俩也没打招呼，倒是那大娘在她们两人之间转话、传话。

没多久，三个妇人便把罗槐撂给了长志、远志。他们哥儿俩比罗槐小，又志趣不投，寒暄过后无其他话头，罗槐瞅着尴尬，便转身告辞，和在厅外等得焦急的阿甲往外走去。

没走几步，罗槐心下便对德元公生了几分敬意。原因是他虽然家财万贯，却深谙韬略，不但房子建筑样式符合他的身份地位，厅中陈设也只是内敛朴实的木梁素壁、竹编屏风、黑光漆椅，并无丝毫雕琢奢华之气。唯一能看出德无公身家的，也许只有影壁旁那两只半人高的景德镇手绘百子图瓷瓶和天井旁的两对官窑影青鱼缸了。再者，罗宅中的仆妇、门人、小厮全都布衣荆钗、青衣小帽，态度谦和礼让，这就难怪德元公挣了恁多钱，街坊邻居和同僚都不妒忌了。

凭着昨夜罗强的介绍，罗槐和阿甲出门来到御街，以前只道珠玑巷繁华，跟临安城的御街一比，珠玑巷就不值一提了。只见街两旁设着大红杈子，杈子外为行人走道，行人摩肩接踵；杈子内摊贩林立、

58

店铺鳞次栉比，且屋宇雄壮、门面广阔，望之森然。那风中招摇的幌子犹如迷人眼目的乱花，酒店门首的缚彩楼门则似巨大的花篱，将街道装点得五光十色。

他俩边走边看，惊奇不已，不知不觉行到了一处更为热闹的街道。只见街两边尽是百工、伎作的大小货行，叫卖声、吆喝声、顾客的讨价还价声、笑闹声一浪高过一浪，当真是热闹非凡！

因阿甲昨天下午安顿好后，已在罗宅小厮的陪同下游了一遍御街，他比划着告诉罗槐，御街南段靠近皇宫的地儿多是朝廷的衙门，间杂在那里的店铺为金楼、银铺和珠宝店，从鼓楼到中段，是几百家名店和老店。御街北段，有四百工器作坊，各种店铺和上百家勾栏，俗称北瓦，日夜演出百戏，热闹非凡，是临安有名的销金窟。

最让罗槐和阿甲羡慕的是，临安城中，凡卖货者所推所挑的车子、担子皆新洁精巧，士农工商诸行衣巾装束皆有等差。

家主，昨儿小厮告诉我，这街市买卖人各行有各行的服色头巾，看见没，香铺的人戴顶帽、披背子，质库掌事裹巾着皂衫角带。哎，哎哎，你看那后生……

阿甲指着那人丛中三五成群着奇装异服、斗夸美丽的后生，惊奇极了。罗槐怕他刚才那一指会被那些后生视为无礼，忙拽着阿甲往前走去。

这时他们转到了铁作街。这儿有不少铁匠铺和铁器店。原本步履匆匆的罗槐和阿甲立即放慢了脚步，一家一家地看着、比着，就这样看了大半条街。

阿甲对罗槐说：家主，要是罗记搬到这儿，那也是要盖他们帽的！

罗槐摇摇头：你呀，是没见过大蛇屙屎。没听古人言：山外青山楼外楼，强中自有强中手？哎，那家不错！

说着罗槐踅入一家铁器铺。只见里头摆满了锤子、榔头、刀具、铁锅、铁钉、车马配件和檐前铁马一类的小东西，东西的款式算不上新颖，铸制质量却是上乘。罗槐细细看着，阿甲拿起把刀弹了弹，不屑地说：家主，这东西比我们的罗记可是差太远了！

看着阿甲黝黑的脸和鬓边的几丛白发，罗槐有些感慨：阿甲近来爱说话了，也许不干临安事，只因他老了，越来越怕孤单和寂寞，甚至怕安静了吧？

罗槐理解地拍了下阿甲的肩，让他住口，这边掏钱买了把小刀，他抚着刀口，又用手指弹了弹。一直跟在边上笑容满面、神情谦和的掌柜看他这架式，知道遇到了内行，忙拱手说：客官觉得在下这刀如何？

罗槐笑问他是要听真话还是客套话。掌柜说要听真话。

罗槐瞄了眼四周，见无旁人在边上，这才道：掌柜的，但凡铁有钢者，如面中有筋，柔韧有度。而你这刀弹之声脆，乃北方之铁所铸，恐不如南方之铁打造的刀好使！

掌柜大为惊奇，稽了一礼道：客官所言不虚！此刀确为北铁铸造。在下也知南铁韧劲好，北铁脆，但却不知个中缘由，不知客官可否赐教？

说到本行，罗槐不由眉飞色舞：掌柜新入行的吧？某家世代冶铁，所以略知一二。本朝自高宗时起，北铁多用煤冶，煤中含硫高，致使铁性燥，易脆断和炸膛。南铁多用炭冶，冶铁时炭精入铁，故南铁有韧性，所作之器锋利耐用。

掌柜瞪大眼睛看着他：哎呀，客官说得太对了！仆所售铁锅常炸膛，前月还赔了五百文钱，半个月白做了。请问客官贵姓大名？若是家中还冶铁，可有铁锅等物卖与我？

罗槐从怀里掏出名刺双手奉上：某免贵姓罗，名槐，乃南雄州珠玑巷人氏。罗某的"罗记铁器"不但产农具、锚具、刀枪箭镞，也有掌柜店中所售其他货物。

掌柜连忙回了一名刺，这边抱拳作揖：仆姓夏，虚长贤弟几岁，排行老二，周遭人都唤我小二哥。

罗槐抱拳回了一礼，道：小二哥若信得过小弟，小弟明日就传书家中，叫他们发批货过来。

夏小二略有些迟疑，说上月赔了本钱，进的这批货也没卖完，恐无钱再进货了。

罗槐笑道：小二哥有所不知，我罗记素来的做法是，生店第一次进货不用垫资，罗记先铺货，卖完了再比期结账。我在这儿还得待段时间，你先试试我的货好不好卖，好卖你下次再进货也不迟。

听罗槐这么一说，夏小二高兴得双目放光，立马请罗槐进账房喝茶，两人谈得非常投机。两盏茶工夫，夏小二便决定了要和罗槐做生意，两人当即商议着写了一份契书，双方签了字、画了押，以确保日后不会有纠纷。

夏小二留了罗槐在临安的住址，约好三日后上门拜访罗槐，估计是想看看罗槐说的是否真话。罗槐开心地答应了，然后拿着夏小二送的几包点心，和阿甲有说有笑地走了半个多时辰，终于来到了曾氏会馆。

曾氏会馆由一座书院改建，早先的御书阁成了藏放族谱之处，讲堂成了客厅，学生斋舍变成了宗亲的住所，射圃则成了花园，光贤祠里摆放着列祖列宗的牌位，东庑和西庑的墙上书刻着曾氏一族的繁衍、迁徙史和贤人榜，比之烟火气重的罗氏会馆另具一番书香气象。罗槐去时曾守琴刚刚抄完总谱序言，手指和衣袍上沾着墨，脸上有掩不住的喜悦：大执事说了，我要愿意，可以留在此地，他们给发工钱。

罗槐最喜欢这位表哥的是，他虽然满腹经纶，却最爱说大白话，从来不像其他读书人一样掉书袋绕弯子，而且为人忠厚诚恳。记得有一次去大舅家做客，罗槐嫌无聊，便约曾守琴去喝酒。当时曾守琴正发疹子，本来不能沾酒，可他居然不好意思拒绝，结果喝得浑身发肿。大舅说他没长倒牙，从来不会说个"不"字，加上他做事认真仔细，任劳任怨，难怪这边的执事见了他，立马就对他另眼相看了呢！

表哥，我听德元公说，曾姓、罗姓、董姓、全姓、温姓、陆姓、李姓、唐姓都在临安修总谱。你说这些年修谱是不是修疯了？

罗槐承认族谱很重要，可他想不通的是为什么大家会不约而同地来修谱。曾守琴笑道：自从本朝欧阳大儒、苏洵大儒修谱以后，民间风气已开，再说了……

说到这儿，曾守琴叹口气，小声地说：浩风啊，眼下国势已弱，这两天宗亲都说，临安城内有钱有势的人都想举家移至南边，万一襄阳、樊城被破，元兵挥师东进，临安就危险了。所以大家趁现在还太平，能修谱的都来修，省得局势一乱，届时山河飘摇、十室九空，谱牒再一散失，我们的后人便是想修谱也力不能逮了。你那边怎么样？

罗槐介绍了一下罗氏会馆修谱的情况，担心要延期回去。曾守琴觉得如果家中事情实在离不开他，过段时间换个人来便是了。

两人说了些闲话，罗槐问曾守琴有无上街逛逛，如他所料，曾守琴摇了摇头：先干正事吧。你呀，总是少年心性，贪玩。

罗槐原本还想说说方才在街上看到的景致、奇事，听了表哥这话，他只有抓耳憨笑的份。这时，曾兵满头大汗地跑进来，说外头的棚场有人在搞擂台斗蟋蟀，扯着曾守琴和罗槐去看。

胡教授，写到这儿请允许我从之前的叙述回到现在，说说南宋时期的斗蟋蟀。

那时的斗蟋蟀比之今日的麻将还要风行。善斗的蟋蟀犹如当今的名车宝马，是身份的象征之一。而蟋蟀笼具则如衣冠，让人一眼就能看出贫富贵贱。八百多年前的临安城内，随处可见各式奇巧的蟋蟀笼具，有的是银丝制作，有的以象牙雕刻成楼台，上嵌珠宝。有的是金漆笼，阳光一照，耀人眼目。提此等蟋蟀笼具者，非富即贵，而平头百姓则多拎瓦盆竹笼。此种情况在珠玑巷罕见，一是与临安太远，流风不及；二来人们有空多去找蟋蟀、抓蟋蟀挣钱去了，少有玩蟋蟀的主，所以有关斗蟋蟀的笼具什么的非但罗槐和曾守琴知之不多，便是阿甲和曾兵也是到临安后与人闲聊才得知的。

特别是曾兵，一直在珠玑巷窝着，南雄州是他去过的最大的城市。猛地来到临安，他真是目不暇接。这几日又听会馆的帮闲说了些有关瓦舍勾栏、棚场蟋蟀的事儿，好奇心大盛，不由想去看看。曾守琴知他少年心性，不好太拂着，此时正好无事，便和罗槐几个往曾兵说的棚场走去。

棚场由竹木搭建而成，在曾氏会馆旁边，面积约一亩见方，里头整齐地摆放着二十几座木台，木台上放着方才所言的各式蟋蟀罐，周围是水泄不通的人群，中间的主擂台比其他擂台大一倍，上边的木台上放着只莹白的象牙罐，旁边观者如堵、你推我搡，服饰五色斑斓。细一看，观众中竟有不少朝廷官员。

曾守琴惊讶道：如今正是朝议之时，怎的这儿却有许多官员看蟋蟀？

曾守琴原本是问罗槐的，不料边上有个热心人答道：看官有所不知，前段时间有外番人进贡了几对赤眉金爪蟋蟀给太师，如今不是秋兴吗？贾太师就把那几对赤眉金爪蟋蟀给献出来与民同乐。这赤眉金爪蟋蟀是世间罕见之物，别说小的们没见过，便是相公老爷们也没见过，听说官家之前还在太师的后乐园里看过这几对蟋蟀撕咬呢。现今拿到这儿打擂台，老爷们赶过来看一眼官家看过的蟋蟀，再凑个趣、押个注，赢了钱活络活络，这办擂台的主可挣大发了。他挣了不得缴份子钱给朝廷吗？所以官家也就睁一只眼闭一只眼了！

来临安之前，罗松告诫罗槐千万要小心，他说临安乃天子脚下，骄民、游手、闲汉众多，不可多与之搭讪。如今看来，也未必所有人皆不可交。像那夏小二和这答话之人，不也挺和气么？

罗槐正想着，那边曾守琴听得新鲜，又问了那人几句。这时观者发出阵阵欢呼，那人跑开了。罗槐生起闷气来，说这不是玩物丧志么？我要是官家，非得把这些人都给革回老家去。

曾守琴叹口气说，你我一介草民，牢骚太多防肠断哪！

这时曾兵扯着他俩的衣袖道：看看，看看，老爷们押注了。我们也去押一宝，说不定就能赢一千贯回去。

曾守琴斥道：你昏头了是吧？斗蟋蟀能赢万金？真是痴人说梦。

罗槐接口道：表哥，你眼神不济，看不清告示牌上的字，那上头写得明明白白，此局擂台胜者，奖一千贯。

一千贯？天哪天！这什么世道呀！

曾守琴摇头晃脑地啧叹道，罗槐拉着他们出去，曾兵却踮起脚尖指着一处道：浩风哥、叔，你们看，这里人押的注无奇不有！有人押金子，有人押银子，有人押衣服。

阿甲也看到了稀奇事，扯着罗槐的衣服往旁边走去：家主，那边的擂台前头有人押自家儿子呢!

世上竟有这等事?曾守琴惯来迂气,从未涉足过赌场,他不敢相信。他话音未落,血气方刚的罗槐已冲到擂台边,一把扯去孩子头上的草标,大声道:谁家父母如此不堪?为了几个臭铜钱竟舍得押儿子?这不是违人伦、丧天理吗?

喧闹的棚屋突然静下来。有个络腮胡子的蛮汉扶着腰刀"咦"了声:哪来的土包子?小五,你的好生意给人毁了,还不教训他?

那小五也是个黑壮汉子,见有人撑腰,忙朝罗槐扑过去,挥拳就要打。罗槐一闪,追上来的络腮胡子恼羞成怒,钵子大的拳头转而砸向那被卖的孩子。这时阿甲伸手把孩子扯到怀里,小五和络腮胡子气势汹汹地朝阿甲扑过去。

罗槐,这些人惹不得,不要恋战,快走!

曾守琴看得明白,知道这些人卖的不是自家的孩子,且不是善辈,他让曾兵去帮助罗槐,不料络腮胡子和那小五的两个同伙却盯上了曾守琴。他们围上前,对着曾守琴一顿拳打脚踢。曾守琴身体单薄打不过,捂着头往后退,哪知却撞在了中间的大擂台上。偏偏擂台上有个男子抱着只金罐小心翼翼地站着,估计也是怕打架的人碰倒了罐子,说巧不巧的,曾守琴不偏不倚地倒在他怀里,金罐应声落地。男子一声尖叫:你们小心,太师的赤眉金爪掉地下了!

他不喊还好,众人的注意力都在罗槐、曾守琴身上,这一嗓子炸开来,人人都想看看脚下有无传说中百战百胜的蟋蟀王赤眉金爪。更有那心怀不轨的,希望抽冷子捉到赤眉金爪再转手卖掉,发笔横财。于是弯腰者有之,趴下者有之,推搡者有之,棚屋乱成一锅粥。追打罗槐和曾守琴的那几个无赖泼皮转而寻找蟋蟀。罗槐、阿甲、曾兵从人群中钻出,拉起满脸是血的曾守琴往外冲。不料这时从棚外冲进十几个手执刀棒的厢兵,他们不分青红皂白地就去抓曾守琴、罗槐、曾兵和阿甲。罗槐体壮,阿甲会武功,两人拳打脚踢地打出了一条路,趁乱跑出了棚屋,曾守琴和曾兵却没跟出来。他们返身再进棚屋,只见厢兵们已将曾守琴、曾兵等十几人串蚂蚱似的绑在一起,罗槐要去

64

救，被阿甲拉住，两人只有眼睁睁地看着他们被带进了厢公事所。

罗槐和阿甲火急火燎地赶到曾氏会馆向执事报告了曾守琴和曾兵被抓的情况。执事一听立即腿肚子筛糠：守琴怎的如此不老成？现在闯下这天大的祸来？让老夫如何是好？

罗槐见执事抖得厉害，怕他老人家受不住，忙安慰他，说只要大家分头找人疏通关节，应该不会出什么大事。

执事颤抖着嘴唇说：公子有所不知，守琴害死了赤眉金爪蟋蟀，那就是冲犯了贾太师。非得贾太师松口才能放人，这可是要通天的门路才行啊！请你们回去赶快找下德元公，他人脉广，和贾太师相熟，求他最管用。

执事这话倒不像推托，罗槐没想到看场斗蟋蟀会惹出这天大的祸来，心下也有些慌神。他转身要回罗氏会馆，阿甲却扯着他往方才的棚屋方向走去：家主，我们去看看蟋蟀找到没？万一找到了，请德元公帮忙也好开口。

可是，他们还没到棚屋，就听路上的行人神色惊慌地议论，说有一对赤眉金爪给踩死了，另外还有一对找不着。

出了这么大的事，棚屋里的人唯恐牵连自己，刹那间作鸟兽散。等罗槐他们进去时，棚屋空空如也，满地狼藉。罗槐和阿甲在刚才曾守琴倒下的地方仔细寻找着，却什么也没发现。

就在罗槐失望之时，阿甲凝神道：家主，听见了吗？

罗槐摇摇头，阿甲忽然面露喜色，撮唇吹出“嚯嚯嚯”的蟋蟀叫声。罗槐忽然想起阿甲他们来自神秘的番外，之前常以焙烧的虫子面饼为食，平常又会弄虫蚁，也许他能把赤眉金爪给诱出来？

嚯嚯嚯，嚯嚯嚯。

忽然，从擂台的木座底下发出清晰、响亮的鸣声，接着，远处的木栅栏下也响起了类似的声音。阿甲口里继续仿着虫鸣，手上比划着，似是在舞蹈，又像在作法。罗槐还没明白他的想法，阿甲就扑倒在地，双手摸索着，起来时手心里捂着只通体黑色、体魄魁伟、牙齿尖利，头部有两条似红似褐的色带，腿部呈淡金色的“赤眉金爪”！

家主，请掬住，手指要留缝，千万别把它闷死了。

阿甲小心翼翼地把蟋蟀放入罗槐手中，转身去捕另外那只逃跑的赤眉金爪。罗槐小时候也在草丛和墙角里捉蟋蟀给鸡和鸭子吃，娘说这样鸡鸭长得壮，能多下蛋，但他对蟋蟀并无特殊的喜好和研究。前年南雄州知州接到圣旨，要进贡两千对蟋蟀，忙与通判姚翔签发文书发通告给各县，得到旨意的珠玑巷人掀起了一阵捕捉蟋蟀的热潮。罗槐当时正在山中伐薪烧炭，未曾介入，家中要缴给州里的两对蟋蟀是哥哥罗松在梅岭捕得的。

家主，你看！

这时，阿甲开心地朝他走来，魆黑的脸上白眼珠和雪白的牙齿熠熠闪光。

阿甲松开一点拳头，只见里头是只褐色的蟋蟀，头上一样有两条似红非红的色带，淡金色的腿强劲地蠕动着，一副即将出征的模样。

阿甲，有这两只宝贝，我们去求德元公就好办一些了。

阿甲不了解德元公，也不是很懂朝中的各种关系，他茫然地点点头。罗槐想到表哥和曾兵这时不知在受怎样的折磨，心里沉甸甸的。

回到罗宅，德元公正在客厅里等罗槐吃饭。罗槐施过礼后，将事情的来龙去脉讲给德元公听，又拿出蟋蟀给德元公看。德元公红润的脸唰地变得灰白，声音起了毛刺：浩风世侄，你们搜得蟋蟀一事千万不能声张。不声张，你那表哥充其量只是与民纠纷的过失。一旦消息走漏，原本的一件无头公案就坐实到你们身上了。你想想呀，棚屋上千人，就是刑部来查，又有谁晓得是哪厮踩死了蟋蟀？现在东西在你们手中，这不明摆着你们是罪魁祸首吗？弄不好，别人还可以栽赃你们偷盗蟋蟀！

罗槐到底年轻，没想那么多。看着刚才路上新买的两只青白釉蟋蟀罐，他更加着急了：德元公，那怎么办？晚生在临安人生地不熟，只有烦请您老人家出面救我表哥和曾兵了！

罗槐说罢跪地拜了三拜。德元公把他搀起，欲言又止。罗槐知道他有难处，忙从怀里掏出早就备好的一对玉镯：德元公，晚生再去筹些礼物。

哎，浩风世侄，这是何话？老夫只是在想，要救出曾守琴和曾兵，不能直接去找太师。可能你也听说了，老夫和太师有些交谊，这两日是去后乐园了。可是，太师并没有出面办这擂台赛，只不过给出了几对上品蟋蟀与民同乐而已。如果我们直接去找他，岂不是说我等把他看成是擂台赛的主子？最好迂回一下。

德元公的脸色慢慢变得红润了，罗槐猜他找到了解决问题的方法，不料他却闲扯起来，问他可听说过隔壁邻居胡掌柜妹妹一步登天之事？

罗槐点点头：听说她是从尚宫直接封为修仪的，这可是历朝闻所未闻之奇事啊！

德元公捻须笑道：奇事不奇，只要合乎圣意，有何不可？再说了，还有更奇的呢！这段时日官家让胡贵妃穿上侍卫的服饰在御前带刀行走。昨天上朝时礼部有人上折劝阻官家，结果被官家廷杖了。想来那胡娘娘定是个飒爽英姿之人，不然哪会有此等惊人之举？而隔壁的胡掌柜就差远了，他小名叫"大丫头"，胡娘娘的小名叫"赛男"，所以胡娘娘得宠两年多了，这胡掌柜也没能扶起来，不过上半年官家还是开了恩，让他到内廷当差，后来被赶出了宫门，前些日子又官复原职了。他官不大，可在仪鸾司，见官家的机会比太师还要多。人哪，不好说！

德元公想是感叹自己未曾遇到这么好的时机，表情有些沮丧。说到这儿，德元公别有深意地看着罗槐：世侄，老夫当下最要紧的是打听是谁指使抓的人，他们现下又给关在哪儿了，对不对？

罗槐点点头，知道昨天下午德元公并非路遇胡掌柜，而是登门拜访了。但这是罗强私下告诉他的，他不便说破，于是低头一笑，把玉镯塞回怀里，琢磨道：德元公的意思是让晚生去求见胡大人？

德元公一摆手，不置可否，而是端起茶碗，慢悠悠地呷了一口：这胡大人是个忠厚之人，没别的爱好，只是嗜酒。你只需备办几坛好酒，万事不在话下。哦，对了，你那个昆仑奴识得虫音？

罗槐想起阿甲的嘱托，忙摇头否认：他只会打铁，哪懂虫音？我们也就是碰巧了才抓到那对蟋蟀。

德元公看看案上的蟋蟀罐：贤侄，老夫正好也养了几十只蟋蟀，懂得些门道，这两只我就代为保管。切记，你们后来没去过棚屋，更没见过什么赤眉金爪！还有，对谁也不能提起这件事！

罗槐点点头：多谢德元公赐教，反正这蟋蟀也没刻名字，运气好，市场上也能买到赤眉金爪。

德元公似是累了，拂拂手：你先去备酒吧！记得买雪腴酒和玉堂春，此乃酒中上品，胡大人之前吃不起，却是晓得牌子的。

罗槐蓦然想起，这雪腴酒和玉堂春正是产自德元公内弟的酒庄。

半炷香后，德元公领着罗槐到隔壁的胡宅拜访了胡显祖大人。没想到的是，通往胡宅的小巷已经被各种驴车、马车、轿子堵住，小小的药房被各色人等塞满。罗槐尽管不谙官府之道，却也是走南闯北之人，眼一去就明白这都是来打点关系之人。他们现在假装买药还能送上名刺，搭上这根线，等胡尚宫哪天把药房关了，而且极有可能还要随着胡娘娘的圣眷日隆而不断升迁。到时他们想见胡显祖，再接上头那可就难上难了！尽管本朝宫禁森严，严禁外戚干政，可不管怎样，胡显祖还是有用处的。官家边上的狗叫多了官家还会应上一两声，何况一个天天在眼皮子底下晃的人？

这是此刻待在安如药房的那些人的想法。胡显祖是个明白人，他只卖药，不收礼。凡给名刺的，他也回一名刺，上面仍写着安如药房的地址和掌柜的名号。对于德元公短短几日之内的二度拜访，他显得惊讶而隆重。惊讶是指他的表情，隆重是指他的态度。他居然在人群中挤出一条路，把他俩引到了店堂后面的客厅。

罗大人，有何见教？

胡显祖和德元公互相施了礼，胡显祖吩咐小厮献上茶，德元公见屋外的人频频往屋里闯，怕夜长梦多，忙把罗槐介绍给他，又将事情的始末经过说了个大概，诚恳地求他帮忙。胡显祖脸上现出为难的神情来：

罗大人，按说抓人是过分了，但凡能出上力，我也不推托。问题卑职只是一个尚宫，哪有能耐帮这么大的忙？

罗槐见他为难，忙抱拳作揖央求道：胡大人，罗槐求您了。

胡显祖扭头问罗德元：罗大人，您不是和贾太师有交情吗？

罗德元连连摇手：罗某只是和太师相识而已，偶尔去后乐园，罗某也只是为了生意计。

胡显祖是个内向、忠厚之人，平日对贾太师所为多有诟病，听德元公如此一说，他释然了许多。

德元公趁热打铁，告诉他曾守琴被抓进了厢公事所，可找刑部全大人打声招呼。全大人的妹妹是新进的红霞帔，希望胡显祖能请胡娘娘找下全氏，再由全氏出面找全大人。

胡显祖浓眉微皱：罗大人，这种小事不好烦劳娘娘，再说我们兄妹现在见面实不方便。这样吧，全大人我和他还有些交情，去年他家公子生病，是用了安如药房的药才好的，全大人一直念着这份情。我去试试看。

胡显祖没收那对玉镯，酒倒是留下了。罗槐出药房时打量了一下那些守候的人，发现没有空着手来的。罗槐有些替胡显祖担心，不知他淳厚的本性在这种攻势中能保持多久。

一人得道，鸡犬升天哪！

德元公一路都在感叹，同时埋怨儿子们不争气。胡宅与罗宅之间隔了座小院，里头住着个聋婆婆和几个儿女。见了德元公，正在门口看热闹的聋婆婆忙咧开没牙的嘴和他打招呼。德元公回了一揖，两人没说几句话，就进了家门。

罗槐谢过德元公，转身走进偏院，刚在鸽笼前站定身子，空中传来悠扬的振铃声，接着就见一羽戴盔鸽俯冲而下，轻轻地落到他伸出的手掌上。这羽飞奴体态健美，颈项强劲，圆头巨额，正是哥哥心爱的"白笠翁"。长途奔袭，白笠翁头上的白羽湿漉漉地汪着微光。这是罗家的"老将"了，三年前罗松到临安参加罗氏会馆落成典礼就用白笠翁往家中传过书，没想到时隔几年，它仍能依旧准确地找到家主，罗槐激动地打开纸条，心却像颗秤砣似的沉了下去：萧破洞、谭鬼七率部进攻珠玑巷，哥哥罗松大腿受伤，目前正在家中疗养！

五

2015年秋　珠玑巷宾馆

胡书雅似是受到了罗伟琳文字的暗示，眼前闪过一抹艳红，耳边仿佛传来了缥缈的呼唤：佛面，你过来！

胡书雅看到这儿，觉得有些累。她起身续了杯茶，让舌尖在微含苦涩的茶水和温热中品鉴茶多酚带来的快感。也许罗伟琳写这段时精神不佳，她读时有些难以进入，又或者所有的故事刚开始时都这样——要交代人物关系，要垒戏台上的第一块砖，要拉开序幕，让观众看见舞台上的人物、灯光和布景，总之，这"起"势必须是缓的，否则故事开始即到高潮，这之后不就只有坠落吗？原来文章和人生都是抛物线原理，这就难怪她写得长了！

胡书雅揉揉眼睛，刚想翻下一页，手机"叮"地响了，原来是老妈的语音微信。

书雅，你晓得不？杨菊说明明和那个帮他打理画廊的小妖精乐华好上了，乐华找了她，说是已经跟你弟七八年了，还放了段录音给杨菊听，杨菊闹着要离婚呢！

胡书雅老妈七十六了，声音却清脆如少女，思维也很清晰、很潮，像她这年纪能用微信留言的人好像不多。

胡书雅给老妈回了段语音，这边忙找到杨菊的微信，里头有几十段打了红点的未听语音。她点开了几段，杨菊用更细致、更刻薄、更痛苦、更神经质的语言重复了母亲刚才描述的那件事。胡书雅听了几段就按掉了，她不是没有同情心，她实在不喜欢这个弟媳妇。杨菊名义上受过高等教育，其实恶俗不堪，眼中只有钱。以前弟弟还没出名时，她把弟弟的工资卡攥在手中，每月只给胡明二百块零花钱，弟弟连吃顿饭理个发都要借钱。杨菊对父母也不是很孝顺，经常口出恶言，撒泼耍赖。后来胡明成名了，她居然辞去工作，整天像监工似的守着胡明。胡明的画还没干透，她就搬到楼上锁起来，买画的人只有通过她才能拿到画，钱自然全进了她的腰包，杨菊美其名曰"存钱"，其实是在压榨胡明。气得胡明在废弃的柴油机械厂租了个车间，改造成画室兼起居室，从此不再回家。对于弟弟，胡书雅充满了同情。

她拨通了胡明的电话。胡明的声音中已经没有了酒后的兴奋，变得冷静和稍许的慵懒：姐，我又开始做那个奇怪的梦了。你还记得我说过的那个梦吗？我站在船上，没有云彩的天很蓝，远处传来鸽哨声，紧接着成千上万的鸽子飞到我头顶上。过了一会儿，从天上飘下无数的羽毛，可等我伸手去接时，那些羽毛却变成了纸条，真是奇怪！

胡书雅心中一凛，浑身的毛孔倏地收紧：刚刚看到罗槐收到了信鸽传书，怎么弟弟就开始做这个梦？这个梦弟弟小时候常做，近来很少做了。隔了十多年，如今弟弟又开始做这个梦，这喻示着什么？难道根植于自己和弟弟血液中的某种神秘基因正在苏醒，然后，她和弟弟也将和罗伟琳一样拥有前尘的片断记忆？

胡书雅正在胡思乱想，胡明通过微信发了两张照片过来，一张是他刚才描述的梦境，画得非常典雅，可却有种莫名的震撼力。另一张她不看则已，看后手机立即掉到地上：他传过来的胡贵妃草图居然与罗伟琳材料封面所画人物以及她在井中看到的那个秀丽女子一模一样！

胡书雅忙拍下罗伟琳三本材料的封面发给了胡明，一分钟内，胡明回了电话：姐，怎么回事？那几幅封面是我画的吗？要不就是你用我以前的画P出来的！

胡书雅不顾夜深人静，当即拨通了胡明的电话，认真地说：胡明，你两分钟前发图过来，我就是P图高手，也没办法给你的人物加上后面的背景啊。

胡明打断她的话：那两幅画的构图跟我画室里的草图很像。这个罗伟琳肯定去过我的画室，她在剽窃！

胡书雅耐心地劝他：明明，你这三幅画的草图什么时候画的？

胡明没好气地说：你上个月不是吵吵着要找族谱吗？我丢了族谱就将功折过，为珠玑巷的姓氏文化节画几幅画呗！草图上个月就画好了，如果不是这次的画展催得急，你今天应该带到珠玑巷去了。

胡书雅喝口水，不知接下来的话会让胡明作何感想：明明，我告诉你，这个罗伟琳七天前就过世了！你画画时她在住院，她不可能剽窃你的作品。你想想看，你是不是在什么场合看过她的作品？

不可能！你知道的。我半年前给银行画壁画摔断了腿，上个月才拆掉石膏的，你忘了？我怎么可能看到她的作品呢？你这话让我不舒服！

胡书雅知道自己说错了话，但问题是她不这样问又无法消除心中的疑虑。为了让自己舒缓下来，也为了更快地找到谜底，胡书雅拿着材料躺在了松软的床上。那一瞬间，她有种微醺的感觉，眼前闪过一抹艳红，耳边似乎传来了缥缈的呼唤：佛面，你过来。

然后，她的眼珠凸出来，粘在了罗伟琳的材料上，那一页的第一行，写的正是这几个字：佛面，你过来。

六

咸淳六年秋
胡清蕙回忆起宫中的刀光剑影。

胡教授，您这会儿肯定吓得不轻吧？因为您耳边飘过的声音以文字的形式真真切切地呈现在一个故去的人交给您的材料中，这是否让您觉得惊悚？

其实，我之所以能猜到你会有这种感觉，是因为这种情况曾发生在我阅读那两本小册子的时候。那几天我刚想到什么，"胡贵妃"和"罗槐"的笔记中就出现了什么。起先我也很恐惧，后来就慢慢想明白了——那是我的灵魂深处还有着前前前世的记忆，就如同现在的您一样，能够"预知"是再自然不过的事儿，所以，您不必惊慌，耐心看下去。

佛面是服侍我的宫女，中等身材，长着一张可爱的圆脸和一对亮晶晶的大眼睛，加上红嘟嘟的嘴唇和笑起来的小虎牙、小米窝，像极了现在的"金鹰女王"赵丽颖。也和您的长相很像吧？两年前我突然升为修仪的那天，她穿着淡蓝色的短衫、深蓝色的长裙和浅紫色的背子，双环髻边插了两朵浅紫的绢花，看上去比春天还明媚！为什么我要如此细致地重点描绘她？因为她是我醒后看见的第一个人。

那天听到官家封我为修仪的口谕后，我脆弱的小心脏受不了这份刺激，居然昏倒了。此时听到太监报的全皇后和昭仪邬秋儿先后赶到。她们出现在门口时，正好是我昏迷之前的刹那，所以我脑海中才刻下了她俩的影子。

当着官家的面，全皇后和邬秋儿都对昏迷的我表示出了深切的关心。尤其是全皇后，她当即调来她身边的宫女黄佛面来服侍我。佛面是全皇后从宫外要来的罪臣之女，这两年一直在皇后身边做粗活。

听黄佛面讲，她父亲曾是司天监的一名小官，早年有一次错报了天象，被流三千里，家人罚没为奴。但佛面的父亲曾有恩于全皇后家人，还是太子妃的全皇后曾想将佛面母女赎出来，但力不能逮。等她当了皇后时，佛面的父亲死在流放地，母亲也已在主家死去，全皇后将幸存的佛面领进宫中做些粗活，也算是报了黄佛面父亲的恩。

由此可见，全皇后还是个宅心仁厚的人。在对我的态度上，越发显示了她国母的仁厚：官家册封我之后，她转了整个禁宫，总算将我安排妥帖。说来都是泪，当年高宗帝在凤凰麓建禁宫时，顾虑到百官自过江后皆失所，"朕何敢独求安"，折衷了杨公弼和徐康国两人的行宫筹建方案，下诏增建两百间，"止令草创，仅蔽风雨足矣"，严禁华饰，宫中只用红白为饰，用来议事的大殿总共只有十来间，且一殿多用。

这什么意思呢？就是每间殿都备好了几块牌子，以适应不同的用途。比如高宗帝平日上朝的金銮殿，若是正朔朝会，官家要接受文武百官的朝贺了，就换上"大庆殿"的匾额，倘若高宗帝要发布任命了，这名就得换上"文德殿"的匾额。官家议政用的大殿尚如此简陋，后宫居所更是逼仄了。

虽然高宗帝之后的诸帝对禁苑进行了扩建和改建，至我进宫时，凤凰山周围九里布满了金碧辉煌、巍峨壮丽的宫殿。后殿规模扩大了许多，有延和、崇政、福宁、复古、缉熙、勤政、嘉明、选德、奉神等十余殿。然因后宫人数增多，特别是嫔妃日增，居所难免紧张。除了太后居慈元殿、全皇后居仁明殿外，其余贵妃、昭仪、婕妤等嫔妃则蚁聚于坤宁殿了。

我被封为修仪后，按制皇后得让我搬至坤宁殿内，可全皇后在坤宁殿居然找不到安置我的房间。没奈何，全皇后着宫人将早先仪鸾司放杂物的飞雪堂打扫干净，刷了石灰，配了新家具，又让尚服局给我赶制了屋内的帷幔和全套新衣，总算把我安顿好了。

我因祸得福，独居一处，不用整日与那些嫔妃照面，少了许多烦恼。谢太后到底还是喜欢我，觉得让我住在那样的地方过意不去，特意赏赐了我两匹名冠天下的蜀锦和三位宫人随伺。与尚药局的条件相比，升为修仪的我当真过上了锦衣玉食的生活。

好运来得太快，未必是好事。这就像今人坐过山车，车子猛地翻上云头，不仅当事者头晕目眩，观者也气血上涌，接受不了这种突如其来的高度变化。我受封后，起码有十多位娘娘胸闷头疼、郁闷难耐，其中就有我昏迷之前看见的邬秋儿。

昭仪邬秋儿在皇宫内庭中是个异数。她不施脂粉，衣饰素净，平时不苟言笑，酒后则甜言蜜语、荤段子、乡野小调一股脑地冒出来。兴起时还会和官家趴在地下斗蟋蟀，相当豪放。可奇怪的是，无论她怎样，却不讨人嫌。宫女们，甚至心怀妒忌的娘娘们都不得不佩服她拿捏分寸时的那份恰到好处和为人处世的匠心、机心。总之，她的一切都在她自己的设计当中。

说起邬秋儿，她的进宫之传奇是宫人们津津乐道的一个故事。

官家登基次年的上元节，官家到丽正门特意搭建的纱帐喜棚内赏灯，是夜丽正门门口金炉脑麝如祥云，放眼望去，一片灯海。有用绢囊贮粟为胎的无骨灯，有玻璃球灯，有灌水转机、百物转动的大屏灯，有以五色珠子为网的珠子灯，有镂镂精巧、五色妆染的羊皮灯，有罗布做的万眼罗灯……盏盏疏明有致、巧夺天工、耀人眼目。

官家看得高兴，就赏了只金碗给灯户，不料却被一个女子抢去。侍卫们捉住女子，立马就要处死。官家未料到有人如此大胆，听说还是个女子，好奇心大盛，当即命侍卫将女子带进喜棚。女子见到官家并无惧色，而是纳头便拜，口称有罪。官家见女子正值妙龄，长得虽非倾国倾城，却也体态婀娜，加上声音柔婉、言辞流利，甚悦之，便细细询问其以身犯险的原因来。这下触到了女子的痛处，她说自己母亲早亡，身为学馆塾师的父亲病重，无钱医治。今日听闻官家会到丽正门赏灯，想一瞻天颜，以沾点天子的龙泽与喜气，兴许父亲的病就好了。方才听到官家赏赐灯户，看见金碗后，她想自己若是得了这只金碗，便可筹得父亲的药费，是以心无旁骛，也不害怕，直取金碗去了。

陪着官家赏灯的大臣和宫眷听得她这一说，顿时鼻酸，纷纷为她求情。官家其实早已看中了她，不但顺水推舟地赦她无罪，当夜就将她纳入了宫中，次年底即封为昭仪。记得那年她封为昭仪时我们尚药局的女官们还很是感叹了一番呢！其中当然也包括我！

只是风水轮流转，邬秋儿怎么也没想到，还会有人的经历比她更传奇！所以当我晕倒之前看见她时，她那两道阴冷的眼神永远地刻在了我的记忆中。尽管如此，在某些方面我还是非常欣赏邬秋儿的。比如她那路人皆知的野心，比如她为了实现自己的野心付诸的种种行动，包括认真研读经史子集，刻苦学习各种技能，费尽心机地讨好所有利于她的人，苦心孤诣地经营她的关系网。这些都取得了显著的效果，她终于为她的野心准备了相应的智慧与才能——进宫不到一年，官家即命她掌管东宫直书阁，帮助官家批答文书。邬秋儿身边顿时围绕了一批权臣，除了太后、皇后外，邬秋儿算是最能影响官家的人了，可谓权倾一时。这样的邬秋儿自然不喜欢我。那天站在我身边的她，就像一柄磨得极为锋利的刀，虽然藏在布袋里，依然透出了浓重的寒气与杀气！

不过，聪明的邬秋儿始终是以好姐妹的身份来接近我的。我受封次日，她即给我送来了两瓶番外高僧赠与官家，官家转赐给她的玉容酒。该酒用稀罕的玻璃瓶装，酒色黄亮，听闻是用赤金液、虫草、雪莲、苏合香浸泡而成，只一小杯就香飘满室。不胜酒力的我喝了一杯便倒，次日醒来才知，按惯例，官家当夜会传牌让新晋的妃子侍寝。当晚官家果真翻了我的牌子，哪知我却酣睡如牛，结果次日到阁门谢恩的是邬秋儿。我成为宫人的笑柄，不但谢太后、全皇后说我傻，便连与我并无交往的杨淑妃也说我着了邬秋儿的道，让我尝到了冷刀子、软刀子的厉害。

说来可笑，我是封修仪的第二个月才被官家宠幸的，原因很简单，内廷又来了新人，喜好新鲜的官家将所有的心思都放在"检验"进御的这批新宫人去了。我虽然也是新晋贵妃，却早与官家熟识，而且像哥儿们似的蹴鞠打闹，也难怪他一时没想起来。好在我并无多少失落，趁机让宫外的哥哥进宫见了一次面，以解我对亲人的思念之苦。

宫里的时光很漫长，但回想起来却如白驹过隙，我得了封号后转瞬过了已近半月，却始终不见官家宠幸。其他嫔妃见了我指指点点，手下的宫人和公公有的也开始变脸作色，真是势利到极点了！这时就显出佛面的善良与单纯来。她非但没有疏远我，反而细心照顾我、宽慰我，让我感到难得的温暖。由于当了修仪，我的行止不像原来在尚药局那般自由与随意，每日早晚的请安、繁琐的宫规使我深感郁闷。

这日在飞雪堂烦得很，见随侍的公公和宫人不是偷懒躲到了别处，就是到别的娘娘那儿讨好卖乖去了，巴望攀上个热乎乎的主子，自己也沾点热乎劲，典型的"趋炎"，飞雪堂殿内仅剩下视我为姐姐的佛面，她怕我闷坏了身子，从御膳坊要了些时鲜蔬菜和羊肉，又到厨房搬出一只红泥小火炉、一口小铁锅、一块砧板、一把菜刀放在芍药架下，我一时手痒，抢过菜刀开始剁羊肉。我一边剁，一边哼小调，反正我的住地原本就是一个废妃住过的冷堂，离官家住的勤政殿、福宁殿远着呢，加上左右都是茂密的花树，不会有人听见我的里巷歌谣，所以唱得婉转起伏。我正为词曲伤感时，却猛地看见穿着真红袍子的官家从门外跳进来，用一种顽童才有的神态指着我大喊：好啊，你偷吃朕的羊肉！

我愣了愣，放下刀朝他施了个礼，用兄弟间插科打诨的语调说：臣妾早上掐指算到官家会来，是以蒸好了一屉时蔬羊肉丸。您先尝尝，吃完之后呢妾再陪您蹴鞠，如何？

他身边的刘公公直朝我使眼色，这刘公公是贾太师的亲信，与邬秋儿交好，通过刘公公，邬秋儿和贾太师越走越近。如今刘公公不想让我与官家多说话，我偏要，便故意假装没看到，拽着官家进了堂内。这回我可不那么傻了，我拿出白玉盏，倒上玉容酒，撒娇使蛮地和他划拳，两个回合我全输了，两盏酒下去，脸颊上飞起两团红云，声音和眼波都变得软乎乎、甜乎乎、媚乎乎，我佯装不胜酒力，靠在他肩上，早已急吼吼的官家立即把我抱上了床……

官家三天三夜没离开飞雪堂，一日三餐都是内侍刘公公送进来的。那时当皇帝上朝可是份苦差事，若非大臣们逼着，官家可不愿受这份苦楚。他在飞雪堂待的三天三夜，官家自诩为在休"旬假"，这可急坏了一干朝臣。官家不坐殿，不等于他们不上朝。贾太师那时十日一朝，那几天正好不用来，但参知政事、枢密使、御史中丞等大臣们还得来。他们还不能怠慢，只有在飞雪堂外磕头问安。

当天此事就轰动了朝廷。谢太后着人让官家上朝，官家称病；全皇后来见，官家不理；我劝官家起床上朝，官家对我吹胡子瞪眼，说他贵为天子，便是休息三天又如何？接着弹劾我媚主的奏折雪片般飞来。大臣们让刘公公送饭时捎进来，官家好笑地给我看，奏章上说什么的都有，有的将我比作妲己，有的将我比作让君王从此不早朝的杨太真，有的干脆呼我为祸水，欲除之而后快。

官家一副不以为然的态度，我却从中品到了深深的恨意与……妒意：没错，里头有些奏章肯定是受了某位嫔妃的拜托才写的，我能察觉到同性方有的妒忌。我不寒而栗，婉言让官家赶快上朝理政，官家嗤之以鼻：朕今日龙体有恙，他们管得着吗？

身为一国之君，官家这借口绝对说不过去，我怕自己就此成为祸国红颜，一直逼他上朝。官家虽然有些傻，却终究还有点脑子，也不想太授人以柄。第四天早上，终于嘟哝着穿起朝服，要我送他去早朝。

说心里话，在宫里待久了，我觉得当皇帝是件苦差事，且不说合格的帝王得忧国忧民，得防民变兵变，得防骨肉相残，单是这上朝一事就够人受的。大臣们四更天起床，官家也差不多时间要起来漱洗，以确保五更上朝。

那天我俩走出飞雪堂时，月亮还在天上呢！官家连打几个哈欠，眼泪汪汪地说不想上朝。

我脑子一热，说了通社稷民生之类的大义，听得官家瞪大眼睛看着我，好一阵他才点头道：清蕙弟所言极是，只是你也知道朕很多时候只是个摆设，使不上劲的，这不什么事儿都得问过太师吗？真没劲！

这是官家第一次在我面前流露对贾太师的不满，后来他还拿贾太师与秦桧相比，说高宗帝时，秦相的孙女崇国夫人丢了一只狮子猫，秦相就下令四处张贴画影图形，整个临安城的衙役也出动帮忙找猫。秦相每次出门，身边都跟着五十名手持长戟的卫士，哪怕到大内见官家，他这五十名卫士也必定跟到禁宫门外，吓得高宗帝见秦桧时，身上藏了匕首以备万一。

因了这席话，我开始同情和有些喜欢官家了。官家也觉得我比其他嫔妃见识多，许多事情能说到点子上，而且还能跟他玩到一起，比如蹴鞠、猜字谜等，我比他还擅长。另外我还会做羊肉丸等美食，会哼山野小调，又懂医药，常讲些少时与祖父行医乡间时的见闻给他听。渐渐地，我感觉他对我不止是喜欢，而且开始崇拜和依赖了。最后他得出这么个结论：清蕙弟比那邬秋儿还要有才学！太了不得了！

为了让我常伴他左右，他居然赏了我两套御前侍卫的服装，让我带刀在御前行走！

荒唐吧？就他一句话，美娇娘变成了好儿郎！不久，我晋升为贵妃。从尚宫到贵妃，我只用了两个半月的时间，堪称火箭速度！那段时间，飞雪堂前的院子里，堆满了红霞帔、才人、充媛、淑仪等不同等级的妃嫔送来的礼物，她们也常常前来拜会我，说的都是拌了糖的，脸上笑着，心中却恨不得活啖我肉。有时睡到半夜，我会梦见她们手握利刃站在我床前，然后我就再也睡不着了。

不好意思，我并非想写后宫小说，但那一段是我生命中不可绕过去的重要阶段，没有那一段，就没有日后我与珠玑巷和罗槐的故事。读者诸君还是耐心听我道来。

火箭一样飞升的我不管怎么内敛和低调，还是得罪了绝大部分嫔妃，便连众嫔妃称之为"圣人"的全皇后，也越来越不待见我了。好几次我去向她请安，她赐了仍是昭仪的邬秋儿座位，却让已是贵妃的我站着，这不是公开打我脸吗？不过我对她没有丝毫怨言，毕竟她真心诚意地帮过我，而且她也真的是个好人。

宫内最恨我的莫过邬秋儿。

我前文说了，邬秋儿以传奇方式入宫后，凭着自己的机智、手腕，一步一步稳扎稳打，终于爬到了昭仪的位置。因她入宫前跟着塾师的父亲念过书，入宫后又刻苦钻研经史，谈吐颇有见地，官家受制于贾太师，心灰意冷，干脆耽于玩乐，懒得过问朝政，便让邬秋儿掌管东宫直书阁，代官家批答文书。官家自己不好治国理政，也不爱读书，却偏爱才女型妃子，姿色平平的邬秋儿因此成了宠妃。

原本邬秋儿以"才妃"独步后苑，如今凭空冒出个我，且官家认为我才识在她之上，她就已经非常忌恨了。不久官家又让我和她轮流掌管东宫直书阁，代他批答文书，这下可是在她心里扎了好几把尖刀。佛面从其他宫女那儿得知，邬秋儿连着几天夜不交睫，据说还一个人痛哭了好几场，对宫女们又打又骂的，状甚疯癫，足见恨我之深！

为了除掉我，邬秋儿如同一只毒蜘蛛，悄悄地向我发起了偷袭。

记得是我封为贵妃两个月后的某天，正好由我轮值东宫直书阁，我正在整理奏章，曹公公带着香药局新制的"蕙香"来看我，见四下无人，他神秘地问我上次轮值时是否收到了一份弹劾侍卫步军司副都指挥使蔡祝住宅逾制的奏章？我翻看了自己留的登记底本，肯定地说没有。

曹公公一拍大腿，说坏了，有人在搞你的名堂！

我问他怎么回事，他说他听到一个内部消息，有人明日要弹劾我，这人很可能是蔡祝。原因是有人将弹劾蔡祝的奏章交给了贾太师，贾太师不但着有司拆毁了蔡祝的房屋，还罚了他一年的俸禄。

娘娘，蔡祝以为是你干的，扬言要参掉你！你千万千万小心！

我一听，脊背顿时布满了密密麻麻的汗珠：曹公公，这是有人栽赃我，有意挑起矛盾！

你呀，风头太劲了，以后莫那般张扬。木秀于林，风必摧之；堆出于岸，流必湍之。在这后宫，你要尽量把自己变成影子才能保得全身！

曹公公这话让我心中一暖，同时觉得自己忘了祖父和兄长的嘱托，继而又跟着一惊，全身汗毛直竖。

次日，官家果真收到了蔡祝指控我"雌雄莫辨、扰乱宫闱"的密折。当时我正好陪着官家打马球，歇息时官家把密折扔给我看，说这蔡祝骂的不是你，他骂的是朕啊。当天下午，蔡祝连降了二级。

在蔡祝指控我的这件事情上，没有出现贾太师的身影，也没有邬秋儿的身影。但根据曹公公打探的消息和我了解的情况，那邬秋儿定是找了贾太师，让他出面处理蔡祝。蔡祝愤而指控我，哪知他却惹得圣心不悦，受了重罚。不料此时邬秋儿却不给蔡祝善后了，蔡祝哑巴吃黄连，有苦说不出。

事后他辗转找到曹公公，给我送了一对玉杯，还捎给我一封类似"陈情表"的手札。在手札中他明确告知我，他弹劾我实乃受邬秋儿的指使，请我原谅他的无知与自私，并恳请我在官家面前美言，让他官复原职。

想到冤家宜解不宜结的俗谚，我在官家面前为他说情，官家下旨让蔡祝官复原职。蔡祝自此视我为恩人。邬秋儿打落牙齿和血吞，自此对我表面更加亲热，心内那把刀却越磨越亮，散发出的杀气与越来越萧瑟的凉秋交相呼应，令人不寒而栗。本来我想让家兄到宫里来谋份差事的，见此情况不由放弃了这个念头。

立冬那日，我一起床就不断地干呕。佛面给我熬了治伤风的药汤，我没有喝，而是给自己把了把脉，从脉象上看，我似是怀孕了。但我不敢确定，便让佛面去请翰林医官院的医官过来诊脉，只有他们确诊后，才能将我怀孕的消息报与官家和太后娘娘。过了刻把钟，来了位医官，我坐在帘子内，只能透过纱帘看见他模糊的身影，不知何故，他的声音让我想起了祖父。

前文说了，祖父原是翰林医官院的内宿医官，后因阎贵妃之故，被削官为民。其实他的医术还是非常精湛的，且备受考验。有次理宗帝和贾太师就内宿医官中谁的医术最高一事发生争执，理宗帝认为我祖父医术不错，贾太师嫌祖父那时为阎贵妃看过几次病，心中不爽，有意要出祖父的丑，居然建议理宗帝把祖父叫来面考，而且有意出了个难题。他把悬丝系在木凳上，然后请祖父与另一位医官入内诊断。结果另一位医官以为丝线那端系在官家的手腕上，把了番脉后摇头晃脑地说脉象沉、气息弱，疑有暗疾云云，被当场褫夺官品，打出了宫门。

在门外等候的祖父见状，恐惧顿生，把脉时战战兢兢，把脉后许久不敢开言。因为从脉象看，像是喜脉，但看周遭有不少官员，又不像在给后妃诊脉。贾似道以为难住了他，一再逼问脉象，祖父硬着头皮说是喜脉。理宗大怒而出，扔下一截凳脚，指着祖父鼻子大骂：你们就这样混吃混喝？若朕真有病，还不晓得被你们治成什么样了呢！

幸灾乐祸的贾太师，在旁煽风点火，想怂恿官家照前例处理，把祖父赶出宫门。事已至此，耿直的祖父据理力争，他拿起凳脚看见上头有虫眼，急中生智地请求官家劈开凳脚。太监劈开凳脚后见有几只小虫蠕动，祖父忙跪奏说，此乃木之孕也，所以见喜脉。

理宗帝这才消气。祖父经此一难反倒名气大增，至今宫中还常有人提起呢！

想到贾太师这几年安插了不少庸医到太医院，我怕这位医官不懂，忙道：妾逾四十天天癸未至，晨起干呕，后背发凉，头晕头疼……

我还没说完，外头的曹公公即与医官耳语了几句，医官惊喜地道：哦，原来娘娘是胡医官的孙女！失敬失敬。当年胡医官还手把手教过我针灸呢！

说起故人，医官不免唏嘘，而我却有些怪曹公公。祖父教诲我说，宫内的关系千丝万缕，常常牵一发而动全身。万一有与祖父不和者，对我恐不利，是以这宫内并无多少人知我为胡医官之后。但曹公公久于世故，他这么做肯定是想替我网罗些人，我能理解他的心思，不过还是马上告诫医官要保守秘密。

医官连声说晓得晓得，然后平心静气地开始把脉，不久，他恭喜道：娘娘脉象往来流利，如珠滚玉盘之状，快而圆滑，有道是左疾为男，右疾为女。现娘娘脉象左疾右徐，卑职觉得是龙胎，恭喜娘娘了！

医官叩过头，又觉自己话说满了，特意叮嘱我说身孕太早，尚不能详知胎儿的性别，请勿告知圣上。我答应后，赏了他两瓶蕙香。医官谢过后转身回翰林医官院去了。待会儿，他们就该把喜讯报给官家了。这时曹公公翻查了他秘密记录下的我的侍寝日期，担心地说：

娘娘，你那几天喝了很多酒，这对胎儿会有妨碍吗？

我知他害怕我生下个像官家这样先天不足、手脚发软的孩子来。

曹公公，聋也好，哑也好，一切都是天意了。

我制止了曹公公的猜测，着他往慈宁宫向太后报告喜讯。半炷香工夫后，官家兴高采烈地到了飞雪殿，身后跟着脸色阴晴不定的刘公公和一帮抬着箱笼的小黄门内侍。我刚弯下腰要施礼，官家就扶住了我：清蕙弟免礼！

然后他回头一挥手，大声道：赏！

刘公公开始念官家赏赐给我的果品宝物器玩：赏贵妃胡氏美醋羊血一坛、密林擒两筐、乌梅膏三罐、合色凉伞四把、雪醅酒六瓶、琼花露六瓶、龙涎香两盒、珍珠串链两条、碧玉碗一对、金腰带两根、金漆彩画屏风四幅、大银盆一面……

在刘公公的唱名声中，那帮小黄门将抬来的箱笼一一堆进了我的房间，不多时，我那房间便小了一半。官家此时只有杨淑妃生了皇长子赵昰、全皇后生了赵㬎，后来陆秀夫背着投海的少帝赵昺那时尚未出生，全皇后生的赵舒、俞修容生的赵宪、杨淑妃生的赵锽皆夭折。另外杨淑妃生了晋国公主，其余嫔妃膝下尤虚。尽管邬秋儿有段时间专宠后宫，却连只蛋都没生下来。听到我怀孕的消息后，她几近疯狂，把服侍她的宫女打了个遍！所以，当邬秋儿笑吟吟地送来礼物时，我透过那笑看见了刀锋与杀机！

因我脉象不稳，官家命产科大方脉的医官宿直，画产图方位，立了饮食禁忌，准备了合用药材及其余一应物件，还在院子里搭建了一座专门用于生育的产阁。谢太后和全皇后还专门过来看望我，特别是谢太后，为广官家子嗣，特别嘱咐太医们要格外当心，同时让刘公公管住官家，让他少到我这儿来，免得因房事不当导致漏胎。对此贾太师、全皇后全力支持。官家很看重我腹中的胎儿，又被太医们吓了一通，加上太后和皇后的态度，到飞雪殿的次数越来越少了。不久，我即听闻他带着邬秋儿等几个宠妃移驾葛岭后乐园，半个多月杳无音讯。曹公公几次来看我，嘱我找借口催官家过来看看我，说再过段时间他若不来看我，只怕就要把我给忘了。

惯来粗枝大叶的我，这次听了曹公公的话，立即修书一封，说我脉象不稳，盼官家过来看看。结果曹公公到了葛岭后被后乐园的门丁拒之门外，信送不进去。

想到那个身姿婀娜、笑靥如花、心机极深的邬秋儿，我有种不祥之感。

说来这邬秋儿也是个人物，在我专宠那段时间里，备受折磨的她并没有闲着，而是悉心钻研贾太师的《促织经》，并终于研制出了如何将百日之虫蟋蟀变成二百日之虫的方法。她将此作为礼物献给官家和贾太师，可把他俩给高兴坏了！

蟋蟀对我们来讲就是只虫，对官家和贾太师来说，那可是了不起的宝贝。特别是贾太师，恨不得天天与这宝贝相依为命。只可惜蟋蟀只有百日之寿，一入冬就看不见虫子、也听不见虫鸣了。

这邬秋儿下了苦功夫和血本，用木箱、棉被给蟋蟀保暖，又给蟋蟀喂红豆等热的烂食，还时不时地喂些小河虾肉给蟋蟀吃，谓之开荤。功夫不负有心人，折腾了一段时间后，她养的上百只蟋蟀居然能在北风呼啸的冬日鸣唱出秋虫的旋律！这对酷爱玩乐的官家和贾太师来说，不啻是个福音。

喜不自禁的贾太师顺势请官家入住他的后乐园，同时大臣们放假三天，不用上朝，这真是亘古奇闻。此事不久就上了小报，气得贾太师抓了一批以小报为生的闲汉，这场风波才慢慢平息。

不过，朝廷大臣对于这位随心所欲、喜爱玩乐的官家的所作所为的反应远没有坊间那么强烈，因为大臣们早就习以为常、见怪不怪了！大臣也分好几拨人，一拨跟着官家一起醉生梦死；一拨以家国为己任，急得团团转却使不上劲；另一拨私下里做好了盘算和准备，只要元兵南下，他们就逃之夭夭。

而我等妇人因在深宫，得不到边关的任何消息，便是曹公公偶尔传些小道消息给我，也无法窥见全豹，只知绍兴和议后，宋向金称臣，每年给金贡银二十五万两，绢二十五万匹的岁币。金也把都城迁到了燕京，改名为中都。宋金相安无事，朝廷才得享一时偏安，后因蒙古军崛起并横扫金军，占领了汴梁，金朝大势已去。

理宗朝端平元年（1234年），蔡州之战打响，宋军首先攻破蔡州城，金哀宗自杀，金朝灭亡。蒙古军主力北撤，此时亲政刚刚一年的理宗下令北伐，收获了洛阳、汴梁、商丘等被蒙古军洗劫过的空城，北伐军因得不到给养而陷入困境。雪上加霜的是，蒙古军居然掘开黄河大堤水淹宋军，宋军大败。端平二年（1235年），蒙古军以南宋背约为名分兵大举犯南宋。次年蒙古的东西两路军分别攻占了阳平关和襄阳这两处战略要地，蒙古军开始在湖北沿江集结，准备横渡长江，朝野举惊。朝廷派大将孟珙救援，孟连破蒙古军二十四寨，大败蒙古军，收复了襄樊诸郡和信阳。淳祐元年（1241年）蒙古大汗窝阔台病死，西路蒙古军从四川撤离。长达六年的第一次蒙宋战争结束，蒙古这柄悬在朝廷头顶的这柄利剑暂时挪开了。可是，蒙古亡宋之心不死，特别是听闻名将孟珙、杜杲相继病逝后，蒙古军于宝祐六年（1258年）又发动了第二次蒙宋战争，兵分三路向南宋进军，蒙古大汗蒙哥亲自率领中路军南下四川，南路军从云南出发经广西直扑长沙，忽必烈率领北路军直扑鄂州，企图在鄂州会合后直取临安，朝廷危在旦夕。所幸开庆元年（1259年），蒙哥率兵攻合州时被石炮击中身亡，中路军慌忙撤退。忽必烈率领北路军六攻鄂州不克，朝廷派贾太师前往议和，忽必烈撤军回去争夺汗位。至景定元年（1260年），蒙古军虽然全部撤退，可议和遗下的祸根，终究还是存在的。

以上这些是曹公公利用在香药局购买原料之机，出宫时从坊间所购的新闻小报中得知的。他每次前来，总会说上一段给我听，听得我忧心忡忡，不知肚里的孩子将来会有什么命运在等待他，从此我不再相信朝廷的邸报。朝廷邸报通常报喜不报忧，难得听到真话。是故，不少大臣悄悄购买坊间刻印的新闻小报。在那上头，他们能看到许多朝廷的邸报上看不到的各类消息，有些固然荒诞不经，可也有不少内容让人深省，曹公公就是一个冒着被人举报仍不改此习的小报收集狂。我劝他注意些，曹公公一脸苦楚地说：

娘娘，洒家无儿无女无家，无牵无挂无忧，唯有此癖好，若不让收集小报，活着有甚乐趣？还望娘娘见谅。再者，洒家方才跟娘娘讲的是体己话，只有你知我知天知地知。

曹公公的话我懂。在宫里，一着不慎那就不仅是全盘皆输，而是没了性命！我叮嘱佛面小心所有食物，凡我吃食，均由她手做，在礼数上我也不亏，晨昏定时前往慈元殿、明仁殿给皇太后和圣人请安。谢皇太后倒是真心为我高兴，常有赏赐。全皇后几年前夭折了一个皇子，后来又有了皇子，她对我的有喜显得无可无不可的。但有一点我可以肯定，她似乎对我的怀孕没有敌意——为了见她，我可是往丑里下了大功夫，不但用锅烟把露在外头的手、颈和脸抹黑了，还故意穿上了官家赐的男装，看上去就像一个晒伤了的假小子。全皇后无疑很欣赏我这种模样，拉着我的手开玩笑地喊我"弟弟"。

官家去后乐园的第八天，我收到了他遣小黄门送来的手谕：弟吃好睡好，把兄的儿子养好！等你生下皇儿，兄再封弟为贵贵妃。

瞧瞧，这官家顽劣得不像样，把个手谕写得乱七八糟。握着那纸圣谕，我虽然啼笑皆非，心中却还是一暖，觉得官家心中还是有我的。

官家在后乐园一共住了半月余。为了不至于被后人诉病，官家让起居郎杜曜把起居注中的这段内容删掉，哪知杜曜却搬出唐太宗要看起居注，结果被起居郎朱子奢和褚遂良拒绝一事劝诫他。你猜官家怎么着？他让刘公公配了把国史馆的钥匙，夜晚悄悄进去，亲自把这一段记录给删了！担任提纲史事的官员知道后，根本不敢吭声。杜曜知晓后虽然很生气，但一想到大家都装聋作哑，他有何必要跟官家死谏？于是也睁一只眼闭一只眼，这事就这样过去了，所以后世根本不知宋度宗带着嫔妃去后乐园荒唐这回事。

官家在后乐园的半月余，邬秋儿如鱼得水，不但牢牢地黏住了官家，还以母亲姓贾之故，拜贾太师为干舅舅。如果不是碍着官家，她肯定会跟时下那些女艺人一样，认贾太师为上床的干爹！如果按她这种说法，我岂不是可以认贾太师为表哥？我姓胡，贾太师的母亲也姓胡，邬秋儿的脸皮可真够厚的！抱歉，事隔八百余年，提起这个女人我仍恨她。其实我不是个器量狭窄的女人，关键是她不但害死了我儿子冠儿，后来还害得我举家逃窜，我真的无法忘记她对我的伤害。

日子难过年年过，宫中时光虽然难熬，但转眼间我顺利地生下了皇儿赵冠。此前皇后已令宫人在飞雪堂的偏院盖了一排平房，供养育龙儿的老娘、伴人、乳抱妇女、洗涤等住宿。官家非常高兴，我在产阁生产时他一直站在阁外，刘公公等人劝他也不听。龙儿刚哭，他即让人抱出给他视看。当见到龙儿右眉梢有颗和他一样的小痣时，他喜不自禁，当即封我儿子为崇国公，赏我玛瑙缬绢一匹、金银果子五百个、大毡四领、绿席毡、蒲合、褥子各二、装画胎衣瓶一对、银钱三十贯，另有十几箱吃食、果子、豆品、酒品，当真是琳琅满目。冠儿三朝洗三时，他又赏罗二十匹、绢二十匹、彩画鸭蛋一百二十枚、膳食、羊生、枣栗果及孩儿绣彩衣十数套，哥哥和大嫂带着侄子冰卿、侄女冰倩前来探望，亲人相聚当真温暖无比。

只可惜时光飞逝，哥哥和嫂子住了两天就出宫去了。素来不开口的哥哥告诉我，因前段时间进的一船细药遇水沉了，家中生意大不如前，望我帮他一把。我给了他些钱，同时表示可以帮哥哥到宫中谋个差使。以前我提过几次，哥哥皆推辞了，这次他没再反对，我便牢牢地记在了心上。

本来此时请官家帮忙是最合适的，不料谢太后染了风疾，官家这几日多往慈元殿去尽孝了。我新做母亲，佛面又小，那些老娘伴人我怕是贾太师和邬秋儿的亲信，不放心把冠儿交给她们。我奏请刘公公，请他许我嫂嫂在宫中伺候我月子，结果刘公公以宫外有恶疾传染为由拒绝了我。没办法，我只有亲自照顾冠儿，忙得忘了哥哥的事。最关键的是，官家三朝这日来了飞雪堂之后，一连六七天不见他的人影，我托人捎信给他他也没来。而且一贯对我和冠儿关心异常的谢太后也把我送到慈元殿的问候礼物给退了回来。那些老娘、伴人、乳娘、洗涤等瞅着无人就窃窃私语，一见我和佛面，又都闭口不言。

姐姐，我今天碰到服侍邬娘娘的小黄门，他平日对我挺好的，现在却不理我了，还有杨娘娘身边的绿芽也怪里怪气的。我瞅着不对，就给了她一朵头花，绿芽说，宫里的人都在传，说崇国公诞生时有星索自天而坠，贾太师和负责观察天文、占候风气、修订历法的太史局五官正都目睹了拖着扫帚尾巴的妖异星索掠过天际。现在宫里都在传崇国公乃不祥之兆！这可怎么办呀？

我脑袋嗡的一响，两颗豆大的眼泪夺眶而出，滴在怀中熟睡的儿子脸上。若儿子真被认为是不祥之兆，他可能会被赐死！这一切肯定是贾太师、邬秋儿等人搞的鬼！

我让佛面抱着冠儿，自己伏案疾书了几行字，换了男装就要出门，结果被刘公公新派来的小黄门拦住了：娘娘尚在月子中，不宜出门行走！

不行，我得见官家！我闹腾起来，可惜没用，他们将我和佛面、孩子推进房间内，反锁了房门。我知道这下大祸临头了，不由抱着孩子失声痛哭。

娘娘，月间里不能哭，哭了以后眉骨痛！

佛面尚不知事情的严重性，说罢抱着冠儿轻轻地哼起了催眠曲。冠儿可爱的脸上掠过一缕甜美的笑容，看得我肝肠寸断。我转身跪倒在佛龛前，求菩萨保佑我们母子渡过难关。

然而，那天菩萨睡着了，没有听见我的祈求。不久，官家即收到数十封折子。首先，他们异口同声地证明冠儿出生时，他们亲眼见到扫帚星落入飞雪堂所在的方向。其次，他们从《史记天官书》说到《汉律律历书》，旁征博引地向官家证明，妖星行天时生下的孩子同妖星一样不祥，会给君王和社稷带来灾难，要求处死崇国公。

官家吓得直哆嗦，一个劲地问贾太师怎么办。贾太师没表态，倒是一旁太史局的太史令和五官正开腔了，他们说只有把这带着妖孽之气的皇子放在金盘里，将金盘和皇子放入池中，如果金盘不沉，那么就是上天洗涤了皇子身上的妖气。如果金盘和皇子沉了，那就说明他罪孽深重，老天得把他收回去，以保佑官家和社稷不受他的涂炭。

妹妹，我听说他们这两天就要把崇国公放到金盘里甄别呢！

这是全皇后柔婉的声音，它们银针似的刺痛了我的耳朵和心脏。

这日全皇后来看我，她坐在我床前，那双柔媚的眼睛从熟睡的冠儿身上移到我脸上，神情显得很哀伤，大约她是想起了自己那个夭折掉的儿子赵舒吧。我没有接话，只是一个劲地抽噎、流泪。说实话，我真没想到全皇后这时会来看我。我也不太明白她告诉我这些话的意思何在。她究竟是想安慰我、帮我出谋划策，还是想看我绝望的神色？我心乱如麻，无法分辨。但我还记得她是六宫之首，在皇太后和官家面前说得上话。于是我咕咚一下跪在她面前，哭着恳求全皇后帮我澄清有关妖星的传言，并请她帮我转一封信给官家。

妹妹，你还在月子里呢，起来，快起来！

全皇后搀起我，又让宫人拿了热帕给我揩脸，等我稍微平静些了，她接过我的书信，说她一定会把信转给官家，也会托人去找太史令和五官正问问情况。不过那两人性子特别执拗和刻板，至于他们会不会买她的账来给冠儿作伪证，她也不敢保证。而且此天象事关国体，她若太过执意，怕是有违后妃不得干政的祖训。

圣人，请问您也看见那妖星了吗？

全皇后叹口气：妹妹，不但我看见了，太后也看见了，百官和百姓也都看见了，这才是我的为难之处啊。

她顿了顿，告诉我这些日子官家把教坊大使时席才的妹妹时席珍纳入了宫中。

时席珍身姿妖媚、擅长歌舞，官家宠爱有加，直接就封为夫人了。官家是善忘的，但愿他还会念你一份旧情。

全皇后这话在我滴血的心中又捅了一刀，我愣愣地看着她，口里念叨着：旧情？旧情？

全皇后凄然一笑：官家贵为天子，以好内闻，就算夜夜新郎又如何？不谈旧情也罢！

说着她转身走了。那一瞬，我看见了她眼角的泪光。

全皇后走后的次日，天色大变，先是阴风呼啸，接着，轰隆隆的雷声犹如千军万马碾过，接着无数条银色的闪电似群蛇乱舞，把天空变得妖异、恐怖。冠儿像是预知了自己的不幸，哇哇大哭起来。他哭得那样的专心和痛楚，每一声啼哭都似一枚银针，毫不留情地扎在我心尖上，疼得我浑身战栗。

姐姐，你快到里屋去吧，这天气也太吓人了。

佛面边关窗边大喊。看着满身雨水、脸色黄白的佛面，我不由感慨万分。

由于妖星之说，那些小黄门、老娘、伴人、乳娘、洗涤预感到我和儿子前程不妙，一改前些日子的热络，这几日变得好似不认识我一般。不但不主动过来伺候，佛面去喊她们，她们也找借口推托。世态炎凉至此，除了感叹人心不古之外，我只有恨自己时运不济了。好不容易生个儿子，居然就碰上了妖星坠落。现今这天象又如此怪异，过不了多久，他们就会把这一切都归咎于我怀中刚刚止住啼哭的冠儿。

冠儿，我的心肝宝贝，娘是一千一万个舍不得你，可谁叫你投胎天家呢？你要知道，自古以来，天家骨肉相残之事那是数不胜数哇。娘亲要是保不住你，娘亲就和你一起走！

我亲着冠儿粉嫩的脸，暗暗下了决心。冠儿像是听懂了我的心声，发出"哦""哦"的声音。

"咔嚓"，又一声炸雷在耳边响起，接着传出几声尖呼。我抱着冠儿走到窗边，发现窗外一棵木桶粗的树被雷削去了一半，那裂开的树缝中升起几缕白烟。

姐姐，天雷劈了树！佛面跑过来，紧紧地依偎在我身边，颤得像片风中的树叶。

冠儿，冠儿，这是老天爷要收你回去哪！

我搂着安然入睡的冠儿，惊恐之极后反而平静下来了。从这种种异象来看，冠儿是留不住了。我轻轻地将冠儿放在床上，剪下两缕他的胎发和几片手指甲，小心地放进官家赐给我的金瓶中，然后我给冠儿换上套我亲手缝制的衣服，并让佛面端来水、拿来脂粉，打起精神梳妆。

以前我很少化妆，但今天例外，我穿上了真红织墨绿缠枝花嵌赤金色花边的大袖常服，梳了高高的朝天髻，插上官家赏赐的象牙冠梳和金镶玉的荷叶簪，又斜插两枝缀着珠链的金步摇和两朵早上刚剪的海棠花，取了牛髓面脂、胭脂、口脂和玉女桃花粉，细细地化了一款明艳的桃花妆，再在眉心贴上一朵云母片做的梅花，用真腊国进贡的口脂画出了石榴娇唇形，最后点了个下红唇，整个人立马神采飞扬起来。

我要以最美的样子和我心爱的儿子一同赴死，这样他在九泉之下再见我时，小小的心中也许会因此而出生一份骄傲。

姐姐，您这是要去哪儿？

佛面才十四岁，心智未全，见我装扮得如此精心与艳丽，不由大为惊诧。

佛面，你亲亲冠儿吧！

我忍住泪，轻轻吩咐她。冰雪聪明的佛面立马明白了，她庄重地亲了冠儿的眉眼、额头和脸颊，抬起头时，她白嫩的脸上挂着串晶莹的泪珠。

砰、砰、砰！

有人在拍我的房门。我知道最后的时刻到了，便抱起冠儿，示意佛面拉开门闩。打开门，一股冷风夹着雨丝扑进来，冠儿在我怀中打了个颤。然后几个内侍陪着两名身背桃木剑的道士走进来，说是官家要看孩子。

你们就别骗我了，在哪儿？我亲自来。

内侍们面面相觑了一会儿，目光齐刷刷地看其中那个貌似殿长的中年内侍。中年内侍犹豫了稍许，点头道：也好，这样娘娘就心安了。

你们稍候片刻。

说罢，我抱着已经醒了的冠儿走到隔壁，喂了他最后两口奶。

此时，院子里传来道士作法的喝声。我找了把剪刀放在身上。然后，佛面撑着油纸伞，护着我和冠儿往鱼乐亭走去。

正是深秋时节，风寒雨冷，生产不过半月余的我拒绝了内侍递来的桐油布衣，绡薄的衣裙很快湿透了。我紧紧地搂着冠儿，希望自己胸口的体温能带给他人世间最后的温暖。

内侍们和道士显然被我的美丽与决绝震撼了，默默地跟在我身后。一刻钟后，我们来到了鱼乐亭边。

亭下，满池秋水被秋风吹成了一面袅动的绿绸，密集的雨点则在池中激起千万朵雪花。冠儿啼哭起来，看着殿长从布袋里取出那面黄澄澄的铜盘，我的心不由得揪成了一团。

雷声、风声、雨声、冠儿的哭声、雨打铜盘的叮咚声和着我绝望的心跳声，蓦地组成一支悲歌，充斥了我的整个大脑。

殿长端着铜盘走到我跟前，要我献出冠儿。我藐视地横了他一眼，抱着冠儿一扭身跳进了水池。怎奈池水太浅，只及我的腰部。冠儿身上想是湿了，哭声越发凄厉。这时跳下四个内侍，他们七手八脚地箍住我，硬生生地从我怀中抢走了冠儿。我拼命地挣扎，想要过去救冠儿，却被他们死死按住。

这时道士举起桃木剑，念念有词地舞了几下，在手脚乱动的冠儿身上贴了五道黄符纸。倏地，冠儿安静下来。原来道士用湿符纸蒙住了冠儿的口鼻，将冠儿放在铜盘上，铜盘入水后迅速沉入了池底。

我挣脱右手，从腰间摸出剪刀，狠狠地刺向自己的左胸。只可惜我的手刚举起来就被内侍抓住了。

娘娘！娘娘，你还春秋鼎盛，留得青山在，不怕没柴烧哇！

殿长生怕我自杀了官家会责怪他，忙上前劝解。我恶狠狠地瞪着他看了片刻，慢慢地委顿下去。奇怪的是，我没有晕倒，而是无比冷静地看着铜盘沉下去之后涌上的那几圈涟漪。这时我感觉自己的心碎成了齑粉——从此，宫中多了一个活死人——那个人就是我，曾经无忧无虑的胡清蕙！

七

2015年秋　珠玑巷

胡书雅听到了女子的凄厉喊声：姐姐呀！冠儿呀！

看到这儿，胡书雅合上了材料本，左胸隐隐地刺痛起来，耳边似乎响起了一阵不甚分明的雷雨声、铁马声、婴儿的哭声和女子凄厉的喊声：姐姐呀！冠儿呀——

是谁在喊？是黄佛面还是胡清蕙？胡书雅有些疑惑。也许是罗伟琳的文字感情比较充沛，要么就是她看得太专注，乃至将自己代入进去，并产生了移情效应，总之她现在心情非常沉重，仿佛失去了至亲。当她走到卫生间，无意间抬头看镜子里的自己时，她发现自己颊上满是……水珠？是罗伟琳记忆中的那场暴雨淋湿了自己？还是她的文字打动了自己，让自己禁不住泪奔？

胡书雅抚着胸口喘了几口大气，用冷水洗了一把脸这才继续坐在沙发上。当她的手指放在纸页上时，心内一动，脑海深处似乎闪过一幕幕画面，而这些画面将在别人的文字中得到呈现与印证。

想到八百多年前的胡清蕙即将面临的痛苦，胡书雅深深地长叹了一口气。

八

咸淳六年

胡清蕙的痛苦自述与回忆。

姐姐！姐姐，您吃口饭啊！您再不吃就饿了两天了！姐姐，我求您吃两口吧！

佛面的声音将昏昏沉沉的我从一处黑暗的所在拉回了现实，我看见佛面端着一碗粥跪在床前，圆圆的小脸愁成了尖脸。一缕灿烂的阳光从窗户射进，在床前投下跃动的光斑与树影。我恨天公没有同情心，在我如此绝望之时它却如此的绚烂。佛面舀了勺粥到我嘴边，我咬牙不肯张口。

这时佛面把碗重重地一放，生气道：姐姐，我母亲比你惨多了，可她得了绝症还是想活。她说她要看到我成家、生子，她要当外婆！我知道你很伤心，我也很伤心，可你要真这样死了，除了你的亲人会难过，我和曹公公会难过，宫里的其他娘娘会难过吗？我看她们高兴还来不及呢！您要是真想让她们高兴，那您就这样饿着。我，我也喂不了您了！

佛面说着委屈地哭将起来。她定是这几日受了许多委屈，加上我又不配合，心中难受才会说出上述这席气话来。我听后如遭雷殛，呆了好一阵，终于明白自己这是在做亲痛仇快之事。

姐姐，这两天官家天天来看您，您就活下去吧！等那位有儿子了，您也参她一本，让她尝尝难受的滋味！

佛面终究小孩子心性，哭了一会儿后又端起碗给我喂粥，我挣扎着坐起来，勉强自己喝了半碗粥，下定决心要在这个阴风阵阵、到处是陷阱的宫中活出个人样来！我要为冠儿报仇！

在这个信念的支撑下，我渐渐地恢复了元气。官家许是听腻了新晋妃子的歌舞，许是良心发现，又抑或他终于明白了所谓的妖星坠落是附会之说，总之他记起了我，又开始天天往我这儿跑。经过这次椎心泣血的痛苦，我瘦了十来斤，原先健壮的身体袅娜了许多。为了纪念儿子，我洗去铅华，天天男装打扮，反倒显出我与众不同的清丽秀逸来。

我常常在鱼乐亭上一坐就是大半天，凤凰山乌鸦奇多，它们似是知我心事，一落就是一大片，把鱼乐亭边上的假山覆成了黑色。我不禁想起高宗朝时，因乌鸦太多，聒噪声使他无法入眠，不得不下令禁军士兵用弓箭射杀乌鸦之事。士兵们费了老大劲才把乌鸦打至十五里外，可惜次日乌鸦又回到了禁中。高宗帝赶不走乌鸦，只好强迫自己习惯与乌鸦同住。

现在，失去冠儿的痛苦便是我心中的乌鸦。如果我无法把它赶走、驱散、遗忘，我就得习惯在这种痛苦中继续我的人生。想到冠儿之仇未报，想到兄嫂侄儿侄女，我选择了后者。

当官家来看我时，我没有追问他在这件事上的懦弱与听之任之，我也没让他分担我的丝毫痛苦，而冠儿在他心目中显然没有太重要的位置。对于一个后宫三千的男人而言，这很正常。我不想让他不开心，而是强颜欢笑、想方设法地使他开心。只有哄他开心了，我才能过得像个人样。

于是，我白天陪着官家蹴鞠、打马球、斗蟋蟀、喝酒、猜谜，晚上官家不怎么留宿飞雪堂，他的理由是我产后受了水浸风寒，医嘱半年内不得行周公之事，让我一个人好好地休养。我便让人从秘书阁挑了两担书来，每晚以阅读为乐。其中有一本沈括编的《大宋天下郡守图》，是他用"飞鸟图"即取鸟飞之数创造并绘制出来的，比循路步之法绘制的地图精确多了。我越看越爱，夜晚闲来无事，便找来纸笔，慢慢地描摹，漫漫长夜就这样消失在那些弯弯曲曲的墨线中……

虽说太祖有训，后妃不得干政，但在那种忧伤、孤寂状态下的我，不由对国事多了几分关心和关注。在这方面，我最敬佩的不是武则天，而是前朝真宗帝的刘皇后，她垂帘听政十一年，处事得当，决断有度，于赵氏有大功矣。我当不了皇后，也没那份野心，但我不想成为一具淹没在宫中的行尸走肉。于是，我潜心钻研各类书籍，我必须用文字砌一堵厚实的墙，堵住我心中那个一直淌血的伤口。秘书省对图籍的借阅管理严格，一般书籍只许秘书省内官员在省内借阅。而秘阁图籍，只供禁中官员使用。且每次借阅，须经秘书省官长、次长批准，才能凭条借阅。为了方便我读书，官家特写了一手谕，准我借回飞雪堂阅看。

由于自小在城郊长大，又常跟祖父到乡下为乡民看病，我对农事、桑蚕、医药一类的书籍特别感兴趣。我把贾思勰的《齐民要术》、曾安止的《禾谱》、陈旉的《农书》、韩彦直的《橘录》、秦观的《蚕书》，还有蔡襄的《荔枝谱》都借来了细读。其中我最喜欢秦观的《蚕书》。

苏门四学士之一的秦观才华横溢，苏轼曾赞其有"屈宋之才"，他的词虽不如柳三变那般传诵广泛，有水井处即有柳词，但秦观之词婉转清丽，也是深得世人赞誉。生冠儿前，我心光明，也爱哼唱，而词最能合乐，故常读《东坡乐府》《白石道人歌曲》、秦观的《淮海词》，其中的《东坡乐府》早在徽宗帝崇宁二年就与苏轼的其他著作一起被禁了，但朝廷越禁，坊间的私印越多，所以找到这些禁书不是什么难事儿。苏词豪放，读之心神激荡；白石词如野云孤飞，去留无迹；柳词音律谐婉、文极工致。其中我最喜淮海居士之作，不但写得秀丽含蓄，而且情胜乎辞，只是太过感伤，读后令人长叹不已。

冠儿之变后，我不再读词哼曲，更不敢读秦观之词。伤心人读伤心词唯有徒增伤心而已，但转读上述所列的实用之书则能让我心情平静，并增长见闻。比如淮海居士的《蚕书》，书中所记的衮州人养蚕之法，与临安所处的吴地之法颇有差异，读来很新鲜，盎然有趣。读上述书时，我期待着有朝一日官家大发善心，把我等外放出宫，到时我可靠养蚕度日，这就是我当时借阅那些书的小私心。

为了照顾我、安慰我，官家把家兄安排在仪鸾司当差，闲时他常来看望我。在家兄、佛面、曹公公的细心照料下，我花了两年的时间总算从丧子之痛中挺了过来。这时乃咸淳四年，从我外表上已看不出痛苦的痕迹，我只是经常心痛得半夜惊醒。

咸淳五年，恢复了元气的我像朵怒放的花朵，摇曳美丽之极。官家越发爱我，常常是"春从春游夜专夜"。怎奈我那次产后受寒，外加伤心过度，官家再怎么努力，我的肚子始终没了动静。那时的我，已然成了一朵不会结果的谎花。作为报应的是，邬秋儿这个笑里藏刀、吃人不吐骨头的恶女子也一直没有开怀，而且右脸颊长了个恶疱，遍求名医不见好，我真是太高兴了！

但是，我显然高兴得太早了。接下来，这个平日与我不怎么照面的恶女子还将向我插出致命的一刀，并因此而彻底改变我的命运。

事情还得从一封密折说起，而且，跟此前蔡祝之事一样，也发生在我轮值代理官家批答文书之时。

那是咸淳六年秋的一天，事后我才知道，这时罗槐他们已经在临安城小住了一段时间。那天天气不好，浓云厚重如絮，秋风一吹，似浊浪翻滚，把天空搅得诡异。坐在阁舍中，我的心绪突然间降到了冰点。左胸一阵紧似一阵的隐痛，我忙服了几粒自制的药丸，好一阵才缓过劲来。

这时从窗外飘来阵阵乐声，此乃官家在和新封的时婕好及一班教坊歌姬舞女在玩乐。时婕好入宫前曾是名冠临安平康诸坊歌馆的头牌歌娃，色艺俱佳。靠着哥哥、教坊大使的引荐，她终于寒鹊登上了高枝，整日的想尽一切办法来笼络君心。在这上头，竟是连一直工于心计的邬秋儿都输她一筹，更何况我等？好在我自冠儿死后，早对官家冷了心肠，如今只是身体要紧，在苟活中试图查清当年妖星之事的由来，找出真正的元凶。原本我还有一股不查出元凶、不达目的的狠劲，可当哥哥告诉我那日他也见着了妖星坠落之后，我对邬秋儿的恨便立时消弥了许多。

也许这一切都是命定？就算没有妖星，光凭那天雷劈了飞雪堂院中那棵树，别有用心之人一定能置冠儿于死地，甚至连我也一并归入"不祥"，然后给赐死。现在我还活着，说明官家还是为我说了话的，所以冷心归冷心，对官家我还是心存感念，也因此我接受了他的所有，包括对冠儿的冷淡与忌讳，他时不时对我的疏离与遗忘。

纤云弄巧，飞星传恨，银汉迢迢暗渡。金风玉露一相逢，便胜却人间无数。柔情似水，佳期如梦，忍顾鹊桥归路！两情若是久长时，又岂在朝朝暮暮。

时婕好的歌声随秋风飘至屋内，想到可怜的冠儿，我心如刀绞、泪如雨下，泪珠打湿了案上的一封刚取出的奏折。因上头空无一字，我正在纳闷间，不期听见时婕好的歌声，是故放在一旁，不承想被泪水打湿了。我找来干抹布，细细地将纸揩干净。就在这时，我发现被泪水打湿的纸上出现了两个字：密折。

我一惊，正要细看，那字又消失了。我以为是室内昏暗，忙走到廊下，那儿皓亮些，可信封上依旧空空如也。我思忖了一会儿，伸手将白纸放入雨中淋了淋，说来奇怪，湿纸上立即现出密密麻麻的字来。我看后不由大惊，脊背上冒出一层冷汗：这是一封从荆州寄给官家的密折！上说荆湖制置使吕文德受了蒙古军贿赂，竟然同意蒙古人在襄樊城外设置榷场！蒙古人打着防止盗贼、保护货物之名，要求在樊城外筑土墙，吕文德竟然也同意了。现蒙将阿术在襄樊东南鹿门堡和东北白河城修筑堡垒，如此下去，将切断朝廷援襄守军之路。更可怕的是，细作已经探明，蒙将史天泽将在襄樊西部的百丈山建长围，以连通南面的岘山、虎头山上的堡垒，现围将合龙，合龙将彻底切断襄阳与西北、东南的联系。写密折者建议立即处置荆湖制置使吕文德，另派大员接手，同时派军队驰援襄阳和樊城，并恳请官家罢免贾太师，以免他继续隐情不报、贻害朝廷、祸害社稷与百姓！

天哪天，这写密折的是谁呀？他吃了豹子胆吗？不过，我还真的很佩服他的勇气呢！

我翻遍了整封奏折，没有找到落款，这下我终于明白这封奏折为什么是空白的了！这写的人就没打算落款，否则被爪牙甚多的贾太师知道，他不是只有死路一条吗？

想明白了这层道理后，我开始为自己担忧，不知该怎么处置这份密折。

按照以往的办事程序，我们先行阅审奏折，然后拣重要的转交给贾太师，他过滤一遍后，再选重中之重向官家禀告。可事涉边关军机要事和贾太师本人，我哪敢交给他？再说我就是想给他也还得有机会。贾太师经官家特许，原先是三日一朝，之后是六天一朝，现时已改为十日一朝。这官家又特授了他"平章军国重事"，对贾太师恭敬有加。贾太师见了官家不但不用行礼，每次他离去，官家还要离座目送他走出大殿才敢坐下。这样的贾太师，自然是骄横跋扈的！加上有冠儿这事在我心上梗着，我才不会把这密折交与他呢！

事关重大，我又曾被暗箭所伤，做决定之前，我曲里拐弯地向曹公公打听了一些事情。至于哥哥，他素来胆小，也不关心朝廷要事，我没有向他透露半点。曹公公没白看那些小报，知道许多在我看来属于绝对机密之事。

吕文德早就投靠了贾太师，每年岁末他给贾太师的进贡可不在少数。

我问曹公公如何知道，曹公公笑着说，临安城中那些编印新闻小报的馆主多有耳目，什么都能探听到，这吕文德与贾太师交好早已不是秘密。而关于蒙古军对襄阳和樊城的围困，坊中也早有传言——荆湖那边的兵将寄家书回临安时多少会透露些实情，然后一传十、十传百，乃至说起边关事务，坊中百姓都能讲上几句。倒是朝廷对元军围困襄阳和樊城之事讳莫如深，好像大家不谈，元军的威胁便会自动消解一样，真正的掩耳盗铃！

回忆到这儿我忽然发现，原来狗仔队古已有之，只不过今人的传播手段不一样，特别是有了手机和互联网后，效果更直观更无所不在，也更有杀伤力了。

但是，在我还是胡贵妃的朝代，如果有人想屏蔽真实的消息，那是完全可以做到的。尽管关于元军进攻的传言汹汹，可由于贾太师一手遮天，有意屏蔽元军围困襄樊的消息，官家和许多朝臣愣是啥也不知。坊中百姓虽然听了一耳朵的传言，但见朝廷仍歌舞升平，便谁也不在意真相究竟如何了。朝廷官员中有的继续醉生梦死，有的顶多私下猜测、分析一通，再发些牢骚。以此角度而言，写这封密折之人才是大有良心、以国家社稷为重之人。我不知道他是谁，但我打心眼里敬佩他。

考虑到吕文德与贾太师交好，最最关键的是，我知道所有关于元军的消息只要到了贾太师的手中，他都会像保护新娘子的乳房似的在众人面前捂得严严实实。官家和其他大臣只能看到经贾太师装扮过的"新娘子"，而官家也一直听信贾太师"平安无事"的谎言，天天干些荒诞不经之事。再这么下去，他这皇帝还能当几天呢？

我可不想在自己身上重演靖康之难那一幕。那是怎样的耻辱与悲痛啊，国破家亡，徽宗、钦宗二帝及皇族、后宫妃嫔、贵卿、朝臣三千人多被掳至金国。徽宗的郑皇后、钦宗的朱皇后、高宗生母韦氏、高宗发妻邢氏、柔福帝姬皆在其中。徽、钦二帝固然可怜，但最令人凄恻的还是那帮女眷们。朱皇后时年二十六岁，风华绝代，金国士兵对她虎视眈眈，常常调戏她。北上的路上，还逼迫她为金军唱歌助兴。他们到达金国后，在献俘仪式上，徽、钦二帝及后妃、宗室、诸王、驸马、帝姬皆穿上金人百姓之衣，头缠帕头，身披羊裘，袒露上体，到金朝的阿骨打庙去行"牵羊礼"。当夜，朱皇后愤而自尽。那些没有勇气、苟且偷生的男女，男的分配为奴，每人每月只有五斗稗子的口粮，还得自己舂。每人每年只有五把麻，还要自己织布，许多人冻饿而死。美貌宫女则由完颜宗翰分给全军将士，其余分配给金国贵族为奴，真正的生不如死。

这些，是小报上常写的内容，坊间百姓早已耳熟能详。我还看过一份小报，上面登了几个从金国逃回来的人写的文章，说不少宗室贵族因养尊处优惯了，在金国领了麻以后不会织麻衣，实在冻不住，便赤裸着身子去捡柴火，回来一顿猛烤，结果耳鼻、手指、脚趾纷纷脱落，最后号叫着死去！

我不幸为后妃，现在朝廷又有强敌觊觎，如果我仍做那不知亡国恨、隔江犹唱后庭花的商女，我怕这样悲惨的命运会降临到自己身上。

这种对命运的恐惧给了我莫大的勇气，让我无视贾太师对这种事情的忌讳，当夜侍寝时，我直接把信交给了官家。

清蕙弟越发调皮了！

官家看着那几页白纸，伸手就要胳肢我。

官家，这是一封事关重大的密折，我也是无意之中发现的。

我说着抹了点茶水在纸上，然后擎着造型奇特的雁回首羊油灯走到他身边。官家静静地看完了那封密折，然后垂着头，半天没吭声。本就煞白的脸渐渐地变成了青黑色，过大过亮的眼中闪烁出惊疑的光：清蕙，这件事你不要跟任何人讲，否则朕也难保你。

官家，难道您就这样算了？您想一想，前些时日你还问过贾太师襄樊军情如何，他不一直告诉您平安无事吗？他还说元军都撤走了。现在您看看，元军不但没撤走，还切断了我大宋朝驰援樊城和襄阳的道路。这样下去，襄樊必破无疑！襄樊一失，元军便可顺长江东下，到时临安就岌岌可危了！

去岁我用了上百个晚上将沈括的《大宋郡守图》临摹下了，这临摹的过程也是我了解大宋朝形势地貌的过程。之前我对那些地名还没什么特别感觉，这会儿对比着密折上的军情，脑海中便有了鲜活的线路图。

清蕙弟，你能替兄分忧，兄这边谢过了，只是此军国大事，不是尔等深宫妇人可以把握的。朕呢，唉，朕心乱如麻，头痛！

官家言语中的称谓混乱，一如他的心情，看着苦闷之极的他，我一时语塞：是啊，他是大宋朝的皇帝，江山飘摇，最急的是他而不是我啊！现在他如此表现，我夫复何言？

官家，要不要给您揉一揉？

我还不死心，想宽慰他之后再向他进言，建议他将此事公诸朝廷。官家面无人色瞪了我一阵，突然像截木头似的倒在了床上：

今天不想动了，睡吧！

从来在床上花样百出的他，就这样睡下了。我这几天因思念冠儿，心情不佳。加上感染了风寒、头痛鼻塞，巴不得早睡，但那道密折如同一把刀搁在我脖子上，让我难以入眠。好不容易睡着了，也是噩梦连连。

梦中我似乎听见了霍霍的磨刀声，这声音越来越清晰，终于把我惊醒了。睡眼惺忪中，我看见官家踞坐在地上，在一块镇纸石上死命地磨一把匕首。我蹑手蹑脚地走到他身边，他抬起满是血丝的眼睛看了我一会儿，冷冷地道：你说这刀能不能割断贾太师的脖子？

官家，您，您……千万别……

我担心地按住了他的手，他甩开我，继续磨刀。看着他专注的样子和疯狂的眼神，我真担心他会做出什么吓人的事情来。这贾太师虽然不似秦桧，出行总带着五十名手持长戟的卫士，但官家见贾太师，身上却总是像高宗帝见秦桧一样，在腰间插着这把匕首的。也许他是真的想杀贾太师呢？

我呀，梦里起码杀他一百回了！

冷不丁地，官家又说出这么句话来，然后他把匕首一丢，伸开手脚躺在地板上。我怕他着凉，伸手去拉他，不料他反把我拽到了地上，开始用劲地吻我、揉我，每一个动作都似乎带着恨意。在他最兴奋的时候，他的指甲掐破了我的脖子，我嗅到了自己鲜血的腥味。过了一会儿，他全身松懈下来，不久便打着呼噜睡去。

我的头愈发痛了，起床喝了杯热水，蜷在他身旁想心思。勤政殿的开间很大，虽然有屏风帷幔挡着，秋风还是畅通无阻地钻透了薄薄的蚕丝被，小虫子似的咬着我。接着风又变成一条大虫缠在我脖子上，让我禁不住打了个寒噤。伸手一摸，是条冰冷的蛇，我惊叫一声爬起来，却见双目通红的官家坐在床沿上，手上拿着只不知谁进贡的竹编金环蛇在逗我玩，气得我轻轻拍了他一巴掌，娇嗔地说哪有官家这样当兄长的？吓死人了！

我不怕蛇，但也不喜欢没睡够的早上被一条假蛇吓醒。我的脸因嗔怪而变色。

太好玩了！天不怕地不怕的清蕙弟，原来怕这竹编的金龙！

官家讥笑了我一番后开始变着法子折磨我。一会儿让我试穿他的鞋，一会儿自己穿上女装给我看，一会儿趴在地上仿蟋蟀跳，一会儿又抽出匕首乱砍一气，疯疯癫癫得让人害怕。不久，被他这异常之举惊动的刘公公走进来问安，官家倒应答自如，刘公公狠狠地剜了我一眼：娘娘，您可别把官家给带坏了！

言下之意是我也疯疯癫癫。我知他从来都是向着贾太师与邬秋儿的，便不跟他计较。好在这时官家开始穿衣服。不一会儿，曙色爬上窗户，接着五更鼓响，随即传来专司报晓的鸡人高亢清亮的引唱：朝光发，万户开，群臣谒。其声朗朗，直透云霄。我很爱这雄厚又清亮的声音，有时觉得这喝唱之人必是位美男子，因此格外留意，我还记住了他入晡时的引唱：日欲暮，鱼钥下，龙韬布……

他那声音撩得人心里暖暖的、痒痒的，比官家尖细的声音好听多了！

官家被人前呼后拥地上朝后，我开始梳妆打扮。其实我的所谓"打扮"只是正常的穿衣而已，什么面脂香粉口脂我一概不用，因为爹妈给了我凝脂的肌肤、乌亮的眉眼、红润的双唇和雪白的牙齿，我素颜时比脸色寡白的邬秋儿要美十倍，所以邬秋儿近来开始化浓妆。

我回到自己居住的飞雪堂，佛面已做好清淡的早点。我没什么胃口，草草吃完后即来到侧院的花圃，那儿也种着几十株栀子花。栀子花间建了一座白玉石塔，塔下埋着冠儿穿过一次的衣服帽子。每日早晚我是铁定要到这里坐一坐、看一看的。冠儿如果在世，今年他应有三岁了，正是可爱之极的时候，可惜我永远看不见他长大了。

我正在暗自伤感，佛面哭着跑进来，说不得了啦，刘公公手下那个叫海子的小黄门被贾太师下令杖杀在金銮殿的台阶下！

你听谁说的？怎么回事？

我掏出了手绢，却忘了原是要为她拭泪的。

曹公公亲眼看见的，他让我来找你！

佛面说着拽起我就往飞雪堂跑。刚到门口，就看见了曹公公那张陡然间苍老了五岁的脸。

娘娘，借一步说话。

他不顾礼仪，拉住我的手进了厢房。掩门之后他紧张地问我这几天有没有跟官家说什么机密事项，比如边关军情什么的？

我心里咯噔一下，略略怔了怔，但我不想欺骗曹公公，也不想承认，便转而问他到底怎么回事？

唉，今天贾太师正好来上朝了。刚才官家便问他襄樊被围之事，贾太师勃然大怒，一甩袖子，把袖子里的蟋蟀都甩到了官家的胡子上。贾太师说元军早已撤退，怒斥告诉官家襄樊被围之人是造谣惑众，连声质问官家是谁说的。贾太师发怒的样子好吓人啊，官家吓得直哆嗦，指着刘公公身边的小黄门说是他讲的，贾太师一声怒吼"拉出去"，刘公公他们就把小黄门推到台阶下乱棍打死了！海子前年进的宫，才十六岁啊！真是太惨了！

曹公公说着掀起衣角，揩起了眼泪。

我眼中也漾起了泪花，为了不让曹公公看到，我扭头看着门外，连连眨眼，把泪水给憋了回去。天色愈来愈阴沉了，我感到了寒风中那股凌厉的杀机。

娘娘，您经常替官家批阅奏折，今后要是万一遇到边关军情一类的折子，一定得呈给贾太师，否则定会惹来杀身之祸。

曹公公是个智者，我感觉他是什么都明白的。果然，他跟着叮嘱了一句：娘娘要是不方便，我过去提醒一下胡尚宫大人。

眼泪溢出眼角，我无法言语，只好背对着他点了点头。听着曹公公远去的脚步声，我捂着胸口猛喘了几口气，这才明白昨晚官家那句"这事除了我你谁也别说"的意思。看来真正傻的是我而不是他呀！

我忽然觉得非常非常孤独，除了家兄、曹公公、佛面，我不知道这儿谁是我的姐妹和朋友。也许在勾心斗角的宫廷寻找亲人和朋友，这想法本就是荒唐和错误的吧？

次日一早，邬秋儿突然带着一个手拎礼物的宫女来看我，她脸上化着精致的浓妆，用以掩盖恶疮留下的伤疤。她的鬓边散着几缕卷发，这使她别具风情。听佛面说，为使自己变得更加妩媚，邬秋儿近日发明了火钳烫发术，而如今她鬓云微卷的样子的确令人销魂。她先是王顾左右而言他，突然间单刀直入地问我是否收到了有关襄樊军情的密折。

我一口咬定没有。她沉吟道：这就怪了，昨天你轮值，昨儿夜里又是你侍寝。今早官家便问襄樊被围之事，这也太巧了吧？

她笑吟吟地凝视着我，又大又弯的眼睛仿佛一把磨得锃亮的镰刀。

世上比这巧的事多着呢！比如我冠儿出生时有人送了礼给五官正，还认了干兄，然后我冠儿就被人害死了！

我冷冷地盯着她。这话因在我心中憋得太久，已经变冷变硬。它们石子似的射向邬秋儿，遗憾的是，邬秋儿那张浓艳的脸仿佛裹了层厚厚的棉花，没有丝毫的表情。

秋儿姐，我带你去看个地方吧！

妹妹想必是要带我去看你花园中的白石塔吧？我今天来了月事，秽气太重，改日再去看可怜的冠儿行不行？

她倒打听得清楚。想到曹公公前几日打探到的消息，说五官正是邬秋儿找了他之后才拿妖星说事儿的，我心中恨意顿生，冷冷地道：秋儿姐姐，昨晚我梦见了冠儿，他说是你害死了他。

说完我眼睛一眨不眨地盯着邬秋儿，邬秋儿垂下眼帘，叹口气幽幽道：冠儿在天之灵还会念叨着臣妾，臣妾这是托妹妹的福了。

说着她抬起头，冷冷地道：小黄门被杀了，就不晓得他在梦中会说是谁害死他的呢！

然后，邬秋儿让站在门外的宫女送进两瓶酒，说是给我补身体喝的药酒，又说了番甜言蜜语后，便施施然地走了。

我看着那两瓶酒，脑中灵光一现，转身把酒倒进水池，当天池里的红鲤全都醉翻了。不过，次日这些鱼又活过来了。我不由为自己的恶意猜测而内疚，看来我是冤枉邬秋儿了！

可是，两天后这些鱼却白花花地漂在水面上。曹公公看了，说是水里浮萍太多，抢了鱼儿的空气，鱼儿被憋死了。

我和佛面正要争辩，曹公公朝我们竖起个指头，示意别吭声，然后在树下挖了个坑，把酒和死鱼深埋起来，同时叮嘱我俩不要再向任何人提起此事。从那天起，我们吃的水和食物他都要用银针试过。

也许是忌惮什么，也许我让官家害怕了，总之，小黄门事件之后，他像是得了健忘症，一连几天都没在我这儿露脸，也没让我穿着侍卫服去他的勤政殿行走。估计，我快失宠了吧？

我感觉到山雨欲来之前的那股凛冽的风势。

这风，先把我哥哥胡显祖吹得东倒西歪：他管的仪鸾司接二连三地丢失东西。不久，刘公公在宫外的夜市上看到有人在叫卖宫里的物件，巡捕抓到了卖货的闲汉，闲汉居然说是仪鸾司的人偷卖给他的。从他的描述看，盗者与家兄长得极像，连家兄右手手背上有颗痣都说出来了。根据这个特征，刘公公很快找到了窃贼——我的兄长胡显祖。

兄长大呼冤枉，我也力证兄长清白，可是抵不过"铁证如山"。贾太师、邬秋儿等人又在边上煽风点火，官家无法置之不理。尽管他还是高抬了贵手，可兄长仍被褫去官品，罚掉俸银，回家待职。

我气极之下央告谢太后严查此事，谢太后也觉其中必有蹊跷，说这内廷又不是市场，胡显祖也不是飞贼，倘若值宿内庭官员、监门、直舍、守门执事官等人不玩忽职守，仪鸾司的东西怎么能轻易出宫？

谢太后这一问把刘公公吓倒了，如按此标准严查，牵扯面未免太大，说不定哪个环节就露了马脚。过了几日，刘公公说经查验，那批售卖的物品均为假造，我家兄长这才澄清冤枉，官复原职。

这日官家召我侍寝，破天荒地没让我去勤政殿，而是带着一班禁卫来到了飞雪堂，这让我备感轻松。说实话，我不喜欢勤政殿，到处是金红色的帷幔，显得逼仄和沉重。而且大殿的廊庑上，那些知省、御药、御带、门司、内辖等官全聚在那儿听候宣唤。内诸司的小园子、亲从、快行、辇官、黄院子等也聚于廊庑听候召唤、随时服侍。有时官家在床上放浪起来，声穿重门，被宠幸的嫔妃不好意思了，外头偷听的那些人倒是快活得很。

现在官家夜宿飞雪堂，只带了禁卫，没带亲随。仿佛一个久别回家的丈夫，让我感到亲切。只是他刚落座，就从门外进来四个穿紫衣、裹卷脚幞头的院子家，他们右手各托用黄绣龙合衣罩着的食盒，左手携一条红罗绣手巾。入屋后他们跪下，娴熟地从食盒里取出糟羊蹄、酒蛤蜊、虾茸、脆螺、柔鱼、龟脚，这时院子家又送进一坛和酒、一坛蓝桥风月，并从一个绣着红龙的木盒里取出一对玉盏和一对碧玉镯。

院子家做这些事时，官家默默地看着我，我也默默地看着他。他更瘦、更憔悴了，苍白的脸上蒙了层淡金色，口角边隐隐有青色，山根处则有络络黑气。我心中不由一凛：祖父曾言，医家造精微，通幽显，望闻问切中即能识病根源。就"望色"而言，医家认为天有五气，人之气则藏于五脏，上华面颐，肝青心赤，脾脏色黄，肺白肾黑。若按祖父所教之"望色"法，则官家受邪已久，乃至病入脏腑，估计他活不了几年了！

我这么想着时，眼中便现出几丝怜惜之色。跟官家处得越久，我对他越有种亲情，仿佛他是一个随时需要我照顾的傻弟弟。恰好这时他也在看我：清蕙，你还在想冠儿之事吗？其实朕也怜他、心疼他。只是……

他眼看着地面，没有再说下去。

冠儿走了三年，他这是第一次这么直白地流露出他的悲伤。

朕喜欢朕跟清蕙弟生的孩儿。

冷不丁地，他又冒出这么句话来。

我叹口气，将头靠在他孱弱、单薄的肩膀上。他也靠过来，两人手握手，静静地坐了好一阵。外头的佛面此时已温好了酒，她走进来看见我俩这样，吓了一大跳，端着银酒壶进也不是，退也不是。

来来，佛面，给我俩倒上酒！

官家来了兴致，夹了块虾茸给我吃，我则夹了只糟羊蹄给他。这是他的心爱之物，百吃不厌。

清蕙弟，近日你受了不少惊吓，兄在这里赔礼了！

官家说着一仰脖喝光了盏中酒。我也不示弱，希望借酒浇愁。和酒色美味醇，味道如同其名，芬芳弥远，有醇和之气。我因近日刚读完《齐民要术》，便卖弄地说起了这酒的做法：做和酒法：酒一斗，胡椒六十枚，干姜一分，鸡舌一分，荜拨六枚，下筛，绢囊盛，内酒中，一宿，蜜一升和之。

清蕙弟，你就别掉书袋了，如此良宵，我们得大醉才是啊！李白诗云，五花马，千金裘，呼儿将出换美酒！来来来，快喝！还有曹公，他说对酒当歌，人生几何？譬如朝露，去日苦多。慨当以慷，忧思难忘，何以解忧？唯有杜康！喝！

官家一边背诗，一边大盏大盏地往口里灌酒，在旁边续酒的佛面忙得手忙脚乱。

官家，你少喝些！我去抢他的酒盏，官家拂开我的手，喃喃道：古来圣贤皆寂寞，唯有饮者留其名……清蕙弟，你是不知道哇，人间路窄酒杯宽哪！

官家长叹着，竟然抄起酒壶直接往口里倒。我知他是个荒唐天子，心中却也有不得已的苦衷和道不尽的委屈。只是高处不胜寒，与谁话清凉？只有纵情声色来麻痹自己。

清蕙弟，我知道，我知道那封密折写的都是真的！我也知道他在瞒我！可是，我有什么办法？他居然当着我的面，就、就把海子打死了！

官家忽然倒在我怀里失声痛哭。这时刘公公已经站在了飞雪堂外，听闻哭声，他推门走了进来。这刘公公仗着与贾太师交好，明目张胆地当了贾太师的耳目，对我很不待见。他正想拿白眼剜我，官家突然抓起只食盒朝他扔去：谁叫你进来的？你滚出去！

刘公公再怎么胆壮，这时也怕了。他躬身退出了房间，还关上了房门。官家哭了一会儿后，不等我安慰，自己掀起衣袖揩干了眼泪，抽着鼻子将那对上好的碧玉镯子戴在我手上：这是真腊国进贡的，你好好收着。

我正要起身拜谢，他紧紧地抱住了我：清蕙弟，我好冷，你帮我暖暖。

这一宿，我们像市井小夫妻似的相拥而眠。开始我还担心他半夜起床磨匕首，强睁着眼睛不敢睡。后来见他睡得安稳沉实，我也沉沉入梦。这是我记忆中最甜蜜和温馨的一个夜晚。五更时，他临上朝前牵着我的手道：清蕙弟，你可再为兄生一个像你这么高朗、开怀的龙儿来！那就不枉我疼你一场了。

弟为兄生孩子？这话听得我啼笑皆非。不过我已惯了他的胡言乱语。说也奇怪，跟他相处得越久，就越觉得他身上有一种未经世事的可爱。至于后世怎么评价他，我那时根本就没想过，也从未料到自己八百多年以后还会保留着对那个时代的记忆。

我送他走到院中，其时刘公公及诸内司的人员已经在恭候了。佛面从里头匆匆跑出，将他遗落的玉琮送出。他看着佛面发了一会儿呆，等佛面走后，他小声地说：清蕙弟可舍得把她给我？

我苦涩地一笑：国都是你的，何况一佛面耳！

他看了眼众人，挥手让他们在大门外等。众人不肯，他发气了。我一见不是事，忙拉着他进了屋内：官家，快上朝吧！

朕才不管呢！

他开心地搂住我道：清蕙弟，你刚才可是有醋意了？

我坦率地点点头：就许你想，不许我酸？

他越发开心了：哈哈，今日你倒像个小娘子啊！

我白了他一眼：那我以后就天天穿女装，化邬妹妹那种妆给你看！

他伸手理了下我的头发，一边摇头：不行不行，现在一半的宫人都学她样了。她们一洗脸，内苑的水沟全花了。朕不想所有人都变成一个人，那也太无趣了。朕还是喜欢清蕙弟清水出芙蓉的样子。

他顿了顿，突然兴奋地搂着我，像个顽童似的说：清蕙弟，后天我带你去祭天，你敢不敢去？

我一怔：那是男人才去的地方，妾身去不合规矩。

官家一拧我的鼻子：胆小了？

我说不是胆小，是怕不合礼制，到时遭人弹劾。

官家嗤之以鼻地道：朕乃天子，朕也有朕的规矩。还有，你以后在我面前别妾呀妾的，说弟！记住了没？

我正式地朝他施了个礼：官家，请受弟一拜。恕弟不能从命。

他瞪着我：你不相信朕能说到做到？

我摇摇头：祭天乃求上天佑护国祚。官家是天子，若有违祖制、礼制，岂非是对父母、祖宗不孝？对天地、社稷不敬？

我读了不少史书，还从未见过哪个天子敢带女子去祭天。看来官家的脑子果然有问题。

这个，看朕的心情，你先预备着男装，等朕叫你。

说罢他去上朝了。我埋首书堆，用文字来堵塞我心中的伤口。

次日，我开始装病，以躲避官家让我陪他去祭天的馊主意。我再无知也明白，如果我真以男装身份去祭天了，肯定活不过当天。我才不愿成为官家胡言乱语的牺牲品呢！

第三天是冬至，这是朝廷举行大朝会的重要日子。我以"狂喘不已，恐延病圣上"为由留在了阴冷的飞雪堂，在半梦半醒中听到鸡人鸣唱：朝光发……然后从鼓楼上传来五更的梆鼓鼓点。

此时文武百僚已经在丽正门外排班，内侍们逐队喝问"班齐未？"禁卫人员逐一应答：班齐。这整齐的声音惊得天上的疏星闪烁不已，也让我好奇心大开。飞雪堂靠近一个小山包，山包上有密匝匝的树。我反正也睡不着，便穿上打马球、蹴鞠穿的旋裙，带着佛面，以采花露为名，避开曹公公，来到后山。我三下五下地爬到了树杈上，从那儿正好可以俯瞰丽正门前的院场。只见院场上旌盖如云，服色斑斓的官员们跟着仪仗队伍往前挪动，犹如一条扭动的花蛇。街两边，是服饰华炫的百姓们，真是盛况空前。

说实话，那一瞬间我很后悔，后悔自己错失了一次目睹祭天盛况的良机。

不过，当我后来从曹公公口中听说了祭天途中发生的那件事后，我又庆幸自己装病的抉择。贾太师已经对哥哥很恼火了，如果我真的男装打扮混进了祭天队伍，他不把我们胡氏全家灭掉才怪呢！

胡教授，看到这儿您可能有些莫名其妙，不知我说的那件事是哪件事。不好意思，我采用的是"补叙法"。

现在，我补充叙述一下"那件事"：

话说祭天途中，天公不作美，突然下起了倾盆大雨。官家他们都没带雨具，虽然辇车也有盖，可哪里挡得住那阵箭镞似的急雨呢？我兄长当时就在官家身边，他见大雨把车篷打得东倒西歪，眼看官家就要被雨淋湿，他也没想那么多，立即唤来车篷严实的逍遥辇，让官家先回宫避雨。官家本就龙体欠安，见雨势如此滂沱，也想避避再说，但他没有马上做决定，而是往前张望了一会儿，说此事还得问过太师，并问哥哥贾太师在何处。

我那老实巴交的兄长见官家怕贾太师怕成这样儿了，气不打一处来，忙哄道：官家，方才周公爷爷见阴云密布，他吩咐卑职，如果大雨就让官家坐逍遥辇先回宫去，免得官家受寒。

官家一听，喜出望外地钻进逍遥辇返回了宫中。官家走后，守着辇车的兄长淋成了落汤鸡，但想到自己方才的决定让官家免遭了风雨，我兄长心中充满了自豪。只是他没料到自己在尽责的同时，却捅了马蜂窝，惹出一桩大事来。

下雨时贾太师进了御街旁的沉香阁去找老相好。半炷香后，雨过天晴。贾太师从沉香阁里钻出，宽大的袖袍上沾着沉香阁女阁主的体香，他神清气爽地来到那辆前后左右挂着金色帷幔，帷幔边垂下四条宝石明珠璎珞的辇车前，朗声道：胡尚宫，官家在哪家躲雨？耽误了半个时辰，我们得尽快赶到太庙去，否则要误了时辰。

我家兄长上前一步，深深地施了一礼：启禀周公，官家适才乘逍遥辇回宫去了。

什么？谁让官家回去的？

我家兄长没敢吭声，边上的老太监是个马屁精，上前禀道：回周公，是胡尚宫让官家回宫的。

贾太师的指头立马棍子似的戳到了我家兄长鼻前：胡显祖，你好大的胆子，居然敢擅自做主，该当何罪？

我家兄长虽然懦弱，却看不得贾太师的跋扈。他不卑不亢地道：启禀周公，方才官家身体不适，卑职恐他受寒，此处又无合适之地避雨，故请官家先回宫。倘若卑职知道贾太师在沉香阁，卑职也会把官家送去，也好免遭雨淋。

家兄这番话其实是软中带硬：你贾太师置官家于不顾，自己倒躲进了沉香阁，该当何罪？

贾太师气坏了，指着我家兄长的鼻子大骂了一通！这时边上的宰执看天色已开，忙问贾太师是不是到宫里把官家请回来。

贾太师当即一甩袖子，变脸作色地吼道：我身为大礼使，居然不能预知陛下的举动。你们回去吧，官家不在，还祭什么天？

被雨淋得七荤八素的文武大臣们早有此意，听贾太师这么一说，立即四散而去。

贾太师回首看了看皇宫，一跺脚，坐着八抬大轿直奔后乐园而去，行前甩给边上的宰执这么一句话：老夫年纪大了，不经风雨，身体不适，请启禀圣上，老夫要告老还乡了！

这就是祭天时发生的那件事，按说也不是什么大事，却成了我们兄妹的命运拐点。这事儿不但兄长没想到，便是曹公公讲给我听后，我也不以为意。倘若知道会发生后来那一连串之事，我怎么着也会找官家、谢太后说说话的。只可惜世人少有先知先觉者，等明白过来时，则为时已晚。

不过，换一个角度我又觉得应该感谢贾太师。假如不是他和邬秋儿欲置我们兄妹于死地，我又怎么能遇见罗槐，又怎么能到珠玑巷呢？故塞翁失马，未必是祸。

写到这儿，您可能会问，为什么我很少在邬秋儿身上着墨？也看不到她和我怎样正面交锋的回忆？其实啊，您是受时下电视剧的误导了。首先我说点题外话，那时的皇室成员绝没有电视上穿得这般花哨，商人就更不可能穿金戴银了。市井中最有色彩的是女子，其余都如宋画，是恬淡的、雅致的，包括宫人间的交往，完全不像电视剧中描绘的那样，经常穿得花团锦簇地聚在一起嚼舌根。太后娘娘和皇后圣人看我们看得可紧了，怎么说也是内命妇，是天子的后妃，得三从四德、母仪天下。所以，我们除了节日觐见官家、早晚向皇太后、皇后请安，余时都在自己的屋内，安安静静地过着自己的日子。

更何况我还住在与坤宁殿隔着段距离的飞雪堂，我跟邬秋儿难得见面也就不难理解了。

然而，不见面并不影响她使用那双幕后黑手在官家、太后、皇后、贾太师和一些趋炎附势的内侍面前煽阴风点鬼火。祭天的第三日，几个卑鄙的朝臣便写奏折弹劾家兄，其中有些话，我只在她面前说过，但我谎称大家都知道，这是我留的语言"印记"，用以鉴别告密者。她果然中招了，把我的话转述给写奏章的朝臣，从而让我分辨出她的身影。那些奏折悉数交到贾太师手中。贾太师对官家不满，继续称病，谁也不见。看着官吏们抱着文书从后乐园失望而返，官家急得嘴上冒泡，只好亲自去后乐园请"师臣"出山，"师臣"终于在他第三次去后乐园时起身迎接了他。没等官家开口，他便提出了一个让他"复职"的前提条件：把胡显祖、胡清蕙赶出宫，永不相见！

瞧，他居然敢这样跟官家说话。可怜的官家嗫嚅着争论了几句，贾太师闭眼往床上一躺，抱着胸口直嘶气，再也不理官家了。官家想到那一摞摞无人处理的公文和凶猛的元军，如失去贾太师这国之栋梁，他该如何处置？心急如焚的官家终于下定决心向贾太师妥协，答应着胡显祖即日出宫、削官为民，永不录用！至于胡氏嘛，……

官家是不舍得我的，他想为我求情。贾太师半闭着眼睛躺在床上，慢悠悠地说：胡氏雌雄同体，实为异数和不祥之兆，她若长留宫中，定然有损龙体、国体。

官家还待再辩，贾太师便立马如老僧入定，对他不理不睬。官家实在无奈，只好答应贾太师，让我到圆庵出家为尼。

消息来得突然，我措手不及，只拣了装着我冠儿的胎发和指甲的金瓶、一对玉镯、两对玉盏和一根金腰带、两箱书就要离宫。宫人们立马变色，躲瘟疫似的躲着我。曹公公主动请缨要陪我去圆庵，刘公公不同意，说前朝那些妃子、帝姬出家，都未带宫中内侍，经过曹公公再三求情，刘公公同意让佛面跟我过去。

我怕佛面委屈，特意询问了她。佛面回答得非常坚决：姐姐，您就是上刀山下火海，我都跟着您！

尽管过了八百多年，我依然清晰地记得她说这句话时坚决的口吻与表情。

佛面，这可委屈你了！

我拉着她的小手，心内涌起阵暖意。过了会儿，谢太后传旨让内侍送来两匹绢和一柄玉如意，接着全皇后过来看我，不但给我送来了两件做工精致的背子，还送了一件大袖常服，这是有寓意的。

妹妹，你在那边别灰心，等过了这个风头，我会奏请官家迎你回宫，到时这件常服你就用得着了。

全皇后说的是真心话。相较邬秋儿和新得宠的时婕好，她认为我最慈，还能说上话。我在，有时还能为她所用，所以她希望我回宫。这时杨淑妃也过来宽慰我，说等过段时间她再和贾太师说说，会陪全皇后去求太后出面斡旋，迎我回宫应该没有太大问题。

带着她们给我的安慰和些许暖意，我回到了飞雪堂。此时行李都已堆在院中，曹公公领着几个小黄门静候我回来。见我进了院，曹公公有些为难地道，刘公公已过来催了几次，让我今日必须离开。

我说好，但得先见官家一面。

曹公公叹口气，说官家惧贾太师如虎，哪里敢这时来见你呢？

他话音刚落，官家带着一脸虚汗急匆匆走了进来。他不顾那些小黄门就在边上，一把抱住我，孩子似的抽噎起来。原本想要他安慰的我，此时只好反过来安慰他。

良久，他才止住抽噎，哽咽道：

清蕙弟，兄无能，竟保你不住。朕、朕这官家，真是白当了！

说罢他又抽泣起来，想是心中含恨之故吧，他哭得非常伤心。过了半炷香工夫，他的情绪才渐渐平伏，赏给我明珠一串、九龙杯一对，又问我还要带些什么走。

我递给他一张早上写好的书单，说是想借些书走。他当即写了手谕，让曹公公到秘阁去借书。

趁这空当，我们俩又说了会儿体己话。他许诺宫中稍稍安稳，即去迎我回宫。我也知此乃他真心，可由得他吗？想到自己有可能再也回不了宫中，我从包裹好的金盒内取出个用我和冠儿的毛发织成的小小同心结放他手中，又领他去侧园看了冠儿的衣冠冢。他很伤心，抚摸着白石塔泣不成声。一个劲地说今后谁陪我玩呢。

听了他这话，我忽然觉得此情此景很荒诞，似乎受到处罚的是他而不是我。如此孱弱的官家，我下半辈子还能指望他吗？

我细细地揩干净白石塔，遥望着鱼乐亭的方向和我心爱的冠儿做了最后的道别，然后我牵着神情愣怔的官家回到了飞雪堂。此时刘公公和辇夫已候在飞雪堂门口，说是贾太师有军国要事与官家商议，这是明摆着在催官家走。官家无奈地放开我的手，一步三回头地上了辇车，消失在甬道尽头。

曹公公，谢谢您关照，以后得空来看我。

我朝曹公公福了一福，然后头也不回地离开了华丽却阴冷的皇宫，坐牛车来到了位于"最幽阻阒寂"的鲍家田的圆庵。

圆庵由来自开封的仁师草创，原名南禅资福院，初为尼庵，于绍熙元年获得南禅资福院的废额作为寺额。尼院殿宇甚盛，众比丘持戒甚严，洁净为乐，一心向佛，故而得到历朝妃嫔们的青睐。特别是嘉定壬午年（1222年），恭圣仁烈皇后题名"圆庵"之后，南禅资福院声洞远迩、缘法充斥。刘公公让我到此出家，官家以为是照顾我了，实际上我却落入了邬秋儿之手——曹公公探得一让我揪心的消息，这圆庵的师太洁尘是邬秋儿的远房亲戚，而且一直攀附贾太师。到了这儿，能有我的好吗？

牛车驶进圆庵山门的那一霎间，我禁不住连打了几个寒噤。

九

咸淳六年秋　珠玑巷
罗伟琳补录的有关罗松的故事。

胡教授，也许是时间隔得太久，我当年的记录又不够详细，很多细节我都回忆不起来，还要重新组织、补充，所以我的这一段回忆写得杂乱、琐碎、冗长。再说我怕你等着看珠玑巷的事，故而只以"我"之所记所感为线，其他人一笔带过了。这对于想看宫斗戏的人而言，多少是种缺憾和损失。不过，我相信胡教授您不会有此种遗憾，因为您现在还待在珠玑巷呢，你……当……然……更……想……看……珠……玑……巷……的故事，对不对？

好了，我不猜了，接下来我告诉您罗槐离开家后珠玑巷发生了什么故事。

由于罗槐留下的笔记中关于罗松的记载不是特别多，下面，是我根据资料，再结合想象，对罗松的故事做的一个大致的还原：

罗槐走后不久即到了向州作院交付兵器之时，罗松告了三天的旬假，从梅岭的速递铺回到珠玑巷。正是深秋时节，山上的枫叶已经开始变红，路边的菜蔬和树木却绿得沉郁。珠玑巷的街市上飘散着桂子的清香、食物的香气，混合着挑夫的汗味、肥料的味道，总之气味有些混沌。

罗松先到库房检查了一下那批州衙定制的刀斧弓箭和车马配件，又帮着修了两个损坏的火炉，这才拎着用丝茅扎住的两只锦鸡，来到对门的王氏酒铺。长得黑壮的王掌柜本来正为小二打破了一坛多年的钻缸酒而恼火，脸拉得比马脸还长。一抬头看见罗松，长脸迅速笑成了椭圆形：哟，罗节级来啦？小二，快冲香茶！

不用了，王伯。月梅不是要锦羽做点翠头饰吗？这是我几日前在梅岭捉到的两只锦鸡，你看这锦羽不错。

罗松说着把锦鸡递给王掌柜。王掌柜高兴坏了。他是打心眼里喜欢罗松的。首先，他觉得中等个儿的罗松长得匀称、斯文，不像那罗槐膀大腰圆，一身踢死牛的腱子肉，一看就是介武夫。再者，这罗松性情比罗槐温和，不急不躁的，为人周到细致，像个满腹经纶的书生。有时王掌柜也觉得造化弄人，明明是武夫的罗松反倒一身书卷气，而多读了两年书的罗槐却浑身行武气，当个铁匠铺掌柜，倒还挺相称。

小二端来了香茶沫，也用抹布特意掸干净了一张凳子，罗松喝了几口茶，还没来得及坐下，有客人来沽酒了，王掌柜出去照应，罗松趁机跑到后院帮伙计打水，同时偷眼看着后院通往闺房的院门。王掌柜早年贫苦，这辈子最大的愿望就是当个财主。家财雄厚之后，便仿那大户人家，在后院建了道圆洞门，把住房与作坊隔开。

月梅娘人老皮糙，天天当垆卖酒。女儿月梅姿容秀丽，以前在铺子里帮手时惹得不少儿郎前来探看。王掌柜担心女儿被看坏了，故此从她满十五岁起就把她"关"进了后院的闺房。那道圆洞门成了月梅的枷锁，把个天性活泼的月梅憋在那儿描花绣朵。王掌柜这边呢，则等着罗松来提亲。

罗松因在递铺，和月梅不怎么见面。这次罗松回家休旬假，第一要务便是来看月梅。哪知王掌柜并没因为罗松的到来而将月梅放出，罗松只好到后院来"打野眼"。

王二，月梅这一向可好？

打了几桶水仍未见月梅从二楼的闺房来到眺楼，罗松有些着急，他问旁边的伙计。

王二笑笑：罗节级，王掌柜把公鸡都看成贼，我哪儿看得到月梅小娘子？讲得不好听，真是连小娘子的骚都闻不到，哪晓得好不好？

罗松微微一笑，心想王掌柜这人还当真有趣，如不是他性情执拗，不喜欢弟弟罗槐，若按当初的父母之命，月梅再喜欢自己，自己也不能抢了原本许配给弟弟的月梅。现在因了王掌柜对罗槐的偏见，自己反倒因祸得福了。今后有月梅这个如花美眷相伴，岂不快哉？

有段时间他还不好意思作这想头，后来罗槐言明他不中意月梅，罗松这才敢往这上头想。

这次他请假回来，一则是为了把那批刀剑交付给州作院的杨都头，二来也是想和月梅认真说说，看看她到底什么意思。

哥，哥！你过来！

胖嘟嘟的小使女忽然从圆洞门走出来，递给他一个大布袋。

这是小娘子帮你绣的马鞍，还做了两套夹衣，你试试看。

小使女说着朝他眨了眨眼睛，罗松转头一望，看见月梅坐在眺楼的美人靠上，脸上笑意盈盈。他从腰包里掏出个锦袋递给小使女：这是我上次在南雄街上给小娘子买的一对金耳环和头花，还有一封信，你让她务必这两日给我回话。

罗松说着朝月梅挥了挥手，月梅也站起来朝他约了约手。这时王掌柜走进来，他满脸警惕地看了看小使女，小使女嘟着嘴朝眺楼一指。王掌柜见女儿和罗松近在咫尺却没有凑到一起说话，心中甚是满意，还夸罗松讲规矩，又说罗槐调皮，不讲礼数，前年还翻墙进了院子，不知搞的什么名堂。

罗松疼爱罗槐，听不得别人讲他坏话，当即解释道：王掌柜，舍弟只是偶尔略有些鲁莽而已。上次他翻墙到你家后院，实非为了月梅，而是发现一条银环蛇进了院内，怕蛇伤人，是以才临时越墙进去捉蛇的。

王掌柜惊讶地看着他：有这等事？那我讲他时他怎的不辩白？

舍弟为人憨直，见你曲解了他，觉得说也无益，也就懒得讲了。他还不许我们跟你讲，你说他这人憨不？

罗松说到这儿，有些替罗槐鸣不平。这几年王掌柜可没少讲他。

罗松早就要替罗槐辩白，罗槐不让。也不知他是怎么想的，也许他是想让王掌柜更讨厌他？

嘀哟，那我错怪罗掌柜了，等他下次回来，我一定向他道歉！来来，喝茶，你看这茶沫冲得多好。

王掌柜人不坏，听说后忙道歉兼表态，同时端起碗香茶递给罗松。罗松啜了两口，见王掌柜期待地望着自己，他斟酌了一会儿后谨慎地说：王伯，家翁在时曾与您指腹为亲，按说现在来提这事儿的应是舍弟。怎奈月梅与舍弟不合，我想，我想……

罗松忽然卡壳了，他觉得这不合礼法，一直期待地盯着他的王掌柜着急了：你想来替他提亲还是给你提亲？

罗松脸一红：王伯，婚姻大事岂能如此儿戏？我想等月梅一句回话后，请媒人正式来提亲。

王掌柜高兴地拍掌大喊：老婆子，你快来！

不一会儿，打扮素净、满身酒气的月梅娘小跑着走过来，心慌地看着王掌柜：老头子，什么事？

王掌柜把她拽到一边：你帮罗节级参谋一下，请哪个媒人来提亲比较合适？

月梅娘一听这话，扬手轻轻打了他一下：你鬼叫鬼叫的吓死人哪。浩山，要我说呢，西头的张阿姐最合适。她父母双全，夫妻和睦，四儿三女，福气驮驮，由她牵红单最是吉祥。

罗松点点头：好，那就请张阿姐了。只是务必先听听月梅的想法。万一她心里有他念呢？

罗松话刚说完，王掌柜便举起右手从头顶往下一劈：她要有杂念，我一刀劈了她！

罗松忙辩白：王伯，不是这意思，我是怕我委屈了她。

王掌柜瞪着他：你是怕她心里有罗槐？告诉你，不可能！她做梦都是想着你。

月梅娘扯扯他的衣袖，嘟哝着埋怨他不该这样说自己的女儿。

罗松怕他俩尴尬，忙做了番解释和调和，又抢着说自己一直念着月梅，月梅娘的脸色这才转过来。末了，月梅娘给了他一句回话，说她晚间问问月梅，明日再和他商议。

罗松沉吟了一会儿，拿定主意说：好，明天等她回话后我就去请张阿姐。王伯、婶娘，晚生还有事，先告辞了。多谢你们的好茶！

罗松放下茶碗，离开了王氏酒铺，信步往码头走去。

珠玑巷位于南雄北部偏东，距梅关驿道十余里，山秀水润、土地肥沃、宜农宜牧、交通便利。唐开元四年张九龄奉诏开凿梅关、拓展路面、建成驿道之后，南来北往的人在经过珠玑巷时或停留、或落户，渐渐地成为百姓杂居的繁荣古镇。该巷南起驷马桥，北至凤凰桥，有珠玑街、棋盘街、马仔街三街和洙泗巷、黄茅巷、铁炉巷、腊巷这四巷，住着曾、何、温、谢、陈、黄、罗、王、杨、钟、赖、李、张、卜、周、董等一百五十多姓，一千多号丁口，加上南来北往的客商，小小的珠玑巷街上每日总是熙熙攘攘。

也许是在快递铺待了多年，又参与过多次厢军与盐寇、峒寇、虔寇的战斗，罗松养成了爱观察的机警习性。在街上走了不多时，他便发现街上多了好些个"生人"，想到前天弟弟在飞奴传书中说有两个峒僚人来打砍刀、箭镞一事，他心内一动，不由多看了那些"生人"几眼。这一看，就看出疑虑来了：这些"生人"身材高大，虽然和其他五行八作、来自四面八方的陌生人衣着相同，但眼神的阴枭和表情的机警使他们从满街的陌生人中跳脱出来，让在行伍中厮混了多年的罗松嗅到了危险的气息。

他思索了一下，急步来到码头，只见帆桅林立，人来货往，热闹异常。他一艘艘地看过去，倒也没发现有什么异常。就在他怀疑自己判断有误时，有三四个壮汉从他身边走过。他们快速地交谈着，听口音像是赣州那一带人，但其中又常常夹杂着他听不懂的词语。罗松知道，这是匪贼常用的暗语切口。他跟踪了一段，见那几个人上了其中一艘船，他捡起石子在地上画了一个记号，然后转身来到了沙角巡检司。

巡检司始于五代，盛于本朝。多设置在藩府要郡所在的州、京城、留都，远离州县集山水险要与交通必经之处、商业市镇、盐茶生产场务和运销途中，沿边沿海、边防要塞等地，用以巡捉盗贼，维持地方治安。

珠玑巷虽为小镇，但因商业繁华又属水陆要道，故设了巡检司。巡检使蔡大郎与罗氏兄弟自幼交好，为人豪侠。只要得空，三人经常上山打猎、驯放飞奴。蔡巡检使官不大，忙碌却不亚于知州和通判，盖因州府不肯多出钱养官，便把捉贼巡检、驻泊巡检的职责一并加到蔡大郎头上。除了缉私、治安外，巡检司还承担押解运送犯人、银米、参与诉讼等职责。

换了有些人，手中握有这些权柄，也许就张狂了。但蔡大郎和他两个兄弟却为人低调，尤其是蔡大郎，能干而又圆滑。别人的眼眉一眨他什么都明白，却从不多事，更不惹事，免得州府主官忌惮。这样他倒是与南雄州的陈知州、姚通判关系融洽了，巡检司却不甚干事，乃至有人编了个顺口溜骂他：沙角巡检司，吃了米粮不干事。

罗松曾借口带蔡大郎去吃茶，结果把他带到了一帮小儿面前，让他听黄口小儿们念此顺口溜。本是想刺激他一下，哪知蔡大郎毫不在意。罗松说了他几句，他也不恼，反要罗松送他一百支铁箭，理由是经费吃紧，用了的弓箭补充不及时，他手下的二十名弓兵只有九张弓。罗松不但当即应允，还发动珠玑巷的街坊捐款，买了十张弓和五百支铁箭送给巡检司。去岁土匪犯境，这些弓箭可帮了大忙，所以蔡大郎现在见了罗松要格外亲热几分，立即带着罗松往巡检司后院走去。

浩山，我近日把杂物间腾出来做了茶堂，请我舅父打了茶几、靠榻，又到南雄买了景德镇产的青白瓷茶具。你看，这瓷釉色多好，光致茂美，如冰似玉。

蔡大郎貌似粗人，却喜欢精致的器物和生活。他的阔绰，有时让罗松惊讶和疑虑。坊中也有传言他在走私，又说他曾捐钱给州作院打造武器，支援前方将士，但都没有确凿的证据。

不过，蔡大郎虽然不甚干事，却有强烈的家国情怀，常和罗松等人谈论朝中武备之事，去岁他还发动家人和族人为珠玑巷的忠义巡社捐了几百支弓箭。总之他是个远非他表现出来的那般简单的人，他身上充满了矛盾色彩。

由于关系走得近，耿直的罗槐还直接问过蔡大郎是否在做买卖。蔡大郎倒也不避讳，说他交了些本钱与他家二郎、三郎做市食、果子和赁物生意，所得之利三人分，故而有些闲钱。

罗松和罗槐情知他在障眼，但谁也不好揭穿他。罗槐有一次私下里还说要再当面帮蔡大郎算算他的收支账，被罗松制止了。

人有人路，蛇有蛇道。大郎只要不贪赃枉法，他爱怎么吃怎么用都是他的事，你千万莫管闲事！

对罗松的这番话罗槐不太赞成，他总觉得蔡大郎有些靠山吃山、靠水吃水的味道。这方面罗松看得多了，没那么严苛，所以他和蔡大郎还是保持着良好的关系。每次回珠玑巷，都要到蔡大郎这儿坐一坐，讲讲西天。蔡大郎也视罗松为知己，有好东西总要与他分享。今天也不例外。

他领着罗松往茶室走进，兴奋地道，浩山，上墟我们查了几个私盐贩子，他们怕吃官司，丢下盐担跑进了山里。你猜我们在盐担里找到了什么？

罗松笑了：盐呗！

蔡大郎嗤笑道：你这人最没意思，见瓜说瓜、见人说人，怎的就没丁点儿趣味？告诉你，我在他们的盐担里找到了好几饼龙团胜雪！茶饼盒上有建州凤凰山北苑贡茶的火漆，那可是茶局专造的御茶。这些私盐贩子也太手眼通天了！

这时两人已到那间散发着新鲜泥炭气息的茶堂门口，蔡大郎愤愤不平地道，同时做了个请进的手势。罗松走进去，眼眸立即被满堂新家具刺激得眯缝起来：

哟，鸟枪换炮了？大郎，你们巡检司不是打弓箭都缺钱吗？怎的现在如此阔绰了？

罗松琢磨着问道。蔡大郎油油地笑道：真人面前不说假话。我们最近是发了点儿小财，刚才不是说我们从盐担里找到了龙团胜雪的贡茶吗？有个淮扬来的客商不晓得从哪里听说了这个消息，跑这儿软磨硬泡地把茶饼要走了。反正那茶饼渗了些盐水，坏了，我们就给了他。

这后两句话，蔡大郎说得甚是勉强，且说时眼睛闪动，罗松一看就知他在撒谎。不过他也没揭穿，疑道：你倒也大方。怎的没想到留一饼给我？再说，你会白给他？

蔡大郎扮个鬼脸：白给他也不好意思呀。正好他在珠玑巷新置了房屋，打家具时就多做了几样，这你不都看见了吗？

蔡大郎说着指了指屋中的家具。罗松叹口气：看来真是靠山吃山、靠水吃水啊，只是提醒兄一句，此事不可再有。

蔡大郎哈哈一笑：晓得了！你呀，还是眼里揉不得沙子。

说罢，他立即捅开铜炉子，加炭旺火，从柜中取出套青白釉彩、细腻如玉、能映见日光的茶具，得意地说这是他新买的"饶玉"。

罗松素来对这些东西不感兴趣，奇怪地道：这是瓷，怎么唤作玉？

蔡大郎一笑：浩山，你这就不懂了。这是景德镇产的薄胎瓷，釉色白中隐青，细润如玉，故称饶玉，可与真定红瓷、龙泉青秘比美了。

罗松伸出的手缩了回来：这肯定很贵，万一打了怎么办？

此时水已开，许是为了配这精美的景德镇瓷器，蔡大郎露了一手绝活：以手上的功夫控制注入茶盏的水柱，在翻起的茶沫上写下了"茗友"二字。换了别人，定然会为此讶异和叫好，罗松却是自小看着他练出来的，当下笑道：你七岁练的功夫现在还用得上，不错啊！

蔡大郎哈哈一笑，兴奋地端起一碗递给罗松：你呀，总是这时候来杀我的风景。快喝吧！这可是龙团胜雪，一般人喝不着！

罗松摇了摇手：不渴，不渴。

蔡大郎不高兴地放下碗：你这是效仿孔子，不饮盗泉之水呢，还是觉得不齿于为兄的行径？

罗松见他生气了，忙接过茶碗吹了两口气：这不太烫了吗？我呀，刚从州衙赶过来，路上把背囊里的水全喝光了，现在肚子还咣当响呢！

那还用说！喝这一碗下去，赛过活神仙。嗯，真香，到底是御茶呀!

蔡大郎突然来了兴致，吟道：一碗喉吻润，二碗破孤闷，三碗搜枯肠，只有文字五千卷。

罗松接口道：四碗发轻汗，平生不平事，尽向毛孔散。五碗肌骨清，六碗通仙灵。

蔡大郎又给自己倒了一碗，咂巴了两口后，续道：七碗吃不得也，唯觉两腋习习清风生。蓬莱山，在何处？玉川子乘此清风欲归去……

对于蔡大郎而言，龙团胜雪就是一壶醇酒，两碗下去他已醉了。他背着卢仝的《饮茶歌》，一边以手击桌，慷慨激昂。

嗅着茶香，听着蔡大郎忘情的吟诵，罗松的心情复杂起来。茶香与忧思一并入心，让他唏嘘与疑惑。这龙团胜雪可是近臣之家徒闻而未见的稀罕物，实比那几担盐要金贵得多。二十饼一斤的茶，价值二两金子，王侯将相们都道：黄金可求，龙团难求。蔡大郎却敢如此大胆地把龙团胜雪卖与商人，这还是自己认识的蔡大郎吗？想到这儿，他心内一沉，思绪飘到自己的上司蒋都头身上。

蒋都头下辖珠玑巷至大庾岭驿路一带的二百名铺兵，每个铺兵按制月给糙米一石五斗、春衣绢两匹、折布银一贯五十文，冬衣绢二匹、绸半匹、棉十二两，折布钱八百五十文，虽说待遇略高于普通厢兵，可州府的口粮供给不及时，到了蒋都头手上，水过地皮湿，再分到每个管理递铺的曹司手上时，口粮和折布钱又少了一些。曹司们没有外来水，也指着这些东西补贴家用，他们再克扣一些，铺兵们就吃不饱、穿不暖了。可身为铺兵，他们昼夜往来，备极劳苦。马递还好些，虽然那马多是军队挑选后的劣马，但铺兵们好歹还能借助畜力省些力气，最苦的是急脚递，他们传递的皆为事关外界的文书，以及军机、军需，特殊盗案，上报朝廷的重要文报等。急脚递的马也非良马，但却日行五百里，昼夜鸣铃走递，过如飞电，望之者无不避路。

绍兴十一年间，秦桧以高宗之名，一天之内发十二道金字牌传令岳飞退兵，当时用的就是这日行五百里的急脚递。这种强度的速递，对铺兵和马匹的体能是个极限挑战。如吃不饱、穿不暖，铺兵、马匹常常倒毙途中。还好日行五百里的急脚递多在战争期间，目前除边关外，形势还算太平，传递普通文书的步递的铺兵们日行二百里，十里一铺，每位铺兵只要疾走二十里即可把文檄传入下一递铺的铺兵之手。只是他们除传递文书外，还要运送官物，事务繁重，极为辛苦。然而，都头们却常常克扣饷银，若遇上年成不好，州府缺粮缺钱，他们的所得还要打折扣，所以铺兵时常缺乏盘缠，因饥冻而成僵殍，许多铺兵为了活命只得逃亡。

为了防止铺兵逃跑，朝廷在铺兵的面上、臂上刺字。罗松左臂即有"铺兵"二字。有时看着那两个深入肌理的黑字，他觉得自己是实施了黥刑的流放囚徒。蒋都头以前当铺兵时的曹司很凶狠，把"铺兵"二字全刺在士兵们的脸上，坏了蒋都头那张英俊的面孔，所以他提起刺字，总是咬牙切齿。

按说他受到曹司的欺负，应该更体恤属下，可他却变本加厉，不但在铺兵脸上身上刺字，还克扣铺兵的饷银和口粮。难道多年的媳妇熬成婆后都是个恶婆婆吗？想到蒋都头，罗松心中沉甸甸的：近日他发现蒋都头在利用马递贩私盐。他今日到巡检司，本是想把此事告知蔡大郎的。现在喝了这碗龙团胜雪，想到蔡大郎有可能也存在同样的问题，他改变主意了，只是把罗槐飞奴传书说的峒僚人要打造兵器一事及自己方才在码头上看见了"生人"之事告诉了蔡大郎。

大郎，那些人在我看来路不正，你是不是去查一下？

看着沉吟不语的蔡大郎，罗松有些失望。蔡大郎怕主官忌惮，一般的事不怎么上心，但他到底还是血性之人，一旦有可疑线索了，他还是会立即挺直腰板竖起耳朵来听。只见他啜了口茶，斟酌道：浩山，盘太古与姚通判有过节，但他们是兔子不吃窝边草，从未打过珠玑巷的主意，想找罗记打造兵器的肯定不是他们。有消息说萧破洞、谭鬼七他们从章江窜到了南雄，我马上派人过去查一查。你这几天不是休旬假吗？依我看，你赶紧给各姓族长吹个风，把忠义巡社的人动员起来，让大家提高警惕布好阵，一旦有可疑之事，立刻放三声响箭，大家统一行动。

罗松点点头：如果是萧、谭部，他们人数肯定不少，光忠义巡社和你那十几个弓兵于事无补，你得立马向知州报告，请求厢兵的支持。

蔡大郎点头的同时却深叹一口气，说那些厢兵都是老弱病残的杂役军，顶不了什么用。

罗松立马打断他的话：大郎，有总比没有要好，起码他们还能唬唬人。

蔡大郎看了下沙漏，举碗吃干最后一点茶沫，满足地道：这龙团胜雪的茶沫抵得金沙，一点也不能浪费！浩山，事情重大，我现在去码头看看，就不留你吃午饭了。

罗松亲热地搂住他的肩膀揉了两下：好，大郎，改日我捉两只锦鸡给你下酒！

蔡大郎哈哈一笑：还改什么日？你这次回家不是带了两只锦鸡吗？给我便是！

罗松急了：你耳目倒是灵通，只是这次不成，我那锦鸡已经送人了。

蔡大郎哈哈一笑：不用猜，你肯定送给了月梅。什么时候喝你们的喜酒啊？

罗松神秘地一笑：等你侦查出线索我们再交换情报。

好你个浩山，诓我呀！

蔡大郎爽朗的笑语声追上来，罗松忽然谅解了他私留龙团胜雪的举动，人非屋瓦与石灰，不能总是辨个黑白，也许蔡大郎就是个"灰"人。但作为朋友，他还是令人愉悦的！

当天下午，罗松敲响了位于珠玑巷口公理亭边上的铜钟，闻声而来的各姓族老来到了公理亭。公理亭是珠玑巷各姓为排解纠纷集资建起的八角形茶亭，沿墙建了条圈椅，两扇门平日洞开，角上有茶桶，为往来客商提供歇息之地。但只要敲响了铜钟，族老们议事时那两扇门便会关上。话说这日族老们进得茶亭来，见只有罗松一人等在那儿，不由吃了一惊。

浩山，你有嘛格事情要到公理亭来讲？

126

颤巍巍的九巴公因事先没有得到罗松的禀报而生气。罗松道了歉，然后简要地说了下事由和蔡大郎的建议。众人想到前年萧破洞、谭鬼七部进攻珠玑巷一事，不由心生警惕，纷纷献计献策，不久大家即商议出一个还算周密的方案。

各位，我们回去尽心准备吧！

身为各姓族老中最年长者的九巴公一发话，众族老忙不迭地回去传达、准备和部署了。

次日，罗松、罗平、阿乙雇了十辆牛车，往南雄州运兵器。为了预防万一，罗松请蔡大郎派了六名身穿号衣、背着弓箭的弓兵押车。自己则领着罗平、阿乙和几个徒弟、昆仑奴手提棍棒，布阵而行。行前他把那批刚制作完成、尚未检验的克敌弓、神劲弓、短强弩和火药箭锁入了库房，并命人严加把守。

从珠玑巷到南雄有十余里驿路，为了安全，一路上他们小心慢行，尤其是在穿过两座山口时，罗松派了两个弓兵先行探路，见一切如常后才驱车前行。就这样紧赶慢赶三个时辰，终于把十车刀箭、车马铁件送到了作院杨都头手中。杨都头对罗记打造的兵器赞不绝口，更让他高兴的是罗松给他带了两坛五年的钻缸老酒，把他乐得什么似的。不但爽快地结了这批货款，还把上一批货款也一并给付了。

罗松觉得杨都头并不像弟弟说的那么难打交道。小乙听了笑着说，杨都头老是向罗掌柜讨钻缸酒，偏偏王掌柜又不给罗掌柜酒，杨都头多要了几次，就把罗掌柜给逼急了，两人吵过一架，所以杨都头给罗掌柜结账时不太爽快。

这个浩风哪！还得磨炼磨炼！

罗松想到弟弟的火爆脾气和耿直的个性，还真纳闷他是怎样把生意做大的。

拿到了钱，罗松心情愉快，当即给小乙及几个徒弟发了利是，众人兴高采烈地往回返。

这时，一匹快马奔来，罗松眼尖，看见是十二里递铺的老刘，忙挥手大喊：老刘，你调马递铺了？

老刘大喝一声扯住了缰绳，怎奈他骑的是匹老马，疾驰一阵后体力已衰，如此扯缰绳，马儿吃痛不过，放声嘶鸣间前腿打滑，把老刘从马背上甩了下来。幸亏罗松手快，一把将他接住，老刘身子还没站稳，就一把抓住罗松的手说：罗节级，不好了，贼人打劫珠玑巷了，你们快回去帮忙！我再去南雄搬救兵！

老刘打马要走，罗松拽住了他：你都看见什么？快告诉我！

老刘喘着气道：今天马递铺的兄弟都拉肚子了，正好有一封公文要送到沙角巡检司，就让我去了，我也正好回家看看老婆孩子。我正好走到南门口，正好看见一伙贼人拿着刀剑赶人，我就跑南雄搬救兵来了！

老刘是珠玑巷人，家里开了家饭馆，老实巴交的一个人，就是说话啰嗦，外号"刘正好"，听他说话，常把人急出病。

你看清有多少贼人了吗？

老刘摇摇头：没看清。

罗松急坏了：那你赶快去找杨都头，小乙，我们跑步回去！

两炷香后，汗津津的罗松领着眼冒金花、双腿发软的小乙一行来到了珠玑巷北边的凤凰桥。珠玑巷虽为弹丸之地，每日却有大量客商往来。岭南地区的金银、香药、犀角、日用百货等货物多由此陆运到南安，沿章水下虔州，出长江，至京师临安。所以珠玑巷人在匪患甚烈的情况下，没有像其他村寨一样筑墙围村，或是建造围屋，它是敞开的、开放的，犹如一朵盛开的梅花，伸一指头过去，便能触到它的花蕊，也因此常惹匪患。如今，这敞开的珠玑巷再一次因为它的不设防而遭殃了。

罗松领着小乙他们隐身到距凤凰桥几十米远的大榕树上，发现凤凰桥头的晒坪上，一杆黑底上写了白花花两个"萧"字的旗帜正高高飘扬，几十个皂衣皂袍、手执长枪、朴刀、剑、戟的匪寇气势汹汹地围殴一群百姓。

家主，你看东南西北角和中心区的望火楼皆有贼人把守，看样子是有备而来。

怎么办？

小乙问罗松。罗松定定神，示意大家安静地再观察片刻，说话间他的心情降到了冰点。

"靖康之难"后，国朝剧变，民乱纷纷。不但南雄州邻近的虔州时有匪乱，南雄州本地也常有妖寇、盐寇、山匪、峒寇横行，其中盐寇尤为突出。因南渡之后，朝廷专仰盐钞立国，对盐进行官卖专售，浮利甚高。朝廷设立了多个行盐区，东南地区主要有淮浙盐区、广东盐区、福盐区、江西的虔州属淮浙盐区，与虔州相邻的广东属广盐区，按例两区之间食盐不得相互买卖。虔州离江浙远，淮南转运过来的食盐长途运输，至此已杂恶不可食，且贵。而从广东贩盐，则路近价低，可获厚利。为了获利，不少峒民、瑶民和汉民从岭南走私海盐运往岭北。

五年前，梅关驿道和浈江、章江水道上突然出现一股凶猛的头目为萧破洞的盐寇，打一把黑旗，匪徒着皂衣皂裤专门劫杀过往盐商。起先他们只劫私盐，后来连官盐及其他商品货物也不放过。南雄州和虔州曾两次联合出兵清剿，打杀了一部分，但匪首萧破洞、谭鬼七逃逸。前年萧、谭盐匪曾抢劫过一次珠玑巷，当时他们刚受官军围剿，人数少，被罗松、罗槐、杨都头、蔡大郎率部联合击退。

如今他们卷土重来，人数、气势都胜上次数倍，罗松不由得心惊。他仔细逡巡了一遍，在人群中没看到王月梅，心中略定。此时前往侦察的小乙等人回来说，由于贼寇人手不够，铁炉巷、腊巷未见匪迹。罗松当即领着小乙等人绕道回到罗记铁匠铺。

罗记铁匠铺的围墙修得高大、结实，门楼即是防御的哨楼，加上留守的徒弟很警惕，在杨姓、王姓、卜姓的族长带着十几户人家躲进铁匠铺之后即闩紧大门，并在四边角楼上伏以弓箭手，以备随时迎战。

众人见到罗松回来，顿时围上来讨主意。罗松看了一下人群，没发现王月梅一家人的踪影，心下一沉。此时小乙来报，说有队盐寇押着一队妇孺往铁匠铺而来，脸上不由冒出了些许的汗珠。他转身下楼让妇孺们躲进后院的平房，又命小乙、罗平等人从仓库取出那批还未交付的火药箭、克敌弓、神劲弓、短强弩，分发给昆仑奴、徒弟和各姓壮丁。这些人平时参加忠义巡社，农闲时都有演练，上手就能使用武器。小乙、罗平几个更是练得一副好身手。这也是罗松的底气，他很庆幸这批货是第二批交付的，否则今日休矣。

此时盐寇已至铁匠铺前打门叫骂。小乙正要发火药箭，被罗松轻声喝止：罗平、小乙，传令下去，不准用火药箭，万一烧起，全巷皆毁。还有，听我号令才许动手。

罗平、小乙领命而去。这时，二伯陪着九巴公、曾族长、王族长、温族长来到二楼见罗松。考虑周全的温族长叮嘱罗松不到万不得已，千万不要和盐寇交手，他说钱财是额头上的汗，擦了还会来。我们宁可财物吃亏，也不要让人吃亏。

浩山，温族长说得对，我们须得有一个万全之策哪！

九巴公抖着雪白的山羊胡道，另有几个族长忙连声附和。旁边的二伯指着楼下那群打得鼻青脸肿、吓得瑟瑟发抖的街坊，问道：九巴公、温族长，您二位以为眼下这是人吃亏还是钱财吃亏？

温族长张了张嘴，说不出话来。曾族长道：九巴公、温族老，到了此时，说什么都无用了！我们且听浩山安排，该出力效命的，就出力效命，绝不后退！外头那些人虽非我们的家人，却是低头不见抬头见的邻居，俗话说远亲不如近邻，我们得想法子保全他们的性命。

王族长频频点头，这边伸手从墙边取了把短强弩，想把它拉开。谁知弩没动静，他却被拽了个跟斗。罗松扶他起来，朝他们拱拱手：各位老伯，此处有我等，你们年高体弱，请下楼进屋静候我们的佳音。

他顿了一顿：万一盐贼破门，你们赶紧带着大家从后门离开。

这时温族长问道：后门也被堵了怎么办？

罗松呆了呆：温族长，男儿自强，保全妇孺，除此无他。二伯，你领族老们下去。各位壮丁们，大家准备。

罗松正要挥手命小乙、罗平他们放箭，忽然几个盐匪推着王掌柜从对面的王氏钻缸酒铺走出。王掌柜一边挣动身体，一边大喊：罗松，快救月梅和你岳母！

情急之下，王掌柜竟忘了罗松和月梅还没成亲。边上的盐寇打了他两巴掌，让他住嘴，王掌柜仍不停口。盐寇一刀朝他刺去，王掌柜躲避不及，肩头立即血流如注，引得众人一片惊叫。

家主，你看，那是月梅和圆珠！

小乙喜欢月梅的小使女圆珠，口气甚是着急。

罗松定睛一看，只见几个盐寇押着月梅、圆珠从酒铺内出来。看见父亲惨状的月梅扑过去要扶王掌柜，结果也挨了几巴掌。月梅自小与男孩儿一块长大，身材虽然娇小，胸膛内却有几分男儿气。她破口大骂：死贼，你们伤天害理，总有一天要得报应！

罗松一看月梅这样子，心里为她捏了一把汗，但他又无法提醒月梅，便紧紧地盯住月梅身旁那个冷眼旁观的黑大个儿。以他的经验，此人不是萧破洞便是谭鬼七。果不其然，罗松的手刚搭在弓上，那个黑大个儿便伸手去摸月梅的脸。罗松恨不能立即射杀黑大上儿，可他投鼠忌器，强按住愤怒没有动。

月梅从袖中摸出把剪刀大骂：死贼，休想动我一根毫毛！

同时狠狠地啐了黑大个儿一口。

黑大个儿不但不恼，反而拍掌笑道：各位兄弟听好了，这小娘子现在起是我的娘子了，你们休得动她！

王月梅闻声，举起剪刀就朝咽喉刺去。旁边的王掌柜急得大喊：月梅，你不能死啊！

这时，又有个盐寇从酒铺内推着月梅娘出来。月梅娘没哭，她不断地挣扎着大骂，倒比那王掌柜血性多了。

黑大个儿看着月梅，笑呵呵地道：我萧破洞最喜欢小娘子这等贞节之人了，你便是死我去也喜欢你不为瓦全的好气节！只是你还没死透，我便让人奸了你母亲，让你到阎王那儿也没脸见鬼！

家主，杀了这萧破洞！

罗平气愤难捺，罗松更是气得发抖。但他知道萧破洞这是在向他示威，也是在向他挑战。他若先动起手来，这珠玑巷立马会血流成河！

罗松再次传令下去，不听他的号令，谁也不许先动手。

罗松，你耳朵聋了？快救我们呀！

王掌柜不管不顾地喊起来，其余人也都瞅着罗松。与此同时，盐匪们闪到百姓身后，蹲下身子，大刀顶在大家的腰眼上，一副随时大开杀戒的样子。

岳父、岳母、月梅、街坊们，少安毋躁，我们且听萧大王和谭大王如何说。

罗松更不敢贸然下手了，只得先用言语安慰那些满心期盼着他救自己的街坊。

姓罗的，有种你就出来，躲在墙垛后头算什么呀？

一个尖细的嗓子响起来。罗松猜这人便是那绰号"阴尸痨病鬼"的谭鬼七了。罗松听见了声，一时半会却没找见说话之人。还是罗平眼尖，指着萧破洞身边那个矮小如侏儒的中年男子道：叔，是那个眼屎佬在讲话。

说话时，罗平的弓箭对准了谭鬼七。

这时坪上一片寂静。因隔着段距离，罗松看不清王月梅她们的表情，但他已感知到了来自这份寂静的恐惧。

萧破洞越加得意了，他俯身和谭鬼七咬了会儿耳朵，谭鬼七左右看了一阵，开始指点匪徒把那些年轻貌美的女子和青年男子、小儿郎找出来。接着，萧破洞朝前一步，大声道：罗松、罗槐在吗？你们如果在里头当缩头乌龟，就好好听着，我萧破洞与你们前世无怨、后世无仇，前年不过到你们珠玑巷打点秋风，你们却杀了我五位兄弟，此仇不报非君子！现在，你们有两条路可走；一是所有人打开钱粮库，让我们得点实惠，以后每月按丁口给我们缴钱粮。你们若是不肯，这些小娘子和儿郎我们就带走了！要人的，我这儿给个价码，赎回女子两千钱，赎回儿郎五千钱，限五日之内交清。喏，这是交钱的地点，你们可给看清了！晚一天就见不到他们的全尸了！

话音刚落，一个匪徒就用弓箭把一封信射到了罗记铁匠铺门楼的柱子上。

铁匠铺门前被挟裹的百姓一听，立马呼天抢地，那些被挑出来的小娘子和小儿郎更是大声呼号。

家主？杀不杀？小乙问。

罗松怕伤及无辜，摇了摇头。

再说那月梅，她原本一直在哭泣，这时反倒冷静下来。她先是安慰了一番大家，然后扬首看了看门楼上的罗松，高声对那两个被盐匪殴打后哭泣的小儿郎说：你们哭什么哭，快去玩躲躲蒙蒙，躲大人后面，这样他们就抓不着你们了！

小儿郎们闻听后，渐渐地止了哭声，并依言一个抓一个地排出了捉迷藏的队形。盐寇见他们不闹了，也收起了手中的朴刀。

罗松方才一直在等刘正好从南雄搬救兵，眼下看来指望不大了，他得立即破解这危局，看到儿郎们排好的队形，他突然茅塞顿开、计上心来。他吩咐了罗平、小乙几句后，转身来到后院账房，拉开地板，从暗格中取出五只金元宝和几缗铁钱放入木漆托盘。然后找到那正忙于安慰大家的二伯、九巴公等几位族长，如此这般地交代了一番。

九巴公和温族长皆是多虑之人，他俩摇头晃脑地说此举冒险，万一鸡飞蛋打怎么办？

曾族长年纪最大，经历过多次匪患，他捻捻雪白的胡须，沉吟了一忽儿道：得快，万一他们把我们都绑了怎么办？

王族长和二伯却支持罗松的决定。事情紧急，罗松来了个快刀斩乱麻，吩咐各位族老听他指挥。那几位老人家倒也明智，连忙点头称是。

罗松从人群中挑出几个半大小子，连二伯总共凑齐了十个人。妇人们不免啼泣，有的拉住亲人的手不放。

罗松大声道：各位前辈、邻舍，此时救人乃自救，如果此刻我们见死不救，最后定是玉石俱焚，谁也难以幸免。

妇人们一听，不敢再强留。罗松领着众人来到仓库，给了每人一把匕首插在腰内。转身上到门楼，大声道：萧大王、谭大王，我乃罗

133

松。现在我等十个男子出来为质，换你手中这群妇孺，你们可愿意？

罗松话音未落，一枚响箭在他耳际掠过。原来萧破洞恨他入骨，听闻罗松二字就搭箭射出。幸得罗松机敏，闪身躲在墙垛后，避开了响箭。

罗松呵呵一笑：萧大王，你这箭太软巴了，没劲道。小乙，你等着让他看看我罗记的克敌弓、神劲弓、短强弩。

小乙等人应声张弓搭箭，嗖嗖射向对面王氏酒铺的酒旗，结果四五支箭镞在一个点上，这份功力镇住了盐寇。好一阵才听得萧破洞破口大骂：贼厮泼皮罗松，你等出来，不就想趁机暗算于我吗？你休想骗你萧太祖萧太公。

罗松却不罢休，继续道：萧大王，我俩也休当众相骂了，骂要能骂出银子来，你等也不来寻珠玑巷的不是。我方才说与你的是真心话，你想想，你裹走小娘子和儿郎，无非是想要赎金，可珠玑巷人素来重男轻女，小娘子你裹去了，小娘子的爷娘无非多个贼女婿。你裹了那些小儿郎去，他们尚且年幼，还不知是人是虫，小儿郎的爷娘正值春秋鼎盛，白日做事晚上做人，只消得一年工夫，又能生出儿郎来，你掳去的儿郎不要也就罢了。

萧破洞还没开口，他旁边的谭鬼七上前一步，对着门楼上的罗松一抱拳：罗相公请受谭某一拜！

谭兄年长，在下是晚生了，不敢、不敢，请受晚生一拜。

罗松回了一礼。

身后的二伯拽拽罗松的衣尾：相公，你怎的与贼人称兄道弟？

罗平道：二伯，我叔这是在拖延时间等救兵。

小乙也在帮腔：二伯，这叫缓兵之计。

二伯捻着白胡须叹道：我是真的老了！老了！

此时罗记墙外的谭鬼七在邀罗松出去"共商大事"。罗松笑了笑：行，我这就下去。小乙，拿香与我。

小乙应声递给他半炷香。罗松指着香说：萧大王、谭大王，从现在开始，二位只有半炷香工夫考虑是否撤出珠玑巷，否则时机一过，定会被南雄州的弓兵、厢军合剿，他们快到了，到时可别怪小弟没有提醒二位。

罗松，你休得涣散我军心！你那些救兵还不知在何处，而老子杀掉这些人只是一眨眼的工夫！

萧破洞之前曾读过私塾，言语偶有书卷气。但他的举动，着实匪气，说着就把刀架在月梅颈上，月梅惊惧得瑟瑟发抖，却一声未出。罗松心疼得滴血，他反手从背上抽出神劲弓，扬手对天一射，一只飞鸟应声落地：萧大王有所不知，我罗某虽然不才，却终归在厢军混了十年干饭吃。不但有急递铺的脚力，还有猎户的眼力，你问问大家，我这罗记铁匠铺起码有二间房子是靠我打猎卖钱建起来的。打猎打多了，人和鸟兽就没什么差别！还有，我这些昆仑奴，他们以前是王爷的卫士，身手可是了得！你们前年尝过他们的厉害，不会这么快就忘了吧？

提起旧辱，萧破洞气得一边跺脚骂着天下最脏的脏话，一边挥刀砍向离他最近的孩子。罗松一箭射穿了他的掌心。萧破洞连声惨叫，其余匪徒挟着人质往后退去。

萧破洞，你要是敢动他们一根毫毛，今天休想走出珠玑巷！

罗松喊着冲下了门楼。

杀！给我杀光！

萧破洞气急败坏地大喊，众匪蠢蠢欲动。谭鬼七阴恻恻地道：弟兄们少安毋躁。

说来奇怪，这谭鬼七虽然只是二把手，且身材矮小、容貌丑陋，但说话却有意想不到的效果。盐匪们按住刀把子，看着萧破洞。

谭老二，你想死是吧？给我杀！杀他个鸡犬不留！

此时罗松、小乙等人已走出罗记铁匠铺的大门。盐寇们拥到门前，十几把长枪指着罗松。罗松微微一笑，从小乙手中接过木托盘，上头放着五个金元宝和几绺铁钱。

萧大王、谭大王到珠玑巷一游，我们也不能让你们白来，这是我罗松的一点心意，就用来医萧大王的手吧！

萧破洞气得直扑过来，还好边上的几个匪徒拉住了他，否则他只怕要连人带刀一块儿撞向罗松。谭鬼七倒是比他沉着得多。他让人上前接过托盘，捻着下巴上那缕稀疏的山羊胡道：罗相公刚才所言不虚，我等改变了主意，就带你和身后的几位一块儿走吧！

小乙等正要上前几步，罗松猛地大喝一声：小乙慢着，萧大王、谭大王，还是麻烦你们先放人过来。

萧破洞此时已将手掌上的箭头拔出，他捂着血渍糊拉的手，声嘶力竭地对谭鬼七说：谭鬼七，你要是敢放他们走，我们就下世再见！

谭鬼七犹豫了，一片寂静的现场充满了火药味。就在这千钧一发之际，一只飞奴从天而降，落到罗松肩上。罗松从飞奴脚环上取下纸条一看，唇边漾起抹微笑，心想二伯还算机灵，晓得在这关节上特意放只飞奴出来，还煞有介事地在纸条上写了"援兵将至"几个字。

萧破洞、谭鬼七紧张地盯着罗松，罗松的表情却让人觉得高深莫测。谭鬼七起了疑，他仰首看看天，突然趴在地上侧耳凝听起来。未几他爬起来，拍拍衣襟上的土，笑道：这些稚子妇人怎能与我们和罗军爷的交情相比呢？罗军爷倘能和我们结拜，我们肯定如虎添翼！只是——

谭鬼七忽然踮起脚，把刀架在王掌柜肩上，王掌柜失声尖叫，吓得边上的小儿郎们缩成一团。

父亲，你且镇静！王月梅此言一出，王掌柜倏地安静了。谭鬼七和萧破洞看看王月梅，不约而同地向她抱了下拳，谭鬼七赞道：好一个奇女子也！在下闻此女子乃罗军爷的未婚妻，我想罗军爷要是不想让她变成萧大嫂，就请你在自己的腿上拉条口子，也算是平了我萧大哥的心头恶气。

罗松愣了愣，指着门外那帮街坊道：我若如此，请萧大王和谭兄放掉他们。

谭鬼七抢先点点头：那是自然。

萧破洞张了张口，居然没再反对。看来传言中说的"萧破洞的拳头、谭鬼七的舌头"还是有道理的，这两人倒也配合默契。罗松正要表态，跟着罗松出来、惯来谨慎的温族长小声对罗松说：浩山，千万别上他们的当！此乃恶毒之计！我们不妨再等等，说不定再拖一下官兵就来了。

罗松安抚了他几句，故意让小乙取了匕首来，他再次笑问谭鬼七和萧破洞：君子一言既出、驷马难追。还请萧大王、谭大王发个咒誓！

萧破洞冲谭鬼七摇摇头，谭鬼七又冲他摇摇头，然后犹豫了少许，缓缓举起了右手：我对上天和在场的兄弟们发誓，若罗军爷做到了在下方才所说的，萧大王和在下一定放掉珠玑巷这些百姓。

萧破洞恶狠狠地说：老二，不行，就大腿上拉一刀太便宜他了，还得用箭扎穿他的右手掌心。

罗松笑道：萧大王、谭兄说的我都能做到，就看你们是不是君子了！

萧破洞尚在气头上，根本不搭理罗松。罗松也看出来了，关键时刻谭鬼七还是能左右萧破洞的，他看着谭鬼七施了一礼。

谭鬼七忙双手一拱：罗军爷，萧大王和在下早先都是良人，只不过生活所迫才落草为寇。我等最讲信义，平日也只是劫富济贫。

罗松心想这贼也太寡廉鲜耻了，不过眼下官兵未至，他们手中又握有人质，不管他们能否践诺，自己都只能放手一搏了！

家主，让我来！就在罗松挥刀朝腿上划去时，身后的小乙一把抓住了他。边上的谭鬼七道：罗兄家有义仆，在下挺佩服。只是这事儿不能代替，否则约定无效。

罗松转身小声吩咐小乙：小乙，你去取些药粉、布条和绑带，还有，楼上不能松懈。

小乙点了点头，闪身入内。

罗松慢慢走到中间，罗平、曾族长、温族长等人鱼贯而出，罗松对他们的力挺心怀感激。谭鬼七倒也说话算话，让王月梅、王掌柜、王母和那帮女子、小儿郎走到罗松旁边。王月梅紧张地小声提醒罗松千万小心，别伤着了自己的脚筋。

罗松说他心里有数。

萧破洞这时不干了，说罗松在向月梅交代什么鬼点子，是在耍赖！

罗松冷笑道：

萧大王且看我！

罗松说着挽起裤脚，挥起匕首狠狠地在左小腿外侧拉了一刀。只见莹白细腻、犹如鱼脯的肉翻出来，稍后，这细白的肉之间渗出星星点点的血珠，不过眨眼间血珠就连成了片，淹没了刀口和那两爿翻起的白肉。旁边的街坊看见，有的掩脸惊泣，有的直嘶冷气。便是刀尖上舔血过日子的萧破洞、谭鬼七和匪寇们看了，也不免皱眉。

罗松虽说竭力控制着身体，可他苍白的面容和下嘴唇深深的齿印还是泄露了他的剧痛。谭鬼七拱拱手：罗军爷乃勇士也，佩服、佩服！

萧破洞看看自己血糊糊的掌心，哑着嗓子道：姓罗的，你掌心上还少个洞！

罗松返手向候在旁边的昆仑奴手中取过箭，倒过来递给萧破洞，举起左手道：有请萧兄在我掌上射个洞。

萧破洞头也不抬地说：请谭老二代劳如何？

那不行！若能代劳我还用得着划自己的腿吗？

罗松不答应。

此时罗记院内的门楼上有人大喊起来：官兵来了！

接着把守另外几座望火楼的匪徒也吹响了竹哨。只见珠玑巷外腾起了几股马队踏起的烟尘，接着，又响起了密集的铜鼓声。

萧破洞、谭鬼七脸色一变：这官兵要是和清水寨盘太古的盘家军联手，他们必败无疑，心下不由大惊。

与此同时，旁边的罗松也满心纳闷，心想那"刘正好"怎的请动了盘太古？那人亦正亦邪、时正时邪，飘忽不定。万一吓走萧破洞、谭鬼七之后，他们来场趁火打劫，那珠玑巷也是在劫难逃！

不过，这些都是电光火石间的闪念，加上他和萧、谭二人都久经沙场，故而大家面上都平静得很。谭鬼七尤其鬼精，立即满脸堆笑地当起了和事佬：

萧大哥，既然罗军爷已经践诺，我等还是先告辞吧！不过，谭某有言在先，我们只是劫富济贫。珠玑巷虽非大富大贵之地，商户们也巧取豪夺了不少，我等借用些许也未尝不可。再说了，水满则溢，旧的不去，新的不来。我等兄弟就帮你们一个忙，免得你们的银钱生锈。罗军爷说是与不是？

谭老二，你和他们啰嗦什么！

说罢，他从袋中掏出枚竹哨，"嗖嗖"一吹，四下散去的众匪立即鼠窜进各家店铺劫掠，不一会儿就弄得一片狼藉。

快看！官军来啦！

小乙在门内大喝一句，不辨虚实的盐寇们负了东西，眨眼间就跑得不见踪影。这边小乙、罗平、曾族长、王掌柜等人将血流不止、即将虚脱的罗松抬进屋内，心疼不已的王月梅也顾不得男女之别，上前帮罗松处理伤口。月梅娘等女眷则忙着去灶房烧滚水、找针线，说是要为罗松缝伤口。一旁的王掌柜不乐意了：蠢婆娘，你们缝什么伤口，还不快去街西头喊温医生过来！

他话音未落，二伯带着白须飘飘的温医生挤进了人群。温医生看了看罗松的伤口，啧啧叹道：罗节级懂医理，这一刀下去看似吓人，但筋脉无伤，只是皮肉受苦，养息月余定能痊愈。

众人待要夸罗松，却发现他伸了手臂去取旁边的毛笔：我得给罗槐写张条，二伯，你去取赤眉来。

王月梅轻轻拍了拍他的肩，小声道：冤家，明日也是来得及的。

这时，杨都头、蔡大郎带着几十个弓兵跑过来，见了罗松，杨都头是嘘寒问暖，蔡大郎没有寒暄，而是单刀直入地问道：浩山，刚才我们在路上和那伙盐寇打了一仗，伤了他们六七个，其他的全跑了！你怎么样？

还好！罗松咬牙道。额上的汗珠泄露了他的痛楚。

杨都头、蔡巡检使，这盘家军怎么也来了？他们走了没？

二伯代罗松问出了这句憋在心里的话。

盘太古是清水寨的峒僚人，他自幼父母双亡，被接来与珠玑巷的姑母同住。从小在珠玑巷长大的他熟读经史，已经汉化，打小和罗松、罗槐、蔡大郎他们就认识。后来盘太古因与南雄州的姚通判结下死仇，回到清水寨后训练了一支盘家军，常出没山林，抢劫过往商贾，还特别爱抢萧破洞、谭鬼七的下属，但他从来不打珠玑巷的主意。

由于盘家军纪律严明，队伍壮大很快。官府害怕，出兵围剿过几次清水寨，罗松与盘太古有过几次交手，两人竟因打而互相欣赏，慢慢地有了私下里的交情。盘太古许诺绝不在罗松管辖之地劫掠客商，惹得罗松的上司蒋都头怀疑罗松与盘太古交好，暗中调查了他一番。其实他俩并无过多交往，只是偶尔飞奴传书，两人在书信中不谈国事、军机事，只谈诗论词、赏析奇文。现在盘太古和盘家军突然现身珠玑巷，罗松有些丈二金刚摸不着头脑。

这盘太古到底是喝浈江水长大的，还念珠玑巷几分情。他们不过声援而已，我们一到，他们就回去了。

蔡大郎颇为感慨。罗松对盘太古不由心生了几分感激。

不过也不能掉以轻心，万一他们只是佯走呢?

杨都头好不容易领着手下到珠玑巷打了一仗，没功劳也有苦劳，再加上惦着珠玑巷的美酒、美食，不想马上就走。大家也明白他的意思，蔡大郎立即表示要请他到沙角巡检司辖内巡察两天。九巴公和曾族长等族老则忙着表态要给军爷们派饭，好歹得让他们打打秋风。真是送走了阎王，迎来了小鬼，要不怎么说官匪一家呢!

这时九巴公啧啧赞道:杨都头、蔡巡检使，你们解了珠玑巷之围，是功臣啊! 我这浩山侄不畏危险，救下了众人，这也是大德也。浩山，你这身体恐怕一时难以好透，我看不如派他人前往临安修谱，把罗槐换回吧!

杨都头和蔡大郎谦虚客套一番后，先行告辞了。罗松此时已写好了给罗槐的字条，文中简明地说了下家中和自己的情况，然后细细地卷好纸条，小心塞入鹅毛管中。从珠玑巷到临安，中途遥远，飞奴脚上的脚环越轻越好。

罗松绑好鹅毛管，又小声和赤眉讲了几句悄悄话，这才放赤眉上天。为了保险起见，罗松又修书一封，托快递铺寄给罗槐。交代完这些后，面如金纸的他头一歪，软软地栽进了月梅怀中，把个月梅羞得满脸通红。

王掌柜一看，立即跑过去将罗松搂在自己怀中，同时一个劲地催月梅娘把月梅带回家。月梅实在气恼，白他一眼：爹，你别过河拆桥好不好？要不是他，我们早被人带到匪窟了。不管你说什么，反正等他醒了我再走。

其余那些被救的小娘子和小儿郎的母亲、姐姐、奶奶也叽叽喳喳地说不走，王掌柜一看这么多女子在边上，加上罗松又受了伤，谅女儿留在此地也不会受欺负，这才怏怏地站起。不料一转身，脑壳上就吃了月梅娘的两个硬捆子：死熊包、软蛋，我们女流之辈都没有屙蛤蟆尿，方才你倒好意思一路号丧！

王掌柜被她骂得不好意思，转身灰溜溜地到后院帮忙去了。

这边厢，月梅悄悄地握着罗松冰冷的手，眼泪断线珍珠似的滴在他的脸上。想起他为救自己和众人挥刀自伤的一幕，月梅那颗惊悸未定的心仿佛热锅上的糯米饼，一下子就变得软乎乎、热乎乎了。

胡教授，虽有罗槐的笔记为依，但因缺乏生动的细节，罗松的这一节我还原得颇为吃力。毕竟我是女流之辈，生长的时代和环境与他迥异，写得非常一般，请您见谅。接下来我该说说罗槐了，因为，因为八百多年前的我即将和他相遇，从而上演我人生中另一场浓墨重彩的大戏。

十

咸淳六年秋　临安城

罗槐设计救出了软禁在圆庵、面临重重杀机的胡贵妃。

罗槐坐在罗氏会馆的议事厅里，看着一身肥肉、深陷在太师椅上的德元公，心情有些沉重。德元公近日又去后乐园了，每次从那儿回来，他都身体倦怠、表情忧伤。听罗强讲，德元公的长子长志将前往东南海岛另寻开基之地，估计是他得到了什么消息，恐元军南下，临安有变。总之，他是个深谋远虑之人。此时，他翻看着罗松快递给罗槐的家书，脸上的神色越发沉郁了。

贤侄乃一家之主，既然家中出了如此大事，老夫也不便强留，何况你近日已将珠玑巷一脉的族谱理顺，珠玑巷那边又派了人来，贤侄就赶紧做些准备，回家去吧。再说了，此次为救你那表哥，闹了不小的动静，老夫怕万一走漏了什么消息，对大家都不利。

相处久了，罗槐也知德元公的脾气了。他圆熟但不至于奸诈，爱钱还不至于贪婪，结交权贵却不至于趋炎附势，总之还是个不错的人。

为了预备万一，德元公近日还花钱打点了有关衙门的熟人，为家人及可能牵涉的邻舍、同僚办下了路引。如果万一有事，这些人家可以抬腿上路。这种情况下，他自然希望罗槐早点离开临安。

罗槐谢过之后，转身去曾氏会馆找曾守琴商量。曾守琴一看盐寇偷袭珠玑巷，心内也甚为不安，他惦记着千郎呢！上次在棚屋被抓，他和曾兵在一个暗无天日的水牢里待了半个多月，两人受了各种酷刑的折磨，险些丧命。好在罗槐经德元公的指点找到了胡显祖，胡显祖找了厢公事所的头头没搞定，最后还是通过胡贵妃走了全大人的关系，这才将他和曾兵救出。

曾守琴满身是伤，内心所受创伤尤重，他不想留在临安。曾氏会馆的宗亲也因此将他和曾兵视为不祥之人，虽然为他们延请了名医，也给他俩筹了善款，却都心有余悸，生怕哪一天"上头"又想起了曾守琴和曾兵，到时怪罪下来，不但曾守琴他们无法幸免，恐怕还会殃及族人宗亲，所以曾氏会馆的宗亲和德元公一样，希望他俩尽快回到珠玑巷那个天高皇帝远的地方去。

如今听闻珠玑巷遇匪，罗槐的哥哥罗松受伤，宗亲们纷纷鼓励曾守琴和曾兵返乡。这边立马行动起来，有的帮忙联系船只，有的给珠玑巷的宗亲备礼，只要罗槐这边一定下行程，曾守琴、曾兵便能即刻动身。

在临安待了三个多月的罗槐眼下是越来越喜欢这座繁华的都市了，在这里他看到了很多商机。除夏小二的铁匠铺外，他又跟几家销售南货的商行签订了供应南安板鸭、南雄牛脯干、王氏钻缸酒、银杏果、笋干、香菇、茶叶、竹荪等土特产的契书，契书上约定，临安的店家头年只是为他代销，损耗全算罗槐的，次年店家预付货款的一半，损耗各承担一半，年终按期结账，条件比较优惠。

店家见有利可图，纷纷争着和罗槐签契书。德元公听罗槐的设想后也觉大有可为，立即表态他可以腾出店面专销南雄特产，利润他和罗槐五五分成。这些虽然只是"口惠"，但却给了罗槐很大的鼓舞，他以商人特有的敏感察觉到临安是个足以龙腾虎跃、定能掘出大堆的金银的大宝山！

怎奈人算不如天算，先是表哥、曾兵无端吃了官司受了苦楚，现在哥哥又受了伤，他得赶紧回去。曾守琴也是这意思，两人最后商定，只等曾守琴伤势再好些，他们就立马启程回乡。

由于时间尚早，又非饭点，他俩商量好后，罗槐便带着阿甲返回了罗氏会馆。

正是雨后初霁时分，朝霞绚烂如云锦。虽然时令已入初冬，然庭中的花草却仍然馥郁。更为难得的是，一片清幽中还响起了丝丝虫鸣。罗槐知道德元公在隔壁的院子养了不少蟋蟀，而且用重金购得了秘法，不但让百日之虫蟋蟀安全入冬，而且寿命延长一倍，冬天也能鸣唱，听罗强讲，德元公想以此献给贾太师，让他给自己弟弟和内弟的生意多些关照。

德元公外圆内方，不了解他的人会以为他是个一味讨好与巴结权贵之人。但了解他以后，你会发现他只是一个很聪明，不想也不愿立在危墙之下的君子。从他帮忙救出曾守琴即可看出，他的身上还是撑着块硬骨头的。因了这份了解，罗槐对德元公由衷地多了几分敬重。

许是考虑到他即将踏上归程，此一去关山迢迢，极需体力，仆妇端来的茶点比往日丰盛许多。不想他刚坐下，罗强就急匆匆地跑过来，说德元公有急事相商。罗槐有些诧异，但又不便多问，只好闷着头朝德元公住的那进院子走去。

罗强跟在他身后，兴高采烈地道：

罗大哥，恭喜您成为执事啊！

因罗槐称德元公为大伯，身为德元公养子的罗强便与罗槐同辈了，他比罗槐大几岁，但为着尊重，还是称呼罗槐为大哥。他的话总是甜得让人舒服。

罗槐笑道：承蒙德元公和各位宗亲高看一眼，让晚生忝列执事之位。

对此罗强不肯定也不认同，反倒又恭维了罗槐一阵，然后话锋一转，问起了阿甲的来历。罗槐寥寥讲了几句，罗强又开始打听阿甲是否懂虫语，还说他听人讲阿甲在棚屋里找到了那对失踪的金爪赤眉蟋蟀。

罗槐一惊，脚步慢下来，字斟句酌地说：二执事，您听谁说的呀？我怎么听着你说的都快成戏文了呢？阿甲会些拳脚，若论虫语，他是一窍不通的，哪比得上您和德元公呢？我们珠玑巷是个天高皇帝远的小地方，地少人多、谋生艰难。难得有临安人的这份闲情，人都顾不上，哪有心思弄虫蚁呢？

罗强仍不死心，还在转弯抹角地打听他们那次在棚屋的经过和细节。罗槐这下是真恼了，按他以往的性子，定然一句话将罗强戳到壁上。他听阿叔讲过，罗强和贾府的二管家交好，二管家有意将他纳为女婿。而贾太师又是那般的权势熏天，在罗强面前，小不忍则乱大谋。虽然他现在"无谋"，可也不想得罪罗强这样的势利角色，当即打起了哈哈，将话题转向临安的勾栏瓦舍。他知道罗强在此上头甚有兴致，果不其然，罗强开始滔滔不绝起来。

两人说着转过了一条巷道，重重的脚步踏在有些松动的青砖上，感觉四壁荒凉的气息全被这咚咚的脚步声给激活了。罗强说到高兴处，大笑起来，听得罗槐心中一寒，总觉得这罗强性情有些异样。听阿甲说，他有次黄昏时分从德元公的书房兼账房走过，其时德元公全家都在厅堂吃饭，罗强蹑手蹑脚地进了账房。阿甲觉得奇怪，故意弄出点响动把他吓跑了。之后他告诉罗槐要留意罗强，罗槐当时还说了阿甲几句，让他别见风就是雨。再说，此乃他们的私事，不宜多管。现在听罗强这貌似随意的一问，罗槐倏然惊觉——这罗强肯定在探听什么！

果然，罗强又开始问曾守琴放出来的事，还有意无意地问是不是德元公在牵线帮忙。

忍无可忍的罗槐停住脚步，尽量客气地说：二执事，我表哥是出来了，他目下还在疗伤，至于是谁帮忙把他弄出的，我们都不知情。不过从我表哥说的情况来看，此事多半是衙门已经弄清楚他是无辜的，否则也不会放他出来。多谢你记挂。

话说到这儿，两人已来到德元公的书房兼账房。罗强推门就要进去，不料房门从里面闩上了。罗强敲了敲门，不一会儿，德元公打开道门缝放罗槐进去，接着立马关上房门，夹住了急于进去的罗强的一只脚。

罗强，你先忙去，我这里还有事相商。

德元公抱歉地解释了这么一句，松开门缝放出罗强的脚，然后

"砰"地将门闩上了。罗槐见屋内只有德元公和自己，不由得有些诧异：德元公，发生了什么事？

德元公脸色沉重地说惹上大事儿了，还说要带他去见个朋友。

说着德元公掀起墙上的一幅画，摇动两旁看上去好像挂东西用的木把手。随着一阵轻微的隆隆声，墙板往两边滑去，里边赫然现出间密室。

德元公，这屋子还有这等机关啊！

罗槐大为惊讶。德元公说这是原先的屋主人留下的，他发现后除了让阿叔进去拾掇了一番外，罗槐是第三个知道这个秘密的人。

德元公等他进去后，又摇动把手合上了房门，里边是一道一人多宽的夹墙。德元公掀起夹墙左下方的坐榻，立即现出一圈锈迹斑斑的铁环。

来，帮个忙。

德元公示意罗槐和他同时用力，两人费了牛劲，终于拽起了铁环拴住的大麻石，露出一条窄可容身的地道。德元公庞大的身躯挡住了他点燃的火折子，罗槐只好摸索着往前走，心中满是疑惧，不知有什么人和什么紧要事情需要深入到地道中相见和密谋？还有，德元公为什么把这绝密的地道告诉自己？罗槐心下忐忑得很。

德元公后背上好像有眼睛看见了他满心的疑惑，告诉他道，目前他住的宅子乃前朝亲王的老宅，他买下后进行了扩建。当时原想将他现在的那间账房拆掉，结果发现有夹墙，他当即下令停工，夜晚带着阿叔进夹墙察看，居然发现有条地道通向隔壁胡宅。而且在地道中间还有三间几丈阔的房间，里头有石桌、石椅、石床，还凿有水井、便池与通气孔，想必是前朝亲王为预防万一建的避难所。

德元公发现此地道后犹豫了许久，不知是否要与胡显祖说破。后来阿叔进去收拾时，看到胡宅那处的地道口很光滑，确定胡宅有人下来过。德元公怕胡显祖胆小，哪天把这密室和地产嚷出去，便主动拜访胡显祖，说起地道和密室之事。

胡显祖那时正被这秘密困扰着，如今见有人与自己分享，心定了

146

许多。两人当即商定，派可靠之人将密室打扫干净，定期存放些食物进去，秘不外传，以防万一。

在昏暗中约莫走了十几米，狭窄的地道变高、变宽了。忽然一阵风来，灯罩里的火苗摇曳不定，他和德元公投在地上壁上的阴影如怪物般巨大和扭动。德元公的声音显得瓮瓮的，听上去挺沉重。

这时眼前豁然开朗，罗槐发现自己已经置身于一个几丈见方的高大石室，中有拱门，通往另外一间石室。

这时那边石室拱门面对的地道口一点点地亮起来，不一会儿，一个长身玉立的中年男子掌灯从洞里走了出来。

胡大人？

罗槐到底年轻，忍不住叫唤出来。德元公此时已抱拳在胸，向胡显祖行了一礼：胡大人请受老夫一拜。

胡显祖将灯放在石室的凳上，转身回了德元公一礼：德元公，请受晚生一拜！

他们俩对拜完毕后，罗槐上前见礼。胡显祖小心地看看四周，神情颇为紧张：德元公，不好意思，晚生实在是有要事相商，这才劳烦您到石室相见。

胡显祖急急地把事情原委告诉了他们：不久前他在宫里被人陷害，有人偷了他管的仪鸾司的东西到宫外叫卖，结果查到他头上，他被革职。后来官家亲自为他说情，让他官复原职了，自上次胡贵妃请全大人帮忙找人放出曾守琴后，有人就盯上了他们兄妹俩。现今妹妹胡贵妃遭人暗算，贬到郊区的圆庵为尼，他也再次被革职出宫。前日妹妹从庵内传来一封信，说有人多次加害于她，请他速想办法救她出去，否则只怕会丧命庵中。还有，妹妹在信中嘱他和放曾守琴相关的人员都得尽快出逃，恐万一仇家挂心，到时来个一网打尽，所以希望他早想办法和退路。

接到此信后，胡显祖一天一宿未合眼，想来想去，只有和德元公商量。因怕被人惦记，昨晚胡显祖派小厮送了封信到会馆，约好德元公今天在这石室见面。说实话，自从德元公发现这石室之后，每当想起他俩共同守着一个秘密，胡显祖就觉得和德元公很亲近，德元公也有同感。他俩一致商定，严守地道和石室的秘密。这样万一遇匪遇盗，或者元兵来犯，两家有个避险之处。

这次胡贵妃遇险，按说胡显祖不用扯上德元公，问题是胡显祖搭救之人是德元公亲戚的亲戚。现在有人要灭他们胡氏兄妹，定然不会放过胡氏帮过的那些人。而且从胡显祖探听到的消息来看，朝廷中有人看上了德元公的家业，想借机连他几兄弟一块儿灭了，听得德元公面如死灰。

罗槐也是越听越心惊，越听越内疚。他没想到只因那天去一趟棚屋就惹出这一连串生攸关的大事来。他害怕归害怕，可一想到是自己的请求拖累了他们，心里不但渐渐定下来，还涌起股担当责任的豪情：胡大人、德元公，都是晚辈连累你们的。要杀要剐，我来承担。

胡显祖当真是个书生，起身朝他见了一礼，慌得罗槐赶紧回礼。德元公眉头一皱，说现在不是稽礼的时候，得赶紧想法子才是。

胡显祖叹口气道：罗大人、罗相公，舍妹现软禁在郊区的圆庵。圆庵乃皇族女眷清修之地，把守很严，外人难以靠近，舍妹要逃出来，只怕是万难。

胡显祖说完又连叹几口气，然后便眼巴巴地瞅着德元公和罗槐，希望他俩拿出个主意来。德元公去过圆庵，对那儿的情况比较了解，知道胡显祖说的是实话，不由皱紧了眉头。罗槐听他这一说，知道此事非比寻常，心下也甚为着急。

这时德元公咳嗽一声，满脸严肃地道：帮贵妃逃跑，这可是灭九族之事啊！问题是，如果我们不跑，同样也会家破人亡。

素来多智的德元公没辙了。偏偏这时胡显祖又告诉他们说，据内线消息，刑部已接到一神秘手札，要他们尽快彻查上次私放偷盗蟋蟀的要犯，还说这些人很可能与宫物失窃案有关。一经查实，犯人斩首弃市，家人族人流徙三千里。

德元公一听慌了，忙对胡显祖申辩道：胡大人，上次救人那事情老夫并没有掺和。

罗槐猜到德元公想撇清自己。胡显祖没料到他会有此反应，他接下来的话立马让德元公觉得自己的退堂鼓打得不是时候。

罗大人，我可记得是你带着罗相公到我家来，要我帮你找全大人的！你这么快就忘了？还有啊，现在有人向太师府告密，说罗大人前不久送给贾太师的赤眉金爪是从棚屋里偷来的，现在太师有令彻查。如一旦坐实，罗公在京城非但待不住，看样子还要受大苦了！

德元公张嘴看着胡显祖，又扭头盯着罗槐看了几眼。那一刻，他的眼神阴冷得如同两枚铁钉。罗槐心中无鬼无愧，坦然以对，德元公也在瞬间想明白了，罗槐绝不可能是那个告密者，是以他的目光立即柔和下来：浩风，你有什么想法？

罗槐沉吟了一会儿说：我想请胡大人带我到圆阉附近看看，如果能进去最好。另外，请胡大人问问，最近宫里会有什么大活动，比如灯市、花市、祭天、大赦什么的。如果有，那还可以趁乱，如果没有，则只有打圆庵的主意了。

胡显祖点点头：这个我今日上午即可告知您结果。对了，罗相公，昨晚碰到罗强，他说你近日要返回珠玑巷，可有此事？

罗槐有些惊讶地看着胡显祖：我昨日只是略有此意，并未和罗强说死，他怎的如此精明，一眼就知晚生要返家呢？莫不是他看到我们在整理行装？

说着，他的目光移向德元公，发现他双目紧锁、若有所思，也就没去打扰他，侧身问胡显祖：胡大人，您是觉得南下好呢，还是有别的去处？

胡显祖叹口气道：罗贤弟，事到如今，我是哪里安全哪里去，怎由得我挑？你想呀，往北是蒙古人的地盘，往东多是大洋和海岛，往西乃关中、川陕，是军事要地，元军现正在那儿与我宋军相持不下。想来想去，只有南方合适了。

德元公深受启发，赞同道：胡大人所言极是，想那岭南多有蛮荒无主之地，我等去了，即可另开基业，胜过在此等着元军上门。不瞒你们二位，上月朝中有好几个大臣举家连夜消失了。负责追查的刑部说，他们定是怕国祚不保，再遭靖康之难，所以才隐姓埋名，逃往了南嶂之地。说不定我们若去南方，还能遇上他们哪。

唉，看这情形，朝廷的气数也差不多尽了。德元公，您家大业大，确实得早做盘算，否则元军一来，全部灰飞烟灭，倒不如趁此机会往南开枝散叶、重振家业。

胡显祖这番话说得德元公连连点头称是。他俩就此说开去，聊到靖康之难后张邦昌建立的大楚政权和他最后的赐死，也讲起了国朝大将曲端的惨死，聊到高兴处，两人击掌叹扼，全然已忘来此石室的初衷。

罗槐不好插嘴，也没有闲着。他蹲在地下，用捡来的石子在干燥的浮土上画起竖横不均的道道来。等胡显祖醒悟过来自己聊得太远了，再拾起南逃的话头时，罗槐已经将自己的思路整理清楚了。他把胡显祖和德元公拉到他画的地图前，详细地解说着，德元公和胡显祖觉得可行。他俩又仔细琢磨了一遍，提了些建议，罗槐完善后三人又议了一程，最后决定照此执行。

半个时辰后，罗槐已在胡显祖的陪同下走在了去圆庵的路上。曾兵、阿甲则按照罗槐的吩咐去租船、购买礼品，德元公指挥两个弟弟、两个儿子也在暗中准备。平静的罗氏会馆笼罩在神秘而紧张的气氛中。

圆庵位于市郊，距市内有近三十里地。时值隆冬，四野树林凋零、草木枯黄，北风打着旋往人身上扑，直刮得人脸皮阵痛。为了顺利进寺见到胡贵妃，罗槐扮作胡显祖的仆人，两人赶着一辆放满礼品的牛车，费力地行走在山道上。这牛认生，不听使唤，罗槐一路忙着吆喝，累出了满身热汗。胡显祖坐在他旁边，袖着双手，一副忧心忡忡的模样。罗槐几次跟他说话，他都没听见，罗槐叹口气，不再撩他，一个人默默地想着心思。

说实话，今天上午听到的事情让他深感震惊。以前他在珠玑巷的雄辩社听舌辩人讲过不少话本小说，听了些官场和宫廷勾心斗角的故事，当时他还觉得那些曲折的情节、连环的险情都是舌辩人说书时的想象与演绎，没想到现在自己遇到的事情其惊险程度远远超乎话本小说。表哥曾守琴只不过碰巧摔倒在那个手捧蟋蟀罐的人身上，结果却引出这一连串的变故。虽然看不见幕后黑手，但黑手手中的刀已出鞘，那股寒气已经弥漫在四野。它们随着寒风从每一个毛孔钻进来，让他冰冷刺骨的同时，又觉得浑身炙热——古人言，每临大事有静气，他是每临大事有热气！那种浑身热辣的感觉使他兴奋和清醒！

中午时分，牛车终于停在了圆庵门口。圆庵坐落于环山之中，四面之山皆小巧浑圆如丘馒，上生翠竹，冬日时节仍绿如茵毯。圆庵门口有条清澈的小河，河上建有七孔石桥通往圆庵山门。山门前那块通体乌黑、类似圆球的石头兀立如鹤，煞是醒目。传说此石是唐朝时自天而降的陨石，有疗疾的神效。信众们将其视为神祇，故在陨石坠落处建寺以祭。有的又说此石正好在唐朝国破时坠落，实乃凶兆，建寺是为了镇住它的邪气，所以不大的圆庵内才建起了品字形的三座石塔。反正不管怎么说，圆庵因为陨石而变得名气越来越大，乃至到了本朝，成了皇族女眷的清修之地。太后、皇后及宫内娘娘多有赏赐，圆庵建得日趋精美。作为回报，圆庵接纳了不少打入冷宫后出家为尼的嫔妃以及犯错后被贬的女官。

胡显祖小时曾随祖母到圆庵拜会过某位贵妃，回程时祖母一路感叹，说胡家的女儿再美也不能入宫，免得守活寡。没成想当年祖母最疼爱的妹妹还是入了宫，并贬到圆庵为尼了。胡显祖记得祖母当年探视的那位贵妃有两个儿子当了亲王，还生了好几个帝姬，常有儿女前往庵中探望，她尚且那般寂寞，见了祖母这位儿时的好伙伴，泪一把涕一把的，现在妹妹尚在韶华，儿子才夭折几年，这边又被人陷害，贬居至此后该有怎样蚀骨的寂寞和凄凉呢？想到这些，想到可能降临的噩运，胡显祖的心像被石头压住，倏地沉到了脚后跟。

一旁的罗槐自然也感受到了他的沉重，两人默默地看着那块通体乌黑的陨石和苍劲有力的深红字体"圆庵"，感受到了从庵里逼出来的寒气。良久，胡显祖才叹口气，从包里取出名刺和两盒精致的香药，让罗槐去叫门。罗槐打量了下天色和周遭，说不急在这一下，他把牛车赶到旁边，卸下车辕、车厢，将牛拴到草地上吃草、休息，以储畜力。

罗槐绕着围墙走了一圈，回来后取出早就备好的笔墨在纸上写写画画，然后撕下一半让胡显祖藏起，叮嘱他务必送给贵妃看，而且要得到她的准确答复。胡显祖自幼胆怯，从未做过调皮捣蛋之事。若非此举关系到身家性命，他肯定没那份胆量与担当。现在他是鸭子逼上架，不得不硬起头皮给妹妹传递消息，脸渐渐地白了，额头上尽是汗。罗槐让他歇息了一阵，又鼓励了他几句，这才上前去叫门。

砰砰！砰砰砰……

深山沉寂，拍山门就如同拍天门，响声洒了漫山遍野，周遭的山雾被这声响惊扰，闪烁出鱼鳞似的亮光。罗槐正讶异于这里空气的通透和那股时有时无的清香，山门咿呀着打开了一条缝，一个黄皮寡瘦、满脸皱纹的老尼双手合十地唱了个喏，轻声细语地道：请问施主有何贵干？

恭立一边的胡显祖上前一步，恭敬地递上名刺和香药，同时自报家门：在下胡显祖，乃胡贵妃胞兄。这位是我的仆从阿槐，我等备了些日用东西想送给贵妃娘娘。

罗槐跟着上前施了一礼，这老尼倒是颇有教养，回了礼后立即将他俩引入山门旁边的茶室。不多久，两位中年比丘尼过来点茶，还端上了时鲜果品。老尼陪着胡显祖说话，不时地称赞胡贵妃为人豪爽和气。

不过，胡施主，按规矩呢，这贵妃娘娘你是断断不能见的。

老尼有些为难。胡显祖也不敢得罪她，只是一味哀求，那老尼愣是不松口。说洁尘师太今日到市内去了，她得请求洁尘师太方能回复，把个胡显祖急得跳脚。

罗槐在边上越听越生气，他上前一步，不卑不亢地说：师太，贵妃娘娘只是到此清修，说不定哪天就回官家身边了。我家主子是贵妃娘娘的胞兄，送的也只是日用物品。贵妃娘娘在这儿有官家照拂，料定是什么都不缺。家主送这些东西不过为了略表亲情而已。您呀，行个方便，让我们见会儿娘娘。日后娘娘回宫了自有您的好处。

说着，罗槐从衣袋中掏出个金镯子放到桌上。老尼口里推辞着，这边伸手佯装不经意地在桌上扫了一下。等罗槐定睛再看时，桌上哪有金镯子的影子？

狗东西！罗槐心中暗骂一句，脸上却笑得和气：谢师太关照，我一定在娘娘面前替您多多美言。

她帮我美言，这得等日子了。我是看你们实在辛苦，不忍心，谁叫我这人菩萨心肠呢！小厮，你留下。胡施主，请行。

那老尼满心不情愿的样子。胡显祖生性忠厚，生怕给人添麻烦，连忙应允。

师太，家主挑不动这许多东西，须得我同行送去，还请您关照。罗槐掏出另一只金手镯递给老尼。

老尼手又一拂，金手镯凭空消失了，话头却不肯松动：你这小师傅好不晓事，老身放胡施主进去已犯了天条。若是让你这个青皮后生进去，官家和太后、皇后若是知晓了，你我都活不成。我不放你进去，实在是救你。你就莫要再在老身面前耍花枪了。走吧！

老尼催促着胡显祖。胡显祖只得挑起礼担，跟着老尼走进了山门。守门的中年比丘尼砰地把门关了。罗槐也不恼，转身来到围墙右侧的中间段，那儿有棵大枫树，树旁一条水沟穿墙而出，墙与水沟之间没有封死，水沟底下是软软的淤泥。罗槐刚才试探过，只要花上一二个时辰，就能把淤泥淘尽。这样，贵妃娘娘就可以从水沟里钻出来。当然，这种方法对于一位贵妃娘娘来讲有些难堪，可如果这贵妃娘娘有生死之虞，能逃走就是胜利。至于如何逃走，是否逃得体面和优美，估计没人会在意这个。

罗槐看了看阒无人迹的四周，试着淘了几把淤泥，见没什么动静，他返身从车厢里拿出铁刨，小心谨慎地抠着水沟里的淤泥，并及时地把淤泥甩入旁边的山涧，心里暗暗盘算着整个计划，觉得只要胡贵妃能按照他的计划并行动，应该有较大的胜算。

这时，他看到胡显祖在山门口向他招手，罗槐把锄头藏到远处的草丛里，洗净手脚走了过去。

怎么样，跟娘娘讲清楚了吗？

罗槐非常担心木讷的胡显祖说不清楚自己的计划。胡显祖扭头看看四周，见老尼把山门关上了，这才附在罗槐耳边小声道：放心，跟她说妥了，三天后的子时她从枫树树下的水沟里出来。那沟你挖好了没？

罗槐摇摇头：还没有，挖早了怕人发现。我后天下午过来挖，水沟里的淤泥很软，几个时辰就够了。

胡显祖向罗槐一抱拳：罗先生请受显祖一拜。

罗槐连忙还礼：胡大人无需如此见外。

胡显祖叹口气：罗先生，这事儿一旦败露，那可是掉脑袋的事儿，你不怕？

罗槐沉吟了一会儿道：胡大人当初救我表兄并未考虑自身安危，如今您和贵妃因我等之事受牵连，罗某赴汤蹈火都是应分之事。

胡显祖抓住他的手，激动起来：我略长你几岁，今日起我们就兄弟相称。罗贤弟，您既如此说，我就不跟您客套了。现在最要紧的是我们大家都能脱身。

罗槐看看天色，斟酌道：胡兄，有件事事先没跟您商量，还请您见谅。

胡显祖抹着额上的汗说：贤弟但讲无妨。

他显得很淡定，可当罗槐告诉他，已经让曾兵押船、带着胡大嫂和两个孩子坐船离开临安前往江州时，胡显祖焦灼、气急兼而有之：这么大的事你怎么就自作主张了？我那娘子怎肯跟你们走？莫非是你诳他们上船的？

罗槐微微一笑，心想德元公还是了解胡显祖的。德元公说若是依着胡显祖这黏黏糊糊的个性，只怕三年也走不成。于是他出了一计，让曾兵找好船，骗胡大嫂说去临安城外见贵妃娘娘，等他们上了船后再告知实情。他的大儿子长志、侄儿华志押了两车细软，跟着曾兵他们一块儿往江州走，大家约好在那儿会合。

　　罗槐这么解释了一通之后，胡显祖的情绪略好了一些，但路上有好长一段时间不和罗槐说话。罗槐晓得他不喜自己如此行事，自己想来也是有些过分，问题是眼下是非常时期，不行非常之事怎么能把事情办妥呢？他相信胡显祖慢慢会回过神来的。

　　果不其然，牛车走了大半路程，两侧人家渐多，眼见已经快到市内了，胡显祖恢复了正常，思维跟着缜密起来，对罗槐的计划提出了不少疑问。比如曾兵一行怎样出城？遇到盘查怎样应对？万一大家在江州没能会合怎么办？他这些疑问就像一记记榔头，先是敲得罗槐头昏眼花，继而又震得他眼明心亮，并在这"渐"的过程中将一些漏洞给补上了。

　　第四天黄昏，罗槐化装成农人，赶着马车再一次前往圆庵。为了掩人耳目，快到圆满庵时，他把车厢卸下，藏在草丛中，然后牵着戴了嘴笼的马来到圆庵旁边的山坡上。他先割了会儿草，见四周无人，便拴好马，慢慢地靠近了水沟。这次他带了长把锄头和畚箕。天色刚暗下来，他就开始奋力挖泥。等月亮从树梢升到中天时，墙根下的洞已经宽得可以出入一头大水牛了。他停住手，看着那轮冰清玉洁的月亮，眼前倏地跳出月梅可爱的圆脸来。

　　浩风哥，我浩山哥什么时候回来？

　　浩风哥，这是我给浩山哥做的鞋，麻烦你给他。

　　浩风哥，我新酿了豆腐，你放锅里热着，等浩山哥回来你让他趁热吃……

　　从十二三岁始，王月梅就常让罗槐当她和罗松之间的传声筒。起初他没任何感觉，后来次数多了，心里多少有些不舒服。

　　好歹王月梅是许配给自己的呀！他甚至还为此向王月梅提过抗议，结果王月梅伸出两根食指划了划他的面颊，意思是"好没羞"。少年罗槐因此关闭了那扇心扉，并由此认定那张有着两个美好笑窝的小圆脸是属于哥哥罗松的，他不能有非分之想。是以他避着王月梅，他也以为自己已经把她给彻底忘了，谁知离开珠玑巷之后，他却发现月梅原来像盏长明灯，只要周遭暗下来，她就亮晃晃的让他无法漠视。

回去，要不要把自己的感觉告诉月梅？

一阵风过，送来几声夜鸟的咕哝，这想法在罗槐脑海中稍纵即逝。看看已上中天的月亮和静谧的圆庵，他突然非常担心：万一贵妃娘娘出不来怎么办？她和胡显祖一家会遭到贾太师的迫害吗？又或者贵妃娘娘逃出来了，可他们却在半路上被人抓获或追杀，到时自己会后悔今晚的冒险吗？

罗槐正胡思乱想着，这从高墙内传来"咕咕、咕咕"几声鸟鸣。罗槐捂住那颗倏忽间突突起来的心脏，不知等下该怎样向贵妃娘娘施礼。不过他旋即就摇头把这念头驱散了：眼下逃命要紧，哪管得这许多繁文缛节！

咔嚓，沙、沙、沙。

围墙内传来细碎的树枝折断声和隐约的脚步声，罗槐头皮一紧，撮唇学了两声鸟鸣，不一会儿，围墙内传出相应的回声。罗槐忙用锄头轻轻挠了挠水沟，在轻微的哗哗声中跪倒在水沟边，耳朵贴在地上凝神谛听。老天似乎在考验他的耐心，围墙内一片寂静。正当他想发出第二次试探时，两个穿着深色衣服的女子拖着只木箱从洞里钻了出来。罗槐接过木箱，一时不知该如何是好。

那个娇小的身影悄声说：壮士，我是佛面，这是胡娘娘。

月辉下，只见胡贵妃长身玉立、容颜俏丽清俊。她从容地朝罗槐施了一礼，小声道：我是胡清蕙，先生可是罗壮士？

罗槐抱了抱拳：在下罗槐，见过贵妃娘娘，此地不宜久留，请跟我来。佛面，你扶着娘娘，小心别弄出动静。

罗槐把早就备好的土填回洞口，又用草掩好，然后跳下坎去。出乎他意料的是，胡清蕙和佛面动作敏捷，迅速地追上了他。罗槐从车厢取出两套男子的衣裳让胡清蕙和佛面换上，叮嘱说，但凡路上有人问话，她们只管装哑巴，皆由他来回答。说着又递给她两块纸包着的锅底烟，让她俩把脸手擦黑。

最使胡清蕙和佛面意外的是，罗槐还掏出了两撮山羊胡外加一小瓶熟胶：你俩把胡子粘在脸上，只要不出汗、不沾水，能保三天。

罗槐说着，关上马车车厢，又在门外加了把锁，而后鞭梢蛇似的一卷一舒，发出低微的噼啪声。裹了棉布的马蹄踏在地上悄无声息，马车静静地驶入了山道……

十一

咸淳六年冬

胡清蕙自述：我们终于逃出了杀机重重的圆庵！

夜风深寒，天上几颗稀星如同冷漠的猫眼轻慢地眨着，月辉因此显得诡谲。坐在逼仄的车厢里，天地却蓦然间变得无限大。我的心揪成一团。虽然大前日哥哥来时已告知我详细计划，也约略地介绍了罗槐的身份，可当我按照他的计划，从墙根下的洞口钻出来，在月辉下看见他时，我还是充满了恐惧：这真的是他吗？会不会是贾太师抓住了哥哥并因此知晓我们的出逃计划，用他的爪牙代替了罗槐？当他递上胡子和熟胶时，我生恐他是在用一种特殊的法来杀我。我和佛面粘上胡子后并没有什么不良反应，心这才渐渐安定下来。就这样，马车带着我俩驶向了茫茫黑夜。

从哥哥捎给我的纸条中得知，我们此行的目的地是广南东路南雄州的珠玑巷，那是个怎样的所在？我一无所知。好在哥哥给我留了三天时间，我到圆庵的藏经楼查阅了有关资料，又翻看了自己借出的《大宋天下郡守图》，脑中这才有了大致的方法。从地图上看，那真是个天荒地老的偏僻之地。可只要它可以安身立命，能庇佑我全家，便是蛮夷之地我也视之为乐土。也许是宽心之故，我在马车的颠簸中睡着了。

胡教授，尽管我现在是在写我之前前前世"胡贵妃"的回忆，可我还是忍不住跑下题，想先跟您说会儿话。您知道八百多年前的冬天是怎样的吗？冷啊，山风很透，刀子似的在夜色中闪着寒芒。风生气时像个囚妇，嘭嘭地敲打着树林，发出瘆人的响声。我从洞口钻出来时鞋袜尽湿，山风一吹，鞋袜迅速凝结为刀片，刮得我的脚趾钻心的痛，不久即醒过来，混沌的脑海跟着清明起来。我仿佛看见邬秋儿手执牛耳尖刀，正一下一下地剜着我的心。那个恶毒的女人，在我进入圆庵后，想了多少诡计来害我啊！当然，想杀我的还有那个长得跟胖弥勒似的贾似道。不然，单凭邬秋儿她哪有那么大的能耐？

回忆起圆庵的这半个多月，我不寒而栗——我几次与死神擦肩而过，差一点就出不了圆庵的山门了！

我刚到圆庵的那天晚上，由于心情极坏，加上受凉，夜半时分，我腹痛不已。佛面到厨下帮我熬姜汤，不料我住的那几间木屋忽然失火。所幸我未入眠，立即跳下床去拉房门，哪知房门被人从外头锁死了，我大呼佛面。佛面赶来，用柴刀劈开门锁，我这才幸免于难。佛面却因此烧伤了左手，哀号涕泣了好几天。在我的一再恳求下，洁尘师太不情愿地延请了一位乡间老太给佛面敷药。当我质问她我住的房屋为何失火时，她王顾左右而言他，一会儿说我糊涂了，自己踢倒了油灯，一会儿说是天火，一会儿又说是佛面的火盆引燃了旁边的木炭，总之是推了个一干二净。更可恶的是，她后来借口房子紧，把我安置在她旁边的偏殿里，这样我的一举一动全在她和众尼的监视之中。总之，她对我没安好心。

洁尘师太五十出头，长得俊秀，听说以前曾是某王爷的妃子，王爷死后，她到圆庵出家，最会见风使舵和趋炎附势，结交了不少宫中权贵。特别是邬秋儿升了昭仪、助她攀上贾太师的大腿后，她一把夺得了圆庵的住持位置，气焰极盛。

我刚入圆庵不久，就听人说了她不少劣迹，骂她"青白眼"，黑眼仁只给权贵，为人势利之极。对于在圆庵出家的前朝和当朝的冷妃，她从不拿她们当人看。据说她怕我有一天会复宠，对我还算客气，只不过客气之余，她受人之托，随时想置我于死地。这种客气，是不是比冷落、凶残更为可怕？

圆庵地处山坳之间，建筑依山势而建，难免曲折幽深。如若不是来往的比丘尼和那大雄宝殿、藏经楼及木鱼声声、梵音阵阵，乍一看回廊曲院的，还以为是皇家的别业园林呢！因历朝皇家多有赏赐，圆庵建筑众多、精美。我在宫中时便知圆庵内建有十六观堂、应真阁、两峰堂、白云堂、秋芳阁、伴云阁，藏有高宗、理宗御书及所赐珠冠、玉炉、金瓶、嵌珠包椅等珍玩。每遇水旱天涝，朝廷必来祈祷朝拜，是个清净却又威严之处。

圆庵中有百十来位比丘尼，其中有十二位当朝、前朝、前前朝失宠的太妃、妃子和守寡的帝姬。她们每月有内廷拨付的例银，庵中便指派一至两位比丘尼给她们打杂，过着衣食无忧的逍遥日子。承蒙官家关照，让我带了佛面过来，还有五箱医书、历书、药书，并且言明看完了还可再换。可见我在这儿待多久连官家自己心里都没底，真是个没用的主子！

说实话，我很伤心，我怎么也没料到自己年纪轻轻的会落得如此凄凉的下场。佛面安慰我说，大唐的武后不是从感业寺出去的吗？娘娘你千万别丧气！

可我知道我非武后，官家也不是李治，何况还有贾似道和邬秋儿的加害，我若不想法子离开圆庵，只怕几月之内便会丧命。

火灾的次日，我即修书一封，褪下手上的金镯，请香积厨主管采买的比丘尼捎至城内家兄处。家兄这才知我所在，焦急万分的他带了诸多物品来看我。兄妹俩抱头痛哭了许久，我嘱他尽快想法子通知那些与曾守琴有关的人员离开，他和嫂嫂也得举家迁走，吓得哥哥当时就浑身发颤。对此我非常失望，但又在预料之中：哥从小到大就没用，这关键时刻还能指望他？

没成想半个月后他又来看了我一次，这次他逗留的时间不长，却告知了我他那个惊天的计划。我正吃惊时，哥哥把罗槐的手札给了我。我这才明白，素来迟缓木讷、胆小怯懦的哥哥这次为何一反常态地变利落了，原来他身后有高人。

唉，不好意思，说着说着又走题了，我还是扯回话头，讲讲另外几次遇险吧!

我到圆庵的第五天,皇后娘娘领着一帮嫔妃到庵里做法事,为生病的谢太后祈福。承蒙谢太后记挂我,托皇后娘娘转给我十片金叶子,让我心生感动。皇后娘娘也赏了我两只香炉、两包香药。看到这些,我不由想起在宫中的日子,想起我那可怜的冠儿,忽然悲从中来。皇后娘娘安慰了我几句,便要去大雄宝殿做法事。

我请求圣人恩准我参加大雄宝殿的法事,也好为谢太后祈下福。皇后娘娘颇为为难,说祈福之人皆为贾太师亲点,她不好擅定。

我又恳请她替我在官家面前美言几句,助我早些回宫。皇后娘娘这次倒爽快地答应了。我还没来得及拜谢,她即被洁尘师太请往大雄宝殿了。

我站在大雄宝殿旁边的偏殿里,听着隔壁传来的木鱼声、诵经声,眼泪不知不觉地淌了满脸。

半个时辰后,法事结束,皇后娘娘领着嫔妃们从大雄宝殿鱼贯而出。我躲在偏殿内,看着她们云朵似的飘远,不由得失声恸哭。

这时,邬秋儿幽灵似的出现在我面前。她一袭红衣,头饰五色宝珠,髻上插着多彩璎珞和时鲜花朵。那一刻,她的艳光让四野暗沉,我的心倏地沉到了腿肚——她那双往日漾着媚光的双眸居然闪烁出几缕蓝光,那是豹子吃人前才有的目光!

清蕙妹妹近来可好?听说你这儿没有炭火,棉被又薄,妹妹衣衫也没带够,姐姐想着就心疼。今儿特意给你带了两篓木炭、两件棉衣,你和佛面各穿一件吧!唉,曹公公也是,你到这儿来他怎么也得多费点心啊!

说着,她展颜一笑,眸子里跳跃出愉悦的星光。我不卑不亢地向她致谢后,转身往我的住处走去。我不想看她像只孔雀似的在我面前开屏。一边走,我一边纳闷她为什么不陪着皇后娘娘一起走,却留下来看我。

她像是我肚里的蛔虫,追上来亲热地挽住我的手,轻声道:唉,能者多劳,圣人说我字写得好,让我留下抄一篇经文供在千佛灯上为太后祈福。经文我昨夜早已写好，特意留下时间来看看你！清惠妹妹，可有什么事体要姐姐代劳的？

她倒是真会表演，一副知心姐姐的样子。

那就请姐姐代我看看冠儿吧，省得他在阴间想你想得苦！

我扔下这句话，头也不回地回到了住处。佛面迎上来，高兴地说她已拆开了宫里送来的两篓木炭：

姐姐，太好了，我们马上可以生火盆了！

佛面开心极了。我原本想说"丢掉"的，可这两个字却在舌尖上打成了一个死结：佛面衣单，每日又要下水洗衣，双手尽是冻疮。我今无力照顾她，或许这送上来的木炭，多少还能给她些温暖吧！

这一夜，我们生着火盆睡觉。因怕炭火熏人，我特意撑开了窗户挡板，这样就不至中毒。在难得的温暖中，我们连油灯也忘了熄，睡得非常香甜。

也不知过了多久，我感到胸闷气憋、头痛欲裂，想要爬起来，却手脚瘫软，费了老大劲才抬起眼皮。这时油灯早灭了，黑暗中那钵睡前被我用灰埋住的炭火烧得正旺，撑起的窗户挡板不知何时落下了，此刻严严实实地闭住了窗子。我暗叫不好，挣扎着起身去推窗户挡板，却怎么也推不动，像是有人用东西从外面顶住了。我去拉门，门也扣死了。

我一边喊着佛面，一边跌跌撞撞地扑向床头。床头下的墙上有两个破洞，前几日被我和佛面用布塞住了。我扯去布团，冷风扑过来，我大口大口地喘息着，终于缓过劲来。然后我把滚落在地、人事不省的佛面抱过来，让她的口鼻对着洞口，又狠命掐压她的人中和合谷穴，过了好一阵，她才悠悠醒转。

佛面，你对着洞口再吸几口气！

我支撑着虚弱的身体，用灰埋住了炭火，点着了油灯，然后从床底下取出那把我特意备下的柴刀，在年久失修的木门上砍出了两个大洞。北风夹着雪粒扑进来，吹灭了如豆的灯光。

在灯光熄灭之前，我真切地从洞口瞥见两道掠过的身影。我冷静地打开门，望着诡谲的夜色发誓一定要活下去。我开始给中毒较深的佛面按摩，又给她喝了一碗糖水，佛面这才缓过来。

姐姐，我好怕！

佛面搂着我抽泣不已。我们俩互相抱着，颤抖着等到了天明。天刚麻麻亮，我便不客气地敲开了洁尘的房门，然后扯开嗓子大喊：洁尘师太，我到圆庵才刚刚五日，就有人两次加害于我，告诉你，本宫仍是贵妃，哪天本宫回朝，一定彻查！到时可别怪我无情！

洁尘满脸歉意地安慰了我一通，又端来香茶、拿来点心，可我根本不敢吃。不一会儿，洁尘喊了几个比丘尼过来作证，说我和佛面因炭火中毒发了癔症，我方才所说的一切均为谵语，实际的情况是我们睡前的门窗闭得太紧才导致中毒。如若不是她发现得及时并进行抢救，我们早就没命了！

洁尘如此颠倒黑白真的超乎我的想象和承受力，我破口大骂。洁尘不急不恼，反而面露微笑地说：娘娘，妄语之罪，死堕地狱饿鬼畜生道哪。

另外几个比丘尼也附和着，叽叽喳喳地指责、讥笑、辱骂了我一通。那一瞬间我什么都明白了：再待下去，我和佛面必死无疑！

我还年轻，我还有许多梦想没有实现！我想活！所以，我明智地退回了住处，到圆庵的后山采了草药，积极地帮佛面治疗胳膊，并将节省下的米饭放在火盆上烤干，装入竹筒，藏在屋角，同时在床底下放了三桶水，柴刀也磨得锃亮。我怕万一哪天醒来房门被锁，她们不送米水，到时我们会被饿死、渴死。夜晚我和佛面轮流睡觉，两天下来，人就显出了几分病容。佛面也着急，我们俩商量了半天，却苦无良策，急得我口苦舌燥、脸红目赤。

半夜时分，我见佛面睡得沉，便悄悄开门来到香积厨，将备好的半碗茶油倒入厨房门斗，悄无声息地开了厨房的木门，从米缸里舀了满满一布袋米，然后把房门复原。回屋后我将米装进陶瓮，埋在我早就挖好的墙角里。我嫌水桶装的水少，又冒着夜雨将门口的陶水缸搬进了房内，并装满了水。我还从香积厨的檐后抱了些柴火过来，这样哪怕她们封了我们的门，我们还能苟活几天。

我对死亡的恐惧到了一种变态的程度，抑或说，我有了受害妄想症，总觉得一转头就会看见明晃晃的刀锋。刀锋上，闪烁出贾似道、邬秋儿得意的脸。

这一夜我直到天光爬上了窗纸才沉沉睡去。虽然劳累，但我睡得并不踏实，一直在做各种凄冷的梦。我梦见哥哥变成了一条冻鱼，瞪得大大的灰白瞳仁里，映出满身鲜血的我。后来，这血幻化成一根柔软的冰棱，藤似的绕在我的颈脖上，散发出砭人的寒气……还有，令人作呕的腥臭气。

娘娘，娘娘，您千万别动！娘娘，您醒了吗？您千万别动啊！

依稀中我听见了佛面的轻呼，声音中蕴含着焦灼与恐惧。我慢慢睁开了眼睛，发现有冰凉的物体缠绕在我的颈脖和脸颊上。我正要起身，一根竹棍倏地压在了我的胳膊上：娘娘千万别动，有条金环蛇在您的脖子上！

束手无策的佛面从侧面扑进了我的视野，她稚嫩的圆脸上满是焦急和汗珠。这时蛇开始在我脸上、颈上慢慢地蠕动，倏地一片绚烂的金色遮住了我的视野——那条蛇居然盘在我鼻梁上！

浓烈的腥臭味让我恶心，而它身上的纹路则如一只只不规则的菱形眼睛，正冷漠、阴毒地盯着我！

哥哥，我命休矣！

我心中暗叫一声，浑身开始筛糠。金环蛇似乎不喜欢这份战栗，它吐着鲜艳的蛇信，缓缓地从我脸上溜下，堆在我脖子上，我顿时气憋起来。

娘娘，怎么办？我再去喊人，你千万别动啊！

从佛面的口吻中，我知道她刚才已经去喊过人了，可是未果。我朝她摆摆手，让她别去。这边咬着牙齿，尽量不翕动嘴唇，艰难地说：蛇头在哪儿？

满脸苍白的佛面颤声道：在右边。

蛇似乎听懂了她的话，立刻昂首吐信，我斜着眼看清了它的位置，出手如电，一把攥住了它的七寸，随即飞身下床，抓着蛇抡了几个圆圈，随即甩到门外。金环蛇被我抡散了架，软塌塌地趴在泥地里。我从厨下取了刀，一刀刹下蛇头，用刀在蛇腹正中切了个小口，然后两指用力扯住蛇皮，从前往后缓缓地褪下了整条蛇的蛇皮，伸手晾在檐下的竹竿上。

佛面，把这蛇对剖剁成两指长，我们待会儿红烧蛇肉吃！

我把刀递给佛面，佛面直摇手：姐姐，我不敢！

我火了：不敢也得敢！

佛面从没见我发过火，立即乖乖地拎了蛇去处理，一边嘟哝道：姐姐，这儿是圆庵，不能杀生，不能吃肉，小心她们晓得后又去参你！

到圆庵不过几天，佛面却长大了好几岁。我咬牙切齿地说：放心，她们现在不会过来。再说了，这蛇冬天不好好地冬眠，是妖蛇，妖蛇到这儿来害人，我杀了它是为天地除害！她们就是参我也不怕！

佛面一听，立即瞪大了眼睛，迷茫地问：姐姐，你说大冬天的，这蛇怎么不冬眠？它怎么会在你身上？

我看着佛面鞋上的泥巴，问她刚才出去时有没有锁门。

佛面摇摇头：你不是咳嗽吗？我到园子里拔了几棵萝卜，想炖点汤给你顺顺气，不成想被洁尘师太发现了，她当着大伙的面骂了我一炷香的工夫。等我回来时，发现门半开着，这条蛇盘在你颈上，吓得我跑出去喊人。可她们都讲我打梦话，说是大冬天的蛇都在洞里睡大觉，哪会出来咬人呢？她们谁都不肯来，我只好跑回来，然后你就被我叫醒了！

我心里明镜似的，知道这又是她们使出的另一杀手锏。换了别人，说不定这个毒计就成功了。只是人算不如天算，她们没想到我自小帮祖父取蛇毒，对蛇性很熟悉。以前祖父有个病人得了恶痈，需要新鲜蛇毒治疗。祖父便将蛇放在棉被里保温，房间内还烧了火盆，那蛇当真没有冬眠，祖父用新鲜蛇毒治好了病人。这杀我之人当真动足了脑筋。

看着忙着煨蛇肉的佛面，我暗笑邬秋儿对我的不了解！

半个时辰后，我和佛面美餐了一顿，吃不完的蛇肉我用盐腌在瓦罐里。身处险地，不得不多做两手准备，起码我和佛面得挨到我哥哥来不是？要死也得见上他一面才行啊！

这时，有两位和洁尘师太走得近的老尼过来看我，正巧撞见我在那儿舞弄蛇皮，吓得扭头就跑。

佛面吓坏了，一个劲地说躲起来，不然会被洁尘师太骂死。我劝她放宽心睡一觉，这会洁尘师太她们不敢上门。果不其然，那两个老尼跑回去了许久，我这儿仍静悄悄的。

中午时分，我出现在圆庵的斋堂。当我把那张蛇皮摆在桌上时，正在吃饭的洁尘师太和众尼惊叫着闪到一旁。洁尘师太双手合十喃喃念道：阿弥陀佛，胡娘娘前几日犯了妄语之罪，今日又犯了杀生之罪，死后要下裂如大红莲地狱！

我虽非居士，平日却读佛经，知道裂如大红莲地狱乃八寒地狱中最寒苦之地狱，堕入此间地狱之人长满恶疮之身裂成数百瓣，色呈红紫，故称裂如大红莲地狱。这洁尘师太看样子数次杀我不得，已在心中恨我入骨，故此才用此恶咒。

我冷笑着大声道：师太，冬日不眠之蛇非妖即孽，杀之何惜？只怕传到皇宫，你这圆庵便成了凶兆之地，到时非但你和圆庵不受待见，一旦官家知你等心生恶念，欲置我于死地，届时卜告上天，菩萨罚你下阿鼻地狱，到时你在铁屋里被猛火烧烤，皮肉骨血与熔浆炽火熔为一体，直至劫尽……

我在宫中的苦读所累积的知识，此时成了我舌战的武器。我对阿鼻地狱的描述让洁尘等人恐惧之极，她猛地用手击桌：够了！

我上前一步定定地看着她。洁尘师太瞄了瞄正在膳堂用膳的雅福帝姬、云妃等人，浑身战栗不已。她肯定没想到我敢如此和她叫板，同时也知晓了利害：一旦官家得知圆庵屡出不祥之兆，皇室成员定会舍弃此庵！

是以她沉吟了片刻后，立马淡眉一皱，大声道：各位谨记娘娘之言，此蛇乃祥瑞之兆。还有，在太妃娘娘等人面前不得胡言乱语，违者除名。

雅福帝姬和云妃在宫中没人帮，是以才沦落到与众尼一起用膳，她们也怕坏了圆庵的名头，到时没地方安身，便帮着洁尘师太告诫众尼。雅福帝姬还旁敲侧击了洁尘师太一番。洁尘师太怕事情闹大，忙令众尼退下。

等膳堂只剩下我和洁尘师太时，我盯着洁尘师太，单刀直入地问她邬秋儿给了她多少钱杀我。

洁尘师太一愣，原本煞白的脸上现出抹潮红：胡娘娘说的什么话？老身怎的听不懂？

我笑道：听不懂没关系，只要认得金元宝、银元宝就行。我爷爷是御医，家中有几方救命药，家兄经营的熟药店不说日进万金，收入可比邬秋儿的娘家高多了。她出得起一万钱，家兄便出得起两万钱。

我说话时，洁尘师太一直微笑地看着我，神色极为恭敬。我恨不得立刻扑过去，把她踩进门口的烂泥里。但这几次的生死之险已经教会了我怎样控制情绪。我走到她身边，亲昵地抓住她的手，柔声道：过几日家兄前来，我让他筹钱。只是，师太须得让我和家兄见上几面。

不知是洞悉了我内心对她的恨意呢，还是被钱诱惑，当我抓起她的手时，洁尘师太的身体一阵战栗。我走时她叫了我一声，从她的眼眸里我知道她被那两万钱打动了。

果然，三天后家兄来，她破例地让家兄见了我。为了见我这一面，家兄给了她整整两万钱。听家兄说，为了贿赂守门的比丘尼让她向洁尘师太通报一声，罗槐还送出了两只金手镯。按说佛门中人应该以善为宝，可她们都做了些什么呢？说来都让人恶心！

山风呼啸，车马辚辚。罗槐像尊雕像似的坐在车厢前头。佛面睡着了，头伏在我肩上，呵出的热气让我耳朵发痒。关于圆庵的回忆仿佛一池滚水，灼得我心田疼痛。

罗槐似是长了眼睛，要么就是他觉得已经到了比较安全的地方，这时他停下马车，叫醒了佛面，小声地告诉我们他的计划：我们即将去南运河码头，有人已经租好船在等我们。届时我们历临平、崇德、石门、秀州、吴江、平江、无锡、常州、丹阳至镇江，然后换乘江船，溯长江而上，途经瓜洲、真州、建康、江口、当涂、铜陵、池州、东流到江州，从江州境内入鄱阳湖到隆兴府，再经吉州、赣州到南雄珠玑巷。

娘娘，此去关山万里，且餐风宿露，只怕娘娘要吃苦了！

月辉下，我终于看清了罗槐的样貌。他身材高大，轮廓刚毅，模样方正，端的是好人材！尽管当时是在逃亡途中，我心中仍然窃喜：能与如此郎君同行，实乃福气也！

怎么样？胡教授，八百多年前的我是不是特好色、特颜控？没办法，自古嫦娥爱少年。我无法抑制上帝赐给女人的爱美天性！

不过我还算清醒，没有被美男子罗槐弄昏头脑，当即问他我哥哥怎么办。

罗槐简要地说，由于有人告密，刑部以偷盗宫中财物为名，发出了缉捕文书，罗氏会馆的德元公、他的两个弟弟、内弟、我哥哥、帮忙放掉曾守琴的吏员，以及与曾氏会馆和罗槐、曾守琴有密切来往的十几户人家都受到了牵连，有传言说贾府中人想借此方式将罗氏、曾氏等十三姓十七户商人的财产据为己有。他和德元公等人已经商量好了，大家借走亲戚、进货之名，从不同的城门离开临安，通过南运河到镇江会合，然后再分坐两条船从镇江到江州。

一共有多少人？

一百三十多口人。有点显眼。罗槐叹道。

我吃了一惊。原以为只是自己一家身处险境，没想到因我把密折送给了官家，无意间却连累了这许多人，心下顿生惭愧。

罗槐望望天色，说娘娘，时辰不早了，我们得按点赶到船上。你们抓紧时间歇息吧。

我谢了他，然后提醒道：罗壮士，现如今此地已没娘娘，昔日的清蕙已死，你就唤我卜玉树吧！就说是你表妹。

是表弟！罗槐纠正道。我看看身上的衣袍，这才想起我和佛面都换了男装。

这之后的漫漫征程说来可就话长了，今世的我现在身体越来越差，天天到医院做化疗，估计时日不多了，加上精力不济，在此我只拣重要的写吧。

罗槐筹划得好，我们在计划的时间内坐船到了镇江。在那儿我本以为能见到哥哥一家，不料却只见到了哥哥家的老仆义叔。义叔自小服侍父亲，看着我们兄妹长大，与我们情同家人。这次按罗槐和哥哥事先的计划，他押了两船药物、细货等在镇江等。听他说，嫂嫂和侄儿胡冰卿、侄女胡冰倩、长志、华志等一拨人已经跟着曾守琴、曾兵从陆路往江州走了。哥哥本来是要跟我们一船走的，他不放心嫂嫂和一双子女，固执地沿着曾兵的线路去追嫂嫂他们了。

他一个人走？万一……

想到哥哥那么懦弱，如今为了家人却不顾自身安危，做出如此胆壮之事，我一时不知该说什么好。

赛男，显祖虽然胆量不如你，却有内秀。他机警仔细，你不用太过担心。

义叔这么安慰我。我唯有在心中祈祷他平安耳！

当义叔告诉我，曾兵、嫂嫂、哥哥他们会半路坐船去江州时，我心内略略安稳了些。船上地方小、人多，如果天气好，倒比陆路省心和快捷。

不久，我们一行到了镇江。

在镇江雇船等候我们的是一个黑瘦的中年男子，罗槐叫他阿甲。阿甲讷于言，敏于行，什么事都做得妥妥帖帖。跟他来的有七十几号人，分属六个家庭，老幼皆有，遇事常常意见不一，阿甲却总是能迅速地把他们协调好。

我们乘坐的是一艘由废旧漕船改成的商船，龙骨粗大、船体扁阔，听船家讲，原先每船要载粮一千五百斛。船虽然老旧了，速度却还快，每日溯江能行七十里左右。只是船家贪心，船上载的人太多，大家挤得辛苦。

由于超员，船家怕监察客运的"红座船"监察，船时快时慢，有时突然抛锚靠岸，有些行踪不定。因怕泄露女儿身份，我大部分时间躲在罗槐花重金特为我准备的舱房里。船上的日子非常寂寞，所幸带了两箱书，内有医书、药书、词本。这些书白日翻翻原本最好消遣，哪知罗槐怕我泄露身份，不但不许我看，还把有印鉴的封面封底全撕了。那本我从宫中临摹带出的《大宋天下郡守图》也遭此"毒手"，心内不免戚戚：封面上，有我儿子冠儿的小脚印。他做三朝时，我抓起他的脚丫在书上按下个小脚印，心中暗望他日后大展宏图，最好足迹能遍及大宋王土。自冠儿逝去后，我将他的脚印描在每一本书的封面上，希望他常伴我左右。可是罗槐却全然不顾我的感受，把封面撕了扔进江中。

事后我破例地斥责了他，罗槐生气地拂袖而去，留下我在黑暗的船舱中哭泣，眼泪断线珍珠似的落在地图扉页上。我怕毁了图册，赶忙止泪，用干毛巾按去纸上的泪痕。虽然只是我临摹的《大宋天下郡守图》，但因是我敬重的前朝贤士沈括编著的，我自然厚爱一层。更何况沈括还为大宋立了奇功，他所著之书，我自当百倍珍惜！

话说"澶渊"之盟后，宋熙宁八年（1075年），辽国派大臣萧禧来到东京，要求将山西北部的黄嵬山以北划为辽国所有。若按此要求，辽国就将边界往大宋推进了三十多里。朝廷上下苦无对策，此时神宗皇帝灵光一现，想起了熟识地理的沈括，于是命他出任谈判特使。沈括先到枢密院查清了以前与辽所议的边界文档，从《天下郡国图》中找到了依据，最后成功地捍卫了宋朝的边界。

听了我讲的上述故事，罗槐很是抱歉，但已于事无补。见他难过，我反倒安慰起他来。

为了摸熟此行路线，罗槐向我借地图册。我怕他丢失，不肯给，但同意他白日过来借阅。反正船上无事，有时我们便坐在船腹两侧的窗牖下读书，读累了则上船尾的楼阁看风景、吟听新词。渐渐地熟络了，两人成了无话不谈的好友。船上虽然吃得不好，可因有罗槐的关心，我反倒长好、长胖了。

我们所乘的客船为中型舟，船上帆、橹、舵、棹、桨俱全，航速逆流每天三十里至七十里之间。遇到顺风，一日几百里也说不定。倘若天气不好，船家则泊至安全处避风。

这一日，船刚开至江心，即刮起了大风，一时浪涛如雪，船似一叶忽上忽下，行李纷纷坠落，乘客多有摔倒。我呕吐不止，佛面更惨，躺在甲板上不得动弹。义叔有心无力地扶着栏杆，脸白如纸。这时腰间系着一物的罗槐艰难地走过来，递给我和佛面、义叔一只软木制成的浮环，让我们系在腰上。

要是万一落水，靠这个你们能浮起来。

罗槐吩咐完后又扶着栏杆走了，底舱里还有几十号人等着他和阿甲去照顾和安抚呢！这时一阵大浪打来，罗槐消失在雪白的浪花中。我惊呼一声，扶着船家特意拉起的扶手绳索想过去看个究竟，义叔扯住我的衣袖大喊：赛男，你去了也白搭！小心为上！

我也知道危险，可罗槐是我们的主心骨，没有他，即使到了江州我们也不知怎么办，我必须去救他！我拉着绳索挣扎着来到罗槐消失的甲板上。此时浪已退去，我看见罗槐趴在地上。

罗相公，抓住我的手！

我弯腰去拽他，不料又一个大浪打来，一下把我卷入了水中。幸好我腰上系着浮环，不一会儿就被托出了水面。睁眼一看，只见船在几米开外，我吓得尖声大呼。风声浪声太大，我的求救声消失在风中。就在我绝望时，套着几只浮环的罗槐向我游来，他费力地用绳索套住我的腰。说来我俩有运气，不一会儿，突然风平浪静，似乎刚才的惊涛骇浪只是一场噩梦和幻觉。

船家因义叔、阿甲他们的强烈要求，不得不减速停船。罗槐终于将灌了半肚子水、冻得脸紫唇乌的我救上了船。

赛男啊，你今天是福大命大哪！

义叔老泪纵横。我则不顾男女之大防，紧紧地攥住了罗槐的胳膊。

我和罗槐之间，因那天的遇险与被救而滋生出了几分说不清、道不明的情愫。

船行半月左右，江上的红座船忽然多了。我们的客船动不动就被拦下，监官上船四处察看。我发现，他们特别留意青年女子和来自临安的客人。所幸罗槐、阿甲有先见之明，我和佛面着了男装，其余跟随南逃的人家也由德元公早就找人造好了迁徙南方的诸份公文，所以几番查验，皆顺利过关。

这一日船到铜陵，因上次遇到风浪，船受了轻损，要停船两日进行修补，同时船上众人也要采买些日用东西。最主要的是，辛苦了半个多月的船家和一众伙计还要到勾栏快活快活。船上众人听闻可以在铜陵游玩两日，个个欢天喜地。罗槐照例派阿甲、义叔去探路，没多久，阿甲神色有异地跑回来。见了罗槐，他俩用珠玑话叽咕一通，我只听懂了一两句。罗槐告诉我，城门口到处贴着刑部发下来的捕影图形和通缉文告。

上头还画了你和佛面的图形，说你们是混入宫中的盗妇，你们这几天不要出头露面了！

罗槐不准我俩上岸，他自己也不离开船，他要守着我们，这使我们在郁闷中体味到了几丝温暖。我和佛面放下心思，帮众人洗衣缝补。手中有事做，时间便过得快，转眼就到了傍晚。这时义叔和阿甲拎着两筐食物回到船上，义叔走过来，疲惫的脸上满是惊惧。

赛男，你还是装病睡在船舱里为好。方才我和阿甲在街上，看见捕快抓了几个人走，其中一个小娘子跟你长得有些像。那小娘子的兄长骂了几句，就被捕快当街砍死了，流了满地的血！

一旁的阿甲说那些人在找高个子的兄妹俩，这不明摆着是在找我和哥哥吗？看来宫中的那双黑手已经将刀尖指向了我们。

我背脊上顿时凉飕飕的，同时为哥嫂和冰卿、冰倩担心，当晚几乎没吃饭。

罗槐深恐夜长梦多，他主动找到船家，告诉他铜陵码头上有匪徒觊觎他的船，船家此时已听说街上的杀人之事，听后心中紧张，再一看船工已将那些小毛病修得八九不离十了，次日天刚麻麻亮就驶离了铜陵。

此时已是隆冬季节，天寒地冻，水枯船慢，从铜陵到江州，我们走了十几天。其间又有红座船和一伙不明身份者来查验，船上的两个男子被抓走了，所幸我们无恙。夜晚罗槐悄悄地找了几家户主商议，决定船到江州后歇息半月，以补充体力，寻找盘缠。

宋时的江州即今日之江西省九江市。江州始建于东晋，辖部为江西大部。南朝时江州遭到多次分割，辖境变小。唐朝元和十年，白居易被贬任江州司马，写下了脍炙人口的《琵琶行》。在今世，我没有生病之前，我多次到浔阳楼凭吊。八百多年过去，江州已是个完全陌生的繁华之地，全无记忆中的样子。在我的前前前……前世，江州虽然也繁华，渡口樯橹如林，街上行人摩肩接踵，但总体来说，还是一座清新可爱的小城，不似今日这般庞杂。

为了节省费用，我们住在江州市郊的"打火店"里，所谓打火店，店家只给房子、床铺、灶具，其余一概不管。便宜是便宜，但也不方便。好在我们原本就是在搬家，大小行李十几大车，锅碗瓢勺衣被俱全。人又多，住下后安置的安置，生火的生火，做饭的做饭，很快就井然有序了。

只是我们人数太多，又一口的临安话，特别是阿甲的相貌非常引人注目，结果被江州某厢公事所的街子探得，报与厢巡检使。巡检派铺差来查，险些露了马脚。幸得罗槐机灵，早将我等的金银、细软和书藏起，只说是举家南迁。又拿公文路引与他对验，铺差这才放过。

我们驻扎下来，一方面休养，一方面派人到预先约定的浔阳楼下等家兄、曾守琴、德元公一行。日子仿佛刚从险滩上流入深潭的水，突然间就安静了下来。

为了筹集路费，罗槐在街边摆了个打铁铺，给人修补打造农具、刀、锅。由于他手活好，竟然接了不少活。不料却引起坊中铁匠铺的反感，差了一班痞子过来捣乱。罗槐走南闯北惯了，夜晚即带着几包从义叔船上拿来的人参等贵重细货到铁匠铺拜访，铁匠铺掌柜听了罗槐所言，又见他手艺极好，便请他到铁匠铺打短工，按件付酬。罗槐大喜，当即与铁匠铺掌柜签了契书。这样，罗槐每日有二百文钱的收入，可略微补贴大家的日用。

这天夜晚，我和佛面仔细看了地图，发现江州离珠玑巷尚有千余里路途，而我们的盘缠即将告罄。加上此时因路途劳顿，有两位老者去世，丧葬安置花尽了大家最后的盘缠。另外还有几位妇孺生病，而我们竟然请不起医生、抓不起药，再延得几日，就该揭不开锅了。

此时若单靠罗槐一人挣钱，定然难以支撑开销。我原本想把哥哥的两船药材卖掉，义叔却坚决不肯，说他受家兄所托，要把药材运往珠玑巷，这是我们胡家人立足的根本。现家兄不在，饶是我做的主，他也是不肯听的。我奈他不何，和他吵了起来。罗槐等人知晓后，俱都站在义叔一边，我们只好另做打算。

苦思冥想两天后，我终于想到一计，立马组织临安的逃户们开会商议。我分析了目下的情势，告知了他们有关盘缠的实情。其实我不说他们也知道，钱是由各家凑的，每日花多花少都记了账，虽然每户人家还留了体己钱，但这体己钱他们要留着到珠玑巷安家开业，不敢妄动。大家眼巴巴地望着我，希望我抱出个金娃娃来。

我说金娃娃我没有，但我们有脑袋、有手艺，只要我们分工协作，利用在江州等人休整的日子各显本事，肯定能挣到余下的路费。

大家一听异常兴奋，忙问我有什么主意。我说很简单，各展所长，挣了钱每日往"公费"里交相应的数目，余下的归个人所有。

为了起示范作用，我当即报名制作衣帽出售。佛面立马响应，说她会做头花和点翠。阿甲说他可以领着壮丁们去帮工。刘二嫂、吴三姑、李婆婆则当街卖烧烤馉饳，也即今的大馄饨。刘二嫂原来在临安就专卖烤馉饳的，手艺了得，她做的馄饨又大又美，外皮皱得像朵花，式样非常美观。因皮厚难煮，煮久了又怕糊，所以用铁签串起来烧烤，边烤边撒作料。烤熟后外脆里嫩，相当美味。吴三姑擅做胡饼，名曰"仙难忘"，以前在临安即以此为生。李婆婆则以做辣菜闻名坊间。

我们到江州时正值芥菜丰收的季节，打火店旁的菜园里，芥菜长得半人高，我们买了几担芥菜，把芥菜的根茎洗净、去皮，切成两指宽的条状，封缸腌制半月后起缸，就成了时人最喜欢吃的辣脚子。没办法，宋朝时辣椒还长在外国的地里，我在前前前……前世的宋朝，只吃过胡椒姜和这辣辣的芥根，辣椒是从未见过和听过的，更别说吃了。李婆婆的辣脚子没有用辣椒，却有辣椒之味，很受欢迎。为了早日生钱，李婆婆将另一半芥条腌制一夜后浇上醋和小磨麻油再卖，这是宋朝另一款流行的辣菜。

就这样过了半个多月，我们手上有了些积蓄，便从打火店搬进临时租的两幢空院，大家耐下心来等家兄和曾守琴、德元公一行。

说来有意思，当我的前前前……前世回忆越来越清晰之后，我特意去了趟宋时的江州、现在的九江。我在那儿的超市看到一种江西抚州做的腌芥条，既脆又爽口，如果去掉红辣椒粉，那味道估计与当年李婆婆做的"辣菜"无异。这两道腌菜原料相同、制法相似，且叫法也类似。抚州当地人称其为"捺菜"，这与宋时我们叫辣菜的称呼很接近。估计这是当时的遗风之一，所以那次我从九江带了两大箱捺菜回来，分送给几个跟我有相同经历的人。

胡教授，看到这儿，估计你又纳闷了：难道珠玑巷还有其他再生人吗？没错，珠玑巷的确生活着一群对前世有记忆的"再生人"，只是他们生恐自己的身份暴露，会引起众人的恐慌，所以极力隐瞒。我生病前，经常会在家中组织他们聚会。我们关掉电源和手机，穿上宋朝的衣服、做宋朝的糕点和菜式，畅谈前世的回忆。那场景，多少有些荒诞甚或诡异。但是，我们内心充满幸福感。因为我们的存在，历史变得鲜活，而我们作为广府人的先祖，看到如今的珠江三角洲如此兴旺发达，也深感欣慰：不枉我们当年的筚路蓝缕和千辛万苦啊！

您是客家人，您的祖先也是从珠玑巷流变过去的。学界认为，当年迁往南方的中原先民到了虔州后分两路往南，一路经章江翻越大庾岭入南雄珠玑巷，成了广府人的开山老祖；另一路则沿贡江进入了福建，他们变成了客家人。

如果以此为标准，您既是客家人又是广府人。我研究过您的家谱，您家先祖到虔州后有一部分去了福建，另一部分则到了珠玑巷。您的曾曾曾祖父无子，他从福建那边的胡家过继了一个螟蛉子，然后到了珠玑巷。后来胡家迁到南海，清朝光绪年间又返迁回赣南。所以，在您这一支的胡氏身上，最能体现客家人与广府人的迁徙史。当然，我非专业学者，以上只是我的孔见，说得不到处敬请见谅。

接着上面的话题再说我在宋朝的故事。

我们的辣菜、胡饼、烤馉饳卖得相当好，罗槐和夏小二的手艺和态度更是赢得了铁匠铺掌柜的赏识。特别是品貌俱佳、手艺精湛的罗槐，一下子被老板和老板娘看中了，居然要招他当上门女婿！

罗槐怎么解释都没用，老板扬言要"抢亲"。罗槐害怕哪天醒来自己被捆绑成亲了，只好留下夏小二在铁匠铺打工，他自己辞了铁匠铺的活，扛着铁砧沿街吆喝"修菜刀、柴刀、剪刀、锄头、铁锅喽"，不成想这样挣的钱比在铁匠铺干活还要多。

那段时间我在干什么？我缝制小儿的衣裳卖，佛面等几个年轻女子则用五色璎珞和各种颜色的锦缎剪制闹蛾、制作头饰花朵。佛面擅做点翠，恰巧罗槐有百步穿杨的猎户本领，走街串巷时他带着弹弓，有一天他进山打猎，居然拎了两只锦鸡回来。佛面说可惜没工具，否则她能把锦羽做成极美的首饰，一天可以卖好几套。

罗槐一听，连夜把她要的工具打造出来。佛面花了三天的工夫，将锦羽做成了两套极为华美的点翠头饰摆在路边叫卖。虽说锦羽不如翠羽那般有流动宛转的光波蓝，可羽毛上金黄与绯红交织出的鲜艳与宝石般的光泽，依然打动了过往的行人。

这天上午，有个青年衙内骑马来到佛面摊前，要用十文钱买这两套头饰。佛面自然不肯。此时的她恢复了女儿装扮，极为可爱与娇俏。想那衙内早就打了佛面的主意，见佛面不肯卖与他，竟指控佛面的头饰是偷的，拉了佛面就要去告官。这时在旁边一个街口弄虫蚁的阿甲上来据理力争，并让佛面现场演示给他看，衙内仍不放手，说佛面违反了太祖于开宝五年六月下的"禁铺翠"的诏令。

这些佛面在宫中早就知道，但这会儿她得装无知啊。衙内见有不少人围观，便挺胸收腹地朗声道：

大观元年，徽宗重申"禁铺翠"诏曰：先王之政，仁及草木禽兽，皆在所治。今取其羽毛，用于不急，伤生害性，非先王惠养万物之意。可令有司立法闻奏。

有几个拍马屁者连忙喝彩。衙内得意地笑笑，转而斥骂佛面：

贱婢，汝现在犯了"销金为服罪"，可以徒二年！

衙内似是肚里有些文墨，人群中也有他的同伙，可大家还是看明白了他的把戏：这衙内明摆着是在欺男霸女嘛！

佛面不理他，收了头饰就要走，那衙内一把拽住佛面的胳膊，佛面惊呼起来。衙内一声高喝，几个仆从过来帮手，眼看就要把佛面掳至马上。

阿甲飞冲过来，拾起地上的头饰，扛起佛面就跑。此时我们已经在江州待了二十余天，熟悉周遭地形的阿甲故意将衙内引入相反的方向，然后翻过一堵残墙和一家宅院，绕道跑回了我们栖息的地方。

那天我拉肚子，躺在房内歇息。义叔烧了热汤和米粥，可惜我吃下就吐。旁边的房间里，八九个孩子在杨婆婆的监督下读书，侄儿冰卿和侄女冰倩也在其中。

胡教授，看到这儿您是否觉得纳闷：冰卿、冰倩、嫂嫂不是跟曾守琴、曾兵他们走了，怎么他们母子三人先到，那曾守琴、曾兵他们哪儿去了？去找大嫂和一双儿女的哥哥又如何了？

唉，说来都是泪啊！嫂嫂母子三人的确随着曾守琴、曾兵、长志、华志等人想往镇江走的，不想去码头那天，码头上查验很严。罗长志和罗远志怕财物有损，坚持走陆路离开临安，再绕道插至长江边。他们就这样转雇马队出了城。考虑到他们一行几十匹的马队目标浩大，曾兵请了护镖队，抄近道顺利地抵达了长江边上的一个码头，在那儿和追踪而至的胡显祖碰上了。胡家四人团圆格外高兴。在那儿他们按计划换乘江船，没料到在分船时出了分歧。罗长志、罗华志带的细软、物品多，光东西就装了大半船。也许是多心，也许是想分散目标，罗长志和罗华志只同意胡大嫂母子三人和四个镖师与他同船，另外出钱为胡显祖、曾守琴、曾兵雇了条小船，为他的船开路。

搞不清他葫芦里装的什么药，大家见说不通他，只得依了他。所幸两条船同起同宿，有时大船缺用品了，给小船上的三位招呼一声，他们便到岸边去买，倒也方便。

船行至湖口时遇到大风，船家把船停在避风处等候。因罗长志、罗华志堂兄弟俩在船上憋得太久，他们见停船的地方是个小镇，便张罗着带了两个镖师和胡大嫂母子三人到镇上游玩。曾守琴、曾兵和另两个镖师留在大船上看守。胡显祖那日恰巧腰痛，躺在船舱里动弹不得。胡大嫂顺便还要到镇上给他买狗皮膏药。

不料等他们在镇上转一圈回到码头，那条装满货物和行李的大船竟然不见踪影！曾守琴、曾兵、胡显祖也跟着一起失踪。小船上的船家被人打晕了，小船里的铺盖卷和锅碗瓢盆也一并丢失了。

船家说他们遇到了水匪！罗长志、罗华志心疼那些细软，嚷嚷着要去告官，被胡大嫂劝住。尽管她悲痛、惊慌，却牢牢地记住了自己一行是在逃难，身份见不得光。她定下心神劝阻了罗长志、罗华志兄弟二人，又安慰船家和两个镖师，许诺到江州后再付他们工钱，而他们身上那些散碎银子还可以维持他们到江州的饮食所费。船家不想所有船资打水漂，只得同意。两日之后，他们到了江州浔阳楼，找到了苦苦守候在那儿的义叔。这就是为什么这时我嫂嫂和侄儿、侄女和我们一起住在江州的原因。

自从得知哥哥他们失踪的消息后，我便生病了。这两日罗槐总说他有事要划算，没出去帮工，给我端茶送水的，照顾得格外小心和细致。

妹妹，这罗槐当真是个好人材！

嫂嫂多次叹道。因哥哥的变故，只短短十余日时间，她乌黑的发间便有白丝闪烁。我不想再让焦灼烦躁的嫂嫂为我操心，挣扎着起了床。

这时，阿甲和佛面气喘吁吁地跑进了院子，待他俩说完事情的原委后，罗槐面露焦灼地说：糟糕，我等人多，近日又常出入市井，阿甲长相有异，只要街子、铺差有心查访，很快便能找到我们。阿甲，我现在带着卜姑娘、佛面、胡大嫂、杨婆婆和孩子们先走。你去召集其他人，天黑后我们在郊东的土地庙集合。这里不能住了！

还好我们每日都做好了走的准备，没多久，牛车就载着我们上路了。半个时辰后我们来到了荒废的土地庙，先到的罗槐和阿甲已打扫好了几间房屋，大家把牛车上的草帘、被褥、锅碗瓢盆卸下，又成了个简单的窝。想到以前的锦衣玉食，再对比眼前的凄惶，我不禁百感交集。奇怪的是，我竟然是感慨、庆幸多于艳羡！

这一晚我失眠了，我担心哥哥、曾守琴、曾兵，不知等待他们的是何命运。嫂嫂也在暗泣，这些日子她精神不济，老叫胸口痛。我为她把了脉，乃忧思过度，给她开了几剂药，吃了也不见好，我也挺担心她的。这段日子变故太大，所有南逃的人都面临着生死挑战，但愿我们都能平安到达珠玑巷。

大殿的大门坏了掩不上，风直往里灌。身下的稻草挂帘沙沙作响，单薄的褥子抵挡不住冷入骨髓的寒气。隔壁的孩子睡不踏实，时不时惊号几句，整个气氛荒凉而又阴森。透过屋顶的破洞，我看见半镰银月和几颗疲乏得直眨巴的星星。在渐浓的睡意中，那几颗星星慢慢地融为一条银钱，随后幻化成一柄亮剑。突然，这剑从天上落下，直插我的胸口！

我倏地醒了，惺忪中我看见罗槐蹲在门旁，手中拿着把闪亮的刀，正紧张地朝外张望。见我站起，他忙做了个"嗦声"的动作。这时殿外传来沙沙的脚步声，跟着门口出现了几道黑影。罗槐示意我钻进倒塌的土地公公塑像背面，随即自己闪身隐在门后。

不一会儿，那两道黑影悄悄地从半掩的房门摸进来，他们挥刀朝我睡的被褥剁去，剁了几下发现不对，其中一个黑衣人伸手摸了下被褥，小声气急地道：糟糕，钦犯跑了！快追！

另一黑衣人拉住他：慢着，我看干脆一不做、二不休，把这庙给烧了！反正那些跟着姓胡的跑的都不是什么好东西！

这时，隐在门后的罗槐和不知打哪儿跳出的阿甲用刀背敲晕了他俩。佛面这时也醒了，她站起身往外走，罗槐说了句：莫动！然后他和阿甲背起黑衣人蹑手蹑脚地走出了庙门。

姐姐，怎么回事？

佛面倒蛮机警，很快便发现了我的藏身之处。她蹑手蹑脚地走到我身边，小声问道。

有刺客，应是来杀我的！

经历过圆庵的生死考验后，对这种袭击我和佛面都能淡然处之。

她"噢"了一句，再无他言。此时我们俩见天色渐亮，干脆起床梳洗、烧火做饭。

不久，罗槐和阿甲挑着两担柴火进了土地庙。嫂嫂、义叔、刘二嫂、吴三姑、李婆婆、杨婆婆和孩子们都已醒，他们对昨晚的危险丝毫不知。

罗槐示意我们不要声张，等大家吃完早点了，他才宣布转移。结果孩子们欢呼雀跃，嫂嫂、吴三姑当场哭了起来，曹阿伯、夏小二、吕阿叔也不肯走。罗长志、罗华志不停地长吁短叹。

罗槐无奈，只好告诉他们官兵发现我们是逃户，很快就要前来缉拿。阿甲已经在庐山脚下的密林里找到了一个当地人鲜有知晓的桃花源般的去处，大家在那儿歇息、休整些日子再往南走不迟。

我也开始劝大家，就这样连骗带哄的终于让他们离开了土地庙。由罗长志、罗华志、义叔押车先将他们安置好，并在那儿统领。

我和罗槐、阿甲、佛面留在了城里，这是一个大隐隐于市、希冀灯下黑的冒险计划。我们装成生意人，住在一个简陋的打火店里。那儿闹哄哄的倒也不引人注意。我们每日在街市、渡口、码头等候、寻找着曾守琴、曾兵和我哥哥。

这天罗槐领着男装的我和阿甲去码头打探消息，来到浔阳楼时，罗槐拉着我到外墙挂着的题诗板那儿去看看有无留言。结果留言没看到，却读了几首不知名的骚人写的几首词，填得狗屁不通。

我们正失望地往码头赶时，我一扭头突然发现墙根下有几个乞丐模样的人直勾勾地盯着我们，他们有的伤了腿，有的伤了脚，有的伤了头，情形殊为可怜。其中一个满脸溃烂的乞丐警惕地张望一阵后朝罗槐有一下没一下地招手，罗槐过去一看，不由小声惊呼起来：表、表、表哥？是你吗？

浩风，边上有人看着，晚上我们住在城西的关帝庙，快来救我们！

满脸溃烂、面目全非的曾守琴飞快地道，言罢他紧张地打了个哈欠作掩护。

这时，我看见了旁边的哥哥，他四肢被人砍去，捆在伤口上的白布已被脓血染成黄黑色，气息奄奄地躺在地下，仿佛随时可能咽气。我正待大呼，被罗槐紧紧地扣住了手腕：小心，有人来了！

似乎为了印证他的话，曾守琴突然紧张地伸出双手做行乞状，口里喃喃道：老爷大人，可怜可怜我们，您行行好吧！

罗槐头微微一侧，我注意到有两个男子从两边往曾守琴这边行来。罗槐掏出几文钱放进曾守琴手中，拉着我躲到墙角。那两名男子站在人群中观望了稍许，见无人注意，其中的矮胖子飞快地跑到曾守琴身边，把钱取走了。另一个高个儿不满意我哥哥不能乞讨，对着他猛踢两脚。哥哥哼哼了两声，我心疼得浑身发颤却不敢妄动。等那两名男子走开后，我买了几张胡饼，又向店家讨了一碗水送到哥哥身边。

哥哥，是我！您别说话，晚上我们来救您！

哥哥显然很激动，可他却无法说话，只是着急地张嘴从喉咙里发出咿呀的叫声。一旁的曾守琴小声道：他们给他灌了哑药！

我的泪水夺眶而出。这时罗槐走过来，在我头上推了一下，骂道：我刚才不是已经给过钱了吗？你装什么善人！快去干活！

我从余光中看见那两名男子正朝这边走，为了不引起他们的怀疑，我疾跑而去。

在一条阒无人迹的巷子里，我失声痛哭。罗槐默默地递给我一条手帕，同时提醒我小心下巴上的假胡子要掉了！

我抽抽噎噎地告诉了他我哥哥遭遇的不幸，罗槐眦目欲裂，他说我哥哥他们碰到的是采生折割的恶徒！

我自幼跟着祖父走街串巷，晓得这采生折割的手段最是残忍。儿时邻街有一个八岁的小儿郎被恶人掳去，先以哑药灌之，剥衣后用针刺全身致鲜血淋漓，趁血热之时，将养在家的狗杀死，剥其皮包在小儿身上，人血狗血相胶粘后长在一起，永不相脱，然后用锁链链之，令其做出各种人状骗钱。后来这小儿在乞讨时遇见自家父亲，忙用指在泥土上书出自己名字。其父见疑，遂向官府报告，最终救出小儿，此案当年轰动临安。祖父讲时我和哥哥总是筛糠不已，没想到今日哥哥竟遭此厄运！

我泣涕之后，满胸都是复仇的怒火。罗槐知我痛苦，一路软言相慰。回到庙中，罗槐招来阿甲、义叔，筹划后决定立即前往曾守琴所说的关帝庙勘察地形，届时再做计划。

关帝庙位于江州城西的一座圆丘下方，颓败一如我们栖息的破庙，只有半边尚存的墙壁屋顶，让人怀疑只要一阵风来，墙屋就将随时倒塌。

罗槐让我、义叔待在庙边的草丛里，自己和阿甲佯装农人，背着草筐、拿着镰刀，一边割草一边绕破庙转了一圈。当他们割草绕到破庙右方时，从破庙里走出两个体形剽悍的黑衣人，他们朝罗槐他们挥手，让他们赶快离开。

罗槐和阿甲佯装害怕，背着两筐草跑出了几百米远。当我们在河边的一块洼地上聚首时，罗槐说这伙恶徒非寻常人，且破庙有人把守，而且匪徒人数还不少，凭我们几人之力要救出两个行动不便之人，恐有些难处。但此事又绝对不能告官，怕官府到时顺藤摸瓜，查出家兄等人的身份，引出更大的麻烦。罗槐和阿甲认为我们只能智取。

罗槐说话时我倏地想起了自己在圆庵的遭遇，为了杀我，洁尘师太她们从大火、炭气到毒蛇全用上了，我想到了迷药，便建议罗槐先回江州，到药店采买些我需要的药材制成迷药，届时放入贼人所饮水中。鉴于敌众我寡，虽然用迷药乃义人不齿的下作行为，罗槐还是同意了。

就这样，我们快马加鞭地赶回江州市区，三人分头从不同的生药房买来适量曼陀罗花、颠茄、附子，又加入马钱子和其他几味秘药，取适量研成粉末，这药放入水中，喝后可使人暂时昏迷。以前祖父在时，常用此法为人剜疮血，人称其为"新麻沸散"。我当年是祖父的

182

小帮手，祖父也悉心传授过我怎样制迷药，想来我之所制应无太大问题。

佛面知道后生气地质问我，当初为何不用迷药把洁尘她们迷掉？

我哑然地摇摇头：我那时既无药材也无此杀心，就算有迷药，明知有人要害我，可因主凶不明，我总不能把圆庵中人尽数迷晕吧？就是现在，我用的分量也不足以致死。我不想成为被通缉的杀人犯！

傍晚，我们埋伏在关帝庙旁边的灌木丛中，看夜色一点点地吞没夕阳的余晖，最后黑了下来，这时我们在码头上看见的那个矮胖子用绳索拴着曾守琴等人回到了关帝庙，他们身后的牛车上还放着几个像家兄这样被折磨得无法行走的废人。矮胖子将曾守琴这些能动的人锁进一间房，不能动的那几位则木柴似的丢在颓塌的大雄宝殿，任山风掠夺他们身上残存的热量，他们渐渐低下去的呻吟不一会儿便被冻住了。

想到家兄遭受的不幸，我气血直往顶门上冲，恨不能立马杀尽那些狗贼。罗槐似是知道我在想什么，握住我的手小声提醒道：表弟切记，千万不可意气用事！

这些时日我一直男装，他也渐渐忘了我皇贵妃的身份，将我视为兄弟。我们也以兄弟相称。我敢打赌他握我的手时心内毫无杂念，所以他直视我的双眸才会如此纯净！

这时，穿着一袭黑衣的阿甲从破庙跑回来，说刚才贼人正在做晚饭，趁贼妇出门取柴火之机，他已将迷药悉数放入正在烧的羊肉汤中。

我们只需等就行了！阿甲，再检查下牛车。

罗槐话音刚落，阿甲就影子似的消失在灌木丛的阴影中。

不一会儿，从身后传来三声鸟鸣，那是阿甲回复罗槐一切平安的讯号。罗槐撮唇回吹了三声鸟鸣，告知他一切如常。

时间被等待抻得长而薄，仿佛蝉翼，只要女子的一声轻咳，我们似乎就能穿过夜色直抵黎明，那一刻起码在我心里是如此感觉。好不容易等到庙中的偏殿燃起了火堆，我们总算松了口气。由于柴火潮湿，烟雾弥漫，贼人打开了房门。闪烁的火光中，十几个贼人席地而坐。不多时，两名妇人端上碗筷炊饼和一锅热腾腾、香喷喷的羊肉汤，那股香味勾得我们馋虫直飞。贼人们三下五除二地就把羊肉汤喝完了，我的心揪成一团，生怕自己手艺不够，或是把贼弄死了，犯下大案；或是药量轻，迷不了贼人，我们白来一趟，救不出哥哥。

忐忑间，时间水般悄悄地流走了。约摸一炷香后，罗槐兴奋地朝庙中努了努嘴：倒也！倒也！

嘿，娘娘这药还真神！

阿甲夸赞道。

我抬眼朝庙里觑去，见那些贼人果然都倒在了火堆旁，其中一个因靠得火堆太近，已经燃着了衣袖，我飞跑过去将他袖子上的火打灭。罗槐用备好的绳索把贼人捆作一堆，这边阿甲已经把牛车赶了过来，我和佛面砸开锁头先放出了曾守琴等，罗槐和阿甲则将家兄等三人扛上了车，然后驱车把他们安置在我们曾经栖息过的破土地庙里。

浩风，我们差点就见不到面了！

刚扶着曾守琴走进土地庙，曾守琴就搂着罗槐失声恸哭起来。

罗槐扶他在草垫上坐好，又递上早就备好的胡饼和热水，曾守琴吃饱喝足后开始叙述事情的原委。这时我蹲在哥哥身边，发现万恶的贼人不仅药哑了哥哥，还砍去了哥哥的手脚。我趴在哥哥身上痛哭，伤心欲绝的哥哥只会发出啊啊的声音。我越发哭得悲痛。阿甲走过来拍拍我的肩膀，提醒我小心隔墙有耳！

我倏地止住了哭声，转而小心地给哥哥喂食物。此时曾守琴也说完了他们遇难的经过，听得我心里像有千万只蚂蚁在咬。

那日在湖口避风，罗长志、罗华志带着镖师、嫂嫂、冰卿他们几个去逛小镇，不久大船上的曾守琴、曾兵、我哥哥和几位镖师就因喝了船家烧的开水而昏迷。等他们醒来时，船已不知去向，他们被关在一间阴暗、浊臭的屋子里。曾兵年轻火气盛，睁眼就破口大骂，结果被匪徒推出去后再没回来。匪首是个中年人，有奇怪的嗜好。他先问每个人的属相，然后自己先算一卦，但凡与他属相和八字不合的统统赏给他手下的恶讨帮采生折割。

采生折割乃乞丐中最歹毒凶残的一种人为制造残废和怪物的手

184

段，他们常将发育正常的幼童刀砍斧削成奇形怪状的残疾人或是人兽结合的怪物，对成年人他们也常常施以毒手。结果问过属相后，匪首认为家兄的属相和八字与他相冲相克，故将家兄赏给了恶讨帮。

短短的几天里，他们药哑了家兄，斫去了他的四肢，将他变成乞讨用的"柴人"。而匪首认为曾守琴的属相与他相合，虽将其归入恶讨帮，却只是用药涂在他脸面上任其溃烂，在采生折割中算是最轻的手段了。

唉，与我们同屋的还有十几个人，男女老幼皆有，都是好人家出来的。最惨的要数其中的四位小娘子。她们是去庙里烧香时被掳走的，听讲贼人要让她们做压寨夫人，又说要把她们卖往青楼，与她们同行的父母兄弟只能眼睁睁地看着亲人遭受蹂躏。其中一位吴姓女子的父亲因与贼人对抗，被贼人捆住手脚丢进了江中。后来我听说，曾兵因长得俊俏，又识文断字，大贼首有个女儿待字闺中，他们把曾兵带走了，想是要送他去匪寨当"驸马"。

听了表哥这番话，我们半晌作声不得。特别是罗槐，眉头皱成个大大的"川"字。曾兵的母亲二十二岁守寡带大曾兵，平日视曾兵为心肝尖，如今出了这事，回去真不知怎样向曾伯母交代！

罗槐长吁短叹了好一阵才说，目下形势不容乐观，得好好筹划下一步的计划。

浩风，贼人带着我们在江州已经乞讨了七天，幸得我们今天相遇，不然再过两天，贼人就要带我们去隆兴府乞讨了！这次要是没碰上你们，我们可就惨了！

曾守琴后怕地说。罗槐安慰了他一阵，又向他讲述了我们目前的状况和打算，曾守琴突然抱着罗槐痛哭起来。我握着哥哥的手也失声抽泣。哥哥从喉咙里哼了几声，想是希望我们坚强些吧。

这时义叔已将罗长志、罗华志及嫂嫂一干人从庐山脚下运到了江州。见到哥哥后，嫂嫂哭得晕倒在地。冰卿、冰倩倒还懂事，日夜陪在我嫂嫂和哥哥跟前照料，让我多少得了些宽慰。

考虑到一股人马行走规模太大，恐引起官府注意，罗槐决定租两艘船，因还缺部分船资，我和嫂嫂商量后决定卖掉两船药材，先租船将家兄、嫂嫂、义叔、罗长志、罗华志等人送至隆兴府。然后从赣江坐船至赣州，再从赣州改乘章江上的小船往河源，从河源再由浈江至南雄。罗槐、阿甲、我、佛面则率众妇孺坐另一艘船同行，前后好有个照应。

就这样，我们次日晚上即乘所租帆船经鄱阳湖前往隆兴府。在隆兴府我们上岸补充了水米、药物，佛面想去看看唐人王勃笔下"落霞与孤鹜齐飞，秋水共长天一色"的滕王阁，结果被罗槐说了一通：都这时候了，小表弟还贪玩！罚饭一餐！

那天我们在傍晚时分途经了滕王阁。可惜刚下过雨，加上风急，江波色浊，翻涌不已，大家有些晕船，且天上暮云四合，有几只江鸥呱呱地叫得寒碜。烟雨之中的滕王阁如几笔淡墨，风姿绰约，颇有几许蓬莱凌虚的仙气，同时也兼具了几分凄凉，让我想起临安城禁宫之内的鱼乐亭，想起我可怜的冠儿！不由得潸然泪下。

从隆兴府去赣州的水路时宽时窄，其中自隆兴到新淦段的航道尚好行船，从万安到赣州段，多陡峭峡谷和险滩急流，著名的有十八险滩：惶恐滩、茶壶滩、漂神滩、棉津滩、大蓼滩、小蓼滩、武索滩、昆仑滩、良口滩、金沙滩、往前滩、狗脚滩、南风滩、天柱滩、横弦滩、鳖滩、白涧滩、桃园滩。出逃前我在圆庵藏经楼找到本《章贡图经》，特意看了从隆兴到南雄的水路，上云"章贡合二水而为赣，在州治后北流一百八十里至万安县界，由万安而上有十八滩。怪石如精铁，突兀廉厉，错峙波面"。今人最熟悉的是"惶恐滩"，我前前前……前世时所景仰的文天祥太师写的"惶恐滩头说惶恐，零丁洋里叹零丁"中的惶恐滩，正是我们此行要经过的险滩之一。

那天船到万安县码头，船主说什么也不肯开船前往赣州，要我们换船。这一时之下到哪里找合适的船去？罗槐知道前行危险，船主拿俏想多要些钱，便掏出银两另加船资，船主果然再无说法了。为了安慰众人，罗槐买了三牲去江岸上的龙王庙祭祀，祈求龙王保佑我们一行平安顺遂。

想着哥哥的病情，我和罗槐、嫂嫂不顾大雨滂沱，走了十几里路到县城生熟药局买了些药。许是天寒伤口不易痊愈，加上船上逼仄、空气污浊、江风劲吹之故，家兄这几日伤势越发沉重了。尽管我和嫂嫂日夜汤药服侍，初救回来时他还能咿呀几句，今早起来，他却连哼都懒得哼了。

看着他姜黄的脸色，我知他挨不了多久，终日哭泣的嫂嫂自然也明白。她要我陪她去买两套寿衣和一担石灰，万一途中哥哥故去，也好有个准备。带着这份想法，罗槐、我、嫂嫂三人在万安县城待了两个多时辰，诸事办妥后回到船上时已是黄昏。

远远的，我们瞅见我们坐的那条船边上搭起了一个席棚，席棚的床板上躺着一"截"人，义叔、冰卿、冰倩正围在那儿哭呢！

原来我们走后不久，哥哥即驾鹤西去了！我和嫂嫂虽然早就做足了准备，但却没想到哥哥竟不肯和我们见最后一面，心痛如割，哭倒在哥哥身边。

许是想起路途上的艰辛和未卜的前程，同行的男女老幼也跟着大放悲声，吓得旁边觅食的水鸭扑翅飞上了天。旁边停着的那些船家惊骇莫名。船主白青着脸跑过来，顿脚让我们别哭，否则他就不去赣州了！

行船走马三分险，凡事图个吉利，你们这样子号丧，晓不晓得规矩？要号走远些！

船东姓陈，年近六旬，在赣江上行了大半辈子船，他为人沉稳，就一样不好：规矩太多。那日冰卿唤他一句"陈老板"，他差点扇了冰卿一耳光。"陈""沉"同音，乃船家大忌，所以大家刚上船时他就叮嘱过了，喊他"耳东"老板，不想冰卿却忘了，以至惹了顿臭骂。

当时众人都道冰卿没记性，要嫂嫂多管教他。可现今"耳东"老板这样发火，众人就觉得他不通情理了。生死之事，皇帝都管不着，你一个船老板算什么？大家怒目以视，"耳东"老板愤愤而去。罗槐怕引起官府注意，小声提醒大家节哀。

嫂嫂这时发作了：我说你这罗槐，若不是你找我家官人帮忙救人，我家官人哪至于此？我们也不会落得个逃亡的下场！他现在走了，我们哭还犯王法啊！

嫂嫂，你千万别怪责罗壮士，若不是他，我们只怕会更惨！

我拉着嫂嫂的袖子说。

嫂嫂甩开我的手，转而冲我发气：入宫前祖父让你谨言慎行、保身为上，你倒好，偏要当出头的椽子！结果把你哥给搭进去了！

嫂嫂平素沉默寡言，心眼儿窄，倒不多事，对我从来都客气有加，我进宫后她是越发恭敬，不成想她如今却对我窝了一肚子气，而且口不择言，把罗槐千叮咛万嘱咐的事儿给忘了——千万千万不能暴露我的身份，否则会给大家惹来杀身之祸！所幸此时边上没有杂人，我这才略松了口气。

玉树，嫂嫂累了，你陪她回舱房好好歇息。

罗槐向我使个眼色，莫非他是想让我给嫂嫂喝点助眠的药？

义叔向我微微摇了摇头，随后把嫂嫂拉到一边晓以利害，嫂嫂终于平复下来，只是哭得更伤心了。冰卿和冰倩似乎在一夕之间长大，他俩簇拥在嫂嫂身边，小脸上的悲戚实在让我哀怜。幼年丧父，人生之大不幸。加上这段颠沛流离的南逃之旅，他们长大后会不会怪我这个姑姑？

这时，方才听了我嫂嫂一耳朵埋怨的罗长志、罗华志走过来，长志嘟着嘴说：

嫂嫂说得对，若不是你们，我们罗家怎会落难至此？

是啊，本来我们在临安过得好好的，哪想到你们在背后打横炮，害得我们人不人、鬼不鬼的，真是飞来横祸啊！

罗华志帮腔道。这时吴三姑、杨婆婆、李伯、杨伯也跟过来凑热闹。

这些日子风餐露宿、颠沛流离，众人深以为苦。原本就有几个人在背后嘀咕，埋怨罗槐牵连了他们，但因一应事情都是罗槐在操持，他们怕公开指责罗槐于己不利。现如今见我嫂嫂和罗长志当了出头椽子，他们便开始加柴添油，七嘴八舌地埋怨起罗槐来。不知他们是方才没听清嫂嫂的话呢，还是早就知道我是宫里出来的，总之他们没有冲我发火。

罗槐对于自己因救曾守琴牵连众人之事一直非常内疚，别人怎么说他怎么是。看着那几个人的指头快戳到他额上了，我忙上前挡在罗槐面前，用宫中练出的威严眼神扫视了众人一眼，周遭立即安静下来。

乡邻们，我只问大家一句，你们是想在临安城破之后逃亡呢？还是愿意现在这样南迁？

众人面面相觑了一会儿。有一老者说：卜姑娘何以见得临安城会破？

我冷笑一声：坊间小报早已说了，襄阳、樊城已被围三年，指不定哪天就破了。襄樊若被元军攻陷，我大宋朝就如同舌头失了唇齿之护，不消多久元军便可顺流而下，夺取临安。

这事儿百姓们都知道，现场的气氛安静、沉重起来。

我转向罗长志和罗华志：方才二位相公说你们是因受牵连南迁的，据我所知实情并非如此。令尊乃高瞻远瞩之人，早就开始寻找安全之地安置家眷。此事你们跟大伙儿也说过，我现在想听你们一句真心话，此事有还是没有？

我沉静的目光肯定让罗长志、罗华志感到了压力，他俩嗫嚅着点点头：要没这次的风波，我们好歹还能在临安多享几天福，哪会受现在这种苦？

你们这样能苦过徽、钦二帝？

我这一问，众人俱不敢作声。再说我哥哥还停尸在侧，他们若再闹下去，于情于理都说不过去了。

于是众人散去，有的开始生火做饭，有的招呼孩子洗脸洗脚，有的帮忙上岸去买棺木、找墓地。我则打来热水，拿来寿服。阿甲和罗槐细心地清洁了哥哥的身体，给他换上了寿衣。

当天下午，我们一行在万安县城东的山上埋葬了我哥哥。回到船上，我找出那本《大宋郡守图》，在万安县图上描了一个黑点，那是哥哥的埋骨处。

哥哥，您安息吧！今后我会和大嫂领着冰卿、冰倩迎您去珠玑巷的！

我在船舱里跪下，面东叩了三个头，心里默默地说。这时热辣辣的眼泪流进嘴里，苦咸苦咸的！

十二

2015年秋　珠玑巷
胡书雅的灵异感应。

胡书雅一口气看到这儿，眼睛酸涩不已。一看表，已是半夜两点。她胡乱洗漱了下便倒在床上发呆。这罗伟琳虽说不是什么名家，文字倒还通顺优美，故事也结构得尚可，只是她在叙述中时常从宋朝的前前前……前世跳到今世，让胡书雅有些难以适应。近年由于微博微信的兴起，大部分人都被碎片化的阅读左右，她也难得看长篇小说了。今晚冷不丁地栽进罗伟琳的前世今生中，她虽然享受到了某种沉浸的快乐，同时也被文字所累，上床后满脑子的杂念。一会儿是罗伟琳画的胡贵妃的封面，一会儿是弟弟胡明发来的油画，他俩所画的一切于她而言是那样的熟悉，好像她刚从那些场景中脱身。

接下来，胡贵妃和罗槐应该到了赣州，那时的赣州是宋朝的三十四座名城之一，比隆兴府繁荣、美丽多了。他们一行在赣州遇到一个大坎，在这个大坎中，佛面应该是遭遇了某种劫难。

胡书雅这么想着，端着茶杯走到了窗边。

珠玑巷的夜比胡书雅生活的赣州更为静谧，楼下草坪上有几只秋虫在唧唧弹唱，一只野猫不知何故发出阵阵哀号。被猫的怪叫吓成惨白色的月辉透过玻璃窗落在胡书雅身上，照得她心烦意乱，总觉得自己有什么重要的东西遗失在不知名的地方了，眼前掠过阵阵炫目的色彩。听医生说，这种闪光感很可能是视网膜脱落的前兆。如果没有了视力，这个世界将是怎样的黑暗？

胡书雅就在这样毫无逻辑关联的胡思乱想中睡着了。天亮边，她突然被一阵动物爪子挠门的声音给惊醒了，自从儿子去年到一中住校读书后，她空闲时间多了，迷上了看惊悚电影，后遗症便是她越来越有想象力。这挠门声使她想起某部讲不明生物的恐怖片。她拉开灯，外面的挠门声停止了。过了一会儿，走廊上响起猫咪的叫声。胡书雅了无睡意，干脆披衣起床，到卫生间刷牙洗脸，打算趁早把罗伟琳的稿子看完。她刚踏入卫生间，就听见一股波涛声挟带着江河特有的潮润气息扑过来，接着镜中映出一张明净、端丽的脸。

佛面？你怎么啦？胡书雅扑到镜子前。镜中的景物和那张脸孔刹那间变得苍白和模糊。唯有一双从虚空中朝她伸过来的手红得像两朵巨大的罂粟花。

清蕙姐姐，救我！

也许是吃了安眠的三唑仑药片，也许是胡书雅看多了惊悚片和恐怖片，总之她产生了幻听和幻觉：那双手从镜子里伸出来，胳膊越伸越长，渐渐地变成了粗壮的牵牛花藤，血淋淋的手也幻化成了艳丽的牵牛花朵，摇曳的花瓣中，胡书雅看见一块石碑和上面刻着的那行阴文：黄佛面之墓。

佛面，我的好妹妹，你怎么就死了呢？

脑海深处传来似哭似歌的颤音，胡书雅一个鲤鱼打挺从床上坐了起来——原来，什么猫挠门，什么上卫生间，都是她的梦中梦！她一看表，已是上午九点半了。还好第二届姓氏文化节昨天已经散会，她现在是以胡氏宗亲的身份留下来参加下午的祭祖仪式的，上午没有安排活动，睡睡懒觉无所谓。

她原本想再躺一会儿，弟弟胡明却连打几个电话过来，先是说他和杨燕吵架之事，接着告诉她爸爸妈妈要他画一张二老金婚的油画。他觉得时间有点儿紧，让胡书雅劝劝二老，庆祝金婚时只放照片就OK。虽然儿子是油画家，可也不能这么浪费呀！

胡书雅批评了弟弟几句，说你平常也没管爸妈，就这点孝心还不能尽？

胡明委屈地嚷嚷了几句，接着告诉她自己可以赶到珠玑巷吃午饭，下午他会参加胡氏祭祖仪式。胡明现在说话的逻辑关系经常跳脱到"没人性"的地步，让胡书雅无语以对。胡明沉默了一会儿说：姐，你还在看罗伟琳的材料吗？

是呀，到时候你也看看，挺有意思的。

我不用看也知道得比你多。

胡明大言不惭地道。

胡书雅自以为了解弟弟，现在却觉得他越来越陌生了。她不知道弟弟到底在想什么，想要干什么，真是一位熟悉的陌生人！

姐，你是不是又做了噩梦？你梦见了胡贵妃还是梦见了自己的前前前世？没梦见？那好，我来告诉你接下来材料上写的是什么。

胡明电话里的声音颇为怪异，似乎他知道很多属于过去的秘密。

明明，你想写小说呢还是想当预言家？吃饱了没事儿干吧？你要真想猜，我们可以打个赌，你要是猜对了，我输你一千块钱。

胡书雅一边说胡明，一边低头夹住手机，双手忙乱地翻着那堆她嫌太厚、拆散之后变得凌乱的材料。

姐，等下佛面要你救她！还有，你的材料掉了十几页。

胡明的声音越发遥远了，胡书雅双手微颤，材料纸发出轻微的扑簌声：千真万确，罗伟琳给她的材料掉了十几页。下一节的起始页上，用漂亮的宋楷写着这么一句话：

清蕙姐姐，救我！

胡书雅一阵眩晕，倒在了沙发上，脑海中波涛汹涌，宋、元、明、清、民国和今世繁纷的世象幻化成一条斑斓绚丽的光带，并以一种非常显性和富有质感的方式飞速地从她眼前掠过，使她眩晕和迷惑。

如果说这种眩晕和迷惑还只是某种可控的迷乱，那么，当胡明来珠玑巷后给她看一本速本时，她体会到的震撼已接近了疯狂：从未见过罗伟琳、也从未读过她的文字的胡明，居然画了几十幅连细节都能与罗伟琳的材料相呼应的速写，故事、人物、场景俱全，仿佛我们小时候看的连环画。

明明，这是怎么回事？你和她以前真的不认识？

胡书雅抖动着速写本和文稿，急得声音开叉起毛。

胡明坐在沙发上，脸上布满兼程赶路后的风尘与疲惫。

姐，记得我小时候的梦吗？

胡书雅点点头：上次电话里你跟我提过。

胡明有些无奈又有些欣喜：以前那些梦是一个一个做的，现在我只要睡下，这些梦就变成了电视连续剧，每一个场景、每一个人物都清晰得很。我甚至能闻到梦里的花香、江水的腥味、炭火的热气。

胡明沉静的眸子里闪烁出两簇火苗：在宋朝，我是阿甲。你信不信？

胡书雅打量了长相英俊的弟弟一阵，略含失望地说：我还以为你是罗槐或者罗松呢！

胡明点点头，自嘲地一笑：我们现在的记忆常常重组和错误，何况八百多年前的记忆？也许我真是罗氏兄弟之一呢！怎么看我也是男一和男二的颜值啊！

胡明又恢复了好戏谑的本性。胡书雅突然醒悟了，笑骂道：死明明，这事儿你可不许开玩笑，我没工夫和你闲扯！

胡书雅以为弟弟变着法子逗自己玩儿，她有些着急和生气。她在珠玑巷的时间只有三天，开会用了一天，今天上午闲扯了半天，下午参加祭祖仪式，明天她还想到她家十二世祖曾经生活过的老家看看。最最重要的是，她还要找到罗伟成，一则向他要那缺了的十几页资料，再者她想去祭拜一下罗伟琳——她前前前……前世的姐姐——胡清蕙！

想到这儿，她自嘲地一笑，心想罗伟琳真厉害，只用一篇似是而非的小说就让她轻易地认定自己是个"再生人"。可是，话说回来，如若她不是再生人，她又怎么会知道罗伟琳所写的那些故事呢？还有，胡明的油画与速写怎么解释？

只能说这个世界还有太多科学无从解释的未解之谜，又抑或，真如心理学所解释的那样，人们因为接受了太多的信息，却没有在意信息的来源，当我们遇到从信息源中曾经获悉的各种场景时，大脑便给我们来了个偷梁换柱，把原本虚幻的描写变成了前世的回忆？

　　但无论如何，从进入珠玑巷起，她就遇到了无法解释的奇幻事件。先是井中的面孔，后是罗伟成的出现，还有罗伟琳的故事，接着是自己对某些场景的回忆，现在是胡明——并无文学基础的胡明，居然交给她十几页稿纸，说是他结合前世阿甲的记忆对罗伟琳缺失了的那十几页材料进行了补充叙述。胡书雅看后吃惊得合不拢嘴——从不知罗伟琳写了什么内容的弟弟，竟然把故事给圆上了！而且，他还是从罗槐的角度去写的！这太令人讶异了！

十三

胡明写的有关罗槐的补充叙述——在赣州，胡清蕙、佛面和冰卿、冰倩等孩子，在灶儿巷里被人掳走了！

以下是胡明写的那段故事：

赣州位于江南西路南部，州境东西一千四百二十里，南北一千三百三十九里，西北至上都四百二十五里，西北至东都三千三百一十五里，东至建州一千五百八十五里，西至郴州一千一十二里，南至循州四百七十里，北至吉州四百七十四里，管县七：赣、南康、信丰、大庾、雩都、虔化、安远。

在一间狭小洁净的客房内，男装打扮的卜玉树脆生生地念着上述文字，她的语声和雨珠击打屋瓦的声音相呼应，显得清丽、委婉。南境多雨，冬天也连绵不绝，加上衣衫备得不足，寒冷使不少人生病了，刚到赣州的卜玉树、罗槐一行被困在了打火店内。

闲来无事，两人便细细地翻看《大宋郡守图》，罗槐忽然淘气起来，说他想听卜玉树用临安话念一段文字，这才有了卜玉树方才的朗读。罗槐一边听，一边下意识地用木炭屑在图页上画了几个黑点，一旁的胡清蕙、现今的卜玉树心疼得要命。

哎，罗槐相公，怎的乱涂乱画？

卜玉树抢过他手中的涂末，罗槐不好意思地抹了把脸，结果把脸抹得花花道道的，逗得卜玉树开怀大笑起来。自哥哥去世后，这是她第一次笑得如此灿烂，罗槐不由呆呆地望着她出起神来，卜玉树不好意思地转移了话题。

这图到底还是太粗了，你看，从赣州到珠玑巷到底有多远，从这图上一点也看不出。还有啊，也找不到珠玑巷！

卜玉树找了半天也没找到珠玑巷，喃喃道。罗槐合上图册笑道：表弟少安勿躁，表兄我胸中有图即可，只要停了雨，我保你们五天后可到珠玑巷！

五天我们就可以到珠玑巷了？那儿的人，欢迎我们吗？

卜玉树望着聚在对过廊檐下谈天、猜字谜的几十位男女老幼，一时间百感交集。罗槐说他早已通过驿站给哥哥传了信，让他备好房屋、口粮、柴火，让新来的十三户人家安居。卜玉树含情地看了会儿罗槐，问他家里除哥哥以外有无其他人。

罗槐回望着她：有啊！

卜玉树略有些失望地拖长了音调：嫂——夫——人？

罗槐点点头，卜玉树的脸拉长了些，罗槐又摇摇头，卜玉树的脸又恢复了常态。罗槐看在眼里、喜在心里，终于忍不住吐了实言：实不瞒表弟，我和兄长都是单身，家中只有徒弟和昆仑奴。这些昆仑奴是阿甲的乡亲，一个个都非常能干，人很忠诚，过年后他们就要改姓罗了。

卜玉树漾开了笑脸，说他们遇到了你们兄弟，那是他们的福气。

罗槐强调道：遇到他们也是我兄弟的福气，怎么说呢？是我们前世有缘分的，就像你我一样啊！

罗槐大胆地凝视着卜玉树。

卜玉树心如鹿撞，垂下眼睑，好一阵才柔声道：表哥，这些日子大家长途奔袭，实在劳累，我嫂嫂、李婆婆，几个孩子和义叔都生病了。一路上听您说赣州繁华似临安，我想不妨在此休整几日，请请郎中、抓抓药，好让大家恢复些体力。

卜玉树实在熬不过那份能听见心跳的寂静，心慌意乱地说。罗槐似乎也生恐这份静谧会泄露他心底的欲望，连声赞成，说这赣州是个风景胜地，有石楼、章贡台、白鹊楼、皂盖楼、郁孤台、马祖岩、尘外亭、峰山八境，且章贡两水在城北合流为赣江，岩上建有飞檐斗拱、雕梁画栋的八境台。此台建于嘉祐年间，建成时，主持建造此台的虔州知军部恰巧是孔子的第四十六代孙孔宗瀚，他将自己登八境台所见之景物绘成《虔州八境图》，并请苏轼大学士按图题诗。苏轼写下了《虔州八境图八首并序》，其序言：观此图也，可以茫然而思，灿然而笑，慨然而叹矣！

当年罗槐读书时，塾师因常游八境台，对苏轼之序和诗特别看重，老逼着学生背诵。事过多年，罗槐仍能脱口背出几句序言，但诗却早已忘了。这时卜玉树接口诵道：

涛头寂寞打城还，章贡台前暮霭寒。倦客登临无限思，孤云落日是长安。

罗槐向来对自己的所学颇为自负，不想今日遇到对手了，忙抱拳一揖：表弟学富五车，兄马齿徒增耳。

卜玉树笑着轻轻打了他一下：表兄别这么酸好不好？我都得满地找牙了！实话告诉你吧，那日家兄到圆庵告知我将去珠玑巷，我便到圆庵藏经楼把途经之地相关的书都看了一遍，正好有苏公诗文的刻本，是以才能背出。这也是我与苏公有缘的明证，他的诗词，原是极好的，我家祖父、父亲都很喜欢。小时候我也背得多，只可惜才华横溢的苏大学士还是毁在了乌台诗案中。

罗槐叹道：我也极喜苏公之词，我喜欢他的《念奴娇·赤壁怀古》：大江东去，浪淘尽，千古风流人物——多么的沉雄壮阔！

卜玉树点点头：我也喜欢此词，他的《水调歌头》也极妙：明月几时有，把酒问青天，不知天上宫阙，今夕是何年？现在……

卜玉树叹口气，两眼望着在对面檐下嬉闹的冰卿和冰倩，轻声道：他悼念亡妻的词《江城子》写出了伤心人之伤心事：十年生死两茫茫，不思量，自难忘。千里孤坟，无处话凄凉……

想到去世的祖父、父母、哥哥，卜玉树潸然泪下。

罗槐递上手绢，劝她不必太过悲伤。他抬头指了下对面的院子：月有阴晴圆缺，人有悲欢离合，人之不如意事十之八九，为着他们，你还得打起精神来。

他这么一说，卜玉树立马起身擦去眼泪，对着罗槐羞涩地一笑。罗槐的脸倏地红了。他俩虽朝夕相处了两月余，却鲜有机会在如此安静的环境下共处一室，更罕有以文会友的雅兴。两人越说越投缘，坐得也越来越近。就在罗槐想伸手握住卜玉树的手时，阿甲"砰"地撞门进来，急道：

家主，刚才得到确凿的消息，前些日子山石滑坡，章水去河源的航道已经断航一个多月了，我们只能改走陆路。

罗槐"霍"地站起，脸露焦灼：那就难办了！陆路难行，途中还要穿过峒僚人的地盘，还有去年秋天因抗粮而啸聚山林的牛大眼珠也常出没赣州至南雄这一路段，我们走陆路太不安全了！

阿甲摇头说：水路也可怕，讲不定萧破洞和谭鬼七就在哪儿等着大家。官府近时忙于围剿萧、谭等匪，根本无力疏通淤堵，估计年内很难通航。

阿甲看了看卜玉树的双脚，眉皱得更紧了：走陆路男人还好办，女子脚小，孩子腿嫩，老人脚软，要他们翻山越岭那是个大问题。

卜玉树有意踢跶了两下脚，庆幸她自己没裹脚。

罗槐提醒她此去翻山越岭、涉河过圳，不是她走惯的青砖甬道和鹅卵石街道，要她换鞋，还让阿甲登记下各家丁口的鞋码，明天立马到市面上置办几双跟脚的布鞋，否则脚一烂，那就更耽搁行程了！

阿甲忙拍着额头说：家主，您前天已经吩咐了，我这老脑筋怎么就忘了呢？我这就去办。

阿甲说着拿着油布伞走了。门开后吹进股潮润、夹杂着花香的风，虽然尚余初春的料峭，却已然有了春风的醉意。窗外那几株梅枝上的点点红晕在黄土墙的映衬下，热闹出几分凡俗。

卜玉树怔了怔，叹道：这赣州的春景想必很美，只是近来劳顿，竟无暇赏看那八境美景了！

罗槐鲜有儿女情长之时，现在面对佳人，却来了兴致。他看着窗外红梅笑道：你要是见了梅关驿道的梅花，这些都不在眼中了。梅关离珠玑巷近，以后你有机会去。倒是这赣州离珠玑巷远，难得有机会来，如真想一观，我建议去灶儿巷走走，一来离得近，二来那儿的小吃花样繁多，有空我们再去八镜台的拜将台、寿星寺、慈云寺和慈云塔走一走。

卜玉树想了想道：那些拜将台什么的就免了吧。若是方便，我还想去看看廉泉。我记得绍圣年间，苏东坡因反对王安石变法而贬至惠州，路过赣州时，苏东坡拜访了当时的著名隐士阳孝本，两人在廉泉边彻夜长谈。

罗槐接口道：苏东坡赋诗一首：水性故自清，不清或挠之。君看此廉泉，五色烂摩尼。后人在廉泉边上建了夜话亭，可惜今天有雨，不然趁着月色在廉泉边挥麈长谈，倒是极有雅趣的。

说到赣州，罗槐一年要来四五次，真是再熟悉不过，他如数家珍的介绍也引起了卜玉树的兴趣。她正要说话，从隔壁传来冰卿、冰倩等孩子的尖呼：我们要出去玩儿，不想再待在屋子里了！我们要出去！姐姐，放我们出去！

不——行——！外头下雨，你们会淋病的！

佛面和那几个被关在屋子里读书的孩子都在叫喊！卜玉树看了看绵绵的细雨道：雨不大，带孩子们到灶儿巷走走也未尝不可。他们在船上闷了一个多月，再闷下去，只怕要生病了。

罗槐点头：我去向店东借几把伞来。

不一会儿，罗槐、卜玉树、佛面领着冰卿、冰倩等七八个孩子撑伞走在城东的灶儿巷。此巷以前多住衙役，身穿皂衣，人呼"皂儿巷"，灶儿巷乃皂儿巷谐音，是赣州六街之一的阴街。因其临近贡江建春码头，为市内最繁华地段。巷内有书院、店铺、作坊、客栈、寺院、钱庄等，是个招牌林立、旌旗飘荡、游人如织的热闹所在。

冰卿、冰倩和小伙伴仿佛小泥鳅，兴奋地在人群中钻来穿去，被风吹得红扑扑的小脸笑得像朵花。佛面也乐得花枝乱颤。卜玉树看着佛面和孩子们，倏地想起死去的冠儿，脸色和心一起沉郁下来。

罗槐对逛街毫无兴趣，他更多的是在充当向导和保镖的角色——

只要孩子们稍微走远些，他便会撵上去把他们追回来。

姐姐，这罗槐以后要当爸爸了，肯定是个好爸爸。要是姐姐……

佛面看着远处的罗槐，调皮地说。

佛面，你小孩子家不许乱讲！

卜玉树喝住了佛面。佛面却不怕她，挽着她的手道：想姐姐以前在宫里，虽然贵为娘娘，却天天冷床冷被，平日不是防着这个就是防着那个，连睡个觉都不安生。官家嘛，有那么多人盼着他，他要是能吃，只怕早被人吃光了。在那样的宫里待一辈子，真不如在市井里过一辈子，好歹还能找个热络的郎君。

佛面说的这番话与她稚嫩的少女模样极不相称，卜玉树揪着她的发梢道：佛面，你这月余长进不少，是不是想嫁人了？

佛面扭捏地嘟起了嘴巴：姐姐，是你自己想嫁人了吧？我看哪，你有心上人了！

卜玉树轻轻捏住她的嘴唇：我叫你乱讲话！

佛面扑哧一笑，露出口雪白的牙齿和两粒甜美的小米窝。卜玉树一呆，突然意识到佛面已经满了十五岁，这要是在民间，早已嫁作人妇了。再想想自己，已是徐娘半老，看着远处和孩子们嬉闹的罗槐，她不由有些伤感。

请问董兴绸布庄怎么走？

这时有个浓妆艳抹的女子迎面走过来问路，她扬起手帕在卜玉树面前拂了几下，卜玉树当即迷糊起来：在……

然后她头一垂，靠在旁边悄然走来的那位青年男子身上，被他架走了。

哎，姐姐！

佛面刚喊出这三个字，那个浓妆女子的花手帕在她面前又是一拂，佛面立即懵懵懂懂地跟着她往前走去，转瞬间被另一个男子背走了。

热闹的灶儿巷，三五成群的人们皆被琳琅的商品、食品吸引，没谁注意到卜玉树和佛面的消失。等罗槐发现她们不见了时，卜玉树和佛面已经被人带到了章水河上的小船中。

表弟——小妹！你们在哪儿？

半梦半醒中，卜玉树似乎听到了罗槐的喊声。不一会儿，她醒过来了，发现自己被捆成了粽子，口里塞着布，眼睛也蒙上了。小船在水声、桨声中晃荡，摇得她直想呕。过了少顷，从甲板上传来佛面的怒骂：你们这些狗贼，我说了我姓卜，叫卜玉枝。舱里的是我姐姐卜玉树，我不认识什么胡贵妃和姓王的人。

卜玉树一愣，心想坏了，这抓人的估计是贾太师和邬秋儿派来的追兵，落到他们手中要想活命，那可是千难万难的事儿！她打定主意，如果要受侮辱，她就咬舌自尽。

你这个小娘子满嘴屁话，我手下一路从江州跟过来，还会不晓得你们是哪个？告诉你，我等与你们二人无怨无仇，不过是拿人钱财与人消灾罢了。你们若做了鬼，可千万别来找我们。一个鸭公嗓子道。

佛面平日甜甜糯糯的一个人，此时却铁齿铜牙起来：你这厮好可笑，你等害了我性命，却说做鬼不能找你们，那你告诉我找谁去？不然到了阎王殿，本姑娘第一个要告的就是你。

鸭公嗓子显然被佛面逗起了兴致，戏谑地道：嗬哟，想不到你粉雕玉琢一个小娘子还有这等胆量？我看你当我萧破洞的压寨夫人最是合适。浑球，快给她松绑。

鸭公嗓子自报姓名叫萧破洞，舱内的卜玉树听了心内一动，想起了罗槐的介绍，知道这人是赣州和南雄州官衙联手在抓的大盗贼，只是不知他怎的就从江州跟着她们了？难道是贾似道和邬秋儿有先见之明，早就雇好了他们？转念一想，又觉此种想法极为荒诞。最大的可能是萧破洞等贼人看到了捕缉图形，而他的手下正好发现了线索，于是想抓住朝廷要犯发一笔大财。

可是，他们怎么会知道我们两人中有人姓王、有人姓胡呢？莫非贾太师把我和佛面变成了朝廷钦犯？

卜玉树百思不得其解，正纳闷间，另一个细而阴冷的嗓子开腔了：萧大哥，这女子不等闲，我看八成是上头要的钦犯，大哥不可因一己之私坏了大事。再说了，便是不把她们送回临安，我们就近将她们送清水寨，正好跟盘太古谈下借路之事。他若报得了妹妹之仇，还会给我们田地和房舍，我看比送临安强。

萧破洞动心了，沉吟道：鬼七老二说得有理。如此倒好，问题是怎么向上头交代？我们可是日日在他手下讨饭吃的！他要真心围剿，我们哪能活到今日？

听萧破洞口吻，他背后的主顾还是个朝廷要员，只不知是哪个。不过这倒让卜玉树想明白了一些问题，看来自己有今日，的确是朝廷有人在指使。

谭鬼七哈哈一笑：萧大哥，你就放一万个心吧，他好对付，有钱就能打发。告诉您，我们现在已经把他给撇开了。

萧破洞生气地说：什么？谭鬼七，你又自作主张了！你方才不是说雇主要在船上和我们交货吗？

谭鬼七狂笑：萧大哥什么都好，就是一样不好，不经劝。我刚才劝了几句，你便改主意上船了，那可怨不得我。

萧破洞怒斥他：谭鬼七，你不要命了！雇主可是奉了宫中内廷命令来缉拿钦犯的，我们这样骗他，岂不是找打？

谭鬼七又哈哈一笑，说他早已安排了两具乞食女子的尸首去交差。

谭鬼七，你哪儿找的乞食女子的尸首？这也太巧了吧？

萧破洞深表怀疑。谭鬼七阴恻恻地一笑：巧不巧这你就莫管了，反正我们能把这两个小娘子安稳地卖了，再安稳地拿钱走人，这才是头等大事！

萧破洞冷冷一笑：这两个女子你能卖几个钱？

谭鬼七：你以为我是你，指一指、拜一拜？我把那几个孩子也弄过来了！

听到这儿，卜玉树又气又急，她用劲地磨着手脚上的绳索，头抵在舱壁上，慢慢地把眼睛上的布给蹭下了。她发现自己给丢在船舱内，船很小，舱门只是一片席帘。这会儿席帘是卷起的，透过舱门，她看见一个青皮后生在摇橹，绑成粽子一样的佛面躺在小小的船板上。萧破洞和谭鬼七坐在两侧，不时用脚踢踢被塞住了嘴的佛面。

佛面愤怒地扭动着娇小的身躯，卜玉树似乎听见了她心底的怒火在呼啸。

爸爸、妈妈……姑姑……

江风吹来孩子断续的呼声，隐约的似有冰卿、冰倩的声音。卜玉树恨不得手刃萧、谭众贼，怎奈动弹不得，急得她双泪长流。

这时，船转过一道弯，停泊在一处长满杂草的废弃码头，一名贼人进舱重新蒙住卜玉树的眼睛，推搡着她和佛面来到岸上。贼人拿来两根棍子，一端塞在卜玉树和佛面手中，另一端执在贼人手中。

死婆娘，你们且跟紧了，我等跳，你们也跳；我等停，你们即停。别动歪脑筋，小心翻下山沟摔死！

贼人嘶哑着嗓子大喊，空山寂寂，引起了阵阵回声。山风送来了树叶腐朽的酸甜气息，还有一种奇怪的花香。卜玉树在香药局待的时间长，对各种香了如指掌，但这种香她却从未闻过。她一边猜着，一边趔趔趄趄地跟着贼人的木棍走，其间贼人故意捣鬼，有圳沟不吭气，弄得她和佛面摔了几个跟头。

贼人哈哈大笑，不意却被谭鬼七骂了一顿：浑球，这肉票得新鲜，破了相谁要？你要再不小心，等下老子卸了你的胳膊和腿，让你变成真正的浑球在地下打滚！

就这样深一脚、浅一脚地走了近两万步，脚板火辣辣地疼。卜玉树咬牙坚持着数步子，还记着左拐几道、右拐几道，走多少路听到了水声，哪里有沟圳。她得记住些，也许有机会往外逃呢！到时这些都能用上。

佛面小时曾裹过脚，后来虽然放了脚，但走不快。贼人不断地骂她、拽她，口里堵着布的佛面无法言语，但卜玉树听见她一直在抽泣。这时猛地传来一阵轰鸣，接着山风挟带着水汽扑过来，卜玉树衣衫尽湿，连着打了几个寒战。

死浑球，你想把肉票冻死是吧？脱下你们的棉衣给她们披上。

萧破洞的鸭公嗓子有种莫名的威严，不多久，卜玉树身上多了件带着汗腺味的棉袍，一直打架的上下排牙齿这才消停下来。卜玉树正在猜贼人安的何居心，倏地从半空中传来一阵铜鼓声。

嗬，清水寨的盘太古来了！

有人兴奋地低呼。卜玉树一愣，在船上，罗槐不但给她介绍了从赣州到南雄这边的地理、民情、风物，还特意讲了萧破洞、谭鬼七这股贼人和清水寨的峒僚人盘太古都老。

这峒僚乃唐时的山越后裔，分布在广南东路、江南西路的交界处，居住在林中，构木为巢，以避瘴气。有盘、蓝、雷、钟四大姓，俗与中原有异，他们一般是男子坐家，妇人为市。书载"风俗重鬼，尝以鸡骨卜，刀耕火种，水褥削筋竹为箭，以叶羽之，人食鱼稻，以渔猎山伐为业，不知教义，以富为雄，铸铜为大鼓，会则鸣铜鼓。有鼓者号为都老，群情推服，民皆好勇，其民皆好用剑轻死，且凭恃险远，隐伏崖障，恣行寇盗，略无编户，爰自前代及于唐朝，多委旧德重臣抚宁其地，文通经史，武便弓弩，婚嫁礼仪颇同中夏"。

听到"盘太古"三字后，卜玉树脑中即刻闪现出《太平寰宇记·岭南道》中关于蛮夷的记载："食用手缚，夜泊以众，死则打鼓助哀，孝子尤恐，悲泣刻木契焉。索妇女必令媒人引女家自送相见，后复即放女归家，任其野合，胎后方还，前生之例，例非己育女。以乌色相间为裙，用绯点缀裳下或腰领处，为冶艳，男椎髻，女散发徒跣，吹笙。聚会作歌，三日一市。"

心想多亏哥哥入寺相告，自己连夜贿赂管藏经楼的师姑，得以借阅相关书籍。当时虽不知会有今日，但知前往南雄，便以知悉为要务，拣与南境有关的书细看了几日。如今知道自己到了峒僚辖区，想起书中对他们的介绍，心中略有了些底，加上路上罗槐对盘太古的介绍，她此刻听到这名字，竟莫名的有了几分亲切。

盘太古父亲为大庾岭清水寨峒僚人的都老，不幸英年早逝。盘太古十岁时母亲又亡故了，他有个姑姑嫁给南雄州的汉人为妻，他和妹妹盘太清是在姑姑家长大的，还读了几年私塾，略通经史。自从他被迎回清水寨当都老后，与山下的汉民交好，三日一市，组织僚民售卖山货，不几年山民们便食物尝足，饮食还给，不忧冻饿。盘太古与官府的关系日好，年贡茶叶、毛皮、金雕若干。两年前南雄州陈知州亲往清水寨，给盘太古册官上表，官家表其贡献，特赐"安善"二字，并赐金带、鞍马、衣服。清水寨从此改为安善寨，为市三日，方圆十几里的汉民皆往售卖东西，安善寨日趋繁华。

然而，自从前年南雄州举保了盘太古的妹妹盘太清入宫后，盘太古便开始与官府作对。原来两年前姚通判前往清水寨时见到了盘太清，顿时惊为天人，当即举荐她入宫。父母俱亡的盘太古不舍得把妹妹这唯一在世的亲人送入宫中，便奏请陈知州、姚通判开恩，准许他另送一名女子换下盘太清，不料姚通判早已将盘太清的画影图形快递给了专为官家选美的贾似道，再说用来替换盘太清的女子不够美艳，姚通判便一口回绝了盘太古。

绝望的盘太古下山找陈知州求情，不巧陈知州去了广州。他转而去找姚通判，说妹妹盘太清已议定婚期，择日就要成婚，跪求他换人。可姚通判不但不理，还命衙吏将其抓起痛打一番。原因是姚通判怀疑陈知州曾奏过他的密折，导致他在南雄待了六年没得升官。又见陈知州亲往清水寨送官家赏赐给盘太古的金带等物，心想陈知州定是受了盘太古的钱财，是以把对陈知州的一腔怨愤都发泄到盘太古身上，把个盘太古打得奄奄一息。

盘太古含恨回到安善寨养息半个月后得到噩耗，妹妹盘太清不愿辜负心上人，在送往临安的途中跳江自尽了！

从此，盘太古关闭了交易市场，不与汉民往来，并且组织了一支盘家军，专门掠夺大庾岭驿道上往来的汉人商贾，时时处处与州府作对，搞得鸡犬不宁。

听罗槐说，盘太古的盘家军还时常劫掠公文，罗松因此曾与盘太古交过战。盘太古勇猛剽悍，罗松是剽悍勇猛，两人交手三十回合不分胜负。那次罗松人寡，原以为盘家军会将他们围歼，不想这盘太古敬重罗松的勇敢与刀法，竟撮唇一呼，退兵而去。临行前还留下一句话：今后但凡是罗节级的事，我盘某绝不为难。罗松也是性情中人，当即揖手拜谢，两人颇有惺惺相惜之意。

罗松回家后将此事告知罗槐，罗槐对这盘太古便多了分好感，说起他时口吻自不一样。卜玉树听了，也对这盘太古多了分敬重，觉得他虽与官府作对，但并非出于刁蛮，乃是出于至情至性。从某种角度而言，是姚通判欺人太甚，他也是不得不法啊！

卜玉树正思忖着，雄浑铿然的铜鼓声越来越近，震得人心头发颤，接着周边响起了一片问候声：在下见过盘都老！都老大安！

谭兄、萧兄，我们都是自家人，不必稽礼！今次相召，有何要事相商？

罗槐说盘太古略通经史，卜玉树虽然眼不能观，不知其人是否像罗槐所言长身玉立、器宇轩昂，但从他说话的口吻来看，确有几分教养，不像不通教义之人。

盘都老，我们这次给你弄了两个大肉票！

萧破洞仿佛嗓门里安了口洪钟，说话时声震三里。谭鬼七肯定是怕他把机密大事也"播"出去了，便打断萧破洞，凑上前小声地嘀咕了一阵，随即传来了盘太古不屑的声音：官家的妃子？这等残花败柳给我洗脚，我还怕玷污了我的脚呢！

谭鬼七本以为奇货可居，听他这样一说不免气恼起来，尖声道：久闻盘都老知史明经，腹有韬略，谭某一直钦佩有加，不曾想盘都老原有颗不开窍的榆木脑袋，如此糊涂，实在是可叹可惜呀！

这时传来一阵刀剑相击的锵锵声：贼厮，敢说我家都老，不想吃米了是吧？

盘太古的手下一定是拔刀相向了，盘太古倒大度，只听他平静地说：在下倒是想请教请教谭兄，盘某到底哪儿糊涂了？

谭鬼七不客气地道：盘都老原本是个一心忠君的良民，却遭官府多年的盘剥压榨，官府打得你遍体鳞伤不说，还夺去了你妹盘太清之命。按说盘都老该与这浑球官家誓不两立，也曾听你说要为妹子报仇，现在我们好不容易拿下了这名逃亡的皇妃，你将其处死，不正好为你家妹子报仇雪恨了吗？可你居然不想要她们，这不是榆木脑袋吗？

萧破洞的粗嗓子也来助威，说了顿煽风点火的话。盘太古被他俩勾起了好奇心，一再追问这两人是不是真皇妃。萧破洞口无遮拦，抢先道：不是两个，是一个。盘都老，你看看这临安发来的画影图形。

随着一阵窸窣声，萧破洞想必是拿出了一张通缉令，盘太古看后沉吟道：这只说宫人，没说皇妃啊！

谭鬼七上来圆场：盘都老熟知经史，人说家丑不可外扬，你想皇帝这厮也是好面子的，他的妃子逃了，难不成他会老实地告知天下人吗？告诉你，我们有大内的秘线，这画影图形也是秘发的，一般人哪能知道？我们呢也是受人之托缉拿她们的，这事绝不会有假。告诉你吧，逃的这名妃子姓胡，叫胡清蕙，对了，就是那个一天之内由尚宫封为修仪的，朝野都传疯了，听说过没有？

卜玉树听着，昔日的点点滴滴涌上心头，在脑海中掀起阵阵巨浪。她没想到自己突封修仪之事竟传遍了全国，看样子在众人口中，她定是个狐惑魅主的祸水！

果不其然，盘太古接口道：就是皇帝贼厮宠幸的冬夫人吧？那个助纣为虐的妖女！且杀了她来祭我妹妹！

卜玉树心内一沉，心想这下麻烦大了。念头还没转过来，她就被推了个趔趄，接着脸罩被揭去，明亮的阳光晃得她眼晕。迷糊中她看见佛面苍白的脸和惊恐的眼神，再一睃，没发现冰卿、冰情等孩子，心内稍安了些。事已至此，最坏不过一死耳！她暗中给自己鼓劲，颤抖的身躯渐渐定成了一棵树。

你们哪个姓胡？

想是卜玉树和佛面连月奔波，早已花容失色，看不出半丝"妃子"的影子。盘太古询问时甚为疑惑。

我。

卜玉树和佛面同时道。

盘太古、谭鬼七、萧破洞上前打量了她俩一阵，三人躲到旁边议了会儿，谭鬼七走到卜玉树身边问道：你可是胡清蕙？

卜玉树正要应声，一旁的佛面挺身上前喝道：佛面，休得冒充我的皇妃身份。

卜玉树把佛面拽到身后，朗声道：盘都老，实不相瞒，我乃皇贵妃胡清蕙，要杀要剐随你们便！

原本已深信卜玉树是胡贵妃的谭鬼七这时不免皱起了眉头：你真是皇贵妃？

卜玉树点头称是，旁边的佛面喝道：佛面贱婢无礼，竟敢污我清名。盘都老，官家的莲癖朝野皆知，你们且看她的大脚，怎会是皇贵妃？

萧破洞、盘太古、谭鬼七看了看卜玉树穿的那双布鞋，心想这脚板可不比我们小多少，再看卜玉树的身条，高朗如男子，虽然面容清秀，但卜玉树特意抹了锅灰，皮肤显得黑沉，毫无娇美之态。身材娇小玲珑的佛面虽然风餐露宿多日，那张小圆脸却依旧俏丽可人，尤其那口雪白的牙齿和娇嫩的手脚，令人过目难忘。

你们别听她胡说，她是我的使女黄佛面。我才是皇贵妃！卜玉树不想让佛面代自己死，她生气地喊道。

盘太古、萧破洞左看看、右看看，一时拿不定主意。这时萧破洞手下有个人突然道：萧大哥，不要被这小娘子骗了，矮的那个才是皇妃。盘都老的妹妹要是大脚，就不会选去献给官家了！

盘太古不听还好，一听立即恨不得手刃皇帝贼厮的女人，同时恨死了姑姑和姑父。想少时他们兄妹俩到姑父家讨口饭吃，姑父非让妹妹缠足不可！说要是不缠足，以后嫁不了好人家。

盘太古带着妹妹回清水寨后给妹妹放了脚，可惜她的脚已裹成了三寸金莲，盘太清于是成为清水寨女子中的异数。对于妹妹的死，盘太古一直极为负疚，总觉得是自己没能力才害得妹妹先是失去了一双天足，后来又失去了性命。这么一想，他越发认定佛面是皇贵妃了。

谭鬼七阴凄凄地对佛面道：你当冒充皇妃有甚鸟好处？那可是要杀头献祭的！

谭鬼七多半已认定佛面是皇贵妃了，他这样强调无非是想再确认一下。

告诉尔等贼人，我胡清蕙乃皇贵妃，尔若敢污我身体，天理难容！

佛面喊道。卜玉树以前一直把佛面视为小妹，未曾料到她在生死关头会如此舍生护主，当即泣不成声，上前一步哽咽道：盘都老、萧大王、谭大王，你们杀我吧，我才是真皇妃！

事到如今，谁是真皇妃、假皇妃成了最大的一道难题。他们三人商量无果，最后居然想出个众人表决的馊主意。只听萧破洞说：

各位兄弟，你们觉着这两位婆娘哪个看上去像皇贵妃？

众匪和盘家军的士兵兴奋异常，大家乱哄哄地点评着，很快形成了两派，并且争执起来。盘家军中也有女子，她们发现卜玉树手腕的肌肤与脸上的有异，遂把卜玉树推到河中，用葛巾给卜玉树擦脸。她们不知卜玉树这些日子夜夜以乌药涂面，黑色药汁已渗入肌理，若要褪去，非得月余时间不可。她们把卜玉树的脸都搓红了，那层黑色还是浮在她的面颊上。

都老，这女子虽然长相清丽、身材高挑，可皮肤实在难看，还有一双大脚，想必在宫中是做粗活的！

盘家军中的几个女子最后形成了如此的统一意见。她们的话盘太古听得入耳，不管卜玉树怎样哀号、声明，他们坚决认定佛面是胡贵妃，把佛面拉走了！

姐姐，来生再见了！

佛面喊着消失在树丛间。卜玉树一屁股坐在地上，捶胸痛哭。

萧破洞被卜玉树哭得不耐烦，踢了她一脚，转身对盘太古说：都老，这两女子可是大肉票，你要是献给朝廷的贾太师，那赏的可不是一般的金银财宝。

萧破洞嘎着鸭公嗓说。

盘太古反唇相讥：那萧兄、谭兄何不拿去赚金赚银？

谭鬼七小声道：不瞒盘都老，我等近日从广东贩盐到赣州，想借道清水寨脚下这段路，现在我们兄弟把这两女子献给都老，由您处置，烦请都老对我们的脚力高抬贵手。

盘太古笑了：素闻萧兄、谭兄足智多谋，今天一见果然不假，兄台此乃一举三得：既做了我的人情，又打通了盐路，临安那边你也交了差。只是不知谭兄取了何处女子的头献往临安?

盘太古一语道破天机,谭鬼七也不好相瞒,萧破洞更是爽快:我谭老弟是好人,他不杀良家女子,杀的是瓦舍里伤风败俗的女子,那种浪女死不足惜。

盘太古听了哈哈大笑,说他最恨那些骗人钱财的卖身女子,杀了便杀了。然后请萧破洞、谭鬼七到寨里吃山牛肉,并住上一晚,快活快活!

萧破洞和谭鬼七想到自己与盘太古并无深交,哪敢入清水寨?当即婉言谢绝,驾船而去。

盘太古走到卜玉树跟前,仔细端详了卜玉树几眼,扭头对一个高大健壮的中年女子说了几句土语,中年妇女便押着卜玉树爬了几里山路,来到一座建在山顶上的石头寨子前,石门上阴刻了"清水寨"三个大字。

自从盘太古被姚通判毒打后,他就把官家赐的安善寨改回了清水寨。清水寨地势险要,只有一条路可通,周皆悬崖。奇的是山顶上居然有几十亩平地,可种菜蔬庄稼,还有长年不涸的山泉,是以得名清水寨。现在他将寨门改成了铁质的,关上时轰然有声。也许是忘了,也许是怕她不好走路,那位中年妇女没蒙卜玉树的眼睛。卜玉树虽然心内忐忑、惊恐,眼睛却没闲着,一路走来,她将所有的细节牢记在心,渴盼有机会逃脱。

天色已暮,山间烟岚四起,景物影影绰绰,山顶的绿树丛中,几十间高脚干栏式的木屋分布有序,有的已经开始上灯。那闪烁的灯光让卜玉树尤为伤感:冰卿、冰倩到底如何?万一他们有个三长两短,胡氏这一脉可就绝后了!果若如此,她死后有何面目见父母家兄?罗槐这会儿急成什么样了?他是不是去请官兵来找我们?还有,佛面她在哪儿?她会受到怎样的处置?

中年妇女把卜玉树关进一间空着的木寮里,锁上门走了。卜玉树坐在墙角的稻草堆上,心中千回百转,睁眼闭眼的都能看见佛面苍白的脸,耳边回响着她的声音:姐姐,我们来生相见!

卜玉树倒在稻草堆上,绝望地抽泣起来。

十四

2015年秋

珠玑巷罗伟成家，胡书雅耳边传来一声既遥远又清晰的喊
声：佛面，不要跳啊！

胡书雅面对着罗伟琳画的梅花，耳边传来一声既遥远又清晰的喊
声：佛面，不要跳啊！

胡书雅看到这儿，手机丁地响了，扭头一看，弟弟不知何时在床
上睡着了，英俊的脸上溢出些许沧桑。她细心地给弟弟盖好被子，觉
得事情越发不可思议了：从未写过文章的弟弟撰写的这段故事居然还
能与罗伟琳下面的文字衔接上！虽然他改变了罗伟琳以"我"的角度
叙述胡清蕙的故事结构，却也写得通畅流利，关键是他还知道萧破
洞、谭鬼七，这不得不令她称奇。难道他真的是再生人？还是另有隐
情？看着床上睡得正香的胡明，胡书雅想叫醒弟弟一问究竟，可终究
还是不忍心扰了弟弟的好梦，于是低头看了看手机刚才接到的信息，
居然是罗伟成发来的！

姐，我梦见你弟弟来了，他应该是我姐的同道中人，也是我的同
道中人。这两天，我频繁地梦见过去的珠玑巷，如果你相信我，我现
在带你们去夜游珠玑巷，我会告诉您八百多年前珠玑巷的布局。

胡书雅捂着胸口坐在沙发上，心跳加速，两眼直冒金花。金花乱
迸中，她瞥见了一幅褪色、热闹的市井图。图中的人穿着宋朝的服
饰，行走在典型宋朝风格的街道上，他们谈笑风生，每一个举动都真

切自如。胡书雅连忙钻进卫生间，掬了冷水拍在眼皮上，心想自己会不会是前两日看多了张择端的《清明上河图》才有此幻象？

然而，从身后传来的胡明的声音立即让她陷入了一种不真实的清醒：姐，你是不是接到了一个人的信息，说他经常梦见我？他还说要带我们去看宋朝的珠玑巷？

胡书雅转过身来，怔怔地凝视着睡眼惺忪的弟弟，张了张因惊吓而僵硬的双唇，好不容易才挤出几丝颤抖的声音：你、你是怎么知道的？

胡明潇洒地耸耸肩，懒懒地道：我梦见的！怎么，不对吗？

胡书雅无语，她第一次发现我们平素所见的世界原来蕴藏着如此多不可解释的异象！她甚至无法判断胡明和罗伟琳、罗伟成说的、写的究竟是唯心的东西，还是唯物的东西。用句潮语来说：这超现实的奇遇让她的三观受到了震撼！在自然万物面前，人是多么的肤浅、渺小和无知啊！

这是她此刻最深的体会。

然后，在好奇心和胡明的力主下，他俩按图索骥地来到了罗伟成家。他家住在三影塔广场附近，是一幢带围墙的独立小院。住在县级市的好处是大部分人都有自建房，居民们住得很宽松，比之大城市的人们不知幸福多少倍！这时罗伟成开门把他们迎进小院，彼此并无更多客套，各人都有份熟稔在心头。小院不大，种植了两棵金桂、两株九重葛。正是秋季，金桂浓绿的枝叶间绽开了星星簇簇的米黄色小花，院子里的空气香得黏稠，旁边的九重葛恨自己无香，可着劲儿开花，繁茂鲜艳的玫红色花朵仿如花瀑将那两株几与屋顶齐高的树装点得花团锦簇。远处的路灯开了，微光中这逸动的九重葛犹如流霞，又似飘逸的锦缎，院墙外的三影塔在街灯的映照下投下了长长的影子。

罗伟成请他俩在院子里的露天茶室坐下。其实所谓的茶室只是花树下一张根雕茶几、四张根雕的树苑坐椅。罗伟成端来一个亚光黑漆托盘，上放三只青白釉的茶盏，一只造型别致、古朴雅致的同釉色方壶。接着他掏出三只纸包，将古代少见的茶末放入盏中，放少许水调成膏，又变戏法似的从茶几下一层取出只竹的茶筅，旋即右手托壶，往茶盏点水，左手用茶筅旋转打击和沸动茶盏中的茶汤，茶汤扬起层青白色的汤花。当罗伟成将茶筅抽出时，汤华在绿茶上凝成了"回归"二个字。一直屏住气息看着他的胡书雅和胡明邈远的神情中现出几分惊喜，两人对视一眼，不约而同地道：点茶三昧手！

罗伟成脸上露出由衷的笑意：想起从前了？

胡书雅端起茶盏喝了一口，按着太阳穴、看着手机上百度出来的点茶三昧手念道：点茶三昧手最早源于古人对点茶高手南屏谦师的赞誉。净慈寺谦师点茶，技法娴熟高超，不少诗人对谦师倍加赞誉。苏东坡第二次到杭州任知州时，西湖南山净慈寺的南屏谦师亲自为他点茶。苏东坡欣赏了谦师高超的点茶技法，品饮了谦师亲手点的茶汤后当场做诗一首，题名《送南屏谦师》，诗曰：道人晓出南屏山，来试点茶三昧手，忽惊午盏兔毛斑，打作春瓮鹅儿酒。

事隔几年后，苏东坡又作《又赠老谦》诗：泻汤旧得茶三昧，觅句近窥诗一斑。从此，"三昧手"就成了点茶技艺高超的代名词！

胡书雅念罢，深深地呷了一口茶，然后屏住气息细细地品味，再慢慢地咽下，眼中放出两道神采：

这是宋朝的点茶，其味芳醇，只是……

她看着罗伟成和胡明住了口。胡明晓得她的困惑，忙转移了话题：我记得当年之三影塔旁边有座延祥寺，寺旁还有两口水塘，只要有日头出来，就有三个塔影，其中二塔映入水塘，一塔映于延祥寺墙上，且塔尖朝上，所以叫着三影塔。

茶杯的热气扑了胡书雅一脸，眼前驳杂的幻影清晰了一些，层檐叠瓦的，似乎是寺庙，又似乎是画檐，模糊而真切。她揉揉眼睛，那些影像还在。她打了个寒战，心内却拒不承认这是什么前世的记忆，而将其归之为心因性记忆。所以对于胡明的话她颇为质疑，不由抢白道：好了，明明，只要读过有关南雄的介绍，谁都能说出这三影塔的来历，你就别故弄玄虚了。

胡明和罗伟成对望了一眼没吭声，三人默默地喝了会儿茶。这期间罗伟成接了三个电话，主要在说刘氏宗亲会为一个贫困的刘姓学子筹善款治病的事情。罗伟成说他不能作罗氏宗亲会的主，但他会去动员，他自己也将身体力行，在电话里，他当场表示愿意捐八百元。

胡书雅不由对他多了几分敬重。

伟成，你是个有大爱的人，来，以茶代酒，敬你一杯!

胡明举起茶盏和他碰了一下。

罗伟成沉默了一会儿道：记得那时萧破洞他们攻珠玑巷，是刘氏的人去南雄搬的救兵。从这个角度而言，刘氏有恩于罗氏，我们后人不会忘本的。再说了，我们珠玑巷的各个姓氏之间自古至今一直相处和睦，那些迁出去的姓氏后人每年都回珠玑巷寻根祭祖，我想这些后人肯定还记着我们祖先当年的携手吧!

罗伟成这话说得有些哲理，胡书雅和胡明不约而同地点点头，并不觉得罗伟成动不动就提起"当年"有什么异样和古怪。再说他讲的也是实情，珠玑巷这地方虽然姓氏繁杂，但从古至今却鲜见宗族间的不睦与纷争。看来人有血脉，地有地望，当年的珠玑巷由敬宗巷而来，一张氏大家子七代不分家，早就奠定了珠玑巷这种和睦共处的基因，后来三十七姓居民南迁珠江三角洲，也是互相帮忙才完成的大动作。如今为异姓贫困学子筹点善款，这自然不算难题。

想到这些，胡书雅和胡明各捐了一千元，胡明还表示愿意组织几个画家为刘姓学子义卖画作筹款。罗伟成这边千恩万谢了一番，胡明也爽快，立马发微信联系了省画院的三位画家，让他们每人捐出一幅画义卖。别看胡明没官没职，朋友都认他，几分钟后就把捐赠一事搞定了，让胡书雅对他的朋友圈刮目相看。

处理完这事儿，胡书雅说她想去罗伟琳的墓地看看。罗伟成沉吟稍许，说他姐姐的墓在老家的山上，很远，得花一日时间才能往返。不过他可以带胡书雅和胡明去看看罗伟琳生前的房间。

不好意思，我没告诉你们，我姐和姐夫分手了，她一直住在我这儿，她的女儿住在爷爷奶奶家。

罗伟成说罢领着他俩上了二楼。不知什么缘故，胡书雅对这里的一草一木都有种亲切、熟稔的感觉。

　　他们走上二楼，迎面是个大客厅，客厅的墙上挂着一幅怒放得热烈的腊梅，那繁密的花朵、浓艳的设色，让人觉得画家笔下挟着风雷。胡书雅似被雷殛，站在画前动弹不得。这些年，她经常会梦见这样一片花海，看花时她站得很高，风吹动她的裙袂，然后她一个起跳，那片隐约的梅花便向她扑来，细密的花瓣渐渐大如酒盏，随着一声闷响，花瓣飞起来，弥漫在空中，犹如一片厚实的黄云。倏地，黄云迸裂，从中间涌出红得惊悚的血泉，把天地染得透彻。

　　佛面，不——要——跳——啊！

　　耳边传来一声既遥远又清晰的喊声，胡书雅眼前一黑，提包掉在地上，摔出沓没看完的手稿。那露在外面的扉页上出现了与她脑海中的喊声相对应的一行字：

　　佛面，不——要——跳——啊！

十五

罗伟琳的前前前……前世之回忆。

胡教授，这会儿您的心情肯定不平静，甚至很惊悚，就像您之前曾有过的那种感觉，对不对？其实您也不要太在意，更无需惊恐，这只不过是你我之间的一种神秘的灵通与联系罢了。这个世界是多维的，它的实际构架远比我们目前所知的三维世界复杂、多面、立体，所以，你要见怪不怪，安然地享受您的特异世界吧。就像我一样，虽非真正的作家，但因我有着前前……前世的记忆，轻易地就能写出这样一篇小说来。

好了，言归正传，且让我们回到宋朝的清水寨，看看我和前前……前世的您到底遇到了怎样的劫难吧！

那次我们遇到的是生死劫——面对死亡——当然不是我，而是佛面——今世的您，那时清水寨人眼中的"胡贵妃"。今世的我这样写有些冷静得近乎冷血，但在八百多年前的宋朝，我可没有这种定力。记得那是个雨过天晴的早晨，鸡刚刚把日头啼出山巅，关押我的中年妇女就把我赶出了木寨。这时我已知她叫雷大嫂，汉话说得很流利，是清水寨的大管家，地位仅次于盘太古。我试探着问道：

请问雷大嫂，我们这是要去哪里？我那妹妹呢？

一宿没睡的我面容憔悴，声音嘶哑，加上一身男装，乍看真像个愣头后生。雷大嫂捋了捋头上的乱发，不无同情地对我说：去鹰嘴崖，看你的那个贵妃跳崖！

你说什么？她要跳崖？

我一把抓住雷大嫂的胳膊，雷大嫂"啪"地打开我的手，揉着胳膊奇怪地道：你到底是男是女？手劲不小啊！告诉你吧，妹子，今天是太清的生日，都老说既然不知道太清的忌日，就在生日为她做场法事，把那个什么贵妃当祭品送到阴间给她做伴。

我一口气没上来，险些晕过去：你是说他让佛面给他妹妹殉葬？

雷大嫂快步往山上爬去。也许是山上只有一道戒备森严的门，清水寨三面峭壁，只有一条路能上山，是个一夫当关、万夫莫开的险要所在。许是考虑到我无处可逃，峒僚人没有捆绑我，只是我的鞋不知什么时候掉了一只，山石硌得我赤裸的右脚疼痛难忍。雷大嫂虽然赤着一双脚，却健步如飞。我手脚并用地往山顶爬去。

想到将要代我赴死的佛面，我不由心如刀绞，眼睛火辣辣的疼，仿佛随时能淌出血来。

这时，麻木的双脚已把我带到清水寨的最高处天湖峰。顾名思义，天湖峰上有湖，那湖还不小，有两间厅堂那么大。湖边建了座砖木结构的祠堂。祠堂内摆着大小十二面大铜鼓，闪着黄澄澄的光。靠墙的两侧，则排满了大刀和矛枪，这与墙上鲜艳的壁画很不协调。

祠堂和湖之间是族人议事的坪场，一横排插着六根旗杆，旗杆上挂着六面白旗，中间袅动着六道代表水的绿色绣纹和"清水寨"三个黑体大字。旗杆过去十几米处，长有几棵山梨树，树上挂着口铜钟。树旁边是个隆起的三合土土台，土台阔几十米，临近悬崖处，凸出块几丈高状如鹰嘴的大石头。奇的是石头旁边又长有一棵树身几人才能合拢的大榕树，榕树的气根从枝丫上垂下来，因扎不进土台的地面，气根沿着土台边往下长，看上去像是镶在土台边沿的雕饰，当真是一个绝美的景致！只可惜，这儿是他们处死罪人的祭祀台。

这会儿，鹰嘴崖旁竖起了高高的木架，木架中间有一块用绳子绑住的木板。山风吹来，木板晃荡着，发出瘆人的咣当声。

雷大嫂和我坐在天湖边的木墩上，她说盘都老还在卜鸡骨、算时辰。

初春的山风似有冬风的酷烈，吹得六面旗帜猎猎作响。这时有人敲起了铜鼓，其声如雷，震得人胆战心寒。牛角号雄浑的声音在铜鼓声中谱出了一道高亢的旋律，把山间的寂静撕得支离破碎。我呆呆地看着鹰嘴崖边的木架，峒僚人不知何时将身穿白衣、头戴纯银花冠的佛面放在了架中的木板上。她娇小的身体被上下两根横木夹得牢牢的，头发和衣服则被风吹成了飘扬的旗帜。

佛面！佛面！

我大喊着冲过去，身旁的雷大嫂一个扫堂腿将我绊倒在地。我的嘴唇摔破了，腥咸的血和着泪水流进嘴里，从喉咙迸发出的哭声带着母兽才有的绝望与凄厉。

你们——放了——她——呀！

我大喊着，恨不得把天喊破把地喊塌，可我却是那样的无能为力——大嫂随手掬了把烂泥塞我嘴里，险些呛死了我。就在我呼哧着喘息时，鼓点从原先的单调、缓慢变为激愤、悲壮：可利、嘀哟、嘀哟、嘀哟、可利可利可利可利……

接着，一队披发跣足、上穿黑衣、下着黑色间红彩条裙子的女子和一队椎髻黑衣、系着红腰带的男子拿着一根两头削尖的禾杠，和着鼓点，用杠尖猛击地面，口中发出整齐的"嘀、嘀"声，震得我心神俱乱。如此舞了半炷香工夫，穿一身纯白麻衣、头戴白羽冠、脸上涂着两爿朱砂红的盘太古托着一沓华光四射的珠绣衣裳和一顶璀璨的银冠，我猜那是盘太清的嫁衣，神情悲痛地走到鹰嘴旁。雷大嫂看到嫁衣忽然掩嘴失声痛哭，还边哭边唱，哀婉的曲调令人心酸。

我的目光越过雷大嫂的头顶，落在佛面身上。她像是被人灌了药，头微微低垂，安静得如同一件悬挂在那儿的白衣裳。

佛面，我可爱可怜的小妹妹！

因怕我闹，几个大嫂把我绑起来，又用布塞住我的口，我满腹话儿说不出，只能在心中呐喊。这时雷大嫂把我推到靠近悬崖的地方，我看见鹰嘴下是一片树林。从山风捎来的梅香来看，应是梅树。周遭的空气被这花香弄得黏稠，泪水糊在我脸上，绷得脸皮生痛。

咚、咚、咚！

三声悠长、雄浑的铜鼓声后，响起了噼里啪啦的鞭炮声，呜里哇啦的唢呐声、高亢雄浑的牛角声、众人喉咙里发出的嗬嗬声，悬崖下梅花林里的鸟儿被这声浪吓得扑翅乱飞。一位黑衣黑裙、跣足披发的少女虔诚地将珠绣衣裳和银冠穿戴在仿佛老僧入定的佛面身上。

嘭、嘭嘭、嘭嘭嘭。

几声鼓响，少女在窄窄的木台上舞蹈。说来诡异，无论她做什么动作，沉睡中的佛面都跟着她比划。

邪魔！邪魔！

我在心里恶狠狠地暗骂，骂毕祈祷上苍开眼，把罗槐和官兵送到此处，解救出佛面和我，只可惜玉皇大帝没听见。

转眼间黑衣少女舞罢，像匹母狼似的引颈长啸，接着一扳木台上的把手，安静如婴儿、美丽如新娘的佛面直往崖下坠去，风把她的裙子吹成了一朵巨大的白荷花。就在她的身影从我眼中消失时，我清晰地听见了她的喊声：姐姐，来世再见！

姐姐，来世再见！姐姐，来世再见！

……

多少年过去了，她这喊声一直在我耳边回响，让我每每想起，总是心惊。当我再世为人之后，"再见"成了人们的常用语，这让我躲无可躲、避无可避。尽管在我的今世，所有的事情都已面目全非，可我还是视"再见"二字为禁忌！

噫——唏——！

那天，我看着佛面掉下了山崖，心弦绷断，正当我沉浸在悲痛中时，盘太古跪倒在木架前，朝着佛面坠落的崖下拜了三拜，然后他起身引颈长啸，出乎意料地悲吟出如下诗句来：

葛生蒙楚，蔹蔓于野。予美亡此。谁与独处？
葛生蒙棘，蔹蔓于域。予美亡此。谁与独息？
角枕粲兮，锦衾烂兮。予美亡此。谁与独旦？

夏之日，冬之夜。百岁之后，归于其居！

冬之夜，夏之日。百岁之后，归于其室！

　　胡教授，说老实话，我当时真的非常、非常震惊！我虽然早就听罗槐说过盘太古略通经史，但我没想到他竟然有这样一颗诗心，会在此时此刻吟诵这首《诗经·唐风·葛生》来怀念自己的妹妹。从前我在家中最喜读《诗经》，也背诵过此诗，我情知此诗怀念的是爱人、情人而非亡妹，可盘太古这会儿吟出，我非但不觉怪诞，反而有种说不出的伤心。因为我可以想象出躺在梅林中的佛面是多么的孤寂、多么的凄凉。不消多久，她就是一朵随风飘散的磷火，香魂在旷野里飘荡，永远找不到自己的家。由此我又想到埋在万安县城的哥哥，想到很可能落入贼人之手、生死未卜的曾兵，特别是想到冠儿，一时间我万念俱灰，低头朝旁边的土台撞了过去，随即晕倒在地。

　　等我醒来时，已是月挂中天、苍台露冷的夜半时分。

　　我被木板缝中扑进的寒风冻醒了，发现子夜的山间原是这样的喧嚣：风在山谷中回旋打转，吹奏出高低不同的曲调，仿佛一群怨妇在哀号；林涛则如愤怒的男子，不断地争吵，音调时高时低，节奏时急时缓，间有不知名的夜鸟和野兽在啼号、吼叫，加上风吹门窗的噼啪声、树枝折断的声音、远处的狗吠、孩子的哭闹，还有老妇的唱经声、念诵声，这山间的夜晚比之宫廷的凄凉，更多了几分未知的凶险与神秘。

　　就着板隙中漏进的几缕月光，头疼欲裂的我拢了拢四散的稻草，这才想起自己原来自杀未遂。奇的是除了额头上有个鼓包外，其余无碍。庆幸之余，眼前倏地浮现出进宫前临安那个温馨的家来。

　　以往父母在时，只要一入冬，每日早早的母亲便烧好了火盆，盆上坐着锡壶，壶口喷出的热气驱散了寒冬的萧瑟。吃饭时要么用圆肚子的铜火锅，要么把烧得旺旺的红泥小火炉往桌上一放，上面坐着小铁锅，锅里煮着羊肉汤，再温一壶雪玉酒或羊羔酒，一家人围桌而坐，说说家长里短、谈谈左邻右舍，真是神仙都羡慕啊。即便后来到了阴冷的宫中，在香药局与曹公公等人在一起也曾有过惬意的时光。还有，官家也是真疼过自己的。比之佛面，自己多少还享过些福啊！

想到佛面，我不由百感交集。佛面自从跟了我，不管天之阴晴雨雪、我之得宠失意，她总鞍前马后地跟着，比亲妹妹还亲。想到她如今尸横梅林，我痛彻心肺的同时，又深感内疚：是我害了她！是我害了冰卿、冰倩他们！那一瞬，我为自己方才不负责任的轻生而羞愧，我决定逃出去！

于是就着昏月，我在地上摸索起来。雷大嫂想必早已猜到了我的想法，抑或这本身就是他们的牢房，为了防人逃跑，地上除了稻草之外别无他物。我沮丧之极，胸中愁闷无处发泄，便对着黑沉沉的窗外哼起了无字歌，歌声携带着我的悲伤忧愤，如同惊慌的鸟群在夜空中横冲直撞。

不一会儿，绿树丛中亮起点点灯光，随即传来噼里啪啦的开窗声、狗吠声。接着，闪烁的火把光映衬出一队黑衣人，他们纷乱的脚步使得黑沉沉的夜越发惊悚和紧张。

寨门"砰"地被人推开，一股冷风吹得我直打哆嗦。

闪烁的火把光中，一袭黑衣、手执马鞭的盘太古满脸戾气地走过来。刚踏进门，他就扬起马鞭在房梁上击出响亮的鞭花和一阵灰尘。他恶狠狠地盯着我，声音不大，却每个字都冷到骨髓：你想现在就死对不对？那好，我就让你和那个贵妃一起去陪我妹妹！

盘都老，我只是思念家人，还望您怜放我一条生路！

为了出去，我决定委曲求全。不料盘太古嫌我扰了他的清静，异常生气地对那个陪他过来、宽肩细腰的男子说：朱细腰，明天一早把她关进猪笼沉江，让她去龙王殿陪清妹，也正好让她为龙儿消消煞。

往清水寨的路上，我曾听得一耳朵，盘太清是在从赣州往临安的路上跳船溺亡的，他视为心尖的儿子盘龙生病了，他正在四处寻找名医。眼下绝望的他希望我的死亡能够给他儿子消煞，带来好运。

不过那个朱细腰似乎不同意他的计划，用土语似是在恳求他什么。盘太古指着他臭骂了一通，朱细腰看了我两眼，低头退到一旁。

这时负责看押我的雷大嫂拿了绳索要绑我，盘太古皱眉道：最后一个晚上让她舒服点，免得她到阴间以后怨气太重，到时对清妹不好！

这时，一个汉装打扮、容颜清秀的青年女子跑过来，拉住盘太古用汉话神情激动地说：相公，不得了！龙儿翻白眼了，这可如何是好？

盘太古一听立即惊慌失措地转身往他住的木楼跑去，一边吩咐朱细腰下山抓药请医生。

朱细腰领命匆匆而去。雷大嫂显然也在为龙儿的病着急，锁上寮棚就去追盘太古。我扑到门边大喊道：

盘都老、雷大嫂，我祖父是当年的御医，我也懂医道，我愿为龙儿诊病！

反正死到临头了，我也没什么顾忌。如果他信我，也许我和龙儿都有一份生机，他要是不信，也就作罢，我会安静地度过我人生的最后一晚。

雷大嫂对盘太古说：都老，莫信这婆娘胡言乱语，万一耽误了龙儿的病可不得了！

盘太古肯定是被儿子生病的消息扰乱了心神，他居然不顾雷大嫂的反对，立马带着我到了他家住的木楼。这幢木楼有三层，下层关着两头牛羊，旁边垒着鸡舍，二楼存放粮食和其他杂物，眺楼上挂满了各种干果和连秆带叶的干豆荚，住人的三楼收拾得整洁干净。

盘太古推开虚掩的木门，我看见一老妪和方才来喊他的青年女子坐在木床边，两人喃喃地念着经，似在祈祷。

床上躺着个十岁左右的男孩，只见他面若金纸、气息奄奄。焦灼之极的盘太古顾不得片刻前他还扬言要让我沉江，抱拳向我施了一礼，恭敬地道：娘子若救得回我儿，娘子便是我盘某的再造父母。我清水寨尽归娘子调遣。

盘妻听他这一说，也过来见礼哀求。我顾不得还礼，立刻蹲在床边细细地给盘龙诊治。

骨瘦如柴的盘龙想是病了不少时间，盘妻撩起他的衣裳，我看见他脐周鼓起拳头那么大一个肉包，伸手一按，硬硬的，盘龙吃痛地抖了几下。我又抓起他麻秆似的手把了会儿脉，他的脉息微弱得几近于无，人也是只有出的气没有进的气了，可伸手一摸他胸口，那温度又与常人无异，这说明他并没有看上去那般衰弱。

我倏地想起我入宫前祖父诊治过的一个案例来。那是个患痢疾多日的街坊邻居，伴有发热、咳嗽和吐血，且脐周也鼓起拳头这么大的硬块。其他医生都说没救了，让家人准备后事，不料想后来被祖父治好了。祖父因此赢得了他人生中第七十一块"妙手回春"的敬谢牌匾！祖父治好的人有千千万万，我独想起这个医案来，乃是因为盘龙的病情与邻居病情相近，不由询问道：

都老，龙儿是否高烧多日兼痢疾不止？还伴有咳嗽和吐血？

此话一出，原本还对我半信半疑的盘太古立刻跪倒在地磕了三个头，泣声道：神仙娘娘在上，小儿正是如此。我盘家四代单传，生了五个儿子只养活这一个！请神仙娘娘原谅我等先前所做恶事！救救小儿，求你了！

盘太古说罢又"咚咚咚"磕了三个响头，那老娘我估计是盘太古的亲戚，她见盘妻磕头，也跟着磕起头来。我扶起老娘吩咐他们找几根缝被褥用的大针和几包艾叶来，老娘听不懂汉话，盘妻用土话跟她讲了几句，不一会儿老娘拎出个刻了花纹的木箱子，从里头取出一套银针和一捆揉好的艾条。

盘太古见我诧异，忙道：神仙娘子，这是山下济民药店的坐堂医留下的东西，他前几日住在寨子里，恐是怕医不好我儿心生惧怕，昨儿一早竟逃走了！我这两天派人下山找医生，那些医生怕治不好我儿的绝症，我会收拾他们，全躲开了！你说那些医生像话吗？

你这也不能全怪医生，谁叫你吓他们？我早讲了你得礼敬医生才是！

盘妻接口道。她自我介绍姓常，那老娘是盘太古的远房姨娘，来帮忙照看孩子的。她一边说一边燃着了松光火，拿出针在上头烧着，眼泪汪汪地哀求我无论如何也要救活她儿子。

我来不及多问，忙使出浑身解数，先用银针围刺盘龙的气海穴，同时把艾条揉碎填在肚脐上，点火燃着。艾叶生出了明火，我用指捻熄，又微微吹气，使艾叶阴燃，一连灸了半个时辰，盘龙还是没什么反应。

我又灸了半个时辰，艾叶燃了几大把，盘龙肚脐周围的皮肉也被灼红了。盘太古和妻子看得不忍心，求我换一种方法。这时盘龙轻轻哼了声，我摸摸他的手说：起效果了，你们看，他的手脚变热了。

盘太古和常氏一起伸手去摸盘龙的手脚，两人欣喜之极。这时盘龙的脸色已由金黄转成淡黄，嘴唇恢复了些许血色，痉挛凸起的腹部也慢慢平复，我搓着他的手脚心，过了刻把钟，盘龙咳出几大口黑血，苏醒过来。

娘，我饿！

盘龙的汉话说得不错。看来常氏必是汉人无疑，我一问，情况果然如此。常氏乃珠玑巷人，是盘太古姑姑的邻居，她为人和善、温婉，做得一手好女工。从她的言语举止来看，还是个外柔内刚、很有主心骨的女子，盘太古很敬重她。

多谢神仙娘子的救命之恩，请您受我们全家一拜。

常氏拉着盘太古和姨娘跪下，三人不由分说地又给我磕了几个响头。

胡教授，看到这儿您是不是觉得这情节有些像时下流行的电视剧，特别的巧合？其实不怪那些编剧，一则素来无巧不成书，二来人生真的是比戏剧还要戏剧。比如时下中国的种种现实，远比作家笔下的文学作品更为精彩、紧张、吊诡和神秘！所以，我在宋朝时的人生于今看来，还不算特别传奇，只不过是"巧合"多了一些而已，这一点还请您见谅——因为，我并没有过多的编织，只是在回忆、再重现而已！

由于盘龙得的病症恰巧是祖父医治过的，我也就恰巧地治好了他。这样，原本要当作祭品沉江的我一夜之间反转成了盘太古和整个清水寨的恩人、神人。我来不及为自己命运的起落与改变而感叹，当即要盘太古派出一队精壮汉子带我到悬崖下的梅林去寻找前日下午被他处死的佛面的尸体。

盘太古二话不说，让朱细腰找来把竹躺椅，强迫着把我按进椅内，然后四个汉子抬着我绕到悬崖下头，这段路看上去不过六七里地，却是望山跑死马的路程。我们从早上走到中午才到梅林坡。

顾名思义，梅林坡上种的都是梅树，郁郁葱葱一面坡，怎么着也得有几百棵树。听带队的朱细腰说，这山坡上早年有座寺庙，住持曾是前朝的武将，后因事被削官为民，心灰意冷地出家为僧。他曾经有位小妾貌美如花，却不幸早亡。出家后，他常思念那位乳名唤作"梅梅"的小妾，遂植梅以记，与结庐孤山、以梅为妻、以鹤为子的隐逸诗人林和靖有得一拼。

此时虽春寒料峭，梅林坡上的梅花却开得繁茂，且梅花品种多样，有一花三朵的品字梅，有单瓣的小细梅，有六瓣红、淡寒红，也有金殿粉、小绿萼和青芝玉蝶，比之禁苑梅园中的品种更多，花海也更壮观。

佛面，你以前跟着姐姐去梅园采梅制香药时曾说过，你以后要当梅花仙子，没想到你是一语成谶啊！可惜这梅花再香你也闻不到了！佛面，你听到姐姐跟你说的话吗？

泪眼蒙眬中，那些摇摆的花枝幻化成佛面可爱的身影，一如她曼舞的水袖。

我不由失声恸哭起来。

哎，神仙娘娘，入山不能哭，哭了会惹来山魈！

同行的雷大嫂神情惊恐地制止我。大约是怕佛面会化作厉鬼找他们报仇，朱细腰他们进入梅林后每人从背篓里拿出个木质面具戴着，那些面具个个青面獠牙，颇有些以恶制恶之意。

我咽回哭声，心里默默地祈盼佛面快快现身。说来也邪门，我心念还没转过来，前头的朱细腰就跑过来大喊：神仙娘娘，你快过来看！

我心太急，在地下绊了一跤。雷大嫂见我脚崴了，干脆弓身背着我跑到了朱细腰他们站立的地方。只见悬崖下方有两株高大、繁茂的树，几株盘根错节的古藤在树干与枝丫间织出一张巨网，佛面安静地躺在上头，犹如一只栖息的白鹭，又似落入凡间的仙女。

佛面！佛面！我不顾一切地大喊着。佛面没有反应。

这边早有擅长爬树的汉子把佛面抱了下来，看着如同婴儿般安睡的佛面，我激动得不知所措。我和雷大嫂忙不迭地替她清理干净脸上的淤泥、血渍，而后我掐着她的人中呼唤着：

佛面，你醒醒，睁开眼睛看看姐姐呀！

佛面没有任何反应，我焦灼地摇晃着她：佛面！佛面！

朱细腰及时制止了我：神仙娘娘，万一她摔伤了筋脉，你这一摇可是要把她的筋脉摇断的！

我连忙缩回手，心中暗恨自己太过激动，竟忘了救人，于是伸手点了佛面的几处要穴，又将两瓷瓶人参鹿茸液倒入她口中，并用手掌垫高她的头，帮助药液淌入肠胃。

过了约莫半刻钟，佛面哼了声。这时雷大嫂、朱细腰已扎好了一张藤床，众人小心地将她抬回清水寨。

三天后，在我持续的艾灸与按摩下，灌了几肚子药液的佛面终于睁开了眼睛。

佛面！佛面！

几天几夜没合眼的我握着佛面满是淤青的手，泪水从枯涩的眼中春溪般淌下。此时佛面脸上的伤口已结痂，犹如几朵黑紫色的花钿。

佛面，我是清蕙姐姐呀！你认不认得？

我提醒她。佛面直直地看着我，明澈的眼中是化不开的茫然。良久，她才叹口气，从我手中抽出右手，拍着额头说：我头痛，里面有虫子在咬我。

我用指甲掐着佛面的太阳穴，希望她能尽快想起我。可是佛面愣怔了半晌，忽然伸手抓了两把空气，嘴边露出若有若无的笑意：等会儿要打雷下雨了，我得把姐姐的香药收起来。

佛面自言自语地说罢，挣扎着要起床。我怕她伤未好，按着不让她动。她却猛地拂开了我，眼中含怒地斥道：你这个人好没意思，我又不认得你，管我的闲事！

她嘟哝着从我面前走过。那神情竟是当我不存在。盘太古和常氏也看出了问题，他俩小声议了几句，接着盘太古上前一步，内疚地说：神仙娘子，想必您是真的贵妃娘娘了？她身体无恙，脑子似是摔坏了，这可如何是好？

我苦笑一声：盘都老，这些说也无益，就不提了。还有，以后我们不提什么娘娘不娘娘的了。我已是再世为人，现在此处只有民女卜玉树和妹妹卜玉枝二人，还望都老关照一二。

盘太古回头叮嘱了一声常氏和老娘，三人用峒僚语交谈了几句，常氏急急地跟着佛面出去了。我也心急如焚，大步流星地追到坪上。佛面站在那排木槿树篱前，双手不停地在虚空中"收"东西。

常氏惋惜地叹口气，摇头道：吓癫了。

我心如刀绞，伸手揽住佛面的腰，连声问她认不认得我。佛面拂开我的手，面有愠色：我乃女子，男女授受不亲，尔辈勿得轻薄！

我这才想起自己仍是男装打扮，便向常氏借了房中那条浅蓝背子和深蓝裙子穿上。为了扮回佛面记忆中熟悉的装束，我又梳回宫中的发式，只是清水寨没有五色璎珞，我便在鬓边插了几枝梅花。当我穿着女装走出房门时，看见我的人都瞪大了眼睛，随即传来兴奋的私语：

这才是真正的美人。旁边的朱细腰叹道。

雷大嫂啧啧道：好人才呀！

人家是皇贵妃！没这好人才能入得了官家的法眼？

常氏深为感慨。倒是盘太古浑然无觉，雷大嫂小声道：都老觉得普天下女子，都不如他家妹子好看！

果不其然，盘太古不以为然地说：太清汉装打扮，胜过卜姑娘三分。对了，各位，这位卜玉树姑娘和妹妹卜玉枝乃临安的良家女子，并非宫廷人物，大家切勿以讹传讹。若是因你们的长舌给清水寨惹来灾祸，那就别怪我不客气了！

盘太古话音刚落，众人就用土语向他表了一番决心，接着盘太古朝我抱拳施了一礼：在下见过卜娘子。

我回了一礼，转向看见佛面正怔怔地盯着我，便以为她认出了我几分，于是对她微微一笑：佛面，去园中剪几枝花来。

在宫中，这几乎是我每天必和佛面说的一句话。我想佛面听了应该有所触动，不料佛面对此却毫无反应。只见她仰首看了会儿天，突然大声道：要打雷了，要下雨了，娘娘的香药要坏了！

众人抬头看了看天，心下甚为悲切：这湛蓝的天，连片云也没有，怎么就要打雷和下雨了呢？看来她不但彻底失忆了，还有幻听和幻觉，这可怎么办？

我和佛面自宫中起，经历了不少风波，出临安后，这一路上也经历了数不清的艰难险阻和生离死别，但我的心情都不至寒凉若此：人活着却不知自己姓甚名谁，不知自己的身世过往，这与行尸走肉何异？佛面才刚刚十五岁，难道她的一生都得在这种混沌状态中度过？

我掩面失声痛哭。盘太古见状也甚为不安，他一面吩咐妻子和雷大嫂给佛面打扫房间、置办衣服，一面让朱细腰赶快下山，去赣州和南雄两地延请名医，为佛面治病。因为从目前的情况来看，我是无能为力了。

可是，都老，那些郎中一听说要来清水寨，全都吓跑了！

朱细腰被请医生一事困扰了许久，此时不由闻之色变。盘太古坚持要他下去再觅一圈，朱细腰面露难色。此时我计上心来，自告奋勇地道：都老，我正要往南雄去，您看可否派人送我和佛面过去？到那儿我再给佛面治疗，同时包请一个中医到清水寨给龙儿看病！

想着侄儿、侄女和罗槐，我早已归心似箭。再说我对盘太古不了解，虽然他现在视我为恩人，可他到底还是一个枭雄，万一他又生出别的想法来咋办？还是速求脱身为上策！

卜娘子少安勿躁，等佛面姑娘休息几天再走不迟。

盘太古如我所料地挽留我，我知道他想要我再为盘龙诊治几天。想到自己尚在他手中，佛面又是这种情况，没有他的许可和帮助，我定然难以把她带走，于是按捺下心思，开始给盘龙做针灸。

此时距方才佛面说的"打雷、下雨"不过刻把钟时间，突然间山风袭来、飞沙走石、天昏地暗，不久雷声大作，银色、赤色的闪电似八爪金龙、又似妖异的魔枝，将天空撕得四分五裂。更为恐怖的是，有十数个黄色、紫色、亮白色的地滚雷圆球在空中飘浮，它们逆风而行，飘忽如幽灵，其中一个幽绿色的地滚雷飘进了室内。

快趴下！

盘太古惊呼着抄起旁边的蓑衣盖在盘龙身上，地滚雷擦着蓑衣飞往我这边。盘太古伸手将我拉倒在地，我还没反应过来，他便转身冲向门口。我抬头看见佛面站在门旁，孩子似的合掌去捉那地滚雷。盘太古抓住她的衣带往后一搜，佛面倒在他身上，地滚雷擦着他俩的头发飞过，顺风从窗户飘到了外头的树上，只听"砰"的一声巨响，那棵树冒起一阵烈焰。等我们爬起来看时，那棵水桶般粗大、生机勃勃的大树已经变成了秃头树，巨大的树冠伞似的盖在了下边的水塘上。

天火！天火！敲鼓！敲鼓！

佛面坐在地上，脸上的表情非常肃穆。惊恐的盘太古此时已将佛面视为神人，纳头向她磕了三个头，口里喃喃道：娘娘仙人，盘太古是得罪过您，可清水寨的其他人罪不该灭，还望娘娘仙人饶恕则个。

然后他也不管我怎样，狂奔到门口，嘶着嗓子大喊：敲鼓！敲鼓！

不多时，"咚咚咚"的鼓声便响彻了天宇。说也奇怪，急雨浓云似乎被这鼓声吓蒙了，天地猛抽一口冷气把雨给吸回了天空。原本厚如棉絮的乌云纷纷四散，转眼间露出湛蓝的天空。

我走到佛面身边，讶异地打量着她，心想佛面以前既不知天文也不懂地理，怎么生死关头走一遭，就能预知风雨雷电了呢？我心中除了讶异、怜惜，还升起股敬畏：难道她在鬼门关走了一遭，就破解了天地之奥秘？倏忽间我生出个奇怪的念头，觉得佛面已不是人，而是鬼怪巫女或者神仙，要不然她怎么会变成一个圣旨的预言家？她说有雷雨，雷雨就来了；她说敲鼓，雨停，雨就停了！

也许她说树长起来，那棵被雷劈掉的树还能长回去？

我这么想着，牵着佛面的手，穿过慢慢围拢的人群，来到盘太古木楼三层的窗户那儿。方才那颗滚地雷就是从这儿飘出去再击中那棵树的。

树断了，树枝烧没了。佛面妹妹能让树枝再长回去吗？

我虔诚地对佛面说。

那一刻，我是真的相信佛面有这种超能力的，可惜佛面跟没听见似的发起了呆。好一阵，她才叹口气道：我看见了好多梅花，那些梅花有酒盅那么大。

然后，她自顾自地走回床边，以一种极为优雅的姿态躺下了。她穿着一袭宽大的白袍，娇小的身躯如同一棵细细的蕊丝藏在这白袍里，脸上闪耀出圣洁的光芒。

山民叩见仙人娘娘！

这时，盘太古领着族人齐刷刷地跪倒在床前，看着三拜九叩的他们，我双膝一软，不由也跪倒在地。

五天后，盘龙能够吃下一碗干饭和下床走路了，但佛面依然不认识我。她对天气变化的预测出奇的准确，清水寨人将她视为下凡的神仙。朱细腰从赣州城"请"来了两位名医，他们对佛面的病情一筹莫展。最后大家一致认定，佛面的失忆不是病，只是重返"神界"，忘记了人间的种种而已。

成为了下凡仙女的佛面受到清水寨峒僚人极大的礼遇，盘太古调剂出一幢竹楼给佛面住。佛面安然地享受着他们的礼遇，而且无师自通地开始用鸡骨卜人吉凶。鸡卜法是峒僚人传统的"巫术"，佛面苏醒后才首次看见，可她后来者居上，居然每卜皆灵验。对此我和大家一样百思不得其解。

以今人的知识来分析，佛面头部受伤后可能触发了某种特殊的神经元，从而激发出她身上潜藏的超能力。但在八百多年前，众人对她身上的这种变化唯有"神授"这一种解释。所以，当时的我对她也生出了份敬畏之心，并且不无卑鄙地利用了盘太古等人对她的敬畏。

前文不是说了吗？盘太古不放我下山，我使出了各种招数，仍未能得到他的许可。无奈之下，我想到了佛面。

这日雷雨大作，盘太古根据佛面早上发的卜文将族人聚在祠堂诵经，请求老天爷保佑清水寨风调雨顺、人吉年丰。

佛面坐在屋中央的大床上，床边插满了蒲草和山花。从山涧、塘底升起的水汽缓缓飘入房间，置身云雾的佛面因此多了层神秘。

尽管盘太古和常氏已知我的身份，也看重我的医术和我对盘龙的救命之恩，可我还是不可避免地成了照顾佛面的"随侍"，对此我毫无怨言。佛面宁为我而死，这辈子给她当牛做马我都心甘情愿。

这日吃过早饭后，在盘太古等人的诵经声中，我帮佛面梳好了头，并在她鬓边插了几朵大红的野花。佛面看着铜镜中的自己，茫然的眸子忽然灵光一现，小声呢喃道：姐姐？

佛面，你醒了？

我激动地抓住她的手，佛面眸子中的火苗却倏地熄灭了，恢复了原先的虚空。

佛面，我是清蕙姐姐，我想带你下山，你能卜算给他们听吗？

我搂着佛面，以她熟悉的语气哀告她。佛面静静地听着，似乎想起了什么，好一阵她才低吟出两个字：姐姐！

妹妹，你让姐姐下山，晓得吗？

我一字一句地说。佛面久久地凝视着我，似乎在回忆，许久才小声重复道：姐姐下山，姐姐下山！

对，你在这儿别人不敢动你，姐姐到时再回来接你，明白不明白？

佛面的大脑这时肯定处于关闭状态。她突然低下头，伸手从床边撅了朵花，孩子似的吮吸起来，表情无比甜蜜。

这时，盘太古牵着盘龙走过来，离佛面尚有一丈远，他俩就咕咚跪下叩头问安：盘太古见过神仙娘娘和卜姑娘！

我回了礼，似是受了惊吓的佛面从嘴里扯出花瓣，求援地看着我。我捏了捏她的手，和佛面玩起了在宫中常玩的游戏，只动嘴皮不出声音，让她看唇形猜测话语。她定定地看了我几秒，忽然开腔道：让——姐——姐——下——山！让——姐——姐——下——山！

盘太古愣怔了两秒，终于明白她所说的"姐姐"是谁。

神仙娘娘，卜姑娘她得留在这儿陪您！

盘太古看我的眼神颇为不舍。我从盘妻常氏最近对我的态度和雷大嫂的片言只语中印证了一个猜测：盘太古想纳我为妾！他要用另外一种方式报复那个间接害死了他妹妹的皇帝贼厮。再者，他要我为盘龙诊病。对后者常氏是欢迎的，但一想到盘太古的"邪念"，她又巴不得我下山，是以这两日她也在给盘太古吹让我离开的枕边风。

盘都老，我神仙妹妹如此说必有她的道理，想必我属虎，都老属羊，这羊入虎口总是对都老不利，她的话，都老得郑重以待。

我的话显然起到了震慑作用。盘太古捻须想了想，看着佛面试探地询问道：请神仙娘娘明示。

旁边的朱细腰却摇头道：都老，此女乃妖孽！山上留她不得，不如让她走了吧！

盘太古瞪他一眼。这时佛面指着我惊呼起来：老虎！她是老虎！快下山去！

盘太古的脸色立刻变得煞白，他轮番打量着我和佛面，心里多少是有些见疑的。不过佛面接下来的话却让他不得不速做决定。

老虎吃羊！老虎吃羊！

佛面说罢抽了两枝花，闭目嗅着。盘太古上下打量了我几眼，牙疼似的道：太古与卜姑娘终究是没缘分的。既如此，我且遵神仙娘娘的旨意，送你下山。

我朝他施了一礼：盘都老年长几岁，我们何不认了兄妹？

盘太古也觉得这主意好，两人当即来到祠堂门口歃血为盟，他改称我小妹，我则称之为大哥，把个常氏乐得眉开眼笑。

下午，盘大哥为我准备了两担山货，派雷大嫂、朱细腰送我下山。临行前我去看佛面，她伸手伸脚地在床上睡得正香呢！我写了张纸条塞到她枕下，上面写明了我离去的缘由和我们即将前往的目的地，希望她有朝一日能够清醒并看懂。再者南雄离清水寨也就半日的路程，找到冰卿、冰倩后我会经常来看她，到时再劝盘太古放她下山。下半辈子，我愿意为她当牛做马！

就这样，我在盘太古夫妇、雷大嫂、朱细腰的陪同下，走出了清水寨的山门。这时，有人敲响了铜鼓，可利、可利儿哟，可利可利可可利，欢快的节奏中似有不舍。忽然，这节奏变成了宫中的更声。梆梆、梆梆，回首一看，穿着一袭红衣的佛面不知何时站在了坪中，手拿两面小令旗，正指挥一帮孩子敲鼓呢！

我朝她挥了挥手，佛面的小旗滞了滞，接着她舞动得越来越快，鼓声也越来越急、越来越密，如骤雨，似旋风。在这飞扬的鼓声中，一句雄浑的高喊如同锃亮的快刀，把鼓声齐刷刷地斩断了：

梅岭急递铺罗松、珠玑巷罗氏铁匠铺罗槐，义塾山长曾守琴求见盘都老！

十六

2015年秋　珠玑巷

罗伟琳和罗伟成听见了宋朝的《恋春光慢》。她的感慨与回

忆，罗伟琳画下了梅林坡上的梅花图。

胡教授，看到这儿想必您的好奇心得到了部分满足：这罗槐、罗
松总算又出来了。没错，毕竟我非专业作家，又是初写这样的大部
头，最最关键的是罗槐所留的笔记资料太少，我也不能一味虚构，所
以只好顺了他的笔意，在他该出来的时候让他出来。

论起来今人某些方面真是幸福。比如科技的昌明给人带来的福祉
与享受，就是古代的帝王也难以企及。秦皇汉武哪坐过一日千里的飞
机呢？所以，能够对八百多年前的朝代拥有某种特殊的记忆，同时又
能尽享今人之福，我真的是太幸运了！

可惜的是，我这种人终究是异数，上苍不假以年，让我得了绝
症。因我与先生去年分手了，女儿归我抚养，如今我自顾不暇，便将
女儿送归韶关的公婆家中，我不想让女儿看见我日渐虚弱的身体。女
儿走后的这些日子，我住了两次院，出院后住在弟弟伟成家静养。

弟弟对我照顾得十分周到，街坊邻居也很关心。有的邻舍帮我找
偏方秘方，有的邻舍送来了好吃的米果，还有一个街坊在城关小学当
音乐老师，她怕我寂寞，下课后常到伟成家拉小提琴给我听。就这样
养了两个多月，我渐渐又能提笔了。

这日是满月，月光如水，夜色煞是可爱。吃过晚饭后，弟媳妇带

侄子去学书法，弟弟伟成把古筝搬到院中，又在旁边的影青香炉里点燃了一位朋友送来的沉香。月影摇动中，我脑中像是开了一条河，汩汩地流淌出神秘的音乐。

姐，这乐曲听得熟悉，可又叫不出名来。对了，你等等，我想起来了！你想起来了吗？

伟成忽然激动地按住我的手，乐声戛然而止。庭中的树叶被这突如其来的寂静吓得簌簌发抖，丢下满地细碎的叶影。倏地，我眼前浮现出一个宏大的歌舞场面：旌旗如云、彩袖翻飞、钟鼓齐鸣中，一首清亮的筝曲破空而出，时而高旋入云，嘹唳于天，时而飞雪回寰、婉转低回。

这曲子，这曲子我听过！肯定听过！

我停住手，看着伟成激动地道。伟成也定定地回看我。我们俩的目光像两根断了之后重新接上的电线，迸出了耀眼的火花：

这是《恋春光慢》！

然后，我们俩齐齐地陷入了沉默，谁也不敢再说话，因为我们一旦开腔，别人听了准会以为我们是精神病院逃出来的病人。

这曲子我听她弹过。

伟成呢喃道。我知道，他一直被梦中那个神秘美丽的女子困扰，在我的廓清下，他终于记起那女子就是传说中的胡贵妃，早先的胡清蕙、后来的卜玉树，也即前前……前世的我！

这种角色记忆偶尔会让我们觉得尴尬，前世的情人与夫妻今世成了姐弟。不过这也应了一句古话：不是一家人，不进一家门。好在我们俩都具有随时从记忆中抽身、回归现实的超能力，所以很快就理顺了回忆中的角色与现实中的角色的关系，相处也很自如了：我们谈论前前……前世时，采取的是一种旁观的角度。没有过多的情感代入，这使我们变得客观和超脱。

方才那首让我和伟成有似曾相识之感的曲子是八百多年前临安宫中举行圣节时，群臣为官家祝寿时弹的名曲《恋春光慢》。那时上每盏酒都要奏乐，比如开场时奏《万寿无疆》，上第一盏酒时奏《圣寿齐天乐慢》，上第二盏酒时笛子吹奏《帝寿昌慢》，上第三盏酒时，为笙曲《升平乐慢》……

我刚才下意识弹奏、并让我和伟成想起的《恋春光慢》正是敬第七盏酒时奏的乐曲！

这就叫此曲只应天上有，人间能得几回闻。

我和伟成异口同声地赞道，两人感慨了一番后，伟成进屋倒了两杯钻缸酒、拿了一碟牛干脯、一碟花生米，两人对饮起来。钻缸酒入口绵软，后劲却足，那甘醇的味道让我想起八百多年前王氏酒铺的钻缸酒。

酒酣耳热之际，伟成打开院坪上的大灯，取来笔墨颜料，要我留下墨宝。我小时曾习过素描与国画，略有功底，只是字如春蚓秋蛇，实在无法入眼，故此没在绘画上再下功夫。今日挥毫泼墨，乃天时地利人和之故。所以出现了一个奇怪的现象：我刚提起笔，就像方才弹奏乐曲一样，似有人拧开了我脑袋中的水龙头开关，灵感自来。手中的笔不听使唤地直扑朱砂和藤黄两碟颜料而去，然后以迅雷不及掩耳之势落笔，转瞬间即作成一幅色彩绚烂、气势磅礴的梅花图——我画的是当初险些成了佛面埋骨之地的梅林坡上的梅花。那些梅花历经八百余年仍然开在我的脑海与笔尖，不但经久不败，而且愈来愈艳丽。只要是月夜，只要夜深人静，它们就如同奇异的海绵体，盘踞在我的脑海，疯狂地吮吸着我的回忆与想象。等它们绽放在笔尖时，小小的梅花便有了霸王花的气势，这使所有目睹它的人头晕。我相信，这对于曾经投身于梅林的胡教授您而言，我画的这幅梅花图将是一个触动您生死回忆的玄妙机关，您应该会晕倒，等您再醒来时，您肯定想起了前前前……前世的您——我的生死姐妹佛面如同一只绑在铅块上的白鹭直扑梅林坡！然后，您想起了我——您宋朝的清蕙姐姐，您还想起了罗槐和罗松，对不对？

十七

2015年秋　珠玑巷
胡书雅看完罗伟琳的感叹后听见了一声大喊。

　　看到上述这段话时，胡书雅躺在罗伟琳生前睡过的床上，眼神幽深如古井。南宋的山风似乎真的如罗伟琳所说，从眼眸深处袭来，吹开了覆在她记忆之上的帷幔，让她一窥心房的真容——那儿幽暗、深邃，犹如通往地心的隧道。她定睛再望时，只见如同暗夜的电视屏幕上，映出了两张英俊刚毅的脸。接着她听见了一声有些缥缈的大喊：浩风大哥，您终于来了！

十八

咸淳七年初春　清水寨

罗槐历经千辛万苦，终于在清水寨和卜玉树重逢！

浩风大哥，您终于来了！

清水寨的山门口，卜玉树一声尖呼，再也顾不得男女之别和一旁的盘太古、罗松、曾守琴等人会作何感想，一个飞鸟投林，猛扑过去，抱住了风尘仆仆的罗槐。半个多月不见，他的胡须又浓密了一些，黑红的脸庞上生出了几根轻微的皱纹，原本清亮的双目布满了血丝，嘴唇也开始脱皮，足见这段时间他的煎熬。

玉树，总算找到你了！

罗槐紧紧地搂住卜玉树，心仿佛要跳出来。天气阴寒，两人笼罩在山岚与呼吸造成的白雾中。

冰卿和冰倩呢？我大嫂他们呢？

卜玉树抹着眼泪道。

你放心，都找到了！阿甲陪他们在山脚下等我们呢！

罗槐和卜玉树还想再讲些悄悄话，曾守琴一拐一拐地走到旁边，伸手将罗槐拉开：浩风，盘都老还等着你呢，再说你也得让玉树姑娘见见浩山啊！

曾守琴外号老夫子，凡事都讲究个规矩，见他俩众目睽睽之下抱着不放，眉间早就蹙起了个"川"字。罗槐也意识到自己的失态，向正和罗松寒暄的盘太古见了礼，这边又把罗松介绍给了卜玉树。

在下罗松见过……

罗松愣了愣，终是将"娘娘"两字咽了回去，吐出"卜姑娘"三字。卜玉树回了礼，又和罗松闲聊了几句。罗松细长的双目倏地睁大了，拉着罗槐走到一旁小声说：浩风，这女子不是凡物，你未必降得住。

对，我也这样劝他！人家是宫里出来的贵妃，礼数上也不合适。万一要是被人发现了，那可是大罪！

曾守琴小声附和着。罗松见卜玉树正往自己这边看，怕她听见，忙嘘了声：以后再讲，现在先见过都老再说！

说着，罗槐让人把几担布匹、油盐、瓷器等放到盘太古跟前，恭敬地道：盘都老，感谢您收留了卜姑娘姐妹俩，这是我们的一点心意！

盘太古想到已经失忆的佛面和那场祭祀，不太好意思地对罗松他们道：罗节级、罗掌柜、山长，不晓得她们是您几位的贵客，要是早晓得呀，我也不至于那样了。

边上的罗槐已从卜玉树口中得知佛面的遭遇，心情沉重地说：都老，你这账按说该跟那皇帝老儿去算，怎么怪到她们头上去？

盘太古不高兴地说：罗掌柜，你是站着说话不腰疼，谁不晓得要找皇帝老儿算账？问题是哪个找得到他？我方才已经讲了，不晓得她们是您几位的客人，要是晓得，莫说她们我不计较，便是皇帝老儿在场，有你们的面子，我也请她们坐上席！

曾守琴虽说以前没和盘太古打过交道，但耳闻他是个性倔强之人，他怕罗槐把他激怒，忙把罗槐拉开，拱手道：

盘都老言之有理。浩风性子耿直，言语若有莽撞处，还请都老见谅。

盘太古一听，忙敛了怒容，将他们一行请入祠堂，这边吩咐寨人杀猪宰羊。不久，盘妻常氏牵着佛面走过来，罗松和曾守琴多方试探，佛面仍无反应，大家不免又唏嘘了一番。吃过午饭后，罗槐、曾守琴跟着雷大嫂、卜玉树来到鹰嘴岩察看佛面坠落的现场。

罗槐以前到过清水寨，但没上过鹰嘴岩，只听人说过此地的惊险。眼下他刚在悬崖边站落，山涧吹来的冷风就呛得他咳嗽起来，不由喃喃道：从这么高的地方摔下去，脑子怎能不坏？

一旁的卜玉树给曾守琴介绍了那日的大致情况，细心的曾守琴目测着：卜姑娘，你说佛面落在那棵树杈旁的藤网上？这上下间有十几丈距离，浩风说得对，佛面姑娘这病肯定不轻，得慢慢治呢！

卜玉树感慨万千。她没想到自己与清水寨这么有缘，好不容易出了寨门，立马又回来了，不过这回她并无丝毫焦躁和不安。罗松与盘太古交情不错，盘太古就是对她再有想法，也不敢强留她。

这时盘太古和朱细腰背着弓箭、带着一黑一黄两条大猎狗过来，说是要带罗松和曾守琴去打猎。曾守琴的腿伤尚未好透，盘太古说走走无妨，反正这次打猎带游玩性质，累活都由猎狗干了。一边说一边还向曾守琴使眼色，明摆着要他走，给罗槐和卜玉树留下单独相处的时间。曾守琴这才明白过来，忙不迭地点了点头。于是盘太古叫来两个强壮的后生，他俩把曾守琴放进竹椅，抬起就走。

你们好好叙叙旧！

罗松朝他两招招手，又扮了个鬼脸，跟着盘太古往山里去了。

鹰嘴岩下，只剩下罗槐和卜玉树，还有那棵在风中摇曳的大榕树。罗槐细细地端详着卜玉树，满腹的话儿化着一个轻柔的动作——他伸手轻轻拈去卜玉树发梢上的一片落叶，轻声道：

玉树，这段时间你受苦了！都怪我没照顾好你。

卜玉树想到前段时间遭遇的种种危难与绝望，不由红了眼圈：我倒无妨，可怜佛面替我遭了难。她现在这个样子，我是下下辈子当牛做马也还不了她的情分了！唉！

下辈子我们指望不上，这辈子我们好生待她吧！

罗槐叹了口气，转而好奇地道：你就不想问问我怎么到了这里？

卜玉树颔首一笑：想问，可之前一直那么多人不好开口。

卜玉树说着轻轻按了下罗槐的太阳穴：昨晚喝那么多酒，还疼吗？真没想到你那么舍命，一下子把盘都老的两坛钻缸酒喝了个底朝天！

罗槐挠着脑袋笑了：这不是找着了你高兴吗？

卜玉树摘下一片树叶，含在嘴里：你们是怎么找到这儿来的？

罗槐用粗糙的手搓着卜玉树冰冷的手背：那天在灶儿巷，一回头没看到你和佛面，可把我急坏了！……

话说那天在灶儿巷，罗槐和阿甲不过给冰卿、冰倩买了几样小吃，转过身来，却怎么也找不到卜玉树和佛面。当时他还以为卜玉树和佛面是去逛街了，就领着冰倩、冰卿等孩儿沿街寻找。不想邻近的四五条街都找遍了，仍未见她俩的人影。

黄昏时分，他领着那帮孩子又回到灶儿巷卜玉树和佛面最后消失的地方四处打听，东问西问了半个多时辰，好不容易遇到一个卖果子的老人，老人说下午时分他离开摊子去上茅厕，看见三四个男子和一个浓妆艳抹的女子扶着一个看似喝醉了酒的年轻后生和一个年轻女子上了茅厕边的牛车。

老伯，那男子和女子长成什么样？

罗槐心下有了不祥之兆。老伯回想了一会儿，比划着道：

那个年轻男子长得高朗，眉清目秀，女子嘛，穿着绿色的衣裳，戴着红花，个儿不高，脸上有红似白的。

老人这么一描绘，罗槐和阿甲顿时慌了神，异口同声地问道：她们往哪边去了？

老人指指左边：那边。

可是，眨眼工夫他又指了指右边：好像是那边。

罗槐和阿甲再问他是哪边时，老人只好实话实说：壮士，我那当口在茅厕里蹲坑呢！

罗槐和阿甲正一筹莫展时，老人拍了拍脑袋，领着他俩往右边的小土坑走去：我想起来了，他们是往这边走的。你们看，这是一个小坑，那辆车的牛蹄子不小心掉这坑里了，半天上不来，车上的汉子只好停下来拉车。看，这是牛蹄印和车辙印！

老人指着几个大梅花窝和两道深深的车辙道。罗槐谢了他，让阿甲看着孩子，自己顺路追了下去。阿甲不放心他，忙不迭地把孩子托付给领路的老头，记下他的住址后也跟在罗槐后头追了过去。

他们追的这条路有五六里长，通向一座小村庄，途中有三个码头。罗槐和阿甲在第二个码头那儿碰上了。当茫无头绪、焦急万分的罗槐听说阿甲把孩子托付给那个陌生的老汉后，立即扭头往回就跑：坏了，坏了！我们中计了！

家主，那老伯面相良善，不是坏人！你千万不要着急！

阿甲虽然机警过人，但心地纯良，总把人往好处想。罗槐没空搭理他，只是一个劲儿地往前跑。等他们赶到老人所报的地址那儿时，只见一座土地庙，哪有老人和冰卿冰倩他们的影子？

家主，我们遇上坏人了！

阿甲惊慌之极，罗槐更是焦灼万状：先是大的不见了，现在小的也不见了！

烦躁之下，他骂了阿甲一顿，阿甲非常内疚，看他那样子，像是连死的心都有了。罗槐冷静下来，转而开导了他几句，阿甲这才回过神来。两人商量着回到打火店，众人知情后立即炸了锅。卜玉树的大嫂哭昏在地，有几个人急急地说要去巡检司和厢公事所报告，被罗槐制止了：我们这帮人本就让厢公事所和巡检司盯上了，现在这样去不是自投罗网吗？

想来想去，罗槐修书一封，来到两里路开外的递铺，递上银两，请他们用马递给哥哥捎去。然后罗槐和阿甲、曾守琴等众人商量了半天，最后还是曾守琴想到了一条路。

曾守琴有个绰号"西瓜皮"的远房亲戚，以前曾在巡检司做事，后来因得罪了上司，被扫地出门，无以为业的西瓜皮便暗中替人查案办案。由于他在巡检司多年，黑白两道都熟，找他寻找失物、被拐妇孺的人越来越多，这两年他和几位徒弟开了家兴义社，暗中帮人破案，居然门庭若市。西瓜皮挣了不少钱，名气也越来越大，渐渐地和一些亲戚来往少了。现在为了寻人，曾守琴决定还是求他一回。

那你们快去找啊！那老头和骗走玉树、佛面的贼人定然是一伙的！

义叔说完这话，不由牵起袖子抹了抹眼角。卜玉树的大嫂一下子失去了儿女与小姑，受不了这打击，躺在床上啼哭不已。身为胡显祖家的老仆，义叔的心情也一样沉重和焦灼。

罗长志和罗华志因家境优渥，在罗府时大事干不了、小事不愿干，一味的眼高手低，通过这次的南行，他们俩兄弟一下子老成了许多。哥俩不但开始宽慰义叔，还挑头将众人分成几个组，带队去街上找人。

心神稍定的罗槐听表哥说要去找西瓜皮帮忙，不由多了分疑虑：

表哥，西瓜皮这人能干是能干，就是太贪，万一他狮子大开口怎么办？

人命关天之事，想必他不至于如此落井下石。曾守琴分析了一通，晚上又和众人商议了大半个夜晚，最后大家凑了十贯钱给罗槐，让他赶紧去找西瓜皮。

西瓜皮本名黄金楼，是曾守琴表姑的儿子，他为人机敏滑溜，是那种油缸里打滚淹不死的人，赣州人谓西瓜皮滑溜，故送其绰号"西瓜皮"。西瓜皮侦探案子的本事不错，而且挺讲信誉，毛病是贪财，公开声称唯有见了黄白之物他的嗅觉才灵敏。饶是如此，找他的人仍络绎不绝，提起他的大名，在当时的赣州那是无人不知、无人不晓，有时官府还找他帮忙哪！

罗槐和西瓜皮打过交道，对他印象不好。记得那是两年前，罗槐发了一批货到兴隆府，不想店家始终未接到货。曾守琴特意带着罗槐到赣州来请西瓜皮帮忙，不料西瓜皮开出的价钱高过他的货价，气得曾守琴大发脾气。眼里揉不得沙子的罗槐也骂了西瓜皮一通，从此把西瓜皮看成了扁扁的纸片人，提到他就摇头。曾守琴也好一阵子没跟他联系。后来不知怎么的，这西瓜皮回过神来，亲往珠玑巷向曾守琴赔礼道歉，否则两人的亲戚也做不成了。

如今为了寻人，曾守琴是不得已才提到了他。罗槐思来想去也只有低头。怎奈大家困顿已久，哪有多余的财物来糊西瓜皮的狮子口？众人当下挠头不已。

表哥，你看要不我先打个借条给西瓜皮？这边派阿甲回珠玑巷取款？来回顶多十天。要么就是让罗松送钱来。

饶是罗槐多智，这会儿也只想到了这两个办法。曾守琴沉吟稍许，突然转身从包袱里翻出他的宝贝罗盘，笑道：西瓜皮曾经找我给他家宅子出煞，我没有答应。这次我不但帮他出煞，还顺便帮他的父亲选生基，估计这块砖可以敲开他的门。

罗槐这才想起，自己是守着宝物浑然不觉：义塾的山长、南杂店的掌柜对曾守琴而言只是两个立足于乡邻的身份，真正让他扬名立万的是他的"堪舆术"。

十多年前，曾守琴曾为南康一商人选过宅基，新屋落成后短短几年，商人便举家大发，成了富甲一方的豪绅。事后该豪绅特意骑着高头大马前往珠玑巷，给曾守琴送了五根金条和一块题有"一言定乾坤"五个大字的金匾，曾守琴因此名噪一时。之后请他看风水的人络绎不绝，但曾守琴一般不轻易出马，因为他自认为自己属于半吊子水，那个南康商人的大发乃机缘巧合。他怕走多了夜路碰到鬼，万一出糗，那他的英名就毁于一旦了！

罗槐知道曾守琴说的是真话，毕竟他只是小时候拜过一个道士为师，学了两年左右的时间，实属半路出家，可其他人却不这么想，反而觉得曾守琴是在待价而沽，对他越发好奇、越发倚重起来。故而曾守琴出马，酬劳一般比较可观。西瓜皮是个聪明人，他应该知道曾守琴的分量。

那你这次开口他应该会帮忙。罗槐心里松了口气。

曾守琴却心里没底，说西瓜皮这人不好相与。

果真，等他俩到了涌金门旁的兴义社找到西瓜皮，西瓜皮听说曾守琴所求之事与罗槐有关时，居然起身送客。曾守琴旁敲侧击地告诉他，自己可以免费为他选生基和出煞。

西瓜皮冷冷一笑：兄长当真以为死了张屠夫，小弟我就得吃混毛猪？当初小弟请大哥，实是想看大哥的手艺如何。你既不肯来，我想大约是手艺不过关，小弟便请了三僚村的地理先生帮我选生基、出

244

煞。我目下这间新店址也是他们选的。自从到这儿后，我黄某是家财兴旺、财源滚滚。记得当年有人说我贪财不择手段，必不能成有余之家。如今看来，我倒是比你罗家好多了！

说到这儿，西瓜皮挑衅地看着罗槐。罗槐心想这人的脸皮厚得当真赛过城墙了，若是无人赞他，枯骨自赞也是好的！罗槐很想讽刺他几句，可现在自己是人在屋檐下，不得不低头，当下就当他放了一个屁，笑道：

黄兄所言极是。当年罗某多有得罪了，还请兄台见谅。

西瓜皮倨傲地一笑，捋须不理，指着大门让罗槐出去。

罗槐说话时曾守琴一直默默地在兴义社里转悠，等罗槐说完了事情的原委，他才钻进屋内，正好听到西瓜皮在下逐客令。曾守琴上前拽过西瓜皮，面色凝重地道：弟近年的确家财两旺，可有一样不如意，你搬到此屋之后暗疾缠身，却不好与外人道。如若不及时出煞，将来必危及生命。

嗨，大哥，你现在说破了天我也不想接你们那桩破活计！还有，你也别咒我。我有什么暗疾？我身体好得很！

西瓜皮说着朝曾守琴抱抱拳，两颗白眼珠却石子似的射向旁边一脸愤然的罗槐。

表哥，他不接这桩活我看就算了！我们另做打算。

罗槐生拉硬拽地把曾守琴扯到屋外，小声道。曾守琴摇头劝他：浩风，你呀总是这样头脑发热、刚直有余，就像在打一块生铁，生铁易断啊。可你若是把铁变成钢了，那刀才不容易崩口。现在我们是在人屋檐下，不得不低头呀！

罗槐想想也是，眼下除了找西瓜皮，又不能报官，哥哥呢远水不救近火，还能找谁？他绞尽脑汁地想了一阵，忽然一拍脑门说，胡清蕙出宫时带了一对官家赐给她的玉镯。现在东西在打火店，实在不行，就拿一只玉手镯给西瓜皮。

开始曾守琴不同意，怕有人认出那是宫中之物。

罗槐思忖了稍许说：表哥，这道理我懂，但那玉手镯又没刻字，大富之家都买得起。明日你一个人去找西瓜皮，不妨拿给他看看。

曾守琴怕再等一日贼人留下的痕迹就少了，于是立即返身进去，告诉西瓜皮这次的肉票中有位是富商之子，富商肯出一个价值千金的祖传玉镯当酬资。

在道上厮混多年的西瓜皮并没有立即答应，而是一个劲地向曾守琴打听失踪的是何方人氏。

曾守琴怕他胡思乱想，便告诉他是隆兴府的客商。

西瓜皮摸着下巴沉吟道：兄长，方才怠慢了您，是我不对。不过这得怪那个姓罗的，他上次骂人太毒，自从挨了他的骂，我一年内儿子生病、老婆摔断了脚，诸事不顺，是以看见他就来火。对兄长您我是一直敬仰有加的，所以您托付的事情我愿意出力。只是你没有跟我讲实话，那失踪之人怕是临安府的吧？

西瓜皮不愧是老巡检司的，消息非常灵通。早些日子他就听说皇宫大内出了贼妇，偷了官家的宝物，如今朝廷在全国通缉人犯。前不久他又听巡检司的人说有伙从临安来的逃户进入了赣州地界。如今前段时间去临安府修志的曾守琴和罗槐来请他寻人，这本身就让他浮想联翩了。现在曾守琴又说有对玉镯给他，莫非是那被偷的"大内宝物"？

西瓜皮目光如锥地盯着曾守琴。比武曾守琴不行，论智他怎会输于西瓜皮？当即迎着西瓜皮锐利的目光哈哈一笑：贤弟说笑了，我们寻的真的是隆兴府人氏。

那他们怎么会跟你和姓罗的搅在一起？

西瓜皮老于世故，贪财的同时还要规避风险，他继续刨根问底。曾守琴早已想好说辞，告诉他那几人是罗槐的远亲，因在隆兴府得罪了衙门的人，想举家南迁到珠玑巷，这才和他们同船到赣州。

贤弟啊，你管那玉镯是临安的还是隆兴府的？只要有人给你不就得了？

曾守琴说完半侧着身子，一副西瓜皮不答应就要出门的样子。

其实西瓜皮已打定主意要接这单生意，怎奈他方才的话说得太死，自己不好主动改口，眼见曾守琴给自己铺了台阶，当即顺坡下驴，打个哈哈道：兄长说对了一半，我一是看钱面，大半是兄长的情分难却，这活儿我接了。不过我得先看看货再说。

曾守琴出去把情况告诉了罗槐，两人急忙返回打火店。罗槐一进门就被焦灼的众人围得脱不了身，曾守琴只好取了东西单独去找西瓜皮。傍晚时分他回来，说西瓜皮是个识货之人，对东西特别满意，初定十天之内给回话。

十天？我们还得在这儿待十天？能不能让他五天回话？

罗槐打量着神情悲戚的众人，心急如焚，生恐这十天又生出其他变故来。

浩风，这贼人又不是他的手下，能由得他吗？你且静一静。

曾守琴使个眼色，罗槐立即意识到自己失态了，先是大大地夸奖了西瓜皮的侦破技术一番，接着宽慰起大家来：我们曾山长已经卜过卦了，他说我们吉人自有天相，离散亲人半月之内必能团圆。

曾守琴就势又卜了两卦，印证了一下罗槐的话，义叔和罗长志跟着帮腔，罗华志打了两排横炮后被罗长志踩了一脚，立即改了态度。胡大嫂在义叔的劝慰下也平静了许多。众人见她都能捺下心性，便也跟着平和了下来。

表哥，借一步说话。

罗槐将曾守琴拉到院坪上，央求他出马给人卜卦看风水，因为阿甲相貌太引人注目，不便出去帮工。胡大嫂、杨婆婆、李婆婆、夏小二等又一口的临安话，怕引起街子们的注意。

表哥，我会到售卖罗记铁器的店铺结一下货款，不过因上个月我们刚刚结过账，余在店家的售货款不多，取来了也只能周转二三日，其余用度得靠你出马去挣！

罗槐这是明白地给曾守琴定指标了。曾守琴想了想，转身备了几样精致点心给西瓜皮送去，请他联系做地理的人家，曾守琴所得西瓜皮可抽两成。

西瓜皮一听兴头大增，立马让手下人去跑，两日之内便替他揽了五桩生意，得了两千钱，除去西瓜皮的抽成，足够支付众人几日的店租和伙食了。

两日后，罗槐收到了哥哥罗松的回信，说据他打听到的情况，萧破洞的手下前几日杀了两个妇人，她俩的头颅用盐腌着，被急脚递送往了临安。

玉树？佛面？

罗槐捧着信呆若木鸡，双眼火辣辣地疼，嘴巴大张着，舌尖上仿佛涂满了姜汁与黄连，每咽一口唾沫，食道便似过火般难受。

浩风，怎么啦？

一旁的曾守琴见他有异，忙小声问道。罗槐将信件递给他，曾守琴看后也呆了半晌：这么说，是临安派来的人绑走了她们？

为了探个究竟，他们立即赶到西瓜皮处去核实。西瓜皮让他俩做东，请了巡检司的老友出来打牙祭。席间东拉西扯地，终于探听到前几日有人在赣江发现了两具无头女尸，巡检司已派人去查验，接着又有瓦舍报案，说有两名女子失踪。

席散后西瓜皮分析，贼人用的是李代桃僵之计，然后盯着曾守琴道：兄长要找的人肯定没死。只是兄长又撒了谎，你们要找的是两名女子而非男子！

面对西瓜皮鹰一样的目光，曾守琴又支吾着解释了一通。西瓜倒没在这上头多纠缠，只说万一朝廷要彻查此事，别提他就行了。言罢端茶送客，想必是真生气了。

在返回打火店的路上，罗槐分析道：西瓜皮的话我觉得有理。如果贼人知道卜姑娘的身份，他定不会轻易杀死，毕竟奇货可居，他们可以有更大的图谋。我只是不明白，萧破洞和谭鬼七往日多活跃在大庾岭驿道，什么时候他们跟临安搭上钩了？这手可伸得真长。

曾守琴叹口气：浩风，你毕竟年轻，所知有限。听西瓜皮讲，这伙贼人早就纵横章贡两水了，近年更是设立了江上漂一部，把控了从赣州到鄱阳湖一带的水运。只怕他们在往来临安的船上也有耳目，并且早就听到了风声。再说了，临安那边要追杀卜娘娘和佛面，得官匪两道同时夹击才是万全之策。我估计上次在江州偷袭我们的是官府之人，他们失手之后再由萧破洞他们出面，只不知这样的千里追杀到底为何？

罗槐沉吟稍许，低声道：卜姑娘告诉过我，她在宫中时曾瞒着贾太师把襄樊被围之事告知了官家，贾太师质问官家是谁说的。官家便胡乱指了一个小黄门，结果小黄门被当场杖杀在庭外，可见姓贾的气焰之盛。加上昭仪邬秋儿嫉妒娘娘，又和贾府走得近，卜姑娘在圆庵时就多次险遭毒手，这些追杀之人想必是贾、邬二人派来的。

曾守琴长叹一口气：朝廷有此昏君和奸臣，只怕国祚不长了。早晚有一日，那元兵像灭金国似的灭了我们，大家又得再经历一次靖康之耻，到那时，官家想哭都来不及了。

两人由此说开去，议到当朝种种腐败行为，当真咬断了银牙，捏碎了铁拳，可书生爱国，大抵也只能如此了。议了一阵，两人各自筹钱去了——那可恨的西瓜皮知道这次要查的是真正的"大肉票"，居然狮子大开口，非要再拿五千钱来不可，否则就中断调查。没奈何，罗槐到代销罗记铁器的店东那儿借了三千钱，曾守琴则忙着去看风水。挣的钱还没焐热，就送到了西瓜皮手中。还好此时李婆婆、杨婆婆、义叔、吴三姑他们开始卖辣菜、炊饼和馄饨，他们手艺好，做的东西味道佳，每日所得不但能让几十号人果腹，还能略有盈余。这样罗槐和曾守琴的所得便全都给了西瓜皮，西瓜皮开始下力气查访。在约定的第七日，西瓜皮把被老头拐跑的冰卿、冰倩等孩儿送了回来，众人高兴得险些把西瓜皮捧上了天。

原来那天佯装热心指路的老头是萧破洞、谭鬼七在赣州城内的眼线，自从罗槐一行到赣州城后，得到线报的他就一直在跟踪盯梢。那日他发现卜玉树、罗槐、佛面等带着一帮孩子去灶儿巷，立即告知了萧破洞在赣州城内的分部，组织了一次完美的绑架。按例事后他能领得二百文赏钱，不成想阿甲情急之下竟然将一伙孩子全交给他看管，这下正好羊入虎口，他三言两语就把孩子骗上了船，并药晕了他们，然后撑着小船去追萧破洞，想把孩子卖给他们。

怎奈萧破洞等人坐的船上安了脚踏轮，加上顺风，走得飞快。他人老体弱，摇着小船追了大半日才到萧破洞的停船处。这时已经苏醒的孩子们开始拼命喊叫，是以船上的卜玉树才恍恍惚惚地听到了孩子们的喊声。

哪知萧破洞、谭鬼七闻讯后非但不肯买孩子，反而劈头盖脸骂了老头一通。但事已至此，他们只好让老头把孩子送到他们的一个点上去。老头一看这架势，晓得自己到时落不下什么好，弯腰赔笑地应允后，立即开船到了邻县，打算把孩子卖掉，发一笔横财。就在他满大街找买主时，不意被巡检司的街子探得，回去一说，可把其中一个书手高兴坏了。他是西瓜皮的内线，早就得到了寻找这几个小孩肉票的指令，只是苦于不知从何处寻找，不成想这会儿瞎猫碰到了死老鼠，竟让他得知了孩子的下落。巡检司这边刚抓到小孩，他转身就到递铺给西瓜皮寄了封信。

第三日一早，从赣州赶来的西瓜皮用银钱打通关节，将孩子们领了出来。大家欢庆之余又极为后怕：万一没找着或是出了意外，失去孩子的人家可怎么过？

所以西瓜皮开玩笑地说，他们得感谢那贪财的老头，他若不贪财，把孩子往江里一沉，西瓜皮再溜、眼线再多，他们也只能到鱼肚子里去找孩子了。

只是有关卜玉树和佛面的消息依然少得可怜。素来自制的罗槐终于忍不住到酒馆喝了两顿大酒，醉后大哭了两场，弄得最爱睹物伤神的曾守琴陪着流了两茶缸眼泪。

表哥，万一卜姑娘和佛面就这样不见了，我，我该怎么办呀？

罗槐小时候不爱哭，人称石眼，可如今因为卜玉树，他却数度泪湿青衫。曾守琴劝解了好一阵，他才平静下来。曾守琴叹道：浩风，你长二十几了，我从不见你为哪个女子落泪，看来你对这卜姑娘是真上心了！

罗槐擤擤鼻子，略有些赧颜：表哥，你就别哪壶不开提哪壶了。

曾守琴哼了一声，说还就得提。我觉着呀，这胡清蕙不适合你。人家是当朝官家封过贵妃的，还有过皇子，你这样娶她，不是你吃不吃亏的问题，是怕到时万一有人举报，朝廷追究下来得诛九族！

罗槐说现在大家都把脑袋别在裤腰上往南逃，谁会去说这闲话？就算万一传出去了，大不了他跟着卜玉树一块死呗！

曾守琴见他话说到这份上，情知劝不了他，也便不再劝，两人静下心来等西瓜皮那边的消息。五日后西瓜皮笑嘻嘻地过来看曾守琴和罗槐，兴奋地告诉他们已探明肉票在清水寨。他要曾守琴和罗槐告知他那两个女肉票是不是宫里的娘娘。

曾守琴和罗槐自然是抵死不认，西瓜皮叹口气，一脸懊恼地说自己当初的价码开低了。

曾守琴有些生气地道：贤弟说哪里话来？我们跟皇宫那是八竿子打不着。对了，这段时间传言大内有女子逃出，官府正在通缉，贤弟切不可乱言语，否则怪罪下来，你我难逃干系！

曾守琴敲了西瓜皮一记，罗槐也跟着帮腔。最后西瓜皮总算明白过来，他想借娘娘之机来敲曾守琴和罗槐竹杠的想法是难以实现的，遂开始诉苦，说他这次为了找回孩子和那两个小娘子使了多少多少银钱，算下来是打倒贴的。

罗槐听不过耳，吐钉子似的吐了几个字出来：那玉镯可值不少钱！

哪知西瓜皮眼一翻，黑着脸说他请人看过了，说那玉镯是假的，只值二百文。

气得罗槐恨不得打他几拳。曾守琴一看闹下去不是事儿，忙将身上仅有的几百文掏给他，让他去买坛酒喝。

西瓜皮这才松口，告诉他们清水寨的盘都老与南雄州的姚通判有仇，他恨屋及乌，连带恨上了所有的汉人。如果要他出面前往清水寨救下那两位小娘子，罗槐还得出两千钱。

曾守琴和罗槐对视一眼，不约而同地摇起了头，西瓜皮的脸立即拉下来，要他们自己想办法去清水寨找人，不料正中罗槐和曾守琴的下怀，他俩谢过西瓜皮后，一路小跑着赶回了打火店。

傍晚时分，阿甲在打火店的院坪上逗冰卿他们玩儿，大嫂、李婆婆几个在做饭，罗槐和曾守琴站在柚子树下议事。

罗槐的表情有些兴奋：表哥，上清水寨找盘太古要人，你还得叫上我哥。你们仨原来就认识，我哥虽然和盘太古打过仗，后来两人成朋友了，有我们三人出面我觉得问题不大。

曾守琴沉吟着捻起了胡须：浩风，盘太古这人你我都认识，他时邪时正，也不是个好相与的人。除了人去，我们还得备上厚礼。到时红脸、白脸一起唱，这才有把握。

那是自然。就算卜姑娘她们不在清水寨，我们也是要上山请盘都老帮忙的。现在朝廷发捕影图文追缉南逃的这些人，即便德元公为他们办了假路引，他们也无法公开在珠玑巷落户，要安置他们就得请盘太古帮忙。

罗槐说出自己的想法之后，曾守琴领首赞成：这个主意好！

当夜，罗槐来到急脚递铺，找了个熟悉的同乡铺兵，请他给哥哥罗松捎了封信，因怕蒋都头偷看罗松的信件，罗槐使用了暗语，通知大哥两日后携带几担重礼在清水寨与他会合。

此时距罗松智破萧破洞、谭鬼七他们已经过去了三个多月，罗松的腿伤已好得差不多，两日之内从梅关赶到珠玑巷，再从珠玑巷赶到清水寨应没问题，是以罗槐才把时间定得这么死。

第二日天公不作美，一早下起了瓢泼大雨。罗槐、曾守琴和两个挑着礼担的挑夫戴笠披蓑地往清水寨赶去。阿甲则招呼众人收拾东西，和店家结账，一俟雨停，也往清水寨赶。按罗槐的计划，他们一行老幼几十人，最迟得在三日内赶到清水寨的山脚下。这对于阿甲这一行人来说是个不小的挑战——里头不但有老幼，还有六七个小脚妇人呢！

……

这么说，我嫂嫂、义叔、长志、华志、李婆婆他们明日下午就能到山脚下了？

鹰嘴岩旁，听完了罗槐故事的卜玉树感慨万千，当她问出上述这句话时，眼泪不由夺眶而出。从罗槐刚才的叙述中她听到了死神的脚步——冰卿、冰倩能活着，实在是万分侥幸的事。而这些危险，皆源自于她这个至亲的姑姑，这让她异常内疚和后怕。万一、万一……她和嫂嫂可怎么活呀？关键是胡氏一脉就此断了香火！身为女子，她虽然不如父兄这么看重香火的传承，可一想到胡氏一脉的骨血有可能因她而绝，她就不寒而栗。

好了，没事儿了，他们现在安全着呢！

罗槐握住卜玉树的手，乌黑的眼睛里燃起两簇深情的火苗。卜玉树凝视着他，心越跳越快，方才还冰冷的手脚瞬时变得热乎乎了。

以后，晚上我给你暖床！

千言万语鲠在罗槐的喉头，到最后他只说出了这么句大俗话。卜玉树垂下鸟翅般的浓长睫毛，双颊飞起两团红晕，原本爽朗的她居然变得羞涩了，声音也像蚊蚋：那，以后我给你洗衣做饭。

还有，生孩子！

罗槐将她冻得红姜芽似的小手团在胸前，两人对望着，再也说不出话来。

近中午时分，盘太古弓上挑着两只山鸡，罗松木棍上插着只野兔兴冲冲地回到了寨子。曾守琴没打到猎物，却兜了半衣襟草菇给山鸡当佐料。雷大嫂、常氏和老姨娘一顿忙活，没多久山鸡就变成了热腾腾的美味。盘太古开了坛老酒，又炒了几个素菜，和卜玉树、佛面、罗槐、罗松、曾守琴几个围桌而坐，吃饭饮酒。

盘太古雅兴大发，将谷酒倒进牛角里，让寨子里的姑娘们排队献酒。姑娘们黑衣红裙、披散的长发上插着红艳艳的山花，赤裸的双足虽然不够白皙，却漾溢出健康的黑红色。她们的唇上染了红丹，牙齿白得耀眼，歌声欢快嘹亮，让人不得不喝尽杯中酒。

这样喝了三轮酒，曾守琴先自倒下，被人抬到外头休息。佛面虽有酒量，红晕仍爬上了她的双颊。许是许久未遇此等美食，她在席间不说话，一门心思吃喝。卜玉树像照顾孩子似的照顾着她，自然就少喝了几杯。

罗槐、罗松是酒逢知己，吃喝得异常开心。不久，两人的脸就变成了褚红色。

吃、喝、花！

佛面说罢吃吃地笑着，看得出她的脑子依然处于断片状态，东一言、西一语的不搭调，让卜玉树备感惋惜。趁盘太古和罗松斗酒的间隙，卜玉树附在佛面的耳边小声说：

佛面，等下你帮罗槐说话，让盘都老把逃户留下来。

佛面此时抓了根鸡骨头在啃，闻言瞪大一双眼睛，嘟哝道：留下来，帮罗槐说话。

嘘，不许说后面这句话。你跟姐姐念：把大家留下来，把大家留下来！

这时，朱细腰拿着一竹筒米酒过来，问卜玉树和佛面要不要喝。卜玉树皱眉拒绝了。朱细腰磨磨蹭蹭地站在旁边，眼睛不时地飘过来，卜玉树心里升起个问号，觉得朱细腰有些鬼祟。不知何故，她有种被监视的感觉，脊背上冒出层鸡皮疙瘩。她放小了和佛面说话的声音。

对于这些，佛面全无所知，她孩子似的伸出满是油渍的手喃喃自语：把鸡骨头留下来！把鸡骨头留下来！把鸡骨头留下来！

她声音越来越大，但因嘴里有东西，话说得含糊，一旁的常氏听了躬身上前，想把佛面带走。卜玉树制止了她：嫂子，我们姐妹即将分手，你且让她和我多坐一会儿。

卜玉树说着，眼睛的余光看着酒桌那边的罗槐和罗松。罗槐似是不经意地向她摆了下左手，卜玉树知道一切都在按计划进行——这会儿罗槐正和盘太古商量怎样安置那些逃户的事情呢！按计划，在他挥左手时，应该已经和盘太古说过以下这些话：

盘都老，这次有十三户人家受到连累，一块儿从临安跟到了您的地界。因仇家手眼通天，一路上不断派人追杀，这十三户人家原先的路引业已作废，户主都上了捕影图形，烦请您收留他们一段时间，麻烦您教会他们峒僚语，然后罗松再佯装与您交手。这十三户人家就算罗松捕获的峒僚人，带到珠玑巷后再归化。只有这样，才能洗白他们的身份。

对盘太古会怎样回答，他们事先也进行了分析，无非三种情况，一种拒绝，一种答应，或者态度暧昧、不置可否。针对上述三种态度，罗槐、罗松和曾守琴已商量好了对策。

之前罗槐跟她说这些时，卜玉树觉得他们把事情想得太复杂了，偌大的清水寨留百把号人下来有什么可担心的？没想到，盘太古吃了官府的亏后，把汉人都看得很坏，他怕这些人中有细作，到时里应外合，一举端了他的清水寨，是以他毫不犹豫地拒绝了，而且对罗松、罗槐和曾守琴的威逼利诱都不动心。

卜玉树迟迟看不到约定中罗槐那个揯衣襟的动作——那意味着一切顺利，心中不由焦急。她蹭过去，正好听见盘太古直白的拒绝：这个忙我实在帮不了，你们得另寻他处。

在清水寨待了十几天，卜玉树知道盘太古外圆内方，一旦决定的事情十头牛也拉不回来，是以她立刻退回佛面身边。

佛面痴痴地盯着她，娇嗔地说：姐，姐，花！花！

卜玉树一时没明白，见佛面紧紧盯着自己头上的花饰，忙取下别到她头上，又取了面铜镜给她照。佛面高兴地笑了，卜玉树附在佛面耳边小声说：

让他们留下来！让他们留下来，不然会有天火，会有天火！

佛面孩子似的跟着她念了两遍，不等卜玉树示意，起身径直走到盘太古身旁，一把夺下盘太古的酒杯，大声地说：留他们下来，不然，不然……

佛面一仰脖饮尽杯中酒，小脸上若有所思。盘太古、罗松、罗槐和曾守琴不知她要干什么，脸露疑色。

罗槐回头示意卜玉树将她拉走，卜玉树微微摇摇头。不知何故，她相信佛面心中还有扇小窗开着，偶尔会有清明的思绪飘过，这时的佛面是可以帮上忙的。

对于佛面的反常，领教过她厉害的盘太古没有等闲视之，而是毕恭毕敬地起身施了一礼：仙姑娘娘能聆听天音，可是预感到有什么灾祸降临？

佛面黑亮的双目迷茫地盯着虚空，神情邈远：天火！天火！

盘太古一听，倒头便拜：请仙姑娘娘禀告上苍，我清水寨人世代忠良，万不可再降天灾！

罗槐几人听他自禀为"世代忠良"，忍不住对视一眼，唇边露出缕缕微笑：这盘太古倒也有几分狡狯的可爱呢！

把他们留下来，把他们留下来！

随着佛面的喊声增大，好好的窗户突然"吭"地打开，继而袭来股冷风，吹得火塘里的柴火张牙舞爪，飞散在空中的火星犹如绚丽的萤火虫，微芒在罗槐、罗松和曾守琴的脸上抹了层褚红，使他们看上去格外英武和精神。盘太古则因为表情太过吃惊，从卜玉树的角度望过去，那张脸像极了傩神面具。他咕咚一下跪下，膝行至佛面跟前，急切地道：

请仙姑娘娘转告天上的神仙，饶恕太古方才的小心眼和冒犯，我等定当留下众人，让他们居有其屋、食有其肉。还有，他们什么时候想下山了，我等就放他们下山。

佛面保持刚才的姿势站在他面前，眼观鼻、鼻观心地不发一言，仿佛入定的老僧。罗松忙提醒盘太古：盘都老，不是放他们下山，是我们"交战"后让他们归顺。

盘太古的脸霎时间黑下来，罗槐知道他最烦"归顺"二字，忙出来打圆场：都老请起吧，这些都好说。再者这是后事，与仙姑娘娘无关。我们就别用这些俗事扰乱仙姑娘娘的圣听了吧。

盘太古按说也熟读经史，本不至于如此迷信怪力乱神，但峒僚人信巫信神的种子已融进他的血脉，只要有机会，那种来自祖先的对神秘现象的景仰就如同一把锐利的匕首，刹那间刺穿了《春秋》《大学》《中庸》等文字构成的厚实砖墙，并从这洞口里长出一棵枝繁叶茂的大树。等他再从这棵大树里钻出来时，外表被汉化的盘太古就彻底变回了峒僚人！

罗槐目睹盘太古如此这般的变脸后，不由钦佩卜玉树的机智：如果仅凭他和哥哥的硬谈，这件事肯定已经崩了！

盘都老，我们歃血为盟吧！

罗槐和罗松一左一右地扶起盘太古，而后曾守琴端来一碗酒，罗槐问朱细腰要来短刀，抹了下左手中指，殷红的血滴如断线珍珠般落入酒碗，淡黄的米酒瞬间变成了暗紫色。等盘太古、罗松的血融入后，酒已经成了紫色的液体，旁边观看的卜玉树下意识地皱起了眉头。罗槐、罗松和盘太古却毫不含糊地一饮而尽。

罗槐高兴得抱起盘太古打了几个转，盘太古也因自己和族人避过了天火而欣喜不已，立即着朱细腰次日到山下接应那些临安逃户上山。朱细腰一一应后弓腰退下。

卜玉树想到嫂嫂、侄子、侄女和其他逃户总算有了一处避风港，心头不由一热。先前醉得人事不省的曾守琴这会儿倒醒转了，听说事情已经办妥，他高兴得在罗槐和罗松肩上擂了一拳，辣着喉咙大喊：都老，再给我一碗酒。

罗槐想看他的醉态，便童心未泯地给他倒了一大碗。若非罗松一旁拦着，曾守琴非得再醉一场不可。

梆、梆、梆，村头的更夫敲起了更鼓。

雷大嫂见盘太古还不想放下酒碗，便拉着常氏和老姨娘来劝止：

列位，天已三更，明天还要赶路，抓紧时间歇息了吧！

盘太古有峒僚人的豪放，恨不得达旦饮酒。罗槐、罗松近来难得有机会宴饮，此时也想沉醉一番。曾守琴已经醉得稀里糊涂，躺在竹床上直哼哼。卜玉树考虑到次日要赶路，和罗松商量了一会儿，也不管主人是否高兴，当即下了"逐客令"：各位，睡觉去了！

曾守琴听后立即爬起来，嚷嚷着要进房间。盘太古不高兴地扯住曾守琴，说他醉酒未醒，说话不作数，然后一声呼啸，一窝蜂地拥来几位跣足披发、手执竹筒、身上散发着草木清香的少女，她们动作麻利地将竹筒中的酒灌进了死命挣扎的曾守琴的口中。等罗松、罗槐将他"解救"出来时，曾守琴再一次瘫倒在地！

倒也！倒也！这才像话嘛！好，大家早点寝息！

盘太古觉得酒席上无人喝醉是件憾事，现在曾守琴倒了，他脸上终于有光了，于是一拍巴掌，放大家归屋休息。卜玉树刚走两步，突然从寨门方向传来数声巨响，紧接着有人大喊：官兵偷袭！官兵偷袭！

众人闻声酒醒，在盘太古的指挥下奔进屋内取了弓箭、长枪等兵器。

罗松、罗槐还没反应过来，盘太古的手下已将他俩捆住。盘太古从腰间抽出匕首，气急败坏地在罗槐脖子上比划：罗掌柜，是不是你引来的兵丁？

罗槐不断地挣扎：盘都老，你莫要猪油蒙心！我等是来谈事的。

都老，你弄错了，我们请您帮忙，怎么会引兵来打你呢？要打以往有的是机会，怎会挑我们在你这里的日子呢？

罗松的话盘太古也听不进。一旁的卜玉树紧紧地拽住满脸惊慌的佛面和盘龙说：盘都老，我等百把号人的性命都要托付于您，怎会做此下作之事？

爸爸，你不要冤枉罗叔叔他们了。

盘龙对罗松、罗槐和曾守琴一见如故，此时尽管满脸惊慌，却不忘为罗松他们说情。常氏也帮着儿子说话，劝盘太古放了罗松他们好去御敌。

卜玉树见盘太古还在犹豫，忙施了一礼：盘都老、常姐，如果是罗松他们引兵偷袭，他们定然会事先脱身，哪会容得曾先生被你灌醉、自己束手就擒？盘都老，你若不信，先关起我们来，你守住清水寨后再来处置我们都行。

盘都老，卜姑娘言之有理。是放我们去御敌还是把我们关起来，你得速作决定，时间不等人！还有，你得让弓箭手去鹰嘴岩的中门，那儿居高临下，可以有效射杀对方。

罗松到底在军中历练久了，这种剑拔弩张的时候还能从容谋划。

罗槐年轻气盛，对盘太古的怀疑特别生气，一直在那儿挣扎、申辩。曾守琴躺在地上鼾声如雷，常氏见拗不过盘太古，拽着盘龙找地方躲去了。盘太古和四五个族人围着罗松与罗槐，一时没做出决断。

都老，干脆杀掉他们，宁肯错过，不可放过！

边上一个中年汉子鼓动说，同时手中的匕首刺向了罗松的脖颈。

姓盘的，你要杀了我哥哥，我做鬼也不会放过你！

罗槐眦目欲裂，狠话连篇。卜玉树挺身站在罗松面前，催促盘太古赶快放人。这时罗松说：都老，怎么不见朱细腰？

盘太古环视一番四周：他自是去打杀那官兵了。

此时，不知何时爬到旁边那株榕树上的佛面大喊起来：细腰来了！细腰来了！

罗节级，你当我会上你的当？

盘太古看罗松的眼神倏地多了抹狠毒。卜玉树生怕他会失去理智，忙道：盘兄请先御敌，此事稍后处置。

盘太古看样子对清水寨的防御能力极有信心，轻描淡写地说：御敌之事盘某自有安排，就不劳卜姑娘费心了。

盘太古说着看了她几眼，眼神中满是怀疑：莫非娘娘早知他们会攻上山来？

卜玉树一愣，情知他误会自己了，正要再做申辩，雷大嫂和三个女人押着五花大绑的朱细腰走了过来。

大嫂，这是怎么回事？盘太古急步上前。

狗东西，你自己说。

雷大嫂一脚踹在朱细腰的膝盖后头，朱细腰跪倒在盘太古跟前，大呼冤枉。盘太古伸手要解朱细腰手上的藤索，雷大嫂大声制止了他：都老，万万不可！

都老，你且听雷大嫂说。

罗松、罗槐异口同声地道。

一旁的卜玉树此时觉得盘太古并无人们传说中的那份智谋，为人行事更多的是凭性情。如果不是众人喝阻，他肯定还没弄清情况就放掉了朱细腰，到时可就麻烦了。

雷大嫂肯定知道盘太古的脾气，她连比带划地用峒僚语说了一通，神色异常愤懑。朱细腰也用峒僚语辩解着，被雷大嫂斥骂了好几次。

盘太古越听越愤怒，上前狠狠地踢了朱细腰一脚：你个狼心狗肺的朱细腰，当年见你饿昏在路边，我好心救你上了清水寨，保得你的性命。你却恩将仇报，看我不把你碎尸万段！

盘太古抽出腰刀朝朱细腰砍去。

朱细腰就地一滚，躲过了盘太古的腰刀。盘太古还待再砍，离他最近的卜玉树抓住了他的手腕：都老，留下他问话，也许能扒出点原委！眼下大敌当前，你先放了罗节级和罗掌柜。

盘太古还不解恨，又踩了朱细腰几脚，这边让雷大嫂把朱细腰关起来，转身亲自给罗氏兄弟松了绑，又抱拳向他俩和卜玉树施了个大礼：请罗节级、罗掌柜和卜姑娘原谅盘某的鲁莽和无礼！

都老，我们不稽礼了，你且带我们去寨门口一观！

罗松心急如焚，卜玉树注意到盘太古脸色笃定，知道雷大嫂刚才转述的情况不是很严重，而且清水寨的防御也当真做得好，这就难怪大敌当前他还能在这里查奸细呢！卜玉树悬起的心放落了几分。

罗槐四处睃了一番，要盘太古赶紧给他找样趁手的兵器。盘太古此时虽然未必全信他们的清白，却还是各给了罗松、罗槐一把砍刀。

大嫂，官兵多吗？

罗松这时肯定想起了自己的身份，接刀时有些犹豫。

雷大嫂说四五十号人吧。

盘太古一听，眉头舒展开来：放心，再来个四五百也别想攻进寨子来！这样，卜姑娘留在此地照看曾山长，我等去寨门看看。

说着，盘太古带着罗氏兄弟等人赶到清水寨山门上头的墙垛后，只见寨门前通往对面山崖的那座木桥已被拉起。对面山崖上，几十名官兵望着眼前那深达百米的"天缝"绝望地跺脚。再环看清水寨其他三面的悬崖都已有人把守。细心的罗槐这时从守在墙垛后的峒僚兵丁手中看见了罗记铁匠铺打造的弩和弓箭。

盘都老，这罗记的弩和箭从何而来？

罗槐从没为清水寨打造过这些武器，他怕这些武器是铁匠铺里的人偷卖的，脸色瞬间变得铁青。盘太古赶忙打圆场：

罗掌柜，我有次在始兴县城看到有人卖这些武器，我觉得不错就收来了。估计贼人偷来卖的。

罗槐还在纳闷，罗松把他拉到一旁：浩风，我想是从作院流出来的。都头和军匠经常把那些有年头的旧弩、旧弓箭私自卖与别人牟利。

罗槐长叹一口气：幸好他们只是卖给了清水寨，若是卖给元兵那还得了？

这时穿着男装的卜玉树匆匆赶来，说曾守琴醒了，呕得虚脱，正躺在床上发抖。还有，鹰嘴岩那边有几名官兵攀到了悬崖中间，被守在那儿的兵丁用石块打下了山。

盘都老，今后能不死人尽量别死人，否则你和官府的仇只会越积越深。罗松闻讯呆了半晌，回过神之后这样劝盘太古。

盘太古讥笑道：罗节级，我这是官逼民反、民不得不反。今天多亏雷大嫂机警，盯住了朱细腰，否则我清水寨将片甲无存，更别说人了。这是官府先不仁我才不义的，死几个官府兵丁权当祭山，我怕个鸟！

盘太古说着拂袖走下了山门。罗松、罗槐生恐被对面山崖上的官兵认出，忙低头弓腰地下去了。卜玉树快步走下城墙后，在一个僻静处面壁跪了下去，双手合十地念叨起来：阿弥陀佛，菩萨保佑我们能够逢凶化吉、化险为夷，保佑我们大家平安抵达珠玑巷……

十九

2015年

珠玑巷居民罗伟琳的自白。

　　胡教授，我这一节是否写得太冗长了？我忽然发现，写作其实就是在和虚构的人物谈恋爱。开始相遇时，大家还涩涩的，都显得克制，可随着越来越熟悉，双方都放松了，优缺点暴露无遗，不但笔下人物的命运随之跌宕，他们的性格也逐渐张扬起来。作者写得顺手时一泻千里，全不管读者感觉如何，这样一来故事难免拖沓。唯一的好处是作者痛快了。当然，痛快之后我也知道自己犯了作文中拖沓的大忌。在接下来的叙述中，我会尽量简洁和精准——这只是我的标准。倘若在您看来我还是写得啰嗦，首先请您见谅，再者您还可以挑着看。

　　还是闲话少说，言归正传吧。接下该是宋朝的我向您吐槽了。

二十

咸淳七年春
卜玉树初到珠玑巷，民妇的生活使她备感幸福。

我们一行到达珠玑巷时，太阳虽然已经落山，可漫天的火烧云却给大地披上了彩色的纱衣。袅袅炊烟中，投林的归鸟如同流淌的墨点，在那片触目的浓艳中画出道道优美的弧线。珠玑巷的街道上，行商旅人皆已散去，只有些妇孺在鹅卵石的街道上踽行或奔跑着。他们的脚步声让我想起临安雄辩社的"舌辩"人，他们讲话本小说时，金戈刀剑、车马铁骑、儿童妇孺的各种声音皆模仿得惟妙惟肖，非常的引人入胜。

当我从珠玑巷泛着夕阳余晖的街道上走过、听着此起彼落的呼儿声、孩童的欢笑声和噼噼啪啪的足音时，眼前的景物飘忽着归隐于一片烟灰之中。再定睛细看，原是天边的余霞散尽，夜色不知不觉蒙住了街道。街坊在上店铺的面板，檐下有妇人在给孩子洗脸洗脚，几个老妪口里啰啰着给鸡鸭喂食，路上不断有人和罗氏兄弟、曾守琴打招呼，然后他们的目光约略地在我身上小驻一会儿，便蝴蝶似的飞去看其他人——依旧男装扮相的我，因皮肤抹得乌黑，看上去也就一普通后生，有什么可看？就这样走到一个十字路口，罗槐和曾守琴不约而同地站住脚，又齐齐地深叹几口气，末了还是曾守琴先开腔：浩风，我们得先去趟曾兵家，曾伯母年轻守寡带大曾兵，走时还活蹦乱跳的一个人，如今却没回来，我还真不知道怎么向她老人家交代！

想到一直没有音讯的曾兵，罗槐是近乡情更怯，一路上眉头紧皱，曾守琴也是重石压胸，从清水寨下来，就没听他轻松喘过一口气。如今两人不得不面对了，年轻的罗槐到底还是不如曾守琴老到，他紧张得手足无措。

想到曾兵寡母撕心裂肺的痛苦，泪水模糊了我的视线，我开始给他俩打气。

表哥，浩风哥，再难，我们也得去。

我暗中推了罗槐一把。

卜姑娘说的是。浩风，我们走吧。等会儿我就把曾伯母接我家去，从今往后，她就是我的亲婶娘。万一、万一曾兵回不来，我给她养老送终。

因曾兵一直在曾守琴的义塾做事，而且还是未出五服的宗亲，曾兵的被掳对曾守琴而言不但是耻辱，更是永久的伤痛。说这话时他有一种壮士断腕的决心。

罗松到底是行伍中人，要果断得多，他一言不发地领头往曾兵家走去。这时罗槐叫住了他：

哥，这儿人多眼杂，你先带卜姑娘回去。再说了，月梅还在等你呢！

罗槐说话时捏了捏我的手，满手的湿汗透露了他内心的紧张与忐忑。

不，我要和你在一起。

千真万确，在八百多年前的宋朝，我对罗槐说了这么一句现代的流行用语。其实那时候的口语有很多与当今相同，人们的基本心理也八九不离十。

那日我初到珠玑巷，尽管觉得很亲切，却也有着完全的陌生。而且，让罗松领着我去罗家，我觉得不自在。自从见了我起，罗松看我的目光就有些挑剔，我感觉他并不喜欢我。

在清水寨鹰嘴岩下和罗槐闲谈时，罗槐讲漏了一句话，他说罗松自从跟曾守琴学了测八字之后，见人总要测测字，算算他们合不合。

他当然也算了我和罗槐，从属相和八字上看，他觉得我和罗槐不合，怕我影响罗槐的运程，是以不希望我俩在一起。

罗松领着我往罗记走去时先行一步，我跟他身后，两人没说一句话。所幸的是先我们一步回到珠玑巷的阿甲从邻舍那儿听到了我们回来的消息后，带着罗平、小乙、二伯一干人赶到路口来迎我们，我和罗松之间的尴尬这才解除。

久不相见，阿甲特别激动。当他听说佛面的遭遇后长吁短叹了好一阵，说我们不该把她留在山上，万一峒僚人欺负她怎么办哪！

阿甲很喜欢佛面，把她当女儿看，总是为她牵肠挂肚。我把佛面死而复生后获得的"异能"告诉了他，阿甲听后眼中立即露出了崇敬的神色：这可了不得，她定是下凡的仙女。

一路聊着，我们穿街过巷，来到了罗记铁匠铺所在的铁炉巷。有阿甲领路，罗松一眨眼就不见了踪影。等我们走到罗记铁匠铺门口时，我看见罗松站在王氏钻缸酒铺前，正仰着脖子和趴在二楼窗口的一个小娘子说话。

阿甲，那是王月梅吗？我对这个一路上听了无数次名字的小娘子生出一份浓浓的好感来。

阿甲点点头。我莞尔一笑，心想这王月梅和我想象中的长相几乎一模一样，果真是个透着爽劲儿、未语先笑的开朗女子，这性格想必和我是合拍的，于是朝她挥了下手，不料她看见后啪地关了窗户，我这才想起自己原是男装打扮。

你这后生怎的这般孟浪？初来乍到的就敢调戏人？

不曾想我对月梅招手的动作却被酒铺内的王掌柜看见，他像枚转得飞快的陀螺从屋内旋出来，指着我一顿怒斥，把个被月梅莫名其妙撇下的罗松弄得更加丈二金刚摸不着头脑。等他弄明白过来原委后，几丝掩不住的笑意就像长得正旺的竹笋，猛地撑开了他原本紧绷的脸皮：王掌柜，这小弟脑子有病，您老不用跟他计较。

然后他白我一眼，显然是怪我多惹是非。我抢了个鬼脸，跟着阿甲走进了罗记铁匠铺后院的大门。

那一晚，我失眠了。由于缺乏女人的打理和操持，罗记铁匠铺从里到外散发出男人特有的气息。我睡的房间二伯、罗平他们事先已经粉刷过，被褥也洗过晒过，可不知何故，当我俯身检查卧具时，还是嗅到了……罗槐的汗味。

罗槐，罗槐……

我念叨着他的名字，眼前浮现出他从曾兵家回来后哭红的眼睛和忧郁的神情。他说曾伯母听到曾兵的噩耗后当场昏死过去，好在曾兵的小姨在场，又是掐人中又是灌姜汤，这才将曾伯母救醒。

曾守琴放心不下，强按下对儿子千郎的思念，留在曾兵家照顾曾伯母，并让罗槐回家安置我。罗槐留下了一些钱，诚心地向曾守琴表了态，只要曾兵一天不回，他就和曾守琴一起担负起赡养老人的责任。后来曾守琴再三"赶"他，他这才回家。

表哥睡在曾兵的床上，夜晚睡觉反扣着鞋，他说这样曾兵就会入他的梦，告诉他自己在哪里。

唉，这也只是一说，梦哪有这么听话，说来就来呢？长志、华志和我也想德元公和他家的二郎、三郎入梦呢，也好教我们晓得他们现在何方？可他们愣是没托梦来！我是不信这种怪力乱神的！

罗槐虽平素不信鬼神，对托梦一类的事也不怎么相信。他说罢拉着我去看他的鸽舍和那些宝贝飞奴，还示范性地给飞奴喂了食物和水，然后带我去看他的铁炉子、存放铁器和兵器的仓库，最后把我带到菜园、水井旁和厨房转了一圈，不好意思地说条件太简陋了，问我能不能住得习惯。

我娇嗔地说：别的都习惯，就是被子和枕头汗气太浓！

罗槐抱歉地道：唉，我那些徒弟打铁是把好手，却干不了洗洗涮涮的活。我请了一个远房亲戚刘婶娘过来招呼大家，她很能干，也没什么家人，到这儿以后她还有个靠！

罗槐想得周到，我心里暖暖的，说到开心处，不由笑出了声。

一个来摘菜的小徒弟见男装的我发出女子的笑声，骇得一脚踩进了旁边的蓄水池。

你看，都怪你，光笑几声就把人给弄颠倒了，看来以后你只能男装打扮了，不然出街你还得戴步障才行呢！

罗槐说这话时，我感觉他还是蛮在意和珍惜我的容颜的，遂下定决心，近期要用淘米水洗脸、用茶油饼洗头，再和些面脂香药护理皮肤，以恢复几分美丽。

这时，阿甲喊我们过去吃饭。他近来有些心神不定，做事总是丢三落四的，眉眼中有一抹前所未见的警惕。此时跟在阿甲身后，我明显地感觉到了他身上散发出的警觉气息。那股气息冷冷的，犹如剑气和杀气，说不出来，却能感觉到。有时他会像我在圆庵时那样，听到一点动静就冷不丁回过身来，常常把他后面的人吓一大跳。

阿甲，你和小乙他们是不是遇到了事情？怎么大家都不爱讲话了？走在我后头的罗槐问道。

阿甲扭头朝他一笑，闷声道：家主多虑了，我们都很好。

言讫，阿甲默默地往前走去。罗槐想是知道他的脾气，也没再问，但我从他眼中发现了几丝深深的疑虑。

负责做饭的是罗槐为了我特意请来帮工的远房婶娘刘氏，六十五岁的她十六岁嫁人，成亲一个月丈夫即离世，自此在家服侍公婆小姑，直到前年公婆驾返瑶池，她仍孤零零地生活在夫家，是一个远近闻名的贞烈女子。前任知府给她送了块彰表她贞节的牌匾，罗槐每每说起她，总是都肃然起敬。我因以前听说过她的事情，见到形容清瘦的她先自有了几分好感。

吃饭时我已换回女装，罗槐交代刘婶娘，说我是他路上救起的女子，因父母被歹徒所害，无处可去，所以接回了家。又说我父母是商人，家境优渥，所以我不事稼穑和女工厨艺，让她多关照我些。我明白罗槐的苦心，他是在让刘婶娘教我。毕竟今后的日常我得靠自己，学会了这些本领，一则自己不吃亏，二来万一有人前来打探我的行藏，也能搪塞过去。就这样，我开始了在珠玑巷的民女生活。

说实话，刚开始几天我真的很不习惯，也许是这几个月来颠沛流离惯了，突然之间来到一个陌生而安定的环境，我就像一个原先所有螺丝拧得紧巴，现在却突然松懈的木偶，每走一步都能听到身上的零件在响——过去的那几年，我一直处于严酷的环境中，随时有生命危险，我已不相信世上有安全的地方，现在猛然间告诉我安全了，我觉得这不真实，所以常常产生错觉和幻觉。有时走着走着，我会突然打个转身，看看是否有人在尾随；夜晚睡觉时，我会在枕下放把菜刀，还会偷偷地将水和食物藏进房间，一如在圆庵的时候。

罗槐一回来就忙着安置那十几户逃户和赶制他在临安订下的那些货，虽然我们早晚都会见面，他也每天都嘘寒问暖，可他并没有察觉我的这种强迫症。刘婶娘起先不知道，可有一天我正在午休，未插紧的房门被风吹开，刘婶娘见房门半掩着，就探头看了下屋内，她见我的被子掉了，便蹑手蹑脚地上前帮我掖被子，倏然惊醒的我从枕下摸起把菜刀就架在了她脖子上，吓得刘婶娘瘫倒在地，我掐了好一会儿人中她才醒过来。

妹子，你吃的苦太多了，莫怕，以后这里就是你的家，我们大家都是你的亲人！

刘婶娘搂着我，牵起衣袖揩去我脸上不知何时淌下的泪水。她瘦弱的怀抱虽然缺乏力量，却有着南方女子独有的温柔。我想起早逝的母亲，想起死去的父、兄、祖父和在宫中、圆庵、路途上遭遇的种种致命危机，不由伏在她怀里失声恸哭。

正哭得上气不接下气时，罗槐推门进来，见状他手足无措，忙问我发生了什么事。

我抽泣着告诉他午睡时梦见了哥哥。敏锐的罗槐并不相信，他探询地看着刘婶娘。刘婶娘帮我圆谎，只字不提方才发生的事情。这时罗槐看到了那把磨得锃亮的菜刀，倏忽间明白过来，他凝视我的目光多了几许柔情。

要不这几晚让刘婶娘睡在你的外间？

罗槐心疼我，知道我不习惯在这样粗粝的环境中生活。其实他不知道，我对罗记铁匠铺所予我的一切都非常满意且心怀感激。我此时的激动、伤心、感怀、痛哭，不过是一种痛定思痛之后的舒适反应——没错，我从恐惧中苏醒了，渐渐恢复了丧失已久的普通女子对生活的感知力，所以我才能那么清晰地体味到自己心中的痛楚，闭塞已久的泪腺也像经过疏通的下水道，宽顺得让泪水直泻而出，我才能那么敏感地嗅到刘婶娘头上桂花油的香气和罗槐身上男人特有的汗腥气、烟火气。

好了，别哭了，再哭你的眼睛要成烂桃了！

不知何时，刘婶娘走了，罗槐揽住我的腰，却有意地让我和他之间隔着一拳多的距离，这使我俩在一起的场景看上去有些滑稽。曾守琴和罗松没白劝他，对我他现在是越来越规矩、越来越不敢过界了，他是柳下惠还是对我另有想法？那一刻，我有些受挫和伤心。

好在罗槐不笨，只听他小声地解释说：清蕙，我要把你养好，等你嫂子、冰卿、冰倩和大伙儿都顺利地在珠玑巷落户了，我再八抬大轿来娶你！

然后，他定定地看着我，黑眼珠里的亮光如同暗夜里的火苗，照得我心中暖洋洋的。

我到珠玑巷的第六天，阿甲跟罗松重回了清水寨，两天后他俩回来，说是已经把我嫂子、罗长志、罗华志、夏小二等人送到了清水寨旁边的南安隘。那儿原是峒僚人的一个寨子，后因发生地震，房倒屋塌，峒僚人全搬走了，不过仍有人时常回去侍弄田地、山林，并未全部废弃，收拾起来也快，仅两天时间就安置妥了。

盘太古把我嫂子等人送到南安隘自有他的考虑：一则他怕再发生朱细腰这样的事，不敢让近百号陌生人住进他的寨子，二来南安隘的一些老屋收拾收拾还能住，也省得他再出钱出人出力。

我嫂子他们怎样了？

想到自己在珠玑巷衣食无忧，而嫂子他们还在山中受苦，我心中甚为不安。阿甲说此前罗松已付钱给盘太古，让他修葺房屋和道路，眼下南安隘住人是没问题，只是条件艰苦些，特别是对于这些来自临安小康人家的人来说，开荒种地、挑水砍柴是一项需要重新学习和习惯的重体力活。

不过，总算安全了，他们还是蛮开心的！

大哥罗松军务繁忙，加上他和蒋都头之间不和，回家的时间少之又少。偶尔休旬假回家，他也不怎么和我言语。唯有在月梅面前，他才像一块见了火的松脂木，能燃出耀眼的火花来。

但从南安隘回来的那天，他破例地详细向我介绍了当地的情况和对嫂子一行的安置细节，还给我和月梅各送了一只他从山中捉来的锦鸡。想到佛面那神奇的点翠手艺，再想到她目前的状况，我倏地悲从中来，同时负疚异常，感到自己把佛面放在清水寨是不对的。可是，珠玑巷人多眼杂，佛面又脑子不清楚，到珠玑巷她不但享受不到清水寨人对她的尊敬，还有可能受到无良人的欺负。起码在清水寨她的生命安全是有保障的。这也是她在清水寨唯一值得我欣慰的事情。

心中略定后，我按照罗槐的计划，开始苦学珠玑话和各种女工、活计。在这方面，他给我安排了两个老师，一个是刘婶娘，另一个自然是王月梅了。因为教的是一个"女学生"，素来担心女儿吃亏的王掌柜这次破例开恩，准许月梅走出"绣楼"，在她家后院教我缝衣、绣花、纳鞋底、上鞋面、烧菜做饭。当我提出想向老板娘，也即月梅的母亲学习酿酒时，王掌柜不假思索地回绝了，他说女子不洁，而酒是最怕脏东西的，一旦受污，酒不是变酸就是变色，所以最好的酿酒师都是男人，他劝我莫要作此打算。于此，我算真正理解了罗槐对王掌柜的评价：防备甚严，不肯吃半点儿亏。所幸他除外没别的大毛病，还算个好邻居吧！

回到珠玑巷后，罗槐一下子成了大忙人，抑或他以前就是这么忙的。这对于习惯了和他朝夕相处的我而言有些难以适应，甚至有几分淡淡的失落。与此同时，我又由衷地为他高兴：罗记生产的铁器太受欢迎了，商户拿着钱排队等他出货呢！

罗记打制的农具、车马配件质量上乘、经久耐用，一直行销于广南东路、广南西路和江南西路的周边府、县。可我们这次回去不到一个月，却从广州、泉州来了几伙客商到罗记订货。罗记自是忙上加忙了！而这忙，与我还有几分关联呢！

话说那是我到珠玑巷的第四日，罗槐、阿甲陪同男装打扮的我到码头上接货。罗槐的用意是让我这个准老板娘先熟悉罗记生产的全过程——当然，这是在我的主动要求下他才有此安排的。

我的初衷很简单：珠玑巷的女子皆大脚，平日当家主政，除了王掌柜因月梅太美怕被人打主意而加强闺防外，其余女子皆可抛头露面，不少还与男子一同下田、上山、挑脚、贩货，这与我自幼长大的临安风俗大不相同。那边的女子出行，尤其是贵族女子出行，要戴盖头或设步障，哪像珠玑巷的女子活得如此开阔和洒脱？我想自己既然从金丝鸟笼中飞出来了，就绝不再做金丝鸟，我要做一只能与未来的夫君比翼齐飞的山鹰！

哪怕当不了山鹰我也要争取做锦鸡，好歹能在树丛间扑腾，再不济，死后的羽毛还能点翠！我下定决心要当个能助罗槐一臂之力的贤内助。总之，我不要再过以色事人的生活！我得让自己变成有用之材！

为此，我和罗槐足足谈了两个晚上的心，他才弄懂我的意思。次日，他即将账本搬至我房中，教我怎样看收、销货单，然后又画了几张草图，详细向我讲解罗记铁匠铺生产铁器的工序、生铁来源和锻造中必须注意的事项。

我平素爱看书，也爱琢磨事情，小时候就对这种男人干的活儿充满兴趣。现在终于有个机会，我如饥似渴地学习着，没多久便对罗记铁匠铺有了全面的了解。这让罗槐喜出望外、兴奋莫名！罗松却不以为然，但这回不管兄长的感受了。

由于罗松一直在军籍，家中事务也帮不上忙，这些年罗槐一直在单打独斗，他特别渴望能找到一个并肩战斗的伙伴——这是现代语言了，抱歉，今世的我近日在住院，精力越来越不济，我急着把全本的故事写出来——而今，他终于找到了这个人——那就是我！他激动难捺，次日晨即带着我前往码头接货。

前文说了，珠玑巷原名敬宗巷，因避李湛的庙号敬宗之名而易名，但它的兴旺其实始于唐敬宗李湛之前的开元年间。当时张九龄奉

271

唐玄宗之命，将大庾岭梅关崎岖难行的山间小路开凿为能行车走马的大道。而南雄地处大庾岭南麓，北邻江南西路的赣州，梅关驿道如同彩带，北边系着章水，可下赣江、入长江；南边接着浈水，可下北江、入珠江，由此沟通了长江与珠江两大水系，从而成为贯通岭南的重要通道。

因路而兴的珠玑巷，由此成为南来北往旅客的歇息地。从广州运来的货物先从珠江转道浈江，到南雄州码头后再换小船到珠玑巷码头。相较于陆路，水运非常方便。罗槐的冶铁原料，先前多为饶州铁和邻县始兴的铁矿石。怎奈所出之铁比较脆，打造的东西易断。后来罗槐发现广西梧州的生铁杂质少，以之铸器薄几类纸却无穿破，轻而耐久，为天下之美材，故而几年前他改用梧州生铁。虽然路途远，运输资费贵，但用梧州铁锻造出的铁器质量优良，广受欢迎，即便工价高些，客户也愿接受。

罗槐那天领我到码头，要接的正是两船梧州生铁。因此前罗槐到货仓给我比对过饶州生铁与梧州生铁之区别，到了码头，罗槐让我按他的要诀验货。我拿起两块生铁看了半天却始终不得要领。罗槐俯身看了会儿，脸色忽然变了，他急匆匆地冲出船舱，问船主吴老大货物换船时他在不在边上。

吴老大一口咬定自己在旁边看着挑夫换船。罗槐白着脸打断他：你撒谎，现在船舱里的不是梧州生铁，是杂质生铁！

吴老大的脸由红转青，张口结舌了一阵，终于抵不过罗槐的逼问，嗫嚅着说货物由大船换小船时，他被一个偶遇的熟人拉到岸边的小饭馆吃饭去了。

去了多久？罗槐瞪着他，一副要吃人的样子。我知道这两船铁是他在临安时，通过驿站寄信到梧州订的货，为的是打制那批在临安寄售的铁器，这对于他而言，意味着一个新市场的开拓，质量至关重要。现在高质量的梧州生铁变成了冶炼不精的杂质生铁，恐怕只能造出次品和废品了，焉有不气之理！

吴老大说他那天多灌了几碗酒，是被伙计背回船上的。

请你吃饭的是何人？

事到如今，急也无用。见罗槐还要发火，我悄悄踩了他一脚，强行把他拉到一旁，开始用蹩脚的珠玑土话和船老大打交道。好在吴老大是韶州人，讲一口韶州话，对我的口音不太在意。他说请他吃饭的是南雄州提点坑冶司的一名专门负责看管存放矿产品铜铁库的差官和搬运铜铁营的一位熟人。

罗槐常与这两个地方的官吏打交道，晓得这搬运铜铁营在迎晖门外，由一百二十名厢兵组成，专门负责搬运官商榷运的铜、锡等铸钱矿物，铜铁库则是官府存放矿产品的仓库，离迎晖门也不远。

平静下来的罗槐听到这儿，脑子灵光一现：你这两位熟人肯定还是搬运铜铁营和提点坑冶司的头目喽？

罗槐接着问那两人的姓名，吴老大支吾着说不清楚，罗槐冷笑几声：你不说我也知道他俩是头目，他俩仗着在搬运铜铁营和铜铁库当差的机会，两人联手私下里进次货，以次换好后再将好铁高价卖与铁匠铺，次铁则留在铜铁库了！我若告官，你们都得杖三百！

吴老大一听，顿时慌了手脚，当即扯着罗槐的衣袖连声哀告，说那两位熟人中的一个是他的小舅子，刚入库两年，这是第一次犯事！

你和他们里应外合吗？他分你几成？

罗槐眼里素来揉不得沙子，当即按住船老大，要扭他去见官。此时一个七八岁，穿着破衣烂衫、瘦如麻秆、脸黄饥瘦的小儿跑来，手中拿着一只盛了两块黑乎乎糍粑的海碗，一迭声地说：你不要打我爹爹，我娘有病，爹爹要给我们挣饭吃！

罗槐不相信，举起拳头就要揍吴老大。这时我看见小儿扁嘴抽泣起来，成串的眼泪在他肮脏的脸上爬出几条淡灰的痕迹。我一把托住罗槐的胳膊，让吴老大起来。吴老大不知是怕罗槐还是敬重他，不听我的话，而是仰脸等着罗槐的吩咐。

玉树弟，这事我得管！太不像话了，这不是明抢吗？

罗槐一把甩开我的手，我劝道：哥，今天你听我一句好不好？

罗槐倏地软下来，喘着气道：好，看你面子上我暂且住手。吴老大，你若是满嘴谎话，到时我弟弟认得你，我可认不得你!

罗掌柜的，我们做了十几年生意，你晓得我不是见利忘义之人，这次实在是事出有因啊!

原来，几天前有四个身材矮壮、皮肤黝黑的男子租他的船从南雄州到珠玑巷，不料半道被人劫了。那些劫匪不但抢走了客人的全部行头和他帮人捎的货，还打伤了那天正巧在船上帮忙的他家娘子，临了还把他们夫妻赶下船，把小船也抢走了。

罗掌柜，你看，我现在用的是几年前的旧船，实在是没办法呀!我上有九十岁的老母，下有八个孩子要养，现在娘子被打伤了，船也没了，眼看要饿死人了，这才让小舅子想了这么个笨办法，其实也挣不了几个钱，但总比没有好吧?

吴老大所讲的劫船之事，我和罗槐刚到珠玑巷就听二伯和小乙说了，只是他们没讲受害的船夫是谁，我们也没想到会巧遇苦主。弄明白原委后，罗槐心软了。不用我求他，他伸手把吴老大拉了起来，接着从怀里掏出一把钱塞到吴老大手中：这个拿去给你家娘子买几天的药，再给孩子做几件衣裳。换货一事，下不为例，这次我就不追究了!

罗槐话音未落，吴老大已经拜倒在地，我和罗槐费了好大劲才把他拉起。罗槐安慰了他一顿后，似乎漫不经心地问起了那四个被抢的客人。

他们是不是长得像我铺子里的阿甲?

吴老大和罗槐合作多年，自然认得阿甲。他先前一直不知该怎么形容那几个客人，猛地听罗槐这么一提，立即拍着脑袋直呼：罗掌柜，你说对了!刚开始我还以为他们是你家的昆仑奴呢!

罗槐见我紧盯着他，朝我微微点了点头，他明白我的意思了——那帮人也许是阿甲的族人，是冲着阿甲他们来的!看来我们事先的感觉没错，阿甲和他的那帮兄弟身上揣着一个大秘密!

那些盗贼是什么人?你看清楚了没?

罗槐锲而不舍地问。这一刻，他有捕快的特质。

我自小就喜欢听公案故事，还看过宋慈的《洗冤集录》，后来又常看曹公公购买的小报，对各种逸话野史比较关注，只要一有异样，脑海中就会冒出各种奇怪的设想。如果换了现代，我肯定是大神级的网络写手。我可以不客气地这么说，今世的我之所以一出手就能写这几十万字的作品，肯定与我前世遗传下来的想象力有关！总之，趁着罗槐问吴老大话的空当，我脑海中已经上演了好几出精彩、刺激的大戏！

这时吴老大说：罗掌柜，那些盗贼全都蒙着面，也没人开腔，不晓得是哪里人士。

他犹豫了一下又道：他们对周围很熟悉，对船和水道也相当内行。

我脱口而出：会不会是萧破洞的手下？

吴老大倒是个诚实之人，说他不敢断定。但有关萧破洞、谭鬼七的传闻他听了几耳朵：听讲萧谭二鬼最近做了笔亏本买卖，心里窝火得很，以前他们还兔子不吃窝边草，现在可是红了眼目，见谁都敢抢了！

联想到我和佛面的遭遇，我不由得追了一句：知道他们做了什么赔本买卖吗？

吴老大摇头说不晓得，旋即他又皱着眉头说他的小船被抢一事多半与罗记的昆仑奴有关。

这话让罗槐紧张起来，连问几个为什么。

吴老大迟疑了一会儿，终于告诉我们，那些被抢客商不但与阿甲、小乙他们长得像，他们说的话也与阿甲和小乙说的话相像。

我和罗槐对望一眼，心知他说的不是捕风捉影之事。阿甲、小乙几个昆仑奴之间一直用他们的母语交谈！吴老大肯定听过他们说话。

罗槐的眉头皱得越发紧了：吴老大，你晓不晓得那帮人去了哪里？

吴老大想了想，说其中有个客商被强盗砍伤了胳膊，另外一个客商肩胛也受了伤。他们打败抢劫的匪徒后即离船上岸了，东西也没拿，总之走的是陆路。

听到这儿，我突然问道：强盗有多少人？带了什么武器？

吴老大想了想，道：有七八个人，都拿着大刀。

这就怪了，你载的客商才四个人，也没听你说那些客商带有什么武器，怎的强盗也没能取他们的性命？

罗槐摸着下巴，奇怪地说。

吴老大咳了口浓痰吐进河里，揉着鼻子神秘地道：罗掌柜，那四个客商有武功的！他们一个人空手打两个拿刀的人没问题！

罗槐的眉头此时皱成了一个深深的"川"字，沉吟了一会儿，他又拿出几串钱给吴老大，让他小舅子把那两船好铁给换回来：我临安那边订了货，要得紧。你若拿那两船好铁去卖，还挣不到这个差价。对了，我们的事你莫跟小舅子讲。

我发现罗槐只要静下来多想想，就是个大轿能坐、狗洞能钻的大男人。他的大度让吴老大不好意思，一个劲儿地推辞，后来见罗槐是真心实意，也就收了。这时罗槐肯定想到了什么要紧之事，拉着我急匆匆地往家赶。

大哥，你这是赶去救火呀？

我小时跟着爷爷在乡下采药、制药、看病，走村串户惯了，养成了外表冷静，实则喜欢看热闹的性格。以前只要两天没下乡、没听到什么新鲜玩意儿，我就闷得慌，吵着要爷爷给我讲古，否则就无精打采。所以，乍闻这些事情，我的脑神经就像被绞盘拉住的渔网，嘎嘎直响。

阿甲他们肯定有事瞒着我！我得弄清楚！

罗槐有些不高兴。我劝他千万要冷静，一则阿甲对他忠心耿耿，二来就算阿甲有秘密，只要那秘密不是有害于罗槐，那他就不能过分埋怨阿甲。这满世界的活人，有谁天天裸着一颗心在外面跑啊？

罗槐自然明白这个道理，回到铁匠铺他没有多说，而是让刘婶娘按我的要求买了食材，我亲自到厨房做了几道宫里的菜，吃晚饭时以"尝菜"的名义把阿甲请进了罗槐特为我辟的小饭厅，桌上还放了一缸月梅前几天送来的钻缸酒。

由于前段时间奔波劳累，阿甲犯了好长一段时间的胃病，这期间他戒了酒，回到珠玑巷后病情缓解了，酒虫开始扑簌簌地从他的眼睛里往外飞。这会儿闻到香醇的钻缸酒，他再也忍不住，不待罗槐招呼，自己先倒一盏灌进了肚。

味道怎样？

罗槐说着给自己倒了一盏酒，然后又给阿甲倒了半碗：你胃痛刚好，不能喝猛了，这是玉树姑娘亲手做的宫里的菜，你可叫得出菜名？

阿甲摇摇头：家主想必是叫得出的。

罗槐笑道：我是认不出来，刘婶娘也许晓得。

此时刘婶娘正好拿着时鲜果子进来，接口道：这些菜没入锅之前我是认得的，做好了我一个也叫不出名儿来。

我忙上前，指着那盘由芋头丝、萝卜丝、豆腐丝勾芡藕粉汁、看上去亮晶晶的菜说：这是三色水晶丝。这呢是润江鱼咸豉，这是小鸡二色莲子羹，这是衬肠血筒臊子，这是酒炙青虾，都是些上不得台面的小菜，让你们见笑了。

阿甲睁大眼睛看着我，明摆着不赞同我的观点：这样绣花一样的菜还上不得台面？那要怎样的才上台面？

他眨巴了几下眼睛，那是另外一种语言——这可是皇贵妃烧的宫廷菜啊！在那个年代，人们对于沾了"皇"字的所有东西都有神秘和敬畏之心，多年为奴的阿甲在这上头尤其明显。只见他找个借口支走了刘婶娘，然后闩上房门，抻抻衣袖、掸掸裤腿，猛地跪下朝我磕了三个头，口里喃喃地向我致了几句谢，在我和罗槐的力挽下，他才肯坐在桌子下首吃饭。酒过三巡后，阿甲黝黑的脸因为浮满红晕显得愈加黑了，乍望过去，像一张抹了黑漆的傩神面具。

席间罗槐虽然正常敬酒、劝酒，但看得出情绪不高，阿甲也显然感觉到了这点。他几次欲言又止，可话到嘴边又咽下了，房间里的气氛倏地沉重下来。这时我端起酒盏敬他：阿甲，我们下午刚从码头回来呢！

阿甲举到唇边的酒碗定住了，他看看我又看看罗槐，轻轻地放下酒碗，叹道：家主，我不是有意要瞒您的，我是怕给您惹麻烦。

罗槐端起酒盏一饮而尽，抹着嘴边的酒渍道：阿甲，我已经和族长他们说好，六月初晒族谱这天给你们改姓，其实改不改姓你都是我们罗家人。一家人不需要讲两家话，天大的事儿有大家撑着就压不死人，你有什么难事儿讲出来吧！我们一起帮你渡过难关。

阿甲又看了我一眼，我想他本意是不想让我听他下面的故事的，可转念一想，又觉得他的秘密大不过我的秘密，是以摇摇脑袋咧嘴苦笑几声，用低沉的嗓音讲述了一个颇为离奇的故事。

阿甲、小乙和那四个跟他一起的昆仑奴都是达罗毗荼人，他们是同一个村庄的老乡。阿甲十二岁、小乙八岁，那四个昆仑奴六七岁时，一场前所未见的洪水摧毁了村庄，他们六人因到村中后山的庙里出家才得以幸存。洪水过后他们成了无家可归的孤儿，往日的村庄已成汪洋，他们只好沿着满是人和动物尸骸的道路逃向远方求生。当时和他们一起从庙里出来乞讨的有三十六个人，可沿途不断地有人因饥饿、疾病、猛兽死去。当他们终于来到一座未被洪水袭击、比较富庶的城市时，只剩下阿甲、小乙等八人，而且个个疾病缠身、摇摇欲坠。年纪最大的阿甲看着虚弱的小乙等人，产生了兄长的责任感，他觉得为了那座已经消失的村庄和故去的亲人，必须在天亮前找到食物和药品，否则同伴的性命难保。

他勒紧裤腰带，挣扎着来到市区。其时夜市已开，摊贩的各种小吃散发出浓郁的香味，阿甲不由得鼻孔翕张、双瞳放大。身无分文的他伸手讨要时人们都嫌他脏，不是把他赶走，就是躲得远远的。就这样穿过了半座夜市，他只捡到了两个别人丢掉的果子。他囫囵吞枣地吃了一个，另一个则紧紧地攥在手中，他要带回去给那两个最小的老乡吃。

就在这时，他看到一个灯火通明的彩棚里正在大宴宾客，几十个穿金戴银的男人们在那儿推杯换盏，饥饿的馋虫从肠胃钻进他的大脑，让他变得痴迷、执着与疯狂。趁人不注意，他撬开喜棚外头底座上的钉子，一头钻进了彩棚。

这时喜棚内的气氛非常紧张，原来这天请客的是豪商甲，他和另一个参加宴会的商人乙不和，乙商有意挑衅，不请自来。先是和甲商斗酒，斗酒不分胜负后，乙商又要和甲商比胆量。乙商是个胆大包天的武夫，会些拳脚，甲商则受过几年教育，平日喜欢耍心眼斗智。按说他也可以不理乙商，可乙商当着这么多宾客的面挑战他，若不应战，大家立马会把甲商看成懦夫，这是甲商不乐意的。但他又无法接受乙商提出比赛条件：两人站在喜棚门口，头上放只水果，请一位宾客飞刀削水果！

乙商的随从中有百步穿杨者，而且平日他们主仆之间经常玩这种飞镖游戏，乙商心中有数。甲商的宾客则大多耽于声色犬马，谁有这本事啊？这比试条件，别说甲商不答应，就是甲商的宾客也不答应。

在大家的要求下，乙商被迫修改了条件：甲商若不愿意头顶水果让别人扔刀子，宾客中有人愿意代他应战也行。此言一出，举座皆惊，更令人尴尬的是居然无人愿意代替甲商出列，喜棚内弥漫着令人压抑的沉默。

正在这时，阿甲从喜棚外钻了进来。甲商的随从正要驱赶阿甲，甲商灵光一动，满脸笑容地走到阿甲身边，问他愿不愿意代他做件事。阿甲此时已饿得神志恍惚，仅存的一丝理智让他意识到这是一个可以救自己和伙伴们的机会，当即点头应允。不过他马上提出了一个条件，他得先吃东西，甲商还得答应给他一篮食物带走。这对于甲商而言易如反掌，他忍住恶心，摸着阿甲的头答应了。

一刻钟后，吃得肚胀如鼓的阿甲叉开腿站在彩棚一角。三十步开外，站着酩酊大醉的甲商。乙商和随从及众宾客则拥在旁边，看甲商扔飞刀。甲商的手在发抖、心在颤，已经弄明白原委的阿甲想到奄奄一息的小伙伴，生怕甲商会一刀把自己扎死，他不顾一切地冲过来，从汗水涔涔的甲商手中抢过刀，对乙商说他愿意在自己的腿上扎一刀，而且绝不皱眉和出声，前提是甲商放弃扔飞刀。还有，甲商还得管他的医药费。

在出丑的恐惧中打哆嗦的甲商捞到了一根救命稻草，当即将右手放在左胸前，说他不但管阿甲的医药费，还会把阿甲的小伙伴接来，给他们一份工作。此时宾客们已经没有了看甲商热闹的心情，他们知道，如果再闹下去，可能会出人命，所以借机做乙商的工作，让乙商答应阿甲提出来的条件。乙商这时酒已醒了大半，也觉得自己刚才过分了，见有人给自己搭台阶，当即顺坡下驴，拍着胸脯说如果阿甲敢这样做，他将收阿甲当徒弟。

就这样，甲商和乙商握手言和了。然后，他们并排坐在华丽的毡毯上，吃着香喷喷的手把肉，饮着芬芳的美酒，角落里的艺人吹着笛子逗蛇，蛇边上有两个佩环叮当的美女翩翩起舞。

阿甲环视了一下那些双唇冒油、因营养过剩而发红发光的脸孔，再想想自己那些骨瘦如柴的小伙伴，心痛得痉挛。他闭上双眼，高高举起匕首，猛吸一口冷气，然后咬紧牙关，锋利的刀尖在空中划过一道银色的弧线，"噗"地刺入了他的左腿。在众人的惊呼声中，他一咬牙把刀抽了出来，血汹涌而出，站在他身边的甲商软塌塌地晕倒在地。好在甲商的随从已经取了止血药和棉纱过来，并立即为阿甲做了包扎，又问了小乙他们所在的地方，派了辆马车把他们一起接到了甲商的住处。

从此，阿甲、小乙就成了甲商的随从。甲商给他赐名叫"阿甲"，乙商也不甘落后，给第二大的孩子赐名"小乙"，而且如约教他们练武艺。甲商、乙商因此尽释前嫌，成了常来常往的朋友，可见"不打不相识"是放之四海皆准的真理。

也许是想起了那一刀留在心上、身上的隐痛，说到这儿时阿甲咳嗽起来。看着精瘦的他，我真不知当时年仅十二岁的他哪来的挥刀勇气？

罗松上次为了对付萧破洞和谭鬼七也在腿上扎了一刀，罗槐特别理解阿甲当时面临的恐惧。他给阿甲和自己满上酒，两人默默地喝了一大盏酒。我则给阿甲夹了些菜，心想成人不自在，自在不成人，只要扒开人的心扉，都能看到滴血的往事与记忆。阿甲似乎被过去魔住了，神情变得痴怔和恍惚。

那，后来呢？

我忍不住问了一句。阿甲从回忆中醒来，朝我抱歉地笑笑，接着又用他特有的低沉声音将我们带入了他幽深、黑暗的记忆中。

阿甲在甲商的兵器作坊里干了一年，名为雇工，实为家奴，过着痛苦的生活。好在这期间他学会了制作匕首、长矛、箭镞、大刀，手艺非常精湛。又跟着乙商学了一身拳脚功夫，还跟一个养蛇人学会了弄虫蚁，练了一身好本领。

生活又显现出几分美好来。然而，这时甲商和乙商的关系再一次恶化。

说到这儿，阿甲打了个磕巴，又喝了几口水，这才给我们介绍甲商和乙商的职业。阿甲说，甲商是个兵器制作商，与王公大臣关系密切，乙商和他干的是一样的买卖，与国王公大臣的关系也同样密切，只是两人的靠山不同。在一次王室的内讧中，国王被乙商依仗的大臣逼迫逃亡，紧跟国王的甲商只好带着家眷、家奴也跟着逃亡。而乙商所倚仗的大臣为了斩草除根，一路追杀，阿甲、小乙一行跟着甲商历尽艰辛，终于逃到了后理国。由于他们带着十几担金银细软，被贼人盯上了，甲商非常害怕。为了确保财物安全，甲商夫妇领着阿甲、小乙和六个家奴挑着财宝到山上掩埋。行前甲商夫妇特意给阿甲他们做了一顿美味的手抓饭，还给每人倒了一碗后理国的美酒。

凭着对主人的了解，阿甲觉得那顿饭必有古怪，因为他们当时到处流窜，自顾不暇，如要犒劳他们，只需拿出一点金子就可到饭馆让他们大快朵颐，夫妻俩何苦要在驿馆里烧火做饭呢？阿甲留了心，主人做饭时，他密嘱弟兄们事先喝下几盅油，吃了东西后立即上厕所吐掉，以免中毒。

事情果然如他所料，他们呕出的食物被房东的一只鸡吃了，等他们埋完东西回来后，那只鸡死在了草丛里。可恨的甲商夫妇埋完宝物就先行返回了驿馆，黄昏时分看到阿甲他们回来，像是见了活鬼，吓得面无人色。

本来阿甲和小乙是要去找甲商夫妇算账的，不料这时他们余毒发作，病倒在床，没法跟甲商夫妇较真。甲商夫妇这时已用银钱贿赂了后理国高宰相的管家，取得了开酒家的许可。他俩突然之间发现阿甲他们还有用，便去给他们请医生抓药，将他们又救了回来。

想到主人的恶毒，阿甲和小乙他们想离开甲商另寻活路，可后理国他们人生地不熟，语言也不通，关键是他们身无分文，如果离开甲商，他们只有乞讨为生。大家商议了一阵后，决定静观其变，到时再见机行事。

就这样待了十几天，甲商的饭馆开张了，阿甲、小乙他们摇身变为厨师和店小二。由于他们的菜品颇具异域风情，甲商又善于和王公大臣打交道，没多久就在后理国的都城羊苴咩城打出了名气。

时值宋朝理宗淳祐年间，大理国已从窃国的高开泰的阴影中走出，段氏重掌权位，史称后理国。

甲商在羊苴咩城开饭馆时，后理国的最后一位皇帝是段兴智。由于前几年蒙古人南侵时攻不下四川，便改攻后理国，后理国朝政陷入了混乱。幸得蒙古军因大汗窝阔台的死而退兵，后理国又苟延残喘了几年。故而阿甲他们到羊苴咩城时，王公大臣们因为惧怕不可预知的命运而挥金如土、及时行乐。整座城市犹如一个行将就木、回光返照的病人，洋溢出油灯熄灭前的那份绚烂，折射出奢靡的神采。

甲商的酒馆因异域特色而受到王公贵族的追捧，甲商很快用金钱打通道路，通过高宰相的管家介绍，将自己美丽的小女儿献给了后理国高宰相的儿子为妾。想到自己有了坚强的后盾，他便想取出那十几担金银财宝，为此他关押了小乙等人，独留阿甲带他和儿子、侄子去山中取宝。

这时阿甲后悔自己没有听从小乙的劝告，早些把财富转移。但后悔已经晚了，他在甲商和儿子、侄子一左一右的挟持下来到了藏宝的山洞。当阿甲把宝藏取出后，甲商挥刀向他刺来。就在这时，十几支响箭射杀了甲商和他的儿子、侄子。

多亏阿甲机灵，早就留意了周围，而且上次埋宝之后他们为防万一，还特意在旁边挖了条土沟，土沟通往旁边的一座岩洞。阿甲见甲商遭袭，忙佯装中箭，倒地后滚入土沟。趁着贼人的注意力都在财宝上，他躲进了旁边的山洞。

这两座山洞之间有大小不等的缝隙，可看见藏宝洞的情况。当阿甲偷眼看到杀死甲商的凶手时，不由得倒吸了几口冷气：那人正是甲商自以为能给他遮荫挡雨的靠山、他的儿女亲家高宰相的管家！难怪他又是促他开饭店，又是替他女儿牵线，看来是早就知道甲商带了大量金银财宝。他帮甲商做事，无非是想套住甲商、稳住甲商，让甲商放松警惕，最后财宝自动现形。愚蠢的甲商果然中了他的奸计，眨眼间父子三人便成了箭下鬼！

让阿甲庆幸的是贼人被那十多箱金银珠宝迷住了心窍，根本没有注意到跑了一个人。他们走后，阿甲从山洞里走出。尽管甲商对他不义，可想到自己和小伙们要不是甲商相救，早就成了累累白骨，他手脚并用地用石块、泥土将甲商三人的尸体给埋了，给了他们一个葬身之地。

夜半时分，他偷偷跑回甲商的饭店，救出了小乙他们。又叫醒了甲商的女眷，让她们速速逃命。阿甲想立刻逃离后理国，小乙他们坚决不肯，他们要求取回那批财宝之后再走。阿甲无法说服他们，只好妥协，分头跟踪了凶手两个多月的时间，终于摸清了财宝的去处。

老天爷开眼了，他在帮我们，就在这个时候，蒙古军再次出兵攻打后理国，都城内乱成一片。我们趁乱将财宝偷出，装扮成挑夫，挑着财宝晓行夜宿地往达罗毗荼方向而去。不料路途被蒙古军截断，我们只好挑担东行，希冀到中土找到一个安全的地方。我们一行进了四川地界后，被追踪而来的后理国人杀手盯上了，没奈何，我们只好在江边找了个安全的地方将大部分宝藏埋了，然后画了一张藏宝图裁开十片，每人保管一片。不料其中两人见财起意，半夜偷偷潜入藏宝处，打算取了宝物就走。也是天灭他们，宝物没取着，却成了老虎的盘中餐。等次日我们赶到藏宝地点时，宝物尚在，那两人却变成了路旁的断肢残骸。

想到死去的同伴，阿甲深深地叹了口气，眼中掠过抹惋惜的神色。我们默默地喝了会儿茶，阿甲继续讲述他的故事。

为了守住这些得之不易的财宝，阿甲一行在山中找了块向阳的地方搭起寮棚，开荒种地，定居下来，其间还打退了两拨觊觎财宝的追兵和山匪。美丽的山川并没有给他们的生活带来平和，不久传来消息，后理国被蒙军所灭，蒙军随即进攻四川。阿甲他们只好挑着财宝继续南下，准备绕道从海路回国。

到了钦州地界，他们把财宝藏在河边的岩洞里，然后像在四川一样，就近安营扎寨，守护他们的财宝。哪想到他们的行踪还是落在那伙追踪者的眼里，追踪者袭击了他们，伤了两个阿甲的同伴。

寡不敌众的阿甲他们取出少量宝物，用火药将岩洞炸毁，一路往东逃跑，结果他们在湖南境内被土司抓获，收为家奴。巧的是他们在被抓获前正好把各自身上的宝物合在一起埋掉了，这之后宋朝官府招兵，他们被土司卖至军中，走时未能取出宝物。小乙想到难过，便不顾阿甲的警告，偷偷告诉了管他们的节级，节级让他和阿甲带队去取宝物。阿甲怕被节级杀人灭口，忙和同伴一起证明小乙是个疯子。小乙明白他的意思，居然真的开始吃屎喝尿，节级只好相信小乙是个疯子，自此没再过问财宝之事。

随后，阿甲悄悄地采制了一种流传于他们小村庄的草药，那种草药吃后人会发烧和胡言乱语。节级见他们相继发病，又症状相同，以为是人瘟，赶紧将他们丢在山间。阿甲他们就这样从军中逃脱了。

说到这儿阿甲再次沉默了。我和罗槐听得入迷，怎么也没想到说书人口中的宝藏故事会真的出现在我们身边。

那你们后来怎么又到了大庚岭？

缘分，只能说是缘分了。

阿甲呢喃着，目光越来越迷离，越来越深邃。我凝视着他的瞳孔，忽然浑身一颤，接着身体轻如羽毛，忽悠悠地沿着他的视线飞进了瞳孔深处：那是一片混沌而又透明的虚空世界，我飘啊飘的，在他的叙述引导下，终于看到了在山路上跋涉的阿甲、小乙他们。应该是春天，满山皆翠，一切都呈现出奇异的生机。可当我的目光落在阿甲、小乙脸上时，却似热火遇到了寒冰，他们脸若金纸，鼻上、额上滚动着豆大的汗珠，布满血泡的双唇大张着，伴着沉重的脚步呼出来的气息带有死亡的腐臭。再定睛细看，只见他们的手脚被绳索绊住，脖子上的血痕艳如红丝。他们身后，山匪手中的大刀、长矛在春阳下闪出耀目的光芒。

快说，宝物在哪儿？

阿甲他们没想到，自从离开后理国后，一直有人在追杀他们，仿佛黑白无常，来无踪、去无影，让他们惶惶不可终日。

没有了，在四川就炸洞埋掉了。

站在贼人挖好的土坑前，面对顶在喉咙口的矛尖，阿甲还是这句大实话。贼人不信，再逼问小乙等人，小乙他们说的也是这句话。贼人想必知道些内情，抑或他们就是先前追杀阿甲一行的杀手，说不定其中还有人亲眼目睹宝洞被炸，但他们还不死心，不但把阿甲他们的住处挖地三尺寻了个遍，阿甲他们身上的衣衫也被剥光抖搂了半天，还将他们的嘴巴撬开来看，可哪有珠宝的影子？

又气又急的贼人把他们推进土坑，眼看阿甲他们就要被活埋了，这时突然杀出一队人马，将阿甲他们解救了。事后才知道，解救他们的是一支活跃在当地来头很响的护镖队，该护镖队队员个个武艺高强。知州得知后，便雇用他们追杀山匪、贼人，绑架阿甲一行的贼人犯有血案，知府下令一定要将贼人缉拿归案，否则镖头流三千里。镖头不敢怠慢，日夜守候，终于追踪到深山，解救了阿甲他们这几个肉票不说，还将贼人一网打尽，干了一票大的！

因为机缘巧合，阿甲、小乙他们又捡回了一条命，不料，他们才出虎口、又入狼穴。镖头审讯贼人时得知这几个昆仑奴埋有宝藏，不由贪念炽长，先是对阿甲他们晓之以理、动之以情，见问不出什么结果，则动用各种大刑逼供。

阿甲他们深知说也是死，不说也是死，何必在死之前把藏宝地点告诉和贼人一样穷凶极恶的镖头呢？故而咬紧牙关不吐露半分消息。镖头大怒，准备立马处死阿甲一行。

天下事就是这等奇怪。阿甲他们正在生死关头，灭了后理国的蒙军在蒙哥的指挥下挥师进攻四川，忽必烈、张柔率部战鄂州，兀良合台率军从大理出发，进军鄂州后方。宋朝右丞相贾似道则率军增援鄂州，在守将刘整的战术指挥下，大败大理方向的蒙军。

当时阿甲他们正好在鄂州地界，镖头和他的护镖队被朝廷征用，连带即将处死的阿甲一行也应征入伍，参加了对抗蒙古军队的战斗。这时阿甲萌生了从四川回国的念头。

在一个月黑风高之夜，阿甲趁着执行任务，率着小乙等同乡逃出了宋营。不料才走了百把里路程，他们又被蒙古军的先锋部队拿获。蒙古军残暴之极，所到之处烧杀抢掠，最爱屠城，对俘虏也多半处死。这次是长相救了阿甲他们的命。当阿甲告诉蒙古人自己只是来自遥远地域的昆仑奴时，蒙古军不但留了他们一条命，还将他们编入答剌罕军。

答剌罕军是蒙古军队中应募而集的军队，也即今世的雇佣军，官府不给军饷，士兵也不入军籍，是"助声势掳掠以为利者"的特殊军事组织。

胡教授，在这里我们不妨掉下书袋，说说什么是答剌罕。答剌罕在唐朝官名中称达干，意即自由自在的人，是专统兵马事的武职官号，最早是中亚印欧民族（吐火罗）的统治者头衔，在南北朝时为柔然人所用，后各草原民族也沿用此名。右突厥和蒙古两族则长期使用此官号。1206年蒙古国成吉思汗对于共同创业的功臣授以万户、千户等有实职的官号，而对成吉思汗本人或他的儿子有救命之恩的人，则授予"答剌罕"之称号。答剌罕享有如下特权：宴饮乐节如宗主仪，饮酒时允许喝盏，允许宿卫带箭筒，围猎时捕获的野物归自己独有，出征时抢掠的财物归自己独有，九罪勿罚，免除赋税，勿需获得许诺，随时可入宫禁，自由选择领地，封号可世袭。

以上是今世的我从度娘那儿获得的材料，在此一并奉上，以便让胡教授胡姐姐您有个更全面的了解。

能够参加这支蒙古军中特有的"纵之无禁，掳掠以为利"的军队，这对于一直处于严密看管下的阿甲和小乙等人格外新鲜。只是当他们随着蒙军往南宋之境突进时，答剌罕军的勇猛残暴让自小在佛国长大的阿甲、小乙等人怀有深深的负罪感。进攻鄂州之前他们根据偷来的地图，弄清了方位，决定避开元军锋芒，舍弃溯长江而上四川的想法，改道从广州出海，乘船到离藏宝之地最近的钦州地界上岸，伺机取回财宝后，再乘海船回到那个依稀仿佛的故国。

不过在回故国这点上他们六人没有达成意见。阿甲和小乙想回去，另外四人出来时年纪尚小，加上亲人都已故去，他们劝阿甲和小乙还是在中土找个能够偏安的地方过一份切实的小日子。掂量之后，阿甲和小乙同意了。于是他们晓行夜宿，费尽千辛万苦，终于来到了大庾岭，不料却因劳累过度，被瘴气所侵，倒在路边等死。也就在这时，罗松和罗槐救了他们，给了他们一个安全、安定的生活环境和衣食无忧的生活。

阿甲的叙述缓慢、断续，却因为有"命运"的影子闪烁其中而变得格外引人入胜。我和罗槐听着听着，似乎走进了他的叙述中，来到了他的记忆世界，不由得和阿甲共悲喜了。

阿甲，你们到珠玑巷后那些人也追来了，对不对？我去临安前的那夜，他们到了家里，对不对？

罗槐到底是男人，很快回到了现实，他的分析式疑问让阿甲频频点头：家主，都怪我们的长相太奇特了，若在唐代，到处都是昆仑奴，要找我们不容易。可现在是大宋年间，昆仑奴越来越少了。我们所在的珠玑巷又是客商南来北往之地，茶余饭后的，难免有人把我们当成稀奇玩意儿来说，这世上哪有嘴到不了的地方呢？肯定不消多久有心人就会晓得珠玑巷有我们这号人存在。再者，杀甲商的后理国人一直想得到这批财宝，他们绝不会让我们就这样跑掉的！

说到这儿，阿甲看看脸如沉水的罗槐，起身走过去，单膝跪下禀道：家主，这些年曾有三批人想偷袭我们，因怕叨扰家主，我们秘密把他们打发了。

罗槐半晌没作声，我知道他的想法——阿甲他们定是犯下了命案，这可如何是好？

阿甲比我更了解罗槐，他抱拳说：家主，只要你发话，我和小乙去官府投案自首便是。

罗槐矛盾之极，他看阿甲的眼神很是恼怒：这么大的事，你居然一丝风也不透！还有，这件事仅仅投案就完了吗？万一消息传出去，珠玑巷将是一片腥风血雨！

我是旁观者清，知道他这弯一时拐不过来，而且他暂时也无法原谅阿甲。这样阿甲还不知道要跪到何时呢。我上前去拉阿甲，哪知阿甲也是一根筋，犟着脖子说家主还没让他起来，他得跪着。

我看着罗槐，轻声道：哥哥息怒。阿甲和小乙并非滥杀无辜，他们取的都是要害他们性命的凶恶之徒，你不必为此烦恼。

罗槐虽然没想通，但还是听进了我的话，他上前搀起阿甲，叹道：阿甲，没想到你们吃了这么多苦，今后我们一定好好过日子。

他顿了顿，声音严肃起来：过去的事切勿再提，万一隔墙有耳那就麻烦了。眼下你要做的，一是预防那帮恶徒再来袭击，不要让他们伤及无辜。

说到这儿，他望了下我，暗示阿甲不要让那帮仇人牵扯到我和罗记的其他人。阿甲点头沉声道：家主放心，阿甲明白。以前就是不想牵连家主，这才瞒下所有事情，还望家主原谅则个。

罗槐点点头：嗯，我明白你的苦心。这第二呢，你的事就是我罗记的事，万一恶徒再来，你一定要告诉我，三个臭皮匠，顶个诸葛亮，不能自己死撑着。第三，如果你们想回老家，我会帮你们筹备路费。

我本以为阿甲会高兴，没想到阿甲猛地跪倒在罗槐面前连磕几个响头：家主，我们生是珠玑巷罗记的人，死是珠玑巷罗记的鬼。这里就是我们的家，我们哪里也不去！

说到这儿，阿甲哭了。泪水在他黝黑的脸上划出几道闪亮的痕迹，像是黑土地上的涓涓细流。

三天之后，浈江上出现了一只神秘的小船，船上是四个皮肤黝黑、长相奇异的男子。他们有的腿受了伤，有的胳膊断了，脸上的表情阴沉中带有恐惧，恐惧中又含了几分庆幸。昨儿半夜，几个蒙面男子在客栈里偷袭了他们。那几个男子用剑指着他们的喉咙，说你们永远也找不到那些根本不存在的财宝，还是带着这包盘缠回家去吧！否则两天之后必取他们的性命。

这四个躲在客栈养伤的异域男子觉得再留此地只怕会送了性命，于是挽着那几个男子留下的包袱，匆匆跳上了小船。出乎他们意料的是，每个包袱里都放着两只金元宝，足够他们一路的花销了。他们由此越加相信宝物的存在，可他们势单力薄，又能如何？还是逃命要紧吧！

当那艘神秘的小船驶离浈江之后，罗槐拉着我从码头上那堆渔网的后面转出来，他目送着那艘变成了小黑点的渔船，笑吟吟地问道：故事这样结尾，你看怎么样？

我打量着他，奇怪地道：

你为什么不出面，也不让阿甲出手，偏要让罗松他们去做这件事呢？

尽管和罗槐相处的时间多过和父兄相处的时间，我终究还是不够了解他，比如他在这件事情上费的周折就让我犯晕。

罗槐的解释出乎我意料，说他那是在给大哥一个新的话题，省得他们兄弟俩聊天时，大哥永远在说他和萧破洞、谭鬼七的破事儿，听得人耳朵起茧子。

我扑哧一笑，觉得他真有趣。这辈子能够和他执手共度，实在是我的运气。

然而，生活中并不永远都是这么阳光灿烂的。我们从码头回到家后，正好看见曾守琴困兽似的在客厅里打转转。见到我和罗槐，他三步并两步地冲过来，抓住罗槐的手急切地说：哎呀，浩风，你可回来了。你快想个法子安抚下曾伯母。

原来，曾兵的寡母在曾守琴家住了段时间后，因思念儿子积郁成疾，每日抱着供奉在义塾堂前的孔圣人雕像胡言乱语。曾守琴听了几天，发现老太太把孔圣人的雕像当成曾兵了。

得把她拉回来，不然她就陷在乱想里出不来了！

曾守琴因曾兵被掳一事特别内疚和伤心，总觉得那是他的责任。这段时间他把曾伯母奉为生母，照顾得细致入微。而且他还抱有一个信念，就是坚信曾兵总有一天会回到珠玑巷，他得让老太太健健康康地活到那个时候，所以曾伯母犯病后他才那么着急。想到我出身于医生世家，又在清水寨治好了盘龙的疑难病症，他把我当成了华佗，一心指望我妙手回春。

他眼巴巴看着我的神情让我直冒虚汗：祖父和父亲虽然从医，两人也救治了无数病人，可记忆中他们并不擅长治疗这种神志迷乱者。然而曾守琴是罗槐和我敬重之人，再说曾兵的被掳罗槐也一直深感内疚，如果我一口拒绝曾守琴，罗槐一则没面子，二来他心理负担会越来越重。想到这一点，我肩上似乎搁了千斤重担，气都喘不过来了。我告诉曾守琴，容我想一个晚上，明日再去看曾伯母。

曾守琴高兴坏了，从提篮中取出两包香喷喷的牛干脯塞给我，说是他特为我和罗槐做的，要我俩尝个鲜，看看味道怎样。

我正要客气，罗槐一把接过，撕开纸包，拿了两块放我嘴里：表哥的牛干脯味道好得很，我跟他讲，做些放在他的南货店里卖肯定行销，他还不好意思。

曾守琴立马接口道：浩风，从临安回来我的脑筋也转变了，我现在给你们尝的就是样品，你们要是觉着好，我每日做两锅放店里卖就是，卖不了的折价给你们铁匠铺，你们那儿人多，饭堂每天都要开伙的，正好用得着。

这个要得。不过，表哥，我最多只能付四折的钱买你的存货。

曾守琴不肯，两人笑闹一番后，曾守琴向我借那几本我从大内和圆庵带出来的书，我本是不乐意的，可曾守琴素来矜持，如不是特别之事和特别之人，他绝不开口。我略微迟疑了一下，就进屋取了书给他。

表哥，此书万万不可与人看见！

罗槐提醒曾守琴。曾守琴一愣：怎么，还有人惦着玉树姑娘？

罗槐沉吟了一会儿道：前几天我哥回来了，他说近日又有新的捕影图形发往各地衙门、驿站和递铺张贴，这次的捕影图文中还特意强调了这几本丢失的图书，说是官家御用之孤本。看来萧破洞、谭鬼七交过去的头颅并没有解决问题。还有，前几天店里的徒弟告诉我，看见有人躲在斜对过的墙基下给玉树画像。这绝不是什么好事，一定要格外小心。

浩风，如果这是真的，那说明有人盯上卜姑娘了，以后卜姑娘少抛头露面。唉，说来那萧、谭二鬼也真残忍，随便就害了两条性命。

曾守琴恨道。我听了心中也沉沉如铁：那两个可怜的女子代我赴死了！她们是我前世的亲人吧？我决定过几日到庙里做场法事，超度她俩的亡魂。

既这样，这书还是你收着吧！我们有的是时间，等日后再看就是。

曾守琴说罢将书还我，问我牛干脯味道如何，我说太咸了些。

曾守琴忙点头：好，少放些盐，省得那些人吃了钻井。

送走曾守琴后，我一心琢磨起曾伯母的治疗来，可刮肠搜肚地想了半天，也没找到什么合适的办法。

就在这时，我听见刘婶娘在厨下和大嫂说，她有个远亲会唱南戏，尤擅演《琵琶记》，我心中一动，忽然想到祖父以前在乡下救治过的一位病人。那是个大户人家的老妪，因长孙溺亡而得了失心疯，遍寻名医没治好，也曾请过爷爷。大户是个孝子，为人处世颇圆滑，他亲自来请祖父过去诊治。祖父分析了老人家的病情，觉得光用药不行，还得用相同的情景来刺激，唤回老人的记忆。几个回合下来，老人果然恢复了神志。

我想曾伯母与老人得病的原因一样，都是伤心过度导致的情志失常，何不借祖父的法子一用？我向罗槐打听了曾伯母的喜好，还有她与曾兵交往的一些细节，心中立马有了主意。我找到月梅，如此这般地给她交代了一番，月梅圆溜溜的大眼睛立即冒出几簇鲜亮的火苗：

姐姐，你这法子肯定管用！

我比王月梅年长几岁，所以她认我当了姐姐。她的长相跟佛面是一类的，属于甜美娇俏型，性格倒接近我，敢想敢说敢干，她还非常爱笑，有时难免孩子气，这是她生活在父爱母爱当中的明证。

胡教授，请原谅我到珠玑巷这么久之后才再次言及月梅，实在是王掌柜此人有些可恨，王月梅去罗记铁匠铺教我女红，有一次王掌柜过去找罗槐时恰巧看见小乙在和月梅说话，王掌柜就剥夺了月梅出入罗记铁匠铺的自由，说那边全是男子，罗松又不在，月梅出入多有不便。月梅后来拿我举例，王掌柜白她一眼：人家那是落难，没地方立足才住到罗家的。你父母双全，须得罗家明媒正娶了，你才能过去。

其实，自从上次罗松舍命救了罗记门口的一众乡亲后，两人成亲的事已经提到了议事日程。怪只怪月梅娘请人给他俩合了八字，测八字的先生说年内他两次看到扫帚星划过珠玑巷上空，这意味着当年成婚者容易成寡妇。

此言传出后，不但罗松不敢去提亲，珠玑巷那几户原本定下了成亲日子的人家也把婚期改到了明年。王掌柜一心盼着女儿早日成婚，现在从横里打了这么一扫帚，内心非常窝火，是以看谁都不顺眼，也是个有趣之人。

不过，对于我，王掌柜还是挺给面子的。这天罗松休旬假在家，月梅让王掌柜拿两坛钻缸酒、炒几个菜，说是要在后院请曾伯母吃饭，王掌柜二话没说，系上围裙到厨下亲自做了炙羊肝、红烧鸡、糟脆筋、鲜鹅脦、酥骨鱼、酿豆腐，香喷喷地摆了满桌。等罗槐、罗松、曾守琴把曾伯母迎入后院的席棚时，曾伯母的眼睛瞪得鸡蛋那么大：我的天哪，这许多菜，该费多少钱？罪过罪过！

曾伯母丈夫早逝，靠做女红供养曾兵成人，十指磨出了厚厚的老茧，不过五十出头的年纪，便已眼花、发脱、齿落，背也驼了，腿也弯了，与宫中保养极好的同年龄妃子相比，她就是个老太婆。

看到她我不由得心酸。月梅母女也颇同情曾伯母，入座后频频给她夹菜，罗槐、罗松、曾守琴则向她敬酒。这曾伯母素无他好，平日也极为节俭。无奈她却有一个与她的家境不相称的雅好——喜欢喝酒。但她极有克制力，想喝酒时便远远地站在王氏钻缸酒的下风方向，风来时则用劲吸两口，谓之"吸酒"。时间长了，成了街坊邻居的笑话。

后来有一次曾伯母又在酒铺下方"吸酒气"，两个青皮后生当众嘲笑曾伯母，把个曾伯母羞得脸红泪涌。曾守琴、罗槐正好听见了，他俩狠狠地骂了那两个青皮后生一通，还当场买了两坛酒送到曾兵家。自此后珠玑巷再无人敢嘲笑曾伯母"吸酒"的怪癖了。

月梅是个好心女子，自此后常常送酒给曾伯母喝，先前小气的王掌柜还骂过月梅。月梅不管，骂急了她不但还嘴，还搬出母亲来撑腰。母女俩一顿吼后，王掌柜也就默认了爱女的行为。后来慢慢送成了习惯，要是哪天月梅忘了，他还会舀好一坛酒让人捎给曾伯母。对此曾兵非常感激，逢人便夸，无意间反而扬了王氏钻缸酒的美名。

曾兵出事后，珠玑巷各姓公祠都派了人去看望曾伯母，给她送钱、送衣物。作为珠玑巷大户的王掌柜，自然也不落人后，捐了一贯钱给曾伯母。

罗松开始不同意和我们共桌用膳，皱眉道：男治外事，女治内事，男子昼无故不处私室，妇人无故不窥中门，现男女共桌用膳，此不合礼数，王掌柜定然不喜。

月梅辩道：唉，大户人家那是男女七岁不同席、八岁不同食，妇人有故身出，还得拥蔽其面呢。可我们珠玑巷不一样，都是蓬门小户，要是吃饭还分桌，哪有那么多房子？要不你们男的在外屋聚餐，我们在里屋聚餐？

月梅一直想与罗松共桌吃饭，话虽如此说，双眼却说的全是反话。古板的罗松沉吟了一会儿，终于还是屈服于对月梅的思念，同意我去说服王掌柜。我呢也没推辞，借故到王掌柜铺子里打了个转儿，顺便夸了他的女儿和酒铺一通，然后趁他高兴，由远而近地说到媒人张大姐，再说到罗松和曾母，到最后我抖出包袱，说我请他帮我做一桌饭，宴请曾伯母和张大姐。同时为了让王掌柜从罗松吃相中看出他的为人，我顺带请了罗松兄弟和曾守琴。

王掌柜起先犹豫着，我塞了两串菜钱给他，他掂了掂后立即松了口，不过当我提出要让月梅也入席时，他的头摇得拨浪鼓一样。我又舌灿莲花地陈述了让月梅和罗松共桌的好处，王掌柜这才最终点头。

那天游说完后，月梅娘见我满头大汗地出门，忙追上前，满是歉意地说：这死老汉以为自己是那大户人家，恁多规矩。我们小门小户的哪有这许多讲究？要事事都像他那样做，活人也给尿憋死了！

回到罗记，我告诉罗松、罗槐事情谈妥了。他俩先是对望一眼，然后罗槐低声嘀咕道：蛮汉敌不过美女，王掌柜那是看你的面子，要叫我俩，早给轰出来了！

也许是听到媒人张大姐会来，王掌柜夫妇格外卖力。那天的晚宴不但菜品精致、丰富，两坛五年的陈年老酒味道更是醇厚，喝得众人熏然、陶然、飘然，便连原先委顿的曾伯母也像吃了肥料的菜叶，抖擞着舒展了满脸的皱纹，暂时忘记了悲痛和忧伤。

媒人张大姐因坐了首席，又被罗松、罗槐、曾守琴哄着，我和月梅也托着，王掌柜夫妇更是照顾殷勤，张大姐先是兴高采烈地赞了罗松和月梅一通，后来又说她有个远亲王道士法术高强，画的符能逢凶化吉。珠玑巷有两户人家请他开坛打醮，破了今年不能成亲的咒，已经请她前去保媒了。

王掌柜一听这话，两眼唰唰唰地开出了好几把花。月梅娘则端张木凳坐她边上，询问破咒的价钱。

三下两下的，张大姐便跟月梅娘谈好了择日去请王道士画符之事。这就意味着年内罗松即可迎娶月梅。

罗松和月梅深情地对视而笑，脸上溢满幸福。罗槐则调皮地踩踩我的脚，小声道：这样最好！大哥一成亲我就娶你！

这简单的一句话，说得我满脸绯红。再看那月梅，也是一样的羞色迷人。

兵啊！我的儿子啊！你什哩时间回来哟！

这时，曾伯母悲从中来，放下碗筷，兀自抽泣起来。不胜酒力的曾守琴方才有些晕乎，一直在默默地听人说话，此时见曾伯母悲伤，起身想拽她坐下。我和月梅这才想起此次宴请的主要目的，忙附在曾守琴耳边小声说了几句，两人带着曾伯母往旁边的院坪上走去。

我见月梅频频回望，不由打趣起她来：嫂嫂，注意脚下。

月梅不好意思地低下头，小声求饶：哎呀，姐姐，你就莫乱讲了。对了，你接下来怎么治疗曾伯母的病？

我看着前头郁郁寡欢地走着的曾伯母，小声道：你楼上布置好了没？

月梅点点头：按你说的都布置好了。

她现在喝得还不到量，等张大姐走后我们再陪伯母喝几杯。

张大姐似乎听到了我的话，要么就是罗槐和曾守琴事先交代了她。不多时，她笑吟吟地告辞了。眉开眼笑的王掌柜夫妇拎着两坛酒一直把她送到大门口才返回。这时我们把曾伯母带回桌旁，又敬了她一轮酒。

曾伯母虽然爱喝酒，酒量却稀松平常。第二轮敬到一半，她已经迷糊了。曾守琴一看她的眼神，忙按住罗松的酒碗：浩山，够了，再喝她就睡着了。

怎么样？可以吗？罗槐紧张地问我。

我拎起旁边的包裹，说要去换下衣服，让罗槐再陪她喝两盏酒。

罗槐担心地追出来：你兴师动众地让王掌柜弄了这么桌酒席，到底行不行啊？万一不行，我这不欠王掌柜一个人情？

我伸出指头点了点他的鼻尖：这酒席的钱我已经给王掌柜了，是你做东！还有，治疗效果如何我也不知，只是尝试一下，死马当作活马医呗！

一刻钟后，月梅娘扶着喝得醉醺醺的曾伯母上了二楼。那是王家夫妇住的地方，旁边是两间空房。下午月梅已经把其中一间空房布置成了简单的洞房。

此刻月梅穿着真红背子、水红短襦、绛红裙子坐在床沿上。我则穿着新郎官的衣服站在门口。月梅娘乍看见我吓了一大跳，还以为我是曾兵呢！

我的计划很简单，根据我对曾兵的记忆，发挥自己善丹青的长处，用布帛做了张曾兵的面具。这会儿我戴着面具站在昏暗的油灯下，房中又挂着红纱，从门口影影绰绰地一看，个头一般高的我酷肖曾兵。

老姐姐，您看，曾兵不在那儿吗？

月梅娘按照我的事先交代，对迷迷糊糊的曾伯母说。

曾伯母此时手脚舌头都不灵便了，神志也很迷糊，但听到有人提到儿子，她沉重的眼皮立即掀起了一条缝。

儿啊，你在哪儿？儿啊，为娘可想死你了！

曾伯母跌跌撞撞地扑过来，亏得月梅之前在房子中间做了道半人高的栅栏，曾伯母扑倒在栅栏上。月梅娘怕她把栅栏弄倒，连忙拉着她退回到门口。

娘，儿已从贼人那儿逃脱，现在外头新娶了妻子，等过些时日儿领着娘子回去看您老人家！

我模仿着曾兵的声音，远远地说。

儿呀！我的儿呀！你可快点回来呀！

曾伯母的呼声让我热泪盈眶、声音哽咽：娘，儿子一定会回家侍奉您老人家——

娘，我是您儿媳妇，我们到时带着孩儿回家给您养老！

月梅的声音也因感伤而沙哑、颤抖。

说完，我朝月梅娘挥了下手。月梅娘马上端起那碗放了些枣仁安眠药的水酒让曾伯母服下。

好，好！我儿成亲了！我儿就要回来了！

曾伯母端着碗一饮而尽。不一会儿，本来就喝醉了的她瘫倒在月梅娘的怀里。我和月梅迅速换好衣服，帮着月梅娘把曾伯母抬到曾守琴的牛车上，三人将她送回了家。

次日上午，曾伯母醒来，满脸笑容地对一直陪着她的月梅娘说，她昨晚梦见儿子已从贼人手中逃出，还娶了个美貌的妻子。

妹妹，真真切切的，我看见了他们小两口。那新娘子长得跟天仙似的。我儿和儿媳还说呀，他们马上带着孙儿回家来住！

就这样，曾伯母的失心疯症状因一个真切的梦而突然消失了。不过自此后她隔三差五地到码头上去等曾兵，那单薄的背影看了让人同样揪心。

二十一

2015年秋　珠玑巷

在罗伟成家，胡书雅以为自己穿越到了宋朝，一问才知，原
来是……

　　在胡书雅的印象中，那个在罗伟成家度过的夜晚特别漫长。先是
品茶，回忆当年的一塔三影，后来上楼，在罗伟琳的梅花画前晕倒，
之后她在罗伟琳的床上休息了一会儿。醒来后她迫不及待地接着看材
料，看到上述这段时，不知是酒精作用还是没休息好，她头痛欲裂，
浑身不舒坦。这种症状她之前有过，每次都是在她脑海中的记忆特别
汹涌的时候出现。她想自己的脑电波也许被某种奇怪的电磁波干扰
了，要么就是她的想象力太丰富，以至于非常容易受到文字的诱惑和
暗示，而且在受到暗示后，大脑会配合着这些信息自己创造出某种符
合这些信息内容的人物、场景与故事来。总之，她越来越觉得自己不
是常人了——也许，我也可以成为一个靠出售想象力为生的作家？
　　胡书雅被罗伟琳的材料撺掇得心潮涌动，总觉得胸有块垒，不吐
不快。于是她翻身起床，刚走下楼梯，身子就猛地摇晃起来，修长的
双手连忙捂住了有些昏花的眼睛：罗伟成家的客厅里烛光摇曳，古筝
幽咽，一群穿着宋服、高冠博带的男女面对面列队踞坐，口中诵着苏
轼的《念奴娇·赤壁怀古》。

　　　　大江东去，浪淘尽，千古风流人物。故垒西边，人道

298

是，三国周郎赤壁。乱石穿空，惊涛拍岸，卷起千堆雪。江山如画，一时多少豪杰。

这看上去有些吊诡的场面却让胡书雅心中涌起种久违的熟稔：这烛光、服装和韵律，是多么的熟悉啊！自己在哪里见过、听过呢？这不会又是幻觉吧？

胡书雅闭上眼睛定了定神。等她再次睁开眼睛时，穿着宋朝服装的罗伟成和胡明迎了上来。

姐，你好些没？睡了一下午！

古装打扮的胡明特别英俊，胡书雅心中不由暗叹一声，觉得现在的生活真是埋没了弟弟。

胡教授，喝杯水。刚才看您睡得香，我和胡哥吃饭时没敢喊您，锅里给您热着呢，现在过去吃？

罗伟成说着递上杯热水。胡书雅一饮而尽，看着那些对她的出现报以好奇目光的众人，小声道：什么情况？

罗伟成脸上洋溢出由衷的笑意：胡教授，我们珠玑巷的三十七姓南迁，主要与宋朝胡妃的传说有关，所以这儿有不少宋粉，其中我和我姐是最铁杆的，我们组织了一个"宋史再现兴趣小组"，每个月活动两次，这是在读宋词呢！

罗伟成说着，转身招呼那些正朝他们张望的男女，兴奋地道：

各位，这位就是我和我姐特别崇拜的胡教授，大家过来问候一声。

罗伟成话音甫落，众人纷纷起身拥上前来。你一言我一语地聊了一会儿，又互相合了几张影，罗伟成觉得已经达到了问候和向胡书雅表达敬意的目的，手一挥，众人竟像小学生似的迈着轻悄的脚步坐回了原处。

……遥想公瑾当年，小乔初嫁了，雄姿英发，羽扇纶巾，谈笑间，樯橹灰飞烟灭。故国神游，多情应笑我，早生华发。人生如梦，一樽还酹江月。

吟诵声如海浪似松涛，在胡书雅耳边回旋。她的双眼倏地湿润了，鼻头微酸，声音嘶哑中含有泣意：他们和你姐一样？

罗伟成自然明白她指的是"再生人"，但他却没有明确回答，而是话题一转，和她谈起了佛法：胡教授，佛说所有世相皆是虚妄，一切有为法如梦幻泡影，如露亦如电，当作如是观。

胡书雅虽然对佛学不精通，但这几句出自《金刚般若波罗蜜经》的名言她还是知道的。她皱眉道：你的意思是万物唯心？

罗伟成回道：色即是空，空即是色。此乃天机，不可泄也。

说罢他目光坚定地凝视着胡书雅。胡书雅想到喝茶时他还说要带自己见识下珠玑巷那些与他姐弟俩一样的"再生人"，怎么现在又讳莫如深了？抑或所谓的"再生人"只是他所说的"宋史再现兴趣小组"成员？

看着烛光下那些虔诚的面孔，胡书雅脑海中似乎有锐器呼啸而过，并犁出道深深的沟渠。在那道沟渠里，交织着有无、虚实、过去、现在和未来，它们相互缠绕、相互融会、相互贯通，如同滔滔江水在奔涌、撞击。而她是惊涛骇浪中那叶扁舟上的旅人，试图在这片混沌中发现、掬住时光的浪花。可她失败了，转眼她就被卷入了混沌的思维之河，它们挟裹着她进入一个更加幽深的所在，那是时空隧道吧？她无法判定，但她一直在努力掘进，力图在时空交错中寻找和定位自己那些奇特记忆的源头。然而，求索大半天，她仍旧见山是山、见水是水、见人是人，并无禅宗大师青原惟信所说的"见山不是山，见水不是水；见山还是山，见水还是水"的第二、三层境界出现。她也依然弄不明白眼前这些人是不是罗伟琳和罗伟成所言的"再生人"。

姐，你就别想了，反正这只是他们表达自我、探索历史和现实的一种方式，你接受就是了。对了，罗伟成帮你准备了一套衣服，你也穿上感受感受。

胡明打量着那些正在练习宋朝礼仪的兴趣小组成员，似自言自语又似对胡书雅说：怎么那么熟悉？好像这一切我们都经历过？

胡书雅点头叹道：明明，我们对这个世界所知太少了。

她正准备抒发下情感，目光突然聚焦在房子中央那只写有"捐款箱"三字的纸箱上。

明明，怎么回事？是在为哪个学生捐款吗？

胡明兴奋地说：姐，罗伟成特别厉害，他在微信中跟大家说了为刘氏学生筹款的事，兴趣小组的成员趁着今晚的活动，连带把款也给捐了。刚才你在睡觉，他们已经募捐了四千六百三十二元。

哇，真是高效率，这些兴趣小组的人都姓罗？

胡书雅好奇地问。胡明摇头说：哪儿呀，十来个姓呢！

胡书雅欣慰地舒口气说：这就好，八百多年前我们珠玑巷的人互相帮助、共渡难关，八百多年后我们还是这样，老祖宗要是活到现在，不知该有多高兴呢！

老祖宗，你说的老祖宗不就是我们这些人吗？

胡明用手画了个圈，胡书雅笑了：好了，你的意思是我们既是过去，也是现在，说不定还是未来，对不对？

胡明笑了：你这是考我哲学还是考我绕口令呀？喏，这是你的衣服！

这回胡书雅没有抗拒，而是很自然地接过了那套宋朝服饰。

几分钟后，一个娇小玲珑、仪态淑雅的宋朝女子缓缓走向大厅。正在教授宋朝礼仪的罗伟成、站在一旁观看的胡明以及那些学员顿时鸦雀无声。

神仙娘娘！

人群中不知谁嘀咕了一句，接着响起阵衣裙窸窣声和咕咚声。等胡书雅反应过来时，除了胡明，罗伟成和兴趣小组的成员全都在她跟前。

咚、咚、咚，可利可利可利，可可利，咚、咚、咚……

蓦地一阵幽远、神秘的鼓声在胡书雅脑海深处响起，那串噙在眼眶里许久的泪水夺眶而出。在这一刹那，她忽然明白了，不管时光怎样流逝，无论朝代如何更迭，融入血脉中的基因不会消失。她又何苦再执着于自己的过去、现在和未来是否会以相同的面貌存续于这个世界呢？

泪光中，她看见了自己的真面目，也看见了自己那颗跳动的心。

二十二

2015年秋　珠玑巷

沉疴不起的罗伟琳写给胡书雅的一段话。

胡教授，我这么喊你是不是太客气、太生分了？其实我早就意识到了这个问题，可我又怕在前前前……前世的宋朝，我们是姐妹相称，我怕我在今世再这么写，会扰乱读者的思绪，所以，我还是客观点，继续称您"胡教授"，但愿您不会嫌弃我见外。因为此刻，您已廓清了盘结在您脑海中的那团团迷雾，看见了自己的真面目，也明白了自己的那颗心和我的心，对不对？

反正我是听不到您的回答的，在此我暂且不管，说说近期的我吧。

我近期的病情有了些起色，关键是剧团领导在财政情况紧张的情况下，专为我的药费报销打了份报告给市里的有关领导，把我积了两年的医药费都给报销了，我松了一大口气，不然家里的钱都用来买药了，弟弟伟成也垫了不少，将来女儿怎么办？所以在这段材料的开头，我首先要感谢剧团和市里领导对我的关心和关怀。

说实话，一想到即将与朝夕相处的同事永别，我真的非常不舍。我觉得我很幸运地降生在珠玑巷这个重情义、重乡谊的古镇。如果下辈子还能托生为人，我愿意再次成为珠玑巷人，因为珠玑巷是一个非常美丽、非常温暖的地方。也许写到这儿您会说我家乡观念太重，其实我真的没有过多地粉饰我的家乡珠玑巷，而是因为它真的有这么好。

这儿的人和睦、厚道、敬祖睦邻、民风淳朴，我喜欢这个地方，热爱这个地方。如果不生病，我觉得自己的幸福指数还是非常高的。假若前些年央视的记者来采访我，问我幸福吗。我的回答绝对是肯定的。

当然，生病以后我不再执着于是否幸福这个问题了，说到底这个世界只适用相对论而不适用绝对论，所以，生病后的我怎么能与生病前的我相比呢？这已经是两个不同的、没有可比性的我了。

我的前夫知道我生病后展示了他善良的一面，多次来看我，而我可爱的女儿在我出入医院的这段期间心智飞速成长。她现在经常说些老人才说的话，比如问我死后的世界是怎样的，我会不会在天堂保佑她，这多少让我感到悲伤。好在她还小，死亡的话题不会带给她更大、更沉重的压力。没过多久，她又活蹦乱跳地和小伙伴一起练习轮滑去了。最让我揪心的是我的父母和公婆，自从我生病后他们的目光一直是忧悒的，他们生恐会白发人送黑发人，特别是我父母，日夜为我担心。我强颜欢笑地安慰他们，他们也强颜欢笑地安慰我。可只要仔细看，我们的笑比哭还难看。没办法，万一我有什么不测，我只有寄希望于让时间来医治他们心灵的创伤，让麻木来促使他们伤口结痂了。

胡教授，我近期的情况就是这样。有些遗憾的是等您看到这些时，以上这些都已成了往事。还有，在沟通如此方便的今天，你我不能互动实在是一种大遗憾，但这种遗憾也许会成为您更深刻的记忆，会激发您创造另外一种美。这大约是我坚持让伟成把材料交给您的唯一理由吧！

您的材料看到哪儿了？是不是您也开始为码头上曾伯母守望的身影纠结？实话告诉您，当我写到这儿时，心里很不好受，我甚至不知怎样才能把故事续写下去。好在我的前前前……前世的笔记中已经为我准备了后续故事，我只需用今人的文字写出即可。至于是否妥当，是否合理，是否写得精彩，得由您来评判了。

二十三

咸淳七年　珠玑巷
为安置临安逃户，罗槐勇穿铁靴踏界。

　　咸淳七年端午将临，珠玑巷人沉浸在对节日的期盼中，妇人们洒扫庭院、上山摘蓑叶、割艾枝悬于门窗两旁，家家户户酿造新酒、磨雄黄粉、挂钟馗画，各姓男丁则在祠堂里紧张地排练青草狮舞或装故事，准备游茅船和扛萧统菩萨。这些对于罗松而言，是紧紧嵌进他生活的一部分，内容程序早已烂熟于胸。但对于才落脚珠玑巷两个多月的卜玉树而言，上述内容虽然乡野了些，却格外新鲜，漾溢着粗犷、质朴、自由的气息。

　　如果说珠玑巷的端午是新鲜、自然、快活的，那么禁中的端午则是精巧、奢靡、香艳的。葵花、榴花、栀子花环绕殿阁，后妃宫殿到处悬挂着官家赐的翠叶、五色葵榴、金丝翠扇、真珍百索、钗符、经筒、香囊、软香龙涎佩带，以及紫练、白葛、红蕉之类。大臣们的官邸则遍饰细葛、香罗、蒲丝、艾朵、彩团、巧粽，所谓的巧粽，就是将粽子联结成楼台舫阁的形状，和青罗做的赤口白舌帖子、艾人悬在门楣，比之珠玑巷人门首悬的唐菖蒲、葛藤及艾叶束繁致多了。端午节时的临安街市，也是色彩嫣然，市人门首各设大盆，杂植艾蒲葵花，上挂五色纸钱、排钉果粽，湖中彩舫翩然，街上随处可见宝马奇鞯，一派奢靡风光。

　　最让卜玉树怀念的是宫中的插食盘架，高低错落的三层木格上，糖霜韵朵、干果巧粽层叠如山，边上饰有天师艾虎及果品雕制的蜈蚣、蛇蝎、蜥蜴，谓之"毒虫"，再配上五色蒲丝百草霜，这插食盘架的观玩价值远甚于果腹。所以，在宫中那些年，当年的胡贵妃、今日之卜玉树的插食盘架最后总是因花谢果萎而丢弃，不像别的娘娘只把插食盘架上的果品拿去果腹。她们实在是实在，可比之胡贵妃，那可是少了不少情调。

到珠玑巷后，最让卜玉树惊讶的是珠玑巷人为了迎端午，居然从四月初八开始天天晚上齐集禾坪上唱龙船歌。龙船歌一共有七个曲调。唱时一人领唱，众人帮腔，歌词直白如话，听来特别有意思。卜玉树去禾场上看了两个晚上众姓氏合唱的龙船歌，记住了这么几首："一朵红花透过墙，斜眉细眼来看郎，哥哥好比八角树，处处连妹处处香。""打起龙船唱起歌，龙船菩萨来保禾。耕田郎子唱两支，一年割出两年禾。""新打龙船十八舱，划起龙船过大江，龙船唔怕漂江水，灶捞唔怕滚饭汤。"

龙船歌曲调优美、开朗昂扬，加上众人合唱、对唱、领唱、轮唱，气势宏伟中不乏细腻传情之处，让人听得眉眼舒畅、心旌摇动。

卜玉树从龙船歌的旋律和众人的歌声、表情中领略到了什么叫平和与欢乐！听着听着，她轻声哼唱出来，一旁的罗槐听了，大为赞叹。

这日卜玉树和罗槐看完演唱后从禾场回罗记，路上卜玉树情不自禁地唱了起来。同行的罗槐打量了卜玉树一番，由衷地夸她声音好，要她到时也领唱一首。同时还希望她能以男装面目加入罗家的龙船队，到时在浈江、凌江上与人一决高低。

但卜玉树此时已以女装示人月余，对外的身份是罗槐上次从临安回来时在隆兴府救出的一名落难女子，父母弟弟皆被江匪所杀。而卜玉树因受惊吓，已记不清自己的家乡原在何处了。那年月常有上任的官员和载货归来的客商在江上、途中被人劫杀，所以当罗槐向曾守琴、阿甲、罗松等人宣布卜玉树的这个新身份时，众人一致认可。

卜玉树有了这样一个还能解释得过去和令人信服的新身份后，罗槐、罗松、曾守琴就开始为她们在珠玑巷落户想办法了。

写到这儿，我又得饶舌几句。户口一说，非独今时才有。它始于何时，我未详考，但前些年我因写一出反映唐朝的戏，查了些资料，知道唐朝时的户口管理便相当严格了，朝廷把人口分为编户与非编户两种。编户为良民，非编户则为贱民，如工匠、奴婢等都因属于非编户而无法单独立户，只能和主家合用一个户贴，与畜产类同，属于主户家世袭的财产，永难翻身。

宋时废止了上述这种不平等的户籍制度，以"坊郭户"和"乡村户"来区别城市与乡村的户口，并根据房产田产的多寡来划分主户与客户和不同的户等，每三年编造一次，谓之"五等丁产簿"。对于流动人口则称之为"浮客"。按例，像卜玉树这样的浮客在珠玑巷住满一年，即可投状附籍成为本地户口。本来胡大嫂等临安来的十几户人家也可以按此例在本地落籍，可因有朝廷发的捕捉逃户的捕影图形，他们只能先在南安隰洗白身份再到珠玑巷来。这也是卜玉树看完龙船调后和罗槐商讨的一件事情。她想念嫂子和侄儿侄女，希望罗槐尽快把他们迎过来。

玉树，此事你还得听守琴表哥和我哥的。虽然说官府会给一年以上的浮客落籍，可临安发来的捕影图形在那儿，他们不迟不早现在过来，定然会引起官府怀疑，你且忍耐一下，过完端午去接他们妥当些。

那，我去南安隰看他们好不好？

卜玉树最近经常梦见哥哥。在梦里，浑身是血的哥哥走到床前，向她询问冰卿和冰倩、嫂子的去向。梦境的逼真与哥哥真切、分明的眼光、神态令她醒后久久不能平静。想到自己在这儿享福，嫂子、侄儿、侄女却在山中受苦，她无法自谅，她想上山去看嫂子他们。另外前几日雷大嫂到了珠玑巷，说佛面得了风寒之症，咳嗽不已，盘太古派她下来抓药。言下之意，是希望卜玉树能到清水寨看看佛面和盘龙。

卜玉树当时收拾了一个小包袱就要上清水寨，被罗槐拦住了。罗槐说由于上次官府攻打清水寨时折损了几名弓兵，巡检司的蔡大郎特别恼火，已在通往清水寨的路口设置了哨卡，严格盘查来往路人。

你现在去会暴露身份和行踪，万万不可！再说过几日大哥便要按计划与盘太古交手，只是盘太古性格急躁、好侠任性，万一他觉得佯败很耻辱，也许他真会打大哥他们一顿。而大哥又不能告诉他的属下实情，如果他们都较起真来，那可就麻烦了。

浩风，此事你尽管放心。一则盘龙恶疾未除，盘太古还用得着我，二来他对佛面的先知能力深信不疑，他不会唱这么一出拙戏的。

表哥和大哥也这么认为，看来是我多虑了。

罗槐顿了顿，皱眉道：玉树，你了解佛面，依你看佛面这是吓痴了还是疯了呢？

卜玉树沉吟了一会儿，没把握地说：这个我也判定不了，你说她没疯吧，她的行为举止又着实失常怪异，你若说她疯吧，她还能听懂我的话，还会配合我。反正有些匪夷所思。不过眼下也不用管她是真疯还是假疯，我只望我们托雷大嫂捎去的药对佛面有用，她的身体赶快好起来。

那倒也是。反正过些日子我们一块把她接过来，这几日得空，你让婶娘把隔壁的房间打扫干净，我再向街坊们讨些旧年画把顶棚和墙壁糊一下，被褥蚊帐早就置办好了，佛面来了就能住进去。

夕阳下，罗槐端正、英俊的脸上洋溢出难见的柔情。卜玉树心内一荡，天地顿时开阔了许多。她刚想说话，罗槐瞅瞅四周无人，悄悄地碰了下她的胳膊：

哥哥和月梅的婚期定在七月十八，等他成亲了，我们也成亲，好不好？

卜玉树先是点点头，后又觉得自己这样太爽快、太主动，似乎与身份不符，忙抻抻衣裳，含羞道：婚期一事，还得问过嫂嫂。对了，到时嫂嫂和冰卿、冰倩可是住在后院？

由于这次要安置的人多，罗槐私下找曾守琴、杨姓、温姓、王姓、杜姓、黄姓、刘姓、陈姓、张姓、赖姓、钟姓等姓氏的族长商议过了，将各姓的空余房子打扫干净，没有现成房子的也得收拾好几间祠堂的偏房，并准备好灶台水缸及部分日用器皿，以备那十几户人家使用。

浩风哥，当时我哥哥来圆庵，说我们将来要到珠玑巷落户，那时我和哥哥心中都没有底，怕这儿的人会挤对我们。没想到珠玑巷的乡亲这么好。

卜玉树到珠玑巷两个多月了，常见那些从北方逃过来的难民在珠玑巷歇脚。那些难民有的可能在珠玑巷盘桓三五月，有的则仅仅在珠玑巷补充下体力和物资，接着便翻过大庾岭继续往南，在南方的苍茫山水间继续寻找他们的理想家园。这些迁徙者一路跋山涉水，到得珠玑巷时，大多盘缠用尽、钱粮短缺，有的还疾病缠身。为此，经珠玑巷各姓族老多次商议，决定各姓公堂每年根据族中丁口拿出一定数目的钱物用以救济过往的贫病者，钱款由各姓轮流管理，流水细账则每月月底张贴在公理亭门口，由百姓监管。由于这个建议是曾守琴及曾姓族长提出来的，第一年的账便由曾姓管理。其中王姓、罗姓、杨姓人口多，出的钱物也多，故接下来由王姓、罗姓、杨姓……管理。

今年是第三年，正好由罗姓管理这笔流民安置义款。罗槐虽非族老，但罗姓中他的生意做得最大，钱物捐得最多，加上族长九巴公生病，经罗氏各房商议，一致推举由罗槐监管，其余族老到年底只需审核账目就行了。

清蕙，你放心，我保准那十三户人家都住有其屋、耕有其田。

此时他和卜玉村已信步走到了浈江码头边，只见夜空如洗，明月初升，银色的月辉将阳光下生硬的万物濡染成柔中带晕的水墨画。房舍俨然的珠玑巷灯光闪烁，美而温馨。注视着这珠玑般的珠玑巷，卜玉树的心潮一浪高过一浪。而罗槐说到的"耕有其田"，则勾起了她的忧思：以前在宫中，她从曹公公所购的小报中得知，由于种地不赚钱，加上本朝未采取抑商之策，致使农户皆弃田外出经商。这一路走来，果然废田甚多。这本来对安置逃户有利，可珠玑巷周边的情况却全然不同。由于靖康之难后不断有北人南迁，而珠玑巷恰巧是个中转站，一百多年来，途经珠玑巷者有的继续往南走，有的从珠玑巷再往西进入赣州，还有一部分人则留在了珠玑巷，南雄州的人口由此暴涨，如今是地少人多，小小的珠玑巷可谓寸土寸金。而从临安来的十三户逃户至此盘缠已尽，无力赁房开店，至于给人站柜售货，赚取佣金，又非人人所能，何况珠玑巷的商家绝大多数只用同宗之人。就算各族长相帮，给他们挤出了住房，可要在短时之内让他们有谋生之计，也是有些难度的。这种情况下，若有田地供他们耕种，自然比在珠玑巷吃石阶要强。是以罗槐、罗松兄弟和曾守琴将逃户们暂寄在盘太古的南安隘时，已经替他们做了日后的打算。一是请盘太古教他们打猎、伐薪烧炭，二来罗槐、曾守琴还请善稼穑的亲戚入山教他们耕种之技，这样下山后若有土地，他们还能种些粮食、菜蔬，收益虽不多，也聊胜于无。眼下的难题是，珠玑巷已无多余的土地。罗槐、罗松、曾守琴为此商谋了多次，可每次总是无功而散。

现在罗槐又说起“耕有其田”来，卜玉树坐在河岸上，看着月光如千万条银鱼在水波里翻滚跳跃，脑子里猛地蹦出个主意来。

浩风，我听二伯说附近的南村不过五十几户人家，却有三十多户在珠玑巷、南雄、始兴一带做买卖，村里的田地大多荒了，你看能不能找南村族老商量下，让他们调剂些田亩出来呢?

罗槐摇摇头：这种事提也莫要提，人家是宁肯撂荒也不会卖田的。

卜玉树噘嘴道：你试都不试就代他们回绝了？也许他们愿意呢？再不济我们可以凑些钱，租下几十亩地，只要每家有二三亩地，我们不种粮，种菜或者种桑养蚕，所产定能糊口的。

罗槐笑了：我的娘娘，您有所不知，这南方的水稻一年虽然可种两季，可是亩产只有二三百斤，就算有两亩田，所产粮食至多能吃半年，剩下的时间他们吃什么?

卜玉树不自信地道：种菜卖行不行?

这里不比临安，大家都食石阶，只能买菜吃，珠玑巷的人家房前屋后都有菜园，你种了菜卖给谁？至于那种桑养蚕，珠玑巷人倒真不会，讲不定能试试。问题是你还得等桑树长大才能产桑，眼下怎么办?

卜玉树呆了呆：你这么一讲，好像都行不通。可那也得想个法子先让他们立足啊!

罗槐赞许道：卜姑娘果然了得，一下就说中了我们的计划。我们想等大家都安置好了，每家抽一个机灵的孩子出来到各姓氏开的店铺当伙计，好歹也有些收入。有技能的各姓公祠可以先放笔款给他们作本钱，等他们慢慢地做了生意再还。比如李婆婆、杨婆婆她们就可以腌酸菜和辣脚子卖，吴三姑做馄饨卖也能养活全家，她们这几个人没问题。这边呢我和各姓族老还会去打听下附近有无田租售，如有，即赁下，也好给其他逃户一个饭碗。

卜玉树特意提醒他有空去南村看看，罗槐答应了。这时卜玉树说道：浩风哥，你看我嫂嫂是否可以开间药铺？进货销货义叔都懂。我做香药和面脂卖，定然行销！

不行！你从前在宫中以制香闻名，你现在重操此业，容易露了行藏！

罗槐此言让卜玉树多少有些郁闷和遗憾。从前在宫中无事时，她常琢磨市井之事。偶有所得，便写信托曹公公交给哥哥，为哥哥的生意助一臂之力。后来哥哥进宫了，药局其实是义叔在经营。义叔是个做买卖的好手，所以嫂嫂她们不愁生计。

玉树，你别急，万事开头难。若有人相帮，那是难也不难。有我们珠玑巷人在，不会饿着那些逃户的。再者，我已把头花店斜对过的空店盘下了，只要大嫂他们在珠玑巷安顿好了，药店便可开业。

听了罗槐这话，卜玉树不由感激万分，喃喃地道了几句谢，罗槐不高兴了，拉住她的手一字一句地说：娘子休要与我见外，此生能够娶你，是我罗某前世的造化。

卜玉树轻声随了一句：也是我前世的造化。

两人说罢再也不作声，就这样互相看着，似乎要把对方刻在心里才肯移开目光。这时，从江上飘来一阵高亢的龙船歌：

"五月初五兴端阳，句句唤郎买雄黄。买了雄黄来透酒，透了淡酒兑酒酿。"

此时夕阳已滑入山涧，玫红的余晖从山顶辐射出万缕光芒，映红了半边天空。微风拂过，江水涌波作浪，跃起万点金鳞，那道道星芒让卜玉树想起了临安城上元节璀璨的花灯。正深思间，那几艘途经的龙船划远了，周遭安静异常。卜玉树仿佛听见了自己和罗槐的心跳。

你，是不是想到办法了？

卜玉树低柔的喉音中透出难言的诱惑，罗槐心神一荡，恨不得将卜玉树搂进怀中。但他还是克制住了自己的冲动，稳定心神道：

南村之事，我和表哥早已盘算过，我们还备礼去了两趟。南村的族老已答应匀些田出来。

真的？喜出望外的卜玉树抓住了罗槐暖洋洋的手。

不是蒸的，还会是煮的？罗槐喜欢看卜玉树惊喜时的模样，黑亮的眼中燃起了几缕小火苗。

卜玉树轻轻拧了他一把：就会哄我！刚才还说这事提也莫要提呢！你们怎么说通南村族老的？

罗槐脸色沉郁下来：南村族老的小孙子前年秋天在村口玩耍时被人拐走了。表哥写了信给西瓜皮，让他帮族老寻找孙子，族老则帮我们说服村人卖田。

卜玉树沉吟了一会儿，犹豫道：虽然说你们这是周瑜打黄盖——一个愿打，一个愿挨，可不免有乘人之危之感，好不好？

罗槐笑道：娘子有所不知，那南村族老两年前就托表哥请西瓜皮帮忙，只是未果而已。如今是旧事重提，卖田也是他们自愿，不存在耍滑使奸、乘人之危一说。

卜玉树点点头：那我就心安了。那，南村购田一事几时可以敲定？

罗槐为难地告诉卜玉树，南村的开基老祖是唐朝时从上党郡迁徙过来的。当时南村一带为峒僚人所占。为了和峒僚人争如今的地盘，南村的开基老祖八兄弟死了六兄弟，剩下的老大和老六兄弟俩养育大了另外六个亡故兄弟的孩子，二兄弟去世前立下祖规：今后聂姓子孙若要卖售祖宗田地，须得同宗全体人同意，只要有一人反对便不可出售；家境困难到非卖田不可，也须经宗族商议同意，且购田者还须穿着烧红的铁靴踏界，即他穿着铁靴走出的范围则是他可以购买的土地面积。

听到这儿，卜玉树不由倒吸一口冷气：这不是存心不让人买他们村里的地吗？

南村老祖宗正是此意，所以开基至今，南村人的土地不但一块没卖，还越来越大，这祖宗之言的确功劳不小。

罗槐叹道。卜玉树歪着头打量了他一番，怀疑道：这南村的土地就算人家答应卖了，我们能买到手？

罗槐笑了：世上无难事，只怕有心人。

卜玉树一把拽住他，急道：浩风，你想去穿铁靴踏界？千万使不得。你现在是我们所有人的依靠，你要是伤了双脚，那罗记铁匠铺怎么办？我们怎么办？

卜玉树急得鼻尖冒汗、双颊绯红。罗槐伸手轻轻揩去她脸上的汗渍，心疼地道：看把你急的。这事儿我和表哥有数，我们不做没把握的事情。

卜玉树眼珠一转，惊奇地道：你们俩有秘术？

罗槐调皮地卖起了关子：没有秘术，但有办法，加上心诚则灵，到时你就等着瞧吧！

卜玉树知道他有些事情还没拿定主意，也就不再逼他。两人一前一后地往罗记走去。

此时街上炊烟四起，母亲们忙着做饭，无人管束的孩子们四处撒欢，他们奔跑着、嬉闹着、欢笑着。仿佛一群开心的小仙人，给珠玑巷平添了几分欢愉。暮色四合中，饭馆的灯火招牌已经亮起，被人们的脚步磨得油亮的鹅卵石反射出夕阳的余晖，行人们的木屐敲击在鹅卵石街道上发出阵阵动听的声音。烧腊巷、饼店、饭馆和香药、酒坊与柴火的气味融在一起，混合出奇异而温馨的芬芳，卜玉树深吸了几口气，庆幸自己此生有幸能够体会到此种人间真味。

罗槐看着神情陶醉的卜玉树，心下也甚为感慨。半年前，他怎么也想不到自己会与禁宫深院中的皇妃有什么关系。不曾想玉皇大帝给他抛了这么一朵绣球花，既让他幸福又使他惶惑。在以前的胡清蕙、胡贵妃、现在的卜玉树姑娘面前，这两种心情交替出现，难免令他的言谈举止有些矛盾。但不管怎样，他是深爱她的，愿为她赴汤蹈火！

三天后，罗松回家休旬假，从递铺带回了卜玉树托人从广州买来的各种香料。卜玉树借口请月梅帮自己选香料，从满目警惕的王掌柜那儿取了他家后院钥匙，放出了被禁足的月梅。一出院门，月梅就抱着卜玉树哭了起来：姐姐，我爹这样实在太过分了。我又不是犯人，他怎么就把我关起来了呢？我娘也是无用，在他面前说话像放屁！

卜玉树知道王掌柜奇偏无比，有关月梅独坐深闺一事，她、刘婶娘，包括罗松都曾给他提过意见，要他相信月梅，可王掌柜愣是不肯。有时月梅出街，他还仿那大户人家，扇形的便面遮住她半张脸，人多时还强迫月梅娘撑个半身的紫罗帐，将月梅的上半身罩起来，并因此成了左右邻居的笑话。月梅大发了一次脾气，他这才没再折腾。为此月梅非常痛苦，每次见了卜玉树总是啼哭，卜玉树就催罗松快点把月梅娶进门。大家这一催促，罗松终于和王掌柜定下了婚期。月梅觉得自己这种犯人似的日子即将结束了，这才放下心来。

今天我们是去看曾伯母还是有别的事情？

王月梅虽然开朗，可离婚期越近，她却越发害羞了。以前她还一口一个罗松哥哥，现在反倒迂回起来。卜玉树扯了下她的发梢，笑道：嫂嫂明知故问呢！

王月梅星眸一亮，笑出了两个美丽的小酒窝：我罗松哥哥休旬假回来了？

当然，要不怎么叫你出来？告诉你，下午他们要到南村去踏界。

见月梅一脸茫然地望着自己，卜玉树晓得她和当初的自己一样丈二金刚摸不着头脑，只好详细地解释了一遍什么叫踏界，不料她刚说完，月梅就气急地嚷起来：

那怎么行呢？到时他们的脚不成了红烧猪蹄吗？那是要残疾的！

她看着卜玉树，卜玉树也看着她，两人心里都没底。说话间她俩到了罗记后院，在客厅见到了正在喝茶的罗松、罗槐和曾守琴。月梅羞答答地和大家见过礼后，再也不敢像往常那样大大方方地粘在罗松身边，罗松也没了以前的自然，有一眼没一眼地偷瞄着月梅，两人的表情落在了解他们的曾守琴、罗槐眼中，老古董曾守琴右手轻叩着茶几，高兴地说：一段时间不见，月梅小娘子可是懂事了不少，越来越有大家风范了。浩风也更有君子之风了。

罗槐翻了他一个白眼：表哥，你就莫这么酸了。我看他俩呀，那叫猪鼻子插大葱——装象（相）！

月梅急了，抄起旁边的鸡毛掸子就要打他，罗槐边躲边说：你看，这不露出本来面目了吗？

两人笑闹的时间，卜玉树问曾守琴有没有想到保护双脚的办法。

曾守琴看了看满脸含笑注目着月梅的罗松道：有你大哥在，什么事情都遇难而解。

罗松抱了抱拳：表哥太谦虚了，如非你出马，我和罗槐哪能搞定？

卜玉树兴奋起来：这么说是办妥了？

曾守琴嘬嘴示意了一下被月梅打得满头鸡毛的罗槐：那下午要看你家浩风哥的本事喽！

表哥，就，就浩风哥一个人踏界？他的脚哪能吃得消？

卜玉树吃了一惊，心倏地提到了喉咙口。

曾守琴笑道：还没进门就只护着他了？

卜玉树此时可没心思开玩笑，她咧咧嘴，转身去了珠玑巷最大的药局，她得准备些治疗烫伤的药膏，此乃大事，她绝不能袖手旁观！

四月中旬的珠玑巷，午后的阳光已有了夏日的炎热，炙烧得山川田畴泛起阵阵烈浪，远处的景物在这烈浪里闪烁得一如罗槐此刻忐忑不安的心。

罗槐站在南村东边的山坡上放眼望去，这条斜斜伸向山脚的山垅仿佛一条绿毯，撂荒的水田野草丛生，各色野花扎堆怒放，将山垅点缀得鲜艳、妖娆。与之形成鲜明对比的是那伙围在他身边的村民，他们大多穿着黑色、藏蓝、灰色的衣服，赤着酱色的双足，袖子挚着老高，三五成群地议论着，黝黑的面庞上流露出好奇的神色。

男装打扮的卜玉树、刘婶娘、月梅拎着烫伤的药膏也在人群中观望。卜玉树的个儿高，不用伸脖子也能看清前头的情况。只见罗槐、罗松、曾守琴三人恭敬地站在正在检验那几双铁靴的南村族老面前，族老们验过还不算，又传给了排在他们后头的南村村民，等村民们一个个看过了，一位族老把铁靴放入旁边烧得正旺的大火盆，另一位族老让罗槐、曾守琴、二伯、罗平脱去鞋子，每人脚上只余一双白布袜套。这时有村民嚷嚷着要他们脱去布袜。此时南村族老站上了旁边的土墩，大声道：乡亲们，自开元年间义山老祖在南村开基以来，土地乃吾族立基之本，极少出售，十数代下来，土地随丁口而增。迄今为止，每位丁口土地均超五亩。本朝初田亩是根基，时至今日，士农工商皆本业，流风所至，南村弃田外出做买卖的经纪人日增，留下老弱妇孺守家，至十田九荒。今有大庾岭梅关递铺节级罗松、珠玑巷罗记掌柜罗槐兄弟，有志于稼穑，愿以合适价格购南村陇口之田。按例罗氏已向有司申牒，但在此前，须得依祖规问过南村各户丁口，此田可愿买卖？如有一人不答应，则吾等不卖。二者，依祖规，凡购我南村祖宗之田者，购田多少非由双方说合，乃由购者穿赤热铁靴踏界之地为准，我南村族人听清楚否？

簇拥在族老周围的南村村民朗声答道：听清。

族老又问：可有人不愿卖田？

罗松、罗槐、曾守琴、阿甲、罗平等紧张地看着鸦雀无声的人群，卜玉树的一颗心也提到了喉咙口，月梅、刘婶娘紧紧拽住她的衣角。再看那南村族老，脸上已冒出了微汗。此前，他可是向罗氏兄弟和曾守琴拍了胸脯的。为此，他走门串户地当了几天说客，向各位乡亲陈述卖田的好处。

南村山陇口的田地主人早已举家迁至珠玑巷做买卖，极力要卖田的他也协助族老给众邻舍打了招呼。那时做小经纪和买卖的获益远比种田要多，邻舍们早尝到了从商的甜头，没谁打他那十几亩田的主意，加上陇口田多为冷水田，收成不太好，村民们见他执意要卖，谁也不想多事去阻止他，所以，族老话音刚落，便有与那田地主人交好的村邻大声附和了。

这种事只要开了头，余众大多会跟从，果不其然，罗槐刚来得及和曾守琴、阿甲交流下眼色，众人就都同意卖田了。南村族老的脸原本像晒干的米果，绷出了硬挺的纹路，这时却似火烤后的糯米团，软塌塌地糊满了笑意，连声称好！

众人尚未明白族老的"好"之所指，族长话锋一转，朗声道：各位同宗，让购田者穿烧红的铁靴踏界，固然是祖规，然斗转星移，目下南村的情形发生了变化，户主也要求尽快卖地，列位宗亲也都同意，故此，经与众族老商量，今日特许踏界四人穿一双布袜，以示我南村人之良善，列位意下如何？

前来观看的南村人本来已被火盆中烧红的四双铁靴吓倒，觉得买主既然付了钱买地，何必再让人受此大难？弄得不好还得赔上双脚，这生意未免做得太霸道了！但凡这样想的，都是些老实本分之人，怎奈宥于祖规，他们敢想却不敢说，所以只是看着那几双铁靴发呆。另一部分人停下手中的活计赶过来，主要是想看穿铁靴踏界的残酷与热闹，现在听说允许买主穿着布袜踏界，不免嘀咕了几句。不过当他们看到罗槐他们穿的只是普通的白布袜套，而铁靴已烧得通红时，觉得这布袜有等于无，穿就穿吧。再说了，他们当中有不少人平常都到罗记买铁器，既然卖主都同意买主穿布袜，用得着他们出面反对当恶人吗？于是都当了寒蝉，再无半分声息。

好，三声竹哨后，你们就穿上铁靴踏界！

族老一句话，把正从人群中往前挤的卜玉树的一颗心给吊到了喉咙口。她额上尽是汗，生怕踏界之后心爱的罗槐会落下终生残疾。不过，凭她对罗槐、罗松、曾守琴的了解，她相信奥妙肯定在那双袜子上。

月梅看出了她的紧张，附在她耳边小声道：他们有袜子，不怕。

卜玉树怀疑地皱起了双眉：一双布袜也能挡住铁靴？难道是神奇的火浣布？可火浣布产自遥远的西域之国，即便内廷也难得一见，罗记铁匠铺能用火浣布做袜子？她立即打消了这个念头。

月梅也不明所以：反正那袜子是有古怪的，不信你到时问问他们。

此时人群往前拥去，卜玉树和月梅也跟着挤到前头。这时火盆里那四双铁靴已烧得通红，散发出灼人的气焰。南村族老大约也觉得老祖宗的规矩对于买主太不公平，便有意将铁靴摆在地上晾了片刻。等南村族老与卖主画出踏界方位时，铁靴从通红变成了暗红。阿甲又因故和卖主争执了一会儿，等罗槐、罗平、二伯、曾守琴穿上铁靴踏界时，铁靴就像一个洗尽铅华的女子，只剩些微的红晕，不过依然灼热逼人。有好事者伸手欲摸，还离了两拳远，就嘶着气缩回了手。

这时，在众人的注视下，罗松等人穿好铁靴，咬牙拼命往前走。人们跟在他们身后，发出阵阵惊叹。二伯受不了铁靴的高温，发出了痛苦的呻吟，他步履艰难，令人着急。纵是年轻体壮的罗槐、罗平和曾守琴，穿着沉重灼热的铁靴也走不快。

所以，每当他们迈出一步，众人都会发出几声惊叹。紧随其后的卜玉树和月梅互相抓住对方的手，紧张得心都要跳出来了。在众人的紧张注视中，四人好不容易才走出十几丈远。

对不起，各位！二伯喊着最先抽出双脚，继而扑倒在地。卜玉树、刘婶娘、月梅赶快拿着小老鼠油和药膏跑过去。二伯双脚发红，脚底尽是黄色的大泡。小乙按卜玉树的吩咐，先用毛笔在脚上刷一层浸泡好的小老鼠油，然后敷上卜玉树用地榆、大黄、冰片、虫白蜡、蜂蜡、醋、五倍子、鸡蛋清、猪蹄甲等调制的药膏。

这是卜玉树家祖传的治烫伤秘方，以前祖父和父亲用此膏救治了不少病人。她担心的是，因为少了一味獾油，还有制作工艺不如祖父和父亲，药效也许会打折扣。当药膏涂满二伯的双脚后，他的话让卜玉树有了小小的安慰：嗯，这药膏好清凉，没那么疼了！

这时，王掌柜在另一端大喊：小乙你们快来，都倒地了！

卜玉树、月梅、小乙、刘婶娘拎着小老鼠油和药膏没命地跑过去。当卜玉树看到罗槐有些发黑的脚板时，一边涂药膏，一边心疼地埋怨道：你跑得太远了，万一这脚溃烂难愈怎么办？

罗槐伸手刮了下她的鼻子：娘子莫愁，我这脚上涂了乌药膏泥，这可是我罗家的祖传秘方，我们天天打铁，这泥糊上能挡火星。

罗槐瞄了眼四周，神秘地告诉她，这脚上的袜子是火浣布做的！

火浣布？那可是西域进贡的物品，你们怎么会有火浣布？

卜玉树一愣，没想到还真给自己猜着了。以前她在宫里时，曾得过官家赏赐的三尺火浣布，此布在火中非但不燃烧，还能将布上的脏东西烧得无影无踪。记得当时官家赏给她火浣布之后，连宽厚的全皇后都吃醋了呢！可见此物之稀罕和神奇。让她想不通的是这偏远之地的罗记铁匠铺，怎的会有如此珍稀之物？

我说你吧，在那宫里给关呆了。这火浣布是波斯商人运到广州来卖的，很贵，出得起价的铁匠铺都会扯上几尺做成护手，以免打铁时受伤。我们罗记早就买了火浣布，但是怕贼惦记，我们不对外说，便连月梅也是瞒着的。现在你晓得了，可得给我保密。

说着他调皮地眨眨眼睛，似乎毫不在意脚上的伤。可当卜玉树往他脚掌上涂药膏时，他还是疼得直嘶冷气。火浣布再神奇，也挡不住铁靴的炙烤啊。罗平和曾守琴的脚也伤得厉害，好在阿甲早就备好了二辆牛车。等罗松、阿甲和族老丈量好土地，与卖主立好契约之后，卜玉树、小乙和阿甲便赶着牛车要送四位伤者回去。

这时南村的村民被罗槐他们的勇气打动，卖主也不太好意思，纷纷围过来嘘寒问暖。南村族老主动表示，他们已与村人商量好了，愿多送半亩南村公堂的山田给罗记种菜。

那，族老的孙儿可能寻回来？

卜玉树生恐有负于南村人，忙问道。

罗槐说西瓜皮前段时间已来了南村两次，又特意去了南雄拜访姚通判和陈知州，官民两家互相联系，想必是能探得些消息的。至于是否能够找到，这事儿谁也无法打包票。南村族老也是明白这道理的。

一点消息也没有吗？

卜玉树想到冠儿，再想想族老的儿子、儿媳失去孩子后的悲痛，眼中不由漾起了泪花。

罗槐迟疑了稍许，说西瓜皮已探得族老的孙儿被人贩往泉州了。上次族老又给了他一些盘缠和打点的费用，他带人已前往泉州寻找了。

卜玉树恍然大悟：难怪南村的族老这么向着我们。

罗槐白她一眼，说你可别想歪了，南村族老不是这等人。其实他私下里早已知道这些田是用来安置逃户的。族老心地良善，以前帮过不少外来逃户。

卜玉树团起拳头，轻轻地擂了罗槐两下：谁叫你老掖着话？是你让我瞎想的。

言罢两人相视一笑。这时又有几艘龙船从江中驶过，卜玉树对即将到来的端午充满了憧憬。

转眼到了五月初五端阳节，珠玑巷到处张灯结彩，佩着香囊、戴着艾虎的男女老少齐聚涨水旁，翘首期盼着赛龙舟。混杂在人群中的卜玉树兴奋异常，心想这若是在临安，富贵人家的女眷们只能在专设的看幕内欣赏龙舟赛。珠玑巷人就没恁多讲究了。青年男女互相调笑着，到处洋溢出浓浓的节日氛围。

罗槐、曾守琴、二伯、罗平的脚伤未好，是阿甲赶着牛车把他们送到涨水河边为罗氏龙舟队摇旗呐喊的。遗憾的是罗松在快递铺当值回不来，罗氏龙舟队少了一员健将。但阿甲、小乙等已是罗姓丁口，他们加入罗氏龙舟队后势必如虎添翼。

卜玉树、王月梅、刘婶娘、月梅娘等一众女子，穿得簇新来到河边看热闹。额头上用雄黄画着大大一个"王"字的小儿郎们脖子上挂着艾虎，发髻上悬着五彩丝线和彩色布做成的辟邪钗符，口里唱着"柳叶青，梅子黄，家家户户过端阳。大人喝着雄黄酒，儿郎额上点雄黄。画个'王'字学虎样"的儿歌，泥鳅般在人群中钻进钻出，把散发着粽叶、艾叶清香的空气搅出了阵阵微小的旋涡。卜玉树手攥着刚刚绣好的一对香荷包，想送给罗槐，可一想到自己绣工差，反倒踯躅不前了。

你别怕呀，这么短时间绣成这样已经羡煞人了！

月梅是个远近闻名的巧手姑娘，传闻她有一次绣了只画眉贴在窗户上，居然有孩子伸手去捉，可见她绣得多么的活灵活现！

卜玉树在宫中时虽也绣过花，但她总觉得做绣活不如和香药、做面脂、蹴鞠有意思，故而未放什么心思在上头，手艺自然不精！看着手掌上那个绣得粗疏的荷包，她非常后悔自己当初没有用心。

月梅，我看算了吧，绣得这么鼓鼓囊囊的像个麻袋，拿出去丢人。唉，我要有你功夫就好了，你看，十指舞动春风，绣出来的东西跟真的一样。

卜玉树还在犹豫，月梅抢过香荷包，一把塞到正聚精会神地看龙舟赛的罗槐手中。罗槐吃惊地看着月梅，月梅不好意思了：姐姐给你绣的！

罗槐喜出望外地扬起香囊和卜玉树打了个招呼，示意她照顾一下曾守琴旁边的曾伯母。

曾守琴这段时间将岳父、岳母接到了家中，一则照顾千郎，二来也可照顾曾伯母。在全家人的精心照料下，曾伯母这段时间长胖了十几斤，人也精神了许多，到码头的次数比先前少了。最令人欣慰的是，她不再疯言疯语了，平时还能帮曾守琴的岳母做些家务、管管孩子。今天她很开心。见了卜玉树，她掏出几个艾虎头钗递给她，说是插在头上，鬼见了鬼避，妖见了妖躲。

我晓得你是好人，好人有好报，你会长命百岁的！

曾伯母说了几句吉祥语后，带着千郎去找外婆了。看着她的背景，卜玉树甚为感动，此时那些小经纪人托着果食盘四处叫卖果食，虔婆则卖各色小彩旗，卜玉树买了蜜饯果子和两面黄红相间的小彩旗，追上去送给曾伯母和千郎，喜得曾伯母眉开眼笑。

玉树，你过去问问，今天龙船上装的是新龙头吗？

坐在椅子上不能动弹的罗槐特别着急。珠玑巷有个奇怪的习俗，人们认为龙舟上的龙头须用偷来的木头做才有灵性，故而端午节前几日，珠玑巷满大街都是偷木头的"贼"——这"偷"其实是换，你拿我家的木头，我则拿你家的木头，反正只要不是自家的木头就行。

偏偏罗氏龙舟队这次因罗氏兄弟都无法参加，阿甲、小乙等徒弟这段时间一直忙着在南村盖瓦房，罗平和二伯还跛着，卜玉树与刘婶娘有心去"偷"，又被告知女人不能沾手，故而罗氏龙舟队直到昨天上午还未"偷"到做龙头的木料，急得罗槐拍床板。后来还是他亲自出马，坐在鸡公车上，让人推到曾守琴的义塾，从他家院子里"偷"了根木头出来，连夜叫木作师傅雕刻龙头。

今天天刚亮，罗槐就爬起来看，发现那龙头还差几根胡须，罗槐急得饭也没吃，愣是逼着木作师傅把那几根胡须雕出来了才罢休。如今临上阵了他还不放心，硬要卜玉树过去确定一下，也算是操心到家了。

没问题，我刚才看着他们装的新龙头。

坐在旁边的二伯道。罗槐还是信不过，原因是二伯自从过了六十大寿以后经常胡头颠脑。去岁的龙舟赛就因二伯准备的船桨少了一根，弄得罗氏龙舟队与曾氏龙舟队并列第一。

罗槐别的地方不爱逞强，但在这龙舟赛上他是寸土必争。罗氏龙舟队已经连续五年在珠玑巷的龙舟赛上夺冠！这次大哥没回来，由他第一次主事，他更不允许自己有任何闪失。再者，今天的龙舟赛上还有一件大事要发生。他得用夺冠来庆贺！

浩风哥，没错，上头安的是新刻的龙头。

卜玉树跑来，清丽的脸上满是笑意，眉眼间却有些紧张。她怕接下来发生的事情会使自己情绪失控，所以罗槐已经跟她说好了，比赛一结束她就得回罗记去，免得她的失态会引起别人的怀疑。

咚、咚、咚。

三声鼓响引出噼里啪啦的鞭炮声，横贯浈江的几根彩绳旁，那两面相向垂指龙舟的红旗甩了一个大花，意即旗门大开，一字排开停在彩绳后头的几十艘龙舟齐齐冲出，将彩绳冲断。两岸如堵的观者发出吼声、欢呼声，鼓声擂得又急又密，还有各姓氏请来的唢呐吹奏出欢快、高亢的《齐天乐》。这本是宫中大庆时用的乐曲，不知何时传至民间，艺人们略作改动后即用于各种庆典。

听到这熟悉的乐曲，卜玉树的思绪倏地飘回了层檐叠瓦、楼榭森然、奇瑰壮丽的宫廷，不知那个曾经钟情于自己的官家于今是否会偶尔想起自己？还有贾太师和邬秋儿，她实在想不明白他俩为什么要置自己一家于死地？特别是邬秋儿，自己怎么就让她死死惦记上了？她现在还要追杀自己吗？还有可怜的冠儿，他衣冠冢上的白玉石塔还在吗？刹那间，万千思绪涌上心头，让她备感苦涩、阴寒。

罗氏！罗氏！罗氏！

不知何时，几位罗氏的中年男子推来了一面大鼓，他们边擂鼓边呐喊，手持小彩旗的妇人们也跟着大喊。其余各姓也不示弱，一时间河中健儿划桨似箭，岸上鼓声喊声如雷震天。人流缓缓地跟着船行的方向移动，卜玉树好不容易才挤到罗槐身边，她攥住罗槐的一只手，感受着他的体温，心内那块寒冰与阴影终于渐渐散去。

"咚咚咚"，又是三声鼓响，接着人们大喊：

嗬，罗氏又夺冠了！

罗氏！罗氏！

起先只有罗氏族人在欢呼，接着其他姓氏的人们也开始振臂为罗氏龙舟队的胜利而欢呼！罗氏的妇人们拿出提篮中早就备好的各色糖果蜜饯分送给孩子们，整个河岸一片欢声笑语，其乐融融！

姐姐，这端午过得太畅快了！可惜今儿个浩山哥哥没回来！

月梅手持几面小彩旗，早就摇酸了胳膊、喊哑了嗓子。看到卜玉树站在罗槐的椅子边，她不由想起了仍在递铺值勤的罗松，脸上掠过一抹伤感。

来了一队峒僚人！大家快看哪！

不知谁的一声高喝，凝住了片片欢呼！大家纷纷扭头往官道上拥去。

他们来了，你赶快回家！

罗槐坐在椅子上看不见，但他却笃定地说是他们来了！要卜玉树赶快离开。

卜玉树引颈一看，远处果然走来一群身穿黑衣、披发跣足的峒僚人，旁边是戎装的罗松、蔡大郎和他手下的几个厢兵。

姐姐，我浩山哥回来了！嘿，看来真是白天不能说人，晚上不能说鬼哪，说曹操、曹操到！

月梅拉着卜玉树就要迎过去。

天哪，罗节级抓了一批峒僚人。

蔡大郎和他的手下也在，这是怎么回事？

人们开始议论和骚动。罗槐忙大喊镇静，鼓手又敲了通鼓，这才把人群稳住。

卜玉树在人群中辨出了嫂嫂和明显长高的侄儿、侄女，心中一荡，眼泪涌上来。为怕引起他人注意，她躲开月梅，匆匆地离开了。

这时人们已经围住了罗松、蔡大郎和那些"峒僚人"，沉默中蕴含了几分敌意。

各位乡亲，昨日我和蔡巡检使的手下与清水寨的盘家军打了一仗，攻下了他们的南安隘寨。寨中共有十六户、一百二十一人，他们愿意归化于我珠玑巷，成为朝廷之顺民，大家说此事如何？

因之前罗槐、罗松、曾守琴、二伯已与少数几个德高望重、善于保密的族长如九巴公、曾氏族长、杨氏族长、黄氏族长沟通过，此时会意的他们纷纷表态愿意各姓氏分头领一户峒僚人走，前提是这些人必须改姓。余众觉得此事既无需自己出钱，又无需自己出力，加上珠玑巷接受流民已成习惯，而这次是峒僚人主动归顺，这使在场的珠玑巷人产生了强烈的自豪感。不多会儿，原先的那份敌意便变成了热心。

罗松和蔡大郎用峒僚语和为首的峒僚人、一个老年男子呜里哇啦讲了几句，峒僚人纷纷点头同意。

这时吴姓族长突然站出来说此事甚大，得让各姓氏先行商议，再报请官府申牒造籍才行。

一些心有疑虑的人也跟着反对，现场的气氛一时僵住了。罗松和蔡大郎解释了几句，吴族长反对得越发激烈了，弄得先前表态支持的其他几位族老脸上讪讪的，有的开始打退堂鼓。

罗槐知道此时自己若不出面，他们的计划将有可能受阻，忙朝众人拱手施了一礼：众位乡邻有所不知。捕贼之责，虽在有司，但我等若能以大宋之习俗礼教使峒僚人归化朝廷，则剪除了峒寇之凭依，截去其之羽翼。届时我们将现今归顺峒民结为伍保，正好以峒民制峒冠，利大于弊。再者，此事罗节级和蔡巡检使早已报奏州府，并得到了许可，容峒僚之民归顺朝廷，奉我英主，在珠玑巷里谋营生。

吴族长愣了愣，仍坚持得开会再议，才能定夺。

罗槐、罗松、曾守琴与曾族长走到九巴公身边，问他如何处置。身为众族长中的长者，九巴公捋着白胡须让罗松把这些峒僚人先安置下来，他马上请各姓氏族长到曾氏祠堂商议此事。

尔等放心，我珠玑巷百姓最是良善、慷慨，不会让尔等流离失所的！

九巴公拄着拐杖，颤巍巍地走到"峒僚人"跟前，安慰道。

二十四

咸淳七年夏　珠玑巷
胡清蕙改名卜玉树后过的民女生活，逃户的巧妙安置，罗松
被抓。

　　胡教授，写到这儿我有些怀疑自己的能力了：我写的这些故事是否太旁枝横溢了？按说我应该集中写跟罗槐、胡贵妃有关的故事，还去扯端午节干什么？可是，在我的前前前……前世，我曾用冷金笺为那个湮没在岁月长河中的端午节写了几页纸的心得。罗槐也记了几行字："罗氏龙舟再夺冠，余甚为欣慰。""兄庇大嫂一行自南安隘回，众人披发跣足，面黄肌瘦、神情滞顿，余颇为心酸。"可见，我大嫂他们"归顺"一幕，同样让他震撼。

　　其实，最让前前前……前世的我刻骨铭心的不是热闹缤纷的端午节和河边对嫂嫂、侄儿、侄女的惊鸿一瞥，而是我回到罗记铁匠铺之后，与二伯拐着脚领来的嫂嫂、侄儿、侄女相见的时刻。半年多的颠沛流离，加上丧亲的痛苦、沿途的折磨，在南安隘的劳作，这些给他们增添了浓郁的风霜之色。原本白皙、清秀的嫂嫂平日尽管有些小心眼，为人却温婉周到。可那天见到她后，嫂嫂完全变了一个人，她揝着衣袖，头发凌乱，走路做事地动山摇，居然还会大声讲诨话，让我惊诧的同时深感心痛。不过她的精神状态比哥哥刚去世时好多了，而且没多久我就发现义叔对她有一份特殊的关心和照顾。说实话，哥哥去世才半年多，我不希望嫂嫂改嫁。可当我看到义叔对冰卿、冰倩极

为疼爱，侄儿、侄女也对他非常依赖时，我终于明白在那段艰苦的岁月里，义叔给了他们近似于父亲的庇护与关爱。

冰卿、冰倩以前不怎么亲我，两人总是贪玩，是那种养得特别小心、父母呵护有加因而有些恃宠无恐的孩子。这次一见，发现他俩都长大了，自理能力、动手能力都很强。让我不适应的是，他俩特别野，爬墙、溜树、翻筋斗，淘气的事无所不能。庆幸的是以前的规矩还在，见到我，还晓得看一眼周围。倘若有人，他们便客气地稽上一礼，如果没人，则喊声姑姑，扑到我怀里撒娇，让我感动和鼻酸。

冰卿、冰倩，是姑姑害了你们！

我搂着他俩泣不成声，冰卿、冰倩也跟着流泪。三人哭了一会儿，阿甲跑过来，领他们去拾掇好的住处，一边告诫他们千万不能在人前泄露我和他们之间的关系，冰卿、冰倩的小脸立马变成了木讷的面具。看来生活是个不折不扣的魔术师，轻易便把原本天真的侄儿、侄女变成了心机小大人。

当夜，我和嫂嫂、冰卿、冰倩睡在罗槐为他们收拾出来的房间里。房间的墙上新刷了石灰，承尘上贴着鲜艳的年画。新打的床、木柜、桌椅散发出木料和油漆的香味，白地蓝色团花的蚊帐令我们想起以前在临安的家，而这两床蚊帐也是我凭记忆特意上街为嫂嫂挑选的。果然，看到这两床蚊帐，嫂嫂先是呆了一呆，接着就抹开了眼泪。她肯定想起了我那苦命的哥哥和以前安逸的生活，越哭越伤心。等义叔把洗完脸脚的冰卿、冰倩领进屋内时，她才勉强止住啼哭。

哎呀，这是家里的蚊帐！

冰卿扑过去，牵起蚊帐嗅着。冰倩则将自己的小身躯裹进蚊帐里，一边哼着小曲：

月亮出来亮堂堂，打开楼门洗衣裳。

唱了一会儿，她又改用峒僚话唱，啊呀哈嗬北呵咚的，歌声高亢、嘹亮、悠扬中有一抹凄凉。

一旁的冰卿乐不可支地加入了合唱，嫂嫂急忙呵斥他俩不准唱。哪知他俩用峒僚话反驳了嫂嫂一大通，嫂嫂气结地说：大郎和小妹在山上变野了，越来越难管教了，以后变野人怎么办？

冰卿和冰倩置若罔闻，两人用熟练的峒僚语叽里呱啦地讲着笑话，嫂嫂只听了个大概，摇头道：尽说些诨话，你说气人不气人？

我安慰了嫂嫂一通，她这才渐渐平静下来。

这一晚，我和嫂嫂一直在说话，我们说起当年临安的趣事，说起路途的艰辛。我们说天说地，说张家说李家，说佛面、德元公、罗长志、罗华志、曾兵、李婆婆和盘太古，我们就是没有说哥哥和义叔。经过这番磨难，嫂嫂和我一样，已是再世为人，我们彼此守着一个不触及对方伤口的安全距离。饶是如此克制，我两还是说一程哭一程，直到鸡啼头遍才沉沉睡去。

等我们醒来时，已是中午时分，罗槐、罗松以为我们生病了，坐在客厅里急得搓手。见我俩安然地出来了，罗槐才拍着胸脯道：刘婶娘带着冰卿、冰倩上街去了，我和大哥又不好进屋叫你们，真怕你们昏过去了。

快吃饭吧，别饿坏了！

罗松到底老成些。嫂嫂和我虽然眼如烂桃，情绪却好转了许多。她笑道：

叔叔恁讲规矩，你们拍拍门窗不就行了？

嫂嫂跟着冰卿、冰倩称呼罗槐、罗松为叔叔，我觉得有些滑稽，忙道：嫂嫂，你这一下把他们喊老了十岁呢！当心他俩生气！

好在习俗使然，罗槐、罗松不以为意，众人也不会误会。罗槐拍拍手，阿甲领我们到饭厅吃饭，嫂嫂开始洗洗涮涮，罗松被王掌柜喊去帮忙，我则陪罗槐说话。

罗槐告诉我，昨天下午九巴公、曾族长他们舌战吴族长，终于说服他们吴姓也参与安置那些"峒僚人"。

珠玑巷这些族老都非常明事理，再说我们年年都要帮着安置北方来的流民，大家都很有经验。你放心，很快就会安排妥当的。倒是大哥、蔡大郎他们和盘太古沟通费了牛劲。盘太古不同意这些人以"俘虏"的身份归顺朝廷，觉得这对他是个极大的侮辱。罗松只得翻出那

328

次我们在清水寨喝酒后他签的血书给他看，又提醒他神仙娘娘的"天火"预言，他才勉强同意。不过作为交换，他还是逼着罗松答应送他二十把罗记制作的大刀。

浩风哥，你觉得这是好兆头吗？我怕他会对佛面下手哪！说到底，盘太古还是挺垂涎佛面的美色的。我们得想办法赶快把佛面接下来。

我坚持道。罗槐摇头说现在刚请盘太古帮了个大忙，我们就向他要佛面，他定然会恼怒。他这人又执拗，到时还真不知道他会做出何种举动呢！

罗槐这话说得有理，我不好再固执，便转而问他那些逃户安排得怎样了。

罗槐笑了：娘子就是爱操心，三十年后定然比我老，到时我见了你得喊大姐了！

我轻轻打了他一下，罗槐拿起旁边的拐杖，撑起身子咬牙走了几步：你这药还不错，表哥今天走了一小段。

见我紧盯着他，罗槐忙坐回椅子上说：为了预防朝廷追查，临安的十三姓逃户分成十六户，分别改姓曾、罗、王、黄、刘、李、张、吴、陈、卜、温、杜、谢、朱、杨、胡。逃户们提出男丁死后要以本姓下葬、刻墓碑，这个各姓族老已经同意了。再说其中有些户主原就姓刘姓陈姓李，大家商议后特许他们落户于本姓，算是非常关照了。

我的心定下来，罗槐又告诉我说，表哥准备在义塾开夜校，教这些归顺的"峒僚人"说珠玑巷话，教他们"读书认字"，省得他们时间一长，露出会讲汉话也认得字的马脚。如今有了夜校，多少能掩下别人的耳目。

罗槐对处事周到的曾守琴极为佩服，对于哥哥罗松他也崇敬有加，尤其钦佩他训练飞奴的本事。由于他的信鸽训练得好，现在南安、赣州，甚至泉州、广州的客商都到罗记来买飞奴。这些日子罗槐正在扩大鸽舍，由阿甲专门负责飞奴。罗松说只要再下些功夫，这生意只怕比铁匠铺挣的还要多。

那好哇，阿甲要是再在铺子前搞个弄虫蚁的席棚，旁边摆上李婆婆、吴三姑和我嫂子做的炊饼辣菜、馄饨、辣角子、炊饼，肯定能挣大钱。

对于嫂嫂他们未来的生计，我已琢磨了好些时日。原本我是想帮嫂嫂开熟药局的，可是转念一想，画影图文中已经言明了我哥哥原是开熟药局的，我们再做此生意，岂不是自泄行藏？我的香药和面脂也不能做，只能干些与原来职业无干的营生了。

罗槐听后上下打量了我好几番，服气地说：娘子当真见过大蛇屙屎，眼界阔得起风走马。你方才的主意，样样都是好的。不过依我之见，他们得先给人帮工，过个一年半载再慢慢地开店，不然会教人起疑。至于那田，也只能先派几户劳力多的人家去做，收了谷子大家有份。总之临安来的这些人还得相帮着才能撑起各家的日子。

我点了碗茶，恭敬地递与他：请相公受奴一拜！

在罗槐的阻挠声中，我行了个万福，罗槐连忙扶起我，认真地道：娘子这大礼可折杀我了！

他说着便要向我回礼，我按住他：相公休要与奴客气。奴家真的打心眼儿里感念相公的帮助，如若不是相公，我和那些逃户们只怕早就骨头打鼓了。相公是我们这一百多口人的救命恩人！请再受奴家一拜！

自和罗槐认识起，我还是第一次在他面前自称"奴家"，也是第一次称他为"相公"，罗槐特不自在，我说过正事后也觉得这种说话方式很生分，于是恢复了让我们最舒服的交往方式，称他为"哥哥"。

哥哥，这次为了我们，不止是你，全珠玑巷的人都在帮忙，大家是有钱出钱、没钱出力。最出我意料的是珠玑巷人的良善与大度，没有他们的相帮，只怕我们也难以安身立命。

我哽咽起来。以前在宫里时由于周遭人心太恶、太冷，我的心和泪腺冻成了磐石。可是到了珠玑巷以后，我的心和泪腺被这南国特有的气温和珠玑巷人特有的温暖烘得软软的、水水的，哪怕有些微的感触，我也会眼圈湿润。罗槐最怕女子哭，更怕我哭，他当即紧紧地搂住了我：弟弟不许再哭，否则吃哥哥一记捆子！

他扬起手掌作势要打，落下时却只轻轻地拭去了我的眼泪。这时门外传来阿甲的咳嗽声，我们俩赶忙抻正衣裳，正襟危坐地让他进来。

家主，我这儿有四粒珍珠，请你拿去给嫂嫂他们置办些日用家什。

阿甲说着递给罗槐一根黑乎乎的裤腰带。罗槐摇摇头：阿甲，我知道这是你和小乙他们最后的宝物，留给你们娶亲吧。店里已经留下了安置的费用，这腰带你收着。

罗槐把腰带还给阿甲，阿甲却说什么也不肯收。推让到最后，阿甲咕咚一声跪下，颊上挂着泪水，哽咽道：家主，您可是嫌弃阿甲了？

一句话噎得罗槐不知说什么好。他默默地把腰带递给我，我拆去线头，从腰带里滚出四粒又大又圆的珍珠。珍珠略略有些发黄，但瑕不掩瑜，依然放射出灼人的华丽光芒。

这四粒珍珠一看就不是凡物，那可值上万钱哪！这太贵重了，不好出手。

我虽然不喜珠宝，但在宫中厮混多年，见过不少珍珠宝物，其中有从波斯等国进贡的海珠、玛瑙、珊瑚、象牙，也有广州等地官员从番市买来的琉璃、玳瑁、没药、乳香。记得官家曾赏赐过邬秋儿一白一黑两粒波斯国的大珍珠，白者浑圆无瑕、晶莹夺目，黑者色相饱满、流光溢彩。邬秋儿为了显摆，有一天晚上故意把两粒大珍珠摆在月下给我们几个欣赏，说是浮光能映出蝇头小楷。结果珍珠并没显出她所说的神光，气得她次日即向官家抱怨，说那两粒珍珠成色发木，要官家给她换过两粒好的。其时官家对我已颇有好感，在"玩伴"之外另有一份皇帝对妃子的宠爱。见邬秋儿不喜欢那两颗珠子，他便生气地收回，次日即赏赐给我。

曹公公让我别要，佛面也觉得没面子，可我不想给官家造成挑肥拣瘦的印象，再说我对珍宝并无嗜好，赏了就赏了，我干脆把它缝在球头帽上，差点儿没把邬秋儿气死！

现在看到阿甲的四颗珍珠，前尘倏地跃上脑海。与此同时，我眼前还闪出阿甲几人为这批珍宝在搏杀、在逃亡、在躲避的场景，我再凝神看那珍珠时，便觉得那华光里隐隐现出刀光与血色来。同时爬上心头的，还有几缕疑虑：自从知道阿甲的身世和珠宝的秘密后，我几次想问罗槐为什么不同阿甲一起去找那批珠宝？但凡能拿回一样，所得也胜过他当一辈子铁匠，眼前这四粒珍珠不就是明证吗？难道罗槐对我也有所隐瞒？

以前我都是话到嘴边又咽下，但今天我无论如何得问个明白。阿甲看我欲言又止，知道我有话要和罗槐讲，他默默地退到室外，掩上了房门。

相公，看来阿甲说的那批珠宝是实有其事，这可了不得！你就不想去找那些珠宝？

我没有刻意掩饰言语中的兴奋，也没有隐瞒自己对罗槐的期待。罗槐拿起粒珍珠，眯起双眼仔细地端详了一阵道：这珍珠粒大而圆，成色不说万里挑一，也是千里挑一。如果拿到市面上去卖，一粒珠子绝对能换上万钱。

他将珠子放到手中掂了掂：我想过和阿甲一起去取珠宝，我也想帮阿甲圆个梦。

罗槐说把珍珠一粒一粒地塞回那条中空的黑腰带递给我，示意我缝好，然后一字一顿地说：可是，一兔在野，百人逐之；一金在手，百人竞之，更何况是一窖珠宝！这事要是传出去，别说阿甲他们活不了，我们也活不了！加上你们的事也不能见天日，我想有钱难买心安，大家还是多活些时日为好。平平安安地看着自己的儿子、孙子、重孙出世，这些远比金银财宝重要！不知娘子意下如何？

我点点头，心中有些为自己方才的猜疑羞愧。罗槐仿佛洞察了我的心思，拍着我的背安慰道：不怪你，十之八九的人都会这么想。我非圣人，我也想钱财。之所以做如此取舍，实在是被阿甲他们可怕的遭遇给吓倒了。我不想过他们那种被人追杀、时刻不得安宁的生活！

罗槐说着拿起桌上的两块镇纸竹板敲了三下，阿甲悄悄地推门进来。

罗槐拿起腰带要他收好，阿甲的厚唇翕动着，似是想哭。罗槐解释道：阿甲，这上好的珍珠不说珠玑巷卖不出去，便是拿到南雄、南安、赣州去卖，也会被官府盯上，还是暂时收着，以后方便时再换现钱。

家主，珠玑巷乃南北通道，每日里南来北往的客商少者数千，多者数万，别说卖几粒珍珠，你便说珠玑巷人有夜光杯、通天神树、汗血宝马、琉璃宝塔、铜雀台卖，别人也是相信的。家主若不便出面，小的来卖。

阿甲以为罗槐是嫌珍珠不好卖，忙拍着胸脯说。这时我端了张椅子让阿甲坐，阿甲不肯，我劝了半天，他才欠着屁股坐在椅子的一角。

我看了眼面如沉水的阿甲几眼，帮腔道：阿甲，有句古话叫着匹夫无罪，怀璧其罪。说的是虞叔有块宝玉，虞公想要得到，虞叔开始没给他，后来他想到周这个地方有句谚语，说"一个人本来没有罪，却因为拥有宝玉而获罪"，于是他把宝石献给了虞公。哪料到虞公又看上了他的宝剑，虞叔实在受不了虞公的贪得无厌，就出兵攻打虞公。你看，没有宝藏我们本来活得很好，可一旦有人知道我们有珠宝了，不但会引起有司和盗贼的注意，只怕还会打破珠玑巷的平静。这样一来，有无珍宝的人都活得惶惶不可终日，你想这不是反倒把大家给害了吗？这道理你明白吗？

阿甲点点头：娘娘、家主，这个道理我懂。只是阿甲、小乙六人为家主所救，承恩多年，无以为报，所以……

罗槐扬起手制止了他的话头：阿甲，你们安心、精心地帮我打铁，替罗记铁匠铺打出名号，然后再娶妻生子，过上富足的日子，这就是对我的最大报答。对了，六月初六珠玑巷人的风俗是要晒族谱，九巴公已经定下了六月初六那日让你们到罗氏祠堂祭祖入册！

阿甲撩起衣襟就要下跪，一旁的我忙拽住了他：阿甲，同宗之间，免行大礼吧！

阿甲朝我和罗槐鞠了一躬，郑重地将腰带放在桌上，而后揉着红红的眼圈退出了门外。罗槐让我暂且替他收着，过些日子再还给他。

我摇摇头，把腰带放进了他的衣橱：说实话，我怕自己哪一天受不了这珠宝的诱惑，会将其据为己有。这个世界上，不爱珠宝的女子有几人？不爱财帛的男子又有几人？

罗槐一听，当即转身出门，亲手将腰带系在了阿甲身上。我由此更加尊敬、珍爱罗槐了。

接下来的日子一如夏季的浈江河，流速平稳、缓慢，只在偶尔间翻起几朵让人眼前一亮的小浪花。比如归顺的"峒僚山民"极为聪慧，三个月内不但学会了珠玑话，还在认真负责的曾守琴的教学下，开始背诵四书五经；又比如，六月初六那日，十六户归顺的峒僚山民和罗记铁匠铺的六个昆仑奴，在归顺和改姓的姓氏祠堂举行了隆重的入姓祭祖仪式，同时还领到了公堂发给他们的田契、众人捐助的一些物品和钱款。各姓公堂族老还在这一天明令姓氏中生意做得好的经纪人要带这些新入姓的同宗子弟学买卖经纪，帮助他们在珠玑巷立足发展。为了防止不了了之，族长们还特意将此写进了各姓公堂当年必做的事项中。

转眼到了农历七月，此时嫂嫂和李婆婆合伙的炊饼店已经开张了半个多月，每天能卖掉五百多个炊饼和几十斤辣菜、辣角子，挣两家人的吃喝不成问题。吴三姑的馄饨店也开张了，夏小二成了罗记的高薪二掌柜，冰卿、冰倩入了曾守琴的私塾，嫂嫂和李婆婆非常开心，罗长志、罗华志兄弟俩合开了一家饭馆，其余各家都有男丁在店里帮工，南村的田地也产出了菜蔬，临安逃户们总算在珠玑巷安居下来了。

罗松和王月梅的婚期定在农历七月二十八，整个罗记铁匠铺因此忙碌起来。罗槐也给我派了个帮月梅绣嫁妆的任务。

列位，在宋朝生女儿可不是什么喜事。因为那时嫁女儿盛行陪嫁，娘家的陪嫁少了非但女婿不高兴，街坊邻居也会笑话，是以才会有"盗不过五女之门"这样的谚语：意即有五个女儿的人家，财产都拿去当陪嫁了，连小偷也懒得光顾了！由此可见那时陪嫁风气之盛！

王掌柜虽然小气，给独女的嫁妆却相当丰厚，计有乡下的良田二十亩、六只金元宝、全套新做的家具和一头牛，条件是月梅生的第二个儿子必须姓王!

罗松初时不同意,后来二伯、罗槐、罗平和我都做了他的工作,他这才松口,不然王掌柜哪有这么大方?

罗松与月梅的婚礼办得热闹风光,喝过喜酒的人都夸王掌柜夫妇聪明:他家只有这个独女,与其等他俩死后再给女儿、女婿家产做死人情,倒不如现在做个活人情。这样女儿、女婿念他们一辈子的好!再说罗松是个百里挑一的好女婿,王掌柜把女儿嫁给他,也就是把自己和娘子的后半生托付给了他——他俩终究还是要靠罗松和月梅养老送终的。

罗松和月梅结婚后的第二个月,我和罗槐成亲了。由于不能露了行藏,加上没有娘家帮衬,我们的婚礼简单、低调,只请了十几桌街坊邻居,但我已经非常满足了。

罗松、月梅夫妇住在隔壁的院落,中有小门相通,我们俩成了低头不见抬头见的妯娌。每次见了,我总是笑吟吟地喊她"嫂嫂",起先她还不好意思,后来我喊得多了,她也就习惯了。她懂事理、爽朗、大方、勤劳,在刘婶娘的帮衬下,把家打理得井井有条。

我?我是罗槐前世难求、后世难遇的贤……外助!对,我当不了月梅这样的贤内助,但我可以帮罗槐打理生意。前面我说过了,打小我就被爷爷带着四处出诊,且由于哥哥胆小,我是祖父和父亲当成半个男子养大的。以前那双天足给了我部分自信,到了珠玑巷后,这儿的女人都是大脚,我大脚的优势没了,但是大脚的用处显出来了。我开始像珠玑巷的女子一样里外一把抓,相公罗槐此时化身为先生,每天晚上总是耐心地给我讲解这一天下来铁匠铺打了多少铁器,用了多少原料,销了多少货,哪座炉子有问题,哪只风箱还得修。有时他去南雄和赣州进货、结账,男装打扮的我便涂黑皮肤,坐镇铁匠铺,不时地在炉区转转,居然还能看出点门道。阿甲、小乙、夏小二他们都喊我"三掌柜",连原先对我张罗铁匠铺事务不以为然的二伯、罗松和罗平都不得不佩服我业务上的精进。

成亲后的几个月间,我胖了十斤,变得珠圆玉润,越发美丽了。

我和郎君夫唱妇随，白日一起为铁匠铺操劳，夜来炒几样小菜，两人对酌。有时教侄儿、侄女诵词写字，或看阿甲等人习武。待众人归屋后，我挑灯在冷金笺上记上几笔日常事务，罗槐也被我逼着写下心得。对此罗槐不以为然，认为我纯属多此一举。我告诉他这样做的目的是想将我俩的经历留给子孙后代，以备日后他们追思时有所依凭。这个理由足够充分，罗槐的日记因此写得详细了些。

这日他写了几笔便将笔一搁，回首端详了我半日，直看得我脸红心跳了，他才叹道：娘子，前些时日我去南雄，那边的熟人都在问我从哪里找到个万里挑一的美貌娘子。你现在是美名远扬哪！

他说着起身搂住我亲了几口，啧啧道：娘子，你现在比原先还美十倍，真不知我岳母吃了什么，才养下你这个天仙！

我乜他一眼，心下多少有些自得。

说老实话，那些初见我女装打扮的人无一不被我的样貌惊呆。渐渐地，十里八乡的人都在传罗记铁匠铺的老板娘是个难得一见的美人，有不少人专为看我而特意来买农具。这既让罗槐骄傲自豪，又使他苦恼和担心，生怕有一天我的美名会引起别人的怀疑。后来只要我出去，他就让我以男装面目示人。我倒也不反感，男装打扮的我才自在呢！

罗槐甚至还带我去了趟始兴的炉户那儿。因磁州太远，一般的农具他还是用始兴的生铁。我见他每次跟炉户商议价钱都磕磕绊绊，忽然想起临安城内有些商家与炉户签长年契书包炉之事，便建议他盘下一口炉，把罗平放到那边管理，出产的生铁直运珠玑巷，这样便减去了炉户挣的这笔钱。

罗槐听后觉得甚好，当即领着我去谈了几个炉户，最后与其中一个炉户签订了包炉契书。光这一项，罗记铁匠铺就减少了不少支出，自此罗槐对我越发依赖了。

写到这儿，我忽然发现自己已经很久没有写到佛面了。怎么说呢？她自身的状况不太乐观。我成亲前夕在阿甲的陪同下特意去清水寨接她，她居然已失却了我之前看她时的那份清醒，连"姐姐"都不喊了。我搂着她哭，她却扬手把我推开，骂我是山贼。我痛心之极，觉得再不把她接去治疗，只怕她要疯一辈子了。于是，我跟盘太古商量，让他放佛面走。盘太古坚决不肯，他说佛面上知天文、下知地理，每有鸡卜，皆能灵验，已经成为清水寨所有人尊敬的巫师。

我们会照顾她的饮食起居，也会为她养老送终！你看，我们给她造了一幢新楼！

盘太古把我带到当初佛面坠崖的鹰嘴岩，只见一座三层的竹楼拔地而起，飞檐环廊的异常精美，房间内家具齐全，陈设一新，散发出山野间罕见的书卷之气。

这是她的新居所，她很喜欢这儿！

盘太古看佛面的眼神充满崇敬，我相信他是再也不敢打佛面的主意了。不但他不敢，寨子里其他的男人也不敢。佛面在这儿过着出乎我意料的体面生活。

佛面，你还记得圆庵，记得清蕙姐姐吗？

我又做了一次试探，可是，佛面黑白分明的眼中如同潭水，倒映出的只是我的模样。

明天要下雨。

佛面望着天，不断地喃喃自语。我一把抱住她：佛面，跟姐姐下山，好不好？

佛面挣脱了我，旁若无人地爬到树杈上，盘腿坐着，脸上一副邈远的神情。这时一个妇人给她送上一碗米饭、两碗菜和一竹筒水。佛面自顾自地吃起来。她吃饭时妇人一直恭立一旁，那一刻的佛面，身上散发出女王的气场。

盘太古还带我到以前囚禁我的牢房去了一趟，指着屋顶上的洞告诉我，朱细腰前段时间逃走了。我的心一沉：朱细腰知道不少事情，万一他跑去告官怎么办？

盘太古也有同样的顾虑，他很后悔自己当初心软，留了他一条命。他提醒我捎口信给罗松，要是哪天官军又来攻打清水寨，一定得事先给他报个信。

至于佛面，他让我不用担心，他们全族人会以最虔诚的态度供养她！

我还要再坚持，阿甲把我拉到一边，劝我过段时间再说，省得惹盘太古生气。再说了，若是真把佛面接到珠玑巷，她又长得好，那边人多眼杂，又缺乏清水寨人对佛面的敬畏，万一我们没看住，她被人欺负了，找谁算账去？还不如暂时让她在清水寨过一种受人尊敬的生活，我们常来看她就是了。

思来想去，似乎也只有这种方法最能保全佛面，我只好带着内疚和歉意离开了清水寨。此时月梅嫂嫂已传出怀孕的喜讯，我家嫂嫂的生意也做得越来越红火。冰卿、冰倩收了几分野性，恢复了些本性。加上南村的田也有了第一季的收成，日子，渐渐地显示出临安时的那份安好来。但我却有些惶惶不可终日，只要一想到逃跑的朱细腰，我头顶上就仿佛悬了柄利剑，整个心揪成了一团。

我的这份疑虑也传染给了罗槐和罗松。趁罗松回家休假之故，他俩请来了曾守琴和阿甲，刘婶娘做了一桌拿手好菜，大家边吃边议。

害人之心不可有，防人之心不可无。我们得做些准备！

罗松在军中待久了，对形势比较了解。他说主上昏聩，平章误国，也许哪天邬秋儿想起弟妹来，又会追一纸捕杀令来，到时我们就逃无可逃了！

曾守琴素来思虑周全，他赞同罗松的看法，要我们先采取些预防措施，比如除了珠玑巷，我们得踩个点，若追兵再至，我们好有个去处。

嗯，表哥这下倒提醒了我，起码家中得有另外的出口，就像德元公家一样。

说到德元公，我的脸色黯淡下来。德元公和我哥哥家尽管有那间地下密室，可我哥哥还是被迫逃亡，德元公除了随曾兵先行离开的长子罗长志、侄子罗华志外，其余人至今杳无音讯，不知死活。如此看来，密室又有何用处？

但那一夜商议的结果，大家还是趋向挖一条可从屋内逃生的地

338

道，这样万一哪天遇到追兵匪祸，终究还可以救得一时之急。为了避人耳目，我出了一个主意，建议在罗记后院的水井壁上挖个竖井，只须三四丈长，便可通往隔壁王掌柜新盘下的仓库。如果罗记铁匠铺被围，我们还可以通过这条地道人不知鬼不觉地转移到隔壁，再从那儿伺机离开。

清蕙说得对，仓库那边我们也可以造间密室。

罗槐对我的主意非常赞同，罗松则感到可笑：万一下大雨，井里涨水，躲在里头的人岂不是要淹死？

这个不难解决，我想二掌柜的意思是，万一敌人逼来了，我们跳入井中，敌人以为我们必死无疑，可我们偏偏不死，从水中的洞口进入旁边的竖井，再循着竖井上的台阶通往仓库。

阿甲用手蘸了水在桌上边画边解释。

阿甲说的我明白，问题是敌人不会那么笨，他们是死要见尸的。水再深，尸体总要浮起来，如果人跳下去了半天不见浮起来，水底又什么都没有，他们就是傻子也明白这井有问题。

罗松一下道出了症结之所在。大家一时哑了火。这时曾守琴的意见就显得举足轻重了。

这种地道主要还是用以预防避险，若是真等敌人到了院子，再跳井也逃不脱，我看有比没有还是要好一些。

罗槐和罗松素来敬重曾守琴，听他这样一说，他俩简单地商量了几句后，当即拍板修建这条地道，由曾守琴负责勘定方位，以免偏差。这对于热衷做地理的曾守琴而言是小事一桩，他拿着罗盘只走了两个来回，就用炭精在地上画出了方位。已经更名为罗甲的阿甲和小乙等徒弟立即动手挖掘。

为了掩人耳目，罗槐听从我的建议，砌了堵墙将水井和院子隔开，对外放风说要挖地基建房子。不过十几日工夫，就修通了从罗记后院到王家仓库的地道。罗槐、罗松还领着我跳入井中全程走了一遭。

中秋节前一天的凌晨，罗松突然背着铺盖卷儿汗涔涔地跑回了家，把正在打扫庭院的我和正在做早餐的刘婶娘、月梅吓了一跳。

相公，你是怎么啦？

见罗松一脸淤伤，月梅忙上前关心地问道。我也觉得奇怪，端了杯茶过去，问他怎么回事。

罗松一口气灌下茶水，抹嘴问罗槐哪儿去了。

西瓜皮把南村族老的孙子给送回来了，族老昨天下午请了两台轿子把浩风和守琴表哥抬过去了，说是要摆三天的宴席呢！那个西瓜皮还真是个人物！

我感叹道。

能骨肉团聚，那真是太好了！

罗松言罢，问我罗槐几时回来。

从眉宇间我看出他有心事。月梅比我更敏感，挨着他坐下，悄声道：遇到什么事情了吗？眼中直冒火！

罗松不屑与我们商量，说我们妇道人家头发长、见识短！

我笑笑，也不与他争辩，转身往外走去。罗松突然叫住了我：玉树姑娘——真是有趣，我成婚后他依然这样称呼我——我揍了蒋都头一顿。他那人黑了良心，经常克扣铺兵的粮钱。前日我铺里的刘三羊因饿不过，偷了他仓库里的一袋米，他打断了刘三羊一条腿。最可恶的是他昨天上午还倒打一耙，到铺里来说我贪了铺兵的口粮，致使刘三羊偷盗。我们铺里的几位气不过，跟着我和他理论，结果打起来了，我们打断了蒋都头一条腿。

蒋都头让他别去铺里当差了，罗松一气之下，昨天下午把平时他和其他节级了解的蒋都头贪污的情况写成了诉状，用急脚递送到了南雄州。

结果呢？

月梅还是追到了门外，她边问边用毛巾给罗松揩汗，罗松叹口气道：蒋都头与姚通判交好，这状子未必能告准。但不管怎样，我都得把这匹害群之马给揪出来，不然就没天理了！

大哥今日回家，想必是蒋都头让您休旬假吧？

你怎么知道？

罗松奇怪地看着我。我想起以前宫里那些人陷害我哥哥时便是先找个借口让他回家歇息，转眼罪状就扣他头上了。这是害人者一贯的伎俩，我提醒罗松注意，以免蒋都头利用这段时间给他罗织罪名。

罗松突然站起来道：你说得有理！我得立马赶回去。

话音甫落，就听见门口一阵喧哗，接着几个弓兵高喊着冲进来：奉令捉拿逃兵罗松！

你们诬陷好人！他是休旬假回家的！

月梅尖叫着冲上去，被弓兵们推了个趔趄，我忙扶住她，对为首的弓兵说：军爷，可有手令？

那位弓兵掏出张盖有红章的纸给我看，上头果真写有缉拿逃兵的字样。这时，阿甲、小乙、夏小二、二伯等人拿着铁棍冲上来。弓兵们张弓搭箭就要射，罗松喝住了阿甲：

阿甲，你们放心，我罗某为人不做亏心事，半夜敲门不心惊。我先去走一遭，看看他们搞的什么鬼名堂。

阿甲等人让出一条路，月梅扑过去，抓住罗松不放。罗松在她耳边轻轻说了几句话，她含泪松开了手。

弓兵们似是得了特赦，连忙推着罗松走出门去。不用我吩咐，阿甲尾随而去。我这边立马修书一封，让小乙骑马去南村找罗槐。这时正好有几只飞奴落到窗沿上，我烦躁地叹口气，觉得飞奴再好，总归是禽，它不会晓得从未去过的南村在哪儿，这不能不说是种遗憾。

姐姐，这可如何是好？

月梅抽泣着说。我宽慰着她，一边吩咐刘婶娘去找她爹娘来。

不用找，我来了。月梅，一大早这么吵，到底出了何事？

王掌柜夫妇人还没进门，就传来了王掌柜的大嗓门。月梅娘见到满脸泪痕的女儿，心疼地搂住了她。月梅扑进娘的怀中大哭，我则一五一十地将事情原委叙述了一遍。

这个浩山傻呀！你胳膊哪拧得过大腿呀？蒋都头克扣口粮你就让他扣呗，反正又饿不死你，这样蛮干，到头来还不是自己吃亏？他怎么这样傻呀？

王掌柜拍着大腿道。

老头子，你得去州里找人哪！万一他们把浩山打坏了那可如何是好？我的天哪，我说怎么今儿一早乌鸦就在屋顶上呱呱叫呢！原来叫的是这桩倒霉事！老天爷，你开开眼啊……

月梅娘说着和月梅哭成了一堆。王掌柜越发六神无主了，打着转转对我道：二嫂，你说我找谁去？我能找谁去？

他转得太快，一下把我给转晕了。好一阵我才想起我们应该去找沙角巡检司的巡检使蔡大郎，便从柜上支了两贯钱，换上男装，一路小跑着来到沙角巡检司找到了蔡大郎。

蔡大郎先前没认出我，一脸的不耐烦，等他看清楚后，整个人从椅子上蹦了起来：

罗二嫂？你今儿个怎么有空到这儿来？稀客，稀客。

蔡大郎脑子活络，眼尾一扫我手中的包袱，就知有戏，当即将我让进茶室，小声问我有什么事。

我火急火燎地道：大郎哥，刚才有几个弓兵把我大哥抓走了，说是奉令缉拿逃兵。可大哥明明是奉蒋都头之命回家休假的，现在却扣了一项罪名，我家相公又去南村喝酒了，麻烦您帮忙找找人，把大哥放出来。

蔡大郎本来正在点茶，闻言手一抖，茶水溅到茶碗外，险些烫着了他自个儿。

嫂子，浩山想必是告了上司的状，遭人陷害了。他这人心肠好，见不得人贪，更见不得人受苦，经常替人出头，我是最敬佩他的！不瞒嫂子，他做的这些我都做不到。到手的钱财我不会放过，但要我为钱财掉脑袋，我也不干。让我去告别人贪污丢掉自己的前程，那是打死我我也不会干的傻事！他呀，好也好在他的正直刚强，坏也坏在这脾气上。依我看呢，解铃还得系铃人。要放罗松，得先让他把诉状给撤了！

大郎哥，他要是撤了诉状，那不是变成他诬告了吗？

我不赞同他这个主意。蔡大郎端起茶碗喝了两大口，抹着嘴道：

往自己身上扣屎盆子臭是臭了些，可那也好过牢狱之灾啊！

我知道他在等我手中的东西，便上前两步，把那包钱放在桌上。虽然隔着包袱皮，铁钱落桌的声音还是显得清脆动人。

嫂子折杀我了，我和浩山浩风是打断骨头连着筋的兄弟，这钱我可不能收，收了会踢掉脚指头的！

蔡大郎说归说，手上却没动作。我正式道：蔡巡检使，您和我家相公和浩山大哥是好兄弟，烦请您帮我们出个主意，眼下我们该如何是好？

蔡大郎哈哈一笑：二嫂客气，客气了！我才疏学浅，哪有什么好点子啊？

我起身把钱放入他右手的抽屉中。蔡大郎哈哈一笑：不过，对付蒋都头那种人，我倒有一歪招，就不知你能不能说动那些乡邻？

能，他们都肯帮忙，您且说。

我期盼地看着他。蔡大郎又端起茶碗喝了两口：

你邀上几十号人赶到南雄州徐武尉的家门口……

徐武尉是什么人？

我一头雾水。蔡大郎解释道：也许害浩山的是蒋都头，但抓他的却是州弓兵尉的头目徐武尉，得跟他要人。你们哪，只要徐武尉出门，你们就紧紧跟着他，他去哪儿你们也去哪儿，连上茅厕都得跟着。跟他十天八天，他肯定熬不过，只是你得管那些乡邻的吃喝，得破费了。

我原以为蔡大郎有什么妙招，没想到是这种死缠烂打。蔡大郎看出了我的失望，笑道：光跟着不行，你们还得带上锣啊鼓呀，敲打一阵，嚷嚷一阵，就说蒋都头贪赃枉法，克扣铺兵口粮，现在又诬陷忠良，要官府还你们公道。你们把动静弄大了，他肯定吃不消。

这个，万一他调出弓兵来对付我们怎么办？还有，州衙那边的巡检司会不会管？

这个你尽可放心，我会打好招呼，让他们那天下乡去。至于动用弓兵来对付你们，蒋都头还没这个胆量！你觉得可行吗？

我细想了片刻，觉得蔡大郎这个看似平淡的点子实有奇崛之处。于是立马告辞，蔡大郎作势要把那个包袱还我，我摇摇手，打起飞脚往罗记跑去！

好走啊，下次过来吃茶！

蔡大郎的声音飘过来，想到罗槐说的他贩卖龙团胜雪一事，我突然觉得这个性格中夹杂着黑白灰的蔡大郎有些意思。

我来到街中心的公理亭，这是珠玑巷众姓氏出钱修建的一座八角形茶亭，环墙设了一圈木椅，中间一张八仙桌，四边四张五尺凳。靠门口处有一砖墩，墩上常年放一只木桶，木桶里是每日一换的新鲜茶水，木桶提梁处挂着四只舀水的竹勺，供往来人们解渴。茶亭的茶水照姓氏轮流施舍，轮到施茶的人家，早上寅时得把昨日的剩茶倒尽，洗净大木桶，放入粗茶、萝卜茶、山楂叶茶、金银花茶中的一种，然后倒入一担滚开水。因珠玑巷往来人多，到公理亭歇息者众，这样一大桶茶水只能供应半日，所以施茶的人家值日这天至少得加四担开水。

公理亭除供行商旅人歇息之外，还有一个重要的用处，若家庭和邻里产生纠纷，无法排解和处置，纷争者可敲响公理亭外边大榕树上的大铜钟。敲钟的次数代表姓氏笔画，听到钟声，该姓族老自会上公理亭为人说和劝解。

我到珠玑巷后，众姓氏为商议安置逃户之事上过一次公理亭。我成婚后，王姓有户人家的媳妇和小叔闹矛盾，公婆调解未果，当儿媳妇的一气之下敲响了大铜钟，结果在公理亭上演了古代版的"金牌调解"。当时观者如堵，大家七嘴八舌地争议了一阵，很快就把矛头指向了恃宠而骄的小叔，为那王姓儿媳妇争得了几分公道。

这次，是我敲响了公理亭的钟声，而且是手持钟绳，不歇气地急敲。"当当当当当当当当"的钟声异常惶急，不但惊飞了大榕树上的宿鸟，也把整个珠玑巷的人心给搅得慌乱。事后想来，我那举动未免鲁莽了些。这么大的事情，好歹我得跟夫君罗槐商量商量。可是，我当时一心只想救出大哥，脑子一热，什么也顾不上了。

出什么事了？

是不是土匪来了?

街上的行人互相询问着往公理亭跑。当他们发现敲钟的是那个女装时很美、男装时很帅、被传得神乎其神的罗记"三掌柜"时,议论戛然而止,所有的关切、疑问都转化成好奇的目光,它们牢牢地粘在我脸上,让我皮肤发热、全身发烫。

各位大爷、奶奶、大哥、嫂嫂、姐姐、妹妹、弟弟们,奴身卜氏,在此恳请列位帮忙。方才南雄州管铺兵的蒋都头派人捉走了我家大郎罗松,说我家大郎罗松勾结峒寇逃逸,实情是我家大郎不满蒋都头克扣铺兵口粮,写了诉状到南雄州告他,结果反被蒋都头陷害。

三掌柜的,早上我在棋盘街看见几个兵丁押着罗节级,当时我就纳闷了,原来他是被人冤枉了!

三掌柜的,要我们做什么,你尽管说。

三掌柜的,你家大掌柜呢? 这事儿得跟他商量商量。

三掌柜的,听说你家出事了,要我等做什么,你且说来。

对,我等一定尽力。

族老们因年纪大,此时尚未赶到,齐集在我面前的,多是些中青年男子和大嫂、姐妹们。他们听了我的恳请后纷纷表态,愿助我一臂之力,让我深受感动。有几个老成些的提醒我再等等族老,听听他们的意见,这恰恰是我想避开的。树老根多,人老心多,难免前怕狼后怕虎,等他们商议完毕,罗松只怕被人整得七荤八素了,那不行。

于是我清清嗓子,抱拳向众人作了一揖:众位乡亲,罗记有难,卜某恳请列位跟我去趟南雄州……

接下来,我简要地叙述了我的计划,众人皆觉可行,立马便有十几个男子回家取来了鼓和锣,然后有近百号人跟着我急奔两个时辰来到了南雄州府。在熟悉衙门情况的乡邻的带领下,我们顺利地找到了弓兵尉。在那间面积不大、却布置得簇新的厢房里,徐武尉正和一个肥壮的男子喝茶,两人谈笑风生的,显得非常亲密。

三掌柜,和徐武尉喝茶的正是你家大郎的顶头上司蒋都头。

一个常往南雄州跑的中年男子告诉我说。这时徐武尉和蒋都头气势汹汹地走到门口，徐武尉扬着手中的弓箭道：你们找谁？想干什么？出去！

蒋都头应是见过我的，他冷冷地瞅了我们一眼，回身背着手去看墙上的字画。

我狠狠地瞪了他们俩一眼，扭头道：

敲鼓！

我一声令下，十几只锣鼓齐鸣，接着是众人愤怒的讨伐声，徐武尉和蒋都头吃了一惊，待听明白我们讨伐的内容时，徐武尉吓白了脸，蒋都头则气急败坏地催促徐武尉快放箭，射死这些刁民！

这时从外面赶来的两名弓兵看着徐武尉，徐武尉迟疑着没有表态，他捉拿罗松，一是收了蒋都头的钱财替他消灾，二来徐武尉确实收到了状告罗松勾结清水寨峒寇、把峒民安置在珠玑巷的匿名信。后一条他已从州衙得到确凿的消息，证实罗松是奉旨行事。现在他捉拿罗松只剩下前一条见不得人的理由，如今蒋都头又命他射杀村民，就是借十个胆子给徐武尉他也不敢。惊慌之余，他希望事情消弥于无形，是以对蒋都头的话置之不理。

徐武尉，这，这可怎么办？

蒋都头也慌了，徐武尉情急之也顾不上和蒋都头商量，疾步来到门口，抱拳向我等珠玑巷人施了一礼，谦卑地道：列位从大老远赶来，辛苦了，先歇歇气，再一个个说。说得在理，徐某自当酌情处置。

说到这儿，徐武尉凛厉的眼神扫到我身上，又抱拳朝我施礼：这位……客官可是苦主？

徐武尉老于江湖，不但一眼看出我是为首者，还一眼看出了我的性别，这多少给他造成了一些困惑。不过他比较沉稳，只愣了愣就恢复了正常。

我回了他一礼：草民卜氏见过徐大人、蒋大人！卜氏兄长罗松，在梅岭递铺当节级，素来爱护属下，只因近日他向州衙投状具告某人克扣铺兵口粮之事，反被陷害……

我慷慨陈辞时，蒋都头狠狠地瞪着我，看样子恨不得生啖我肉。徐武尉怕我煽动众人，向我做了个"请君入屋"的手势，可转念一想我是女流之辈，不方便，便扭身站在门口，当着众人的面接下了我递过去的诉状。

请徐大人明断是非，还罗节级清白！

众人高声喊起来，徐武尉发慌地看着蒋都头。蒋都头走出门来，嘶声道：罗松自己克扣军粮，反而恶人先告状，到处给我乱扣屎盆子。徐武尉，你千万别信这男不男女不女的妖人。

蒋都头抽出腰刀，扬起手臂就朝我砍来。好在徐武尉眼疾手快，一把擎住了他的胳膊：蒋都头，万万不可！

你别树叶掉下怕打破头，我告诉你，杀了这妖人我是为朝廷除害！

蒋都头嘴上不肯认输，刀却插回了刀鞘。

这时，闻讯尾随我们而来的蔡大郎带着几名沙角巡检司的弓兵赶到了。他和徐武尉素来交好，但这次徐武尉在沙角巡检司的地盘上捉人，却没透丝毫风声给蔡大郎，徐武尉先自没了底气。蔡大郎还没发问，他就撇下我，急急地把蔡大郎和气急败坏的蒋都头拽进了屋内。

蔡大郎进门时特意回望了我一眼，我明白他是让我等再闹腾一阵，于是一挥手，大家又敲锣打鼓地呐喊起来，直到蔡大郎出来训话，我们才住嘴。蔡大郎训话时我们表现得异常敬畏和安静，这让徐武尉和蒋都头觉得来了根救命稻草，有了这份威信，蔡大郎再返身进屋内做他们的工作就轻松了。刻把钟后，蔡大郎、徐武尉和蒋都头出来，蔡大郎先向各位施礼并解释了一通，然后徐武尉也抱拳见礼，说由于他们鲁莽，误抓了罗节级，在此向各位道歉，还请见谅云云。

那一心想害罗松的蒋都头反倒没事人似的背着手在那儿仰首观天。我正要上前揭穿他，蔡大郎特意喊了我一声：三掌柜的，徐大人公务繁忙，偶有差池，还请你们见谅。再说了，得饶人处且饶人，这边放了罗松，尔等也回家去吧！

蔡大郎朝我使了个眼色，我一愣，想起之前他的吩咐，只好忍下一口恶气，将已拿在手中的状子卷巴卷巴塞回衣袋。看着和风细雨安

347

慰着众人的蔡大郎，我倏地记起相公罗槐说过的话。罗槐说蔡大郎亦正亦邪、时正时邪。他能在南雄和珠玑巷如此玩得转，内里绝不似他的外表那般忠厚。说好了他是兼容并蓄、有容乃大，说白了他是黑白两道都混的双面人。但不管他怎么多面，此刻他确实在帮我的忙，而罗槐早前也只是推测他可能干过坏事，这我暂且不管。不过，从今日看，他能如此轻易说服这两人，估计三人交情不错。

我正猜测间，几声开道锣响起，接着是一阵"肃静"和"回避"的喊声。人们自动闪开了一条道。

随着"姚通判驾到"的喊声，蔡大郎、徐武尉、蒋都头忙趋步上前，单膝跪下施了大礼：

卑职见过通判大人。

与此同时，蔡大郎还回头朝我使了个眼色，我则朝大伙儿做了约定的手势，众人倏地跟着我跪下。我的手伸向怀中，准备取出诉状，向姚通判告蒋都头的状。时刻用余光注意着我的蔡大郎咳嗽一声，从中我听出了警告的意味。我还没来得及思考，姚通判绵软的声音便扑进了耳轮。

为何聚众敲锣打鼓、齐声喧哗？

禀告通判大人，卑职所辖的珠玑坊内的罗松乃大庾岭快递铺节级，此人洁身自好、一心为公，与兵士同甘共苦，颇有誉声。不料遭人嫉妒，举报他勾结峒寇，还将休旬假回家的罗节级误为逃兵，徐武尉丁忧刚回，对事情原委不了解，是故错拘了罗节级。卑职一直在跟踪此事，罗节级家人不明情理，又写状诉告蒋都头，现卑职已查实告罗松和蒋都头的状中所言皆属不实之辞，故今日率罗松家人和珠玑巷众乡邻来接回罗节级。

蔡大郎说这话时，我的心仿佛一颗从热水掉入冰窖的梅子，迅速冻僵，紧紧地缩成了一团。跟我一道来的珠玑巷乡邻，本身只是来给我壮声威，他们对情况并不了解，一切唯我马首是瞻。再说大家就算知道蔡大郎说的是假话，一想到自家还在蔡大郎的沙角巡检司辖内，也不去多事。这一瞬我的思维陷于混乱，不知蔡大郎葫芦里到底卖的什么药，只得按下性子看他把戏演完。

姚通判又问了徐武尉和蔡都头几个问题，他们一一作答，句句围绕着蔡大郎刚才说的话题，并无破绽。姚通判点点头，踱步来到我跟前，他上上下下、仔仔细细地打量了我好几遍，开始询问我的身世。因我之前已回答过无数遍，自信答案没有漏洞。长相阴沉的姚通判捻着下巴上那缕稀疏、微微发黄的胡须点了点头：原来如此。姑娘身世可悯、可怜！

他走了几步，忽然趄身回身，用临安话问我可曾去过大内。

由于他掉了两颗牙，说话漏风，加上他并非临安人氏，临安话讲得蹩脚，我一时半会儿没听懂，睁大眼睛愣怔地看着他。姚通判揉揉眼睛解释道：卜氏，你很像我一个故人，只怕我是眼花了呀！好了，你们都起来吧！

姚通判甩甩袖子，上了那台蓝呢大轿。临上轿门，他还扭头盯着我看了两眼，我的心倏地往下沉去。他说我很像他的一个故人，莫非他在临安见过我？

我搜寻着自己的记忆，突然想起官家的生日赐宴，那时正是我深得圣眷之时，曾坐在全皇后后边接受群臣贺拜，我还曾与官家的侍卫蹴鞠，每逢这时官家总会召那些大臣们观看，也许他在那种场合见过我？

想到近来种种迹象，特别是想到上次罗槐曾见有人躲在罗记对过的墙角偷画我的图像，再想想姚通判的话，我有种不祥的预感。

二十五

2015年秋

胡书雅终于明白，所谓的再生人，原是宋史再现兴趣小组。

胡书雅参加完罗伟成家的宋史再现小组聚会后，突然对罗伟琳的作品有了更深刻的理解，也有了更加强烈的亲近珠玑巷的冲动。罗伟成和弟弟胡明似是她肚子里的蛔虫，对她的每个想法了如指掌。她刚刚换下衣服，罗伟成就从车库把他刚买的商务车开了过来。

姐，伟成说带我们到街上转转，你有没有时间？

胡明不知是想起了那神秘的前尘旧事，还是身为画家的他更加易感，总之他被方才罗伟成家宋史再现兴趣小组学习宋朝礼仪、诵宋词的那一幕深深震撼了。此刻他目光深邃、神色邈远，就连声音也似乎带着时光的烙印，显得飘忽和遥远。

明明，你刚才看见了什么？

胡书雅想从弟弟那儿求证一下，他是否也常有幻觉出现？胡明顿了顿说他当时满眼鲜红，那红太鲜艳、太浓烈，遮住了光，遮住了一切。他的眼皮特别沉重，怎么也睁不开。还有，他听见了许多奇怪的声音，还有女子在放声大哭，她一直在说：你醒醒呀！你醒醒！

听到这儿，胡书雅双腿一颤，险些在商务车前摔了一跤。刚才她在罗伟琳的床上看过一段描写，说的是卜玉树在蔡大郎的帮助下救出了罗松，但罗松已经被徐武尉的手下打得头破血流，罗松一直处于昏迷之中。

罗槐从南雄、赣州请来了名医，卜玉树也日夜给他做针灸。月梅和刘婶娘更是衣不解带地在每晚的子时用鸡蛋按摩罗松的脚心，一直折腾到第十四天晚上，罗松终于醒转。罗松昏迷时，月梅一直在哭喊着说你醒醒呀！你醒醒。

没想到胡明如今竟记起了月梅的哭喊。如此看来，他是罗松的再生人？可他为什么说他的前前……前世是阿甲？

胡书雅刚刚将所谓的"再生人"转换为宋史再现兴趣小组成员，而今她又下意识地被"再生人"这三个字魔住了。她不是不讲科学，也不是唯心，更非固执，她只是好奇她和胡明、罗伟成与罗伟琳与八百多年前那段历史纠缠不清的记忆。也许，是再现宋史激发了罗氏兄妹身临其境的回忆？而他和胡明只是因为有太多的作家潜质才如此容易联想？

怀着一种复杂的心情，她坐进了罗伟成的车。罗伟成的车开得既快又稳，加上路好，车子跟鱼似的在宽阔的街道上滑行、游弋。南雄虽然只是个县级市，但规划建设得还比较有特点，起码有较为浓郁的南国风情。车子穿过老街，偶尔还能看到骑楼。每每这时，胡书雅眼前就会涌动出汹涌的人潮。当车子驶过贵妃塔时，胡书雅浑身汗毛竖起：街灯下，那座古朴、简陋，造型玲珑的贵妃塔居然像个曼妙有致的女人体，让她不由自主地陷入了往昔的回忆。

八百多年前，这个地方好像是罗记铁匠铺的后院！

胡书雅下意识地把自己当成了罗伟琳作品中的佛面，想到自己的前前前……前世大部分时间在清水寨，应该对珠玑巷不是很熟悉。可是，为什么她穿行在南雄和珠玑巷时会有如此熟稔的感觉？她相信，在罗伟琳后面的描述中，八百多年前的自己，那个命运设置得有些奇特的佛面肯定曾和胡清蕙并肩出入过珠玑巷，从而与珠玑巷产生了蛛缠丝绕的命运交织！不然何以解释她此刻对这些风物的似曾相识？

胡书雅有些迷惘了。罗伟成见她面露倦容，便加快速度在街上兜了两圈，拉着她绕着大气的姓氏文化园转了转，便想请胡书雅和胡明去吃夜宵。胡书雅婉拒了罗伟成的邀请，说她还是回宾馆继续读罗伟琳的"材料"!

姐，后来的故事肯定比较凄惨，你不用太上心，充其量，这不过是伟琳姐的记忆而已，我们的记忆比她的要愉快，对不对？

胡明喜欢斗酒，听到吃宵夜就来劲，再说今天大家捐善款时，他现场义卖了两幅画，为刘氏学生筹得了三千多元善款，这让他深觉安慰。在他心有所动时，喝酒就成了他全身心的需要。他知道姐姐胡书雅多愁善感，怕她读作品时触景生情，独自伤怀，故而送胡书雅回宾馆时特意提醒她。

没事，我会把握的。你少喝点酒，还有啊，和你画廊的乐乐分手吧。乐乐那种女孩就是摘桃子的人，她要的是你的画、你的名、你的钱。如果你一无所有，她会跟你吗？小杨是有不少毛病，可你们到底是结发夫妻。她这段时间不是在吃中药调理吗？也许她生了孩子人就会变好的。我还是希望你好好考虑下。

胡书雅与丈夫感情很好，她也希望弟弟能回归家庭。特别是这两天读了罗伟琳的材料，看到罗槐与胡清蕙、罗松与王月梅的爱情故事，更觉得胡明应该回归家庭，反正她不想弟弟离婚。平常她想说这话没合适的机会，见如今这情景、氛围都挺着调，于是唠叨了几句。

胡明倒也爽快，说乐乐近日偷走了他两幅画，被他发现了，他俩正在分手谈判中。

姐，你别想太多，我会把握住自己的生活，你早点休息。

胡明认真起来还是比较有责任感的。胡书雅宽慰地一笑：你能把握住就好，省得父母这么老了还为你操心。对了，过段时间你空闲些，我建议你也看看罗伟琳的东西，她写得还不错，我都看上瘾了。还有一小半，我得把它看完。

胡书雅又叮嘱了胡明两句，然后到房间翻开了那本厚厚的材料。

二十六

久无消息的曾兵和德元公突然现身，他们的曲折故事。

我不管，你们一定得把状子给我递上去！我也不管蔡大郎他是不是救了我，我可以断定他和蒋都头、徐武尉同流合污了！我要告倒他们。

从南雄州抬回家的第十四天，经多方救治和努力，罗松终于醒了。刚苏醒时他的思维有些迟钝，可在月梅、罗槐和卜玉树的提醒下，他迅速恢复了以往的记忆。当他听说事情的经过后，一贯沉稳的他激动地翻身坐起，挥着双手大声地嚷出了上述那段话。

哥，你别急！有些事得从长计议。再说了，你说蔡大郎和蒋都头他们同流合污，你手中有证据吗？

罗槐虽然早就觉得蔡大郎像口深井，或许藏污纳垢了，但若要一口咬定蔡大郎是蒋都头和徐武尉的同谋，他心中还欠把握。他不断地劝着大哥，一旁的月梅担心罗松再次引火烧身，急得泪水直流。看着她隆起的腹部，卜玉树上前递给罗松一碗柿叶茶：大哥，喝口茶消消气、熄熄火，你这样大喊大叫，万一惊动了嫂嫂腹中的胎儿，那怎生是好？

月梅一下明白了卜玉树的用意，她坐在床沿，拉起罗松的手按在自己的肚子上，含羞道：上墅你还在昏睡，我一直干呕，肚子里的孩子动了呢！哎哟，现在又动了！你摸摸，摸到了吗？

月梅那只手似有神奇的安抚力量，罗松倏地安静下来。他手扣着月梅的小腹，平心静气地等着。不一会儿，月梅小腹上的衣衫便拂了两拂，罗松的脸紧紧地贴过去，热泪盈眶地小声问道：

孩子，你可是想念父母了？

月梅拍着他的脸，噙着泪笑了。

浩风，你要当叔叔了！

罗松一把搂住罗槐，罗槐的头靠在他肩上，兄弟俩那份浓情让旁人眼热。

哥，等你好了，我们到爹娘坟前去烧炷香，让他们在九泉放心，我们罗家有后了！玉树和嫂嫂也去，让爹娘看看他们的儿媳妇多出色！

罗槐眼中漾起了泪花，声音略有哽咽。再看罗松，他一手搂着罗槐，一手搂着月梅，咬着嘴唇在暗泣。卜玉树本是眼泪极脆之人，小时候还被奶奶戏称为"泪人儿"。可在内廷待了那么些年，加上近年生活中变故频仍，她的眼泪早已哭干，连哥哥在万安去世，她也只是默默地抽泣。这会儿不知何故，她却喉咙发痒，仿佛有神秘的生物在她的咽喉深处冲撞，她刚喘出一口气，哭声便沿着那道窄细的缝隙钻了出来，细而绵长，刺得人耳轮和心田隐隐作疼。

哎哟，这是怎么回事呀？大郎醒了，本是大好的事情，你们却哭作一堆！我的菜做好了，有牛杂汤和炙羊肉，大家趁热赶紧吃！

这两天刘婶娘生病，月梅是孕妇，卜玉树便让大嫂到厨下帮忙。经过半年的调养，胡大嫂养得白白胖胖，恢复了往昔姣好的容貌，只是言谈举止中再没了往日的温婉细腻，说话行事透着珠玑巷那些当家主事的女子才有的爽朗和泼辣。冰卿读书用功，这几日曾守琴生病，他住在曾家为曾守琴端茶倒水。曾守琴的岳母和康复得几乎与常人无异的曾兵母亲处得好，千郎越来越懂事，曾守琴的小日子终于又有了几许暖气。岳父、岳母见他良心好，再说人还年轻，这些日子正拜托张大姐为曾守琴保媒，一时传为佳话。冰倩到底是个小丫头，成天黏着娘，是胡大嫂的贴心小棉袄。今天胡大嫂主厨，冰倩也过来打下手，居然做得有模有样，喜得卜玉树到隔壁的头花店给她买了两对头花。

大家落座后，卜玉树看着坐在对过的大嫂，眼前浮现出哥哥的身影来，不由心中一沉。按珠玑巷的规矩，哪怕在家中，妇人们多半坐在厨房的灶台前吃饭。就算规矩没那么大的人家，妇人要上桌也得等男人下桌后才能坐过去，吃的是男人们的残羹剩菜。罗记的老掌柜在世时，家中也是这规矩。但自从卜玉树来了之后，不知是敬她曾是皇贵妃之故呢，还是罗氏兄弟觉得几个孤男用膳没意思，这些日子都是男女同桌。除非来了客人，卜玉树和月梅才回避到小客厅用餐。王月梅在王氏酒铺时和娘另桌吃饭，到了这儿，吃饭时人多热闹，饭也多吃几碗，所以过门后，她原本就圆润的脸越见丰腴了，白嫩得像刚掰下的茭白。

　　玉树，我一早到浈江捞了几条活鱼，你拿去熬汤给冰卿、冰倩喝。还有，这是你嫂子要的老姜和老葱头，她这几天胃气痛，我特地到乡下挖的。

　　卷着裤腿、戴着斗笠的义叔拎着几条鱼风尘仆仆地走进来，一边说话，一边用眼睛找胡大嫂。一旁吃东西的胡冰倩看见义叔后笑闹着扑进他怀里。义叔黝黑、苍老的脸上露出了由衷的笑意。大嫂见了义叔，更是眉开眼笑，一脸幸福。以前卜玉树看见这种情景定然不快，现在却替冰倩、冰卿和大嫂庆幸。义叔走后，她和罗槐敬了大嫂两杯酒。大嫂自斟了一杯，缓缓地倒在地上，叹道：今天是你哥的生日。

　　卜玉树看着大嫂微红的眼圈，知道无论她今后和谁过日子，大哥都会永远住在她心灵深处。卜玉树前两天就备好了哥哥的祭礼，今早起来到路边烧了。这会儿她给哥哥夹了碗菜，放了双筷子，倒了杯酒，和罗槐毕恭毕敬地敬了大哥一杯酒。随后罗松和月梅也敬了大哥的席位一杯酒，原本轻松的气氛倏地显出了几分沉重和压抑。

　　唉，今儿个大喜，我们还是敬大哥大嫂吧！

　　卜玉树不想因为自家的事影响在座各位，忙拽着罗槐敬了大哥和月梅一碗酒。他们刚落座，胡大嫂举碗来敬卜玉树和罗槐：

　　妹妹、妹夫，有句话不知当说不当说，我们离开万安至今也一年多了，原先你俩说安顿好就派人去取你大哥和江州那两个老人家的骨殖，在珠玑巷重新安葬。现在日子安定了，义叔愿带着陈家、王家的两个后生回江州去取老人的骨殖，返程时再把你大哥背回来，你们看行不？

胡大嫂泪眼婆娑地看着卜玉树和罗槐，卜玉树遽然一惊，心想真是光阴似箭啊，转眼就年余。最令她惭愧的是近来她和罗槐忙于事务，竟把这最最重要之事给搁下了。当即起身行了个大礼：

嫂嫂说得有理，妹妹陪义叔去！

卜玉树是真心诚意地想去迎哥哥的骨殖，但她也晓得没人会同意她去。罗槐忙向大嫂表态，他一定会安排好义叔出行之事。

这时，房门突然"砰"地被人撞开，曾守琴领着两个身材消瘦、灰头土脸的男子走了进来。

浩风、浩山，你们看谁来了？

罗槐、罗松站起来，卜玉树却不自觉地后退了两步，众人傻傻地望着那两张风尘仆仆、似曾相识的脸，好一阵罗槐、罗松才不约而同地颤声道：曾兵？你可是曾兵？

是我，浩风哥，浩山哥，我们终于赶过来了！

罗槐和罗松紧紧地抱住瘦得脱了形的曾兵，三人泣不成声。卜玉树呆呆地望着旁边那个瘪着嘴想哭的老伯。这时曾守琴捅了捅罗槐：浩风，德元公也来了！

罗松转过身，定定地看了老伯几秒，一把扑过去，抱住老伯泣道：德元公，您受苦了呀！

德元公？您是德元公？

罗槐抱着这个哭倒在他肩上的老伯，连声惊问。

浩风，德元公这次可是死里逃生啊！他和曾兵能够活着到珠玑巷，那真是老天在帮忙！

卜玉树让嫂嫂赶紧去烧两锅热水，再取两身罗槐的干净衣裳来，让曾兵和德元公收拾收拾。不料曾守琴却拦住她俩说，曾兵得先去看老母亲，曾兵的妻儿和德元公一大家子还在吴氏祠堂等着！

吴氏祠堂距官道最近，原来曾兵他们一路逃来，风餐露宿，眼看到了珠玑巷，腿兀自软了，走到吴氏祠堂时再也走不动了。曾兵只好让他们先歇歇，自己和德元公跑到罗槐处报信。结果在公理亭那儿碰到正往罗记走的曾守琴，三人便一并赶了过来。

曾伯母的病这下全好了，不过，你得小心别让她太激动！

卜玉树没想到自己和月梅为哄曾伯母编的那出"带着妻儿回珠玑巷"的戏居然美梦成真了，不由得替曾伯母高兴。曾守琴、罗槐也卸下了身上的千斤重担。当下商定由曾守琴先陪曾兵回去见老母。卜玉树和大嫂、刘婶娘安排好大家的食宿，罗槐、阿甲、小乙赶着牛车到吴氏祠堂去接人。

夏小二快马加鞭地从南村接来了这两个月在那儿轮值守庄稼的罗长志和罗华志，父子、叔侄相见，不由抱头痛哭。特别是罗华志，听说自己的家人和大叔都没能跟着德元公逃出临安城时，他哭倒在地。那份悲恸，令观者泪涌。

接下来的两天罗槐和卜玉树格外忙碌。他们把鸽舍旁边那排放杂物的五间平房腾了出来，临时刷上石灰水。为了让墙壁早干，每间房内放两只大火盆。大嫂、月梅和冰倩适时添加木炭，以求最快速度把墙壁烘干。罗槐到曾守琴的义塾学员宿舍搬了十几张五尺凳，又去买了床板和几十斤棉花，把十里八乡的弹棉匠请到家中弹棉被。在弹弓的咚咚声中，卜玉树、王月梅、月梅娘领着曾姓、罗姓的十几个婶娘、妹子连夜赶制被褥和大人孩子的冬衣、鞋袜。罗松因急着要回大庾岭帮不上忙，他给了德元公一些安家的钱。

对于自己的救命恩人，罗槐和卜玉树那份用心自不用说。阿甲、小乙、夏小二等徒弟也为安置德元公等人有钱的出钱，有力的出力。义叔为此还推迟了两天行程。他们所做的一切，德元公看在眼里、记在心里。当德元公和随行的张屠夫两家十多口人终于妥妥地住进罗记后院时，罗槐用飞奴通知哥哥回家，在后院摆了十几桌酒，悄悄地把那些临安的逃户户主请来，他们中的有些人已经偷偷地来见过德元公了。饭后大家来到罗槐的账房，卜玉树吩咐阿甲、小乙、二伯守好各处门户，等德元公居中坐下后，罗槐、罗松和卜玉树及众人双双跪下，谢过德元公在临安的救命之恩。

贤侄，这话说得不合适啊。如果要论功，现在你们功劳最大，救了我们这十几户人。来来来，大家一起谢过我浩风、浩山贤侄！

德元公拱手施礼，其余人跪在地上原地调转头，朝罗槐、罗松咚咚咚磕了三个头。罗槐、罗松忙搀起众人，卜玉树、大嫂送来茶水，众人说起这一年多的遭遇，长吁短叹者有之，痛哭流涕者有之，只有德元公佝偻着背，手中把握着一块间杂有褚红斑点的石头，消瘦、满是皱纹的脸上写满忧思。卜玉树之前没见过德元公，但从罗槐、曾守琴的闲聊中得知，德元公是一个养尊处优、大腹便便、满脸油光的中年男子，怎么说呢，类似于贾太师的样子，一看便知灌了满肚子的油水。可如今的德元公却是一个满脸悲情的枯索老者，这不但让卜玉树意外，罗槐也不敢置信。

我以前听到伍子胥一夜白头的话本时还以为是舌辩人编排的，可看到德元公后，我相信伍子胥过昭关一夜白头是真的了。德元公起码瘦了五十斤，和以前判若两人了。

罗槐曾私下感叹。更为奇怪的是，他说他喜欢现在的德元公。

以前的德元公像块肥肉，好吃但很腻，现在的德元公是扎实的粗粮，不好看，可是吃着舒服。

罗槐的这个比喻在卜玉树听来有些可笑，然而仔细一想，又觉得在理。现在的德元公确实粗粝，坐在椅中的身影仿佛一兜结实的老树桩。

浩风、浩山，列位，我们一家老小这次能活着到珠玑巷，我还得实实在在地感谢曾兵。如果不是曾兵，我们早就骨头打鼓了！

德元公端起茶碗轻啜了一口。卜玉树从他托举茶碗、喝茶的细微动作中看出了他之前的教养与身份。

那天浩风赶着马车去接胡，哦，是卜姑娘，曾兵、阿甲领着大嫂、我家长志、华志等人也先行离开临安，我和其他家人得等你们离开后才能走，不然那些暗中盯梢的人就会发现我们的计划……

德元公略显疲惫的声音把大家带回到记忆中香风摇曳的临安城。

当时，德元公从一个贾府交好的师爷处得知，贾太师在严查与胡显祖交往之人，且已找出了十三户与曾守琴、胡显祖有瓜葛之人，马上就要把他们打入大牢。德元公生恐拔出萝卜带出泥，到时连累自己。三十六计，走为上计。于是他打点关系，伪造了路引，先让儿子长志和大弟的儿子华志跟着曾兵先走，他和大弟、二弟、内弟再晚一步到江州和他们会合。当他回到家中，要三房娘子收拾东西走人时，不想却遭到了极力的反对！

相公，我们这里不住得好好的吗？怎么说走就走呢？

德元公的大房孔氏怀疑自己听错了，她用一贯的鼻音哀怨地道。德元公不喜她这副永远幽怨的腔调，不耐烦地对说：别问这么多了，你们赶快收拾东西，这两天假装去看亲戚，等你们到亲戚家后，再到指定地点，坐船去江州。

德元公不想把计划的全部细节告知三房妻妾，他话音刚落，二娘就叫嚷起来了：什么？你让我们去江州那个鸟不拉屎的地方？我不去！

二娘原是个在茶楼卖茶叶的小家碧玉，生得一副娇俏模样，她为德元公生了长志和远志二个儿子，最得德元公的宠爱。平素骄蛮惯了。三娘和大房各生了一个女儿，她读过几天书，识文断字，女红做得呱呱叫，她嫁入罗家后包揽了全家上下的衣服，整日剪啊裁的，还时常自己设计、改良些服装式样，家人穿出去后引得街坊邻居纷纷赞叹。一来二去的三娘的名声不胫而走，德元公干脆在临街处给她开了间裁缝铺子，一则老三有个寄托，二来他多了条财路，两人倒也相安无事。其实论起来，这三房妻妾中，三娘最懂礼道，也最大方，是德元公敬重之人。只是她不喜男女之事，对德元公甚是冷淡。德元公懒得热脸贴她冷屁股，两人像街坊似的客气。

三娘，你说怎么办？

德元公从大娘、二娘那儿得不到支持，转而问三娘，希望她能站在自己这一边。三娘头也不抬地继续剪着手中那块布，轻描淡写地道：相公，你还没说清楚我们为什么要走，还有，我们是不是非走不可？不走又会怎么样？你得把这些利害关系给说透了，我们才能决定啊！

德元公一拍脑袋：我的娘子哎，事情是这么这么的！

德元公一五一十地把事情原委告知了她们，才听到一半，大娘便跳起脚来：那个天杀的罗槐，我们好吃好喝地待他，他倒害起我们来了！

对啊，他这人不知好歹，有一次远志问他讨只鸽子炖天麻，他非但不肯，还把远志教训了一通，说他的鸽子通人性，是传音的飞奴。真是蹬着鼻子就上脸了！

二娘噘起染得红嘟嘟的嘴唇，生气地道。德元公一拍大腿，压低嗓门吼道：你们别吵了！说不定现在我们的房子就被人包围了，再不走，别说财物保不住，只怕命也保不住！明白吗？

大娘和二娘愣了会儿，接着哭起来。德元公不胜其烦，正要吼，三娘收起剪子，镇定地说：大姐、二姐你们别哭，相公呢也别烦。其实就是别人不逼我们，这临安也不是久住之地。街西头的张员外上个月不是搬走了吗？右街坊欣春楼的掌柜也举家搬走了。相公还说过，朝中也时常有大员头天还在，次日上朝就没人影了。这元军讲不定哪天就来了，留在这儿的人只怕还得有靖康之难！

三娘因衣裳做得好，常到各王府和大户人家宅中为女眷量体裁衣，见多识广，加上平日爱买坊间新闻小报，她姐夫的兄长又是镇守荆州的边官，常有家书寄回。上次罗槐走，德元公之所以让长志、华志押了两船细软先行，与三娘姐夫的兄长寄回的家书不无关系。荆州离襄樊近，这些年备受元兵困扰。家书中他多次建议族人尽早离开临安，所以三娘早有心理准备。她这一说，德元公就像抛锚的船，渐渐地定住了心。

相公，长志走后，我已经收拾了一些东西。我这边是抬起脚就可以走的，就不晓得大姐、二姐怎么样。

三娘说罢进里屋换了套朴素的衣裳，手中挽个小包袱，牵着十三岁的女儿，俏生生地站在庭院中，让德元公眼前一亮。

你们还愣着干什么？只带最要紧的东西走！

德元公对大娘和二娘吼道。那一刻，他喉管发直，尽管他早就存了离开临安之心，也一直在做准备，可真要离开生活了几代人的临安城，舍下这一大片家业，他又心如刀割了。当他看着大娘和二娘哭哭啼啼地离去时，心中掠过一丝后悔：也许自己不帮罗槐和曾守琴，就能避开此劫了？

但是，这个念头只一闪就消失在因惊恐而混乱的脑海中。这时罗强气喘吁吁地跑进来，脸色煞白地说：公，不得了啦！我刚才出去，看见外头有人盯着我们家！

对于罗强这位二执事，德元公近期有些反感和怀疑，他发现罗强在偷查自己的账本，并在比期结账时做了手脚，偷截了一笔款项，这是他无法容忍的。而自己之所以被贾太师注意，据他从贾府探听到的消息，似是与自己献给贾太师的赤眉金爪蟋蟀的来源有关。

当时贾太师也曾问过蟋蟀的来源，德元公回答说是从市场上买的。贾太师并未怀疑，时风所至，各地皆有博了命抓蟋蟀者，花大价钱在市场上买一对赤眉金爪并非不可能。贾太师认为他运气好，碰到了蟋蟀仙人，还和他切磋了一些如何保护蟋蟀过冬的心得。

为什么后来贾太师会盯上自己？给德元公通风报信的贾府师爷说，罗宅有人向贾府通风报信。罗槐和曾守琴不可能自掘坟墓，家中最可能知道此事的只有罗强。他和罗槐住同一个偏院，平常也玩蟋蟀，从鸣声中就能听出蟋蟀的优劣。

最令德元公起疑的是，罗强因常跟着他去贾府，和贾府的二管家混熟了。二管家有个妹妹眇了一目，尚待字闺中。二管家一直张罗着把精明强干的罗强变成妹夫，只是罗强一直没松口。二管家在贾府挺能说上话的，他是否暗中许诺过罗强什么？自从知道罗强与贾府二管家交好后，德元公对他便多了几分提防。如今猛地听罗强说外头有人监视自家房屋，他不由得疑窦丛生，不知该信他呢还是该提防他？

公，真出不去了，不信你去看看。

罗强自小就有个毛病，一紧张嘴唇就哆嗦，这会儿他那两片嘴唇抖得跟肉冻似的，德元公皱眉道：

罗强，你别瞎想。我们小门小户的，朝廷哪会费这份心思？我看你也累了，去屋里歇会。二娘要带着囡囡去看外祖母，我们有空再聊。三娘！三娘！

罗德元喊来三娘，当着她的面把刚才的话再说了一遍。三娘最是机警，早已明白罗德元的用意。她淡淡一笑，说要去买些杂色线和镶边的红布料，不然手中的活计完不成。

三娘说罢从旁边的檐下取下盖头，其实就是顶布檐阔边帽，帽檐下镶着稀疏的纱罗，以掩盖脸部。

三娘，我陪您去吧！

罗强热切地道。三娘摇摇手：二执事，你虽然是后生，可到底还是男女有别，我俩出街多有不便，还是我自个儿去吧！

三娘似乎不经意地瞄了罗德元一眼，把个罗德元看得心窝里一热，继而又一揪，觉得这么多年自己竟是坐在宝山不识宝，把个大道、能干、勤快、从不惹是生非的三娘冷落一旁，却宠着那专会耍刁使泼的二娘，自己这不是有眼无珠吗？

德元公，外头的人可是来查我们与隔壁胡家串通之事的？

罗强不问这话罗德元还把他当成半个自家人，这话一出口，他耳边倏地敲起一记响鼓，百分之百断定此人为内贼！

罗强，你听谁乱嚼舌根的？

罗德元不想马上揭穿他的嘴脸，故意反问道。哪知罗强连伪装的耐心都没了，他冷笑道：公，你就别骗我了。这段时间你偷卖罗氏公祠的东西，让长志、华志运了几船细软出去，别人不晓得，我还不清楚？一来你早就想离开临安；二来呢，你是吃了迷魂汤，着了罗槐的道，惹恼了贾太师，不然也不会想着全家逃跑，对不对？

看着罗强骨碌碌乱转的眼珠和唇边那抹得意的笑容，罗德元的胃变成了一口开水锅，沸腾出无数高热的气泡。它们一个劲地往喉管里涌，灼得他满嘴火辣：罗强，你想干什么？

罗强哈哈一笑：在你的火眼金睛下我还能干什么？我不就是个你全家人呼来喝去的家奴呗！

罗德元气愤之极，说罗强你别忘恩负义。

罗强的脸立即变得狰狞了：公，你只要给我一万钱，我就知恩图报，给你全家指条明路，保你们太平无事！你要是把钱看得比命还重，那就别怪我无情无义了！再说了，这些年我天天起早摸黑，你挣的钱有我一份，你早该给我了，快给我金库的钥匙！

罗强伸出手来。罗德元大骂道：逆贼，你吃了迷魂药了？我哪来的金库？

罗强上前一步把他逼到墙角：你以为我不知道？金库就在你的书房里。

罗德元脊背一凉，但他到底老辣，知道罗强可能隐约觉察了些什么，但并不知道具体的情况，于是他坚决咬定没有金库。罗强也懒得跟他争执，说你要是实在不舍得钱，那就公堂见：哼，到时候你的钱是留下来了，命却没了。你这个守财奴，到底是要钱还是要命？快说！

罗强逼近罗德元，因激动而变冷的双手卡在他脖子上，罗德元奋力一推，罗强趔趄着后退几步。罗德元破口大骂：你个忘恩负义的小人，从你七岁到我家起，这些年我哪点亏待了你？我供你吃、供你穿、供你读书、供你立业，不指望你养我的老送我的终，只望你将来有一份过得去的家业，也不枉你白姓了这个罗字！哪料到你却恩将仇报、谋财害命！真是天理难容！

由于罗德元住处两旁的偏院都空着，加上几个老仆和大儿子长志又随船离开了临安，大娘和二娘在前二进的房中收拾东西，远志在睡懒觉，两个女儿想必也在房中，罗德元的高声大骂只引来了阵阵回声，竟无人过来帮忙。

罗强恶从胆边生，从腰间抽出把雪亮的匕首扑过去，冰冷的刀尖抵住了罗德元的脖子：哼！你以为像狗一样的把我养大就是恩？你知不知道我在你家受了多少委屈和冤枉？你家长志、远志闯的祸，屎盆子全扣我头上！二娘天天打我骂我，饿我的饭，冬天让我打赤脚。大娘见面就说我是贼，偷了她的东西，你那个肥头大脸的臭闺女还污蔑我偷看她洗澡！真是要多歹毒就有多歹毒！你呢？自以为对我有恩，其实把我当成一条看家狗，你什么时候正眼瞧过我？有一次远志生了病，大夫说要是他把病传给别人，而那个人又死了的话，远志就会好。结果你让我过去照顾远志，不就是希望我代他死吗？亏得老天有眼，我没死成，你现在还敢说有恩于我？还敢骂我谋财害命？你不撒泡尿照照自己什么东西！告诉你，我今天不止要害你的命，还要害你全家的命！而且不用我动手，贾太师自会收拾你们，到时把你们全家腰斩、弃市、五马分尸，你们一死，这罗府就全归我了！

罗强越说越快，嘴角溢出几团白沫，清秀得寒薄的眼睛变得通红，喷出的唾沫星子带着五脏六腑的腐臭气息。这时，罗强手中的匕首刺破了罗德元的脖子，罗德元嗅到了鲜血的腥味。

你个王八羔子！

罗德元一脚踹在罗强的裆上，罗强吃痛不过，匕首往旁边划去，罗德元听见了自己皮肤的破裂声。所幸刀口未影响到他劈向罗强右胳膊的手掌，只听"当"的一声响，罗强手中的匕首落地，两人扭打在一起。先前罗德元还沾了体形高大的光，可两人在地上打了几个滚后，年轻的罗强占了上风。他骑在罗德元身上，双手死死地卡住他的脖子。罗德元的双眼因缺氧而模糊，罗强瘦削的脸幻化成蛇头，朝他狠狠地咬过来。

就在这千钧一发之际，一道黑影奔至罗强身后，接着听见"咚"的一声响，罗强扑倒在罗德元身上，冰凉的门牙磕破了罗德元的脸皮。

相公，你没事吧？

三娘沉稳的声音显得渺远和陌生。好一阵子罗德元才清醒过来，并在三娘的帮助下从罗强的身下爬了起来。

三娘伸手试了下罗强的鼻息，立刻一脸刷白地跳到罗德元身后，颤声道：相、相公，他没气了，这可如何是好？

罗德元紧紧地抓住三娘的手说：三娘，他不但要杀我，还要杀我们全家，罪该万死，万一有事，我顶着。

罗德元四顾一下，见空庭无人，忙命三娘取下自己腰间的钥匙，打开书房房门，将罗强的尸体拖进了夹墙中的地道。初次进来的三娘本就惊魂未定，如今猛地走进这阴森森的地道，斗大的胆子倏地变成了鸡卵子，她颤声道：相公，这，这家里，下头，怎的，怎的会有这么长的地道？

这是前朝的房主留下的。原本出口给填上了，那次我在屋内修金库，恰巧发现了！

三娘"噢"了一声，心想以前罗强时不时来探听的金库原来真的实有其事啊！两人一时没说话，只听到脚步声和罗强尸首在地上拖过的喇喇声。摇曳的烛火中，二人的影子映在壁上显出几分诡谲。

罗德元是个思维缜密之人，早就有意营建这个避难所。罗槐领着胡贵妃逃走之后，罗德元令阿叔多存些干粮、木炭、石灰、药物、锄头、刀具、木棍进去，以防万一。没想到这地方没成避难所，反倒先成了罗强的坟墓。

相公，这地方太瘆人了，我们得赶紧走。

埋好罗强后，夫妻俩在水沟里洗净了手，三娘浑身打颤地挽住头晕脑涨的罗德元，恨不得马上飞出去。罗德元静了静心，终于和三娘趔趄着回到了书房。这时三娘告诉他，刚才借口买东西，她到街上打了个转，发现四边的路口的确有人把守，没想到她赶回家中时，正好看见罗强行凶，便拾起花坛旁边的砖头砸向了罗强的脑袋。

幸亏你来得及时，不然躺在这儿的就是我了！

罗德元后怕得出了一脊背的冷汗。

相公，看样子我们和二郎、三郎是走不脱了，但愿长志和华志已经到了江州，这样好歹还留下了我们罗氏一点血脉。

三娘刚才那一击似是用尽了她全部的气力，此刻她脸色苍白、柔弱坚韧，别有一种美丽。罗德元再次感叹自己以前错看了她。正想安慰她两句，门外传来老仆阿叔焦急的喊声：老爷，出大事儿了！快开门哪！

罗德元拉开门，满头是血的阿叔跌进屋内。紧接着大娘、二娘带着远志和两个闺女冲了进来。

哎呀，相公，他们已经到了大门外，正砸门呢！这可怎么办？

是啊，相公，你赶快救我们！

大娘、二娘叽叽喳喳，两个女儿扁嘴要哭，远志倒没事儿人似的，还在玩手中的那对蟋蟀。

你们再吵，大家都会没命，听爹爹和阿叔的。三娘厉声喝道，屋内安静下来。

天要灭我罗氏啊！奈何！奈何！

德元公叹着流下两行泪，一副引颈就戮的模样。

阿叔推着他往夹墙走：老爷，天无绝人之路，你们快进地道，我来封门，说不定还能躲过这场灾祸。

阿叔是罗氏的家奴，自小就生活在罗家，待罗德元如子息。罗德元和他有很深的感情，他不忍心把阿叔丢在外头，可是，如果他们进地道后无人善后，搜查者转瞬便可发现他们的行踪，所以还必须留人在外面。尽管时间紧急，罗德元还是带着全家给阿叔磕了三个头。

你们快走啊！阿叔推着德元公往夹墙里走。

阿叔，来世当牛做马再报你的恩了！

罗德元说罢，阿叔返身从门外拎进两桶菜油。

老爷，只有烧了房子，他们才找不到入口，你们快进去！

阿叔说着抓起了旁边的竹扫，蘸上油，点着了，罗德元和远志此时已拉开洞口上盖着的那块大青石。

这时，他们听到了嘭嘭的打门声，这说明缉拿罗德元的官兵正在破第二进的院门。罗德元住在第五进，这就给阿叔留下了一点善后的时间。阿叔小声说：老爷，要是我还活着，我会到胡家的出口那儿去。到时我敲四长四短，你们就出来。

阿叔，我……

罗德元话未说完，阿叔已经把他推进了洞口，并拼了老命将青石盖上。洞内只剩下三娘手中的竹扫火把还闪着亮光。好在地道两旁隔段路程放置了一盏油灯，罗德元点上了油灯，总算还能看清周围的形势。想到地面正在燃烧，罗德元镇定地指挥家人脱下衣服塞住洞口处的缝隙，减少沁入地道的烟气，然后领着家人在狭窄的地道中默默地前行。约莫走了十多米，空气中开始弥漫着烟火味，众人陆续咳嗽起来。罗德元领着大家快步走到那间有两个拱门的石室，这时烟味淡了，加上有藏在深处的透风孔，众人这才缓过气来。

三娘恐惧地扫了眼石室入口处的土堆，那是罗强的坟，浑身打了几个寒噤。罗德元把她拉到一旁，叮嘱她千万保密。

三娘点点头，说晓得了。

二娘瞪着罗德元和三娘，尖俏的脸上写满嫉妒：都这种时候了，还有闲心卿卿我我，也不怕脏了孩子的眼！

罗德元冲着她吼道：你懂个屁！

一直受宠的二娘几时吃过这种瘪？她气不过，转而刻薄三娘：三妹几时成了狗头军师嘛？

"啪"地，罗德元扫了她一个耳光：蠢婆娘，都这种时候了，你还是只晓得争风吃醋！告诉你们，我们现在是生死关头，运气好就能重见天日，运气不好，这里就是我们全家人的坟墓！

他话音刚落，二娘、大娘就抽泣起来，远志嚷嚷着要出去，挨了罗德元一耳光，两个女孩儿哭得更大声了。罗德元还没来得及开腔，三娘竖起手指"嘘"了一声，提醒道：大姐、二姐、孩子们，现在官兵就在我们头顶上，你们要是想活，就不许出声。老爷早就备好了床褥，大家铺好床，先睡一觉。等官兵走了，我们再出去。

三娘好似一支镇静剂，众人倏地安静下来。只是罗德元和三娘怎么也没想到，由于两边的洞口都推不开。他们被迫在密室中"安静"地待了十一天，这"天"的概念可是罗德元通过他早就备置在密室中的沙漏算出来的！

相公，莫不是阿叔被人收买了？他故意把我们诓进洞里等死？

二娘心眼活，首先提出这个疑问。大娘是个没主意的人，可一旦有人提了个头，她的想象力便立刻变得无穷无尽。各种荒诞细节突然涌上她的脑海，她立即断定阿叔是个被人收买了的杀手，把个原先一直斥骂她们荒唐的罗德元也弄得疑心生起暗鬼来，小声地问三娘，这阿叔一直与罗强交好，莫非他俩一个唱红脸，一个唱白脸？

这断无可能！你要晓得，阿叔的娘亲生了重症，是你请的郎中救了她的命。他何至于如此歹毒？你莫听她俩瞎雀雀！

有文墨的三娘底气就是不一般。哪怕她已经被这种幽闭急得发烧，分析起问题来依然有理有据。这时在三娘的"掸压"下，众人靠睡觉打发时间，醒后则四处找东西吃。不久，三娘将食物也控制起来，给大家定量发放。不成想她睡着后大娘、二娘将食物瓜分了，居然没给她留下丁点。在罗德元勒令下，她们才匀了些食物给三娘母女。

转眼过去了九天，室内存放的干粮已所剩无几，剩下的冻米糖也有了霉味。火绒和灯油早已用完，他们处在铁幕一般的黑暗中，大娘、二娘先是整日暗泣，这段时日身体弱了，她们再也哭不出来了，两人轮番着长吁短叹。几个孩子倒没了之前的萎靡和恐惧，三人在黑暗中玩"抓老鼠"。

让罗德元和三娘备受折磨的是当初埋罗强时洞挖得不够深，慢慢的，密室内充斥着浓烈的腐臭，让他俩时刻意识到罗强的尸首就在身边。大娘、二娘以为是死老鼠的味道，罗德元和三娘也不说破，只是提醒大家尽量离地道口的死老鼠远点儿。

这天三娘摸索到存放干粮的木桶那儿，发现上次剩下的干粮都不见了，心知是有人拿了。她一个个摸过去，口里道：那些干粮是留给孩子的，谁拿了赶紧取出来。

罗德元一听，生气地四处摸索起来。不一会儿，他听到二娘发出一声尖呼：是我的，给我！我不想死，我还要去看长志。相公，她们都是不下蛋的母鸡，这干粮理应留给我和远志吃，我还得给你带孙子呢！哎哟！你打我！

二娘惨呼一声后没了声音，接着又响起阵尖呼，那是远志在骂罗德元：臭大肚腩、死猪脸，你打我娘，我打死你，我打死你！

结果他打中了旁边的大娘，大娘和他对殴，接着其余两个女孩也加入了打斗，密室内一片鬼哭狼嚎。

你们再吵，就给上头的官兵听见了，静一静，静一静。

罗德元的声音已失却了原先的威严和震慑力，三娘的话也无法让她们平静下来，她们像母兽似的厮打着。不过终因身体虚弱，厮打很

368

快就被时断时续的哭泣替代。过了一会儿，哭泣声变成了叹息声，随后叹息声变成了粗细不均的呼吸、翻身、磨牙、梦呓以及时不时发出的痛苦的呻吟。那一瞬，罗德元万念俱灰，喃喃地道：也好，一家人死在一起，二郎和三郎只怕没命了，长志、华志要是活着，我罗氏、罗氏……

罗德元啜泣起来。被高烧折磨得浑身疼痛的三娘抓住他的手，挣扎着道：相公，我们不能就这样认输。好歹，我们，再到胡家的，出口那儿看看。我们已经，躺了两天，也许，这两天，阿叔、在、在那儿等，我们……

说话对于此刻的三娘像是一种刑罚，她喘了许久才把话讲完。

罗德元遽然一惊，这两天，他只能说从饥饿的次数、睡眠上感觉已经过了两天，他们一直躺在密室，在绝望中长吁短叹，竟然忘了到胡家的出口去等阿叔的消息。

相公，不能干等，他的消息，我们，得自救！大娘，你身边有镐，相公，你右边，有鹤嘴锄，我们过去，看看，能不能撬开。

三娘喘息了一阵，气息平稳了些。她坚韧地爬起来，先是哄着大娘把镐摸过来，接着拖着精疲力竭的罗德元往前头爬去。从密室到胡宅的出口不过几十米距离，他俩却似乎爬了一辈子。等他俩终于撑上最后一级台阶时，罗德元抽泣起来：

三娘，我们肯定活不了啦！撬也白撬！

三娘循声找到他的脸，用她燥热的唇在罗德元脸上印了个吻：相公，你得起来。我们，我们能走出去！

在三娘的鼓励下，罗德元撑着虚弱的身体，用鹤嘴锄撬着那块沉重的石板，似乎是为了防止他人找到洞口，胡显祖对洞口的石块进行了加固，要么就是他俩实在是太虚弱了，总之折腾了半天，洞口的石板依然纹丝不动。就在三娘和罗德元绝望之时，从上头传来了四长四短的敲击声。

是阿叔！相公！你听见没？

三娘高兴地掐住了罗德元的手。罗德元的思维立刻清晰起来，两人用尽最后一点力气，托着鹤嘴锄在石板上敲了四长四短的信号。不一会儿，他俩听到铁器和石头的碰撞声。然后，有人在移动石块，土块刷啦啦地往下掉。当那缕月白的光线投下时，罗德元和三娘终于听到了这些日子他们梦寐以求的声音：老爷，是我，阿叔！

就这样，在罗德元全家行将死亡之时，老仆阿叔冒死从已被官府封贴的胡宅里将他们从密室中救了出来。胡宅有三进院落，洞口在第三进。也许是忌惮官家哪天想起了胡妃，欲复恩宠，他家的房子现在没人敢占，都空着。阿叔说他那天放火烧着了罗宅的最后一进院落后，顺着一棵树翻过了围墙，跳入旁边聋子邻居的院子，从容地逃脱了。

由于罗宅每进之间都有防火墙，房子又是青砖到顶的建筑，火势还没烧到其他院落就被一阵雷雨给浇灭了，恰到好处地掩盖了密室的入口痕迹，又没殃及邻舍。更庆幸的是，罗德元家伙计、下人甚多，加上祠堂的执事和宗亲，来往人口繁杂，阿叔又是在内室服务的老仆，平常寡言少语，谦卑得如同一道影子，外人鲜有知道他的。当他换了套装束在罗宅邻街的饭馆打杂时，没谁发现他是前几天失火、据说出了大事的罗宅的下人。

夜晚，阿叔打算翻墙进入罗宅去救人，可罗宅、胡宅一直处于监控状态。阿叔不敢贸然行动，他心急如焚地等到第六天，终于发现守在胡宅外头的人撤走了，他还不敢造次，仍然猫在聋邻家对过观察了大半日，等聋邻家的儿女悉数外出时，他才带着食物和水翻进聋邻家，再从聋邻家爬墙进入胡宅。

阿叔进入胡宅时正值下午，夕阳西斜，胡宅庭院里的花木因无人浇灌而枯槁，但那几棵大树却仍旧枝繁叶茂地在风中摇曳。阿叔不知胡宅的地道出口在何处，像个疯子似的在院中敲打，敲打了半天，他忽然意识到自己犯了傻：谁会把一个密室的出口放在敞开的院子里呢？他努力地回想着自己那几次从罗宅秘道到密室打扫、放置食物的方位，捡起枯枝在泥地上画出记忆中的方位图。然后根据胡宅的地形一点一点去拼凑，大致确定了方位。

他找了两天依然没有丝毫收获。没奈何，他只好翻墙出去又到街上打了一天零工，挣钱买了些食品，再伺机入胡宅寻找。就在他即将绝望之时，忽然发现书房内有扇书橱的内壁敲击声有异。于是他找来工具慢慢地把书橱内壁撬开，终于发现了藏在其后的夹道和洞口上那块穿着铁环的大石头。他用锄头轻轻敲了四长四短的暗号，下头没反应，他又持续不断地敲了约莫半个时辰，里边还是毫无动静。

阿叔连日劳作，加上年纪大了，实在累得慌，就到旁边的房间眯了一觉，等他醒来时，已是夜晚，还好是满月，庭院里一片雪白。阿叔返身关好门窗，拉下窗户上的木头挡板，点着火把再次来到洞口，开始用暗号敲击洞顶，也不知敲了多久，他终于听见从地底下传来了微微的回声。

那天好险哪！要不是三娘拽着我去洞口，我们全家这会儿已经在地下烂成了泥！

说到这儿，德元公长叹一声，从怀中拿出个布包，抚摸着，眼泪打在青包布上，发出笃笃的响声。

三娘走到半路就病殁了。我真后悔，那些年没有好好待她！

德元公将脸贴在三娘的骨灰布包上，泣不成声。旁边的华志想到生死未卜的家人和大叔，不由放声大哭。众人安慰了一阵，心中也似坠了千斤沉铁，屋内的空气顿时沉重起来。

德元公，改日找个地方好好葬了三娘，让她安息。现如今你们全家大难不死，三娘九泉有知也是高兴的！

卜玉树说着给德元公送上一碗刘婶娘特意熬的人参茶。罗槐、长志等人又宽慰了他和华志一阵，华志平静下来，德元公也恢复了些元气，只是神情依旧沉重，眼神凄迷，双唇颤抖。罗长志和罗华志紧紧搂着他瘦弱的双肩，三人脸上泪痕道道。

公，怎么没见着阿叔？

罗槐对阿叔印象挺好，那个闷声不响的老人就像冬天的火笼，没有任何亮光，却使人温暖。

德元公叹口气，说为了筹集他们一行的船资，阿叔在两家店铺帮工，可所得还是不够，他竟铤而走险，偷了店东的两贯钱，钱是交到德元公手里了，他却被店东打成了重伤。

我们离开临安的前一天他也走了。

德元公说当时他们化装成乞丐，住在河边的一座破庙里，阿叔伤重不治，含恨离世。他们匆匆埋葬阿叔之后，趁着夜色踏上了前往珠玑巷的行程。

可你们怎么会遇到曾兵的呢？

卜玉树越想越觉得这个世界太小，比如她们在江州码头上等到了曾守琴，德元公与曾兵这两股本来八竿子打不着的人马又相伴回到了珠玑巷！这只能说冥冥之中有神灵相助。

命定！一切都是命定！

德元公叹着告诉大家，他们一行坐的是最便宜的渔船，因是逆水而上，行船非常缓慢。途中遇到大风、大雨天，船家还得躲避，就这样走走停停，从镇江到江州居然走了一个多月。其间船家以各种名目敲诈他们的船资，到了江州时，德元公已囊中羞涩，三餐难继。船家见实在榨不出油水，就把他们丢下了。

德元公别无长技，最有能耐、最有主意的三娘又重病在身，没奈何，他只好动员在乐班出身的二娘沿街卖唱，大娘给人做针指，远志和他领着两个女儿沿街乞讨。这样厮混了半月，三娘溘然长逝。身无分文的德元公只得将三娘背到江边，寅夜撬开他早已打好眼的早点铺子，从那儿偷了壶油将三娘烧了，然后用青花布包好她的骨殖，随身带着，继续乞讨。

也许是多年的习惯使然，德元公乞讨也收拾得干干净净。这日他们到早市捡菜叶，一目不识丁的张屠夫不会算数，被买肉的顾客欺骗。正在旁边捡烂菜叶的德元公挺身上前重算了一遍账，戳破了顾客的诡计，帮张屠夫追回了少算的钱款。

张屠夫家境不甚好，娘子脑子不清爽，一个儿子还未娶妻，他敬德元公有文化，同时也怜他落难，又见大娘、二娘和几个孩子生得灵秀有教养，竟提出要讨德元公和大娘的女儿玲玉当儿媳妇。

玲玉十四岁了，出落得水灵动人，罗德元一直为女儿提心吊胆，怕她遭歹徒惦记。如今见张屠夫有意，张屠夫的儿子也还老实忠厚，大娘和玲玉虽然不肯，可如今比不得从前，只好听德元公的，一口应承了张屠夫这门婚事。

张屠夫当下腾出两间旧屋给他们住，还让罗德元给他打下手，又帮大娘找了些缝补的女红活计，一家人这才吃了这一个多月来的第一顿饱饭。只是他们谁也没想到，罗德元那天得罪的顾客与鄱阳湖的湖匪有勾结，而且张屠夫恰是鄱阳湖人氏，祖父打鱼为生，与湖匪有旧年恩怨。

湖匪觊觎着张屠夫老家的宅基地，便新账老账一块儿算，在一个月黑风高的夜晚，把张屠夫和德元公全家抓到了一座湖心岛上。那是湖匪的粮菜基地，在那儿耕作的皆是湖匪掳来之人。这些人来历庞杂，湖匪的堂主却管理得井井有条，而且极为严厉。对岛上的粮奴们动辄打骂饿饭，加上活计繁重，供给的口粮少，缺医少药，每个人都不知自己能否活到明天。所幸的是堂主还残存些人道，对女眷并无骚扰。

德元公他们在岛上待了近一年，就在他绝望之时，有一天，德元公他们正在近湖的田里劳作，忽见湖面上漂来一只装饰华丽的大船，接着一群剽悍的黑衣男子簇拥着一个白衣飘飘的男子走下船来。往日凶神恶煞的堂主见了这男子连忙点头哈腰，犹如一条土狗。

德元公那日正和远志在一块儿劳作，远志眼尖，悄声说他认得那个白衣男子。德元公骂他做梦，远志着急地指天咒地，还说那人曾与罗槐一起到罗氏宗祠求过德元公办事。

爹爹，我记得他姓曾！如不是他们，我们岂会沦落到今天？

远志说着拾起块土坷垃便朝白衣男子打去，由于近日缺吃少喝，远志手上无力，虽然他们与白衣男子只隔了一丘田，远志的土块却未击中男子，而是落入水田，激起的泥浆溅了走在白衣男子旁边的堂主一身。

堂主大怒，冲过来要打远志。白衣男子喝住了他。这时德元公瞅见了他的正脸，发现他果然长得像那个跟随罗槐到家中请求帮忙的曾兵。他不顾旁边拿着木棒、随时准备打人的监工，嘶声大喊起来：

曾兵相公救我！我是罗德元，曾兵相公救……

他随即被监工打倒在地。不一会儿，白衣相公扶起了罗德元，两人相见，不由抱头痛哭。

原来，曾兵在船上被掳走后，因属相和八字与当时的匪首合，加上他人才好，匪首想讨好大头领丁大耳朵，便把他献过去当"驸马"。丁大耳朵一眼相中了曾兵，当即为曾兵和女儿成了亲。在药物的作用下，曾兵和丁大耳朵的女儿成就了好事。曾兵痛不欲生。让他庆幸的是，娘子丁蕊蕊花容月貌，颇有教养。岳母也知书识礼，便是众人惧怕的岳父丁大耳朵，原先也是位良民，只是遇到天灾人祸后实在没了活路，这才落草为寇。丁大耳朵从不滥杀无辜，还时常劫富济贫，受到不少人的拥戴。

而丁大耳朵之所以能成为如此有口碑的"良匪"，功劳全在他娘子身上。丁大耳朵的娘子是位私塾先生的女儿，知情达理、为人大方、热情好客。在她的教导下，女儿丁蕊蕊也识得几个字，且性情文静，挺懂礼道。

曾兵被迫成了山大王的"驸马"，起先是屈辱的、愤恨的、痛苦的，几次想逃跑，却每次都被抓回。万般无奈下，他只好先俯首，然后等弄明了情况后再伺机逃跑。未曾想，丁娘子和蕊蕊窥破他的用心后，非但没阻止，还要助他逃回珠玑巷。

此时丁蕊蕊已怀孕，曾兵反倒迈不动腿了。就这样，他按下一颗似箭的归心，想等孩子降生后再伺机将妻儿一并带走，也不枉他受的这番屈辱与苦楚。只是他没想到，他这一等，竟把自己等成了"山大王"。

原来丁大耳朵的拜把子兄弟、副手黑鼻头一直想取代丁大耳朵，他设计帮助官府捉拿了丁大耳朵。丁大耳朵被砍头示众。丁蕊蕊痛哭不已，差点小产。假惺惺的黑鼻头回到山寨，想借为丁大耳朵办丧事之际，将丁大耳朵的人一把拿下。

这时曾兵已从丁大耳朵的手下得知了这消息，他没有慌，而是和岳母及丁大耳朵的几个亲信商量对策。由于丁大耳朵平时待人宽厚，下头的喽啰对他非常敬重。他们深知残暴的黑鼻头当了山大王后没自己什么好果子吃，便和曾兵来了个将计就计，在得意忘形的黑鼻头的酒中下了迷药，曾兵当场宣布他的罪状后将黑鼻头套进麻袋丢进了山涧。

众人一致推举曾兵为大哥。曾兵存了点私心，想借此身份实现自己的逃跑计划，谦让几句后即坐在了岳父的虎皮交椅上。接手之后他才发现，丁大耳朵的河匪、湖匪有三千余众，分上河堂、下河堂和东、西、南、北四个湖上堂。抓走张屠夫和罗德元全家的正是东湖堂的湖匪。这东湖堂的堂主原与黑鼻头过从甚密，为人甚为凶残，常常不听总堂号令，私自绑架行商坐贾和乡民，一则勒索钱财，二来掳为粮奴。曾兵早就得到线报，是以这日带着一干人马前来督核，未料想竟意外救出了囚禁在岛上近一年的德元公一家。

德元公，您是好人有好报，到哪里都有贵人相帮，以后定有后福！

罗松感慨道。一旁的月梅听得入迷，不由将笨重的身子倚在罗松身边，罗松起身让她坐下。卜玉树递上一碗已经晾好的莲子羹让德元公尝尝。

经过一段时间的训练，卜玉树已是一名样样功夫拿得起的珠玑巷妇人了。她做的羹汤、饭菜尤其可口，德元公喝到这碗临安风味的莲子羹，不由怔了怔，继而喃喃道：没想到还能再世为人，喝上临安风味的莲子羹！唉，只是不知我大弟、二弟、内弟他们怎样了！他捧着空碗想了会儿心思，叹道：

我们能活下来，实在是老天开眼。想必你们一路行来也难吧？

罗槐简要地叙述了他和卜玉树一行的经历，特别是说到卜玉树和佛面在清水寨的遭遇时，德元公连连感叹说可惜他不会说书，不然他一定要讲一话本小说，书名就叫《西逃珠玑巷》，把他家和卜玉树一行的经历写进去，保准听的人夜夜爆满。

那你们怎么隔了这许久才回到珠玑巷，而且，都瘦得不成人形了？

因曾兵在家陪老母，大娘、二娘、长志、远志他们在整理房间，卜玉树心中的疑问只有德元公才能解答，是以又追了一句。

唉，哪有你这样打破沙锅问到底的？你让德元公歇歇，来日方长呢！

罗槐扯扯卜玉树的衣袖，示意她缓一缓，卜玉树也觉得自己性急了，连忙向德元公道歉。

德元公喝了口莲子羹：娘娘，哦，卜娘子，你这问得好。你得让我说出来，不然那些事闷在肚子里会沤臭发泡的！你们刚才说我们大难不死、必有后福，话是没错，我们总算到了珠玑巷，可曾兵带着我们从鄱阳湖的岛上逃出来时，那可是吃了大苦的。那个夜晚风大浪急，湖匪们都进窝歇息了，曾兵领着我和张屠夫全家，他现在是我亲家公了，你们昨天见过他，就是那个黑铁塔般的汉子，还有曾兵的岳母、娘子丁蕊蕊和三个多月的孩儿，悄悄地上了他日常用的那条大船。船上的水手早已换成了他的亲信，船舱里也贮存了足够的粮食和药物。水手们以为他要到隆兴府去为生病的儿子找医生，所以张满船帆，加上顺风，天亮边就到了吴城镇，从那儿往隆兴府赶。这时有一个水手起了疑，问曾兵怎么回事。曾兵把水手们领到船舱那儿，把早就备好的银子分给他们。水手们也不想过这种刀口舔血的日子，拿着银子四散归家。这边曾兵弃船领着我们上了他早就雇好的牛车，怪只怪我们带的财物不小心露了白，快到隆兴府时，从路边钻出几十个人，后来才知他们是车夫的同伙，尽干些打劫的营生，他们给了我们几块散碎银子后把车赶走了。我们走了两天才到隆兴府。途中大娘生病、玲珑扭到了脚，我也生了重病，是曾兵到广东会馆求救，会馆安排我们吃住、歇息了半个多月，又送了些盘缠，大家这才得以继续赶路，来到珠玑巷的！

德元公一波三折的逃亡故事让听者唏嘘不已，同时也备感珠玑巷的安定与温暖。众人感慨了一番，将疲惫的德元公和远志送进了整理得窗明几净的房间。德元公激动得双眼翻白，昏睡过去。大家将他抬上床，又说了些闲话，各自归家。

进得卧室，卜玉树的心情久久不能平静。尽管她这些年经历的艰难险阻比德元公一行的遭遇更戏剧、更夸张，卜玉树仍然被德元公和曾兵的这段故事打动了。夜深人静时，她细细地记下了德元公所说的一切及自己的感受。罗槐也随手记了几页这段时间发生的杂事，然后两人上床就寝。也许是被方才的故事感染，也许是预感到珠玑巷即将来临的风暴，他俩紧紧地搂着，生怕松下手对方就会消失。

浩风，我们生十个孩子吧！

卜玉树喃喃道。

嗯，五个男孩，五个女孩！我们再盖一幢大瓦屋，男孩住一边，女孩住一边。

罗槐畅想着。

你一定得让女孩读书，不能让她们当睁眼瞎！

卜玉树想到这一路上遇到的有些女子，因目不识丁被人拐卖了，生恐自己将来的女儿也会受这种苦。

放心，就是我不让她们读，不还有你这个夫人吗？我这夫人可非同凡响，人家可是能代⋯⋯

罗槐打住了口，一不小心，他差点又触犯了卜玉树不能触及皇宫内廷的那根底线！

卜玉树轻轻咬了他一口。

好哇，你敢咬我，看我不整惨你！

罗槐亲了她几下，翻身紧紧地搂住了卜玉树⋯⋯

二十七

咸淳八年

高御史和姚通判围杀胡清蕙。为了救百姓，胡清蕙投井自尽。罗槐的巧计又使胡清蕙死里逃生！

胡教授，虽然过了八百余年，可再世为人的我只要一想到那些寒冷而火热的夜晚，就会心旌摇动……无论从精神到肉体，罗槐都给了我他作为男人所能给予的最好的那部分，我前所未有的幸福。唯一令我俩苦恼的是我的肚子一直没动静，我想这肯定跟内廷那段时间的生活有关。一是冠儿死后，我伤心过度、遭遇奇诵、生活动荡惊险、心血不宁，二来我怀疑刘公公后来给我吃的那些药里掺了些防止我怀孕的药物，定是那邬秋儿贿赂了他才下如此黑手的。

当然，这些只是我的猜测，我想事实如何我这辈子是再也无法印证了。但我知道宫廷里确有此类阻止妇人怀孕的药方。以前祖父在世时家中有个远亲的妻子身体不好，为了避免再次受孕，亲戚求我祖父给他开了几服药，这之后亲戚家再也没有添过丁口。只是我那时尚年幼，不知留心，也未去过问是什么药物在起作用。至于宫中，那是极为凶险之地，只要是官家或太后、皇后不喜欢的嫔妃，有的是法子不让她们受孕。这话我自然不会告诉罗槐，省得他听了难受。

娘子，我们现在还年轻，你不说要把罗记的铁器销到广州、泉州去吗？没孩子我们还轻松些。

看着月梅嫂嫂的肚子一天天大起来，罗槐怕我眼热，常以此话来宽慰我。那份体贴既让我温暖，同时也使我深感担忧：万一我这辈子再也生不了孩子了，那可如何是好？罗槐也觉察到了潜在的威胁，只是不便说出口而已！

我便有意无意地去生、熟药局抓些药，根据祖父的方子给自己调理身子——我一定要为罗槐生几个大胖小子下来！

时间如白驹过隙，稍纵即逝。转眼到了咸淳八年年初，当时朝政已乱，南来北往的船户、客商带来的消息和各种版本的小报所言都不容乐观：元兵正挥师东进、蒙将阿术率众侵复州、德安府、京山等处，掳万人而去。是年，蒙古定朝仪，八思巴作蒙古新字，加号"大宝法王"，凡此种种，都让人感受到字里行间袭来的阵阵冷风——朝廷风雨飘摇了！

只是珠玑巷离那些风雨尚远，所以整日里还是商旅行客摩肩接踵，繁华更胜往昔。在罗槐、罗松、曾守琴的游说鼓动下，珠玑巷各姓建了义仓、义学。罗槐因罗平管理的炉户收成不错，还特意拿出五千钱用以救济那些北方辗转至珠玑巷的流民。

考虑到萧破洞、谭鬼七、峒寇、盐寇及可能扑来的元兵，百姓们出钱出力，在珠玑巷周围筑起了一道坚固的城墙。城墙有四个城门，平时不锁，一旦发现情况即可关上，比之原先的不设防多了道保障。此时朝廷号召各地民众筹资在各地险要建山水寨以御匪敌，蔡大郎也让罗槐他们牵头，打算在君子岭建山水寨抗元。

所谓的山水寨乃靖康之变时，宋人为防金人进攻，群聚山险或湖旁，自为寨栅，每寨子不下二三万人，他们自置弓剑，保护一方，谓之巡社。罗记这些年之所以生意越做越好，也得益于各地巡社都要打造刀剑等兵器。

我和罗槐他们自临安往西南逃至珠玑巷时，一路上皆见此种山寨，其中吉州、赣州尤盛。南雄州内百姓因商业繁荣之故，舍不得放了那些挣钱的营生，加上建山水寨不是一族一姓之力可完成的，珠玑巷几十个姓氏，财力、人丁不一，虽在蔡大郎的倡议下，各姓族老议了多次，然而仍是议而不决。万般无奈下，大家一致同意舍山水寨建石头墙。由各姓壮丁组成的巡社也在罗槐、曾守琴等人的鼓动下，在蔡大郎、州提举保甲司、府州军监的支持下越发壮大起来了。

按朝规，巡社以五人为一甲，五甲为一队，五队为一部，五部为一社，皆有长，五社为一都社，有正、副二都社，罗槐为都社总首，曾守琴为都社副首。这些巡社除保卫乡土之外，还要应援本州县厢军，并把持津渡要害及应援邻近县乡村。为此，各户壮丁要听都社总首的遣令，每月抽出时日训练。武器由各姓公堂出钱按成本价到罗记购置。

珠玑巷的忠义巡社自咸淳七年农历十二月起开始训练，到正月初过年时，这些巡社的壮丁们便已显现出勇猛的风采。其中那个在曾守琴义塾读书、被人抢劫的徐速训练尤其认真，骑射皆出众，乃至于当初欺他的那些闲汉反过来拜他为大哥。曾守琴让徐速将那些人带进了巡社，竟个个都是打斗的好苗子，也算是因祸得福吧！

珠玑巷的忠义巡社得到了蔡大郎、杨都头和特意过来视察的姚通判的嘉许。姚通判还专程到罗记致谢，估计是想再看一次我的模样。

他没想到的是，蔡大郎之前已知会过罗槐，说姚通判会来我家。是日，我陪着月梅、月梅娘、嫂嫂去鱼鲜村的花林寺上香，姚通判扑了个空，姚通判似乎并不在意我是否在罗记。

他此行的用意主要在于观察阿甲他们。他主动要蔡大郎陪他到罗记的炉作区参观，眼睛一个劲地在阿甲、小乙身上打转。中午请他吃饭，他更是有意无意地打听起阿甲他们的身世来。

娘子，你说姚通判肚子里到底装的什么药啊？

我从花林寺回到家时，姚通判已走了个把钟头。罗槐坐在厅堂苦思冥想，旁边站着忧心忡忡的阿甲。见到我，罗槐一个箭步扑过来，一边揉着我冰冷的手，一边愁眉苦脸地说。阿甲给我端来热乎乎的擂茶，犹豫了一会儿道：家主，卜姑娘，依我看，八成是他听到了什么风声。

你是说谁的风声？我和阿甲都拥有天大的秘密，走漏任何一个秘密的风声，都会把珠玑巷搅得天翻地覆，所以我对阿甲的话格外敏感。

也许，姚通判以前真见过我，他现在认出我来了。我叹道。

对于罗槐而言，这是他最不想听到的分析。

家主，我觉得他不止听到了娘娘的风声，也听到了有关我的风声。要不他一个通判跑到火星乱飞的炉区看我干什么？

上墟罗槐撮合了刘婶娘和阿甲的喜事，刚刚当了新郎官的阿甲仿佛水发的木耳，显示出前所未有的滋润。也正因如此，他的愁容有些扎眼。

要么，我再找老蔡和杨都头打听下？姚通判要有什么想法，他俩多半是晓得的。

罗槐和我想一起了，但我不同意他去找杨都头。杨都头是个好人，但一喝酒他的嘴巴就成了漏斗。我建议罗槐把蔡大郎请到家中来。

你就说我亲自下厨，给他做几样拿手的宫廷好菜，请他明日中午到家中小酌！

尽管蔡大郎对我从未有过任何过分的言语和举动，然身为女人，我早已从他的目光中看出他对我有着极浓的兴趣，我相信这一招肯定能将他约到家中。

果不其然，次日中午，蔡大郎笑呵呵地坐在了我家餐桌的上席。为了显示诚意，罗槐让我作陪，刘婶娘掌勺，阿甲则伺立门旁，名义上是传菜送菜、端茶倒水，其实还有层保护我们的意思。

罗兄你好啊，既发了财，又娶得如此娇妻，当真是不枉此生啊！

酒过三巡后，蔡大郎开始不断地长吁短叹，一会儿羡慕罗槐，一会儿又埋怨朝廷无能，害他们经常不能按时拿到俸禄。罗槐一边劝解，一边东敲西问地将话题绕到姚通判身上。不料蔡大郎酒量奇大，喝了三坛钻缸酒仍毫无醉意。要从一个清醒的人口中掏出秘密是很难的，尤其像蔡大郎这种老于世故之人。我和罗槐也不敢逼得太紧，三人胡吃海喝了一通后，除了让我彻底了解了蔡大郎的酒量之外，我和罗槐啥有用的信息也没得到。

临走，蔡大郎借着酒劲，放肆地打量了我两眼，语带双关地说：浩风，嫂子如此惊艳，以后还是少抛头露面为好。

罗槐紧张地盯着他：请大郎兄明示，是有何不妥吗？

蔡大郎哈哈一笑：花艳有人抢，人靓有人想。三掌柜的今后要出去，还是男装为宜，省得人胡思乱想啊！不过，我这是酒后胡言，不作数的！不作数的！

他摇摇摆摆地走了。

这老滑头，什么有用的也没讲，我们反倒陪了一桌好酒好菜。

我沮丧得很，罗槐注视着蔡大郎的背影，摇头道：娘子错了，他已经告诉了我们有人在注意你。

这还用他说？不就是姚通判这老贼在查我吗？问题是他因何查我？谁指使的？他查到何种程度了？他想怎么样？我们都一概不知啊！

我着急起来。这几年我颠沛流离、出生入死，好不容易有了一个我爱他，他更爱我的郎君，有一个温馨富裕的家，我多想平静地过几年好日子啊！可老天为什么如此对待我呢？我不禁抽泣起来。见惯我大马金刀的罗槐似乎是被我的眼泪吓坏了，又似乎是被我这眼泪给软化了，他不顾敞着的房门，紧紧地搂住我说：清蕙，你别急，有我在，天塌下来压不到你身上。

这时，刘婶娘和夏小三跌跌撞撞地冲进来颤声道：浩风啊，玉树，阿甲不见了！

她脸色刷白、神情紧张，身体摇摇欲坠。我扶住她，让她慢点说。

我说吃饭的时候阿甲不是还在门口吗？

对啊，婶娘，他站了一中午，说不定出门松快去了。罗槐安慰她。

不是啊！隔壁头花店的陈掌柜刚才过来说，他亲眼看见有人把阿甲抓走了！

夏小二也跟着帮腔，说他方才也听见了陈掌柜的话。这时刘婶娘抽泣起来，我俩一边安慰她，一边急奔至门口，站在那儿的陈掌柜满脸忧色，他迎上前来惊慌地说：大掌柜、三掌柜，阿甲惹谁了？我亲眼看见四个男子把他抓走的！

陈掌柜边说边把我们带至头花店旁边的岔道口，指着地下那几滴还没凝固的鲜血说：阿甲刺伤了一个抓他的人！他们往大街那边去了。

陈掌柜领着我们走到了通往大街的十字路口。

罗槐打量着十字路口的地形，皱眉道：这抓他的人肯定有备而来。你看，这儿的十字路口既可通驷马桥，又可往凤凰桥走，左边往珠玑街，右边往棋盘街，往回走是我们铁炉巷，穿过陈掌柜家后头的小巷，可以到腊巷。这就很难弄清他们的去向了！

罗槐蹲下身子，看着地上两个土窝，分析道。我提醒他尽快去蔡大郎那儿报告。陈掌柜四处张望之后小声道：抓阿甲的四个人中，有一个人驼背，走路左肩高右肩低，很像沙角巡检司的那个人，哎呀，他姓什么来着？一时想不起来了！总之他爹跟豆腐店的牛掌柜挺要好的，大掌柜你不也认识他爹吗？

罗槐喃喃地重复着：驼背，左肩高右肩低？他爹是开豆腐店的？

不是，他爹跟开豆腐店的牛掌柜要好！

刘婶娘此时也追了过来，她耳朵比罗槐和我都好使，我还没纠正罗槐，刘婶娘就急吼吼地说。阿甲被抓，刘婶娘是真着急。我理解她的心情，她一个锅冷灶冷床冷的寡妇，突然之间由晚辈做主帮她成了一个家，而且这男人还是知冷知热的阿甲！现在甘蔗才吃一口，甜头就没了，刘婶娘能不急、不心疼？她看人的眼睛都是红的！

我想起来了，那人姓杜，在巡检司当行官。

罗槐说到这儿突然住口看着我，我也紧紧地盯着他，然后不约而同地低声道：蔡大郎！

一刻钟后，我们站在沙角巡检司蔡大郎的茶室门口。茶室的门紧闭着，我们敲了半天门也没动静。巡检司的院子和房间也没见他的人影。因罗槐是那儿的常客，当值的书手与罗槐相熟，见状忙起身告诉他蔡大郎中午去吃酒了。

他中午出去吃酒到现在还没回来吗？

罗槐是看着蔡大郎从自己家中走出，然后岔上去沙角巡检司这条路的。这段路程很短，半炷香工夫即可走完。他一下午未回，肯定是另有要事了！

他是不是去抓贼了？我狡猾地抛了个"活索"过去，书手警惕地张望了一下，小声道：罗掌柜，您是蔡大郎的熟人我才说，一个时辰前，我们这儿有好几个街子和行官出去了，说是蔡大郎发现了要犯，让他们去帮手。

他们在哪儿审犯人？

我这天男装打扮，脸手抹了锅灰，晃眼看去像个男子，但我一着急，声音便泄露了我的性别。书手惊讶地打量了我两眼，摇头道：

我刚才也只听了一耳朵，不晓得他们去哪里了！

我还欲再问，被罗槐拽着跑了出来。

他不晓事的，你就是打破沙锅也没用。

你说他们找的要犯会不会是阿甲？我说出了自己的疑虑。

罗槐肯定想起了那几伙被阿甲、小乙他们处理掉的杀手，觉得蔡大郎可能发现了什么线索，是以才把阿甲抓走。但不管怎样，我们都得先找到蔡大郎，一来报案，二来也想弄清楚他们找的要犯是否与阿甲有关。

罗槐与阿甲情同手足，焦急地想去蔡大郎家里找人。我不同意，要他先回罗记把事情告诉小乙、二伯、德元公、夏小二他们，让他们分头去找曾守琴、曾兵和各姓族老，发动大家找人。另外让飞奴捎信给罗松，同时让刘婶娘、大嫂、月梅嫂、月梅娘她们收拾好细软，万一事情有变，我们得立马到清水寨避难。

先别把事情想这么坏，眼下我们先找到阿甲。大腹便便的月梅反倒宽慰起我来。

这时，曾守琴、二伯、曾兵、小乙、德元公、夏小二等人已齐集厅堂，罗槐把事情的大致经过说了下，众人惊愕不已。

阿甲连只鸡都不敢杀，他能得罪什么人呀？

二伯此言让厅堂一静，没人敢接二伯这句话。

大家现在听我安排，表哥你带几个人去东边找，曾兵往西，二伯往北，小乙往南。小二坐店指挥，一有消息吹哨为号。你们找人时但凡孤零的房屋、破庙、山洞都得看清楚。我和玉树去蔡大郎家看看。

大家机灵点儿，带上竹哨，发现情况了连吹三声！

曾守琴想得周到，发给每人一枚竹哨。这些竹哨是他岳父为千郎做的，哨声非常响亮，隔壁卖头花的陈老板特意订了几十个，不意几天就销光了。现在这竹哨成了头花店的另一个招牌，没料到如今成了我们的联络利器。

老天爷似乎也在为阿甲的事情揪心，不合时宜地下起雨来。冬天的雨虽然不像春夏那般恣肆，却多了几分阴寒。加上呼啸的北风，低垂的云层，寻人的焦灼之中又多添了分凄苦。我倏地想到佛面，不知清水寨下雨没？她是不是已经变得和峒僚人一样，冬天也披发跣足？那一瞬，我忽然觉得自己很自私。这段时间只顾自己的小日子，竟有一个多月没去清水寨看她了。盘太古也没派人来联络，让我觉得自己对于朱细腰的担心是多余的，不然他逃走了好几个月，自己怎么还是安全的呢？

我和罗槐到了蔡大郎的家，这是栋坐落在街边上的青砖大瓦房，大门临街，有前院和后院。后门过去是一条僻静的小街，后院很大，里头还有座砖窑。罗槐之所以那么坚决地要去蔡大郎家中察看，是因为他想起了一件旧事。前年春，连绵的阴雨把巡检司的牢房浇塌了，为了安全起见，蔡大郎把盗贼关进了自家的窑洞。如果他把阿甲视为要犯，又不想让更多的人知道，尤其不想罗槐他们知道，把阿甲关在窑洞肯定是最合适、也是最安全的。

可是，当我们费尽心机地翻墙进入蔡大郎家后院，来到砖窑时，却只见一窑的砖坯，根本没有人影。

那他会把人关到哪儿去呢？

罗槐望着黑沉沉的天空，嗓音嘶哑地自言自语。我知道他此刻最渴盼的是那三声预示着已经找到阿甲的竹哨声，可惜耳边除了北风的呜呜，还是呜呜的北风。

我也异常着急。我怕有关财宝的风声惹来了追兵，我还怕这追兵贿赂了蔡大郎和……姚通判？不知为什么，我突然就想到了姚通判，而且以女人特有的直觉判定此事与他有关！

相公，你说阿甲会不会在姚通判手上？

我话音未落，罗槐就紧紧地抓住了我的手：娘子，我俩想一块儿去了！这姚通判为人最贪，有可能老蔡把自己的一些发现和猜测告诉了姚通判，姚通判想要阿甲去找财宝，所以就让老蔡把他给抓走了！

想到姚通判那张阴沉沉的脸，我不觉打了个寒噤。罗槐觉得光我俩去还不行，万一我们被姚通判发现了，他连我们一块儿抓，那就连个报信的人都没了。所以他掏出竹哨，憋足劲吹了长长的两声，这是招呼大家回罗记议事的讯号。

半个时辰后，我们又聚在了罗记的客厅。为了不让我受冻，也为了利用那些炉炭的余烬，秋天时罗槐在客厅的下头挖了几道槽坑，只要把通红的炉渣倒进去，过不了多久，整间屋子就都暖烘烘的。这会儿屋子里温暖如春，可这暖并没传到大家心里去。人们脸色阴郁，大有山雨欲来风满楼之势。

如果姚通判也插了手，此事就棘手了。通判虽是知州的佐贰，但他身为官家的耳目，对州府事的弹劾奏章可以直达官家，职权甚至大过知州。现在姚通判对阿甲和罗二嫂感兴趣，这绝非好事。

由于在场没有外人，曾守琴的话说得直白，大家自然明白他的深意。

这时，刘婶娘托着一支小竹管过来，说是罗松回信了。

罗槐拆开鸽书，看后眉头皱得更紧了：各位，我大哥说，前几天驿馆接待了临安来的贵客，至于来者是谁，他暂时还没打听到，他要我们做好应变的准备。

那他人呢？月梅抚着肚子，担心地问道。

嫂嫂，大哥已经在路上了，以他的速度，三十里地一个时辰就能到。您别太记挂他了。

罗槐安慰了月梅后，开始给我们布置任务。等各路人马都领命走了，罗槐让刘婶娘到衣铺买两套我能穿的男装和两套老年女人穿的衣服。

罗槐说着递了两串铜钱过去。刘婶娘打量了我一番，说娘子只怕还要准备一套峒僚人的衣裳才合适。

她这一说，倒提醒了我和罗槐，如果姚通判意在我，我定然难逃一死。与其让他抓走受尽凌辱再死，倒不如我跳入井中自行了断。为此我和罗槐、曾守琴又到后院的水井处看了一遍，曾守琴建议万一有变，等我跳入井内后，外头的人立马盖死井盖，再焊上铁条，这样别人就看不到尸首了。而且铁定以为井内的人必死无疑，这样反倒为我创造了逃生的机会。

好，我先让人做一个铁井盖。

罗槐立即吩咐下去，然后命我在家和月梅嫂嫂、刘婶娘、大嫂早做准备，他和曾守琴等继续去找人。我不肯留在家，理由是如果临安来了人，也许我还能认出来。这果然说服了罗槐。德元公也要跟着去，他浸淫官场多年，临安的官员有大半他都认识。只是他显然被这段时间的遭遇给弄怕了，临去南雄前，他先去吩咐家人做好再次开路的准备。夏小二颇有静气，依旧不急不忙地在炉前忙碌。

我是一朝被蛇咬，一辈子怕井绳啊！

事后德元公在公理亭那儿追上我们，气喘吁吁地解释道。罗槐安慰了他几句，我也表示理解，他这才释然。

珠玑巷距南雄州不过十里地远，等我们赶到那儿时已经入暮，好在衙中仍有官员值班。罗槐到街上买了几盒点心，然后到知州府打了个转。不一会儿，他空着手出来了，脸色有些紧张：姚通判下午没来！

浩风，你看阿甲是下午被抓的，蔡大郎和姚通判一下午都没在，这会儿很可能他们在一起呢！

曾守琴神情沉郁地分析道。这时德元公突然道：

姚通判我在贾太师府上见过，听说他姑姑的表嫂的大哥在贾府当差，他跟贾太师走得很近。

德元公在临安多年，又是吃内廷俸禄的，加上性喜结交，对各路官员的来历和背景了如指掌。当他得知姚通判的名字后，立即报出了姚通判的家门。

如果是这样，十有八九他是晓得清蕙和佛面的事情的！这就难怪他三番五次地打听清蕙的来路了。

罗槐所言正是我们几人所想，尤其是我，想到自己逃到离临安几千里远的珠玑巷，贾太师和邬秋儿的魔爪仍不肯放过，不由得急火攻心，大骂道：这姚通判定是受了贿赂，吃了冤枉，不然何以如此紧追不舍？老天爷也不开开眼，打个响雷把他们都劈死！

素有口德的我此时恨不得用尽世上最肮脏的语言来诅咒那些恶毒之人。曾守琴制止了我：玉树姑娘，少安毋躁。我们还是抓紧时间上姚通判家看看。

德元公疑道：通判不是住在知州府吗？

罗槐说：他有两个家，正室住在知州府内，外室住在比较僻静的码头边。

那就对了，像他这种叵测的人，一般都是狡兔三窟。

许是想到了自家的密室，德元公觉得"僻静"是心怀秘密之人必须坚持的选点原则之一，所以深有同感。我们此时已无心情他顾，所以谁也没有答话，而是默默地以最快的速度赶到了姚通判外室的住处。

这是栋四架三间二层楼的青砖瓦房，单家独院，建造得坚固精美。前院面临大道，后院临河，沿河处建有几间平房，平房的骑楼直接建在河上。其中一根木柱上系着只小船，需要时可从骑楼直接下到船上。由此可见姚通判乃心思缜密之人，不怎么好对付。更让我们发愁的是，房子建得高大结实，在墙外根本听不见里头的动静。院墙有丈把高，加上院内狗吠声声，纵使罗槐一身是胆，此刻也进不了院内。

怎么办？德元公开始着急了。

不急，我们到对面等等看。

罗槐指指马路斜对过的酒楼道。那是座建在坡上的三层砖房，因为生意好，三楼的眺楼也摆了桌子，视野开阔，正好可以俯瞰姚通判外室的内院。姚通判百密一疏，没想到有人会从酒楼上探看他家的宅院。

反正现在大家都饿了，不如切几斤牛肉充充饥。

饿得前胸贴后背的我，乍闻肉香饭香，肚子便不争气地鸣唱起来。罗槐睃了一遍，发现酒楼三楼临窗的位置最好监视，便在那儿坐定。我背对着窗户，罗槐和曾守琴侧坐，德元公则正对着窗户，他面生，不容易引起注意和怀疑。

对面的门头和院墙太高，看不到里面。

德元公小声道。

你注意二楼，二楼有人。

罗槐小声道。我佯装起身解手，迅速回头打量了一下对过的二楼，正房亮着灯，窗纸上映出几个男人的身影。为了看得更详细，我又来到酒店的眺楼尽头，意外地发现这座酒楼的眺楼乃环楼而建，且在拐弯处靠墙建了座直通阁楼的斜梯。见四周无人注意，我迅速地爬到阁楼门口。这儿地势高，能俯瞰对过的整个前院。只见坪角挑着两盏灯笼，井边有两个老妈子正在杀鸡洗菜，灶房里灯火通明、热气腾腾，显见得来了客人。

这时，一个妖娆女子从一楼正房出来。过了一会儿，姚通判和蔡大郎也从二楼的正房走了下来，三人在院坪上比划了一阵，蔡大郎转身往后院那排平房走去，我突然惊出了一身冷汗：那排茅草房是骑楼，有一半的房间架在河上。万一他们直接从河舟上离开，我们岂不是白等了？

于是，我飞身进屋，告知我的发现。罗槐和曾守琴商议了一下，决定由姚通判、蔡大郎比较面生的曾守琴和德元公守在酒楼，我和罗槐潜往河边。

正是隆冬季节，浈江水虽然没有结冰，却同样冰冷刺骨。我俩从洗衣码头下河，来到姚通判外宅的楼下。许是怕有人行窃，房子两边的河岸修得陡峭，立不住人，我俩只得脚上头下地倒趴在堤岸上监视骑楼。河水的潮气和呼啸的北风迅速将我俩冻成了冰坨。就在我的手脚即将冻得失去知觉时，一缕灯光从骑楼的桥板隙缝漏下，乌黑的水面跃动出细碎的粼光。接着传来脚步声、哼哼声、话语声、木板拉动声。我俩还没反应过来，就见一坨黑乎乎的东西从楼板上砸下，随着一声沉闷的咕咚声，那东西消失在水波里。

不好，他们在灭迹！

罗槐小声说了句，然后下到河里。就在他快走到姚通判家楼的墙基时，"哗啦"一声响，从楼上又丢了只麻袋下来。罗槐扑到河中伸手去抓，可惜水流湍急，麻袋消失了。我怕他照应不过来，也下到水里。两人小心翼翼地贴在河壁上，预防万一有人从楼上伸头下来探看。

事实证明罗槐这一招非常机智，我俩刚刚靠在墙基上，就见一颗脑袋从骑楼楼梯口伸了出来。接着伸下一只拿着火折子的手，他乱照、乱看了一番后，缩了回去，继而响起阵杂乱的脚步声，又丢下了一只麻袋。麻袋入水发出了巨大的声响，楼上的火折子倏地灭了。在麻袋入水的同时，罗槐扑了过去。

过了会儿，罗槐从下游十几米处浮了出来，我连忙摸着河壁往下游走去。走了十几丈远，河面开阔了，水变浅了，两岸的滩涂上有了灌木丛。这时灌木丛中传来几声轻轻的鸟鸣，那是罗槐在招呼我。我循声过去，看见罗槐躲在灌木丛中，脚下躺着个人。

活的吗？

我已经没了先前的胆怯，变得异常镇定。

刚刚给他压了水，活了，还没醒！

北风把满天的云层吹开了，露出一弯眉月。就着淡淡的月辉，罗槐凑近那人仔细地辨认着，我则伸手掐他的人中和合谷穴，过了稍许，那人醒转过来，嘶着气说：壮士，你既救了我，就请赶紧把我运出南雄地界，不然，我还是没得命活。

他一边说，一边挣扎着爬起来向罗槐施礼。罗槐突然扳住那人的肩道：你可是巡检司的杜行官？

那人哆嗦了一下，警惕地往后退：你是哪位？

我从后头顶了他的驼背一把：杜行官，他是罗槐，我是他家的三掌柜。

我这名头一报，只要是珠玑巷人，自然都晓得。

果不其然，杜行官纳头就拜：谢谢罗大掌柜和卜三掌柜的救命之恩！如果不是你二位，我杜家就绝后了。

然后他小声告诉我们，前天朝廷来了个钦差大臣高御史，这几天姚通判一直陪着。奇的是陈知州要见高御史还得通过姚通判，可见高、姚两人关系之密切。昨天下午，姚通判让蔡巡检使率我们去缉拿要犯阿甲，并把阿甲送到了姚通判的外室家。姚通判亲自提审阿甲，逼问他财宝一事，又拿出两张宫装女子的画像，问他可曾见过画上之人。阿甲什么也不肯说，姚通判和蔡大郎便轮流毒打他，阿甲还是什么也不说。这时姚通判带来了两个长相跟阿甲相像的男子，说他们早已献出了藏宝图。阿甲大骂了他们一通后，给姚通判和蔡大郎画出了另一半寻宝图。当时我也在场，姚通判和蔡大郎都很高兴。傍晚时分，蔡大郎让我带着那两个长得像昆仑奴的男子到这里吃饭，不曾想姚通判在酒中下了药，还逼着蔡巡检使和我把那二人装入麻袋丢进河里。谁料到我正在关板门，有人拍了我一板砖，把我也套进麻袋丢下了河。要不是您二位救了我，我如今肯定成了鱼饵！

杜行官说着抽泣起来。罗槐安慰了他几句，让我先带着杜行官回罗记，他则去酒楼知会曾守琴、德元公一声。

就这样，浑身湿淋淋的我和杜行官穿僻巷、走冷街，左绕右绕地终于回到了罗记铁匠铺。救回杜行官一事乃绝密，知道的人越少越好。我按罗槐的吩咐将他安置在门窗牢固、位置偏僻的账房，给他端来了火盆，拿来了干净衣裳和食物。

这时，冻得脸色姜黄、嘴唇发紫的罗槐回来了，他说德元公他们还在监视姚通判的宅子。

说话间，空中传来两声悠长的竹哨，那是曾守琴在告知罗槐，他们正往罗记赶。

我催着罗槐换了套干衣服，又逼着他喝了刚熬好的姜汤，两人默默地回到账房，杜行官此时已卧在榻上昏沉睡去，时不时抽搐、梦呓几句，显见得还在惊悸之中。

罗槐把竹躺椅和被褥拿进来，说今晚他得守着杜行官。

我心疼他，坚持要换小乙来守。他不肯，说杜行官是重要的人证，他得亲自守着才放心。有时他这人还真够固执的！

我劝他明天无论如何得找另一个地方安置杜行官，原因是家里人多眼杂，万一走漏了风声，我们可就大祸临头了！

娘子放心。我要借他逼一下老蔡，然后我们再送他去清水寨。

不知何时起，峒寇窝清水寨已成了我们这些人心目中最安全的避难所。这是不是特别讽刺和可笑？

这时，德元公和曾守琴挟着一股寒气走了进来，去南雄州查访的曾兵也赶过来了。见到昏睡的杜行官，他们先是吓了一跳，等我们把杜行官所言告知他们后，德元公的第一个反应是得立马开路走人：刚才曾先生讲你前些时日往岭南走了一遭，还说那边地广人稀、天气暖和、万物易长，依我之见，珠玑巷已危在旦夕，古人云君子不立危墙之下，我们得抓紧时间赶快往南走，也好避开一时之祸。

曾守琴道：德元公所言也是我们所想，只是率土之滨莫非王土，岭南尽管蛮荒，仍是朝廷的地方，我们这么些人不能说走就走，还得有朝廷的许可呢！

对呀！金窝银窝不如家中的狗窝。这珠玑巷可是千金难买的好地方！

前段时间的流离生活想必刀般刻在曾兵心上，让他想起就害怕。对于南迁，他没多少好感。

德元公却一味地坚持己见。曾兵说的这些道理，以他的阅历哪会不懂呢？他只是实在不想再面对而已。看着德元公苍老的脸，我忽然想起一件事，惊道：德元公，您说是不是有这种可能——有人从临安一直跟着你们到珠玑巷，目的是来查我？

此言一出，众人俱惊。我不相信在此之前只有我想到了这一点，其他人肯定也想到了，只是他们和德元公一样，不敢直面罢了，又或者他们怕德元公和曾兵难堪。果然，我的话音刚落，德元公就抱拳向大家施了一礼：列位，若卜姑娘不幸言中，则罗某连累大家了，实在抱歉，还请见谅则个！

曾兵摇头道：德元公一路过来，遭遇那么多危险，好几次人都险些没了。后来他又被抓到岛上为奴，倘若有人跟踪他，那他们等也等死了！二嫂多虑了！

但愿我是多虑！我还想再分析一下，却见罗槐暗中朝我使了个眼色，知道此时不是议论的好时机，忙敛了心神。

那接下来怎么办？我们总得救回阿甲才是啊！

想到生死未卜的阿甲，连素来镇定、从容的曾守琴也忍不住焦灼了。

罗槐走到门口张望了一下，没接曾守琴的话茬，而是奇怪地道：大哥中午飞奴传书，说他已在赶回珠玑巷的路上，按说他下午就该到了，怎的到如今还不见踪影？莫非出了什么意外？

上头来了钦差大臣，递铺虽然跟驿馆不是一起的，可他们也有护卫大臣的职责，许是走不开？

曾兵的解释没有让罗槐定心，他又修书一封，让我放了只飞奴出去。

贤侄，快说说你的计划吧！

事关自己全家的身家性命，德元公不免着急起来。我也不知罗槐葫芦里装的什么药，急得揪了他一把：军师，你有什么计谋赶快说出来呀！

来，你们凑拢来！在罗槐的招呼声中，我们的五颗脑袋凑成了一朵五瓣梅花。

子时之后的珠玑巷，除了更夫和少数几家夜宵摊和准备次日生意的早点摊还在忙碌外，其余店铺皆关门大吉。白日熙攘的行人仿佛倒入沙盘中的水，被夜色吞没得干干净净。刮了几天的北风终于停了，棉絮般的厚云仿佛受不了这平静，反而绽开了几道缝，露出半轮明月。

男装打扮的卜玉树小心地端着那节装满了药的竹筒，罗槐扛着一根长竹竿，曾兵拿着麻袋，三人簇拥着曾守琴，专拣那僻静的小巷子走。绕了半日，终于来到了蔡大郎家的后院。他家的院墙不太高，罗槐轻轻托了下曾兵，曾兵就翻上了墙头。他观察了一会儿，见没什么异样，做了个手势，罗槐把竹篙递给他，曾兵将竹篙斜靠在院坪上，顺着竹篙溜了下去。

这时传来狗儿急碎的脚步声和低沉的呜咽声。曾兵赶紧将放了药的十几张炊饼丢过去，狗欢快地吃着，不一会儿就没了动静。墙头上的曾兵做了个手势，罗槐、卜玉树、曾守琴陆续翻进了蔡家后院，曾兵猫着腰就要往砖窑跑，卜玉树一把拽住了他的衣角，小声道：很奇怪，没有人守门！

曾兵伸直身子一看，院内除那两条死狗外，果真没有人影。罗槐和曾守琴也纳闷。正在这时，蔡家正厅的窗户亮起了灯光。曾守琴做了个手势，领着曾兵到窗户下去看个究竟。罗槐和卜玉树则转身搜查砖窑，距砖窑还有好几尺，罗槐和卜玉树就被烧窑的热浪熏得停住了脚，看来砖窑断无关押阿甲的可能。他俩趔身悄悄地往蔡家正房走去。

卜玉树这时突然内急，她暗骂着自己，朝罗槐比划了几下，转身到旁边的墙角小解。罗槐蹑手蹑脚地走到正厅门口，正伸头看时，不料从横里打了一闷棍过来，罗槐当即扑倒在地，被阴影中闪出的两条大汉拽进了正房。

卜玉树从墙角出来时，正好看到了这一幕。恐惧让她的心脏紧急收缩，眼前一黑，险些摔倒，好一阵才缓过气来。过了会儿，她定下心神，托着那根装了药的竹竿慢慢走到窗户下头。窗户的下半段新糊了窗纸，什么也看不见，上半部的老窗户纸上有个小小的洞。卜玉树个儿高，她踮起脚尖正好可以看见屋内。也是她运气好，一眼就看见了绑在房梁柱子上的阿甲，边上的三把木椅上，则绑着曾兵、曾守琴和罗槐，他们口中同阿甲一样塞着布，旁边站立的那两名铁塔大汉长得跟站在中间的蔡大郎非常相像，卜玉树当即认出那是蔡大郎的胞弟蔡二郎和蔡三郎。

罗兄、曾兄，对不住了。蔡某公务在身，奉命缉拿通天大盗昆仑奴阿甲六人。现尚在提审，而你等罔顾国法、妄图徇私劫出要犯，此乃大罪！念你我兄弟多年，我暂不追究尔等，但也不能放了尔等，否则走漏风声，届时朝廷追究起来，蔡某有何面目见通判、知州？还请你们受受委屈，等事情办妥了，我自会放你们回家！

蔡大郎说罢，从旁边的水盆里抄起根浸泡得柔韧的篾条，狠狠地朝已经皮开肉绽的阿甲打去：死奴才，你竟然敢拿假图来骗人！你要不拿出那半张地图来，非但你命不保，你还连累罗氏一门流徙三千里！

蔡大郎明知阿甲重情义，且将罗松、罗槐视如再生父母，现时他却拿罗氏一门来要挟他，真是狼心狗肺！

好在阿甲没有上当，只是恶狠狠地瞪着他，蔡大郎朝他脸上抽了一鞭，阿甲的脸顿时血花四溅。罗槐看不下去了，不断地挣扎着、扭动着想去阻止蔡大郎，结果椅子翻倒，他摔在地上起不来。蔡大郎将他扶起，罗槐急得直呜呜。

窗外的卜玉树看到这儿计上心来。她悄悄地挪到刚才小解的墙角，用火石点着了竹筒前端的火绒。然后从衣袋中掏出两团棉花塞住自己的鼻孔，蹑手蹑脚地回到窗户下，将竹筒对着窗纸上的破洞，一股淡淡的白烟飘进了屋内。原本背对着窗户的蔡大郎突然转过头来，他被这白烟吓了一跳，凑近窗户想看个究竟。卜玉树抬起竹筒对准他猛吹了一口气，吸入了大量迷药的蔡大郎慢慢地倒在地上。

哥，你怎么啦？站在阿甲旁边、随时准备替大郎当打手的蔡二郎奔过来，粗心的他并没发现窗户上的白烟，他身后的蔡三郎看见后喊道：二哥，小心迷药！

然而已经晚了，蔡二郎哼都没哼一声就倒在了蔡大郎身边。蔡三郎拎着大刀愤怒地冲到窗前，举刀砍向竹筒。已料到他会有此一着的卜玉树，鼓起腮帮子猛地吹了几口长气，瞬时浓白的烟雾罩住了蔡三郎。只听"当"的一声响，大刀落地。

卜玉树不顾一切地冲到门口，怎奈里头插了门闩，她进不去。这时罗槐挣扎着连人带椅蹦到门边，用头把门闩给顶开了。罗槐他们行前喝了解药，是以没有昏迷。卜玉树解开罗槐的绳子，罗槐拾起蔡三郎的大刀，砍断曾兵、曾守琴和阿甲身上的绳索，转身把蔡家三兄弟捆成了粽子，在他们嘴上塞上布，将他们三兄弟堆在拉砖用的板车上，用苫席盖好。然后他们四人楼上楼下找了个遍，发现蔡家老小俱已离开，看样子蔡大郎是准备三兄弟私吞阿甲的那笔宝藏了。罗槐、曾守琴怕有诈，立即推着板车往铁炉巷走去。

前些年，夜晚的珠玑巷是有厢兵巡防的，后来朝政腐败，军饷太少，厢兵们吃不饱、穿不暖，逃兵日多，最后逃得连应付日常差使都不够人手，这夜晚的巡防自然取消了。近年因罗槐、曾守琴的提议、奔走和筹措，各厢百姓组织了忠义巡社，安排了夜巡。今晚他们要有动作，便将当值夜巡的安排成曾兵和曾守琴，这样他们就能大摇大摆地回到罗记铁匠铺了。

为了防止蔡氏兄弟逃跑，罗槐将他们带进了账房后头的密室，也就是罗记存钱的"金库"。这是间只有气孔没有窗户的黑屋，双层夹墙，每堵墙都厚达二尺，一水青砖到顶，中间填满了沙子和鹅卵石。如果有人挖开了墙洞，漏下的沙石会立即将墙洞填满。这间屋子的地下还埋着罗记生产的铁蒺藜，门是铁门，可以说固若金汤。

平常这屋子只有罗槐、罗松能够出入。卜玉树和王月梅要进来，还得罗氏兄弟开门。杜行官是重要的证人，可罗槐也没把他关这儿，足见这密室有多重要了。但现在密室已不再是个秘密，不但曾守琴、曾兵进来了，蔡氏三兄弟也进来了。以后这间屋子定然不能再当"金库"了，但罗槐在所不惜。

这时蔡氏三兄弟醒过来了。罗槐给蔡大郎松了绑，递给他一杯茶，抱拳道：蔡兄，小弟多有得罪了！

蔡大郎倒也镇定，他啜口茶，厉声道：罗槐，你想助纣为虐吗？

卜玉树端了碗药汁到他嘴边，说是解药。蔡大郎不肯喝，罗槐劝道：我只是不明白蔡兄何以将罗甲、罗乙视为通天大盗？故而想借私密处问你个究竟，不想却发生了误会。

蔡大郎冷笑一声：误会？误会还会带着迷药到别人家去？

卜玉树微微一笑：卜某乃女流之辈，加上有暗疾，这竹筒里的东西实为卜某治病的药，只不过无病之人吸入，那就有些罪受了。

蔡大郎上上下下打量了几遍卜玉树，又环视了在场的众人一眼，沉声道：浩风，我们暂且抛开阿甲此事不说，单说我们这些年的交情，我蔡某不说对你们罗氏兄弟有恩，起码你们交办的事我蔡某从没有说过二话，对不对？

罗槐抱拳一揖：是以罗某始终视蔡巡检使为朋友。

蔡大郎愤愤地一甩袖子：你等骚扰滋事，妨碍蔡某执行公务，只怕不是朋友所为吧？

曾兵到底年轻几岁，压不住心头邪火，他下意识地摸着脖子上淤青的勒痕，气愤地道：蔡大郎，我母亲姓蔡，按辈分我还得喊你一句老舅公，你看你怎么打阿甲的？你看你是怎么对我们的？要不是卜姑娘救了我们，只怕我们已经被你灭口了！

蔡大郎斥道：满口胡言！我蔡大郎身正不怕影子斜，怎的会好端端地杀你们灭口？

你还好意思说自己身正不怕影子斜。你要果真像标榜的这般磊落无私，那杜行官又怎会被你扔下河？那四个后理国人是谁杀的？你敢说你手上没有沾人血？

曾兵拍着桌板喝道。罗槐、曾守琴和蔡大郎一样当场呆立，心想怎么就使出了杀手锏？没想到还歪打正着，一下就灭了蔡大郎的气焰。卜玉树赞赏地朝曾兵竖起了大拇指，慢声道：蔡巡检使，按大宋律，凭上面所说的四条人命，你该当何罪？只怕你们蔡家到时只剩孤儿寡母了吧？

蔡氏三兄弟一下子傻了。蔡二郎和蔡三郎一口一个"大哥"地喊着，把蔡大郎喊烦了，他吼了一句，那兄弟俩不敢作声了。

一直没吭声的曾守琴这时开腔了：大郎，我等从穿开裆裤就在一起，彼此知根知底。你虽然好钱好色，却还是个有良心之人，我和浩风都相信你刚才说的是真话，也相信你不会滥杀无辜。如今看来，倒是我们错了，真是知人知面不知心哪，没想到你蔡氏一门心肠如此狠毒！

曾山长，你言重了！我蔡某是杀了后理国那四人，也确将杜行官抛入了河中。可他们并非善类，尤其那后理国人氏，本就是杀人越货之徒，谁知他们背了多少条人命案子？那杜行官平日也偷鸡摸狗、淫人妻女，我教训了他好几回，却仍不知悔改，也是死有余辜！我杀了他们是为民除害！

蔡大郎死到临头了还有颗芭斗大的胆子，兀自辩解着。罗槐知道余下之事还须蔡大郎相帮，再说他所言也有几分道理，当下在心中拿定了主意，单刀直入地问道：大郎，时间紧迫，且问你一句话：我们若放过你们三兄弟，你可否放过阿甲他们？

蔡大郎扫视了众人一眼，信手拿起茶碗牛饮了几大口，抹着嘴道：纵有人情，难敌国法。我兄弟三人吃了大宋的俸禄，自当为大宋朝廷尽忠。若要蔡某徇私偷生放了罪人，这事断无可能！

蔡大郎，你莫非也得了失心疯？还真相信有财宝啊？如果真有财宝，阿甲、小乙他们早就自己去享福了，还会在这儿打铁？

曾兵气得恨不得揍蔡大郎一顿。罗槐开始苦口婆心地证明有关财宝的传言是别有居心的人抛出去的疯话。卜玉树也上前开导蔡大郎。一时间，小小的密室竟成了教室。哪知蔡大郎却软硬不吃，坚持要将阿甲他们绳之以法。

众人你看着我、我看着你，正不知如何结束这场戏时，满身伤痕的阿甲突然蹦出几句话来：蔡巡检使，我知道你是个忠臣，一心想为抗击元兵筹款，为此我可以助你一臂之力，只是你须得把钦差大臣所来何事告知我等。如果你所言不虚，我立马奉上夜明珠一颗。

屋里突然静寂一片。接着卜玉树和罗槐同时喝了一句：阿甲！

阿甲朝他俩一笑：家主，那高御史和姚通判所谈之事我听到了一两句，现在就看蔡巡检使的诚意了。

哥！你憋着有什么用？再说了，前几年老娘病重时，罗老掌柜救过老娘，就冲这事，你也不用瞒着他们！

蔡二郎相貌是粗鲁了一些，从这言语上看却还是晓得好歹之人。

大哥，你当了这么些年的巡检使，朝廷又给了你什么？三弟我还不是在打屠？上次我还在曾山长那儿借过米哪。

蔡三郎也开始帮腔。

蔡大郎见两个弟弟此刻成了罗、曾他们的说客，不由得气恼，但因他们说的是实情，何况他所谓的要当"大宋忠臣"只是冠冕堂皇的借口，实际上他整阿甲，用意还是在于那笔财宝。这大半天他用尽手段想撬开阿甲的嘴，阿甲却始终不漏一字。如今为了高御史所言的那件事，他竟然愿意献出一颗夜明珠，这……意味着传言中的宝藏是真的！况且，高御史所言之事他原本也想透露给罗槐，毕竟他是珠玑巷人，不想看到珠玑巷的百姓因为一个女人而受到连累和涂炭。

卜玉树走到蔡大郎跟前，问高御史所来是否与她有关。

蔡大郎没有作声，罗槐急得上前推了蔡大郎一掌：大郎，你还卖什么关子？

蔡大郎依旧不作声，两眼巴巴地瞅着阿甲。阿甲从腰间抽出短刀，罗槐一把擎住他的胳膊，不许他做傻事。

家主，我只是取下夜明珠！

阿甲从腰间抽出那根曾经送给罗槐但被退回的腰带，用匕首挑去前端的铁扣，倒出一颗桂圆大小的月白色珠子。与此同时，阿甲一口气吹熄了油灯，不一会儿，他手中的珠子便慢慢沁出层模糊、柔和的萤光，仿佛广寒宫上的云母玉屑。

蔡巡检使，只要你告诉我们高御史来这儿的目的，这颗珠子就是你的了！

阿甲的声音从这片柔和的光芒中钻出，转瞬就被那些贪婪的耳轮给吞噬了。蔡氏三兄弟没作声，罗槐点着了油灯。摇曳的灯光下，蔡大郎的脸上露出一抹奇特的微笑：

夜明珠乃上天的宝物，有缘方能持有。我蔡某福薄，无法消受。

罗槐再也忍不住了，冲过去揪住蔡大郎的衣领摇晃着：老蔡，钦差大臣说的事可与玉树有关？

蔡大郎瞄了眼他的手：浩风，你不松手我怎么说话？

罗槐没有动，卜玉树轻轻地喊了句：相公！

罗槐松开手，退后一步，与卜玉树站在一起。蔡二郎和三郎刚叫了句大哥，就被曾守琴和曾兵异口同声地"嘘"了一句：听你们大哥说话！

罗兄，诸位，我蔡某爱财不假，但我不想做这种交易！阿甲，夜明珠你且收着，我要用时自会找你。

说着他转向罗槐：罗兄若信得过我，且伸耳朵过来。

蔡大郎身高力壮，据说曾徒手劈死过一头野猪，足见力气之大。曾兵明显有些担心，和卜玉树异口同声地道：不可！

他俩话音未落，罗槐已将耳朵伸至蔡大郎的嘴边。阿甲手握短刀，担心地盯着蔡大郎的一双手，蔡大郎肯定也感受到了他目光中的杀气，特意将手背在身后。但他的一番耳语比拳头更有威力，罗槐原本挺直的脊背倏忽间佝偻起来，颤声道：

这事情太大，烦请蔡兄重复一遍，让大家来决定。

蔡大郎接下来的一番话，无异于晴天霹雳，震得人大惊失色。

端午节前，从泉州送南村族老孙子到赣州的西瓜皮到南雄州来找老朋友蔡大郎，由他引荐拜见了姚通判，后来又看望了曾守琴，顺便还参加了南村族老为迎回被拐卖孙子而设的接风喜宴，用他的话是"一箭四雕"。西瓜皮找姚通判是想帮他那个犯了杀人罪、在南雄州坐班房的亲侄儿脱罪。西瓜皮与赣州知州交往甚密，从他那儿得知姚通判喜欢奇珍异宝，而且姚正是靠这个才巴结上贾太师，从一介寒儒变身为通判的，西瓜皮便开始动心思了。

前文也说了，这西瓜皮在赣州是个大名鼎鼎之人，他结交地痞、包揽诉讼，时而为人打抱不平、两肋插刀，时而为虎作伥、助纣为虐，正邪存乎于他一念之间，故而喜他者引他为知己，恨他者视其为蛇蝎。但不管外人如何评判，这西瓜皮于"孝"字上头，那是存了真心的，他对八十岁的瞎眼老母言听计从。老母心疼那不肖的孙儿，要西瓜皮救其出狱，西瓜皮立马想到了上次罗槐央他寻找卜玉树时送给他的那只玉镯。虽然他并无把玩珍宝的雅好，可这些年的阅历与眼界让他一眼认出那玉镯是一等一的好货，送给姚通判应该可以打通主宰侄儿的那道生死门。就这样，他将那只玉镯送给了姚通判。姚通判果然大感兴趣，立马着人改了证词。西瓜皮又使了些银子，姚通判就把他的侄儿给放了出来。不过姚通判给他留了个话，要他找到另一只玉镯，否则，一年半载后还有可能将他侄儿收监，这可把西瓜皮吓坏了。

在南村过了端午节，西瓜皮没有走，而是穿上夜行衣靠，亲自到罗记铁器铺走了一遭。由于防范严密，他没能进入罗松、罗槐的住房，自然也没找到有关玉镯的蛛丝马迹。

次日他返回赣州，却意外地在章江上碰到了那四个来找阿甲麻烦却被罗槐、罗松恐吓兼利诱打发走的神秘客人。西瓜皮炼就了一双火眼金睛，一眼就看出那几人有隐情，遂与他们攀谈、结交。船到赣州后，西瓜皮请他们吃饭喝酒，又找来了四个烟花女子作陪，并事先吩咐她们如何套话。一场风流快活之后，其中一人吐了真言，说他们是从后理国来珠玑巷追查金银财宝的士兵，由于对方人多势众，他们讨不了巧，要回吉州府去搬救兵。

西瓜皮听后立马联想到罗槐送给自己的玉镯，不由得心生恶念，将喝得烂醉的后理国人绑回家中，动刑之后得到的结论是罗记的阿甲等人可能知道那批宝藏的下落。于是西瓜皮找个借口，请厢公事所的熟人把那四个后理国人打入了监牢，这边绞尽脑汁地想把那笔金银财宝找出来。只是此事太大，光凭他一己之力难以完成，必须有合作者。

思前想后，他觉得蔡大郎最合适。一来他是珠玑巷人，耳目多，干的就是缉拿盗贼之事，便于监控罗记；二来呢，蔡大郎一直喜欢钱，名义上他是想为朝廷打造一支有战斗力的厢兵，为官家和朝廷分忧，但暗中他却借此敛财、中饱私囊。这种人就像饥饿的鱼儿，只要有饵，没有不咬钩的！

果不其然，他将此事告知蔡大郎后，蔡大郎立马到赣州见了那四个后理国人氏，问明情况后，蔡大郎使钱买通牢头，给那四人吃了哑药，以免走漏风声。

之后他回到南雄州，密切关注阿甲，并且根据那四个后理国人所言，细细核查前几批寻找阿甲的那些人的失踪日期，发现其中有两伙人消失时，珠玑巷的河中或山上恰巧发现了无名尸体，而且从卷宗记录来看，那些死者的体貌特征与如今这四个后理国人很相似。这说明阿甲他们武功高强，且早有准备，他得耐心等待，再伺机而动。他有这个便利条件，他相信自己终有一天会发现并找到那批宝藏。

没想到前几天出现的高御史却打破了他的计划。高御史与姚通判同为贾太师这条线上的人。他此次来珠玑巷，名为代官家巡视南境，其实是在替官家寻找失踪的胡贵妃，但暗中他又受贾太师与邬贵妃之托，要尽可能地找到并杀掉胡贵妃。

写到这儿，免不得要交代下高钦差来珠玑巷的原因。

话说姚通判收到西瓜皮送的那只玉镯后，想起以前宫里秘发的捕影图形，觉得这两者之间有关联。为此他特意派人画了卜玉树的图形，两下对比之后他便有些怀疑卜玉树是那失踪的胡贵妃了。后来他碰巧见到了卜玉树，立马想起自己曾在宫中大庆时见过的那位胡贵妃，心里更加断定卜玉树就是胡贵妃了。但此事甚大，他不敢妄定，便立即修书将玉镯的来历、罗记铁匠铺掌柜从临安带回了一个美貌娘子，后来珠玑巷又陆续有人来投之事详述了一遍，还附上那张请画师暗中描摹的卜玉树的画像，让急脚递捎到了临安。

他本以为很快能得到贾太师的回信，不料两个多月还没动静，就在他以为自己拍马屁却拍到了牛屁上、满腹沮丧时，贾太师却派高御史送来了他的亲笔回信。

贾太师在信中说邬贵妃确认那玉镯原是官家赏赐给她的，她嫌成色不够纯，退回给官家后，官家再转赏给了胡贵妃，所以有此玉镯的高挑、美貌女子，十之八九是胡贵妃。贾太师信中还说，胡贵妃淫乱宫闱，其兄勾结贼人，偷盗大内宝物，兄妹俩俱是十恶不赦的罪人，要姚通判为朝廷除去他俩。

姚通判得旨后立即下令密查，他们没找到胡显祖，却发现有家炊饼店的老板娘和一双儿女与卜玉树关系密切，而且他们母子三人的体貌特征也与贾太师信中关于胡显祖的描述吻合。不知是忘了还是不想牵涉面太广，贾太师信中并没有提及罗槐、曾守琴、罗德元那些逃户，所以姚通判目标精准，立马就锁定了卜玉树。

此时高御史催促姚通判尽快抓捕卜玉树，姚通判却存了份私心，想抓紧机会把另一只碧玉镯逼出来。他让蔡大郎去执行，蔡大郎本来就想对阿甲动手，以逼问财宝的下落，姚通判这指令一来，他就有了动手的令箭。

这日去罗记吃中午饭，蔡大郎让平日和自己走得近的杜行官及自己的两个弟弟埋伏在阿甲必经之地。他们之前摸了情况，晓得阿甲扭到了腰，这些时日下午都要去旁边巷子里的郎中那儿推拿，故而在那儿等着。

不料这日阿甲因招呼蔡大郎他们吃酒席，没有按时去郎中家按摩。急得桌上的蔡大郎食不甘味，好在他在罗记的酒席吃到一半时，阿甲还是受痛不住去找郎中了。蔡大郎晓得有腰疾的阿甲敌不过弟弟他们三人，所以饭后放心地回到了巡检司。果不其然，他刚坐下来，杜行官就兴冲冲地跑来告诉他，已经拿下了阿甲，且正按他的指示往南雄州姚通判的外宅押送。

蔡大郎立即起身和他一块儿去南雄。不料路上杜行官居然打听起财宝的事情来。蔡大郎惊讶地问他从哪里听来这样的传言。

杜行官冷笑着说你就别装了，你家二郎、三郎刚才已经逼问了阿甲多时。

蔡大郎一听坏了，这杜行官虽然跟自己走得近，人也不坏，却有个和自己一样的贪财毛病！这人一贪钱，眼窝子必定浅，心窝子必定窄，断不可与之大谋，遂起了灭口之心。

于是在酒中下了乌头碱，等后理国人晕厥时，将他们装入麻袋抛入了河中。他们做梦也没想到自己的行藏已被罗槐等人窥破，更要命的是杜行官还被罗槐和卜玉树救了起来。再就是姚通判和蔡大郎商量事情时曾说起高御史前来是为了确认卜玉树的身份一事时，却正好被躺在地下、刚从昏迷中悠悠醒来的阿甲听见。

目下，珠玑巷已被包围，你等要逃出去那是千难万难。倘若阿甲肯助我蔡某一臂之力，帮我找到宝藏，我蔡某绝不占为己有，而是全部奉献给朝廷抗击元兵！

蔡大郎话音刚落，曾兵嗤笑道：打鬼话！

蔡二郎大声道：我家大哥说的是实话！

蔡三郎也喊起来：罗掌柜，你且说说我家大哥给你们忠义巡社送了多少刀剑？

蔡大郎看着罗槐和曾守琴：浩风、山长，那些刀剑皆为我个人所捐。我蔡大郎平日确也贩了私盐、做了些贪腐之事，可我并未中饱私囊，大部分捐给了作院。你们若不信，可去问杨都头。

蔡大郎这一说，罗槐倒真记起了杨都头曾说过的一件事。他说蔡大郎因捐钱给作院打造刀剑，把急着借钱的弟媳给得罪了。看来大郎所言不虚。

罗槐注视着阿甲。阿甲悲壮地点点头：蔡巡检使，我答应你。

好，我相信你不会拿在场这些人的性命开玩笑。拿来！

蔡大郎伸出手掌，众人愣怔间，阿甲已将夜明珠放入他掌中。蔡大郎手一晃，夜明珠即被纳入袖中。他的动作与速度让罗槐和卜玉树想起圆庵守山门的那个老尼。

列位，这蔡大郎刚才还说夜明珠乃天赐宝物，须有缘人方可得，现在却伸手讨要，实乃出尔反尔、反复无常之人，不可信赖！

曾兵以前就看不惯蔡大郎的做派，如今更是将他视作猛兽阴鬼。罗槐和卜玉树、曾守琴、阿甲交换了下眼色，知道此时已是开弓没有回头箭，不管蔡大郎唱什么戏，他们都得奉陪到底！

还好蔡大郎没有令他们失望，转告了一个惊天的消息给大家：姚通判已派兵包围珠玑巷，只等那三更鼓响，便来抓捕卜玉树和罗记众人！

从这个角度而言，他这夜明珠取之于阿甲，用之于罗记。

我疏通关系也得有宝物方可啊！

此言一出，大家都无语了。

相公，一切不至于这么糟的!

卜玉树口上安慰着罗槐，心中已是焦灼之极。这些日子担心的事情终于发生了，她不明白上天为何如此不公，不但连连降祸于她，还频频牵连她的亲朋、邻居，难道自己真的是灾星和祸水? 卜玉树的心和那双手一样变得冰凉。

罗槐不避众目，紧紧攥着她的手，一字一顿地对蔡大郎说：蔡兄，他们还有什么打算?

与你们有关的人员都要一并捕去。

蔡大郎叹道。

蔡巡检使，我带蔡二郎、蔡三郎去找宝藏，你放过大家!

阿甲走至蔡大郎面前，声音中有着难以忽视的勇敢与决绝! 罗槐和卜玉树一起劝阻他：阿甲，千万不可!

家主，此事由我做主。

言罢，阿甲直直地盯着蔡大郎。

蔡大郎叹口气：浩风，都这时候了，你们夫妻还不舍得阿甲的财宝? 看来你们二人还在做梦吧? 高御史现已认定卜姑娘就是胡贵妃，你们想想看，一个贵妃私自逃跑，还改嫁他人，且不说你家显祖兄弟偷盗大内宝物、犯了杀头之罪，光你改嫁这一条就可以满门抄斩了。你们现在还有什么条件可讲的?

这么说，大郎你是同意阿甲的计划了?

曾守琴问道。

蔡大郎摸了摸胡须：我只是沙角巡检司的巡检使，我要是说话能算数，方才你们那些罪状可以统统免掉，可惜我说话不算数。说心里话，身为珠玑巷人，我不想大家遭殃。但从眼下这情形来看，只怕不交出胡贵妃，姚通判和高御史是不会放过珠玑巷人的。

这时，门外突然传来急促的拍门声和二伯焦急的喊声：浩风，快开门，外头有官兵要闯进来!

众人一凛，罗槐从地上捡起绳索对蔡大郎说：蔡兄，暂且委屈一下您!

蔡大郎冰雪聪明，立即明白了他的用意，伸手就缚，一边对蔡二郎和三郎说，你们和阿甲从头花店的后院穿到腊巷刘腊婆的后院，再翻过牛二家的矮墙即可到家中和妻儿说一声，再取些路上要用的东西。官兵现在都盯在这边，码头上无人把守，你们赶快上路，得便寄书信回家!

说话间，曾守琴、曾兵已给蔡二郎、蔡三郎松绑，阿甲这才明白蔡氏几兄弟方才为何不打他的腰腿，原来他们早就想让他带队去找珠宝。

罗槐朝阿甲一揖：阿甲，路上千万小心。您一定要回来!

卜玉树拉住阿甲的手，小声道：刘婶娘还等着您呢!

阿甲朝他俩抱拳一揖，转身跟着蔡氏兄弟出了房门。

此时外头闪动的火把光中，传来了擂门的轰隆声、人们的尖叫呼喊声、狗吠声、小儿的大哭声。王月梅、刘婶娘、嫂嫂、德元公一家全都惊慌地拥至前院。小乙、小二、二伯领着四位已经改姓的昆仑奴和几个徒弟拿着弓箭登上了门楼。

刘婶娘陪着月梅嫂嫂躲进金库，曾兵、曾守琴用绳子将蔡大郎绕在客厅的房柱上，罗槐则拉着卜玉树来到井边，让她赶紧跳下去：你在王家仓库等着，千万不能出来!

不，我不能一个人逃。卜玉树怕此一去分阴阳两隔，不肯放手。

再不走就来不及了! 我拿绳梯来!

罗槐转身到旁边的柴草堆里取出早就备好的绳梯，要她攀到井下去。

记住，屏住气，往左边就可以进入竖井。

罗槐之前带卜玉树训练过多次，卜玉树早已掌握了要领。只是罗槐还不放心，非得看她安全进入竖井才肯离去。

相公，我们说过要白头偕老的，我绝不独活!

卜玉树态度坚决，罗槐正犹豫间，从墙外传来阵阵喊声：胡清蕙秽乱宫闱，罪不可赦，你若隐匿不出，则珠玑巷人皆为刀下鬼!

听到"秽乱宫闱"几字,卜玉树再也忍不住,转身就要冲到门楼上去和他们理论。罗槐拉住她说:娘子千万不可鲁莽。倘若你现在这样冲杀出去,则你和珠玑巷人皆保不住。

卜姑娘,罗槐所言极是。

也许是曾守琴他们的绳子没有绕紧,又或者是蔡大郎自己挣脱了绳子,这时他冷不丁走到他俩身边,冒出这么句话来。

罗槐一个激灵,反手就要抓他。蔡大郎举起双手道:浩风,你现在的敌人不是我,是外面的官兵!

罗槐急道:大郎哥,您有何见教?

见教不敢,主意有一两个,就看你信不信我了!

蔡大郎话音未落,墙外又传来街坊邻居的阵阵尖叫、呼救声。卜玉树忙道:相公、蔡巡检使,眼下是千钧一发之际,我必须出去。否则累及珠玑巷百姓,我独活又有何面目见人?

卜玉树毅然决然地往外冲。罗槐拉住了她:娘子,蔡兄,我倒有一计,你们听听可否?

刻把钟后,罗槐和两个族人押着五花大绑的蔡大郎往门楼走去。罗槐一手握盾,另一只手上的短刀对着蔡大郎的腰眼,满脸惊慌的蔡大郎拼命挣扎着。他们身后是换回女装的胡清蕙,只见她穿着粉紫衫儿、银灰绣粉紫折枝花的背子,下穿深粉色罗裙、梳着民妇常梳的低髻,头插两把普通漆纱制的白角冠梳和罗槐特为她打制的梅花形铁簪,清丽的脸上没涂面脂也没贴花钿,只用朱砂轻点了双唇,用螺黛淡淡地画了两道斜飞入鬓的双眉与眼角,此乃宫中流行,也是当朝官家最喜欢的丹凤眼妆。此种装扮的卜玉树清奇美丽、仪态万方,且富含深意。她用服饰表明了自己目前的民妇身份,宫中流行的眼妆与头饰则让人忆起她的贵妃身份,这是她的另一种告白。

他们刚在楼上露面,被官兵围在罗记铁匠铺与王氏钻缸酒铺之间空地上的几百名百姓就起了骚动。他们的外围是手拿弓箭的弓兵和手握长矛枪的厢兵。闪烁的火把光下,锋利的矛尖闪烁出耀目的寒光。人们的惊讶与议论在沉寂的空中激起了小小的气旋,这气旋使得火把光时明时暗，更平添了几分夜晚的诡异。

一直手握弓弩踞守门楼的曾守琴、小乙、曾兵见他们过来，不由得大惊失色。罗槐走到小乙身边，小声地交谈了几句，随即罗槐推着蔡大郎走到箭垛口，高声喊道：

姚通判，蔡巡检使在此！尔等退兵十丈，我等方留他一条性命，否则别怪我们无情！

罗槐话音未落，楼下便嗖嗖射来两箭，幸亏罗槐眼明手快，举起护身藤盾挡在了蔡大郎跟前，蔡大郎这才留得一命。蔡大郎原以为姚通判会念同僚之谊，将他救出，没想到他却如此薄情，不由勃然大怒：姚通判，你怎的害我性命？

姚通判尖细的声音穿过遑乱的火光飘过来：蔡大郎，你身为巡检使，现在却成了贼人之挡箭牌。若是忠贞不贰的臣子，自当咬舌而死，为朝廷献身。我等助你效忠朝廷，你怎的说是害你性命？

你这狗屁不如的东西！满口胡言乱语！倘若射杀同僚即为效忠朝廷，我等把你杀了便是最大的效忠！

蔡大郎破口大骂！姚通判和他对骂了两个回合。此时响起一个破锣嗓：你们二人且休战，让蔡大郎身后的妖妇出列！

胡清蕙闪身站在墙垛前，虽然火光摇曳昏暗，她那惊世的容颜依然让夜空为之一亮。她落落大方地施了一礼，朗声道：

妾身胡清蕙，原为宫中贵妃，只因直言襄樊被围之事，乃遭奸人设计陷害，欲加灭口，无奈之下，得贵人相助，逃至珠玑巷。

院坪上先是鸦雀无声，继而议论纷纷，百姓和士兵都被卜玉树的真实身份给震惊了。

大胆妖妇！非但秽乱宫闱，还满口胡言乱语，罪该万死！

鸭公嗓言毕，射来一阵乱箭。

卜玉树原以为高御史他们会留些时间给自己讲话，没料到对方见面就下杀手，一时间愣在原地。

玉树，小心！

罗槐和曾守琴同声大喊。罗槐往前扑去，怎奈他旁边的蔡大郎身宽体胖，门楼上的夹墙又狭窄，他稍一迟滞，箭便已飞至卜玉树身旁。站在她右首的曾守琴闪身挡在胡清蕙前面，只听扑哧几声，两支箭悉数插在了曾守琴心窝。

你们快去，去岭南！

曾守琴说完后头一垂，再没了声息。楼上的众人惊惧之极，罗槐蹲下身子，抱着浑身是血的曾守琴眦目欲裂。卜玉树顿觉天旋地转，没想到因她而起的杀戮如此之快地降临在珠玑巷。这时有几个罗氏族人不由自主地往后退去。

罗槐起身沉声喝道：退亦死，不退亦死，你们怕什么？还不快把曾山长抬下去？

那几名族人这才止住脚步，将曾守琴抬到了楼下。

家主，放箭吧！

小乙憋得满脸通红，拉弦的手指则雪般苍白。罗槐看看被官军推至前头当人墙的百姓，连忙制止了小乙：此刻放箭，定会射杀百姓，千万不可造次！

那我们就这样等死吗？

小乙、二伯和夏小二不甘心地问。罗槐把曾守琴的血抹在脸上，咬牙切齿地道：此仇必报。传令下去，听我指挥！

这时，墙垛后的卜玉树已恢复了冷静，她向曾守琴所在的方向作了一揖，转身对着院坪大声说：敢问高御史和姚通判，官家素来仁厚有加，怎忍因民妇一人之罪牵连全珠玑巷人？如高御史和姚通判错杀了百姓，到时官家追查下来，尔等如何担待？倘若官家不念旧情，定要民妇身亡，民妇将坦然赴死。只是请高御史和姚通判看在官家的分上给我一个全尸！

妖妇，你还敢抬出官家来当挡箭牌！你若不速来受死，这些百姓就只能陪你到阎王殿见阎王了！

姚通判阴恻恻地说，接着就见那些弓兵将箭头对准了坪上的百姓。说来也是不幸，上次萧破洞、谭鬼七部偷袭珠玑巷时，王氏夫妇被他们裹为人质，这回王氏夫妇又在人质行列。素来惜命的王掌柜这次却凛然站着，月梅娘也不再哭泣。他俩的镇定让其余人渐渐安静下来。

高御史、姚通判，民妇被追杀，实乃因民妇无意间得知一个宝藏的秘密。现在民妇与高御史和姚通判做个交易，只要你们发誓保全珠玑巷百姓，民妇便投井自尽，以谢官家不弃之恩！民妇入井后，家人小乙将携带藏宝图领你们去取珍宝，尔等就等着发大财吧！

什么？有财宝？

天哪天哪，阿甲、小乙他们捡到了窖啊？

通判，你快放了她，带我们去捡窖啊！

议论声一浪高过一浪。

高御史和姚通判显然也被胡清蕙这话打动了，他俩交头接耳地议了一阵，不一会儿，高御史从阴影中走出，扬手示意众人噤声，然后阴阳怪气地道：胡氏，看在你曾经是皇贵妃的分上，许你投井自尽！至于珠玑巷人嘛——

高钦差环顾着众人，咳了咳：也应按律处理！尤其是罗记掌柜罗槐窝藏钦犯，着罚没家产，流五千里！

这时蔡大郎在门楼上高喊：启禀高大人，钦犯胡清蕙以落难民女面目出现，骗过我等众人。蔡某身为沙角巡检使尚且不知她的真面目，罗槐和其他珠玑巷人如何能得知？万望钦差大人开恩！

高御史仰起头斥骂道：蔡大郎怎的和逃犯一个鼻孔出气？莫非你也是他们的同谋？

蔡大郎马上跪下：御史大人在上，卑职不敢。

这时姚通判忍不住了，指着蔡大郎身边的胡清蕙大骂：妖妇，御史大人既已同意赐你一个全尸，尔等还不快放蔡巡检使下来？还有，刚才你让谁带我们去找珠宝的？快让他下来，难不成是红口白牙的谎话？

罗槐从怀中取出阿甲的那根黑腰带递给蔡大郎，高声道：启禀钦差大臣、姚通判，小的这就让蔡巡检使带两颗珍珠下去，请大人验过。不过大人得对天发誓，保证不再向门楼放箭，伤我族人，更不得

410

牵连珠玑巷其他百姓。一俟验明珠宝真伪，即请钦差大臣和姚通判放了院中百姓！

高御史仰起头，装模作样地道：青天在上……

慢着！胡清蕙用盾牌护住要害，走近墙垛，朗声道：请高大人对着尚方宝剑发誓！

高御史一愣，最后还是贪念占了上风，让随从从轿中捧出一精致剑匣，匣盖初启，即见一缕剑光直冲天穹！

高御史对着尚方宝剑，大声保证如胡清蕙投井自尽，他将赦免与此有关的珠玑巷人。

高御史发誓时，旁边的姚通判急得抓耳挠腮。少顷，高御史收起了尚方宝剑，让姚通判的兵丁后撤五步。与此同时，罗记门楼上的罗槐解去了蔡大郎身上的绳索，用竹筐将他从门楼上吊下。

你们愣着干什么？还不赶快过去扶蔡巡检使？

姚通判使了个眼色，几个弓兵往竹篮冲过去，他们扶蔡大郎是假，想顺着绳索往上爬是真。哪知蔡大郎一出竹筐，楼上的罗槐便哧溜一下把绳索收回去了。

这时，姚通判发话了：……鉴于罪妇欺瞒众人，一俟罪妇胡清蕙自尽，除罗记众人到官府录供词外，其余民众各归各家，绝不相扰。

姚通判声嘶力竭地大喊：罪妇胡清蕙，此时不死，更待何时？

胡清蕙先是拱手朝楼上的众人施了一礼，接着又向楼下的百姓施了一礼：多谢珠玑巷乡亲对清蕙的关照，多谢夫君对我的挚爱，敬请各位包涵我的隐瞒和给你们带来的麻烦。守琴山长的恩情清蕙此生无以为报，只有来生做牛做马再来报答了。请各位受我三拜！

胡清蕙跪倒向四个方向各磕了三个头，和罗槐执手相看了两眼，便在官兵的催促下走下了门楼。

门楼上，痛彻心肺的罗槐已是泪湿衣襟。

罗记院内，胡清蕙的大嫂、冰卿、冰倩、德元公、张屠夫一家、月梅、刘婶娘、夏小二等人也早已泣不成声。

罗记门外，王掌柜夫妇及那些与罗槐、胡清蕙相熟、交好之人也难掩悲戚。沉默间，随着一声响亮的咿呀，罗槐亲自打开了大门，放进了院门外的官兵。

蔡大郎走过罗槐身边时，作势推了他两把，口中骂道：罗槐，我俩的账到时再算！

然后手提朴刀，领着那帮弓兵走进了罗记的前院。高御史和姚通判在厢兵的簇拥下也进了罗记大院。也许是想杀鸡给猴看，姚通判居然将那些原本站在院外坪上的百姓也赶进了罗记大院，还"砰"地关上了大门。

罗槐对着高御史大喊：高大人可是对着尚方宝剑发了咒誓的，这门不能关！须得让人自由进出！

高御史可不愿背个欺君罔上或蔑视官家的罪行，当即勒令姚通判敞开大门，许院内百姓自由出入。一些胆小之人当即逃离了罗记大院。但也有胆大之人从外头拥入，想一睹皇贵妃的风采。

此时，几十支火把照得院内亮如白昼。身材高挑的胡清蕙在前头徐徐而行，风吹起她的长发和衣袂，简直美如天神。她的身后跟着蔡大郎和一队全副武装的弓兵。

罗槐想上前和娘子作诀别，被士兵们拦住。凝视着胡清蕙的背影，罗槐不由得喉咙发硬、眼睛发涩。再想到为救她而死的表哥曾守琴，罗槐体会到椎心之痛。

而走在前头的胡清蕙内心也在翻江倒海。尽管事先做了周详的计划，可世事难料，万一哪个地方出了纰漏，也许她和罗槐就真的阴阳隔界了！最难受的是，因事发突然，她竟无法和自己的至爱与亲人诀别。直到此时她才发现，自己原来那么爱他们，内心有那么多的话想向他们倾诉，这个世界原来还有这么多值得热望与留恋的地方！从大门到水井不过十几丈远，柔肠千转的她却好似走了三生三世。

妖妇，你还磨蹭什么？赶快跳哇！

姚通判拼命催促。胡清蕙不予理睬，仍以徐缓的步速走完了最后的那段路程。后面的弓兵们在水井前围成个半月形，蔡大郎举着火把照了下水井，又让两个弓兵取来竹篙试探了下水井的深浅。等证实这口井足以淹死胡清蕙时，蔡大郎用刀指着胡清蕙走到井边。

胡清蕙倏地回转身，颤声道：相公，我们来世还做夫妻！

言罢，她纵身跳进了深井。

娘子！娘子！

罗槐泣不成声。

大家快跪下，送贵妃娘娘上路啊！

不知谁喊了一句，众人纷纷下跪。大嫂、月梅、冰倩、冰卿、刘婶娘、二伯、夏小二等人失声痛哭。其余人也跟着哭，哭声搅动了夜风，夜风又吹动了火光，火光摇乱了投影，罗记大院顿时鬼影幢幢、阴森一片。

蔡大郎指挥几个年轻力壮的弓兵抬起旁边的铁罩子，将井盖上，还专门找了把锁，将井盖锁死了。

胡氏，我蔡某与你前世无怨、今世无仇，如今只因公务在身，你到了阎罗殿可千万别怪我！

蔡大郎对着盖得严实、连只蚂蚁都钻不出的水井施了一礼，口里喃喃道。那几个抬井盖的弓兵见状也施起礼来，气得姚通判在那儿破口大骂，直到高御史提醒他要带证人罗槐、小乙等人回去时，他才抹着嘴角作罢。

姚通判，这罗槐刚失了妻子，先前被射死的人又是他表哥，估计内心悲愤，这时若带他去州衙，只怕他不情愿。他要万一给我们乱指一条路，我们与那笔财宝岂非背道而驰了？

蔡大郎这话深得高御史赞赏：方才胡氏只说让那小乙带我们去找，那小乙定是比罗槐还要关键之人。那胡氏千里迢迢到珠玑巷来，说不定在临安就与他们有了联络，而她到这里的目的，正是为了那笔财宝。

高御史属于"有疾"之人，其"疾"与姚通判、蔡大郎之"疾"相同，那就是见到黄白之物便发狂，狂则失察。胡清蕙一死，加上蔡大郎又在敲边鼓，姚通判对罗槐也就没多少兴趣了，于是他和高御史一行带着小乙，准备漏夜赶回南雄州衙。

再说那罗槐，眼睁睁地看着表哥身亡，又眼睁睁地看着爱妻跳进水井，心内就似有千猫抓万鼠啃，说不出的难受。当蔡大郎他们锁井盖时，他推开那几个阻拦他的士兵，来到院子的另一角，抱着曾守琴尚有余温的尸首放声痛哭。曾兵默默地打水揩干净了曾守琴的身体，替他换了套干净衣裳，这边让二伯、夏小二张罗后事，另派人到曾守琴家去接他的岳父岳母及千郎过来。

其余街坊虽然惊悸未定，此时却都自觉地帮起忙来。有的回家拿了香烛，有的送来了寿材，有的则送来了寿衣纸烛。

这时，珠玑巷外响起了令人惊悚的鼓声和众人的尖叫声：峒寇来啦！峒寇来啦！

蔡大郎面色一紧，对姚通判说：这帮峒寇人多势众、武艺高强，官军多次围攻反被其伤，我们现在无法以寡胜多，第一要务是赶紧把高御史和您安全送回南雄州，过几日我们好带着小乙去寻宝！

姚通判忙吹响了铁哨，领着兵丁们撤了！

就在罗槐心急如焚时，远处传来了罗松的喊声：浩风、月梅，你们在哪儿？

二十八

2015年　珠玑巷
病重的罗伟琳穿越时光的回忆。

　　胡教授，胡姐姐，写到这儿我又去医院打针了。最近身体每况愈下，家人忧心忡忡，见我提笔就生气。前夫还算有情义，近时常来看我、陪我。想到自己将不久于人世，我想和女儿睡一晚，以往和我很亲密的女儿却怎么也不肯，我强行抱她时她还拼命地挣脱。当时我婆婆就在边上，看到我女儿这样子对我，她的脸倏地白得像石灰。

　　我们这儿有个迷信的说法，说是孩子见到以往很亲的人突然很恐惧、很抗拒，那就预示着这个人身上有死亡的气息。这么说，孩子是不是跟乌鸦有些像？我前段时间看到报道，称乌鸦鸣叫之后之所以常有人身故，皆因乌鸦嗅觉超级灵敏，能嗅到将死之人身上散发出的特殊气味。

　　这让我想起我之前前前……前世凤凰山麓的乌鸦。生前我多次故地重游，可惜人类活动的侵蚀和城市的扩张、环境的污染，连乌鸦的生存都受到了威胁。它们飞离了凤凰山麓，同时也远离了我家小院。也许它们对我还有记忆，所以没来吓我。说实话，这段时间我非常忌讳见到乌鸦，更瘆乌鸦的叫声。所幸我除了不适加重、女儿不喜外，乌鸦没来凑热闹。

　　家中小院的玉兰树和花枝上，倒常有喜鹊、布谷鸟、麻雀子飞来飞去，让我感到世界的奇妙和生命的美好。无论如何，我在这个世界上度过了近四十年的光阴，还有血脉流传，这比之我悲惨的前前前……前世的前二十多年，我此生的青春年华有幸多了。我要学会感恩，我感恩的表现手法便是咬牙把这本我称之为"材料"的东西写完。

胡教授，看到上一章的结尾，您是否觉得疑惑：这罗松不是早就回了鸽信，说他正在往珠玑巷赶吗？怎的短短十几里路程，他这个急脚递铺的节级却从下午跑到了深夜才回？其实是事出有因的：那天罗松跑到一半时，发现姚通判率着上百名弓兵、厢兵往珠玑巷方向急进，他猜此事与卜玉树和阿甲有关，心内甚急，立即赶至清水寨，请盘太古出兵解围。哪知盘太古说解围可以，但得允许他抢些东西回来，不然这些人马白跑一趟，谁会愿意？

多亏罗松有急智，说不用抢，到时大家自会感谢你们。如果珠玑巷人的谢意还不够，我罗记铁匠铺送你两百把锄头、一百把铁刨，外加二十张犁耙。

清水寨这么多年都是刀耕火种、靠天吃饭，以前人少粮食还能果腹，现在山民不再与汉民往来互市，人口渐多，所得之粮渐显匮乏。盘太古前段时间见罗槐请人教南安隘的临安逃户种水稻且取得了丰收，他也想解决粮食问题。反正他地盘上荒地多得很，且都水草丰茂，只要进行合适的开垦，再请有经验的农人指点指点，立马就可以变为出产粮食的良田，这比他整天打猎、指天吃饭强。再说盘龙前几天又犯了病，他还正想请卜玉树到清水寨住些时日，让她为儿子疗疾呢。此刻听说卜玉树危在旦夕，他生怕卜玉树万一有什么不测，致使盘龙不治，不由得连打了几个寒噤。说来也是命，盘太古尽管与族中不少女子相好，但只有正房妻子常氏生下了这个儿子，其余的女子有怀孕的，也有生产的，可不是流产便是死胎。他认为这是上天在惩罚他的花心，遂不敢造次。尤其是近期佛面鸡骨卜时说他骨肉凋零，这令他深感恐惧。所以单冲着卜玉树神奇的医术，他也会率众解珠玑巷之围，更何况罗松又如此大方。

不过，盘太古是个好面子的人，上次因帮罗松把那些逃户送回珠玑巷，他佯败了一回，这次怎么也得扳回些面子啊！故而他没有立马回答。

见盘太古犹豫、迟疑，罗松那颗心扑通扑通跳得厉害，他已决定，万一这些还不足以打动盘太古，罗松将甩出第二个对盘太古具有绝杀力的诱惑：送他一百支长矛、一百把大刀！

盘家军的凶悍、剽悍早已让官兵闻风丧胆，他们的短处是武器不够精良，因为官府控制了冶铁和兵器锻造，民间私铸兵器者有之，但也要官府许可，而且只能售与巡社一类的官府认可的组织。盘太古因此受到掣肘。如果给他武器，说得好是助他一臂之力，说得不好，则是助纣为虐。万一他要为害乡里，那罗记就难辞其咎了。罗松自然知道利害关系，不到万不得已，不会出此下下之策！他静观盘太古的反应。

罗兄，你许久未来，不妨去看看佛面，我们也请她做个鸡骨卜。

盘太古避重就轻地转了话题，心内焦灼的罗松强做镇定地跟着他去鹰嘴岩看望佛面。

身为最受敬重的巫师，佛面居住在峒僚人特为她建的精美竹楼里。不知何故，以前本色的竹楼现在漆成了宫墙和寺院最爱用的椒红。门窗上悬挂着洁白的葛布，窗台、门廊和跳楼上摆满了花草，乍一看，就像一座天外飞落的琼楼。

盘太古疾行几步，跪倒在通往楼门的台阶上，大声唱道：盘太古求见神仙娘娘！

不一会儿，一个黑衣黑裙、披发跣足的美丽少女搀扶着一身黑衣、披着长发、头插红花的佛面出来。佛面瘦了，高了，眼神清冽、面容沉静，行止神情颇有几分胡清蕙的神采。她安静地注视着罗松，仿佛在回忆一个久远的故人。盘太古屏住呼吸，等着她发话，谁知良久，佛面才叹道：龙儿要看医生了，龙儿要看医生了！

盘太古迅速地跪行至她跟前拜了三拜：求神仙娘娘给卜一卦。

佛面视而不见、听而不闻，沉浸在自己的世界中。

罗松特别着急，怕在山上耽误太久，耽搁救人。他忙伏身一拜：启禀神仙娘娘，在下罗松，乃大庾岭递铺节级。现罗某老家珠玑巷被官军围困，你家胡清蕙姐姐有难，故罗某特请盘都老下山相助。求娘娘开金口，恩准盘都老下山。

也许是佛面这一年多的预言太准，又抑或峒僚人对巫师的迷信，这一向盘太古凡事都要到佛面这儿讨个说法。佛面让做的，他一定做。佛面有难色的，他一定勒马不前。这让罗松觉得不可思议：这盘太古怎么说也是熟读经史之人，怎的会如此迷信一个女子的言语？

就在罗松沉吟间，佛面说出一句让他惊讶的话来：

唇亡齿寒，唇亡齿寒。

盘太古看了眼罗松，稍稍犹豫了一会儿，终于还是口称领命，同时咚咚咚地又朝佛面磕了三个响头。佛面眼观鼻、鼻观心地端坐在竹榻上，仿佛一尊黑衣佛像。

罗松打量着佛面，发现她的确有神奇之处。听盘太古说，她足不出户，整日在屋内读书写字绣花，可只要说及天下事，她却总能给出似是而非、细嚼之下却大有深意的回答，这种女子不能不令人折服。

罗松现在也颇认同佛面，只是心中还是大感好奇：为何坠伤之前平凡普通的佛面，伤愈后却拥有了上知天文、下知地理、中知人事的超能力？莫非真的是那一摔打通了她的任督二脉，开启了她的天目？或者说真有神灵附体？总之她的神奇与神秘常人解释不了。也正因如此，不但清水寨人将其奉若神明，近来还时有南雄州、珠玑巷和赣州等地之人求见。总之，佛面已成了这一带最受爱戴的神仙娘娘！

神仙娘娘，那我龙儿的病何时能好？

儿子盘龙的病情一直让盘太古揪心挂肚。罗松正担心佛面会说出什么不利的话时，佛面站起身道：姐姐，姐姐！

然后她扭身徐徐地往楼上走去，纤细娇小的背影显出几分罕见的力量。

盘太古当即敲响了祠堂门口的大鼓。罗松还没缓过神来，已从树林、茅舍、田间跑来了近百名青壮男子。盘太古打开祠堂中门，大声道：官府进击珠玑巷，他们杀完那边的人肯定会进攻清水寨，大家现在带好武器，驰援珠玑巷！

壮硕如男子的雷大嫂是名出色的鼓手，她站在队首，斜背只桶形的木鼓，结实的双手在鼓面上轻轻拍击出激动人心的鼓点，众人踩着这节奏立即踏上了前往珠玑巷的行程。

子夜时分，他们终于赶到了珠玑巷。当他们拉起阵势逼迫官军时，胡清蕙已沉井自尽，蔡大郎正在说服姚通判放掉珠玑巷的其他百姓，可姚通判却有食言之意。正在这千钧一发之际，盘家军驰援至珠玑巷。姚通判和蔡大郎都曾是盘家军的手下败将，对盘家军的骁勇非常忌惮，最后还是蔡大郎以保护高御史的安全为由，终于促使姚通判撤离了珠玑巷。

很抱歉，胡教授。也许跟我心情不佳有关，最近笔力跟不上，本来想交代一下罗松为什么会晚到珠玑巷，结果却拉拉杂杂写了这么一大通。所幸我这两天翻了下之前写下的文字，发现我已经很久没为罗松着墨了，如今为罗松絮叨以上这么几段，想必您也不至于太反感吧？

那么接下来，我就得说说八百多年前的那个夜晚，我跳井之后的离奇经历了！

那天，刚入井里时，我喝了几大口水，气管火辣辣的疼，心慌意乱的我使劲地扑腾着，手脚划过滑溜溜的井壁，指甲折断了，脚尖踢得生痛。就在这时，我抓住了洞口的壁沿。我已在水中扑腾了一阵，肺憋得跟着了火似的，头脑开始昏沉。当我手脚并用地终于翻进那个竖井时，憋得受不了的我倏地站起来，不意头碰在洞顶，疼痛令我迅速镇定下来，我靠在洞壁喘了会儿气，气息稍匀后即通过竖井和地道，来到了王家仓库中的那间密室。

所谓的密室其实只是个比谷斗大不了多少的暗间，我和月梅嫂嫂在那儿放了块床板，上头铺着稻草、棉被、两套替换衣衫和鞋袜，壁龛上放着油灯、火石、火镰，还有几包干粮和一桶水，当然还备了马桶，总之在那儿待个几天没问题。

这个密室是罗槐和阿甲亲自砌的，王掌柜不想让更多的人知道，是以连月梅娘都瞒着。记得那天我和月梅拿东西进去时，我俩还开玩笑地放了一小坛钻缸酒进去，说是从井里爬出来肯定很冷，喝口酒能够暖和下身子。我们说这话时心里觉得这些东西都浪费了，哪里能真的用得上呢？于是上个月我和月梅偷懒，没有按时进来替换存放在里边的食物和水。罗槐、罗松知道后，狠狠地怼了我俩一顿。前天我已预感到大势不好，遂进密室把食物、水都换成了新鲜的，我还特意多放了两套峒僚人的男装和两把大刀、两把锄头，不成想这么快就用上了，真是世事难料啊！

换上干燥的衣服后，我摸索着铺好了被褥，明知伸手就可以点亮油灯，可我还是忍住了对光明的强烈渴望。我怕上头的透气孔会把灯光透出去，万一因此泄露了行藏，岂非前功尽弃？

这么胡思乱想了一通后，惊惧过度的我昏昏睡去。不知过了多久，那两个茶匙大小的透气孔飘来两缕灯光，接着外面传来隐约的哭声、喧闹声和鼓声。虽然我听不清，但从那熟悉的鼓点、节奏和雄浑的鼓声中，我猜肯定是罗松请来了盘太古和他的盘家军给大家解围，只是不知高御史、姚通判是否会放了那些街坊？万一他们食言怎么办？还有，盘家军能解珠玑巷之围吗？罗槐和嫂嫂、侄儿他们怎样了？曾守琴的儿子千郎以后怎么办？他的岳父、岳母一定非常伤心和绝望。想到这儿，我心中一恸，无声地抽泣起来，然后我就带着无数个疑问开始了漫长的等待。

不知何时我又睡着了。等我醒来时，头顶上横着两根金黄色的圆柱。定睛一看，才知是从透气孔射进来的阳光。就着昏蒙的光线，我酸胀的眼睛终于有了一丝神采。我强迫自己就着冷水咽下两块冻米糖，然后瞪着那两根光柱出神。一会儿我似乎看见了罗槐在哭，嫂嫂、冰卿、冰倩也在哀号；一会儿觉得外头太静，怀疑那些街坊是否都被姚通判和高御史杀光了。一会儿我又在想蔡大郎，如果他把我出卖给姚通判，我该以何种方式了结自己的性命？还有，高御史真的是在为官家办事吗？他会不会假传圣旨，实际上是在替贾似道和邬秋儿卖命？还有阿甲和小乙，他俩现在怎样了？

我的大脑又陷入了疯狂的猜测状态，千头万绪绞得我筋疲力尽。

我实在受不了，便站起身扭动腰肢、伸展双臂，做一些蹴鞠的动作，以舒通筋骨，心里在不断地喊：相公、相公，你快来接我出去啊！——为了不让人轻易找到这间密室，我们将密室封死了，也就是说，我虽然从井里逃出来了，但要是没人将我从密室放出去，我还是会死在密室！

当初设计时罗槐就觉得这样不对，可我因过于小心和固执，此刻反倒自我桎梏了。在这种胡思乱想中，我睡了醒、醒了睡，终于体会到德元公所说的那种蚀骨的恐惧。这种恐惧就如同一个意识清醒的人正被一只吃相斯文的野兽撕咬，是在一种无比理智的状态下看着巨兽一点一点地吞噬自己的恐惧，比之圆庵时的恐惧还要入骨三分。

也许，相公和珠玑巷的其他人都被杀光了？要不怎么没人来救我？

到最后，疲惫、绝望的我只剩这一个想法了。好在食物还充足，要是明天天黑时外头仍无动静，我就挖墙而出。

就在我做好了最坏的打算时，外头有了动静。我不敢掉以轻心，手握大刀紧紧地贴在门边。万一有敌来袭，我定当竭力搏斗，绝不成为俘虏。

嘭、嘭、嘭嘭、嘭嘭。

外头有人敲了四下，停了一会儿后又敲了两下，这是我和罗槐约好的暗号。我敲了两下急的，停了会儿又敲了四下慢的。接着，我听见拖木橱的声音。

这只木橱四角有铁环与底座锁，只有打开铁锁才能拉开木橱和密室之门。折腾了好一阵，橱门终于咿呀着打开了。接着，罗槐挟着股冷风扑进来：清蕙，是我！你在哪儿？

相公，我在这！我抽泣着扑入他的怀中，两人紧紧地搂着。那一刻，这个世界只剩下我和他了！

事隔八百余年，我仍清楚地记得罗槐那急剧如战鼓的心跳和那隔着衣衫源源泵出的热量，它们迅速地温暖了我冻得僵硬的身体。

清蕙，我们赶快走！

罗槐告诉我，姚通判那天虽然放了被挟持的百姓，可官兵仍把守着各要道口不让珠玑巷人出行。蔡大郎得知高御史酷爱钻缸酒，便给他备了一车酒，打算利用这个机会将胡清蕙送往清水寨。

高御史让蔡大郎把酒送到梅岭驿馆，你藏在酒桶里，半途把你放下，得快点走，晚了怕官兵杀个回马枪！

罗槐说着把我领到仓库门口，那儿停了一辆装满大酒桶的牛车。满脸着急的王掌柜让我蜷进其中一只戳有通气孔的空酒桶，然后把酒桶盖钉死了。

娘娘，您别怕，你那头的桶底没钉死，万一有什么事，你顶开桶底就可以出来。还有，要是有人敲木桶，我开了塞盖，你得倒些酒出来。

王掌柜说着递给我一个盖得紧紧的竹筒，我小心地抱在怀里，有些担心这酒倒不出来。

由于姚通判指明只能由王氏夫妇去驿馆送酒，罗槐、二伯等人都属于"禁足"状态，罗槐颇有些担心王氏夫妻应付不过来。好在罗松有先见之明，清水寨的盘家军留了部分兵力在驿馆那边接应，王掌柜越发有了胆气。说也奇怪，当过两次"人质"后，王掌柜就像一块淬过火的铁块，已然有了钢的坚硬！所以我倒不怎么担心他。让我意外的是，他居然称呼我"娘娘"！不知旁边的罗槐听了有何感想。

相公，我会按计划行事。你千万要照顾好千郎，以后，我就是他亲妈了！

蜷在桶里的我气喘吁吁地说。

娘子你放心，这边一切有我！盘都老那边大哥已安排好，你正好可以跟佛面好好聊聊。

虽然事情紧急，可周遭那般安静，危险似乎远在天边。罗槐不免又叮嘱了我一番。然后，王掌柜甩了个小小的鞭花，月梅娘坐在窄窄的车厢里，拉着我和满车的酒驶向梅关驿馆。

当牛车驶入珠玑巷那座简陋却坚固的城门时，果然如罗槐所料，被守门的官兵给拦下了。此时我蜷在桶内，颈酸腿痛，但从桶外隐约传来的问话使我立马清醒过来。

……都是……酒……

如有……挟带……死罪！

王掌柜和守门士兵的对话断断续续地钻入耳中，我屏住了气息。就在这时，我听到木棍敲击桶子的声音，士兵敲得那般用力，震得我胆战心惊。

这桶……声音……不一样……拔开塞子。

似乎是听出木桶的声音有异，守门士兵喝令道。也许是他站得离木桶近，他的话我听得清清楚楚，忙打开竹筒盖。这时，王掌柜拔开了木桶中间竹管出口的塞子，那缕亮光飘进来的同时，我竹筒中的酒已经流了出去。

这酒……香……

军爷，这是姚通判订的酒，送给高御史的，耽搁不起啊！

接着塞子塞上了，因我个儿高，将木桶顶离了地面，透过木桶与地面的缝隙漏进的光先是有些飘忽，继而由艳黄变淡黄，晓得守门士兵移动了位置，应该是放行了。果不其然，不久，牛车又沙沙沙地往前驶去。

行了约摸两炷香工夫，王掌柜终于停下了车，让我踩住桶底，他和月梅娘死命抬起木桶，放我出来透气。

娘娘，我们有眼无珠，以往多有得罪您的地方，对不住，还请您多多关照。

没想到我刚钻出木桶，王掌柜就推金山倒玉柱地拜倒在地，边磕头边恳求我的原谅，弄得我啼笑皆非。正尴尬间，月梅娘上前拉起他道：你个木头雕，什么娘娘不娘娘的，哪有二嫂叫得亲？二嫂，我这人心实，不管你之前是哪个，我只认你是我月梅的弟媳，是家里人。这可比什么狗屁娘娘亲多了！

月梅娘此番话说到我心坎里了，我连连称是。王掌柜也不再那么稽礼了。考虑到山间安静，怕隔墙有耳，我舒展了下筋骨后，王掌柜夫妇又把我塞进木桶，继续赶路。接下来的行程中，只要是他们认为安全的地方，老两口都会放我出来歇会儿。这样歇息了四五次，王掌柜停下车，贴着木桶唤我出来：二嫂，这是老寨的茶亭，你出来吧！

这后一段路走得长，蜷得我双腿发麻、颈项发直、两眼昏花。还好这一年多养得好，山风一吹头脑即清醒过来。我看见昏暗中雷大嫂带着十几个妇女站在茶亭门口。见到我，她们立即拥上来，说盘都老在山下还有事要办，嘱她们迎我上山。

就这样，我辞别了王掌柜夫妇，跟着雷大嫂她们急赶慢赶，终于在日头跃出山巅时来到了清水寨。这时寨中的青壮年男子大多跟着盘太古下了山，除护送我和守寨门的为男子外，其余皆为女子。以往主事的雷大嫂作为鼓手跟着盘太古下山了，现在寨子里主事的是在我印象中安静得像道影子的盘太古之妻常氏。此刻她穿着便于活动的旋裙，上穿短衫、中扎腰带、头上裹着红头巾，颇有几分飒爽之美。

罗二嫂，寨中守备空虚，未及远迎，还望见谅！

常氏和我互相见了礼后就拉着我到家中去看盘龙：絮叨着说盘龙肚腹上那个东西虽是不见了，但这几日一直喊不舒服，饭也不想吃，请神仙娘娘鸡卜了几次，都说他身体大好，可不知怎的，他还是日见清瘦，还请罗二嫂救他一命！

进了楼，常氏见无旁人，当即跪地朝我叩起头来，吓得我赶忙扶起她：常姐姐，您这就太见外了！这次盘都老和清水寨的乡亲驰援珠玑巷，解了官兵之围，恩莫大焉，该是我谢你们才是啊！

不可，千万不可，怎么着您也是贵妃，尊贵得很，奴能见到娘娘，实是三生有幸。

没了盘太古，常氏完全恢复了汉民的思维方式。她这一说倒勾起了我的痛：因着那个娘娘身份，我吃了多少苦、受了多少罪，真正是九死一生！我语气生硬地告诉她今后别再喊什么娘娘了，这儿只有罗二嫂。

她不知我为何如此生气，惴惴不安起来。我缓口气，见盘龙在床上睡着了，便径直走到床边给睡得昏沉的盘龙把脉。他的脉象弱，面部、颈部有淡白色近似圆形或椭圆形的斑块，我心中有数了，问道：

常姐姐，盘龙这一向可是常喊肚子痛，而且都在肚脐周围？

常氏惊道：罗二嫂真是神医，一望即知。这阵子他确常喊肚痛，每次非得我揉揉他才舒服。

我翻看了下盘龙的眼皮，又摸了摸他汗津津的头：他睡觉喜欢磨牙、流口水，经常惊醒，还动不动就长风疙瘩？

对，对，近日他痛得厉害。你看，上次是脐周长疱块，这回是肚子上鼓囊囊的。

常氏捉着我的手去扪盘龙肚子上的包块，我细细地捻着，一边回想着祖父以前所教的知识，问道：常姐姐，盘龙是不是常喝生水、吃生东西？

常氏叹道：这孩子野得很，嘴又馋，夏天时吃烤蝉蛹和毛虫蛹，还吃过生鸡蛋，河里的鱼串在棍子上用火燎燎就下肚，就像个饿痨鬼投胎！

小儿郎难免淘气，不过今后你可得把住不让他吃生食。从他的症状来看，应是虫积肠中造成肠道梗阻。不是什么大病，你放心，几服中药下去即好。

我当即给他开了驱虫通下的减味乌梅汤，喜得常氏抱住了我：罗二嫂，我生了盘龙一次，你却救了盘龙好几次呢！盘龙想认你当干娘哪！

我一直很喜欢盘龙，想到盘太古这次的大恩，当即答应了常氏的要求。这常氏骨子里也有雷厉风行的一面，立马喊醒盘龙，让他喊我亲娘。

盘龙懵懵懂懂地喊了几句。常氏让他磕头，他也是纳头便拜，等拜完了爬起来，他才愣愣怔怔地看着我：你不是卜姑姑吗？你什么时候生的我呀？

他的天真惹得我和常氏一番大笑。这时我站起身，常氏推开盘龙，让他去喊姨奶奶回来做饭，她陪我去鹰嘴岩见神仙娘娘。

天气晴朗，天空瓦蓝得好似要出水，金箔似的阳光把山川树木染成了淡淡的金黄，经过霜雪的草地却顽强地透出不亚于夏季的浓绿。如果说临安四季分明的话，这南雄州一带，就是四季不那么分明了。

听罗槐说，珠玑巷十年难得下一回雪，冬天很多阔叶树的大叶子依然蝴蝶一般招摇。

可清水寨因为地势高，情形完全不同。俗谚说，山高百米水冷一分。这一点在清水寨体现得非常明显。上次入秋时我穿单衣到清水寨看佛面冻得发抖，常氏忙给我换了件夹衣。此时已是隆冬，珠玑巷的阳光还有几分暖意，但落到清水寨的阳光却倏地变冷了。放眼望去，清水寨及周边山上的残雪在阳光下闪着银光，与葱郁的枝叶、翠绿的青草和被积雪压折的断树秃枝形成了一幅南国少见的冬景。

越往鹰嘴岩，山风越冷，金色的阳光好像也丧失了温度。我看见路旁的石壁上覆有一层薄冰，薄冰下，却是潺潺流动的涓涓细流。乍一看，似有无数只蝌蚪在奋力地登山。最奇的是，树林里的腊梅、红梅、黄梅、白梅开了，让我在冬的最深处窥见了一缕春色，眼前不由闪过少时与父母祖父同游西湖的场景。

那时到西湖看梅可是一件盛事啊！西湖孤山上的梅清奇绮丽，如林和靖之书法，有种出尘之美。记得有年冬天，官家赠我景德镇梅瓶一双，孤山之梅两束，还和我吟诗作对，当真有些乐趣。官家那时刚读了几本书，便卖弄地说今人盛传林逋结庐孤山时遍植梅树，每逢客至，叫门童子纵鹤放飞，游舟湖上的林逋见后必棹舟归来，故有"梅妻鹤子"之称一事有误。

官家说林逋放鹤不假，唯植梅遍山不准，其实林逋只在庐旁植梅一株，悉心照顾，如待妻子。在后人口中，竟说成遍植梅树了。

清蕙弟，你看林逋不过前朝之人，今人犹有讹言。不知朕千年之后，人将如何评说？

官家当时颇有些感慨！

于今想起官家及他那番言论，我不禁有隔世之感：那个官家，真会如此狠心地追杀我吗？对此我始终存有疑虑。我想等时局稍缓时修书寄于曹公公，请他转给官家，看他会有何反应。

转眼间我们已绕过天湖，来到了鹰嘴岩下的竹楼。当我见到佛面时，不由扑过去紧紧地搂着明显长大了的她，泪流满面：佛面，我是你清蕙姐姐啊！你可认得我？

佛面愣怔了一会儿，忽然展颜一笑：姐姐哭了，好羞人。姐姐哭了，好羞人。

她说罢进屋取出梳子帮我梳头，还让照顾她的峒僚少女剪了几枝梅花给我做发饰。从铜镜中看到她娴熟的模样，我渐渐兴奋起来。我觉得佛面正在逐渐地清醒，起码她找回了从前的部分自己。

我默默地坐着，看她下一步怎么做。可她梳完头后思维好像突然断了，手捏梳子呆呆地瞪着虚空，像极一个迷路的孩童。

佛面，给我披衣！

我像从前在宫中那样伸展双臂，佛面一愣，歪着脑袋在那儿想，我小声地引导着她：风大，到屋里给我取件袍子。

常氏冰雪聪明，早已洞察我的用意。她回身取了件衣服递给佛面，佛面拿着衣服看了看，皱起眉头想着。我走过去，按着她的手，教她如何将衣服披在我身上。佛面噘着嘴巴端详着我，这姿势和表情让我心中一动：以前她帮我打扮完，总是要这样打量我一番的！这意味着她已经恢复了自己过去的一些习惯，慢慢的她就能想起自己是谁了！

那一晚我非常兴奋！我决定利用这段时间慢慢帮助佛面康复。

山上的日子很宁静，除了给盘龙看病、推拿，有空再教常氏等妇人认草药，教小娘子、小儿郎认几个简单的字，余下的时间我便拿来训练佛面，一时竟忘了今夕何夕。这样过了三四日，我突然觉得可以用治疗曾伯母失心疯的方法来治疗佛面。

当我把曾伯母的事例和我的想法告诉常氏后，她犹豫着说佛面在清水寨享有很高的威望，如果这样折腾她，万一今后清水寨出了什么差池，寨中之人肯定会归咎于我。尤其是盘太古，他已经将佛面视为神仙了。

她这么一说，我暂时打消了念头。对盘太古和峒僚人的顾忌固然是一方面，但更多的是我忽然发现这个计划对佛面非常残忍，我不能再无视她的恐惧与反应了。于是我住在她隔壁，每日细心地照顾她、呵护她，不断地给她讲宫里的故事，希望那些人名和事件能够让她重拾回忆。

有几次，她都跟上我的思路了，可一转眼，她又故态复萌，这让我非常沮丧。但我不想放弃，仍咬牙坚持着。我上山采了草药，每日逼她服用，还定时给她做针灸和按摩，我希望有奇迹发生。

时间过得飞快，转眼间过了五天，盘太古带着那一百多青壮年回清水寨了。一同前来的还有穿着峒僚人衣裳的曾兵。曾兵告诉我姚通判派人守住了珠玑巷的出入口，罗记一家被羁押在南雄州审问、取证。经过蔡大郎的斡旋疏通，月梅、德元公、夏小二家人和我嫂嫂、侄儿、侄女暂时都住到王记酒铺去了。王掌柜这次不错，表现得非常大方和大度，曾守琴的丧事他也捐了钱款。

我的心刚放落下来，曾兵却说姚通判让蔡大郎带着十个弓兵，押着小乙去取宝藏了！

那姚通判发了话，蔡大郎和小乙要是带不回珠宝就提头来见！

这下麻烦了！要真能找到珠宝，你说阿甲、小乙他们还会待在珠玑巷吗？

尽管我知道这是罗槐与蔡大郎商定的保全珠玑巷人、让我顺利出逃的计划的组成部分，可我还是为蔡大郎和小乙捏了一把汗。

二嫂切勿担心，浩风哥此前已与蔡大郎商量过，也给小乙面授过机宜了。他们此行从浈江转到珠江，名为寻宝，实质是寻找落脚之地。

曾兵说着从怀里抽出一封信，这是罗槐被传唤到南雄州衙之前写给我的一封信。信中他让我放心，他和罗松已使了银子去打点姚通判和陈知州，预计不出几日就能从州府返回。等打造完罗松许诺给盘太古的那些农具后，他将召集众人商议南迁之事。

娘子少安勿躁，在山上好好养息，两个月后，我们定当南迁。

罗槐说话素来掷地有声，我也相信他能说到做到，自此在山上教孩子读书认字、算术、识草药、训种菊花。寨中妇人则教我刺绣、染药斑布，日子过得飞快，不知不觉间就过了农历新年。

其间罗槐偷着上山看了我一回。征得罗槐的同意后，我给官家和曹公公写了两封长信，叙述了我们的遭遇，罗槐会把信交给罗松，到时由递铺寄往临安。

罗槐下山不久，清水寨闹起了虎灾。某天早上，老虎咬死了两个打猎的壮年男子，清水寨人顿时紧张起来，家家户户提防着老虎，日子过得有些凄惶。好在几天后盘太古药死了老虎，清水寨的日子又恢复了平静。但越平静对于我就越漫长，白天忙碌还好打发，入夜后那份冷清就变得蚀骨了。

罗槐肯定想到了这一点，时常飞鸽传书于我，告诉我义叔一行已背着哥哥等人的骨殖回到了珠玑巷，小乙和阿甲各自通过递铺寄了信回来，阿甲他们正往湖南境内赶，小乙他们也已到了珠江上游。由于水土不服，有两个弓兵为瘴疠所害，沉疴不起，蔡大郎决定找个地方先休息一段时间。

最令我高兴的是，元宵过后，罗槐、罗松扮成樵夫，带了食盐和药物，再次到了清水寨。他们送给盘太古的那批农具已经打好，但因进出珠玑巷的路口仍有官兵把守，一时难以运出。盘太古一气之下准备攻打珠玑巷，说只有这样他才能一下就把东西弄上山来。

不可，上次盘都老率部驰援珠玑巷已引起了官军的注意。前些日子萧破洞、谭鬼七又攻打了赣州辖区，近日姚通判已奏请朝廷，要和赣州联合剿灭清水寨和萧破洞匪部，都老还是捺下性子等等。

罗松在州衙有不少朋友，本人又在递铺，消息总是比别人灵通。此言一出，盘太古紧张起来：两州合剿？有多少兵？

罗松皱眉道：听说各县也要抽调兵力，加上忠义巡社的壮丁，总数得有四五千人！

才四五千人？我敢打赌，他一时还攻不下清水寨！

盘太古松弛下来。罗槐觉得他太大意，忙提醒他：

盘大哥，你这清水寨虽然固若金汤，但也抵不住围困。如果官兵卡住路口，半年你守得住，一年呢？粮食、药物、盐都成问题。这里不是久留之地，岭南那边虽然野兽横行、瘴疠遍地，但官府力不能逮，还有我们活命的地方。

罗槐说这话时多少有些忐忑，怕盘太古不愿放弃这座经营数代的清水寨，所以他一边说，另一只手悄悄地握住了我的指尖，示意我合适的时候帮帮腔。他的指尖凉凉的，犹如这开春之后反而阴寒的山风。我注意到盘太古一直眉头紧皱，罗槐说完之后他许久没吭声。

罗松怕罗槐逼得太急，忙说他已想到办法将那批农具从珠玑巷运出：我们佯装运货，走浈江水路，到梅林坡前头的水湾时你们把船劫了，官兵那边我们好交代，你们拿回来也方便。

罗节级、罗掌柜，这方法好！请你们早些安排。另外，麻烦你们再帮忙打制些兵器，到时我用皮货跟你们换，总之不能让你们吃亏。还有，我们盘氏一族打唐朝起即居住在清水寨，你要盘某说弃就弃，就算盘某答应，其他人也未必答应。此事请容我与族人商量商量，十天后一准给你们回信！

话说到这份上了，罗松和罗槐不好再逼他。接着罗槐拿出十几贯钱，请盘太古六十天内帮忙扎两百只竹筏。

娘子，这事你来督办。

罗槐知道我以前在宫中看过不少舟船制造之书，再说我近期只能待在清水寨，造筏之人有我指点，总胜于无。盘太古晓得罗槐他们要从水路南迁，却没想到要扎这么多竹筏，忙问有多少人走。

罗槐叹口气说，我怕万一哪天姚通判打开井盖，没找到我家娘子的尸骨，他会迁怒于珠玑巷人，到时候他随便找个借口，比如说我们勾结你盘太古、勾结萧破洞什么的，就可以名正言顺地置我们于死地，到时全珠玑巷人的财产就都归他了！

罗松和姚通判交道打得多，最了解他的贪婪，点头道：浩风此言在理，那姚通判最爱黄白之物，为了钱，他可以把脑袋掖在裤腰上。他现在放大家一马，其实是在等蔡大郎和小乙他们的信息，万一蔡大郎和小乙无功而返，这姚通判就会更加迁怒于珠玑巷，我建议珠玑巷能走的人家都得走！

你们说得有理！我和族人商量时也会把你们的话讲与他们听。只是竹筏我们平日扎得不多，该扎多大，如何加固，到时还请罗二嫂多加指点。

盘太古没有收那些钱，他说竹子是山上长的，无需银钱去买，手长在人身上，不扎竹筏他们也要劳动，再说这些日子罗记还要给他打造兵器，不如两抵了。

罗槐见他爽快，也就没再坚持。

入夜，罗松照例与盘太古通宵饮酒、吟诗填词，我和罗槐则早早就进了盘太古为我俩准备的客房。听着屋外的鼓声、歌声，我把那两封信交给了罗槐。就着摇曳的火把光，罗槐看完我写给官家的信后点火烧掉了，他认为我无须再告诉官家有关我的任何情况。

只要曹公公能把你写的信转到做小报的人手中，官家就会知道你遭人陷害了。娘子，你觉得呢？

罗槐允许我平日不戴头盖便走东串西、抛头露面，也同意我给官家写信，可临了他还是把我给官家的信给烧了，我有些委屈，申辩说我写信给官家并非为了唤起他对我的温情和回忆，更不可能指望他找到我、将我重新接回官中，我只是想让他知道我从圆庵消失后又受到了哪些迫害和追杀。如果他愿意干预，也许将有助于消除我们面临的危险。

清蕙，我并非鸡肠小肚，只是你在官家跟前他尚无法护你，你现在离他千里万里，他还能帮你什么？你这一来反倒露了行藏！清蕙，你千万莫怪我小心眼，这些日子你不在身边，你都不知道我是怎么过来的！我是吃不下、睡不着，有时半夜醒来，我突然发现自己站在井边上，正抱着井盖流泪。那晚你跳井的那一刻，我的心就跟被人剜了一样，到现在我这里还缺一大块呢！

罗槐抓住我的手按在他赤热的胸膛上，他的皮肤结实、光滑，鼻息中散发出类似于阳光的芬芳。我脸贴着他的胸膛，听着他强健的心跳，世界变得越来越小、越来越暗、越来越暖了……

二十九

2015年秋

胡书雅终于知道了胡明和罗伟琳的秘密。

胡书雅和胡明回到了曾曾曾祖曾经生活过的村庄，他俩先到祠堂去给胡氏祖宗牌位上香磕头，然后在县委宣传部杨副部长的陪同下参观了古村。村子沿河而建，河边十多棵据说植于宋朝的榕树苍虬强健、华盖亭亭，巨大的树冠连成了一条壮观的绿色长廊，又好似镶在河沿的一道绿绒，将那些残破的青砖瓦屋掩映得严严实实。沿着撒满牛粪的小道，胡书雅走入了村中，一路看去，她从斑驳的墙基、坑洼的路面、长满青草的瓦檐、已经颓倒、沦为植物王国的祠堂和那些穿着阴丹士林蓝上衣的老年妇女、吃会儿稻草然后对着天空哞哞叫的黄牛身上感受到了八百多年前的那股气息。

放眼打量这座年轻人外出打工后的空心村子，她心中一恸：如果年轻人再继续离开村庄，村庄就会失去血液和活力，终有一日，这些村子会像尸体一样被乱草湮没！

所以，从某种角度而言，胡书雅认为现在的小城镇化建设是个错误的决策。这些年同质化的毒瘤在短短的几十年间就消灭了六百年都建不起来的几千座原本面貌各异的城市，如今在新农村建设的浪潮中，本来风景万千、根植乡愁的美丽乡村是否会遭遇与城市相同的可怕命运？有时胡书雅会偶发奇想，觉得如果真有时空穿梭机，当年的胡清蕙、罗槐他们穿越回到如今的珠玑巷，他们是喜还是忧？还有，比他们再古的古人，当他们看到当年林木葳蕤的赣州也有部分地方出现沙漠化趋势，那些在当时曾经血管一样遍布大地的河流三分之一强都已经干涸、水质变差时，他们将作何感想？

胡书雅沉浸在遐想中。这时，胡明的话语声打破了古村的宁静：

姐，你是不是觉得这一切非常熟悉？

斜阳给颓败的古村镀上了一层金红的色彩，胡明拿着单反兴奋地拍着，一边啧啧感叹。当他走进一座倒塌的祠堂，看着满院比人高的蒿草和散落在草丛中的房梁、木窗、石门时，突然皱起眉头，脸上一副深思的神色。

胡书雅打量了一阵那半截仍然屹立、被斜阳照得明暗不均的祠堂残墙，突然猛地吸了一口冷气。接着她迅速从罗伟琳的材料中找到了一幅钢笔画，画面上也有这么一间半颓的祠堂，荒芜的院中站着一男一女。

天哪，难道罗伟琳真的是未卜先知的神人吗？

看到这幅画，胡书雅的三观顿时乱了。

嗯，她是聪颖过人，有很强的想象力和描摹能力，跟她在一起，你会不知不觉地被她吸引。

胡明注视着那道将祠堂残墙巧妙地切割成明暗两部分的阳光，信口答道。胡书雅愣住了。一则她从胡明的回答中听出了破绽，二来她发现这幅图与胡明的钢笔画笔触非常接近，每一根线条都像愤怒的狮子鬃毛，硬扎扎地飞起来，可由此组合成的画面却有着出奇的柔软和朦胧。记得她以前曾就这个问题和胡明探讨过。胡明开玩笑地解释说，他之所以如此用笔，那是因为他刚强的内在正在向残酷的现实妥协与献媚。

胡明，你说实话，你和罗伟琳到底是什么关系？我不相信你不认识她。还有，你敢发誓没看过她的材料吗？

胡书雅还没弄清胡明之所以向自己撒谎的原因，但她百分之百断定，弟弟在罗伟琳这件事情上有所隐瞒。果不其然，胡明愣了愣，走到边上点了支烟，大口大口地抽着，端正的鼻子变成了一管辛勤工作的烟囱。

你们之间有秘密？你行呀，克格勃还是摩沙迪？守口如瓶哪！

胡书雅思前想后，觉得自己在这件事情上受骗了！现在她根本不相信胡明是因为有着宋朝的记忆，所以才画出了与罗伟琳文字内容一致的图画了，这明摆着是个圈套！只是不知隐情如何，胡明的目的又是什么？

在胡书雅的逼迫下，胡明终于说出一个令胡书雅始料未及的秘密：罗伟琳是他的大学同班同学和初恋情人！两人谈了三年的恋爱，爱得死去活来，但大学毕业时两人却各奔东西了，那段感情也因此终结。罗伟琳婚后和丈夫感情不怎么融洽，胡明与杨燕感情也不好，在一次同学会上，她和胡明又接上了关系，互相倾诉生活中的烦恼，成为彼此的精神伴侣。

罗伟琳生病以后非常绝望，正好我到这边体验生活，那时她在家休息，我去她家看了她，我鼓励她做点力所能及的事情，比如写一部剧本或者小说，这样有助于分散她的注意力。恰巧那时她家的老房子倒塌，她找到了两本先人的笔记，于是就开始创作了。

胡明又点着了一支烟，被胡书雅辟手夺下：你想废了自己是吗？难怪杨燕说你颓废，连自己的身体都不管的人，还能有多少上进心？

胡书雅训了弟弟几句，随即问胡明他和罗伟琳为什么要合伙营造一种"再生人"的氛围，还要让她也逐渐相信自己是"再生人"？

胡明注视了一会儿那道移挪了位置的斜阳，反问胡书雅信不信有"再生人"。

胡书雅明白地告诉他，自己虽然自小就受到那个奇怪的梦干扰，也经常会有些奇怪的幻觉，但她不认为这是什么前世的记忆，只相信是某种心理暗示。

胡明没有继续说服她，只是说他最后那次来看罗伟琳时，罗伟琳的情况很不好。也许是镇痛药物的原因，她经常沉浸在幻觉中。她的幻觉详细、生动得让他和罗伟成既惊慌又不得不佩服。罗伟琳希望她的"材料"在她去世之后能够有鲜活的生命力，所以请求胡明和罗伟成配合她，力求让第一读者胡书雅有所震撼和触动。

于是，胡明给她画些插图，罗伟成在珠玑巷组织了一个宋史再现兴趣小组，定期组织活动，让她作品中的情节和人物得到活生生的演绎、再现。

这样哪怕她走了，她还是会有部分的精神留在这个世间。这是罗伟琳的遗愿，所以，我和伟成都答应了她。

胡明叹口气，艺术家的多愁善感这时开始以眼泪的方式体现——他居然抽泣起来！胡书雅看着这个貌似强壮、倜傥，实则敏感、脆弱的弟弟，一时不知该说什么好。想了想，她还是决定要弄清楚那个最困扰自己的问题：

罗伟琳为什么要你和罗伟成把我拉进她的幻觉里，让我也以为自己是再生人呢？

胡明抹了把脸，又点了支烟，这次胡书雅没有干涉他。胡明吐出两口白烟，他的脸越发似真似幻了。

姐，不管你信不信，这个世界有很多未解之谜。以前我跟她说过你老做一些奇怪的梦，她也经常做那些梦，你们的梦非常相似。罗伟琳觉得她和你声气相通、灵魂相通。她坚信那些梦是她和你的前前前……前世记忆，于是就把你和她自己合并同类项了。再有呢，也许是因为工作的原因，她的心一直泡在戏文、小说当中，已经分不清现实和想象了。她希望你看她的材料时不要太理性、太客观，说这会影响你对她的记忆的确认，她希望你有代入感，能和她一样进入那个朝代，与书中的人物同呼吸共命运。这样你就能看清自己的内心和记忆了……

胡明平常寡言少语，可只要拉开了话匣子或碰巧遇到了他感兴趣的话题，他会立马变成话痨。眼下的他就是这种状态。他滔滔不绝地阐述着，胡书雅越听越纳闷：都说语言是用来沟通的，为什么有时反而觉得语言是隔膜、是阻碍彼此心灵相通的障碍呢？胡明说的她不怎么能理解，有的干脆听不懂，她也没兴趣再听。于是打断胡明的话，问他为什么不明天跟她一起回赣州。

我在珠玑巷还有要事。

胡明神秘兮兮的样子。胡书雅怕他又有什么风流韵事，警惕地道：不会又是什么画家与模特的故事吧？我看你和小杨老为这些问题吵架，你犯得着吗？回去好好和她沟通一下，以后正经过日子！

胡书雅看着夕阳下挑着水桶去浇菜的农妇和赶着牛儿回栏的老伯，心倏地软了：只要把村庄里的电线杆拔掉，八百多年前的黄昏，这座村庄也是如此景象吧？八百多年前的那批人不在了，可村子还在，那批人的后代还在，他们的魂仍在。所谓的"生生不息"，指的就是这种平凡而伟大的延续吧？

姐，我实话告诉你，我要到珠玑巷找十个最苦的孩子做对口支援。一年给那些孩子一人两千块钱，一直缴到他们高中毕业。我算了下，以我现在的画价，虽然八项规定以后公家买我的画当礼品的少了，收入不如以前，但我还有固定的买家，节省一些，一年两万块我还能拿得出来！

胡明的话让胡书雅吃了一惊，胡明的画虽然看涨，可一年也难卖几幅出去，他的经济并不宽裕。没想到他还有这份心！胡书雅有些感动，同时也觉得自己身为珠玑巷的后人，应该为这个祖先繁衍生息多年的祖地做些什么。胡明像是看穿了她的心思，说道：姐，珠玑巷是广府人姓氏文化圣地，你又是这方面的专家，我看你发挥你的专长，多写几篇介绍珠玑巷的文章就好了。尽心的方式不一样，我们各尽其力就好了，你说对不对？

对，你总是对的！

胡书雅爱嗔地抢过弟弟手中那支烟，一把丢地下踩灭了。然后调皮地问道：

那我考考你的超能力，你能猜到罗伟琳的材料我现在看到哪里了吗？

嗯，从你的进度来推算，应该看到珠玑巷人南迁那部分了吧？

胡书雅揪了他的胳膊一把：还敢说你没看过？还敢说你是前前前……前世的记忆？

胡明闪身跳开，边躲边说：姐，我真没全看，也就那么随口一说，是你自己太容易被人暗示和诱导了。

哼，还暗示诱导？我看你们是合伙催眠我。

说着她对着那道已经移至祠堂梁间的夕阳舒了口气，呢喃地道：如果这祠堂和那棵大榕树会说话，它们说的，肯定就是真的前前前……前世的记忆了。哎，胡明，你说，这些树在河边，我看上面的牌子说是北宋时栽的，而罗槐他们率珠玑巷的百姓南迁是在南宋灭亡前几年，当时这些树已经快百岁了，你说它们看过罗槐、胡贵妃他们的筏子从这河里漂过吗？

胡书雅这一问把胡明问笑了。他摸了摸残墙上的青苔，又看了眼河边华盖亭亭的老榕树，淘气起来：姐，那你得去问那些树，要么就问树下的社官，兴许它们能告诉你当年罗槐他们南迁时的情景。

三十

咸淳九年春　珠玑巷
罗槐率珠玑巷三十七姓九十七户人家南迁。

当，当，当……

珠玑巷曾氏祠堂外的大钟稳稳地响着，敲钟人节奏很慢，每一响的声音消失后，后一道钟声才响起，如此缓慢、有力的钟声像利刃似的劈开了空气，刺痛了人们的耳轮。摩肩接踵的人们驻足翘首，那些行商和旅人不知发生了何事，脸现遑急之色。这时又见男女老少都往曾氏祠堂方向疾走，以为又来了盐寇、峒寇，吓得直往店铺里躲。及至店家告诉他们，此乃召集珠玑巷各姓男丁议事的钟声，余人不必理会时，行商旅人这才安心地讨价还价，游玩赏景。

浩风，此举是否太过招摇？

九巴公对此次到曾氏祠堂议事并由曾氏族长主持感到不高兴，一见罗槐，就翘着胡子质问他。

罗槐真觉得他老了，近段时间又病，脑子转不过弯来，只好小声提醒他，上次曾守琴为保罗氏之人献出了生命，这次无论于情于理都得由曾氏来主持。

九巴公也不知听没听清，他摇头晃脑地捻着胡子嘀咕了许久才勉强坐下。此时，曾氏祠堂里，曾族长看着陆续拥进、神色焦灼的男丁和双眉紧皱的罗槐，内心不免担忧。温族长一直长吁短叹地埋怨罗槐做事不老成，其余族长也默不作声，捋须长叹。他们自昨日下午起就南迁一事进行商议，一直议至今晨才算统一了意见，决定由罗槐出面写南迁申告文书，和官府进行沟通，获得南迁路引之后再动身。如今敲钟集众，正是要将此结果告知众人并征求各姓氏的意见。

因上次官兵围攻珠玑巷之事由罗记而起，此次集会罗松、罗槐买了十几头猪，鸡、鸭各五十只、蔬菜几百斤分给各家，让妇人做好菜后送到祠堂，中午由罗记请客，珠玑巷所有男丁入席，也算是向大家赔礼。

罗松和罗槐熬了几个穿心夜才写好了申告状纸，目下看到众族长这表情，罗松忙起身行了一礼：各位族老，上次因我家弟媳之事惹来官兵，牵连了大家，特别是守琴表哥舍身救人，让我等感激涕零、高山仰止。现在罗松与舍弟代表罗氏族人，向各位族老、乡亲磕头。

说罢，罗松、罗槐跪下，向在场的族老男丁们三叩首。

哎呀，使不得使不得，浩风、浩山，事虽由罗二嫂引起，可她终究还是舍身救了大家，人死为大，我们得谢谢她哪！还不快给罗二嫂跪下。

曾族长这一说，众人也觉有理，膝下一软，扑通跪下，朝罗二嫂胡清蕙葬身的古井方向磕了三个头。尽管胡清蕙后来的身份是罗氏妇，可大家只要一想到她曾是集万千宠爱于一身的胡贵妃，到珠玑巷后又为人大方爽朗、热心善良、急公好义，直至最后为救众人而舍身，此时俱都怀念起她来。

罗槐代表家人还了礼，大家这才开始商议正题。

早有准备的罗槐侃侃而谈：各位族老、乡亲，自宋室南渡之后，珠玑巷一直是北方汉人辗转往南的集散地、中转站，大家对南迁并不陌生。只是宋室偏安临安之后的这百年多来，时局渐稳，珠玑巷也得享朝廷福泽，越来越繁华了。大家在此的日子过得乐和、祥和、富足，南迁之人日少。现元兵凶悍，宋室飘摇，特别是姚通判撤兵后，家兄曾探听到姚通判放话要对珠玑巷杀个回马枪，于是漏夜请各姓族老商议南迁之事，并议出了一份申请南迁的状词，现请列位过目、斧正。如果同意南迁的，请在上面签字画押，我和几位族老将往县衙和州衙申告文书路引。

罗槐说话时，罗松、曾兵等人已将抄好的状词分发给识字之人，再由他们念给身边的人听。不多时，曾氏祠堂就人声鼎沸起来。想走的、不想走的、左右摇摆的、观望的，大家各抒己见，互不相让，真是一石激起千层浪，争论之激烈，只差动手了。

浩风、浩山，这样下去只怕要坏事，你得跟大家说清楚不走会怎么样，要断掉他们的后路！

曾族长最有经验，他低声提醒罗松和罗槐，脸上写满了担忧。罗槐倏地站起，双手往下一压，大家的议论戛然而止。

各位族老、乡亲，南迁之事，因我罗氏一门而起，大家的恩情罗某全家只有来生当牛做马才能报答。目下我说下朝廷的形势，大家再看看是否要迁。我朝偏安一隅，一直未收复失地。官家一味耽于享乐，朝中大事尽付那蟋蟀宰相定夺。现元兵强伺，国朝却只晓得岁贡、议和、割地，襄樊被围三年，如果不是我家娘子报知官家，官家还一直以为天下太平无事。这样的昏君与奸相，如何不误国？

浩风，休得胡言乱语！

温族长、陈族长异口同声地喝止罗槐，罗松也伸手来拽罗槐的衣袖，罗槐甩开他，固执地说让他讲完。坐在下厅的众壮丁击掌附和罗槐：罗掌柜说得对，昏君奸臣误国！只怕朝廷不得长久了！

"啪"地，九巴公用拐杖对着旁边的铜钹狠狠一击，罗槐知道自己言多了，忙摆摆手：

各位乡亲，在下不该妄议国是，各位也当在下没说。现在我想告诉大家一件事！

罗松原本并不想出这风头，但见罗槐已说到这份上了，他若不说出实情，只怕难以说服众人，遂起身道：各位乡邻，前天我从递铺看到了朝廷最新的邸报，元军在奸贼张弘范、张禧的协助下，用巨炮攻陷了樊城。我朝大将范天顺、牛富等殉职，我朝西北失去屏障。若元兵顺长江而下，朝廷肯定难以抵挡。珠玑巷地处咽喉，既是流民中转之要冲，也是军事之重地。倘若元兵再进犯我大宋腹地，珠玑巷定然

440

难保。到时我们再走，恐怕是来不及的。但是我们若现在迁去岭南，则能占一步先机。有人说岭南是蛮荒烟瘴之地，难以存活，去岁我守琴表哥及大庾岭的脚夫都去过岭南，他们说岭南气候温和湿润，扔根筷子都能长成大树！我等珠玑巷人中不乏精通农耕者，只要悉心耕作，定能开垦出惠及百代的良田。岭南出产也丰富，而且距广州、泉州近，水利船运皆便，倘有出产，外销倒比珠玑巷方便。最最要紧的是，岭南地处边陲，兵火难至，万一哪天元兵逼近，我们还可逃往外海，比这珠玑巷倒是多了几条退路。

罗松本在军中，前些时间又研看了卜玉树从宫中带出的天下郡守图，加上邸报上的各类消息和早先与曾守琴、罗槐、卜玉树、曾兵、德元公的多方探讨，早将南迁的利弊弄得一清二楚。他这一说，众人俱觉有理。只是热土难离，这一动迁，房屋带不走，田地带不走，到了岭南，还要胼手胝足地开荒，比之现在的小安，不知要辛苦多少倍。

还有一点，我想提醒大家，这官兵之事最是难说。我虽到珠玑巷不久，但早就听说姚通判觊觎珠玑巷人的财富，去岁已向广南东路漕司转运使奏请提高珠玑巷人交的赋税。原先只附加到王掌柜酒专卖的权添酒钱，以后要变成诸色添酒钱。什么意思呢？就是往后不仅是经制和总制两个官署收经总制钱了，提刑司、学事司、褚司都要加派税，加上户部摊派下来的月桩钱，那是少不得的军费，朝廷向府州监军县要，府州监军县就向我们百姓要，这也是免不了的。这次浩风贤侄如要去申告南迁，就得交保正牌限钱户长甲贴钱。若按此税制，我们珠玑巷人要纳的税，累加起来有七八十项，一年有大半年白干。这要是到了岭南，天高皇帝远，等朝廷想起我们的税来，我们的房子盖起来了，丁口也增加了，口袋里也有本钱了，多交朝廷一点儿便是！不比这里好？

说这话的是德元公。毕竟他以前在内廷干过官差，又建了罗氏会馆和木作所，对税项很了解。他这一说，大家频频点头。

曾族长接口道：率土之滨，莫非王土，不管哪个朝廷，税是免不了要收的，只是说珠玑巷名声在外，这姚通判两只眼睛又是元宝做的，只认得钱财。他给珠玑巷加税是在用另一种法子割我们大家的颈，只不过死得慢些。再说，珠玑巷南来北往之人太多，地少人多，再不迁走，以后物价高涨，只怕子孙难以活命。南迁呢，我们可以找个开阔的地方，聚族而居，也利于子孙开枝散叶。现在姚通判借朝廷之令，要我等缴巨资在君子岭筑山水寨，他不把我们刮空才怪哪！我们迁走了，他还能拿我们怎么样？这样我们还能保住些家财，大家说对不对？

对对对，君子不立危墙之下，再说了自古士农工商遗福子孙，虽说神宗先帝发过"政事之先、理财为急"的诏令，朝廷重农也不抑商，这是我朝百姓之幸，也是我们发财的机会。俗谚云：欲得官，杀人放火受招安；欲得富，赶至行在卖酒醋。且商也罢，贩也罢，有本事者照样可以读书求官，这是朝廷天大的恩惠了。若我等生活在汉朝，汉高祖令"贾人不得衣丝乘车，查课税以困辱之"，我等还想鲜衣怒马地活着？故我等能活在本朝，这是我等前世修来的福气！

陈族老年已七十，早年中过秀才，参加过十届贡举，也即考了三十年，但仍是名落孙山，未能通过解试，连个举子也没捞上。前年陈知州念他同宗，还向朝廷申报，奏请官家特赐连续多次应省试而不第的陈族老以本科出身。怎奈陈知州斗不过姚通判，结果是南雄州一个连考五届的秀才因向姚通判使了银子，得到了特赐本科出身，把个陈族老气得病了两年。自此后他死了心不再参加贡举考试，却落下个毛病，但凡有几个人听他讲话，他都要掉下书袋，以展示他的满腹经纶。

眼看他还要宏论下去，罗槐忍不住打断了他的话头：陈族老所言极是。我等以商致富终究还是末流，子孙仍得以农为本，故此南迁不单为避祸，更多的是为子孙计。刚才，这申告文书我已根据大家的意见做了修改，现再念给大家听听，看看可有其他异议。

曾氏公祠内倏地安静得只剩下罗槐的声音了：牛田坊十四图珠玑村贡生曾祥美、秀才陈松茂、居民罗槐、曾兵、曾福、卜华英、王大有、陈后、黄麦秀、江德元、温华秀、黄之恩等，因为赴难，俯乞文引赉救生灵事，贵等历祖辟住珠玑村，各分户借，有丁应差，有田赋税，别无亏缺，外无违法，向恶背良，为因天灾地劫，民不堪命，及今奉旨领行取土筑作寨行，严限批行，下民莫敢不遵。槐等思得近处无地堪迁徙，远闻南方烟瘴地面，土广人稀，田多山少，堪辟住址，未敢擅自迁移，开居民九十七人，因情赴大人阶下，伏乞立案，批给文引，经渡关津岸陆，度众生早得路引迁移，有地安生，戴恩上词，咸淳九年三月初五日因词人罗槐等。

众人听了，都觉甚好，唯曾族长老成持重，觉得其中说"有丁应差，有田赋税"，未提及众人皆在市面上做小经纪，恐知府挑剔。罗槐不得已，方才说出下面这番话来：

各位族老、乡亲，此事因罗记而起，罗记定当鼎力支付一应费用。为着这路引，我已找中人说合，将罗记盘出，所收款项以打点州府衙吏及扎制竹筏，还是足够，故不用写得太细太实，总之能通过就行。

此言一出，众人议论纷纷，有赞成者，有叹惜者，觉得罗槐这回不但赔了夫人，还赔了家业。有人悄悄嘟哝了一句"自古红颜为祸水"，不巧给罗槐听到了，他双目如炬地盯住那人，看样子想要和那人理论一番，吓得那人赶紧抱拳道歉。

罗松扯扯罗槐的衣袖，提醒他不要激动，更不要说出罗记实际是以极低的价格售与了姚通判的内侄，他只要再转手，就能三倍获利。这其实是在变相收买姚通判。姚通判身为通判，自然知晓朝廷内情，他是个惜命之人，晓得乱世将至，钱财可以买平安，能找到那批传说中的宝藏固然好，找不到卖罗记铁匠铺的钱也是钱，反正上手为财。他已通过中人委婉地转告罗槐，状子送给知府后他不会刁难。

夜深人静时，罗槐曾为自己向杀害表哥的凶手行贿而感到羞愧，可是想到为救娘子含恨九泉的守琴表哥，想到心爱的娘子还有可能被朝廷追杀，特别是当他想到珠玑巷那些无辜的百姓时，他和哥哥罗松只能打落牙齿和血吞。

好了，时间已晚，如若愿意南迁，请大家在状纸上签字画押。

曾族长此言一出，大厅顿时静寂一片，好一阵才又响起嗡嗡声，不过这次倒是没怎么争吵，大家眼巴巴地看谁第一个上去签字。罗槐见大家迟疑，忙和哥哥在状子上写下了兄弟俩的名字，并按了手印，接着是曾族长、九巴公、陈族长的家人。王掌柜舍不得他的钻缸酒铺，闪到边上不肯签。可不一会儿，他见在场的人都陆续签了，只得含泪走过去，一边签名一边骂姚通判。等他按手印时，几颗泪珠落在他新签的名字上，洇出了一片墨渍和红油印。

岳父大人，留得青山在，不怕没柴烧。罗松宽慰他。王掌柜发气了：你倒是会说话，也不晓得挑个好时候，你们就不能等月梅生了再走吗？还有，我的酒铺你倒是也给我转出去啊！

罗槐慌忙稳住他，免得他闹出事端来。就这样，一共有三十七姓九十七户的户主在迁徙告词上签了字画了押，这其中还包含了那十三户临安逃户。

次日一早，在胡大嫂、月梅、王掌柜夫妇、刘婶娘等人担忧的注视中，罗槐、曾兵、曾族长、陈族长等人赶赴南雄州，向知州陈大人呈上了诉状。陈大人之前已接见过两次曾族长和罗槐，他也很担心与他对着干的姚通判会因为胡贵妃之事血洗珠玑巷，到时弄不好，把他也卷进旋涡中，是以巴不得赶紧了结珠玑巷此事。看了状子后，他认为南迁是个釜底抽薪、可以一下斩断姚通判念想的好办法，于是派人请来了姚通判。

姚通判此时已拿到了罗槐预付的一半款项，是以见了罗槐等人脸上的表情比之先前和缓了些。陈知州签字画押后，他也在状纸上写了批词和签字画押，并立即让吏房的书吏写了路引文书：

岭南道南雄府为逃难俯乞文引亟救生灵事：本年三月初五，据牛田坊十四图珠玑村，贡生曾祥美、秀才陈松茂、居民罗槐、曾兵、曾福、卜秀英、黄麦秀等九十七人连名称前事由为：为天灾人祸，民不堪命，及今奉明旨颁行筑土设寨所，因思近处无地堪迁徙，远闻南乡烟瘴，地广人稀，堪辟住址，未敢擅自迁移等情到府，据此案查民贡生曾祥美、秀才陈松茂、居民罗槐等九十七名，案非恶孽民氏，准迁移安插广州、冈州、大辰等处，辟处以结庐，辟地以种食，合应赋税，办役差粮，毋违。为此合就行给文引，批限起程。凡经关津岸陆，此照通行，毋得停留阻禁。方到此处，合应行赴该府州县属立案定籍，报文寅尉造册，转报施行……

拿到南雄府的文引后，走出府衙的罗槐喜极而泣。当他转过身子撩起衣襟揩眼角时，姚通判的亲信，也是这次出售罗记的中人，书吏黄廷芳从大门内追出来，满脸笑容地询问他们何时启程。罗槐心中一凛，貌似随意地道：眼下正是梅雨季节，行旅不便，小的打算过了端午节再动身。

好，好，通判让我转告你，上次胡贵妃之事是奉了官差不得不为。请你不要记恨，另外接手你家罗记之人，嫌井内有尸体秽气，着你把尸首取出另外埋葬，再帮他把井填平。怎么样，不为难吧？

罗槐知他想最后核实下胡清蕙是否真的死在井中，顿时感觉刀尖顶在了脖子上，他谨慎地道：黄兄，请转告姚通判，因水井之事关乎罗氏一门的风水，罗某上回请赣州三僚的堪舆先生看了，说是在三个月后方可将井中尸首运往他处埋葬，否则胡氏怨气太大，对开井之人及房东皆大不利，还请通判宽限些时日。

黄书吏私下透露，姚通判原是想把罗记的宅子据为己有，但他忌讳井内之尸，现在打算到手后转卖给一位盐商。那盐商用得着姚通判，定会高价买下。姚通判再一转手，就赚得盆满钵满了。黄书吏与罗槐自小认识，算是总角之交，倒也不避讳什么，说到这上头，他语气中满是羡慕。罗槐总算明白了姚通判在自家铺子上是如何敛财的了！

拿到南雄府的路引后，罗槐与哥哥罗松、曾兵、曾族长、陈族长等人商议后，决定十日之后出发。这样一来，留给众人的准备时间很短，但能尽快避开姚通判不知何时射来的暗枪，总的来说是件好事，众人倒也不嫌仓促。

这天，罗槐和几十个壮丁分批来到清水寨的鹰嘴岩下。随着罗槐的铁哨响起，山上回了三声响鼓，接着，早就候在上头的胡清蕙率清水寨壮丁把两百只竹筏用绳索从鹰嘴岩上吊下，罗槐和壮丁们则将竹筏搬到半里开外。那儿有条浈江的支流，虽然不宽，但水深浪急，竹筏顺流十几里即入了浈江的主河道，再行个把时辰就到了珠玑巷，甚是方便。

由于竹筏太多，时间紧迫，罗槐和胡清蕙只是隔着山崖互唱了几首"过山溜"。那清脆的喊声引得千峰万壑发出阵阵回音。罗槐意犹未尽，从背笼里取出一尾飞奴，将早已写好的短信放入飞奴足上的苇管，手一扬，飞奴展翅飞入蓝天，也许是信中载着的情意太重，飞奴颤抖着在悬崖前盘旋了一阵。眼看它就要折翼坠落了，飞奴却陡然振翅飞上了鹰嘴岩。接着，从上面传来三声鼓响。

相……公……我……等……你……

胡清蕙的声音从云层中钻出，犹如天籁，在群山之间、在罗槐的耳畔心田回响。

三十一

咸淳九年春
胡清蕙回忆自己在清水寨遭遇偷袭，往日宁静美丽的清水寨
血流成河。

我握着带有罗槐体温和体味的信笺，俯瞰着梅林坡上小如豆粒的
罗槐，眼泪夺眶而出。我跑到悬崖边，朝他拼命地挥手，一边大喊：
相公，我等你。我……等……你！

林中的鸟儿被我的喊声所惊，扑啦啦地飞了满天。

娘子……我会……来……接……你……罗槐的声音犹如人参汁，
让我格外兴奋。

罗二嫂，我们决定还是不跟你们去岭南！

盘太古刚刚动手把那些竹筏吊下去，累得满脸是汗。春阳下，他
那又深又黑的眼睛像两颗神秘的猫眼宝石，折射出奇异的光芒。

这些日子在山上，我随处可见商议南迁的人群。他们总是早上的
决定下午推翻，下午的决定早上又来反悔，总之谁也说服不了谁。盘
太古盘算之后，还是听从大部分寨民的意见，决定留下。其实在他告
诉我答案之前，我已知他的决定了，私下早就作好了下山的准备。当
他正色告诉我他们的决定之后，我也正色向盘太古提出了带佛面南迁
这件事。

这绝对不行！佛面现在是我们清水寨的神仙娘娘，你要是带走
她，我们清水寨的风水就全完了！此事万万不可！

盘太古的反应之激烈出乎我的预料,他不放佛面我是预想到了的,但没想到他会将佛面与清水寨的风水挂钩,这似乎有些强词夺理。但事关佛面的后半生,尤其此事事关我的良心,我非常坚持。盘太古也很固执,我们俩争吵起来。盘太古见无法说服我,竟然拂袖而去,把我一个人丢在厢房里。

过了一会儿,雷大嫂陪着常氏和盘龙过来。常氏一个劲地解释佛面对清水寨的重要性,说辞与盘太古无异。其实当我见到瘦弱的盘龙时,我已经明白他们夫妻强留佛面的原因了——盘龙需要佛面!

据常氏说,我虽然救了盘龙两次命,可佛面却救了盘龙三次命。有一次打雷,盘龙站在铜鼓旁,佛面冲过去把他推开,接着一个响雷把铜鼓打成了黑炭;另一次跑得气喘吁吁的盘龙跳入祠堂门口的天湖游泳,不料腿抽筋,他喝了满肚子水往下沉去。正在竹楼上打理花草的佛面看见后立即冲下来,救起了盘龙;还有一次,盘龙吃鸡时被骨头哽住了,憋得满脸通红。佛面从后面抱住盘龙,右拳在他的心窝下狠狠一顶,卡在盘龙喉咙里的鸡骨头"咔"地从嘴里吐了出来,盘龙这才缓过气来。

罗二嫂,后来我们托人找珠玑巷的陈半仙算了,这佛面娘娘是我家盘龙的本命尊神,她能替盘龙出煞镇凶。要没有她,只怕盘龙……

常氏看了眼一旁玩得开心的盘龙,一把眼涕一把鼻涕地哀求我手下留情,不要带走佛面。本来玩得开心的盘龙以为出了什么大事,忙把姨奶奶叫了过来。结果盘太古的姨娘一听我要接走佛面,竟不顾腿硬腰僵,倒头便拜,恳请我留下佛面。因为留下佛面,就意味着留下了盘龙的保护尊神,弄得我无言以对。正僵持间,佛面施施然走了过来。这段时间我给她针灸、做按摩、吃草药调养,她的神志清醒了许多。

我说怎么我今天耳朵根通红,一直打喷嚏,原来是你们在背后说我呢!

佛面说这话时表情语气与常人无异,但她接下来的表现更令人吃惊。她居然走到我跟前施了一礼,非常客气地和我寒暄起来:请问娘子从何而来？姓甚名谁？怎的与我的一个故人那么相似？

不等我回答，佛面便皱眉开始在脑海里苦苦搜索。盘龙的姨奶奶指指自己的脑袋，小声道：她现在能想起些以前的事儿了！

这是罗二嫂的功劳啊！不过，就怕她醒了以后，住在她身上的神仙也跑喽！

雷大嫂风尘仆仆地走过来，接口道。常氏看她一眼，喜忧参半地附和着点头。

在清水寨住了些时日，我逐渐了解了一些雷大嫂的情况。她年轻时曾是寨子里最美的女子，也曾和盘太古要好过。峒僚人在男女之事上随性自由，女子往往得有身孕才能嫁入男家。婚后亦可与其他男人来往。男子更是如此。盘太古虽有正妻常氏，但作为都老在寨中也有不少关系亲昵的女子，雷大嫂便是其中一个。特别是当她丈夫死后，这雷大嫂就等于盘太古的一个外室。只是近年雷大嫂得了一场病，鼻尖、下巴、手指脚趾，但凡有尖的地方都在逐年肥大，这病要在今世，是可治疗的。然在当时，她只有听从命运的安排，不断地丑陋下去。不几年，美丽的雷大嫂便变成了丑女。好在她性情豁达、为人善良，麻利能干外还急公好义，虽然盘太古已经不再和她有男女之事了，可凡事总是交付她打理。在盘太古和清水寨人心中，雷大嫂很有威望，便连常氏见了她，也要礼敬几分的。

雷大嫂和我很谈得来。此刻她急匆匆地从祠堂那儿赶上来，是来告知我们寨子里的男人打了几头大山牛，让我俩早些下去帮忙。其实这是她的借口，她最主要的目的还是要说服我留下佛面。我俩都是直爽性子，没说几句便嚷嚷开了。这时一旁的佛面突然皱眉道：

两位娘子吵甚？不过就是几头大山牛，寨子里人又不多，都能分到一份。你们莫吵吵了！

我和雷大嫂顿时意识到自己的失态，互视一笑。我趁机接着佛面的话头往下说：佛面，我乃你清蕙姐姐，记得我吗？我们以前住在临安。那时我们天天在一起，你给我剪头花、梳头发，我教你识字画画，我们还和官家一起蹴鞠，你还给他烤过牛肉、羊肉呢！想起来了吗？飞雪堂？圆庵？

我启发着她。佛面歪着脑袋想了会儿，慢慢走过来拉住我的手仔细翻看着：你是清蕙姐姐？我们以前在临安住过？官家是什么人？我怎么会给他烤牛羊肉呢？

佛面如同一个陷入迷宫的孩子，在千条回忆万种思绪中苦苦寻觅出路。偏偏这时盘龙又来捣乱了，他大声地说：神仙娘娘，卜姑姑要把你带到一个鸟不拉屎的地方去！我爹说，岭南的毛虫比扁担还粗，山鸡像牛一样大，一口吃一个人，还有好厉害的山鬼，他们见到人就咬脖子，我不要你去！

盘龙抱着佛面吵闹起来。

乖，我不走，我就待在清水寨。

佛面轻抚着盘龙的头发，慢声细语地给盘龙吃了颗定心丸，盘龙这才安静下来。我打量着佛面，发现她真的长大了，眉宇间有了成年女子才有的愁绪。难道在那个虚无缥缈的世界中，她也有烦恼？

姐姐，我想起来了。你是村口四巴公那个出阁十年没回来的二姐对不对？四巴公上次告诉我，二姐最没良心，嫁了汉人后十年才回一趟娘家！要我给你做个法，让你找回自己的本心、良心和孝心。

佛面这番话真是让我啼笑皆非。雷大嫂和常氏也哭笑不得，只有姨奶奶最高兴，称赞佛面能替他们老人家着想。

神仙娘娘就是好，我们寨子里啊，老的小的都喜欢她。

姨奶奶这话无疑是说给我听的。我心中矛盾之极，从眼前情况来看，带走佛面的难度非常之大。不带她走吧，我良心难安。她从十二岁开始服侍我，在圆庵、在清水寨她都救过我。我若就此舍下她，岂非一个忘恩负义之人？我在宫里和圆庵的经历盘太古、常氏和雷大嫂不清楚，但他们是看着佛面为了救我而在清水寨从容赴死的，他们也明了我坚持带走她的原因。

常氏情真意切地说：罗二嫂，佛面是你的救命恩人，更是我家盘龙的救命恩人，还是我们全寨的救命恩人。上次我们要在山顶上打铜鼓祭山神，佛面说不可，会惹来天火，她还用鸡骨卜帮我们卜了时间。不然要是按我们原先选的日子，那天起码打了一千次雷，别说铜鼓会被雷劈坏，我们这些人肯定也给打没了。你说她对我们那么大的恩情，我们怎么会亏待她呢？要么您先去，过几年我们再送她过去？

常氏这架势明是摆着不让我带佛面走了。盘太古也知道，在这件事情上，他家娘子这种晓之以情、动之以理的方式比他的一味固执更具说服力，加上有雷大嫂、姨奶奶和盘龙的帮腔，不怕柔化不了我，所以他才躲在祠堂里不肯出来。

佛面，我和罗槐哥他们要搬走了，你跟不跟我走？

无论如何，这话我还得问过佛面。一旁的常氏、雷大嫂、姨奶奶、盘龙紧张地望着她，哪知佛面跟没听懂似的盯着我，口气倏地变得不友好了：二姐，你说什么话来着？你不好好孝敬四巴公，还想着搬走，下次雷公会打烂你家猪栏的！

我被她彻底击败了！常氏她们松了口气。

雷大嫂抽了抽鼻子，兴奋地道：罗二嫂，你闻到飘来的肉香吗？今天盘都老叫齐了全清水寨的男女老少，吃牛肉、喝新酿的山果酒，大家好好地乐一乐！我们下去吧，也算是为您饯行。

以前我曾闻雷大嫂和常氏酒量高美，但一直未曾得见。看来我今日是不醉不归了。也好，人生难得几回醉，须插山花满头归！也是人生一种乐境！

娘、姑姑，我肚子饿了，快去吃山牛肉呀！盘龙开始吵闹了。这时传来咚咚两声巨响，接着有人大喊。

贼人攻入山寨了！大家快拿兵器啊！

神仙娘娘，你带着盘龙赶快上楼！

雷大嫂、常氏、姨奶奶异口同声地道。我拦住她们：千万不可！万一山贼烧楼，她俩谁也逃不掉！莫如躲在鹰嘴岩那棵树上。带好绳索，实在不行，我们荡到佛面原先跌落的那棵树上去！

那怎么行？万一荡到石壁上怎么办？

姨奶奶反对，常氏脑子比较清楚，吩咐雷大嫂立即去准备绳索和食物。

鹰嘴岩上那棵榕树据说植于唐初，有几百年历史。它枝繁叶茂、树冠巨大、气根横生、独木成林，枝杈上有树洞，是个很好的掩护。我们先把姨奶奶、佛面、盘龙安置好，然后蜓身往下跑去。

罗二嫂，你和神仙娘娘就别去了，我和常妹妹先去看看。

雷大嫂生恐盘龙无人保护，要我留下来，这边转身就要去敲竹楼门口的那面铜鼓，我一把拽住了她：现在敌情不明，你这一敲，等于告诉敌人我们在这儿。你速去取两柄矛枪来！

我晓得竹楼一层的厢房里摆着成排的矛枪。雷大嫂和常氏正要冲过去，一扭头却看见朱细腰手持长矛站在厢房门口。我们大吃一惊，转眼朱细腰的矛尖已对准了我们，一边嬉皮笑脸地说：真是没想到，堂堂的胡贵妃现在竟然落草为寇！

朱细腰，你不要坏事做绝，到时要遭天谴的！

雷大嫂从地上捡了根木棍护在我和常氏跟前，厉声骂道。

雷大嫂，你死到临头还嘴硬，看你能硬到几时！朱细腰说罢，撮唇一声呼哨，从他后头的厢房里蹿出两个手持长矛的贼人。朱细腰指着我，轻慢地说：你们不是要看娘娘吗？这就是那个憨头官家的胡贵妃，我看还不如玉香春的姐儿长得俏，也不晓得那憨头官家怎么会看中她的！

朱细腰满脸轻薄地伸手来摸我的脸，我冷不防飞起一脚踢在他的裆部，疼得他弯腰惨呼。与此同时，雷大嫂抢上前夺下了他怀中的矛枪。趁那两个喽啰贼人还没反应过来，我们返身往鹰嘴岩跑，一边跑我一边回头看，朱细腰还佝偻着背在那儿呼痛，只有两个喽啰贼人追过来了。

祠堂那边却一片沉寂，莫非那些聚在祠堂火塘烤山牛的男人都被贼人所擒？我心中一沉，不然无法解释盘太古这时的失踪。

心念电闪间，我们已跑进了鹰嘴岩的小门，这是佛面住在鹰嘴岩后，盘太古为免闲杂人等骚扰佛面特意在那条羊肠小道上加砌的一道山门。门墙由山石垒就，用三合土勾缝，高大结实，门板是一棵大树剖开后的整板，里边有三个门闩。门旁一边是垂直的峭壁，一边是深不见底的深渊，只要闩上山门，还是能够抵挡一阵的。

我和雷大嫂最先跑进门内。常氏身量娇小，跑得不快，落在了后面，就在她一脚踏进山门时，紧跟其后的贼人将长矛直直地扔向常氏。那矛吃了力，竟从常氏的后背插到了前胸。可怜常氏一声没吭就被钉在长矛上，死时还保留着跑步的身姿。

悲愤交加的雷大嫂抄起长矛刺向贼人，我则将常氏和那把长矛一并扛进了山门内。此时雷大嫂已将那个杀害常氏的贼人挑下了山涧，剩下的那个贼人见雷大嫂神勇，再说朱细腰没有跟上，生恐自己也被雷大嫂挑了，忙趔身往下跑去。雷大嫂没敢追，返身进得山门，我俩手忙脚乱地插上了那三道门闩。

妹子！妹子！你醒醒！

牛高马大的雷大嫂平日风风火火，可看到常氏血淋淋的尸身，禁不住涕泪交流。我也为常氏之死哀恸，转念想到朱细腰、想到不知何故至今仍不见踪影的盘太古及威名远扬的盘家军兵丁，我神志瞬间清明起来：雷大嫂，你且暂收了悲声，我们得找个角度观察！

雷大嫂遽然惊醒，忙取出手帕盖住常氏那张已然变色的脸，拉着我跑上了竹楼的第三层，从眺楼那儿可以俯瞰整个祠堂。不出我所料，果然出了大事：祠堂前的空地上，横七竖八地躺了满地的人，虽然隔得远，只能看个大概，却仍能确定那些躺着的人就是刚才还在谈笑风生烤山牛的壮丁们！

胡贵妃、雷大嫂，你们听着，盘都老他们全都被我毒死了！……你们下来吧！下来萧大王、谭大哥有赏！不然的话，你们只有死路一条！

山风中，朱细腰的声音犹如狼嚎，传递出死亡的情愫。

姑姑，姑姑——我爹娘在哪儿？

大榕树上的盘龙忽然嘶声大喊起来。朱细腰大声地向祠堂那边的萧破洞和谭鬼七报告：大王，大王！盘都老的儿子和那个贵妃娘娘在鹰嘴岩！

盘龙，你不要喊！雷大嫂这一喊更坐实了盘龙在鹰嘴岩的事实。

山高风大，声音飘得远。萧破洞和谭鬼七肯定听见了，他们敲响了铜鼓，不多久，几十号贼人押着五花大绑的盘太古往山上走。

完了，完了，我们命休矣！我两眼一黑，好不容易才扶着石壁站稳。如果那些盘家军兵丁都中毒身亡了，盘太古又束手就擒的话，他们不久就会攻进来。雷大嫂比我更清楚后果，她向常氏的尸身跪了三跪，然后一咬牙将常氏掀进了深涧，免得她遭人侮辱！

这时，佛面带着哭哭啼啼的盘龙跑了下来，姨奶奶跟在他们身后，一把眼泪一把鼻涕地喊：龙啊，回来！龙啊，回来！

我们此时已经快跑到鹰嘴岩了，这时身后传来木板破裂声，回头一看，只见朱细腰领着萧破洞、谭鬼七从破裂的山门里钻了进来。盘太古也被他们拽着进了山门。目睹了雷大嫂的举动的他痛苦地扭动着，嘴里发出野兽般的低吼！

我喝令雷大嫂抱着盘龙送到榕树那儿：雷大嫂，你上树，用绳子系好他的腰，把他放到半山腰的藤网上去。

想到上次佛面的侥幸存活，我越发觉得半空中那块曾经救过佛面命的藤网是可以利用的，也许能给我们带来几线生机。雷大嫂一听就明白了，立马背着盘龙搀着姨奶奶往大榕树那儿跑去。我也拽着佛面跑向大榕树。

坏人、山贼、坏人、山贼！

佛面边跑边气喘吁吁地念叨着这两个词。当我们跌跌撞撞地爬上大榕树时，萧破洞的破锣大嗓挟着股邪气飘了过来：胡娘娘，你上次骗了我们，这次骗不了啦！贾太师一千贯买你的人头！你只要从了我，老子可以饶你一命！

胡娘娘……好死不如赖活着……压寨夫人也一样吃香的喝辣的，不比你那皇贵妃差！

山风给谭鬼七阴恻恻的声音又添了几分阴森。我置若罔闻，有条不紊地按照先前的练习给佛面和盘龙系着绳索。佛面睁着那双沉静如潭的眼睛，孩童似的听任我摆布。盘龙已知母亲遭了毒手，父亲也被贼人抓了，他不停地扭动身子，一边大喊大叫：我要杀了他们！我要杀了他们!

盘龙的小嘴一个劲地哆嗦着,看样子吓坏了!

这时,萧破洞他们已经冲到了竹楼边。

雷大嫂,你先把盘龙和姨奶奶放下去。

我恨不得雷大嫂有四只手,这时一直蹲在树杈上的姨奶奶站起身道:娘娘、雷大嫂,我盘家就这根独苗了,你们带他走。不要管老奴了!

姨奶奶说罢一闪身从树杈上跌了下去。

姨奶奶!姨奶奶!盘龙状若癫狂地嘶喊着。

我手持长矛站在台阶上,催促雷大嫂带着盘龙跳下去。

不行,你武艺不如我,你带他们走,我留下!你快去啊!

雷大嫂担心我体弱不敌,她从树上下来,抢过我手中的矛枪,怒吼道。眼见萧破洞他们越走越近,平日被宠坏了的盘龙此时又怕又急,竟然挣扎着不肯往腰上套绳结,还不断和我对打。佛面安静地看着天空,似乎这一切与她无关。我一掌砍在盘龙颈上,盘龙瘫软在我怀里。我迅速将绳套套在他腰间,又给佛面弄妥帖,然后我抓住佛面的肩,盯着她的眼睛一字一顿地说:佛面,我把你放到你以前摔下去的藤网上,从藤网可以爬进旁边的石坳,你带着盘龙躲在那儿,上面的箭就射不到你俩了。万一我不来,你就带着盘龙从树上滑下去,逃得越远越好!

前段时间,我一遍又一遍地教佛面打活结,她已经非常熟练了。只要你说打结,她就知道怎么弄。用现在的话来说,她已经形成了条件反射。

打结、打结、下去、下去!

佛面重复着。

弟兄们,捉住活娘娘有赏啊!捉住盘太古的崽也有赏啊!萧破洞嚎叫着。

众匪向我们逼近。可怜那缚成了粽子的盘太古的一双眼睛,因伤心、愤怒、悲痛红得像两粒烧得正旺的火炭。

佛面，下去！我一把将佛面和盘龙推了下去。

啊！啊！佛面和盘龙发出凄厉的呼声。惊起了鹰嘴岩下的一大群鸟，鸟儿呱呱叫着绕树盘旋。榕树也似受了惊，扑簌簌落下一地叶子。

萧破洞、谭鬼七、朱细腰，你们到了阴间要下油锅、上刀山，永生永世不得超生。你们……

透过树叶空隙，我看见被抓的雷大嫂在破口大骂。萧破洞上前一拳把她打晕过去。

胡娘娘，你下来吧！好死不如赖活着呢！我们大王不会亏待你的。

朱细腰无耻地一口一个大王，萧破洞高兴地哈哈大笑：没错，萧某天天上你房间，把你乐得发癫！

从萧破洞的得意和谭鬼七的低调来看，萧破洞近来已经巩固了在贼人中的地位。随着他与我之间距离的缩短，他越发狂妄了。

胡娘娘，你在后宫有卵意思？几千个女人争一根鸡巴，老子天天给你吃。你要嫌不够，我还有几百个兄弟，他们可都想尝尝你这娘娘的鲜呢！哎呀！

谁也没想到，萧破洞说得正兴起时，旁边的盘太古牛一样弓起背，将萧破洞从台阶上撞了下去。萧破洞打了六七个滚，躺在地上一动不动。原先躲在后头的谭鬼七慢慢走下台阶，伸手去探萧破洞的鼻息，贼人都在他背后，看不见他的手上动作。偏我在树上，又和他成斜角，正好看见他用手捂住了萧破洞的口鼻。

你们各位听好了，谭鬼七正在掐萧破洞的脖子，他在杀人！

我大喊一声，贼人们拥了过去，转瞬便分成了两伙。趁他们纷争之际，我飞快从树上跳下，从地上踢了把大刀给躺在地下的雷大嫂，并用峒僚语告诉雷大嫂，让她赶快想法割断盘太古手脚上的绳子。

雷大嫂虽然受了伤，但并没有被缚。此时贼人们拥在萧破洞尸首前大打出手。雷大嫂趁乱救了盘太古，搀着受伤的他慢慢地往大榕树走来。

盘都老跑了！朱细腰一声惊呼，醒悟过来的贼人们拿着武器叫嚣着追来。我探身到崖边，看了眼晃晃悠悠降到半山腰的佛面和盘龙，忙从地上抓起支长矛，冲下去支援盘太古和雷大嫂。此时我已将生死置之度外，根本没考虑我是否使唤得动那把长矛。当我费力地挺起长矛时，才发现自己要用这把长矛御敌是多么的不自量力！

胡娘娘，你以为这是官家的××啊，挺得那么起劲！

嗬嗬，你用绣花针吧！

脱了脱了，给爷看看你的两个大馒头，爷们饶你不死！

众贼看着被长矛拽得摇晃的我和浑身伤痕、在我身边站立不稳的盘太古、雷大嫂，哄骂起来。

二嫂，实在不行，我们、我们跳崖！不能污了、你的、清白。

关键时刻，盘太古居然没问他时刻挂在心头的盘龙，而是惦着我的清白。我心中一热：盘都老，不管生死，我们都在一起。

盘、盘龙呢？盘太古的问话被旁边的贼人听清了，他们逼着问我盘龙的下落。

不知道，要杀要剐由你们！

环视着围拢上来的贼人，我自知难逃一死，索性放下了矛枪。

你们下去，这胡娘娘，我是要留着还给官家的！

谭鬼七这话很明白，我是他的战利品。

谭二当家的，来清水寨之前你不是说了吗？这胡娘娘是来当压寨夫人的！现在萧大王去伺候王母娘娘了，这祸水绝不能留，我们得用她的心肝祭奠大王！

一个萧破洞的亲信大喊道。

对，对！那伙跟萧破洞亲近的贼人起哄着。谭鬼七倒也知道轻重，忙抬起手说：弟兄们，萧大王因这个妖婆受伤而死，我们应在萧大王的坟前献上她的脑袋才对！

对对！

亲近谭鬼七的那伙贼人附和着。萧破洞的亲信们聚在一起议了几句，提出要谭鬼七立马杀掉我。谭鬼七纵有杀我之意，此时却不想对他们言听计从，免得灭了自己的威风，态度反而强硬起来。

眼看着两伙贼人又要内讧，谭鬼七返身朝萧破洞的尸身拜了三拜，阴恻恻的嗓音给山间平添了几许阴冷：兄弟们，刚才萧大王临终之前嘱托我，一定要和你们共生死、同富贵。现时我们不必为这女子的生死窝里斗，只要抓到我们山寨，要圆、要扁还不是随我们的心意？还有我说一句，不管从前跟我的还是跟萧大王的兄弟，都是我谭某的兄弟。现在我对天发誓，这个狗屁娘娘我们不还给官家了，谭某将她送给兄弟们，你们谁先抓到她就是谁的！

此言一出，众贼都向我扑来。我力挺矛枪刺伤了两个贼人。盘太古和雷大嫂带伤克敌，终是力歇，不久又受了新伤。眼看我们三人就要束手就擒了，突然从暗处飞出几箭，射倒了几个贼人。

有埋伏！谭鬼七大喝一声，闪身往大榕树跑去。我怕他发现盘龙和佛面，跟着他往上跑。

二当家的，跑反了，往下跑！

不知谁喊了一句，谭鬼七没有返身，而是大喊大叫：盘龙在这里，抓到赏十五贯！

此言一出，众贼调转身一起朝大榕树方向拥去。此时暗中救我们的勇士已经跳出，原是罗松和罗槐兄弟！

清蕙小心！

罗槐的声音仿佛定心丸，让我迅速镇静下来。我环视了下四周，发现有几个贼人围在雷大嫂和盘都老身边，罗槐、罗松还在放箭，但因距离太近，箭的威力反不如刚才。他们也和贼人缠斗在一起。另外有几个珠玑巷巡防义社的壮丁在围攻朱细腰他们，只有跑在我前头的谭鬼七现在还没有人阻止他。我发挥长腿功能和蹴鞠练出的跑功，不多久就赶上了身量瘦小的谭鬼七。我自忖打不过他，便使出女人常用的拽衣功，居然硬生生地将谭鬼七拽倒在地。我踢了他一脚，谭鬼七滚了两级台阶。利用这空当，我拽住那根斜伸出的树枝，翻上了大榕树的枝丫。然后小心翼翼地爬到那根系住佛面和盘龙绳索的横枝。不看不知道，一看吓一跳：佛面非但没有按我所说将盘龙带到那个斜伸出来的藤萝织就的网台上，反而不断地伸直腿踢两头能触到的崖壁和树干，和盘龙一起在荡秋千玩儿！

好不好玩？有趣不？佛面的声音惊起几团烟岚，险些没把我噎死。盘龙是个野孩子，对这一类的事情非常在行和喜欢，两人荡得越来越高，绳索摩擦树枝发出的咯吱声让我胆寒。

佛面，你们别荡了！盘龙，盘龙，你和神仙娘娘慢慢地落在藤台上，听见没有？快呀！萧破洞来了！盘龙！你们快跳！

我无法寄希望于佛面，只好拜托盘龙。幸亏盘龙怕死，一听说萧破洞来了，他那根绳索的晃动立即变缓了。不一会儿，佛面那根绳索的晃荡也变缓了，在我所站的那根横枝上已听不见绳索摩擦的嘎吱声了。我探头一看，发现乖巧的盘龙拽住了佛面的绳索。

盘龙，你……

我话未说完，突然小腿一阵剧痛，原来爬到我下方的谭鬼七在用矛枪捅我的小腿。我嗅到了血腥味，那是我腿上的血。剧痛让我浑身颤抖，但我无法松开手，因为此刻盘龙正拉着佛面试图落在藤台上，我得在横枝这儿用手卡住那两个挽大了的活结，以防它们滑到柔细的枝梢上。

谭鬼七肯定猜出了我在干什么，不断地用矛枪捅我。尽管我已经蜷缩起来了，他还是把我的右脚脚底捅了一个洞。钻心的疼痛使我清醒过来，我抽出腰刀不断地去砍绳索，这样佛面和盘龙就会落在藤台上，不至于被他们立马拽上来处死。至于谭鬼七是否会派人下去找盘龙和佛面，我已管不了这么多。我使尽吃奶的力气，终于斫断了绳索。随着两声尖叫和重物落地的声音，佛面和盘龙躺在了藤台上。

佛面、盘龙！

我喊着。这时谭鬼七已爬上树杈，挺枪向我刺来。我向后一闪，不料被残余的绳结绊了个趔趄，仰面往后摔去。谭鬼七并不想我死，他伸手拽住了我的脚，正好捏在伤口上，疼得我眼冒金星。

就在这片烂漫的金星中，我发现残余的绳结在眼前摇晃，惶急中伸手抓住，整个身子坠在我抓绳子的右臂上，我听见自己的骨节被拉伸得嘎嘎作响。恼羞成怒的谭鬼七这时只想把我弄死，吃力地用矛尖去砍维系着我性命的绳结。

当、当、当!

矛尖斫树的声音犹如死神的召唤，我闭上眼睛祈祷自己待会儿不要砸在佛面或盘龙身上。

突然，耳际传来飞箭破空的响声，谭鬼七的动作戛然而止。但此时我无暇他顾，右臂的钻心疼痛令我力气顿失。就在我行将坠落之时，两只温暖的手扣住了我的右手手腕：清蕙，把左手给我!

罗槐的声音犹如神药，刹那间便止住了我浑身的疼痛。

一个时辰后，罗槐、罗松从藤台上救上了佛面和盘龙。盘龙已醒，佛面仍在昏迷。伤痕累累的盘太古搂着惊魂未定的盘龙失声恸哭。我给雷大嫂、盘太古上了药后，终于从罗槐口中得知了事情的经过。

原来罗槐他们接了竹筏之后，在往珠玑巷走的时候，突然发现山中有支人马正往清水寨方向奔袭。他预感那支人马可能与我有关，立即召集了十几个人，抄起来时就备好的弓箭往清水寨赶去。与此同时，他放出了二羽随身背着的飞奴。此次飞奴未带书信，但罗槐在其脚上套了竹哨。飞奴入云后，嘹亮的竹哨响彻云霄，方圆十几里尽收耳中。

这是罗记特有的鸽哨，只有紧急情况下才用以示警。因之前他已飞奴传书给罗松，告诉他自己在清水寨接应竹筏。罗松听见鸽哨后，应该知晓险情就在清水寨。他近日与蒋都头之间摩擦又起，经上次一役，蒋都头知他不好惹，心中又实在咽不下那口气，便借口休旬假到南雄去姚通判那儿搬救兵。蒋都头不在递铺压阵，罗松定能抽空出来增援。清水寨只要有他来助一臂之力，罗槐便有了胜算。

就这样，他们兄弟俩兵分两路驰援清水寨。不想紧赶慢赶，贼人还是抢在他们前面攻进了清水寨，犯下了这起惨案。

有一事我不明白，那朱细腰怎的先进了清水寨？祠堂里的那些壮丁又怎的尽数身亡？

我问旁边沉默不语的盘太古。自从被救之后一直铁青着脸，眼睛赤红如火炭的盘太古答非所问地说：

我，我不想活了啊！我愧对他们！

盘太古言罢野兽般对着白雾缭绕的山涧长号了几声，抬起头再看人时，眼神几近疯狂。刚才他已到他姨娘跳崖的地方磕了几十个头，又去他娘子葬身的山涧那儿磕头，之后来到祠堂，对着那些整整齐齐摆满了一个巨大院坪的尸体再磕头，直磕得头破血流！然后他绕着尸体不停地走，口中念念有辞，状甚疯癫。

我们和他一样悲痛，见他这样竟无言相劝。约莫折腾了两个时辰，盘太古终于冷静下来，告知了我们事情的原委。

朱细腰贿赂了清水寨守门的兵丁，说他原来埋了些钱在寨中，今次要来取回。兵丁贪他的钱财，就放他进来了。结果他将所携的砒霜全部放入井中和祠堂的水缸，以至于……

盘太古说不下去了，他那时因在鹰嘴岩就佛面的去留问题和我起了争执，拂袖而去后没回到祠堂烤牛，这才得以幸免。不料在他觉察事情有异后还是被贼人所捉，乃至亲眼目睹常氏被人杀死、姨奶被逼跳涧，这巨大的悲伤摧毁了他的刚强，他哭了起来。哭毕咬牙切齿地找朱细腰，他要剐他三千九百九十九刀！

盘都老，朱细腰已经死了！

不料罗槐这话却让盘太古眦目欲裂：谁杀他的？谁杀他的？他死了我也要锉骨扬灰！

盘太古甩开罗松，慢慢地走出了房间。我看着仍然躺在厢房里昏迷不醒的佛面，心痛欲裂：好好一个清水寨，只因我的到来，落得一个这样惨烈的下场！我有何面目见常姐、姨奶奶？有何面目见那些被朱细腰毒死、被萧破洞他们杀死的清水寨人？

我在那满坪的尸首前长跪不起，谁拉我也不起来。

清蕙，尽心即可，我等去挖坟了。

罗槐在我身旁放了一竹筒山泉水，转身带着一帮壮丁去挖坟。面对满院的尸体，我并不恐惧，因为几个时辰前他们还是活蹦乱跳的大活人，我似乎还听到了他们的欢声笑语。现在呢，却阴阳隔界、人鬼殊途了！这叫我如何能够心安？

对不起！对不起！

我不断地磕头、道歉，感觉有万蚁钻心，在这样绝望和沉重得让我无法喘息的歉疚中，我跪了约莫有两炷香工夫。

这时，盘太古在盘龙的搀扶下悄没声地站在了我身后。盘太古面如沉水，黑亮的眼睛已没了原先总是跃动的火苗和飞扬的神采，有的只是视而不见的虚空。我膝行过去，伏在他面前泪流不止。盘太古许久没动，经历一场大劫的盘龙也在瞬间脱了儿童心性。他凝视我时，我察觉到了他目光中隐隐的恨意。果不其然，盘龙冲着我喊叫起来：

卜姑姑最坏了！都怪你引来了贼人！要不是你，我娘、我姨奶、寨子里的人就不会死！

盘龙冲过来对着我拳打脚踢牙咬，仿佛一头暴怒的小兽。他这种剧变除了让我略觉心酸外，并无他感，毕竟萧破洞、谭鬼七是冲着我来清水寨的。我若不来，清水寨就不会遭此劫难。盘龙虽小，也是明白此中道理的。我木雕似的杵在地上，任由盘龙的小拳头雨点般落在身上。盘太古对此视而不见、听而不闻，这会儿他是杵在我对面的另一棵枯树。

清蕙姐姐！你是清蕙姐姐吗？

突然间，佛面出现在我面前，她迟疑地打量着我。

从她苍白的双唇中吐出的清晰话语令我惊喜：佛面，你醒了？想起我了？

神仙娘娘，她不是清蕙姐姐，她是珠玑巷的卜姑姑。那些贼人就是来找她的，她把我娘、我姨奶都害死了！她是坏姑姑！

佛面还没来得及回答我，盘龙推开我，转身拦在我和佛面之间。

盘龙，你别吵，她是我至亲的姐姐！

佛面开口，盘龙安静下来。我紧紧地抱住佛面，两人头抵头、脸靠脸，泪流满面。

佛面，这下好了，我们永远不分开了！我喃喃地说着，佛面也哭诉着。好一阵我们才冷静下来。这时，一道人影闪过来，泪眼中只见盘太古神情怆然、眼神悲哀：神仙娘娘可是记起了一切？

我捏了捏佛面的手，生恐她的回答会使心弦绷得极紧的盘太古有所提防和误会。毕竟，当初处死佛面的是盘太古。还好佛面要么就是领会了我的意思，要么是她真的没记起自己上次被处死的那一幕，又或者她什么都想起来了，却不想说破。只听她淡淡地叹口气：盘都老，我已是再世为人了，从前的许多都已淡忘。但我永远记得盘都老和清水寨人的恩情，请您受我一拜。

佛面下拜，我也向盘太古跪了三跪，心中沉重如铅。盘太古长叹数声，喃喃地道：胡娘娘、佛面姑娘，今日我盘太古拜托你们二位一件事，请你们南迁时把我家盘龙带走！以后他就是你们的孩子了！

不，爹爹，你不走，我绝不走！我要永远跟着你，盘龙哭着抱住了盘太古。盘太古怆然一叹：

儿呀，罗二嫂、神仙娘娘，我盘某身负血海深仇，定然不会轻易寻死。我听罗松说，谭鬼七的尸体没找到，想是那贼带伤逃走了。我一定要找到他，把他碎尸万段。再者，清水寨此次几乎是整寨被屠，身为都老，我得给他们办完后事，等七七四十九天后我再去找你们。

好，到时我陪着都老一块儿去岭南！

罗松人未到，语先至。只见他和紧跟在他身后的罗槐满身泥水。见了盘太古，兄弟俩纳头便拜。罗槐边磕头边说：盘大哥是我们罗氏永远的恩人。

盘太古此时已恢复神志，他扶起罗松罗槐后，拉着盘龙向我们拜谢：罗兄说哪里话？官兵数次攻打清水寨，如果不是罗兄相助，我们清水寨早成了鬼寨。这次要不是您二位领着珠玑巷的乡亲赶来，我盘氏一脉已然绝矣。

想到姨娘和娘子，想到被杀的寨人，盘太古眦目欲裂。罗槐将他扶起，正欲安慰，佛面走到罗槐面前盈盈一拜：佛面见过姐夫。

佛面，你醒了？

罗槐情不自禁地拽住了佛面的手，旁边的罗松一把将他扯开：浩风，要有礼数！

佛面纳闷地问我罗松是谁，我介绍了罗松的身份，接着告诉她我成亲了。佛面皱眉说她知道：姐姐，是我帮你梳的头、绣的嫁衣呢！那天，我好像还喝醉了，对不对？

佛面的记忆肯定又产生了错位，但我不想再纠正她，免得她脆弱的记忆因我的打击而受创。

晚上，我和佛面、雷大嫂、盘龙住在竹楼里。盘龙吵着要和佛面睡，佛面只好把一直哭泣的盘龙哄睡了才和我叙旧。雷大嫂烧着了火塘，火吊里的茶水滋滋响，但浓郁的茶香却盖不住山风中的血腥味。屋外，盘太古、罗槐、罗松等人在为死者守灵。盘太古一直在击鼓，同时伴随着曲调哀怨、深沉的无字哼鸣，当真是长歌当哭。

不久，罗槐、罗松等壮丁也跟着他的节奏哼唱起来。听得我、佛面、雷大嫂泪流满面。我拉着佛面要出去，雷大嫂拦住了我俩：盘都老看见你们定会更加思念娘子，今晚就让他静静。

这时，不知谁敲响了另外几面铜鼓，雄浑的鼓声震得竹楼不断颤动，夜风放大了群山的回音，把耳轮撑得生痛。

娘！娘，我要我娘，我要姨奶奶！

这时，盘龙揉着眼睛哭着从里间走出来，我和佛面、雷大嫂围上前安慰他。盘龙推开我钻进了佛面的怀里：我不要卜姑姑，我不要卜姑姑！

看来他是认定我害了他娘、他姨奶奶了。我不禁怆然泪下。雷大嫂举掌要打盘龙，我拉住了她：雷大嫂，盘龙没错。事情的确因我而起，我罪孽深重！

雷大嫂瞪了我一眼，说罗二嫂你怎么光想这些坏的？你得想想你来之后给我们带来了多少好处！你看，你教我们学会了识字、种菊花、织布，你和佛面多次救了盘龙的命，佛面和罗掌柜他们又救了清水寨人的命。刚才要不是你，我和盘龙肯定也死了。不过呢，这次有些怪。以前神仙娘娘都能预卜吉凶，怎的这次神仙娘娘没有预知清水寨的劫难？莫非住在她身上的神仙走了？

雷大嫂看着正和盘龙小声说话的佛面，满脸的不解。因我并没有过多地亲历佛面在清水寨的预言，我对此无法表态。但有一点我认为雷大嫂说得对，那就是清醒之后的佛面少了些仙气，多了些人气，越来越接近我记忆中那个善良、美丽、可爱的佛面了。对此我欣然接受，雷大嫂却和盘太古一样，不免有些失落。

当夜，雷大嫂陪着盘龙睡，我和佛面又像从前那样同卧一床。两人从南说到北，从天说到地，一直到天亮，两人肚子里的话还只说了一小截。这时盘太古、罗槐、罗松他们对着第一缕晨光向亡灵做了最后的祭拜，然后领着我们下山。

按计划，我、佛面、雷大嫂、盘太古父子及另外五个劫后余生的清水寨人，下山后将住在距珠玑巷十里左右的一座临江的民房里，那儿罗槐已经飞奴传书让二伯和罗平置办好了所需的食物和衣服。十天后，等罗槐他们的竹筏途经时再把我们接走。

清蕙，这些天你和雷大嫂好好陪陪盘都老，劝慰劝慰他，余事莫要多管，过些天我们就永远在一起了！

临走时，罗槐在屋内搂着我，贴着我的耳朵说。虽然缠绵了一夜，他却依然精力充沛，在他坚实的怀抱中，我感到前所未有的安全与幸福。

三十二

咸淳九年春　珠玑巷

罗槐领着南迁居民祭祀祖先，约定子孙后代永结情谊。众人
在上龙村遭遇到追杀。

这是个大晴天，太阳一早就慷慨地给珠玑巷的万物蒙上了一层耀眼的金箔，瓦蓝的天空澄净如洗，和煦的春风像个风骚娘们儿，涂了满身的花香招摇于珠玑巷的每个角落，最后会聚到土地庙旁的榕树上争宠。榕树似是载不动这许多风，又似载不动聚在土地庙前的三十三姓九十七户人家的离愁，树丫摇曳，落叶缤纷。虽然每年春季榕树的新叶长出后老叶会飘落，但这棵榕树在春季如此大规模的突然落叶，在珠玑巷实属异相。这让站在榕树下即将离乡的众人和前来送行的邻舍们大为触动。

浩风大侄子，这榕树是在说，你们虽然离开珠玑巷了，根还在这里，到时候，你们必得落叶归根才行啊！

银髯飘拂的九巴公一手拉着曾兵、一手拉着罗槐，混浊的老眼泪光闪动。考虑到年纪太大，加上故土难离，九巴公、曾族长、陈族长、温族长等十几姓的族老不约而同地选择了留守珠玑巷，一同和他们留下的还有他们的一个儿子，余下的家人则全部南迁。用族老们的话来说，珠玑巷是他们这三十三姓人的"祖庭"，祖坟不能搬迁，年年还得有子孙前来祭拜。至于其他南迁的同宗，那是借着老祖宗的荫佑，在岭南开枝散叶、繁衍生息，是以九巴公才如此动情。他是此次

送行人群中的长者，在他的示意下，旁边的曾族长、陈族长敲响了手中的铜锣。

嗡嗡的余音中，九巴公高声道：迁往岭南的三十三姓户主们向土地公公三叩首！

罗槐、曾兵等九十七人应声跪下，九十七双膝盖和额头与土地相碰，发出的声音有些震耳，不少人放声大哭。之前两日，他们已在各自的祠堂祭拜、辞别了祖宗，同时从族老手中领取了族谱和以备到岭南供奉的新制祖宗牌位。族人之间早已惜别过、痛哭过。他们原以为自己对珠玑巷这片土地的热爱与牵挂已在那两天的眼泪中汩汩流去，此刻才发现，那份情早已融在他们的血脉中，割不断、流不尽，只有热泪和恸哭可以略略化去几许郁结在胸的离情。

……现在，各姓派一名壮丁，到我这儿领一个铁字。此乃罗记打制的两句话："圣贤曰：老吾老及人之老，幼吾幼及人之幼。如此，则能修身、能齐家、能治国、能平天下。"共三十三个字，现在每姓各持一字。如此，则不管罗氏居南、张氏居北、杨氏居东、温氏居西，五百年后、一千年后再聚珠玑巷，持字来便能寻得今日之根，也是我们给后人的一个念想。

脸贴在榕树根上、热泪横流的罗槐听到此，不由握住边上哥哥罗松的手，哽咽着说：哥，你明年一定得来岭南！

罗松因军职在身，不能轻易离开，考虑到月梅即将分娩，他此刻是满心挂念和酸楚。在他旁边的王掌柜夫妇也是哭红了眼睛，王掌柜一直反对搬迁。一则为女儿身体着想，二来他不舍得这酒铺。这些年酒铺给了他不少收益，如若不是胡贵妃一事，他哪会落到这步田地？所以不免讲了几句胡清蕙的怪话，结果惹来罗松和月梅的一顿说辞，弄得老大不痛快。更让他不痛快的是，罗松、罗槐坚持要他们夫妻俩陪同月梅南迁。王掌柜都快跟女婿翻脸了，最终还是拗不过女儿月梅，答应和他们一起走。此时王掌柜紧挨着罗松，心下的怨恨、委屈、不舍一起爆发，不由哭得惊天动地。罗松纵是铁打的汉子，听到岳丈的这种哭声，再看看即将临盆的妻子，心中实在难过。可姚通判

467

是个瞬间变脸、口蜜腹剑的小人，又有贾太师撑腰，加上个不见胡清蕙人头绝不罢休的邬秋儿，说不定哪天姚通判就找个由头对珠玑巷大开杀戒，到时他们还能饶得了月梅和王氏夫妇？所以，纵有千般不舍、万般不忍，罗松只有含泪送妻子上竹筏。对此罗槐也考虑过了，如月梅途中要分娩，他们将找个妥当的村舍住下，等母子平安、能够行动了，再继续前行。

弟，这路上就全靠你了。别忘了飞奴传书！

罗松紧紧搂住弟弟，心如刀割。罗槐也一样难舍。此前的家财在这次变故中只剩下一些盘缠，想到不知隐在何处的追兵，想到表哥曾守琴的孤坟，想到即将面对的艰难旅程，想到经营了几代，如今已易手的罗记铁匠铺，想到未卜的前程，罗槐心中沉甸甸的。见哥哥哽咽，他也流下了几行热泪。这时，九巴公唤罗槐去接他自己打制的铁字，他接到了"圣贤曰"中的"贤"字后不由得疾步隐入了人群。他怕自己在九巴公面前站久了会放声恸哭。

胡清蕙最了解自己的相公，早已为他备好了一方手巾。罗槐刚走到她身边，她就悄悄地把手巾塞到了罗槐手中。罗槐抹了把脸，转头看着不远处的曾守琴的儿子千郎。此刻他趴在外公肩头，笑得异常开心。但过会儿刘婶娘就得把他抱走，原因是曾守琴的岳母和岳丈不想离开珠玑巷。为了报答曾守琴之恩，罗槐和胡清蕙正式认了千郎当义子。考虑到曾守琴岳母、岳丈身体不好，主要是怕姚通判会斩草除根，罗槐和胡清蕙将带着千郎南迁。年幼无知的千郎在笑，他的外公、外婆却泪湿青襟，看得罗槐和胡清蕙泪流满面。

站在罗槐边上的罗松，此刻也是英雄气短、儿女情长。素来讲究礼数的他，已顾不得众目睽睽，抱着月梅说起了悄悄话。他叮嘱月梅路上要万般小心，只要遇到递铺，就请人给他捎口信。他在递铺多年，广南东路的递铺都晓得大庾岭梅关递铺有个骁勇善战、会养飞奴的罗松。还有，不管生男生女，名字中除了辈分中的行辈字，一定要加个"贤"字。

月梅心宽，虽觉得故土难离、丈夫难舍，但她牢记着娘的话，怀孕时不能多哭，否则生下的孩子会有泪痣，影响他或她将来的命运。她噙泪朝丈夫微微一笑，说自己记住了，然后她连忙扭过头去，怕自己再看罗松会控制不住那股奔涌的感情。

离她不远的曾兵一手搀着老娘，一手牵着他那美貌的娘子和孩子，旁边放着两只大包袱，三人的眼睛哭得肿胀如桃。

二伯、罗平因举家迁走，除了舍不得房舍田产外，戚戚归戚戚，心情倒还平实。

月梅边上的德元公、张屠夫、夏小二几家，他们在珠玑巷待的时间虽然不长，可想到前路未卜，难免面露戚色。其余那些临安来的逃户此时跟各姓氏的队伍在一起，个个泪眼盈盈。不久，榕树下便哭声震天。

再说那罗槐，此次南迁大部分因他而起，心中离情虽重，却敌不过肩上的那份责任。他手持分到手的"贤"字跃到凸起的榕树根上，高声道：送行的前辈亲邻们，我们此次的离开，不是逃难，是为着子孙后代更好地开枝散叶，是在繁衍老祖宗的基业。我们在岭南一旦安置好，定会派人回来祭拜祖宗。到时亲邻们若有愿意南迁者，我们定当竭力成全。今后我们一定还会常来常往，我们的后人一千年后再相见，大家还是珠玑巷人。我们永远不会忘记珠玑巷，这是我们大家的根，是我们姓氏的祖地！

众人纷纷点头称是。罗槐顿了顿，双手握着"贤"字，向四方稽首，他膝行至榕树根上放置的"曾守琴公牌位"之前磕了九个头，泣声道：

居民亿万之众，而予等独赖公之力得以逃生，吾等何修而至此哉？今日之德，如戴天日，如瞻日月，何以相报？异日倘获公之福，得遇沃壤之地土，分居安插之后，各姓子孙，贫富不一，富者建祠奉祀，贫者同堂共飨，各沾贵公之泽，万代永不相忘也。世世相好，无相害也。

众人跟着他又磕了三个头。罗槐起身大声道：各位族老、各乡亲邻，千里相送终有一别，你们请回吧！

几位族老看看天色，知道再耽搁下去罗槐他们将无法到达预定的地方打尖住宿，遂劝众人回去。可哪里劝得动？送行的人们提着包袱、挑着东西，一路送到了码头。罗槐吹了两声竹哨，在悠然而至的安静中，只听罗槐高声说：

各位乡邻请按我们之前发下的姓名表上竹筏，每筏各有壮丁两名，负责轮流撑篙和警戒。一旦发现警情，吹竹哨三声。万一有敌来袭，保人为上，勿惜财物。一筏有难，众筏相帮，大家记住了吗？

记住了！搬迁的九十七户人家男女老幼几百号人，他们的回答透着齐刷刷的整齐。

好，上竹筏。大家记住，前筏先走两丈，后筏再跟上，大家互相照应着，不能只顾自己啊！

罗槐说罢拥抱了正和妻子惜别的罗松，又依次和族老们作揖惜别。等他跳上竹筏时，前头曾兵的竹筏已经在几百丈开外了。罗槐跳上竹筏，通过约定的竹哨居中指挥、调节速度。在岸上众人的目送中，两百只竹筏如绵延的长龙缓缓向浈江南段驶去，身后留下了跃动的万点金鳞……

一个多时辰后，罗槐接上了胡清蕙、佛面、盘龙、雷大嫂一行。盘太古和另外五个男性族人要在山上守足七七四十九天才走，便让雷大嫂和盘龙先走。雷大嫂不禁呜咽起来，盘太古纵是铁打的汉子，此刻也忍不住搂着心头肉盘龙失声恸哭。

盘龙到底是少年心性，想到要去远方，又见眼前一条首尾相衔的竹筏长龙，不由兴奋得忘了心中的悲伤。他还主动安慰父亲，说是不久之后即要相见，你哭甚？

盘太古不想告知他此行的未卜与他在清水寨也许还要与官军再战之担忧，吻了吻盘龙，咬牙放手。随后他和罗槐、胡清蕙、雷大嫂一一别过。当他走到佛面跟前时，搂着盘龙的佛面忽然紧张得手足无措，盘太古也有些愣怔。胡清蕙察觉佛面的叮嘱中有一种特别的牵挂：都老，千万小心。我会带好盘龙，到时等你过来。

佛面妹子放心，我定不食言。

其实他们说的也就是几句平常话，但听在众人耳中，却有一种怆然与伤逝之感。

在盘太古依依不舍的目光中，竹筏往南驶去。

浩风、二嫂……你们……好走……

都老……你……放……心！

随着竹筏的漂流，站在岸上的盘太古一行的身影越来越小。因是顺风，竹筏漂得快，罗槐、胡清蕙几个刚刚送出"放心"二字，一阵风来，竹筏直直地朝江中心那块巨石撞去。

哎呀！在众人的尖叫声中，罗槐的竹篙尖对着巨石轻轻一点，只听"咚"的一声，竹筏滑出了丈余，顺着水流，轻巧地绕过了巨石，驶入了更加平缓的一段河面。

胡清蕙见冰卿、冰倩、盘龙几个孩子只惦着玩水，怕有闪失，便从箱笼中取出她从宫中带出的《天下郡守图》给他们看，一边讲解浈水的来历。

大郎、小妹、龙儿，你们看，这条线是浈江，看见没？它发源于梅岭大人寨的浈水，南流至今湖口镇下陂山，与源于江南西路信丰爬栏寨的昌水汇合，西流至县城，又与源自帽子峰的凌江汇合而成浈江。从这儿至韶关汇武这段河流就是北江了，此段河面水流深广，绿波荡漾，舟楫繁忙。据《史记》和《汉书》记载，汉武帝元鼎五年秋，遣楼船将军杨仆出豫章下浈水平定南越之乱。杨仆奉诏后，率楼船师溯赣江而上，至南安后弃舟渡岭……

这时，冰卿问南安在哪里。

胡清蕙皱眉道：大郎，南安不就在我们南雄边上吗？上次你们还吃了南安板鸭呢！真是记吃不记事，伸头过来，打耳刮子！

冰卿、冰倩敬重这个姑姑，忙伸头过来挨罚，盘龙却腻在旁边佛面的怀中躲过了处罚。佛面亲了他的小脸蛋一下，要他认真听姑姑讲解。

她不是我亲姑姑！是坏姑姑！盘龙还是不肯亲近胡清蕙。一旁拿着弓箭警戒的雷大嫂瞪了他一眼。他怕了，畏缩地凑过来。胡清蕙怕他逆反，笑着提问盘龙她刚才所讲。

结果盘龙回答得分毫不差，记忆力相当惊人。胡清蕙从背袋中掏出两粒米糖放在盘龙手中，盘龙的脸转阴为晴。

姑姑，你接着讲，等下你问我不要问他了。

冰卿、冰倩争强好胜，不想落在盘龙之后。一旁的胡大嫂笑骂道：这两个小鬼头就惦着吃！

胡清蕙轻咳一声，把图集递给佛面，让她来讲。她看见罗槐满身是汗，得拿条毛巾给他擦汗，万一他受了风寒得了病，大家的行程都得受影响。

刚才讲到杨仆他们从南安爬山过来，他们来到浈江和凌江两江的汇合处，看到没，这个黑点就代表两水汇合处，他们在这儿造船练兵，备战了一年多，这才于元鼎六年冬天率楼船师下浈水，与伏波将军会师石门，进军番禺，一举平了南越之乱。石门和番禺是地方，喏，一个在这儿，一个在这儿，看见没？

胡清蕙给罗槐擦汗时，佛面像个私塾教师似的给三个小儿讲解地图，此时不爱记事但又好奇的冰倩问道：佛面姑姑，伏波将军又是谁呀？是个大官吗？

对呀，神仙娘娘，伏波将军他怎样伏波呀？

素来捣蛋的冰卿和盘龙自然不会放过这种机会，弄得佛面招架不住，转而向胡清蕙求救。胡清蕙已转至大嫂处帮手，月梅抚着大肚子走过来，见她笨手笨脚地切鱼，忙对胡大嫂说：大嫂，我来帮手吧。姐姐该去讲书，剖鱼哪是她干的活计？

胡大嫂心疼儿女，便让胡清蕙过去。罗槐边撑篙边打趣说：两位嫂嫂，你们可别把我家娘子惯坏了，到时我想吃口鱼汤还得你们动手。

月梅笑着要蹲下来，被胡清蕙制止了：嫂嫂在躺椅上静养着吧。

月梅看了眼前后的竹筏，不好意思地道：就我们筏上有竹床，我躺着也不像话呀！

持弓站在筏尾警戒的雷大嫂点头赞同：躺下歇着，到时才有力气生孩子。

不料同在筏尾撑篙的王掌柜却强调，得讲礼数，最好在躺椅边挂上草帘。

此言一出，大家都笑将起来。月梅娘不高兴了：老东西，你乱讲礼数也不成。万一月梅要在这筏子上生，你能让孩子钻回去？

唉，老婆子，你怎么乱说话，呸呸呸！我家婆娘乱讲话，菩萨莫怪，千万保佑我儿在岸上生产。

谁也未料到惯来横眉竖眼的王掌柜此时竟将篙一放，双手合十地祈祷起来。月梅娘也兀自后悔，跟着念起了经，把个罗槐、胡清蕙、月梅、胡大嫂、雷大嫂、刘婶娘乐得直笑。看着罗槐高大的身躯在春阳下闪光，胡清蕙感受到前所未有的幸福。

佛面没空笑，因她并不知晓伏波将军的来历，这会儿被那几个孩子缠得苦。特别是盘龙，一直追问伏波将军的事儿，佛面只好再次向胡清蕙求救：姐姐，你来讲书，我来做饭！

说着也不等胡清蕙应答，放下书本，几步跨到胡清蕙身边，险些摔了一跤。这次南迁，尽管事出仓促，罗槐还是考虑得周到，替家中女眷置办了农妇上山下田穿的阔腿裤。此裤是根据中原和临安的旋裙改造而成，既方便，又不失王掌柜这类人最看重的礼数和教养。胡清蕙她们穿上后都赞罗槐细心。另外罗槐还给家人买了带扣袢的厚底木屐，这样她们在竹筏上双脚不至于浸在寒冷的春水中。

这木屐是珠玑巷人的避雨鞋，鞋底前后掌有洞，有可拆卸的两齿，以供上下山用，称为"谢公屐"。他们自小穿惯了，老人小孩穿着皆行走自如。胡清蕙、胡大嫂、佛面以前在临安穿的避雨鞋底下无齿，底也没这么厚，穿着要灵巧得多。现在换上此厚底木屐，在摇晃、滑溜的竹筏上就不太会走路了。筏上的女眷除雷大嫂外都不会水，罗槐给她们准备了浮环。在他的提醒下，其余竹筏上也放着浮环，以备万一落水时自救。

妹妹，你小心掉水里！

胡清蕙扶住摇摇欲坠的佛面。佛面淘气地扮了个鬼脸，双颊绯红地蹲下身子淘米洗菜。胡清蕙从罗槐身边走过时微笑着瞄了他一眼，那种风情与妩媚险些令罗槐不能自持：娘、娘子因何而笑？

你呀！胡清蕙丢下这么两个让罗槐猫挠心的字后即坐在小竹椅上给孩子们解释伏波将军的来历：

伏波将军不是什么官职，而是官家对功劳大的将军的一种封号。伏波的意思就是要降伏波涛，这楼船将军也是封号之一，意即率领船队。这儿说的伏波将军是第一位伏波将军，他就是汉武帝时候的路博德。刚才佛面姐姐不是说了吗？武帝元鼎五年，南越国太师吕嘉发动叛乱，杀害汉朝使节、南越王赵兴和王太后，汉武帝任命路博德为伏波将军。刚才说的杨仆为楼船将军，他们率船队十万人在番禺会师。第二年冬天，荡平叛乱。汉朝在南越地区开设了儋耳、珠崖、南海、苍梧、郁林、合浦、交趾、九真、日南九郡，所以呢，这伏波将军路博德和楼船将军杨仆的功劳是很大的。我们这浈江的功劳也是很大的。当年伏波将军、楼船将军他们的十万军队正是从这儿行船往南的。

想到岁月如流，多少英雄豪杰风流云散，胡清蕙不禁一呆。冰卿、冰倩和盘龙倒是兴奋了，他们伸出手去掬那碧绿的江水，吵着说自己是伏波将军和楼船将军。正在这时，前头传来一阵惊呼。罗槐忙把篙交给雷大嫂，走到竹筏前头问怎么回事。

原来前头撑竹筏的后生瞅见水中有条溯流而上的大鱼，一时兴奋，竟忘了竹筏的安危，举起篙头拼命地去打那鱼。他用力太猛，竹筏险些侧翻，幸得他反应够快，忙伸篙急划，这才将筏稳住。

此时站在筏子后头持弓警戒的后生已失足落水，他刚冒起头，就见那条被敲晕的大鱼浮在水面上，便抱着大鱼爬上了竹筏。虽是虚惊一场，但引起了罗槐的担忧。他立即吹响竹哨，传令下去，禁止大家敲打竹筏边上的游鱼，以确保安全。

当晚，他们走完了预定的行程，到去岁曾守琴等人曾歇息过的上龙村打尖、过夜。上龙村全村人皆姓温，十几间茅屋沿岸小河一字排开，一个青石码头伸入江中，码头边有几十棵大树组成的风水林，可系缆绳，可障人眼目，是很好的泊船地点。

最关键的是，上龙村人热情好客，因上次曾守琴来时曾为村中的族老重选了祖墓，并对村口的风水林做了些指点，上龙人非常感激，说好只要来人能报出曾守琴的名字，即是他们的贵客。去岁曾守琴回到珠玑巷时说起此事，大家只当是梦话，哪里想到真有一日会到他口中的上龙村借宿？

所幸上龙村族老记住了曾守琴的话，也履行了诺言。虽然借宿的人比上龙村的人还要多，他们还是热情地张罗和帮忙安置。东家挤一间，西家腾一房，加上祠堂和山上的小庙，总算安排下了罗槐他们一行。

但是，没有谁家肯接待月梅。时俗认为孕妇不洁，非但不能入外姓人家，更不能进祠堂和庙宇道观。没奈何，罗槐只好央族老借出些木料和杉皮，临时搭建了两间寮棚，胡大嫂、佛面、刘婶娘和三个孩子一间，雷大嫂、胡清蕙、月梅娘陪着月梅住一间，他和王掌柜则睡在屋檐下的竹床上警戒。

时值三月下旬，气候温暖的上龙村一带已是百花盛开、青翠满目。白日里热气蒸腾，俨然炎夏，但夜来却依然寒气袭人。虽然垫了床板和稻草，也盖了薄被，胡清蕙夜半还是冻醒了。想到屋外歇息的相公罗槐，不免心痛。她拿着尚有自己体温的被子，蹑手蹑脚地打开寮门。只见暗蓝色的夜空繁星密布、耳边松涛如曲、江水鸣咽，远山近树犹如水墨，颇有些杜甫笔下"群壑倏已暝，松月生夜凉，风泉满清听"之意。

蜷在门口竹床上，身上盖着稻草帘的罗槐和王掌柜因疲累而发出了均匀鼾声。许是寒冷之故，两人头挨头地挤着。胡清蕙将棉被摊在他俩身上。就在此时，一颗亮闪闪的火球从旁边的树丛射向了寮棚周遭的稻草，这是为了堵住板隙防止漏风，上龙族老特意着人堆放的。此物平日用来引火，最易燃烧，只见火球刚落下，就腾起一面明晃晃的火旗。

胡清蕙这时才反应过来，连忙嘶声大喊：着火了，大家快起来！

胡清蕙手忙脚乱地用树枝扑打着火苗，不想树枝燃着了，扇起的风反而助长了火势，加上山风助威，不久就烧着了杉皮和木板。胡清蕙冲进寮棚去救人。还好这时众人都醒了，罗槐和王掌柜已从旁边的棚屋抱出了冰卿、冰倩和盘龙。披头散发的胡大嫂、刘婶娘、佛面紧跟而出，随即刘婶娘大喊起来：小心！

说时迟，那时快，随着飕飕一阵风声，几个黑衣人举刀杀来，罗槐和王掌柜大喝着上前御敌。此时胡清蕙在棚屋内被火烤得难受。捂着口鼻，在火光和烟雾中搜寻月梅她们，好不容易找到她们了，却见脸对着着火点的月梅娘和雷大嫂已被浓烟呛昏，睡在寮门方向的月梅正在咳嗽。胡清蕙费了牛劲才把她拉起。

此时大火烧着了棚板，燃烧的杉皮纷纷掉落。胡清蕙挽着月梅往门外走，一边大喊"雷大嫂""亲家母"，可回答她的只有火苗拔节的毕剥声。随即浓烟呛得她头晕，她只好屏住呼吸，将口中断断续续喊着"娘"的月梅拖出了寮棚。

姑姑，你的裤子烧着了！

冰倩惊恐地大喊，胡清蕙忙在地上打了个滚。胡大嫂和刘婶娘随即冲来，扶住了即将倒地的月梅。胡清蕙还要返身进棚房救人，明黄色的火墙倏地封住了寮门！

去不得呀，清蕙。胡大嫂哭喊着阻止她。胡清蕙还在悲痛中，一个黑衣人举刀向她砍去。胡清蕙忙转身躲闪。旁边的罗槐看见后想过来增援，可他被贼人缠得无法脱身。幸亏胡清蕙身材高朗，又有蹴鞠练就的体力，身板瘦小的黑衣人一时之下没能伤及她。但几个回合后，赤手空拳的她终究还是落了下风。

眼看贼人就要杀向胡清蕙了，佛面和盘龙手拿石头跑了过来。心急的佛面不意脚下一绊，摔倒在地，手中的石头滚到胡清蕙身旁。胡清蕙飞速拾起石头，与蹿至贼人身后的盘龙前后夹击，将贼人打倒在地。胡清蕙抽起贼人手中的大刀，一下砍中了贼人的脖子，鲜血溅了她一身。

此时上龙村内到处是亮闪闪的火把，有十几个上龙村的壮丁冲过来助阵，可还是敌不过训练有素的偷袭者，其中两个壮丁惨叫着倒地。罗槐和王掌柜也渐渐不敌，眼看贼人又要举起屠刀了，突然从树丛里又跃出五六道黑影，他们手中舞动的大刀发出阵阵寒芒。似乎过了许久，又似乎只是刹那，贼人纷纷倒地，有几个受伤未死的，发出了阵阵哀号。

你们没事吧？

这时，罗槐和盘太古拎着滴血的大刀走过来，一旁的盘龙大喊着冲向盘太古，被佛面拉住了：龙儿，爹爹身上尽是血。

盘龙安静下来。盘太古朝他举了举刀，转身抱住溅了满身血渍的罗槐。胡大嫂搂住冰卿、冰倩簌簌发抖。受了惊吓的月梅在刘婶娘怀中已然昏迷。胡清蕙看着烧成了火球的寮棚，哭着对罗槐、王掌柜和盘太古说：雷大嫂和亲家母没出来！

一直在力撑着和人打斗的王掌柜胳膊受了伤，此刻闻听噩耗，他哭喊着扑向烧得通红的寮棚。遭此大变故的罗槐和盘太古似已失去了感知悲伤的能力，他俩面无表情地注视着熊熊燃烧的大火，火舌投下的阴影给他们刚毅的脸平添了几分阴枭。过了稍许，罗槐伸手去扶痛哭的胡清蕙，要她赶快过去安慰刚刚苏醒的月梅。而得知雷大嫂噩耗的盘龙已经在大放悲声，把那些刚从村里、祠堂和庙里赶来的上龙村人和珠玑巷的乡邻哭得心胆俱寂。

娘，娘，娘啊！

一脸煞白、仿佛受了重伤的月梅没有哭也没有喊，只是从喉咙里挤出细细的呻吟。唯其如此，才愈发听得人肝肠寸断。

这时，两条黑影飞快地从旁边的灌木丛中跃出，看架势是想冲入码头那边的树林。

贼人，哪里逃！

随着一声暴喝，罗槐和盘太古追了过去。

这时，在众人的齐心努力下，寮棚的火渐渐被浇灭。王掌柜他们在通红的余烬中找到了雷大嫂和月梅娘的尸身。她俩因正好睡在最初的着火点旁，恰巧又都面对着板隙，估计外头的稻草刚燃烧时就将她俩熏晕了。保持着当初卧姿的她俩，看上去像两尊倒卧的泥炭塑像。

悲恸欲绝的王掌柜伏地哀号不起，月梅则被胡大嫂、刘婶娘、佛面扶着离开了现场，前往族老家的茅屋歇息。胡清蕙坚持向雷大嫂和月梅娘的尸身告了个别，这才去追胡大嫂、佛面和月梅她们。

走在路上，想到自己方才砍死的那个贼人，胡清蕙不由恶心、头晕、浑身颤抖。可当时不是他死就是己亡，她终于找到了宽慰自己的理由，心中这才放松了一些。转而她又想，倘若佛面没有恢复神志和记忆，还是之前那个备受清水寨人崇敬的"神仙娘娘"，她能预言到今天的火灾吗？如果能，她的清醒是否是另一种天意抑或天谴？胡清蕙抹了下颊上的泪，她突然嗅到了血的腥味。没错，她流的不是单纯的泪，而是真正的血泪！

当胡清蕙赶到族老屋侧的寮棚时，月梅已恢复了些神志，她不再大声哀号，而是捧着腹部，疼痛似的呻吟着。见了胡清蕙，她断续的呻吟终于化作长长的低语：姐姐，可怜我娘和雷大嫂成了冤魂，宝儿还没见过外婆的面呢，就……

她趴在胡清蕙肩上失声痛哭，老天爷似是感知了她的悲恸，沥沥淋淋地下起了雨，这是天的眼泪吗？没谁知道。只晓得那笃笃的雨声让人越发悲伤。悲痛、疲累已极的月梅沉沉睡去。刘婶娘在寮棚外警戒，胡大嫂照顾着三个孩子，胡清蕙让一旁发呆的佛面去歇息。

佛面坚决不肯：姐姐，你去眯会儿。唔，这个……

她突然仰脸吸了几口飘着焦味、草香、雨水和血腥气息的山风，闭着眼睛道：姐姐，你不要不爱听，我们可能会在这上龙村子待上些时日。

胡清蕙关切地扳住她的肩，焦灼地道：佛面，你以前是清水寨一带远近闻名的神仙娘娘，预言很准。现在你想到了什么？看到了什么？快告诉姐姐！

佛面屏住气息，紧闭双目，眉峰蹙起，仿佛这表情有助于她接受来自冥冥之中的神谕。好一阵她才喃喃地道：我听见婴儿的哭声，还有，一片汪洋。

胡清蕙立马警觉起来：是不是月梅嫂嫂要生了？浈江要涨水了？

你还看见了什么？

胡清蕙下意识地抓住她，仿佛她是一根救命稻草！

佛面睁开眼睛茫然地说她眼前很浑浊，脑子里一片空白，但嘴巴不受控制，话语会自动从舌尖淌出。她自己也很纳闷为什么那次坠下鹰嘴岩后会有这种未卜先知的神力，她希望自己现在依然拥有这种能力，这样也许能帮到大家。

胡清蕙虽然对佛面方才所言半信半疑，但想到月梅怀孕亦有八个月，经此折磨，有可能早产，那不就有了婴儿啼哭吗？且现在外头的小雨已转成大雨，北江完全有可能涨水。心念电闪间，身边的佛面忽然打起了小鼾，看着脸上尽是火烟污迹、显然疲累之极的佛面，胡清蕙心中不由升起股怜爱之情，心想她若不是与自己为伴，只怕也不会遭受如此多的折磨与苦楚了。睡意袭来，胡清蕙却不敢歇息，一则惦着熟睡的月梅、嫂嫂、佛面和几个孩子，二来她惦着去追贼人的罗槐与盘太古，不知他们抓到贼人没有。

想到此，她拿起放在门后的撑门棍，端起凳子和刘婶娘并排坐在棚屋门边。刘婶娘执意要她入屋歇息，胡清蕙却是抵死不肯，两人争执了片刻，终究还是依了胡清蕙。胡清蕙望东，刘婶娘望西，两人全神贯注地当起了值哨的士兵。

不知过了多久，就在胡清蕙和刘婶娘昏昏欲睡时，一片火把光飘来，接着传来一阵杂乱的脚步声和男人的低语声。她和刘婶娘刚起身，就见罗槐和盘太古率着三个壮丁走了过来。

刘婶娘忽然呀了一句，而后浑身颤抖地往胡清蕙身边躲。胡清蕙顺着她的目光看去，也不禁打了两个寒战：盘太古手中拎着两颗人头，其中一颗是她认识的谭鬼七！好在经历了这么多腥风血雨，特别是方才手刃贼人后，胡清蕙已不再惧怕。

盘太古将人头放在村人拿来的粪桶中，挖坑埋了。

让这死贼永世不得超生！

盘太古又倒了两桶粪在上头，这才舒出心中那口恶气！

原来盘太古等族人送别罗槐、胡清蕙、盘龙、雷大嫂后，一行人便打起飞脚往清水寨赶。说来也是无巧不成书，当他们在一个可以瞭望到浈江的高坡上休息时，一个眼尖的后生突然发现有两艘竹筏鬼崇地缀在了距珠玑巷人的竹筏队后头上百米远的地方，而且一直保持着这种距离。过惯了刀头舔血生活的盘太古觉得有异，随即带队返回码头连夜追击。由于他们下水时正是逆风，筏速很慢，等罗槐他们的筏队在上龙村遭袭时，他们才赶上。可惜此时贼人已经火袭寨棚，并最终造成了月梅娘和雷大嫂身亡的惨剧。盘太古追悔莫及，一个劲地说自己若是不回清水寨就好了。

盘都老，你莫自责，此事多半还是姚通判干的，他一心想将我们赶尽杀绝。

想到姚通判串通萧破洞、谭鬼七二人做下了清水寨和上龙村这二宗血案，所以他们决定即刻启程。

此时曙色初起，罗槐、盘太古率领曾兵、罗平、二伯、夏小二等九十七户人家辞谢了上龙村人，继续往南行驶。

由于刚下过雨，水位顺涨，加上顺风，他们很快就从浈江驶入了北江。北江水流深广，绿波荡漾，江上虽舟楫繁忙，但因河床宽广，并不影响竹筏行驶。也许是竹筏规模壮观，往来的船家都爱和他们打声招呼。尽管有的只是简单的一句"喔嗬"一声"呜喂"，却让劫后余生的他们暖心。

由于多了盘太古和五个峒僚人，罗槐将壮丁重新进行了编排，这次他把重点放在前、中、后三个点上，并临时用衣衫绑成旗帜，以约定的旗语和哨声协同发号施令，筏队首尾之间的联络比之前顺畅了不少。

胡清蕙、佛面的重点是照顾月梅，胡大嫂照顾三个孩子，刘婶娘除了照顾千郎外，还多了个照顾王掌柜的任务。看着两岸风光，胡清蕙忽然觉得大宋江山原是如此多娇，只可惜没摊上个好朝廷和好皇帝，江山兀自多情，百姓却生灵涂炭，叫她陡然间生出花蕊夫人"十四万人齐解甲，宁无一个是男儿"之叹来。虽然她为宋室所害，可祖辈毕竟受过朝廷的恩惠，她不希望当年花蕊夫人面对宋太祖时口占亡国诗的情形在本朝重演，是以暗自感叹了一番。

罗槐因连日撑篙，加上昨夜追敌人淋雨受寒，肩膀疼痛难忍。总算回过魂来的王掌柜摇摇晃晃地过来，说他愿意一试。胡清蕙怕一筏人性命葬送他手中，忙说不可。罗槐目测了一下江面，反倒把竹篙交给了王掌柜，然后小声地让胡清蕙放心：娘子，此段江面平阔，水流平缓，王伯掌篙应无大碍。

胡清蕙有些担忧地说，她方才看了《天下郡守图》，前头不远应有飞来峡，峡内水深流急，恐王掌柜无力对付。

罗槐说他已打听到了，他们距飞来峡还有大半个上午的行程，他先歇会儿，等下正好可以蓄力再发。

说着他嘶了几口冷气，胡清蕙忙生起小炭炉，烧了锅热水，将面帕泡烫后捂在他肿胀的肩上，然后再贴上她为此次南迁特意调制的膏药，再施以按摩。大半个上午过去后，罗槐的肩膀缓过气来。此时竹筏正行驶在宽阔的飞来峡峡口，只见两岸山峰夹岸对峙，绿树间时有禅院亭台隐现，更有沟、岩、洞坑等天然妙景入画，难怪苏轼有诗云"天开清远峡"哪！

好景致啊，娘子，若能在此地居住倒也不赖！

罗槐看着两岸风光，晒得通红的脸上露出一丝微笑。

相公，这地方虽然清秀，若论方便，尚不如珠玑巷，且土地狭小，不利开枝散叶。

胡清蕙发现自己已经有了家长的心态。罗槐握住她的手一笑：哄你玩的哪！这清远一带山多田少，岩砂地留不住水，早些年常有清远人到珠玑巷讨饭。我只是看这儿风景宜人，才想贪一时安乐罢了。

是啊，佛面说了，哪天月梅嫂子要生产了，那地方就是我们罗氏另辟基业之处。

胡清蕙明知佛面恢复正常后已无当初的"预言"之功能，却仍然相信她这一说。想那胎儿也是有灵，昨晚母体遭此悲痛他不出来，定是知晓上龙村地有主人，不宜族人生发。等他哪天要出来了，所到之处定是利于罗氏一脉之繁荣昌盛的福地。

娘子说得有理，我谨记在心。

罗槐握住胡清蕙的手，发现她那双昔日细嫩如葱的十指已经粗粝刮人，清秀美丽的脸上也有了风霜的印记，不由得有些心疼，便悄悄在胡清蕙手上印了一吻。

相公，也不怕人笑话！

胡清蕙瞥见后面的佛面正用手指调皮地刮着自己的双颊，意即"羞羞"，胡清蕙回了她一个微笑。佛面转过头去，看着站在另一只筏上，正从后面朝他们并排驶来的盘太古，脸上的神色倏地一柔。

盘太古方才撑篙抓鱼两不误，捕得两条大草鱼，送来给他们当午餐。胡清蕙注意到佛面和盘太古打照面时很不自然，盘太古也有些别扭。她心中不由一动，觉得佛面长大了，有心思了，等定居下来还得为她的婚事操点心。再转头一看，站在盘太古旁边的义叔也在深情地凝视着自家大嫂，她叹息一声，觉得有些事自己这个当妹子的不能只想着死去的哥哥，还得为活着的嫂嫂与侄儿、侄女考虑考虑。

罗槐似是猜出了她的心思，小声道：嫂子他们多亏了有义叔帮忙，否则很难撑起这个家。依我看，义叔待你家堪比至亲，就像阿甲待我一般。

说到阿甲，他脸色倏地黯淡下来。阿甲、小乙、蔡大郎他们走后至今杳无音讯，有时罗槐一念及此就寝食难安。阿甲和小乙是为了引开姚通判的注意力才出此下策的，万一他们找不到宝藏，很可能惨遭杀害。

每次他流露出此种担忧时，胡清蕙只有深深陪叹的份。如今也一样，她默默地站在罗槐身后，修长的双手按摩着他厚实的肩膀，心中暗自祈祷阿甲、小乙他们能平安归来。到时他们只要找到留守的九巴公、曾族长他们，就一定会知道他们迁往了何处。刘婶娘还眼巴巴地等着他暖被窝呢！

�嚯嚯——嚯嚯嚯。

突然从前头传来阵紧急的哨声和阵阵尖呼，众人一听是三声连吹，晓得有了险情，忙紧张地固定物品、竹椅，大家相帮着套上浮

环。也是老天开眼，等他们都弄妥帖了，水流这才变得湍急起来，前头的竹筏摇身变成醉酒的闲汉，摇晃着滑入了湍急的水流，妇人、孩子的呼声此起彼伏。

王伯！我撑头篙，你撑尾篙。

罗槐抓起手边的另一根竹篙，猛走两步奔至筏前，全神贯注地注视着前头的水情。说时迟，那时快。随着罗槐连声高喝，竹筏一头扎入水中，后尾高高翘起，还好东西、椅子都绑定了，众人尖叫一阵后，跟着筏尾安全落入水面，此时所有人全身精湿。

原来这飞来峡水深流急，虽不如当初他们走过的惶恐滩等十八滩那般危险，却仍被过往船工、筏工视为畏途，冤死峡内者不在少数。等罗槐他们抹去脸上的水珠、睁开眼时，发现前头德元公家的竹筏翻了，物品和人在水中漂浮、挣扎。

罗槐和后筏的盘太古等忙跳入水中救人，忙碌了好一阵，总算把竹筏翻过来，人也悉数救上了筏。除德元公、远志受伤外，余人并无大碍。只是那大娘、二娘见物品顺流漂走，心痛得啼哭不已，被德元公狠骂了一通才收声。

众人惊魂未定，罗槐又从往来的船夫那儿打听到前头的盲仔峡、香炉峡和大庙峡也是水流湍急。德元公的二娘啼闹不已，坚持要上岸，长志、远志也跟着帮腔，把个德元公闹得满头是包。行了一程，大娘也和二娘同个鼻孔出气了，吵吵着不肯走。华志原本想再往南走，见此情形，只好随了大娘、二娘的意。德元公实在熬不住了，恰巧此时看见左前方有一地势开阔、平坦的山坳，上有杂花生树和残垣断墙，颇有那桃花源之意趣，便向过往的船夫打听。

船夫说此地几十年前还是个大村，因常闹水患，渐渐都搬走了。德元公觉得此地不吉，又听了罗槐和众人的劝说，决定还是断续前行。不料二娘却作势要跳水，说再这样下去她是宁肯死也不走了。大娘也帮腔，说只怕到时有命搬迁，没命享福，倒不如在此先住几年，等找到好地方了再往南迁不迟，长志、远志、华志也不想再吃苦。另一筏中的张屠夫一家、夏小二一家，自入北江后，家中老人孺子皆生了病，也想找个地方歇歇，便跟罗槐和族人说，他们两家愿和德元公一家为邻，在此地开基生业。

罗槐担心此地不属路引中所说的落户地点，怕他们无法入籍。德元公笑着说，虽说率土之滨莫非王土，可如今朝廷风雨飘摇，官家自身尚难保全，这江山以后姓什么还不知晓呢！再者，他们自己也会去和官府沟通，只要假以时日，定能入籍。

德元公久经官场，且长袖善舞，罗槐相信他有这个能力。只是此番话若在临安，德元公是断不敢说的，现如今面对苍茫群山与滔滔江流，德元公说得理直气壮，听者也不觉有甚过分。

罗槐和胡清蕙见他三家去意已决，遂吹响竹哨，两百只竹筏齐齐靠岸，犹如条绿色长龙。众人帮着德元公几家把东西搬上岸，壮丁们砍来树木为他们搭了几间御寒、御兽的高脚寮，妇人们趁机烧火做饭、更衣洗衣，孩子们则四处奔跑，尽情舒展他们在筏上蜷得僵直的小小身体。

罗槐看天色已晚，和曾兵、二伯、罗平、盘太古商量后，决定在山坳中安营扎寨，趁此机会，好好歇息几天。

晚间，就着明亮的月光，罗槐召集盘太古、曾兵及各姓壮丁商议下一步的行程，最后达成的协议是：接下来的行程中，是否坚持再往南走，随各家意愿而定。只是这样一来，先行上岸的人有人送、有人帮，那行到最后的，只有自己帮自己了。不过这也不是什么大问题，心中若有向往的目标，一切艰难险阻都能克服，何惧形单影只？

夜晚，在新搭起的寮棚里，胡清蕙躺在罗槐身边，透过杉皮屋顶的缝隙，如水的月辉投下几缕银白，胡清蕙嗅着森林特有的气味和淡淡的花香，听着江涛、虫鸣、鸟语和罗槐均匀的鼾声，她脑海中那座精致雅丽的皇宫立时黯然失色。她紧紧地搂住罗槐温暖结实的躯体，第一次觉得生活原来可以这样的自由和幸福！

这时，从梦中醒来的罗槐转个身，双唇吻在她略显寒凉的额上，用暖暖的喉音道：冷吗？

不冷。胡清蕙回吻着他。罗槐扯过身上的被子，紧紧地裹住她。

胡清蕙脸贴在他胸口，那强健的心跳让她想起激越的鼓点。就这么静静听了会儿，她突然淌下了两行热泪。

娘子，可是累了？

罗槐粗糙温暖的大手抚着她的薄肩，体贴地问。胡清蕙摇摇头，罗槐的声音退去了方才那层倦意：娘子，前路艰难，你愿前往吗？

胡清蕙往上蹭了蹭身体，嘴巴贴在他耳边，语气的坚定与耳畔的呢喃形成了鲜明的对比：相公，不管前方有豺狼虎豹还是刀山火海，我这辈子都跟定了你！我们永不分开！

三十三

2015年秋　珠玑巷

胡明半夜致电胡书雅，杨燕怀孕了！罗伟琳的自白。

丁零零……

一阵手机铃声打断了胡书雅的阅读，胡书雅拿起手机一看，是弟弟胡明。再看下时钟，是半夜两点。真不知这个艺术家弟弟又发了什么神经？胡书雅带着种看得兴起却被蓦然打断的恼火接听了弟弟的电话。

姐，告诉你一个天大的好消息，杨燕怀孕了！

胡明的声音兴奋之极，胡书雅也跟着激动起来：她刚刚打电话来的吗？

下午她发了信息约我，但我打成了静音。我们今晚又在义卖油画，一直没看手机，十一点多钟罗伟成不是约我去吃宵夜吗？刚才喝了点酒，回来才看到杨燕发的信息。……

胡书雅听着弟弟酒后的絮叨，想到盼孙已久的老父老母得此信后的喜悦，眼中不由湿润起来。

明明，以后你好好待杨燕，乐乐的事你得处理好。

胡明沉默了好一阵才牙疼似的叹道：姐，我已经有这个打算了，不过，你们还得给我些时间。现在不是有句话吗？男人的成功不在于如何成功地吸引女人，而在于他如何成功地摆脱女人！

胡明又开始玩世不恭了。胡书雅笑骂了他几句，觉得胡明就像一艘长途奔袭之后的船，终于想找处风平浪静的港湾停靠了。作为一个男人，这是成熟的标志还是衰老的征兆？夜深人静，胡书雅没有多想这个问题，她的思维还胶着在罗伟琳的材料上。她摸了摸剩下的那几十页材料，她想干脆看完再睡，于是叮嘱了弟弟两句之后便挂了电话，重新拿起那沓翻得软旧的材料。眼前倏地闪现出一条碧练似的大江和水墨画似的奇峰，鼻前漾起江水特有的潮气，材料上的文字犹如水中的倒影，在眼帘中晃动起来。

三十四

咸淳九年夏
胡清蕙与罗槐他们终于在西江边的"底"落户了。

　　我敬重的胡教授，我前前前……前世最亲爱的佛面，您现在是在珠玑巷还是在广州？您已经到过我家、看过我画的梅林坡梅花，并且已经知道了宋史再现兴趣小组了，对不对？您有没有怪我故弄玄虚地编出个"再生人"来糊弄您？其实我真没想糊弄您，我也不会劝您一定要相信我的那些玄而又玄的感觉。我相信您对此事会有自己独特的判断与把握。我们暂且不聊这个话题，来谈谈您目前的幻觉吧！

　　您这会儿看见了一条澄江和夹岸的山峰对不对？我告诉您，那不是您的幻觉，是您前前……前世的记忆，那是珠江沿岸的风景。您想起了我们的筏队穿过盲公峡时遇到的险情吗？那天遇上风浪，我们坐的筏子撞向了暗礁，人物俱落水中，死伤了十余人。您的左手腕也被礁石划了一道深沟，血流不止，是刘婶娘到岸上采了几味草药才把您的伤口堵住的。

　　过了八百余年，于今想起那段艰难行程我依然心惊。好在老天开眼和菩萨保佑，剩下的行程虽然艰苦却没有再发生什么大的险情，而且入了珠江之后，江面宽广，水深流静、两岸开阔，放眼尽是绿树，罕见人烟。筏队中不少人看到中意的地方后都上岸开基散叶去了。

　　到后来，筏队只剩下我和罗槐，盘太古、盘龙、王掌柜、月梅、曾兵、二伯、罗平、佛面和另外两家。到五月底，也即我们离开珠玑巷的两个月后，我们来到了西江古冈州的新会地界。此处田野宽平、江山融结，之前罗槐曾以药物作为交换，向船夫打听到此处岸边有个叫"底"的地方，虽地势低洼，但土质肥沃，种植获利数倍。因这一带人烟稀少，"底"还是无主之地，建议我们前往开垦。

罗槐和盘太古、曾兵商量后，觉得可前往勘探。恰好此时月梅腹痛如绞，我算了她的孕期，知其生产在即，于是大家停筏系缆，上岸后步行几十丈，即到了"底"。只见此地一面向江，三面环山，中间十数里许尽是丰茂的水草和土地，间有古榕和开满了红花的木棉树，风景极为秀丽。我们在上头走了整整一天，总算把"底"摸清楚了。

"底"果真如船夫所言，土质极为肥沃，唯一的难处是不少地方积水成洼。罗槐、盘太古都觉此处甚好，有意在此落户开基。曾兵、罗平及其他两家则嫌此地太偏僻，想找块靠近市集的地方。

罗槐问我和大嫂、刘婶娘、佛面、二伯的意见，大嫂素喜热闹，也希望我们找个靠近集市的地方。二伯说此地除太过低洼，恐难以成为良田之外，其余都好，他赞成在这儿开基。

罗槐眼巴巴地看着我、月梅、义叔和佛面，希望得到我们的支持。因我和佛面力挺在此地安家，大嫂最终妥协了。至于月梅，她因腹痛难耐，王掌柜忙前忙后照应，他也知道自己这会儿的意见不重要了，所以由我们定夺。就这样，我们选择了开阔美丽的"底"开基筑业！

打量着土质肥沃的"底"，我内心充满先见之明者的喜悦。我从行李中翻出那些从圆庵带出的农蚕书，说可以据此进行耕种。罗槐也很高兴他带的踏犁、犁刀、秧马能够在这儿用上。

相公，我们再买些禾谱即可比照着种植了。这地方水多，我们可制踏车和牛转水车来排水，再开沟渠把水引入水塘，塘中养鱼。田中种早稻、中稻、晚稻，比如赛占城、见霜稻、狗蝉稻、九里香，特别是占城稻，穗长、无芒、抗旱、早熟、不择地，要不祥符四年，朝廷怎会从福建取占城稻三万斛，在江淮两浙和北方推广种植哪？只要我们粮食自足了，便有余力来开铁匠铺，你看这周围尽是柴山，烧炭容易，门前即江，舟楫运输也方便，成品可托船夫捎至广州售卖，获利可供油盐衣物。

我滔滔不绝地说了一大通。对未来早有安排的罗槐不愿扫我的兴，等我说完后他才满眼放光地点头称是。盘太古住惯了山上，他见我们商量得兴起，便带着几个族人往山上走去。半个时辰后他满脸喜色地跑下来，说后面有座山峰像极了清水寨的天湖峰和鹰嘴岩，他要带着盘龙和族人到山上去构木为巢。

不料这时盘龙却哭闹起来，说他不住山上，要和冰卿、冰倩当邻舍。盘太古还要坚持，那几个随他来的族人用峒僚语和他交流了几句，盘太古的口气就不那么坚决了。

佛面姑娘，盘龙听你的，你说我们在哪儿安家为好？

不知何时，盘太古不再叫佛面神仙娘娘，而是称她为佛面姑娘了。我捅了捅对着满目青山发呆的佛面：人家让你拿主意呢！

佛面回头看了眼盘太古道：盘都老与此地最相宜。

此言一出，盘太古哑然。好一阵他才摸着胡须道：浩风，那我们就当一个真正的邻居吧。

罗槐还没来得及说话，盘龙、冰卿、冰倩三个小家伙高兴得腻成了一堆。二伯、罗平、义叔和王掌柜方才一直在转圈，这时他们拥上前来说正中那块圆丘推平以后可以起几幢大屋。

都老，西南处也有几个圆丘，土质沿坚，能挖墙基。

义叔想得周到，连盘都老的屋基一并看好了。原本想再往南行的曾兵此时在罗槐和我的劝说下，也改了主意，他和罗平、二伯看中了东边靠山的地方。本来他们还要罗槐、盘太古陪着再走一遭，替他们拿拿主意的，罗槐说天色已晚，不如先安顿好大家，明日再去不迟。

此时夕阳西沉，余晖将山川原野涂成了迷人的玫瑰色。淡白的烟岚从山涧升起，翠绿的古榕和猩红的木棉便如素帛上的画，横看竖看只剩一个"美"字！我张开双臂，深深地吸了几口清甜的空气，随即招呼众妇人垒灶做饭，罗槐、曾兵等众男子则上山伐树，二伯、义叔劈柴捡烧，罗平跟着盘太古去河里捞鱼摸虾。几个月的南行生活已使我们的分工井然有序，不久即吃了顿有鱼有肉的晚餐。晚饭后点着火堆，男女老少齐动手，寅夜搭建了几间简易的寮棚。大家井井有条地忙碌着。

等月上柳梢头时，三个孩子已洗过脸脚，寮棚里也铺好了被窝。粗瓷大碗里盛着热茶，大家歇息了一阵后，如同归巢的鸟儿，纷纷进了寮棚。累得浑身散架的我和佛面正在溪边抹澡，这时兴奋莫名的冰倩打着赤足跑过来说月梅快生了。她长高了不少，乍一看像个小娘子了。她拽着我和佛面刚跑到月梅歇息的棚屋门口，就听到了几声婴儿响亮的啼哭。

生了生了，是个大胖儿子！大嫂满脸是笑地把我俩迎进去。简陋的床上，月梅浑身上下被汗水浸透，凌乱的长发冒着热气。刘婶娘正在剪脐带，脸上的神情圣洁肃穆。我和佛面握住月梅汗津津的手，她含泪笑道：姐姐，罗家有后了！得赶快飞奴传书给你大哥！

也许是想起了母亲，她扁嘴要哭。我忙劝她：月梅嫂子，坐月子不能哭，否则老了以后会眉骨痛。

嫂嫂说为宝儿高兴才是啊！看，他在吃手呢！

佛面的话立马转移了月梅的注意力。她抱起宝儿仔细地看着，脸上渐渐地浮上几朵笑容来，喝点红糖参水开奶！

大嫂端着红糖参水过来，一口一口地喂给月梅吃。在这点上，大嫂比我细心。那参是她特为月梅备的，从珠玑巷出发时，她将参缝在衣被里，一路上小心看管，现在终于派上了用场。

刘婶娘趁机接过宝儿，给他喝了口黄连水，说是吃得了苦才晓得什么是甜。小家伙哇哇大哭起来。

我从包袱里掏出几颗预先备好的催奶药丸，让月梅就着参汤吃下。佛面绞来热毛巾给月梅揩干净汗，拢好头发，安排她躺好。月梅一个劲地伸头向刘婶娘要宝儿，刘婶娘不舍地将哇哇大哭的宝儿送进了月梅怀中。小家伙长得圆头圆脑，很是健壮，粉红色的小手乱抓乱划，小嘴直朝月梅的双峰喝去。

月梅羞涩地看着我们，不好意思掀衣襟。刘婶娘虽没生养过，却服侍过几位小姑坐月子，她取来热帕，揩干净月梅的乳头，大嫂开始手把手地教月梅喂奶：

喏，左手托着头颈，要稍高些。他喝完了奶得竖起来拍拍背，省得他吐奶。

月梅听着，眼睛却盯在闭着双眼、张着嘴巴正焦急地寻找奶头的宝儿。她见宝儿老是找不着，不由心急起来：

这孩子怎么搞的，在这儿呢！

她话音刚落，宝儿猛喝过去，一口就噙住了奶头。接着，寮棚里回响起他吮奶的吧嗒声。月梅脸上洋溢出奇异而幸福的神色。佛面和我互相瞅着，不觉红了脸。

月梅，毛毛怎么样？

娘子！你出来一下。

这时外面传来王掌柜和罗槐着急的喊声。我和佛面出去，发现在棚屋外聚了一大堆男女老少，个个俱是满脸的期待。

那大胖小子，拳头有这么大。佛面夸张地比划了一下。

月梅娘哎，你好没福气啊，没看到宝儿一眼就走喽。

王掌柜突然搂着罗槐哭将起来。我和罗槐安慰了他许久，他才收声止泪。

这时，盘太古打了几只斑鸠回来，刘婶娘立即在篝火上烫了毛，炖了大大一锅斑鸠汤给大伙儿加餐。眼圈红红的王掌柜变戏法似的从他的那堆家什中翻出坛钻缸酒，男女老幼传着喝了一口，算是为宝儿的出生庆贺。

这时，我把剩下的那只玉镯给了月梅，佛面绣了两条肚兜，我嫂嫂和刘婶娘合着准备了两床包被，罗平的娘子拿出了两套婴儿服装，二伯的娘子给月梅做了坐月子用的抹额，其他几家也给宝儿送了相应的礼物。只是如今不比在珠玑巷时，这些东西放在以往根本不值钱，这会儿却样样都是宝贝。盘太古、盘龙父子的礼物最特别，是两只刚抓来的锦鸡。盘太古说可以养着给宝儿生蛋，这可把冰卿、冰情高兴坏了！

就这样，我们正式开始在"底"落户、开基、生根。此时已是五月中旬了，若在珠玑巷，该是淅淅沥沥的梅雨季节，"底"在西江下游，气候更为温暖湿润，似无梅雨季节。只是不久之后遇到场大风，其势汹汹，所到之处，摧枯拉朽，竟将"底"后面山上的树木折了一半。虽然断枝残丫的令人心疼，可却方便了我们落烧。最令人庆幸和欣慰的是，"底"因地势低洼，江对面又有高山，大风只掀翻了我们的棚屋屋顶，其余一切安好。

经历过这次大风之后，罗槐、盘太古、曾兵、义叔、二伯、罗平有了教训，他们重新丈量、选定了新屋的地址，大家同心协力地奋战了月余时间，建起了十几间宽敞结实的木屋。颠沛流离两个多月的我们，终于过上了稳定的生活。

不过，比之珠玑巷，我们的生活非常艰苦。为了不耽搁种植中稻，罗槐、盘太古、罗平、曾兵领着壮丁披星戴月地开垦荒地，挖沟做渠，排水防涝。义叔、二伯则带着几个老伯、姆姆开垦出菜园。罗槐的飞奴此时已染病死光，罗槐只好亲自到新会郡跑了趟，到递铺给兄长罗松寄信。

那种情况下，书是暂时读不成了，孩子们成了自由之子，见天跟盘龙上山砍柴、套鸟、摘花，玩得不晓得多开心。我则成了大管家，天天给大嫂、刘婶娘、佛面等人下指令，张罗着给大家做饭菜、缝补浆洗、缝制衣袜、改善生活。

怎么说呢？我们那时的生活很像军营生活，除了拥有各自的衣服，已经没有多少私人财物可言了。但我们过得很开心、轻松，既不用担心暗箭，也不用惧怕明枪，唯一让我们敬畏的是野兽和大自然本身。

日子过得飞快，转眼过去了半年。宝儿半岁那天，月梅收到了递铺送来的罗松的书信。罗松得知自己有了儿子后欣喜异常，说他当天就跑到珠玑巷的罗氏祠堂去放添丁炮，向列祖列宗告慰了一番，还说九巴公、曾族长等人带头筹款，在我投井的地方建了一座胡妃塔，以此来纪念我的忠义和对珠玑巷人的相救。我看到这句话时，不由掩面痛哭：珠玑巷因我而遭难，可当我为珠玑巷做了我该做的事之后，珠玑巷人却将我铭记在心，这怎能不让我感动？

更让我欣喜和意外的是罗松还给我寄来了一封信封磨烂、封口火漆也化了的信件。拆开一看，来信没有抬头和落款，可我却一眼认出那是曹公公的字迹。因信件在路上辗转多时，遭受风吹日晒雨淋，字迹已经漶漫，加上折角处全烂了，我连蒙带猜，终于弄懂了信中大致的意思：我入圆庵之后，官家曾多次派人去圆庵接我，都被刘公公设计阻止了。当我逃离圆庵后，洁尘师太干脆告诉官家我已亡故，官家难过月余才渐渐恢复。从洁尘处得知我逃走后，邬秋儿变本加厉地为我罗织罪名，不但说我秽乱宫闱，还诬陷我在批答书信时偷了贾太师与襄樊前方守将的来往信札。贾太师闻讯暴跳如雷，瞒着官家让兵部的亲信追杀我。他的亲信则将我南逃珠玑巷之事告知了安插在江匪中的内线，是以他们才能一路追踪至江州。江州袭击我们未成，江匪觉得力不能逮，遂将我之事情转告给萧破洞与谭鬼七，让他们来抓我。所以江州之后我们遭遇的危险皆由萧、谭二部所为。当萧破洞、谭鬼七用两具勾栏女子的尸首冒充我和佛面后，贾太师和邬秋儿安心了一段时间。起先并没有意识到其中有诈，他们以为我和佛面死了，安心了些。哪知后来姚通判又将西瓜皮送给他的玉镯和我的画像快递至临安，贾、邬二人这才明白自己受骗了，而且由此确认我还活着，于是贾太师命姚通判追杀我们。并给官家漏了点消息，说我逃到了珠玑巷。官家一听，立即要派曹公公迎我回去。贾太师又巧舌如簧地鼓动了一番，这曹公公便变成了高御史。高御史明面上是接我回宫，暗中却受贾邬的指使，无论如何要置我于死地，这才发生了后来官军围攻珠玑巷、逼我跳井的一连串故事。末了，曹公公叮嘱我多加小心，保身为上。他还说朝廷形势不好，万一哪天元兵攻下临安了，他一定会来找我。

当晚，我辗转反侧，夜不能寝。不管怎么说，这封信洗清了官家的冤屈，起码我知道他曾真心地喜欢过我、爱过我、找过我，并为我的"死"真切地悲伤过，而非姚通判他们说的那样，是个无情无义、一心想置我于死地的冷血君王。但曹公公信中也说，官家身体日差，也许不久于人世了。这不由得让我想起当初对他的"色诊"。想到官家曾经的温情，堵在我心中的一个死结解开了，眼泪哗哗地淌了满脸。

曹公公随信还附了几份邸报，邸报中全是宋军的坏消息。我和罗槐等人的心情越发沉重起来。盘太古却无动于衷：这种朝廷，倒了就倒了呗！再怎么换官家，我们还不是得靠双手揾食？

他这话本质上没错，但在那天却未能得到大家的共鸣。他叹口气转身走了，留下我们在那儿长吁短叹。

只怕元军很快就要进临安了！

罗槐叹道。我和佛面忽然担心起官家、太后、皇后、曹公公他们的安危来，我尤其牵挂官家和曹公公的安危。在那阴冷的宫廷，毕竟他俩还给了我些许的关照和温暖，佛面则惦念着原先对她好的那几个小黄门。我俩坐在木头堆上聊了大半夜，直到木屋内传来宝儿咯咯的笑声，我们才进去看月梅给宝儿洗澡。

上次的来信中，罗松大哥给他取了名字，大名罗宗贤，字松如，小名宝儿。罗松大哥说他正在和蒋都头沟通，看看能否转至广南东路的递铺来当差。实在不行，他就把一年的旬假积攒在一起，搭乘急脚铺的马递前来看儿子。

月梅嫂子说起这些时双眼放光、两颊绯红。但等她冷静下来，她和我们一样，都觉得这不现实。光攒假一项就是不可能实现的计划，加上目前边关告急，罗松有可能要开赴前线御敌。月梅为此长吁短叹。王掌柜见状，忙开导、劝慰女儿。

说来奇怪，自月梅娘死后，王掌柜性情大变。以前得理不让人，现在是天天吃斋念经，见谁都没脾气，对女儿月梅和外孙宝儿更是全身心投入。这几日月梅患了乳痈，宝儿不能吃乳，本来是刘婶娘要带宝儿过夜的，王掌柜不让，非得他自己来。出乎意料的是宝儿与他非常有缘，只要在他怀里总是睡得香甜。月梅就索性给宝儿脱了奶，开始给他吃米糊。而此时我们买来的小母鸡和盘太古送的锦鸡因天天吃冰卿、冰倩、盘龙从江里捞来的鱼虾，下的鸡蛋格外香，把个宝儿和千郎养得白白胖胖。

宝儿一岁时，我发现自己怀孕了。罗槐得知喜讯后，高兴得抱起我连打几个转。此时"底"已经初具村庄规模，沿河又新建了十几间木屋，木屋与山之间是一片平整的稻田，间有菜园和新种的果树。时常的，还能听到斫木头、拉大锯、刨木花和打铁的叮当声。不久，原先空空荡荡的木屋便摆上了新家具，简陋的木屋终于像个家了。

也许是有孕在身，我特别敏感和多思，无事时总爱和罗槐在村子里闲逛。我特别爱这座初具雏形的小村庄，感觉自己的根扎进了泥土里，有一种与土地融为一体的感觉。村庄也似感知了我对它的爱，越发显出它的美与亲切来。

晨曦或夕阳中，木屋顶上冒出的炊烟将山林染得有蓝似白的。盘太古养的那几条猎狗终日在村中游弋，守卫着我们敞开的门户。在鸡鸣、狗吠、小儿的读书声中，日子如同门前的西江水，平缓、无声地淌过，最终以文字的方式沉淀在我和罗槐的冷金笺上。我感到前所未有的幸福与满足。

这天，曾兵从新会郡府回来，说邸报上登了件新鲜事——前些日子贾太师的母亲去世，不但官家亲往祭奠，各级官员和百姓还要在家中设祭。新会郡有一官员因家中祭台搭得太高，上去装祭品时跌死了一个下人，从而轰动了广南东路的朝野。听讲贾母的山陵超过官家的寿坟。贾母归葬台州时，因连日大雨山洪暴涨，文武百官立在水中不敢妄动。

你们说这是不是今古奇观?

曾兵问罢连叹数声。我和罗槐等人闻后也无语，心中的阴云越发厚重:如此下去，真的是国将不国了!

八月，我怀孕后的第二个月，罗槐从新会郡卖农具回来，神色有些怪异。吃晚饭时他犹豫了许久，仍是一副欲言又止的样子。在我的一再逼问下，他才吞吞吐吐地告诉我，官家不久前驾崩了。

官家驾崩了? 我重复了一遍。他点点头，担心地看着我。

那一刻，我心中有块隐秘的地方崩塌了，那儿埋着属于我和官家的秘密。由于崩塌处蔓延出的钝痛，我疲乏得手直颤，刚盛的一碗饭打落在石板地上。碎碗片枕着白花花的米饭，折射出莹白的光泽。

娘子，你，你不要太难过！罗槐搂着我，手轻轻地拍着我的腹部。想到胎儿正通过脐带吮吸着我的血液，我强忍住那股突如其来、不浓却很沉重的悲伤，咬牙把罗槐重新盛的那碗饭吃进了肚。罗槐见我并无太大异样，便接着告诉我现在的皇帝是以前的嘉国公。

现在的官家是赵㬎？我想起全皇后怀中那个脸面圆圆、笑起来就流口涎的小儿郎，皱眉道：这定是那贾太师的主意！嘉国公今年不过四岁，他能处理朝政？

我似乎看到元兵已经开进了临安，心中一恸，眼泪扑簌簌地淌了一衣襟。

娘子不必太着急，现如今是谢太皇太后和全太后临朝称制、垂帘听政，朝廷另有一班老臣出谋划策。有他们辅佐，官家执掌朝政应无大碍。再说了，你以前在宫里都帮不上忙，现在我们在这天高皇帝远的角落，你急破头也无济于事啊！

罗槐宽慰着我，对他这种态度，我倏地有些不满，连声质问他如果元军打来，他是作壁上观呢还是投身报效朝廷？

罗槐刮了一下我的鼻子，嗔怪道：当然是打元兵去！你呀可别门缝里看人，我罗槐怎么着也是个敢打大虫、敢挑山豹的好儿郎！从小到大，我就不晓得这怕字怎么写。不过，……

他蹲下来，耳朵贴在我肚子上，呢喃道：我现在是真怕了。我怕万一我有什么三长两短，你和孩子怎么办？以前我看不得盘都老对盘龙那样溺宠，现在不了，我怕将来自己当了爹，也会像他那样宠孩子呢！到时你可得管住我，别让我把儿子宠坏了！

因他讲到盘都老，我自然想到了佛面。佛面这一向和盘龙住一间屋子，佛面视其如己出，盘龙视她为亲娘，盘太古是一日不见佛面就跟丢了魂似的。只是他的妻子被杀、姨母跳崖后，盘太古发誓要为她俩守孝两年，是以他一直强压着自己对佛面的感情。

我建议罗槐哪天找盘太古说一下他和佛面的事，最好是让他孝满之后即迎娶佛面，省得佛面天天望眼欲穿！再就是我还想撮合嫂嫂和义叔的姻缘，也希望罗槐替他们说合一下。

罗槐连夸我是个"贴心妹子"，当即拍着胸脯说，这些都包在他身上了！

然后，他说起了曾兵。他告诉我曾兵娘子近日身体不太好，常以房事为恐，不愿与曾兵同房，曾兵为此甚为恼火，却无法公开迁怒于娘子。罗槐让我暗中为曾兵的娘子诊诊脉，给她抓些药，帮她调理、调理。我爽快地应允了。

当我们的小日子越过越顺畅时，大宋王朝却在元兵的猛攻中摇摇欲坠了。咸淳十年十二月，元兵攻占鄂州，沿长江东下，谢太皇太后命贾似道率十三万宋军迎敌。德祐元年二月，贾似道在丁家洲被元军击溃。南宋主力尽丧，元军乘势长驱东下。贾似道兵败误国，朝野震动，群情激愤中，宰相陈宜中奏请诛杀贾似道。谢太皇太后没有答应，只是将贾似道罢官放逐。在途中，贾似道被监送人郑虎臣所杀。贾似道死后，谢太皇太后主持朝政。此时，前线屡告失利，谢太皇太后一面下令紧缩国家开支，以资军费，另一方面下哀痛诏，号召各路军民起兵勤王。可惜，奉诏起兵勤王的只有文天祥、张世杰两人，文张二人主张与元军决一死战，宰相陈宜中却鼓动谢太皇太后派柳岳等三人前往伯颜营中提出罢兵议和或"奉表求封为小国"，皆被伯颜拒绝。南宋朝廷成了随时可能倾覆的"危巢"！

胡教授，不好意思，今世的我近日病情沉疴不起，精力越发差了。上述内容在我八百多年前的日记中有所记载，但当年的小报肯定不如后世记得如此周全及详细，所以我上述文字大部分是写作时查史料的结果，在此先向您说清楚，省得您以为当时的小报有如此先知先觉的全方位报道。不过话说回来，按当时的交通条件和传播能力，当年罗槐购来的那些小报内容已经非常丰富，观点也很大胆了。比之今世之报人，我看那时的小报馆主一点也不逊色，起码让我们比较及时地了解了朝廷的现状和一些无法获得的真实情况。只是我们处在山高皇帝远的岭南，除了罗松在他第二封信中告诉我们，他参加了文天祥在赣州的勤王部队，正跟着文天祥带的三万兵勇赶赴临安救驾，让我们感到战争离我们很近以外，其余的一切皆如天边的云朵，似乎与己有关，又似乎与己无关。总之，我们依旧不急不慢地过着自己的小日子，将往日低洼、荒凉的"底"建成了美丽的家园，并改名为"珠溪"，以纪念我们的祖地珠玑巷。

此时，我的儿子耀贤已经出生，珠溪原先那二十几间木屋也变成了二十几幢板筑土墙的二层瓦屋。横空出世的珠溪让过往的船夫惊讶不已，他们常常停下来看个究竟，我们便在江边建了一个木头码头，又造了两间木屋当饭馆酒铺。这样一来，过往船只可停下来吃饭、喝酒、补充船上的物资。不到半年时间，这珠溪码头就远近闻名了，与此同时，我们的腰包也渐渐鼓起。

唯一让我们牵挂的是跟着文丞相转战的罗松和阿甲、小忆毫无音讯，罗松自从发了第二封信后再无消息，阿甲、小乙也如泥牛入海、杳无音讯。月梅嫂子变得沉默寡言。刘婶娘将心思全放在千郎身上，有时我和罗槐要接千郎来住，她还不肯。宝儿越大越像罗松大哥，天不怕、地不怕，常常地向月梅嫂子讨要"爹爹"，把个月梅嫂子逼得越发苦闷。我和罗槐看在眼里、痛在心上。罗槐为此特意到递铺发了几封寻找罗松、阿甲、小乙的信，可始终没有得到回音。

你们别急着找他。我相信他还跟着文丞相打元军！我也相信他一定会到珠溪来。他说过要陪着宝儿长大的！

月梅反过来劝我们。短短几年间，那个开朗、可爱、淘气的月梅变成了一位沉着、隐忍、任劳任怨、能干泼辣的母亲！

和她一样变化的还有佛面！前两个月佛面终于嫁给了盘太古，现在有了身孕。之前我只道她善良、可爱，却从未想到她会有如此能干与麻利，而且特别宠盘太古和盘龙，什么累活都抢着干。有时被我和大嫂骂，每次她只是笑笑，过后又照旧宠男人和孩子，把自己累得黑瘦，盘太古和盘龙倒越发滋润了。罗槐和我实在看不下去，便婉转地告诉佛面，她再这样下去，没几年盘太古就该移情别恋了。经此一吓之后，佛面才渐渐注意些收拾与保养，近日已变成了一个美丽的孕妇。

千郎比耀儿大五岁，他现在非常懂事，和我、刘婶娘非常亲。因了阿甲杳无音讯一事，刘婶娘常常睡不着觉，人瘦成了一把骨。王掌柜看她可怜，便时不时地去宽慰她。哪知去得多了，王掌柜竟有些想她，被刘婶娘轰出了门外。

月梅一看不是个事儿，忙拜托罗槐、盘太古、曾兵他们到处帮他物色娘子。怎奈珠溪一带地广人稀，一时难得有合适之人。说来也是巧，这日有个船娘到珠溪码头补船，恰巧王掌柜在酒铺当值，见到了饭点，便热心地招徕船娘进店吃饭。船娘四十多岁年纪，长相尚可，性格开朗，而且是个寡妇。她和王掌柜越看越顺眼，不久就互通了心曲。王掌柜将事情告知了月梅。月梅虽然想着娘，这边却心疼爹爹，于是张罗着帮爹爹娶进了这位后妈于氏。于氏很识大体，进门后和众人相处得相当融洽。

再就是我大嫂嫁给义叔以后，日子也是过得甜蜜。只是怎么也没想到，近日大嫂羞涩地告诉我，她怀孕了。这真是老树开新花、老蚌生明珠！按说是喜事，可我和大嫂却犯愁了：大嫂年逾四十五，这种年龄生孩子有些危险。所以义叔现在天天守着大嫂，那紧张的表情就像他守的不是人，而是随时会飞掉的宝贝！惹得冰卿、冰倩天天笑话他。不过他们关系很好，义叔也习惯了这两个孩子的戏谑，无论他们说什么、做什么，他都笑脸以对。

转眼又过去了一年，佛面的儿子盘虎、大嫂的女儿冰华出世了。王掌柜的娘子于氏本也有了身孕，不料她坐不住胎，竟是流掉了。由于这些孩子的诞生，珠溪越发欣欣向荣了。有时牵着耀儿走在田间，我会想起可怜的冠儿来。心想冠儿若是还在，看到这满目青绿，他该多开心、多高兴啊！

遗憾的是，罗松大哥、阿甲、小乙他们依然杳无音讯。许是听别人说了什么，也许是见自己每次问起爹爹娘都不开心，宝儿渐渐便不再问"爹爹去哪儿"一类的问题了。月梅也渐渐恢复了她的开朗与活泼，还四处打听偏方帮后妈于氏保胎，说她想尝尝当姐姐的滋味。

这期间我们开始在珠溪种菊花苎麻、种桑养蚕，罗槐比对着农书来耕种，稻田的亩产也比原来高了，口粮渐渐能自给。罗槐便将田地委托给二伯，他和罗平办起了铁匠铺，专职打铁。他还把盘太古也培养成了仅次于他的能工巧匠。曾兵这一年多来很开心，究其原因嘛，自然是我治好了他家娘子的毛病，两人又生了一个儿子……

　　就这样，在我们胼手胝足的打拼中，珠溪越发有了明珠的色彩与宝光。

　　光阴如流，转眼到了祥兴二年。从德祐元年到祥兴二年，光从年号就可知这三年间朝廷的帝位又发生了变化。没错，这帝位的更替说来也是个曲折的故事，在此不妨摆一摆。话说咸淳十年八月，官家驾崩后，由四岁的嘉国公赵㬎即位，年号德祐。德祐二年正月（1276年），元丞相伯颜率兵围攻临安，陈宜中请谢太皇太后逃出临安，谢太皇太后不肯，陈宜中再三请求，谢道清才同意，可此时陈宜中等人早已不知去向。谢太皇太后愤怒之下，任命文天祥为右丞相兼枢密使，要他与元军接洽。不料文天祥在元军兵营被伯颜扣留，谢太皇太后无奈，只得抱着五岁的恭帝赵㬎出城向伯颜奉上传国宝玺和降表，开城投降。

　　二月初五，临安皇城举行了受降仪式，赵㬎宣布正式退位。三月二日，伯颜率军进入临安，元世祖下达诏书，要伯颜送宋朝朝臣速往大都朝见。赵㬎同母亲全太后和少数侍从从临安踏上前往大都的路程。病中的谢太皇太后也在元军的逼迫下启程北上。至此，延续了近三百二十年的赵宋王朝正式结束。

　　写到这儿，胡教授您是否觉得我太啰嗦，或者说构架太宏大？不过写我之身世却拉扯到南宋之灭亡？我其实并不想抄那么多史料，可没奈何，故事的剩余部分须有这部分历史作铺垫，否则无法继续。因为，接下来我要说的是崖山之战了。申明一下，我不是以宋史再现兴趣小组发起人的身份来堆砌史料的，而是崖山之战关乎我和罗氏的终极命运。

　　崖山位于新会郡南约五十公里的崖门镇，银州湖水由此出海，也是潮汐涨退的出入口。东有崖山，西有汤瓶山，两山之脉向南延伸入海，仿佛一扇半开半掩的房门，将水口束住，故又名崖门。

前头说到，谢太皇太后、全太后、恭帝被元兵掳往大都。此时群臣想借机离开，端明殿学士陆秀夫说：度宗帝尚有子在，况且百官都在，我们还有数万军队，若上天垂顾，也许可以借此机会振兴国家。

众大臣被他说动，遂共同拥立益王赵昰为帝，是为宋端宗，改元景炎，尊宋端宗的生母杨淑妃为杨太后，加封弟赵昺为卫王。端宗在位三年，朝廷大多流亡于海滨，时人谓之行朝。

宋端宗景炎二年（1277年），福州沦陷，行朝转奔泉州，张世杰要求借船出海，不料却遭到泉州司舶司、阿拉伯裔商人蒲寿庚的拒绝。早有异心的蒲庚寿随即投降元朝。

愤怒、绝望而又无奈的张世杰只好抢夺船只出海，南宋行朝改道前往广南东路，行朝到雷州时突遇到台风，帝舟翻覆，宋端宗险些溺亡，救起后得病。左丞相陈宜中建议带宋端宗到占城，自己即先前往并拒不应召回来。最后他逃到暹罗，在那儿终老。于是杨太后拜陆秀夫为左丞相，与张世杰共同秉政。端宗落水染病后不久驾崩。由七岁的弟弟卫王赵昺登基，年号祥兴，并在左丞相陆秀夫和太傅张世杰的护佑下逃到崖山，在当地成立据点。1279年3月，崖山海战中宋军全军覆没。陆秀夫背着时年八岁的赵昺跳海而死。张世杰、杨太后等人也相继投水殉国。南宋王朝彻底覆亡。

以上这段历史，喜欢读史的人都了解，在此我不冗言。我想说的是，见诸文字的史记和族谱上的文字一样，展现的是一具具生硬的骨架，从中见不到人们鲜活的面容和丰满的血肉。

比如上述这段历史，后人看来不过是段简单的文字记载，但在我这个还存留有当年记忆的亲历者而言，那段历史就像一柄刀，割痛了所有的南宋人。是降元还是苟活？是追随宗室南逃还是奋而抗击？杨太后与末帝一路逃来，那些但凡遇到他们的人都必须做此思考和做出选择。

而偏居珠溪一隅的我们，当时并不知上述这些历史事件的具体过程。我们只是突然发现珠溪门口的江面上往来船只猛增，大家行色匆匆，似是发生了什么大事。罗槐上前拦住一位过往的船夫打听情况，船夫激动地说，左丞相陆秀夫和太傅张世杰及十万沿途随行而来的南宋军民到了崖山。现在那些军民缺衣少食，附近的百姓都自发前去崖山送粮食、衣物和药物。

我们不能像文天祥、张世杰那般起兵勤王，送点吃食和衣物过去，也算对少帝和太后尽份心！

船夫说罢指了指堆得满满的船舱，他说那是村民自发托他们一行十几人带给少帝的物资。

我们还带了藤盾和矛枪，后头十三只船都是我们的！

船夫很健谈，他听出了罗槐的珠玑巷口音，忙说他们村人的祖先也是靖康之难时从开封逃到珠玑巷生活了几十年，后来才从珠玑巷迁到新会郡的。

那我们是正宗的珠玑巷老乡了！幸会！幸会！

罗槐高兴坏了，执意要留他们到珠溪码头的饭馆吃饭。船夫说时间急迫，他们得火速赶路，他们早到一日，少帝和太后就少受一日苦。

言罢急摇双桨，船队箭般离去，余下一条白花花的浪痕。

他们说话时，再度怀孕的佛面挺着肚子在饭馆灶下忙活，王掌柜坐在饭馆前头的木台上教千郎、宝儿、耀儿、盘虎认字。我和曾兵娘子在码头上洗菜。曾兵的儿子一岁多了，睡在摇床上打着香甜的小呼噜。盘太古、曾兵等壮丁在田间劳作，罗槐则忙着往木船上装打制好的铁器、新采的蘑菇、木耳准备到集市上卖，所以他和船夫的对话我听得一清二楚，心中不由一沉。

娘子，你说大哥会不会也在崖山？

罗槐走过来，瞟了瞟饭馆内忙碌的月梅，小声道。由于这几年罗松、阿甲、小乙毫无音讯，他们的名字在我们这儿逐渐成了某种"禁忌"，尤其不能当着月梅、宝儿、刘婶娘谈论。虽然月梅表面看像一棵创口已经愈合的树，但只要当着她的面说起罗松大哥，她一准要哭上大半个夜晚！

相公，你是不是想去崖山找一找？反正这儿到崖山也就百来里路，一半的路程还可乘船。

想到曹公公他们，我也坐立不安。再说了，就凭我曾经的身份，杨太后到了崖山，我也该去看看她。当年她对我还尚可，起码没有加害于我，且少帝幼年时我还帮着当年的杨妃喂过蛋糊给他吃，他周岁时我也送过香药包给他。如今国破家亡，他们落难至此，我若不去看看，岂非显得我太没情义了？

我还没来得及说这些关系与原委给罗槐听，他便建议我去拜会一下杨太后。

不管怎么说，毕竟你们还曾是……

罗槐顿了顿，吐出"姐妹"二字。用"姐妹"二字来形容我和杨太后以前的关系并不妥当，但除此之外，他还能怎么讲？难道非得说共事君王吗？罗槐不想揭我的伤疤，外表粗粝的他其实有颗细腻的心。我感激地一笑，立即着手准备探望他们的礼物。

第三天，罗槐、我和两个年轻力壮的罗记铁匠铺的徒弟，装了两船物资，前往崖山而去。我们没有告诉月梅此行的真正目的，但她似乎感觉到了什么，我们临开船时她穿套男装就要冲上来，被大嫂和刘婶娘拽住。

嫂嫂万万不可意气用事。崖山危急，万一有什么三长两短，宝儿怎么办？

罗槐说这话时绝对没想到耀儿，我倏地悲从中来：万一我和相公有个三长两短，到时耀儿不就成了没爹没娘的孤儿了？

那一瞬，我有些犹豫，想劝罗槐留下来。但这是绝无可能的，他不会让我单独涉险。要不，为了耀儿，我留在珠溪？可这样罗槐去探杨太后又有多大的意义呢？

佛面到底了解我，她拎着大包小包东西跑上船，说由她代我前往崖山。看着她笨重的身子，我连连摇头：佛面，这事你提都别提！

你们两个不能一块儿去呀！佛面眼泪汪汪地道。

此时盘太古挑着一担香喷喷的炒米过来，说这是曾兵、罗平的娘子和于氏合伙送给少帝的零嘴：放了油盐和香料，挺好吃的！

盘太古说罢一直用眼神示意佛面下船，佛面假装没看到，盘太古说他陪我们去崖山。

都老，我们昨夜不讲好了吗？二伯生病了，罗平烂脚动不得，你和曾兵、义叔小心守护珠溪。现在到处兵荒马乱，珠溪又是大小船只必经的码头，没几个男丁镇守只怕危险。去崖山路上有我们几个够了。等船靠了岸，我们会到陈村去请挑夫，你们尽管放心！

听罗槐这么一说，盘太古只好搀着佛面下了船。佛面忽然打了个趔趄，然后定定地站住，仰脸凝神谛听了好一阵，转过脸来惊喜地望着我：姐姐，我听见了大哥的声音。嗯，好像，还有阿甲！

佛面，你现在又恢复了神力？

罗槐和盘太古同时问道。佛面摸着圆鼓鼓的肚子：自从怀了他以后，我的眼睛、耳朵都特别灵。嗯，我这胎肯定是个儿子！你们到时候看看我猜得准不准。

佛面，我们要怎样找大哥？这时我是宁信其有不信其无了。佛面长吸一口气，闭目仰脸静听。良久，她睁开眼睛道：我听见了浩风的铁哨声！

罗槐忙拽住胸前吊着的那枚铁哨：你是说我吹铁哨就能找到大哥？

佛面有些羞涩地笑了：天机不可泄露！

浩风，我们多带几枚铁哨，到时说不定能用上！在我的坚持下，罗槐返回铁匠铺取了几枚刚做好的铁哨。而后，我们在月梅、盘太古、佛面、王掌柜的注视中驾船前往崖山。

因为是顺风，我们很快到了预定的码头，罗槐拎着几提糕点，到码头附近的陈村去找挑夫。陈村族老上春曾请罗槐打了几张铁犁，罗槐只收了他成本价，两人自此有了交情。如今见罗槐有事相求，陈村族老特别热心，立即找来了十几个后生帮忙挑东西，他们自己还凑了四担食物说是要送给少帝和太后。

说实话我还真没想到，风雨飘摇中的赵氏还有如此多的子民效忠，这让我既感动又意外！

时值二月初，天气和暖，空气中还飘散着年味，沿途景物似也感知了节气，一片欣欣向荣，眼望处皆是绿树青山，大片大片的荒地上，长满了自由生长的葛藤、蒲葵和剑花。有人烟处，则时见稻田与茂密的紫皮蔗、青皮蔗林。高大的荔枝树上，结满了指头大小的荔枝。阔大的香蕉叶则似老天插在地上的一柄柄伞，摇曳出浓郁的南国风情。

山路崎岖，我们一行走得不快，这一半原因是在等我。我虽然是男装打扮，但力气到底不如男子，背上的两只行囊起先不觉得重，走了十几里后，肩上火辣一片。于是脚步越来越慢，拖累了整支队伍。说心里话，当年在宫中时，我是无论如何也想不到自己有朝一日会像个脚力似的走在岭南的小路上，而且是去看那个仪态雅静、美丽多姿的杨淑妃的！真是造化弄人啊！

但我并不以此种"苦力"为苦，反而因了罗槐、耀儿及珠玑巷这帮乡亲，让我真正地品出了生活的甘甜醇厚。当然，细咂之下，生活这滋味其实是百味杂陈的，既有甘甜和芬芳，也有咸、苦、酸、辣、涩、麻。唯其如此，才使我更加眷恋生活的那份甘美。

比如现在，我肩头红肿，可路侧的美丽风光却依然给我的心灵带来了抚慰；更使我高兴的是，相公罗槐心疼我，不由分说地抢过那两只行囊挂在了他的担子上，空手走路的我收获的不仅仅是美丽的山景，更有丈夫的关爱。这种关爱，不要说如今逃亡的杨太后没有享受到，便是以前那些一辈子吃香喝辣、寿终正寝的皇后、太皇太后她们又有谁享受过呢？

坎坷难行的山道在我的感慨中渐渐变得平顺、宽大起来。罗槐指着远方的天际说，我们已经走上了通往崖山的官道。

在我之前的印象中，官道宽敞、整洁，路上时有鲜衣少年驾着宝马香车飞奔。可眼下我所见之官道呢？只能用"可怕"二字来形容：官道两旁到处是丢弃的衣物、鞋只，时不时能看见倒卧的死尸。双目通红的野狗成群结队在草丛里撕咬尸体，看见行人就发出恐怖的吼声。空气中充斥着死亡的腐臭。

怎么会这样？怎么会这样？

罗槐念叨着，心情非常不平静。我忙从箩担里翻出一瓶我特意配制的诸葛行军散，让大家含服两丸，以免受尸气之毒。

当我们来到一座茶亭时，看到地上横七竖八地躺满了饥渴的难民。我们停下脚，从箩中取出十几个米粑分给他们，又舀来干净的泉水喂他们喝，但他们已经连吃东西的力气都没有了。从他们的面色来看，也许只能撑半天的时间，明知这时施救无用，我还是给他们每人留了两颗药丸。

娘、娘、子，我们是，临安、来的，你们莫、去、了！元、军、太多。朝廷，气数尽了！

一个须发斑白、面色苍黄、气息奄奄的老者喘息道。我见他长相有些像祖父，不由心中一恸，忙从他身旁的包袱里取出件衣服盖在他身上，安慰他说：老伯，你先睡上一宿，我明天这时会从这儿回家，到时我接您去我家。

老者艰难地咧开两爿干裂的嘴唇，似想回一个微笑，又似想说什么，突然他的手在空中乱抓了几下，腿一蹬，就这么大张着嘴咽了气。罗槐将他移至外头几丈远的树林里，又扯了些树枝给他盖上，然后招呼大家上路。

一路行去，景象越发令人惊心，只见饿殍遍地，更有那将死未死之人躺在路中间和路两旁挣扎呻吟，我们救不胜救。到最后只好佯装没听见，低着头匆匆赶路，还特意小心翼翼地避开灾民，否则我们这十几担东西肯定要被他们一抢而空。紧赶慢赶的，我们终于在黄昏时赶到了崖山对面的山脚下。

这时，我们惊惧地发现，山上驻守的居然是元军！好在天色已晚，我们藏在一个隐在树丛中的岩洞里，趁着太阳的余光，我们看见海上密密麻麻的全是船，尤以当中的一字长蛇船阵最为惊人：上百艘大船用粗大的绳索链在一起。船阵四周架起的楼栅高大如城堞，上头插着几十面写着一个大大的"宋"字的旗帜。

娘子，你看见没？周围山上尽是元军，还有火炮，这种船阵只要火炮一攻就会火烧连营。看样子守军是凶多吉少了！

罗槐皱眉道。

罗掌柜说得在理，这船烧起来太快了！帮忙运东西的中年村丁五伯说。他们久在海边，虽未当兵，却懂得海中心的船只如何摆布最为有利。罗槐和我也听舌辩人说过《三国志》中火烧连营的故事。今见宋军摆出此愚蠢的阵式，不由大为惊恐。

这片海域形似葫芦，宋军应该先占据出海口，进可攻，退可由西撤至海上，怎的摆出如此死蛇阵？莫不是张太傅想以身殉国？

此时海上升起轮又大又圆的月亮，罗槐借着月辉观察了一番，急得抓耳挠腮。想到次日就是元宵，我们与崖山近在咫尺却无缘面圣，众人不由心绪低落。那些送东西的村丁想打道回府，罗槐劝阻道：尔等如此莽撞地返程，万一落入元军之手，岂不是要被他们当成细作处死？还是少安勿动，等天明看清形势后再走！

村丁本来就服罗槐，现听他说得在理，便安静下来。

正在此时，距崖山不远的海面上突然亮起点点渔火，随即传来阵阵欢快的鼓乐，见我和罗槐惊惧不解，五伯说，这是附近的渔民在举行一年一度的海上元宵竞渡。这欢快的乐声与我们眼前密布的战云形成了鲜明的反差与对照，一时间我们俩竟不知说什么好。

唉，管他皇帝姓赵姓张，我们百姓都得过日子。

五伯和另一个年纪大些的村丁异口同声地叹道。我和罗槐面面相觑了一会儿，竟找不出反驳他的理由。

这一宿，我和罗槐在岩洞中心情沉重地依偎着眯了一小觉，天没亮就被寒气深重的海风给吹醒了。这时我们发现那十几个村丁正在放开肚皮吃箩担里的面饼和米粑，我气急地阻止他们，再三申明这些东西是留给少帝和杨太后吃的。

村丁们不高兴了，说你们让我们到这儿来，现在是死是活不知道，还不如先填饱肚子，万一死了也免得当个饿死鬼。再说了；即便不吃，我们能穿过重重敌舰把东西送到海中宋军的死蛇阵里去吗？

我还想再跟他们理论，罗槐一把拉住了我，指指头上，要我小心。原来我们昨晚藏身的岩洞四通八达，到处都是洞口。透过右上方

508

的一个斜洞，我瞅见了元兵的炮台。再看左边那儿有个小小的洞口，出去后沿着嵌在崖壁中的一条小道可通往海边。

我们在崖山对面元军的阵地里，大家千万小心！

罗槐紧张地提醒道。我的心倏地一沉，村丁们吓得个个脸色苍白，闭口蜷身，心中懊悔听了罗槐的话，没有趁夜色逃跑。眼下这可怎么办呢？只有等待时机了！

就这样，我们在岩洞里蛰伏了一个多时辰，天光大亮时分，天公突然变脸，怒号的阴风撕扯着低重的乌云，加上海浪的吼声，眼前一切仿佛人间地狱。似是为了让人更加胆寒，突然从崖山西侧传来阵巨响，我们还没从惊悸中反应过来，就见炮石飞蝗似的射向宋军的一字长蛇船阵。

天哪，那是官家的御舰！

罗槐终于发现元军炮轰的那艘舰船是长蛇船阵中最高大和坚固的，上头架着火炮，四周挂有抵挡炮石的布帘。元军的炮石被布帘阻挡、滚落，御舰安然无恙。但别的舰船就没这么幸运了，有的被直接击沉，有的船上士兵被石头砸成了肉饼，惨叫声此起彼伏。但一字长蛇阵并没有被攻破。元军一计不成，又派出载满柴草的小船，点火直冲宋军方阵。不料宋军的舰船外涂满了泥浆，士兵们在船上用长竿顶住火船，并排成长龙，从海里打水泼元军的火船，元军的火攻以失败而告终。

作壁上观的我们这时非常紧张。罗槐咬牙不断地用拳头擂岩石，以示对元军的仇恨。我先是浑身颤抖，继而汗湿重衣，村丁们也攥得拳头嘎嘎响。虽然方才他们说了通对朝廷大不敬的话，可一旦发现少帝、杨太后真的受到敌军的炮击了，他们的心也开始滴血。

领头的村丁五伯年龄最大，看样子很有威望，最小的村丁叫牛鼻儿。他俩是哼哈二将，五伯说什么牛鼻儿听什么，五伯说我们不能光在这儿看，得下到海边去，万一少帝游过来我们还能救他起来！

牛鼻儿即接口说，五伯讲得对，我们是要下去的！

罗槐这时已倒出布囊中的衣物，放入药物和食物，带着五伯、牛鼻儿和两个身手敏捷的村丁，转身往小道走去。我一把扯住了他：

相公，现如今双方交火正猛，海边血肉横飞，你们去唯有送死耳！

我拽着罗槐不放。罗槐掰开我的手，义无反顾地猫腰冲出了岩洞。五伯和牛鼻儿也挑着担子跟在了他身后。幸亏炮台上的元兵忙于打炮，无暇顾及瞭望，是以罗槐他们借着树木和岩石的掩护，迅速地来到了海边，躲藏在礁石上。

我和剩下的几个村丁见他们下去这么顺利，也担了东西来到他们藏身的礁石上。这时我才发现，我们方才走的小道原来嵌在岩壁里，炮台上的元兵根本看不见！

经过此番观察，我立即让罗槐他们尽量往岩壁靠，这样山腰那块凸起的石头就能挡住炮台上元兵的目力，不至于发现礁石上的我们。

娘子你行啊，都赶上花木兰了！

罗槐任何时候都不忘让我开心。

此时宋军的御舰和船队已经开始用火炮还击。尽管我之前在内廷曾听闻过火炮，也陪官家一起看过火炮图，到珠玑巷后罗槐他们还替作院铸造过火炮管，可真正的火炮炮击，我们都是平生第一次看见。

只听一声巨响后，炮管处冒出缕缕浓烟，接着弹着点泥石飞溅，火光四起，那天雷地火的壮观与惨烈出乎我们所有人的意料。元军的船只，有的被火炮击沉了，有的是互相撞沉了，海面上一片混乱。

但元军很快就冷静下来，调整了船阵，集中石炮轰围攻有火炮的宋舰，打得宋军只有招架之功，无有还手之力。原因是宋军的后勤跟不上，宋军的船队在海湾上，所需燃料与淡水却来自崖山。前头的大船在打仗，后面还需派快船前往崖山砍柴与汲水。

元军立马发现了这个漏洞，他们一方面派重兵把守水源，同时派出小型哨船袭击宋军的运水船，这样就等于掐住了宋军的脖子。

罗槐和我伏在礁石后看得明白，心里急得冒火，可我们却无法穿过前头的元军舰阵去帮助宋军，真是绝望之极。

这时，传来三声鼓响，接着山顶上的元军挥动红旗，海上的元军也挥动红旗，双方用旗语和鼓声指挥部队。不一会儿，元军船只调整队形，分东、南、北三面向崖山发起总攻，宋军的一字长蛇船阵南北受敌。我不由叫道：

相公，这样打下去，少帝他们能顶住吗？

没谁回答我，其实这个问题也无需回答。因为明眼人都知道，这一仗宋军赢不了！

我们得想办法到少帝的船上去！

罗槐说着猫腰出去侦察了一番，不一会儿，他脸色煞白地回来说四周全是元军。刚才他还碰到了几个元军，他们误以为他是来扛炮石的汉民，所以没管他。

没办法，我们只能怀着这样无奈而绝望的心情趴在礁石上，罗槐领着五伯回到半山腰的岩洞取来了食物、水袋和御寒的衣服，让我们抓紧补充体力。面对着激战正酣的宋军，作壁上观的我食不下咽。罗槐却令我强行吃掉手中的面饼：我们等会儿要去救人，你没力气可不行！

我从岩缝中接了一捧泉水，总算勉强咽下了一只面饼。就在这时，元军的战鼓擂得更响了，只见几艘大船集中力量猛攻一字长蛇阵的左侧，小型抛石、飞火纷纷射向宋军船只。宋军受到重创，士兵们纷纷坠海，不多时，海上就漂满了尸体。

下午时分，云散天开，太阳从云隙中跃出，照得海面熠熠生辉。有些疲累的我们，趴在礁石上歇息。负责瞭望的罗槐忽然紧张地对我说：娘子，你看那几艘船在搞什么名堂？

我和那些正在歇息的村丁们忙揉眼细瞧，只见几艘从正面驶向宋军一字船阵的元军大船上蒙着黑色的帷布，远看似是装了不少货物。宋军肯定也弄不明白这几艘船上装的是什么，一时没有反应。就在这时，海风吹起一角帷布，露出帷布下手持矛枪、举着盾牌跪地蹲伏的士兵兵阵！

糟糕，这是伏兵！娘子，五伯，你们千万别动，我去通知他们！

罗槐说着爬到距我们十余丈远的一块高大礁石上，朝着宋军船阵大喊：少帝、杨太后，黑布下面有伏兵！

可惜他的喊声被风吹得七零八落，宋军的船只仍然没有反应。罗槐情急之下，掏出铁哨三长两短地吹起来。这是珠玑巷巡社表明有敌情的哨音，哨声锐利高亢，犹如矛尖，在一片混响中刻出了属于自己的旋律，终于成功地引起了宋军和元军的注意。

船上的元军嗖嗖地朝他放箭。与此同时，元军船上的黑布被人掀入海中，早已列好战阵的士兵们开始放箭，一时箭矢如雨地朝宋军船阵射去，宋船上的士兵中箭纷纷坠海。射向罗槐的箭矢犹如蝗虫，急得我大呼小叫。罗槐急中生智，闪身挤进岩壁上的一道缝隙，箭雨竟奈他不何。但元军弓手只要换个方向，罗槐便会被射成刺猬！

我想冲出去救他，被五伯紧紧地拉住了。五伯说：小娘子，你这是以卵击石。去了白去，死了白死！方才听你们夫妻讲话，似是儿子尚幼，倘若你们两个俱成了元军的刀下鬼，你家儿子不就成了孤儿吗？

五伯的话让我想起自己还是耀儿的母亲，只得暂时按下心中的惶急，另想对策。

说明迟，那时快，我刚喘口气，就见几个拎着大刀的元军前去追杀罗槐。我一扭身甩开了五伯，拾起块石头就冲了出去。五伯和牛鼻儿他们不忍心看我这样去送死，也跟了我身后去救罗槐。

此时海上打得不可开交，弓箭手无力顾及罗槐，罗槐抽空沿着小路朝海边跑去，那几个元兵紧紧咬在他身后。罗槐个高腿长跑得快，不成想后面追他的那个元兵和罗槐一样是个身强力壮的大高个儿，而且跑得比他还快。他奔跑的样子太独特了，身体保持正直，肩膀向后扩，手臂放低，始终向前摆动，脚尖自然落地，腿抬得比较高。我心中一动，心想这不是罗松吗？只要看过那种从急递铺练出的专业跑姿，人们就永远不会忘记他的身影，因为这时的罗松很像一只优美的雄鹿。

我正纳闷间，元兵一把将罗槐扑倒在地。我怕自己犯了判断错误，忙将手中的石头朝那个酷似罗松的人抛了过去。好在我没打中，因为就在这时，我听见了罗槐的喊声：清蕙，他是大哥！

我狂奔过去，一时没刹住脚，摔倒在地，脸对脸地看见了罗松那张晒得黝黑、布满风霜的脸，他抹了把嘴上的泥沙，哑声道：清蕙，你们先趴着，等会儿趁乱再往右前方跑，那边有藏身的岩洞。

罗松话音刚落，海上忽然传来元军再度进击宋军的阵阵鼓声，随后几百条船将宋军的一字长蛇船阵围在了中间。

快跟我来！

罗松一声低喝，我和罗槐跟着他小跑了一阵，钻进了前面岩壁中的隙缝。这时五伯他们也挤了进来。隙缝窄而深，我们十几人一字排开往里走了刻把钟，终于走进了一个几丈宽的石洞。

大哥，这是怎么回事？

罗槐迫不及待地问。罗松言简意赅地说，我们南迁后，他参加了文天祥在赣州的勤王军队，一路跟到临安。文天祥在临安被谢太皇太后拜为右丞相，代表朝廷去元军将领伯颜的大营谈判，因文天祥坚决不肯投降，伯颜扣留了他，放回了一同去元营的吴坚、贾余庆。一心想投降的谢太皇太后得知后对文天祥的拒降气急败坏，立马派贾余庆带着降表去元营求降。不久，元兵进入临安，谢太皇太后和皇帝赵㬎出宫受降。罗松等几百名不愿投降的南方士兵追随行朝的足迹一路南逃。当行朝到福建时，被俘的文天祥在镇江被当地义士相救脱险，转战东南。罗松闻讯后随即追到文天祥移驻的龙岩，在那儿重新成为文天祥麾下的一名士兵。文天祥率部陷梅州，攻入江西，在雩都大败元军，攻取兴国，收复赣州十县、吉州四县。但是好景不长，元军主力进攻文天祥兴国大营，文天祥寡不敌众，率军北撤，败退到庐陵、河州（长汀），损失惨重，妻儿也被元军掳走。祥兴元年（1278年）夏，他跟文天祥率部欲前往崖山，与南宋行朝会合。但由于张世杰怕文天祥功高盖过自己，坚决反对文天祥前往崖山。文天祥只好率军退往潮阳县。当年八月，南宋行朝封文天祥为少保、信国公。同年冬，元军大举来攻，文天祥再败逃走。在率部向海丰撤退途中遭到元将张弘范的攻击，文天祥在五坡岭造饭时被元军攻击，兵败，文天祥吞下随身携带的脑子（冰片）自杀未遂，在昏迷中被元军俘虏。次年正月，他被押解到崖山。

自文天祥被捕后，文天祥的部队大都四散而去。但是罗松和一百多名誓死效忠文丞相的士兵换上百姓衣服，混在难民中，始终紧随文天祥的脚步。他们希望能够救出文丞相，可元兵防范严密，他们苦无机会，竟一路跟到了崖山。

听说张弘范把文丞相囚禁在船上，要他写信招降固守崖山的张世杰、陆秀夫呢！我们五个正好找到了几具元军的尸体，扒下他们的衣服，白日里躲在这石洞，晚上出去找吃的，然后逐船寻找文丞相。现在你们来了正好，我们得想法子把文丞相救出来！

上面这段话写起来长，罗松说起来快，没多久我们就明白了他这几年的行踪和当下的目的。我以为他会问起月梅和宝儿，但他肯定忘了，此刻他的心目中只能容下救少帝和文丞相这种朝廷大事。

大哥，那你查出文丞相在哪条船没有？

生死之间，几年不见的兄弟意外相逢，罗槐脸上的喜悦之色稍纵即逝，代之的是一种凝重。

罗松无奈地摊了下手：元军防范很严，目前我们还没找到。

大哥，元军既敢把文丞相带至此处观战，定是意欲招降，万一劝动了文丞相，他们对汉人就有说道了。对文丞相这种砝码，他们肯定看管得紧，大哥此计恐难实行。

我并非不支持，而是他这计划根本实现不了，所以不想让他做无谓的牺牲。罗松其实也明白，但我一时之下也难以说服他，我还待再说，罗槐制止了我：

文丞相铮铮定骨，怎会降元？我们若不救出他，他唯死而已。我们一定得想办法找到他！

这次罗槐说服了我。

咚，咚，咚咚，忽然从外面传来一阵紧似一阵的鼓声，罗松凝听后脸色立刻变得刷白：这是元军的收兵鼓，怎么他们这么快就收兵了？莫非？

他戛然住口，大家跟着他迫不及待地挤出了石缝。只见宋军的一字船阵已被元军所毁，断桅残樯和士兵的尸体在水中漂浮。有几条船砍断了和其他船只相连的绳索开始逃跑，接着有十几条船陆续挂出了白色的降旗。山上岸上的元军都簇在海边，等待那最后的结果。

趁这空当，我们爬到方才观战的礁石上，由于站得高，视线正好越过了元舰的船阵，能够清晰地看见御船上的情形。

只见船头的甲板上，十几个士兵紧紧围在一个紫衣男子身边，紫衣男子则用剑逼着一个女子和两个孩子往船舷边走去。孩子们拽着女子号啕大哭，女子扒着船舷不放手，男子俯身亲了女子的脸一下，又和她说了几句话，女子一转身跳入海中。男子挥挥手，两个士兵上前将孩子推入海中，紫衣男子大吼一声扭头进了船舱。

快看，是陆丞相！他把孩子推进了海中，他是要让少帝殉国！

罗松对着船上嘶喊起来。罗槐和我对瞅着，心冻成了冰坨。罗松眦目欲裂，其余的村丁也瞠目结舌。似乎是为了印证罗松的说法，这时紫衣男子从船舱里拉出个穿着龙袍、头戴皇冠的小儿郎。小儿郎挣扎着，紫衣男子和旁边的侍卫跪下朝他拜了三拜，小儿郎的身子倏地定住了。接着紫衣男子一躬身，背起少帝纵身跃入海中。与此同时，御船上的官员、士兵纷纷跳海自尽，其他船上的士兵也跟着跳。崖山上那些随少帝逃过来的数十万军民见此情景，知道大势已去，他们不愿被残暴的元军奴役，从几十丈高的崖上雨屑似的落入海中，激起无数朵雪白的浪花。这瞬间的巨变一下魇住了我们，好一阵子大家才回过神来。

少帝和陆丞相殉国了！少帝和陆丞相殉国了！

罗松喃喃着跌坐在地，高大的身体佝偻成团，灵魂似乎在少帝和陆丞相跳海的刹那出了窍，我也如同雷殛，当即呆立。罗槐下意识地攥紧了我的手，他的指甲掐进了我的肉里，传导过来的疼痛令我浑身战栗。

泪流满面的罗松慢慢站起，目光炯炯地扫视着大家：大丈夫在世，当精忠报国，如今国主已殁，我等还能苟活吗？

罗槐怔了怔，接着松开我的手，走到罗松身边。那个一直说不管皇帝姓赵姓张百姓都得过日子的五伯和牛鼻儿也站了过去。

我心倏地一沉：你们，你们可是也要……

我的目光移到了崖山上，只见高峭的悬崖边，黑压压的军民还在争先恐后地跳海，他们身后那三千间营房看上去像密集的蜂巢，正向外喷射出催眠他们的某种神秘气体。

清蕙姑娘，忠孝不能两全，月梅、宝儿就拜托您了！

罗松向我抱了抱拳，罗槐走过来紧紧地抱住我：娘子，耀儿就靠你了。记得每年清明要向珠玑巷遥祭爹娘。

五伯、朱鼻儿和其他几位村丁也齐刷刷地给我施礼，托我给他们的亲人捎个信。我头脑一片空白，眼前金光闪烁。当他们起身走下礁石时，我飞身挡在他们前面，指着那些正在疯狂杀戮的元兵说：你们想跳海是吧？那太容易了！可你们为什么不杀几个元兵再死呢？你杀一个够本，杀两个挣一个，不比你们这样跳海殉国强吗？依我看那些人……

我指着崖山上继续跳海的军民说：他们是懦夫！他们这样死得根本不值。我要是他们，就和元军拼个你死我活。我就不相信这十万人杀不死一个元兵！

我泪如雨下、声嘶力竭，既心疼、敬重那些跳海的军民，又为他们如此死去觉得不值。以我的脾性，拼死也比跳海好！

罗松、罗槐等人被我一席话说得呆立在那儿，我趁机指着混乱的海边道：看见没？那些元兵正在杀那些想爬上岸的宋军！我们不如下去拼个鱼死网破！

好！就听清蕙的！我们杀两双赚三个！

罗松拿起石块就往礁石下冲。罗槐返身把我拦住：娘子，你无论如何要活下去。总得有人给家里报信啊！

说罢，罗槐跟着罗松冲下了礁石，五伯、牛鼻儿和其余三个村丁紧跟其后，另外两个年轻村丁则拽着我往原先我们躲藏的石洞跑。我拼命地挣扎，不期然从斜刺里蹿出几个元兵，他们提刀向我们砍来，眼瞅着没活路了，我下意识地大喊起来：罗槐，大哥！罗槐，大哥！

前头的罗松、罗槐立即返身过来救援，当他们跑过隔在我们之间的那座礁石时，一个元兵挺矛向我刺来，我跳到了石头后面，躲过了他的矛尖，但这时另一柄枪刺中了我的大腿，我一软身墩坐在礁石下，反倒让我避过了一把劈向我脑袋的大砍刀。

这时，礁石上的罗松和罗槐正和元军缠斗，刀戈相击声伴着罗槐和大哥的吼声飘过来，一同飘过来的还有元兵的狞笑。原本站在我旁边的年轻村丁被元军砍死，尸首就倒在我脚下。那个砍死村丁的元军扔掉血淋淋的大刀向我扑过来，口中发出淫荡的怪叫。

就在这千钧一发之际，突然一个中等个儿的元军和一个身材壮实的元军跑过来，他们指手画脚地呜里哇啦一通，那三个元兵指着我说了一通，中等个儿元军凶了他们几句，他们嘟哝着往回走。

此时天色已黑，月亮恰巧照亮了那两个元军似曾相识的面貌。我猛地一怔，正想开口，那两个元兵已风般从我面前掠过。

这时刺骨的疼痛使我浑身战栗，神志也有些迷糊了。我集中全部精力，才勉强弄明白礁石那头发生的事情：那两个元兵居然帮着相公罗槐和大哥罗松、五伯、牛鼻儿砍杀围攻他们的元兵！那个中等个儿的元兵特别的英勇，他左砍右杀，如入无人之境。

我心中一热，嘴里吐出"阿甲"两个字，然后就昏倒在地……

吱扭，吱扭，吱扭。

不知过了多久，我被一阵有节奏的吱扭声唤醒，时寒时热的躯体跟着桅杆上的红灯、天上的月亮、星星和云朵一起摇晃，海水浓烈的咸腥味熏得我翻肠倒肚，终于忍不住欠起上半身，吐了几口酸水出来。

这时我才发现自己躺在船上，旁边还躺着两个人。我挣扎着要爬起来，却被一只温暖的大手给按住了：

娘子，你可醒了！

罗槐的脸在月辉下蓝幽幽的，仿佛一个傩神面具。我伸手试探了下他的鼻息，总算放下心来，明白自己还在人间：相公，你没事吧？大哥他们呢？

罗槐叹口气：五伯和陈村的老二被元军杀了，其他人被元军冲散了，大哥和牛鼻儿受了重伤，就躺在你旁边。

我扭头过去，看见罗松和牛鼻儿安静的身体。

大哥腹部受了重伤，还好阿甲及时给他用了药。

阿甲？救我们的是阿甲？等等，另一个是蔡大郎对不对？

我忆起了昏迷前风般从我眼前掠过的那两道身影。罗槐点点头，这时船儿摇晃起来，随着咚咚的脚步声，阿甲从船头走过来，顺手递了个葫芦给我：卜姑娘醒了？你快喝点药汁！

我没接葫芦，而是不讲礼数地抓住了阿甲的手：阿甲，你还活着！真是太好了！你和蔡大郎怎么会当上元军的？你跟大哥他们是一伙的吗？

阿甲顺手将葫芦抵到我嘴边：卜姑娘失血过多，先喝药汁止血。我们现在在海上，那边还有元军，你方才问的那些问题，等会儿再跟你讲。

这时远远地传来几声喊话，阿甲从桅杆上取下红灯晃了晃，一边用我们听不懂的话回了几句，然后让蔡大郎和罗槐划快些：那是元军的巡逻船，他们问我们去哪里，我告诉他们我们送伤员去前头的村庄救治，他们相信了。我们得快走，万一他们回过神来就麻烦了！

阿甲解释说。

阿甲，这会不会是个圈套？

我的话音刚落，在船头掌舵的蔡大郎就扔了句话过来：卜娘子，阿甲是汉军的百户长，他有权发号施令！

阿甲怎么当上元军的百夫长了？

我越听越糊涂。这时给罗松、牛鼻儿包扎完伤口的罗槐走过来说：元军分好几部分，其中有由蒙古人和色目人组成的蒙古军；有从蒙古诸部抽调出的精锐兵士加上色目人、汉人组成的探马赤军；还有一支由原金朝地区的汉人和部分女真人、契丹人、原南宋降军改编后组成的汉军，另外就是新附军，也即近段时间投降、俘虏后改编的原宋军。阿甲、蔡大郎他们属于汉军。尽管是汉军，士兵们却用蒙古话交谈，所以方才我们才听不懂。

罗槐此番话只是告诉了我元军的组成，并没有解答我方才的问题。我越发好奇了，又连着抛出了一连串的问号：

相公，阿甲比蔡大郎、小乙他们早走，怎么后来会和蔡大郎碰到一起？他们又怎么成了汉军的百夫长？他们是不是杀了很多宋军？

我一连串的问题肯定把罗槐绕晕了，偏这时罗松大哥又哼哼起来，罗槐蹲在大哥身边轻轻地呼唤他，试图把他唤醒。见罗松没了声息，知道他又陷入了昏迷。罗槐便替下摇橹的阿甲，让阿甲过来给我解答。

昏蒙中传来阿甲嘶哑的嗓音：卜姑娘，我和二郎、三郎离开珠玑巷后，由于二郎闹肚子，三郎又生鸡眼，我们走了一个多月才到湖南境内。哪知却被一股打前锋的元军俘虏了，他们把我们编入了汉军。我能当百夫长不是因为我杀了很多宋军，而是因为有一次一个千户长被黄蜂追咬，是我救了他，他就奏请上司赐我当百户长。二郎、三郎不想在元军干，中途我瞅空让他俩逃走了，估计他们现在应该回到了珠玑巷。后来元军一路往南追杀少帝，我想反正珠玑巷也在南方，便一路跟了过来。

你怎么不和二郎、三郎一起走？罗槐问道。

阿甲叹了口气：元军头目并不放心我们，平日盯得很紧。如我们三人一起走，目标太大。再说，我当着百夫长才能派二郎、三郎去镇上买食物啊！等二郎、三郎逃走后，千户长把我打了一通，降为伍长，平日盯得很紧。刚才那几个兵丁是我手下，打仗时他们听我的，平日是千户长盯我的眼线哪。至于我和大郎在香门岛上的相遇，只能说是命了！

阿甲话音刚落，蔡大郎插话道：我和小乙也是在取珠宝的路上被元军俘虏的。小乙是真心想去四川找那批珠宝，他带着我途经湖南往四川走，哪知走到鄂州附近，我俩被元军抓了个正着。小乙逃跑时被元军打死了。

听到这儿，阿甲抹起了眼泪。想到生死未卜的二郎和三郎，蔡大郎也陷入了沉默。后来还是罗槐打破了这份沉重的缄默：

我和大哥能够在此相遇就是奇迹了，怎么也没想到清蕙生死之间你和大郎出手救了她！你们俩怎么晓得我们在这儿的？

蔡大郎简略地道，他被元军掳至军中后，先是当挑夫。有一次他们的挑夫队遇到山洪，在山上困了整整四天。偏那次运的是衣服和鞍马配件，眼瞅着要饿死了，蔡大郎抓了几条蛇，又挖来葛根，还取了山中破庙的老墙土熬成盐汤，做了一锅葛根蛇肉羹，救活了督队的元军伍长。元军伍长自此将他带在身边。军队一路向南，他也和阿甲一样跟着到了崖山，结果去山谷的甜水口取水时两人意外相遇。然后蔡大郎贿赂伍长，将自己换到了阿甲管辖的伍里。说到这儿，蔡大郎长叹道：本来我和阿甲能相遇就实在太巧了，没想到还能见到你们。方才我听到浩风的铁哨，开始以为自己听错了，后来听你吹了几遍忠义巡社的集合暗号，我和阿甲从山上的炮台赶过来，没想到还真是你们。

阿甲也叹喟不已：

家主，刚才听到铁哨声时我也以为自己的耳朵出了毛病，但我还是想试一试，便拉着大郎往哨声这边赶，不料真的遇见了你们！这事只能说是上苍的安排了，不然哪会有这么巧？

素来刚毅的阿甲说到此处不免哽咽。罗槐和我也深为感叹和庆幸！当罗槐问起那几个随他和小乙外出寻宝的弓兵时，蔡大郎扼腕长叹，说死了三个，逃了一个，并大骂钱财误人！

这时我已从阿甲口中得知，据从四川来的元军说，去岁阿甲他们藏宝之处发生了大地震，山川尽毁、江河改道，纵是天兵天将来，也找不到阿甲当年炸毁的那个洞在何方了。他们埋下的宝物，只能永埋地下，留给有缘人了！

浩风、卜姑娘，我觉得老天爷让我和阿甲再见，就是要他当着你俩的面告诉我一句话：到底有没有那些宝物？

想来这句话蔡大郎已问过多次，阿甲也回答过多次，但他的回答蔡大郎肯定不满意，所以趁着今晚，他要借罗槐和我逼阿甲说真话。

阿甲笑道：蔡老大，我们刚从元军手里逃出来，待会儿到了岸上还不知能不能逃出生天呢！便是有那些宝物你又能怎的？

噤声！后头有船！

蔡大郎说着一把扯掉桅杆上的红灯笼，指挥罗槐将船停到一片红树林旁边的阴影里。不一会儿，一艘元军兵船开了过来。船上的士兵举着灯笼四处探照，忽然有人指着另一边的海面叽里呱啦地说了几句，旋即船儿便调头往红树林相反的方向驶去。

阿甲示意我们继续隐蔽，过了半炷香工夫，那艘船拖着几具浮尸又在距红树林几百米的地方打了个转，这才往回驶去。想来他们是在寻少帝和陆丞相的尸体，目标不在于我们。

等他们消失不见后，我们的船又行驶了几个时辰，船终于靠了岸。罗槐扶着我，蔡大郎背着罗松，阿甲背着牛鼻儿走进一座黑咕隆咚的村庄。就着昏蒙的月色，罗槐找到一栋靠山而建的高大瓦屋把我们安置下来。

因怕点火泄露行踪，大家就地歇息了。次日一早醒来，发现这座村庄已被元兵劫掠一空，偌大的村子除了我们，只有几条野狗在游荡。

我的伤口开始肿胀，浑身高烧。罗松的伤势更是明显恶化，烧得浑身抽搐，梦呓不已。牛鼻儿伤势轻些，加上年轻，居然还能咬牙起床。

只是村子里没有一粒粮食，罗槐、阿甲在池塘里捉了几条鱼，蔡大郎上山挖了一堆葛根，大家吃了顿葛根烩鱼汤，倒也香甜。此时手巧的阿甲砍来屋前的篁竹，临时剖篾，现编了三只大长背篓。蔡大郎背罗松，罗槐背我，阿甲背着牛鼻儿，三人拣那偏僻山道往陈村方向走去。

路上，我采了几味止血消炎的草药绞汁给罗松和牛鼻儿喝，自己也灌了一大碗，又采了些消毒化脓的草药敷在我们三人的伤口上。但这对罗松不起作用，高烧使他一路大喊大叫，有时还翻白眼，吓得罗槐一个劲地催促大家快走，同时不断地问我罗松会怎样。

祖父以前很少接触外伤，我更是鲜有机会接触这种刀枪伤，对罗松的伤势除了不乐观外，我无法给出更准确的预判，只说要尽快找到郎中给他治伤。可是兵燹过后，十村九空，一时半会到哪儿找医生去？本来我也略懂得些医道，然巧妇难为无米之炊，无药何以为医？想施针灸也没工具在身。无奈之下，我让罗槐削了些小竹签，烤热后以竹签代针，给罗松扎穴位，同时用烧过的刀子刮净罗松伤口的烂肉，又让罗槐背着我到山上找了十几味草药，又吃又敷的，就这样在路旁的村庄调养了六、七日，罗松终于退烧了，而且恢复了神志，能开口讲话了。

我本以为走出死门的罗松会高兴，谁知罗松却放声大哭起来，说少帝和陆丞相死了，崖山上的军民死了，五伯和老二他们也殉国了，他活着有何面目见人？让我别再救他，他不想活了！

罗槐和蔡大郎既不敢劝他，也不敢指责我，只能沉默以对。

当罗松把我递给他的药汁打翻时，我突然间非常生气：在宫廷的那几年，我算看清了朝廷里那些大臣的真面目了，包括在百姓心中神圣之极的官家，其实不过是和我们一样天天要吃喝拉撒的凡人，无非他们得了祖荫而已。朝廷官员中固然有文天祥、陆秀夫这样刚直不阿、忠心为公的国之栋梁，但更多的是只为俸禄、无所作为的平庸之人。还有少数祸国殃民的奸臣，比如贾太师之流。这样的朝廷就算亡了，用得着这样如丧考妣吗？起码我不能理解也不支持这种以身殉天子的行为。

罗松哭时我没作声，等他安静下来后，我将上述意思告知他，罗松剜了我两眼，双唇翕动了一会儿，看样子是想骂我，末了还是叹口气，怒道：你这头发长见识短的妇人，不足与吾论道。然后就气呼呼地扭过头不理我了。

罗槐这时也想明白了，硬着头皮道：大哥在上，小弟有席话如鲠在喉，不吐不快。自古君王如天子，我等皆为其下民，视君如天如父，爱之有加，忠心不变。可是，弟以为，君王若是明君，我等可以誓死效之，但观今之天子，有哪个能如秦穆公之于百里奚那般赏识，又有哪个天子对臣下有楚庄王绝缨的胸襟与气度？

住口！罗松吼住了罗槐。聪明的蔡大郎不想触这份霉头，悄悄地溜到屋外帮阿甲编背篓。

看着面如沉水、但已不再呼天抢地说要以身殉国的罗松大哥，我突然想到了月梅和宝儿。忠孝是人生之大义，可为一个不值得的朝廷，罗松是否应该丢下妻儿？我冒着被他掌掴的危险劝道：

大哥，你可记得晏子说过，君子不死君难。孟子曾曰，君王视臣如手足，则臣视君如腹心；君之视臣如犬马，则臣视君王如国人；君之视臣如土芥，则臣视君如寇雠。孟子又曰，民为贵，社稷次之，君为轻，既然如此，我等又何苦殉国？

罗松气恼地道：卜姑娘这话讲得牛头不对马嘴！现在岂是君王误我等臣民？明明是外侮涂炭我大宋臣民，跟君子不死君难有什么关系？

家主，当然有关系！若非君王无道，哪至于亡国？现在宋室因外侮亡国，则我等更应奋起反抗元军，而非以死相向。我等死光死尽了，最高兴的还不是元人？

珠玑巷的浓情，已彻底将阿甲变成了珠玑巷人，而珠玑巷人的心，是大宋子民的心，是以方才悄然走进屋内、听了我和罗松舌战的阿甲才会说出上述这番令我们意外的话来！

罗松怔怔地望了会儿阿甲，叹道：庄子曰：小人以身殉利，士以身殉名，大夫则以身殉家，圣人以身殉天下。我等这样苟活……

他双手挠头，神情痛苦之极。

我冷笑道：大哥，你莫忘了亚圣曾曰：天下有道，以道殉身；天下无道，以身殉道。未闻以道殉人者也。

弟妹可曾看过《忠经》？《忠经》云：天之所覆、地之所载、人之所履，莫大乎忠，文武百官更须奉君忘身、殉国忘家、临难死节。《春秋》言，君不名恶，臣不名善，善皆归于君，恶皆归于臣。如此说来，天子皆善。方才弟妹将人事不知的少帝与那荒淫无道的齐庄公相提并论，实属大逆！况少帝跳海殉国，颇见气节！他如何不是为了社稷而死？臣民殉他有何不可？

罗松驳得我张口结舌，好不容易我才想到一番强词夺理的话：大哥所言不谬，但妾闻说，君德圣明，忠臣以荣；君德不足，忠臣以辱。眼下且不说君德是否圣明，但目下国破家亡，凭这一点，官家便没顶起来天，所以他们绝非明君！再说了，就算大哥您以身殉国了，孤儿寡母亡其父、失其夫，他们将在元军的蹂躏下屈辱、卑贱地活着，难道你这就是尽了朝廷的忠、尽了家中的孝吗？……

那天我们在荒村之中展开了一场关于忠孝死节的讨论，结果谁也没能说服谁，唯一的好处是这场辩论后，大哥治疗和进食时更为主动和配合了。此时罗槐和蔡大郎在旁边的一座空村里找到了一地窖的粮食，我们移驻过去休养了十多天。大哥、我和牛鼻儿的伤势都有了好转，罗槐又东奔西跑地从邻村搜罗来几个村民，抬着我们踏上了前往珠溪的回程。

一天后，我们把牛鼻儿送回了陈村。当村里人听说五伯他们以身殉国后，全村人到祠堂门口跪拜。族老发表了一通慷慨的祭辞，五伯、老二等人的家人与邻舍悲恸之余，皆引五伯、老二为豪。

在那种充满激昂的凄怆气氛中，罗槐、蔡大郎等人背着我和罗松告辞，不料有两个老伯一路追到村口，大声指责我们贪生怕死，没有像五伯他们那样随着少帝跳海，以身殉国。蔡大郎二话不说，抽出腰刀扔在他面前，说你先把家人杀了再自杀，你们殉国了我立即殉国，结果两老伯趔趄着逃回了村庄。

第三天傍晚，我们乘坐的船终于驶入了距珠溪还有里许的江湾。正是夕阳西下时分，绚丽的晚霞染红了万山千壑，抬眼望，只见山川秀美、村廓如画，想到如此江山却落入异族之手，我们不禁潸然泪下。哭过之后，大家掬起清冽的江水洗干净脸、手。此时的我们已是重生之人，我们要以最洁净的面貌去见挚爱的家人。

国破了，山河仍在；君殁了，百姓仍在。只要我们有一颗勇敢的心，带着爱、带着敬畏、带着向往与回忆去生活，哪怕在异族的铁蹄和屠刀下，我们的血脉依然会像江水一样千载流传。

等我的伤好了，我就举兵抗元，到时你们谁也不许阻拦！

江风把罗松这话放送出几圈涟漪。

我跟浩山一起去！蔡大郎握紧了拳头。我们坚定地朝他俩竖起了大拇指，然后不约而同地朝比肩而站的罗松和蔡大郎抱拳施了一礼。

肃穆中，春风将船儿轻巧地送过江湾。这时，山环水绕、杂花生树、房舍俨然，炊烟袅袅的珠溪便图画般展现在我们面前。

大哥，蔡巡检使，阿甲，那就是我们的新家！

我和罗槐异口同声地道。

话音甫落，又一阵风来，吹开了几朵云彩。一缕夕照光柱般垂落在江面上，我们的小船顿时淹没在万点金鳞中。从珠溪方向传来的钟声提醒我们，今天是初一。众人正齐集在码头的榕树下，朝遥远的珠玑巷方向焚香鸣钟、祭拜祖先！

注视着罗槐、罗松刚毅的侧脸，我心中豪情奔涌：这个世界再怎么改朝换代，再怎样生离死别，最终仍有责任、义务、希望等待着我们去承载、追求和延续……

三十五

2015年秋　珠玑巷
罗伟琳绝笔。

胡教授，关于我的前前前……前世的生活与回忆，此生我只能写到这儿了，因为我上周又住院了，前两天还在ICU病房和死神搏斗。听伟成讲，医生给我下了两次病危通知书，家人已帮我准备好了后事。但上天怜我，知道我的材料只写到崖山这一段，不想让我闭不上眼，所以又借了几天阳寿给我，让我把这个故事写完。

宥于我的知识储备，限于我的仓促，这些文字算不上小说，更不能称之为作品，充其量只能算另类的回忆，希望它对您今后的研究有帮助。这种帮助也许是非理性的，而是代入感很强的一种移情。倘若您移情了，自然会对珠玑巷居民的南迁有更深切、更细微的感受，今后您写出的文章也许会少些理论色彩，但将有更浓郁的情感和更强烈的个人印记！从而增强直抵人心的艺术感染力！只是我不知用"艺术感染力"来形容论文准确否？唉，不管了，论文之余，您还可写小说的，对不对？

在此，恳请您千万不要说您对八百多年前的那段历史没有丝毫的记忆，其实您时常有很强的感觉和异样的回忆，只是因为您所受的唯物主义教育，让您无法理解、无法接受罢了。没关系，我不勉强您认同我是个再生人，也不强迫您相信世上有此类科学暂时无法解释的现象的存在，我的这些名堂您都可以视之为一种并不新奇的文学创作手法。要不，您就把我的这几本材料看作是宋史再现兴趣小组发起人的文字创意策划作业，总之，您无需为我的这部另类回忆改变自己的三观。

对了，我还得交代一下曹公公和邬秋儿等人的下落。我们在珠溪定居的第六个年头，骨瘦如柴、少了只胳膊的曹公公一路乞讨到了珠玑巷，从九巴公那儿打听到我们的行踪后，他和骨瘦如柴的杨都头、蒋都头又历尽千辛万苦，搭乘货船辗转来到了珠溪，成了我家耀儿、辉儿和茜儿的外公——我认曹公公作义父了，并让辉儿跟他姓曹，茜儿是和辉儿一起来到这世间的双胞胎妹妹，长得可爱极了——义父告诉我说，临安城破时，邬秋儿主动投身元军当了营妓，结果被一名化装混入元营的原御前侍卫士兵刺杀，一并杀掉的还有正和邬秋儿渔乐的元军千户长。

杨都头、蒋都头尽管正邪不一，可文天祥起兵勤王时他俩也加入了部队，只是他们没有跟到崖山而已。至于那姚通判，他和家人带着几船细软逃跑时被山匪灭了门，有人说那杀他的是新冒出来的一个匪首，此人之前曾在巡检司干过。听这说辞，像是西瓜皮呢！

听到这儿时，我和罗槐半晌没有作声。这邬秋儿、姚通判害人终究害己，也算是罪有应得了。

至于西瓜皮，不管他是否成了匪首，罗槐准备修书一封，待局势平稳后寄给他，请他到珠溪来安身。对杨都头和蒋都头，我们也给了很多的关照。天下那么大，珠玑巷有几个？身为珠玑巷人，我们就得为乡人尽力！

写到这儿我有些累了，还是匀些笔墨再说说我自己吧！

我今天又被丈夫和伟成弟送进了医院。说来令人感动，我病重期间，前夫和我复了婚，并休公休假在医院陪伴我。看到女儿依偎在他怀里的那份开心，我悬着的心放下了大半：女儿终于又重新拥有了父爱，这样我走之后，世界对她不至于太残酷……

好了，不说女儿了，再说女儿我会崩溃，话题还是重新回到那三本厚厚的材料上，虽然佛面你在前前前……前世不怎么爱读书，但今世您能成为一个远近闻名的学者，真是一件值得我骄傲和自豪的幸事。这样我的三本材料托付给您也就物归其所了。除了让您重温我们之前共有的那段生命历程外，我还在您的阅读中看到了当下人最提倡的分享——分享我们曾经交会过的生命、生活与记忆，给您某种参照与返观，最后再引发您的一些思考。而您的思考化成文字后又能启迪后人……文化和生命一样，也是有脉络和传承的。我希望在您的引领、带动下，能将珠玑巷人为广府居民南迁时所做的一切公诸于世，让珠玑巷重现昔日之辉煌。

当然，我最最高兴的是，因为这几本材料，您终于又想起了我——您八百多年前的胡清蕙姐姐！

对不起，佛面，我又眩晕了，世界越来越模糊……

罗伟琳绝笔

2015年9月28日下午六时

三十六

2015年秋　珠玑巷

胡书雅遇见一个仪态万方的女子，她轻启朱唇：欢迎来到珠玑巷，我是胡贵妃！

胡书雅轻轻合上那本厚厚的材料，脸上满是泪痕。下午她去胡氏宗祠翻看了老族谱，从族谱的记载来看，经过她的再三分析与推测，她是胡贵妃之兄胡显祖的后裔。如果罗伟琳的回忆可信，准确地说，她应是胡冰卿的后代。罗伟琳、罗伟成则是罗槐或者罗松的后裔。古老的族谱，就在这样的对比、认定中，突然迸发出独一无二的耀目光彩。她连忙披衣起床，在自己正在撰写的一篇《论珠玑巷南迁居民对珠江流域的开发中的作用》的论文中加入了罗伟琳的材料带给她的新触动、新认识、新思考、新见解。她相信这篇文章在下一届的珠玑巷姓氏文化节中定能引起大反响。果若如此，她也能告慰今生的罗伟琳、前前前……前世的胡清蕙姐姐的在天之灵了！

喔喔喔。

这时从窗外传来几声遥远的鸡啼。耳际似乎还传来鸡人的鸣唱：朝光发……她眼前倏地现出一座山峰来，峰顶的平地上建着栋飞檐叠瓦的竹楼，四周是盛开的梅花，一个身穿白衣的女子伸出手徐徐向她走来，就在这女子的手即将拉住她时，一阵激越的铜鼓响，女子飘然而去，而她也突然发现自己站在了南雄宾馆院坪的大榕树下。刚才的幻影是那般的真实，胡书雅呆了呆，拿出电话想叫醒胡明跟他说说，转念一想，觉得弟弟昨儿半夜得到弟媳怀孕的喜讯后，又与罗伟成去吃了宵夜，这会儿肯定还在酣睡，便体谅地收起了手机。

迎着晨曦，胡书雅独自来到姓氏文化广场的祠堂门口。她原以为自己来得早，到这儿一看才发现广场上已排列了好几支从广州、东莞、中山、南海等地前来寻根祭祖的队伍。队伍中有白发苍苍的老者，也有咿呀学语的小儿，他们手持香烛，满脸虔诚。她耳边似又响起了悠扬的鸽哨声、锐利的铁哨声、雄浑的铁砧声、激烈的铜鼓声、铿锵的剑戈声和石炮、火炮的轰隆声，八百多年的时光被回忆拉成了一条斑斓的彩带，让她有些眩晕。

不久，从这彩带中走出一支衣衫褴褛、神情坚毅的队伍。她惊讶地在队伍中看到了八百多年前的罗槐、罗松、月梅；看到了胡清蕙、佛面；看到了阿甲、盘太古、大嫂……这是今世的自己和眼前这些陌生人的祖先。他们八百多年前在珠玑巷是亲邻、家人，现在又因为对祖先的缅怀和姓氏的追根溯源重新回到了珠玑巷。倘若罗伟琳所载正确，这些人的家中，也许能找到当年从珠玑巷迁往珠江三角洲时罗记铁匠铺打造的"圣贤曰：老吾老及人之老……"这三十三个字呢！

不知不觉的，她又站到了胡妃塔前。这次她没有产生任何幻觉，而是真真实实地看到了一个年轻、美丽的女子，她梳着高髻、鬓边饰有五色璎珞，穿着天水蓝的衫儿、浅蓝色的背子和深蓝色的长裙，美丽非凡，仪态万方。看见胡书雅，她轻启朱唇：欢迎来到珠玑巷，我是胡贵妃！

胡书雅一怔，虽然看见了旁边的摄像机和剧组的工作人员，心中却仍狂跳不已。这是她记忆中、梦中出现过无数次的声音，那声音一直在喊：佛面，给我剪几枝花来！

胡书雅逃也似的回到逐渐熙攘的人潮中。在这儿，她感觉到的是真切的生活，还有，那烙在记忆和灵魂深处的乡音——八百多年来未曾忘记过的珠玑乡音！

2016.5.22

18:40三稿完

后 记

温燕霞

　　有时我觉得，人是有宿命的。比如我就突然发现，在自己的生命历程中，总有些地方避不开、逃不掉，仿佛枝叶相依，又似形影相随，只要一阵风来，便婆娑、缠绕于彼此的生命里，南雄珠玑巷于我，就是这样一种前世命定的缘分，逃不掉、避不开。

　　还在我还是幼儿时，在县采茶剧团工作的母亲便曾携我到珠玑巷演出，只是那时我太小，虽然在珠玑巷逗留了几天，但珠玑巷并未在我脑海中留下任何印记。及至稍长，隔壁住了一个南雄籍的阿叔，操一口与我老家安远话很接近的南雄话，天天在门口和人讲西天，而且总是夸他的老家南雄珠玑巷如何如何好，又说这姓人、那姓人的先祖都是从珠玑巷迁出去的。阿叔有时的口吻像是在开玩笑，有时则认真地和邻舍争执着，他家门口因此常年热闹。久而久之，大家都晓得古时候曾有一百多姓人从珠玑巷迁往广州一带开基立业。我们这些孩子听了，立时便对珠玑巷生出几分神往来，心想我们要是也能像古时的珠玑巷人一样迁到广州去，不就可以吃到海参了么？那时海参在我们看来可是天堂里才有的珍馐美味啊！

　　从此，南雄珠玑巷带着海参的香气，种子似的在我心里慢慢地抽出芽来，我用少女特有的细腻将珠玑巷灌溉成一棵长满神秘果的大树，又用想象和憧憬将其装饰成遥挂天边、闪闪发光的美玉，那独有的光芒照耀着我也诱惑着我，我渴盼一亲珠玑巷的芳泽。然而从少年到青年，我和它的机缘一直未到，我只能徜徉在文字的方阵中感受珠玑巷的悠久历史、品味它独到的魅力。

珠玑巷位于广东省南雄市城北九公里的粤赣交通要道上，是古时沟通大庾岭南北的必经之路，创于唐而盛于宋。作为有着一千一百多年历史的商业古镇，珠玑巷既是古代中原文明向岭南传播、辐射的首站，也是南粤海洋与珠江经济文化北上中原的通道。宋时的珠玑巷街道两旁列肆如栉，往来客商摩肩接踵，繁盛之极。宋以后韶州岑水开采铜矿，然后北运铸币，皆在珠玑巷中转，每年仅此两项就需要挑夫十万人次。再加上赣南的食盐要由广东沿海北运到南雄，再由陆路运到赣南，也需挑夫十万人次以上，至于其他南来北往的客商、海外使者，更是无法计数。大名鼎鼎的利玛窦在其著作《利玛窦中国札记》一书中记载，1595年（明神宗二十三年）利玛窦一行越过大庾岭时，看见"旅客骑马或者乘轿越岭，商货用驮兽或挑夫运送。他们好像不计其数，队伍每天不绝于踪"。由此可以想见珠玑巷当年的繁华，不枉人称"小开封"了。

如果珠玑巷仅仅是上述描绘的这样一个古代商业市镇，它肯定跟其他那些被岁月涤尽了繁华的古镇一样，早已在光阴中颓败成一道浅浅的印记了。然而出乎意料的是，珠玑巷却在千年之后仍有着强大的影响力和不竭的光华，乃至南雄市委市政府的领导特邀我为其创作一本小说，这又是因着什么呢？

话说北宋末年，宋室南迁，中原人氏为避战祸纷纷南迁，他们历尽艰险，越过大庾岭后来到了珠玑巷。位于南雄中部的珠玑巷土地肥沃，宜农宜牧，这些流民有的在珠玑巷落户开基，有的返迁赣南和闽北，成为客家人；有的稍事休整继续南迁珠江三角洲，成为今天广府民系的开山鼻祖。有关资料表明，分布在今珠江三角洲广府人的二百一十一个姓氏中，有一百九十一个氏族是宋代从南雄迁入珠江三角洲的，占了总数的百分之九十八。另外，自宋到民国初年，珠玑巷的打铁行当一直兴隆不衰，盛时小小的珠玑巷曾有上千家铁匠铺。"南来车马北来船，十部梨园歌吹尽"，真正是繁华富足。鸦片战争后，随着海运的发展，特别是粤汉铁路、韶赣公路开通之后，南雄至大庾的古道为公路、铁路、海运所代替，珠玑巷由繁荣的商业圩镇变成了农村，但作为南迁民系的发祥地，珠玑巷在广府人和客家人心目中并没有因此失去其独特的历史地位。

我去珠玑巷时它已不复当年的繁华，但那些让外迁姓氏缅怀祖先的祠堂倒还显出几分昔年气势，仿佛时间形成的一个个旋涡，既让人迷惑又叫人感叹。透过时间的帷幕，我仿佛看见了当年筚路蓝缕的先人正列队而来，千余年的时光不曾蒙蔽他们眼中的光彩，更无法消解他们身上的力道，他们模糊的身影与面容凝结成坚硬的雕像，以一种严正的姿态直面着我的凝视，并将我的目光折射成光束，返照我的心房与脑海，让我眼明心亮，并萌生出为珠玑巷而歌、为珠玑巷而写的冲动。

于是，从2002年到2008年，我利用节假日先后五次前往珠玑巷探寻历史足迹，感受作为广府人姓氏发源地和客家人中转站的珠玑巷的脉动与呼吸。后来，我在长篇散文《我的客家》中抒发了我对珠玑巷的感受。珠玑巷知我心事，渐渐地将自己修炼成一颗镶嵌在我的记忆中熠熠发光的珍珠，让我无法漠视和忘怀。

就像上帝让有缘的人相识再相逢一样，我和珠玑巷也一样，兜兜转转十几年后，我又因写作长篇小说《珠玑巷》而再次与珠玑巷结缘。小说的创作缘起于朋友傅菲的电话，他问我愿不愿写一部反映珠玑巷历史的小说，我说我很熟悉那边啊，然后经他介绍，我认识了南雄市委宣传部的领导，不久之后正逢珠玑巷召开第二届姓氏文化节，我受邀忝列嘉宾之席，目睹了珠玑巷作为广府人姓氏文化发源地而享有的威望，也看到八方游子睦宗寻祖的崇敬与渴盼之心。在市委市政府及宣传部有关领导的关心下，我再次参观了古村、贵妃塔、姓氏祠堂等地，其间听闻了胡贵妃南逃珠玑巷和罗贵率众南迁的传说。现时的珠玑巷与十几年前、八百多年前的珠玑巷在我脑海中碰撞出铿然的回音。我知道，那是创作灵感的召唤、是先祖灵魂神秘的呼喊：我虽非广府人，可珠玑巷也是客家人的中转地之一，况且，随罗贵南迁的三十三姓中也有温姓族人！身为客家人，难道不该为这样的珠玑巷尽点儿绵薄之力吗？

于是，我接受了南雄市委宣传部的邀请，开始创作《珠玑巷》这本小说。说心里话，因为我的贪心，《珠玑巷》写得有些艰难。我想将阴谋、爱情、宫斗、历险、迁徙、逃亡等元素糅合其中，让读者看得过瘾，又想让书中的人物承载起珠玑巷人的大义与大爱，并在他们的选择和奉献中凸现出珠玑巷作为广府居民姓氏发祥地的重要地位与历史意义。于是，我借鉴了胡贵妃和罗贵的故事传说，以珠玑巷为原点，以再生人罗伟琳回忆自己的前前前……前世的贵妃生涯为切入点，展开想象的翅膀，通过历史和现实两条线，以第一人称、第三人称的视角讲述了发生于八百多年前南宋末年的那段生死攸关、惊心动魄、波澜壮阔的珠玑巷人南迁的历史，以及主人公们前世今生的种种，让人产生无限遐想的同时，油然生出身临其境之感，力图在人物的一呼一吸间扣人心弦。只是我担心愿望很丰满，写出来的文字却很骨感，这种力不能逮不能不说是我的一种遗憾。

不过，身为作者，有一点我可以确保，那就是我在写作时的那份虔诚与认真。为了《珠玑巷》这本书，我贡献了数百个晨昏和夜晚。那段时间，珠玑巷是我的精神原乡，是我的文字诗国，它身姿挺拔地屹立在时光之河上，让我生出膜拜之心。下笔时，我的文字便有了虔诚之态，那些虚构的人物因此活跃起来，他们巧笑嫣然地从那散发着书香诗味的南宋走出，挟带着一个帝国即将消失前的奢靡与繁华，挟带着宋词的豪放与婉约，也挟带着元兵的战鼓和蒙古马的铁蹄声，更有崖山海战时的激越悲号在耳边回响。我迷失在今时和古代的珠玑巷里，也迷失在我用文字勾勒、催生出的人物群像中。偶尔的，我会有时空交错之感，觉得自己也是一个曾经活在南宋时期珠玑巷的"再生人"。不然，我为何与珠玑巷如此缠绵不休？我相信这"不休"之后是"不弃"——《珠玑巷》这本书就像我和南雄珠玑巷共同孕育的一个孩子，作者、地方、作品三位一体，你中有我、我中有你，如何舍如何弃？珠玑巷就这样成了我生命中不可分割的一部分。

在此，我要衷心地感谢朋友傅菲的穿针引线；感谢作家出版社的编辑们冒着酷暑编辑出版此书，更要感谢中共南雄市委市政府、南雄市委宣传部的领导对我创作的大力支持！最后，我要由衷地感谢购买并正在阅读此书的您——我最最亲爱的读者朋友！但愿我的这本小说能够增进您对珠玑巷的了解与记忆，这既是我创作此书的初衷，也是我最终的愿望，谢谢您！

2016.6.28

图书在版编目（CIP）数据

珠玑巷 / 温燕霞 著. -- 北京：作家出版社，2016. 8
（中国作家·江西原创）
ISBN 978-7-5063-9156-6

Ⅰ. ①珠… Ⅱ. ①温… Ⅲ. ①长篇小说 – 中国 – 当代
Ⅳ. ① I247. 5

中国版本图书馆CIP数据核字（2016）第214466号

中国作家出版集团·江西作协长篇小说重点扶持工程

珠 玑 巷

作　　者：温燕霞
责任编辑：秦　悦
装帧设计：回归线视觉传达
出版发行：作家出版社
社　　址：北京农展馆南里10号　　　　　邮　　编：100125
电话传真：86-10-65930756（出版发行部）
　　　　　86-10-65004079（总编室）
　　　　　86-10-65015116（邮购部）
E-mail:zuojia@zuojia.net.cn
http://www.haozuojia.com（作家在线）
印　　刷：三河市华业印务有限公司
成品尺寸：152×230
字　　数：466千
印　　张：33.75
版　　次：2016年9月第1版
印　　次：2017年3月第2次印刷
ISBN 978-7-5063-9156-6
定　　价：58.00元